凡眼所见

——袁海锋新闻作品选

袁海锋　著

中国原子能出版社

图书在版编目（CIP）数据

凡眼所见：袁海锋新闻作品选 / 袁海锋著. 一北
京：中国原子能出版社，2021.6（2023.4重印）

ISBN 978-7-5221-1434-7

Ⅰ. ①凡… Ⅱ. ①袁… Ⅲ. ①新闻–作品选–中国–
当代 Ⅳ. ①I253

中国版本图书馆 CIP 数据核字（2021）第 115358 号

凡眼所见——袁海锋新闻作品选

出版发行	中国原子能出版社（北京市海淀区阜成路 43 号　100048）
责任编辑	王　丹　白　佳
责任校对	宋　巍
责任印制	赵　明
经　　销	河北文盛印刷有限公司
开　　本	787 mm×1092 mm　1/16
印　　张	25.25
字　　数	568 千字
版　　次	2021 年 6 月第 1 版　2023 年 4 月第 2 次印刷
书　　号	ISBN 978-7-5221-1434-7　　　**定　价**　98.00 元

网址：http://www.aep.com.cn　　　　**E-mail：atomep123@126.com**
发行电话：010-68452845　　　　版权所有　侵权必究

积叶听声

（代序）

庚子年初，原计划出版一本个人拙著——《每一支拙笔都会开花——新闻写作技巧与自我修养》，却因为内容太多，书稿中的实例被一一删掉。之后，思来想去，决定再出一本作品选。一来它本与《每一支拙笔都会开花》同为一体，删掉了其中的实例，总感觉只有理论没有实例支撑会成为空洞的说教。二来认为即便再耀眼的珍珠，如果不把它串起来，永远形成不了美丽的项链。

一边思考，一边筛检，最终经过多日努力，将删掉的这部分内容整理完成，也算是一件欣慰的事。其实，每一本书稿问世前，都常感不安，如同捧着一个婴儿，审视他的五官，查找其中的缺陷，以达至臻至美。一本书稿，经历了分分合合，合合分分几番折腾，着实不易。整理书稿与采访写作一样，都是沙里淘金、慧眼识珠，皆为辛苦之事。所选的两百余篇拙作各有侧重，也都是凡眼所见，为的是张扬文字的魅力，领略写作的方法，感知笔尖曾经流淌过的温度。

时光总是如此匆匆。屈指一数，从2005年接触新闻，转眼间已经过去15个年头，这期间除了有两年不在这个行当里拼杀，13载采风、夜战，报纸上推出，杂志上连载，发表千余篇作品。收集整理书稿时，不由想起李商隐的不朽之句："秋阴不散霜飞晚，留得枯荷听雨声"，以及美学大师朱光潜的《厚积落叶听雨声》《一升露水一升花》等经典之作，故以"积叶听声"为序，抒发所感。因为很多时候我们所做的选择，一开始并不那么明朗，只有快到终点之时，结果才会明晰。生活的经验也告诉我们，叶子积多了，就能听到雨声、风声、脚步声，感受它所带来的惬意与舒爽。

收集这本集子的初衷，除了想反映和传递兵器人"忠诚使命、艰苦创业，拼搏进取、聚力创优，科学求实、锐意创新"的精神谱系和砺剑风采外，更多的是给那些热爱写作的基层新闻报道员以参考借鉴和启迪帮带，使他们了解部队的变化，讲好今天的故事。因为新闻每一天都是全新的，岁月的长河里荡涤着已经或正在发生的新闻，需要采写者不仅有敏锐的感知、活跃的思维、精深的提炼和独到的见解，还需要有扎实的理论功底、自如的行文能力、丰厚的新闻素养和对历史碎片的积累沉淀，能够时刻做到笔为中心"舞"，文为全局"歌"。

掩卷静思，15载奔走于渭水岸，拙眼淘金，以情为墨，激扬文字，助力强军，官兵们扎根渭水岸，接续奋进，使新闻宣传有了取之不竭的源头活水。几十年来，兵器人从临危受命、白手起家到今天毅然张力无限，在强军兴装的历史征程中承载着它砺剑的职能与打赢的使命，成为华山脚下、渭水河畔最曼妙的风景，最斑斓的色彩。

追寻过去，15载风雨兼程，沿着"生命线"的方向，追寻兵器人前行的足迹，见证本真的心境，定格利剑出鞘的壮美，践行着新闻工作者的初心使命，也更加懂得工作实践是倾情耕耘的沃土，是新闻宣传不竭的源泉；新闻宣传虽不是中心，却服务于中心、促进中心；无论过去，还是现在，新闻宣传始终是一个单位精神风貌的展示，建设发展的见证。

细数年华，15载一直在路上，寻机理，找窍门，采写兵器人为梦想扬帆、为打赢把关、为使命而战、为兴装而拼的砺剑故事。其间，有汗水也有收获，有付出也有成长，留下了点点斑斑的历史碎片。收集、整理、出版，为的是一同穿越历史的时空，感知前人的壮举之美，领略昔日的铸剑风采，以此架桥，通达远方，凝聚起明天的希望。

时光不居，号角嘹亮。陈述历史是为了昭示未来，再次唤醒曾经的记忆，安然行走于岁月之中。印度诗人泰戈尔曾说过："除了通过黑暗的道路，无以到达光明。"当下，面对新时代新使命，兵器人对本色血性的赓续、对历史血脉的传承，重任在肩路更长，这其中不仅有引以为豪的无上光荣，更有迈向新征程的诸多挑战。特别是试验场上的通讯员，只有在风雨兼程里羽化自己，坚持用脚去丈量，用眼去捕捉，用耳去聆听，用心去体会，才能让强军之音更响亮。

2020年7月于陕西华阴

目录

目
录

第一辑

言　论

重"显绩"更重"潜绩"

"显绩"和"潜绩"是政绩的两种表现形式，前者因可感可触而倍受重视，后者因暂不彰显而常被轻视甚至忽视。

"民大悦"是古人考量政绩的一个重要标准，就是说，有没有政绩，关键看是否给老百姓带来了实惠、带来了多少实惠。秦代蜀郡守李冰父子修建的都江堰水利工程，就是一项典型的"潜绩"工程，他们的政绩惠及巴蜀百姓2200多年。当下，各级强调以求真务实作风推进各项工作，多干打基础、利长远的事。贯彻落实这些要求，必须既重"显绩"更重"潜绩"，努力创造经得起官兵、实践和历史检验的政绩。如何做到既重"显绩"更重"潜绩"，笔者认为，应着力树好"三观"。

树立正确的政绩观。正确的政绩观是贯彻落实科学发展观，确保各项建设取得发展进步的重要条件。树立正确的政绩观，首要的是端正思想作风。认清政绩的本质是什么、创政绩是为了什么，把实现广大官兵利益、推动单位建设作为追求政绩的根本出发点和落脚点，不争彩头、不出风头，不搞"面子工程"。关键的是端正工作作风。不把个人名利、地位作为创政绩的目的，不把弄虚作假作为创政绩的途径，以务实的作风把时间和精力用在经常性、基础性工作上，用在官兵亟待解决的重点难点问题上。根本的是端正领导作风。以对单位建设高度负责的精神，聚精会神谋长远、使长劲、求长效，不把"做过的工作"当成"做好的工作"，不把"开始"说成"高潮"，不把"计划"报成"成果"，不在搞现场、摆样板上作虚功，以"为一任领导、负几代责任"的意识和"前人栽树、后人乘凉"的胸怀，谋求各项建设科学发展。

树立长远的发展观。按照科学发展观要求推进部队各项建设，一个重要的要求是着眼长远固基础、抓建设、谋发展，实现可持续发展。深入贯彻落实科学发展观，要求各级领导干部想问题、办事情、搞建设，必须着眼可持续发展，制定长远目标，拿出长久打算，不争一时之功、不谋一时之利，真正在长远建设上狠下功夫。要求各级领导干部必须把精力和心思用在思谋长远建设、促进长远发展上，防止只抓几个"亮点"，不顾及长远，更不能为了出政绩，做一些竭泽而渔的事情。要求各级领导干部必须自觉摆脱功利思想、避免短期行为，多做一些虽然一时难以见到成效，但对部队长远发展大有好处的事。

树立科学的决策观。正确决策、科学决策是推进各项建设发展进步的重要前提。坚持依照法规制度作决策。一切工作都按照法规制度去谋划、去部署、去落实，确保决策的正确性。始终着眼长远发展作决策。特别是在重大事项决策时，看条件是否成熟，是否有利于长远发展，防止急功近利的短期行为。着眼单位实际作决策。从单位实际出发，多进行调查论证，多征求官兵意见，保证决策的可行性，防止不

顾现实条件，不遵循客观规律，搞超出实际的"高指标"。主动打破思维常规作决策。以创新理论为指导，研究解决改革和发展中遇到的新情况、新问题，确保各项决策紧跟部队建设需要和时代发展步伐。

（刊于 2009 年 6 月 30 日《中国军工报》深度报道版、2009 年 8 月 6 日《解放军报》军媒视界版转载）

莫把事故当故事

"亡羊补牢"的故事告诉我们：善于听取别人的忠告，就能避免类似问题的发生。然而，现实生活中，一些同志和单位未必能做到这一点，有的看到别人"亡羊"时，自己或心存侥幸不想"补牢"，或幸灾乐祸不愿"补牢"，或素质不高不会"补牢"，结果导致发生和别人一样的问题。笔者认为，不让别人的教训在自己身上重演，就应该在别人"亡羊"时多问问自己"补牢"了吗。

任何事故案件的发生，都有一个由量变到质变的过程。"海恩法则"也认为，每起重大案件背后，都有数百起事故案件征兆和上千个事故案件隐患。预防一起事故案件的发生，就应认真排查和消除每一个隐患苗头。抓安全工作就应见微知著、抓小防大、以细求实，在看似平常事中发现疑点，对可能发生的问题进行有效预防，对别人身上发生的问题进行深刻反思，方可增强工作的预见性。心存侥幸、放任自流，把别人的事故当故事听，到头来受害的还是自己，受损的还是单位。抓实安全工作就应经常学习规定、剖析案例、敲响警钟，与规定"对对表"，与法规"校校时"，防止认识上的偏差。就应常思贪欲之害，常想违纪之悲，常念守规之荣，防止思想的滑坡和行为的放纵，增强抓落实的责任感。

羊为何而亡？源于羊圈有漏洞，狼有可乘之机，加固好羊圈是最有效的办法。"曲突徙薪"的故事启示我们，实现安全工作零事故，就要始终怀着强烈的责任意识和忧患意识，做好"补牢"工作，不留任何漏洞和隐患。"补牢"工作是一项基础性工作，也是一个人能力水平的体现。血的教训告诉我们，如果小洞不补，将来发展成大洞就很难再补，小事不抓，就会转化成大事。因此，应善于从一件件不起眼的小事抓起，从平安无事中找隐患，从常规现象中见异常，从细枝末节中寻苗头，做到防微杜渐、防患于未然。

前有因、后有果。无论是别人"亡羊"还是自己"亡羊"，问题的源头都在狼。因此，还必须要有有效的"除狼"之策。抓安全工作最有效的办法就是以筛子过沙的细劲抓管理，在安全时查管理，在安全时查隐患，在没问题时找问题，力求细抠问题不留隐患，细找差距不留盲区。同时，应周密细致地制定安全防范措施，对可能出现的问题隐患进行周密的预测预想和风险评估，在完成高风险任务时，多备几套安全防范的招数，做到出现问题时能及时处理、化险为夷。总之，只要善于有预见性的"补牢",有预防性的"除狼",以"有羊在圈、补牢不懈、除狼不止"的意志和毅力,就不会因疏忽、侥幸而导致各类事故的发生。

(刊于2009年8月20日《中国军工报》综合新闻版)

"婆婆"得勤于下"厨房"

新修订印发的《军队基层建设纲要》指出,增强抓基层效益,要对小散远直单位和问题较多的基层单位进行重点帮助。笔者认为,领导机关作为抓基层的"婆家",加强对这些单位的工作指导,首要的是下到基层这个"厨房"操刀掌勺,了解情况。

"婆婆"勤于下"厨房",从某种程度上既体现了深入扎实的工作作风,又体现了务实有效的工作方法。一个家庭的生活质量,既可以从厨房里看得出来,也能够从"勺把子上"找到原因。婆婆下厨房,看看柴米油盐、生活用品,可以熟悉掌握情况,从中发现问题,及时解决。再者,能干的媳妇总是能够在厨房里施展她的"十八般武艺",在持家理财上表现其过人的才能。婆婆经常下厨房,厨房里谁出色,谁蹩脚,一眼就能看得一清二楚,对于发现人才很有好处。俗话说,丑媳妇怕见公婆。婆婆主动下厨房,既可以使丑媳妇克服"怕"的心理、"躲"的意识,又可以针对其短处现身说法,传经送宝,使"丑媳妇"尽快变得俊俏起来。

"婆婆"勤于下"厨房",关键要看下了基层能否蹲得住、沉得下、帮得上。有的机关干部下基层,虽然跑得很勤,今天一个单位,明天一个单位,但走马观花、浮光掠影的多,扑下身子真正帮促、真心解难的少;有的虽然下去了,但满足于看材料、听汇报,没有真正深入基层,接触官兵。这样做,等于没有下基层。下基层,就应一猛子扎到底,深入到别人不常去的地方,真正去感受战士的气息,吸收新鲜的血液,把握时代的脉搏,为指导帮建提供真实可靠的依据。

勤于下"厨房",当个好"婆婆",用心很重要。同样是下基层,有的走一圈什么也没发现,有的却能发现许多问题,区别就在于有没有用心。下了基层,对各类登记簿一本一本翻,与干部战士一个一个谈,对官兵生活设施一个一个看,对存放武器装备的库房一个一个查,才能发现问题,促进问题解决。因此,下基层应有求实求细的作风,多跑"角落",善跑"角落",从"角落"里发现和解决问题。

(刊于2009年8月25日《中国军工报》深度报道版)

第一辑 言 论

盯着问题做保密工作

剖析一些单位发生失泄密问题的重要原因，其中一个深刻的教训就是漏洞没有堵住，安全隐患没有排除，薄弱环节没有抓住，防范死角没有管到，说到底就是存在的问题没有得到解决。如何把保密工作做好，防止失泄密问题的发生，笔者认为，关键得盯着问题做工作。

盯着问题，首要是勇于正视问题。正视问题，第一位的是对存在的问题有一个求实的态度，回避问题不等于没有问题，看不到问题本身就是最大的问题。各级只有对保密工作形势有一个正确的评估，经常反思是否重视保密工作，有没有喊得凶抓得松的现象；敌情观念树得强不强，有无麻痹松懈思想；规章制度落实了没有，是否存在有章不循、有禁不止的现象；上级明确部署的保密工作任务有没有挂空挡，在末端是否真正得到落实；对违规问题纠治了没有，是否存在失之于松、失之于软的情况等等。如果存在以上问题，就应实事求是地去正视，自欺欺人地回避就等于埋下了"定时炸弹"，随时可能"引爆"，造成严重危害和后果。关键的是越在形势好的时候越要看到差距，在取得成绩的时候主动反思不足，自觉跳出盲目乐观和自我感觉良好的圈子；居安思危，强化忧患意识，增强敌情观念，破除麻木不仁和小事无大碍的思想；应以老老实实、踏踏实实的作风抓保密工作，做到防微杜渐，举一反三，把没有问题当作有问题来抓，把小问题当作大问题来抓，把别人的问题当作自己的问题来抓，坚决摒弃隐忧护短和弄虚作假的不良风气。

盯着问题，重点是善于发现问题。注意从工作摆位中发现问题。工作摆位决定着工作力度和工作成效。如果党委不议保密，主官不抓保密，保密机构不履行职责，工作思路和底数不清，应付对付，必然会导致保密工作薄弱，隐患和问题得不到有效解决，发生问题就在所难免。注意从规章制度落实中发现问题。严格落实规章制度是有效防止失泄密问题发生的基本保证。实践证明，规章制度落实好了，一般不会出问题，至少不会出大的问题；规章制度不落实，不出问题是偶然的，出问题是必然的。注意从人员的言谈行为中发现问题。个别人发生问题，事前都有征兆，都能从平时的言谈、举止、办事、消费、交友等细节中看出蛛丝马迹，只有细心观察，才能及时发现。注意从末端督查中发现问题。保密工作做得如何，最终细到末端去检验。反复强调了不等于组织领导就到位了，任务部署了不等于工作就落实了，组织检查了不等于问题就消除了，只有深入到末端去督查，才能真正摸清底数，发现问题和隐患。

盯着问题，关键是敢于解决问题。衡量保密工作有没有成效，关键得看存在的问题是否得到解决。问题一个个解决了，工作也就一步步落实了；问题不解决，就会越积越多，小问题会变成大问题，简单问题会变成复杂问题，个别问题会变成倾向性问题，一般问题会变成棘手问题。因此，应敢于动真的、来实的，敢于坚持原则、敢于较真碰硬、敢于触及矛盾，把工作的着力点真正放在解决问题上。应着力解决重视程度不够的问题。这难那难，领导重视就不难。只要领导重视了，做好保密工作就有了可靠的组织保证，一些问题都可以迎刃而解。应着力解决思想麻痹、警惕性不高的问题。安全来自警惕，问题出于麻痹。每个同志都应时刻保持警惕，居安思危，警钟长鸣，在安全保密问题上绝对含糊不得，马虎不得，必须谨慎再谨慎，警惕再警惕，认真再认真。应着力解决规章制度不落实的问题。违反保密制度规定，虽然发生在个别单位、个别人身上，但每一个单位、每一个人都应从中汲取教训，引以为戒，采取坚决有效措施加以解决，切实纠正有章不循、有禁不止的问题。应着力解决作风不实的问题。保密工作只有想细做实，从严看管好每一份文件资料、从细保管好每一个移动存储介质、从实检查好每一台上网计算机等这些具体工作做起，才能见到实实在在的成效。

（刊于2009年第3期《保密档案工作》杂志）

防范胜于救灾

古人云："祸患常积于忽微。"任何事情的发展都是从量变到质变的过程，事故案件的形成亦是如此。抓安全工作就要把功夫下在平时、用在经常上，多做未雨绸缪的工作，少搞临渴掘井工程，切实将苗头和隐患消除在萌芽状态。

最关键的是找准根源。"祸兮福所倚，福兮祸所伏。"当前，诱发事故案件的不安全因素较多，随时都可能爆发于日常工作和生活中。如果不对一些潜在的安全隐患仔细观察、细心考究，就很难发现其中的因果关系。因此，抓好安全工作必须把重点放在消除可能引发事故的各种细微诱因上，把精力放在抓落实上，不怕麻烦、不怕反复，对事故苗头刨根问底、彻底查清。只有这样，才能有效铲除事故滋生的温床，变被动为主动。

最有效的是积极预防。始终以危机四伏、危如累卵的忧患意识，善于从平静中看到不平静，从安全中看到不安全。始终以"安全重于泰山"的责任意识，坚持把无事当有事抓、把小事当大事抓、把苗头当事故抓、把别人的问题当自己的问题抓。始终以强烈的使命意识，认真开展安全警示教育，不断筑牢官兵遵章守纪、知事明理的思想根基，提高操作武器装备和应对突发事件的能力。

最根本的是固牢基础。积极完善安全基础设施建设，把视频监控、红外报警、指纹识别等先进技术手段引入安全工作领域，提高预防工作效能。建立健全安全责任制，坚持主官负主责、分管领导具体抓，机关各部门按照职责分工归口抓落实，形成上下齐抓共管的合力。坚持常抓、常议、常讲，定期分析安全形势，深入查找安全隐患，确保安全工作时时有人讲、有人抓、有人负责。坚持将关口前移，提前

做好各类事故的预想、预测、预防工作，确保每一道"防火墙"都可靠有效。

（刊于 2010 年 2 月 2 日《中国军工报》综合新闻版）

做好保密工作应把握的几个问题

当前，保密形势日趋严峻、保密技术日见复杂、保密难度日益增大，做好安全保密工作必须以更加积极的态度、更加自觉的行动、更加务实的作风用心抓落实。最关键的着力把握以下几个方面。

思想上求恒。保密工作是部队的一项经常性、基础性工作，只有树立持之以恒、常抓不懈的思想，才能防微杜渐、警钟长鸣。荀子说过：防为上，救次之，戒为下。这里的"防"指长期防、持久防，而不是防一时、防一阵子。保密工作只有起点，没有终点，抓保密工作只有时刻绷紧思想弦，靠平时、重长期，才能天天讲保密、保密天天抓，决不能上面强调了抓一阵子，发生事故案件了抓一阵子或者自己感兴趣了抓一阵子。保密工作也没有缝隙，行者常至，为者常安，临时突击只能防一时、防一事，不能保长远，只有常敲保密钟、常紧敌情弦、常念保密经、常想失密害，自觉克服麻痹思想和侥幸心理，才能把问题消灭在萌芽状态。

作风上求实。不落实或落实不好是发生失泄密问题的诱因。从许多失泄密案件看，作风不实、标准不高、要求不严格必然埋下隐患，引发苗头，甚至发生事故案件。保密工作只有抱着诚实的态度，靠扎实的工作解决问题，靠辛勤的汗水消除隐患，才能百密而无一疏，而不靠"改门"赢来风水，凭懒惰去碰运气。保密工作也是工作作风的试金石。谁欺骗了保密工作，谁就会受到惩罚，谁在保密工作上偷懒，问题就会发生在谁那里。天道酬勤是良训，一滴汗水一分安，只有工作作风扎实了，才能静下心来，仔细琢磨、精心思考，把工作做细、做实。

工作上求细。老子说："合抱之木，生于毫末；九层之台，起于垒土；千里之行，始于足下。"做好保密工作只有从大处着眼、小处着手，才能细中求实，细中求深。实践也证明，任何工作一具体就深入，一深入就落实。保密隐患常常隐藏在日常工作之中，多是细小不易察觉的，只有细才能发现问题，只有细才能彻底解决问题。天下之势，以渐而成；天下之事，因积而因。当前保密精细化在企业管理中是大势所趋，我军机械化和信息化复合发展的特殊阶段，武器装备的多代并存、战斗力形态的相互交织、遂行军事任务领域不断拓展，要求保密工作必须由传统粗放型管理向精细化管理转变，才能心中有数更有底，才能隐患常除更安全。

方法上求巧。保密工作有其自身的特点规律。违背规律抓保密就会受到惩罚。条令条例和规章制度是部队工作的行为准则和规律总结，有的是通过血的教训换来的，认真汲取前人和他人的教训，是做好保密工作的聪明之举。"大巧无巧术，用术者乃所以为拙。"抓保密工作没有捷径可走，最好最管用的方法就是依据条令条例来管理，依靠规章制度来落实，讲科学不讲迷信，讲规律不讲经验，讲落实不讲条件，始终有一种"敌人就在身边"的敌情意识、泄密就在闪念的危机意识，常思别人"亡羊"之痛，常研自己"补牢"之策，多想应尽的职责义务，多问事物的来龙去脉，多看周围的边边落落，多做未雨绸缪的工作，克服随意性和盲目性。

总之，做好保密工作需靠扎实的工作，不能靠碰碰运气；需靠平时做工作，不能靠临时做工作；需靠具体抓落实，不能靠大体抓落实。

（刊于 2010 年第 2 期《保密档案工作》杂志）

承诺与践诺

当前，创先争优活动正在部队基层党组织中如火如荼地开展，广大党员纷纷承诺，要以"五带头"为标准，争当优秀共产党员。然而，笔者调查发现，一些单位承诺活动搞得轰轰烈烈，践诺情况却不容乐观，致使创先争优活动成效大打折扣。

承诺很重要，践诺更重要。承诺只是一种形式，践诺才是目的所在。中国自古就有"一诺千金"和"君子一言，驷马难追"之说，讲的就是践诺的重要。诺言一旦许下，就应努力兑现，否则，不仅失去了承诺的意义，而且影响个人诚信，影响单位风气。因此，决不能把承诺视为一种豪言壮语，说过了就抛诸脑后。在创先争优活动中做好践诺，需要从以下几方面下功夫。

首先，树立求实思想。从思想根源上，从个人修养、单位建设的角度认识践行承诺的重要意义，防止名利思想作祟，防止夸夸其谈倾向，在承诺的时候，就牢固确立兑现的意识。

其次，见于扎实行动。防止重表态轻实干，真正把功夫下在真学真行上，做好别人做不到的事情，解决别人解决不了的难题，使许下的承诺真正付诸行动，见诸实效。

再次，激发持续动力。通过完善监督、考评、激励等措施，着力解决个别单位和部分党员中存在的创先争优活力不强、动力不足等问题，真正把党员创先争优的积极性、主动性调动起来，变被动的"要我做"为主动的"我要做"，努力在学习提高、践行宗旨、爱岗敬业、遵纪守法、弘扬正气方面始终走在前列。

（刊于 2010 年 11 月 16 日《中国军工报》综合新闻版）

带兵重在带心

日前，新训工作正如火如荼进行，帮助新战士完成新训任务，实现由地方青年向合格军人的转变，笔者认为，作为新训骨干带兵应重在带心。

用"慈母般"的爱心去带。爱是打开心扉的金钥匙。常言道："感人心者，莫乎于情。"心不真、爱不诚，就无法打动人、教育人、说服人。作为新训骨干应以"慈母般"的爱心去关心新战士，帮助他们尽快适应军营的生活，决不能以树立权威为由，"皱"起眉、"虎"起眼、"拉"下脸，让新战士敬而远之。应以"慈母般"的爱心去爱护新战士，决不能一味强调严格管理而操之过急，超过新战士的生理和心理承受能力，使他们克服困难的信心受到伤害，个人的正当需求受到扼杀，甚至产生厌训、怕训的思想。应以"慈母般"的爱心去理解新战士，充分考虑他们的个性、性格等差异，制定科学合理的训练管理计划，保护好他们的热情，充分挖掘其内在积极性，使他们看到自身的长处和潜在的优势，激励他们把上进的愿望转化为上进的具体行动。

用"园丁般"的细心去带。新战士刚到一个新环境，加之部队的严格管理，难免有许多不适应、不习惯的地方。作为新训骨干要做一个有心人，善于"察人于微""察事于微"，注意处处留心他们的一举一动、一言一行，通过平时的言行举止、情绪变化，掌握他们的真实思想，进行教育引导，帮助他们尽快适应部队生活环境，掌握最基本的军旅生活常识，变被动为主动。同时，也注意做新战士的知心人。作为新训骨干应注重创造释放压力、缓解紧张的机会，通过多种活动，缓解新战士思想压力，掌握其心理变化、家庭环境等情况，有针对性地解好"心结"。特别是当他们某种强烈愿望未能满足，遇到重大挫折和困难不能自解时，积极靠上去，做好工作。

用"挚友般"的诚心去带。新训骨干应以对新战士成长进步高度负责的精神，用诚恳、热情的态度去带、去管、去帮，从关心、爱护的角度去引、去导、去疏。对因遭受挫折、一时不适应的新战士，在体贴安慰、热忱关心的同时，帮助他们分析原因，对他们加以引导，使他们尽快振作精神。对有缺点、错误的新战士诚恳劝导、诚心帮助，在充分肯定优点、调动热情的基础上，逐步指出不足，真诚帮助他们克服缺点，追求上进。对性格比较内向的新战士，加强交流，以循循善诱、寓事于理、情理交融的方式，做到感情上融合、心灵上共鸣、兴趣上默契、思想上交流，让他们满怀热情地适应部队这个大群体，尽快向合格军人转变。

（刊于 2011 年 2 月 19 日《中国军工报》深度报道版）

在真诚服务中改进思想作风

真诚关心基层，真心服务官兵，真情倾注一线是加强和改进思想作风建设的基本要求。加强作风建设，需在"真"字上下功夫，在真诚服务中见成效。

创新思路真谋。创新理念谋。以建设现代后勤为契机，坚持多视角观察事物，多角度分析问题，以审视的眼光看待优劣，谋划举措，解决矛盾。把握形势谋。坚持站在全局的高度，围绕后勤服务保障这个实践平台，研究新情况、探索新思路，使后勤发展的思路和理念更加符合客观实际。突出重点谋。分清主次，区分缓急，既坚持抓热点、难点、焦点，又坚持抓主要矛盾和关键环节；既坚持抓要事、攻难事、成大事，又坚持抓好末端工作落实；既坚持抓宏观规划与改革创新，又坚持抓好日常保障服务中的精细化管理，确保后勤服务保障工作真正落到实处。

直面问题真抓。遇到问题迎难而上。面对矛盾和难题，不搞"太极推手"，逃避责任，坚持知难而进、迎难而上。面对官兵利益诉求，坚持做到"有求必应、有难必解"，架起与官兵的连心桥，赢得官兵的信任。工作落实一沉到底。大力提倡情况到一线了解、问题到一线解决、工作到一线落实的做法，注重深入现场、深入基层调查研究，充分汲取官兵智慧，解决好部队建设中遇到的矛盾和问题。解决问题不留死角。坚决纠正靠文件谋划工作、靠会议布置工作、靠口头落实工作等不良倾向，确保问题不解决不松手、矛盾不处理好不罢休。

领导带头真为。强化群众观念。坚持党的群众路线，在思想上尊重官兵，感情上贴近官兵，满腔热情服务基层，真心实意解难题、办实事，维护和实现好全体官兵的根本利益。强化公仆意识。把官兵高兴不高兴、赞成不赞成作为服务的根本标准，设身处地为基层着想，千方百计为官兵排忧解难。强化表率意识。官兵关注的热点、焦点问题，领导干部要工作前移、亲自督办。在干部任用、士官选取、入党考学等涉及官兵切身利益的工作面前，严格按程序标准，带头讲原则、做扎实。

清正廉洁真律。政治上过得硬。带头讲政治，时刻保持清醒头脑，始终做一名政治上、理论上、思想上和作风上都过得硬的领导干部。原则上站得稳。坚持用党的纪律和国家的法律法规规范自己，抵制诱惑，不拿原则做交易。慎独上把得住。严于律己，公正办事，在经费使用、工程建设、物资采购、物资发放、器材配备等工作中，阳光服务、透明操作，自觉接受群众监督。保持共产党员的本色，一尘不染，一心为兵。

（刊于2011年5月7日《中国军工报》理论版）

彰显后勤文化的更大张力

文化是人类创造的物质财富和精神财富的总和。后勤文化指在后勤领域体现的思想、观念、道德和行为规范。彰显后勤文化的更大张力，必须聚焦主题主线重大战略思想，以建设现代后勤为目标，以提升基于信息系统后勤综合保障能力为根本，充分发挥文化工作在后勤建设中的职能作用。

培育后勤文化建设的自觉理念。后勤部队业务种类多样、人员构成复杂、工作专业性强，容易把文化工作的作用看弱了、意义看浅了，必须从深化认识入手，理解战略意义，推进文化建设。用时代发展引领自觉。先进的后勤文化既是催生保障力的精神动力，也是战斗力的重要组成部分。坚持把后勤文化建设融入国家经济建设发展体系、融入后勤改革实践之中，以全局的观念科学谋划后勤文化建设，为加快全面建设现代后勤步伐提供强大精神动力。用创新举措激发自觉。后勤文化建设是一项系统工程，涉及后勤工作各个领域，必须构建党委统一领导的组织机制、机关齐抓共管的保障机制、官兵广泛参与的激励机制，使之与后勤各项建设有机衔接、有序推进，为更好地提高后勤保障力服务。用浓厚氛围推进自觉。围绕建设创新型、务实型、节约型、规范型、服务型后勤，跳出"就保障论保障"的定式思维，树立与贯彻主题主线要求、与完成多样化军事任务后勤保障能力建设要求相适应的大文化思想观念，积极塑造敬业、精细、科学、优质、高效的后勤文化品质，确保随时能拉得出、供得上、保得好。

把准后勤文化建设方向。坚持用创新理论武装官兵头脑，用健康向上、催人奋进、丰富多彩的文化生活凝魂聚气、强基固本。着眼高举旗帜，听党指挥。充分发挥军营文化在宣传普及党的创新理论中的载体作用，坚持用科学的理论、高尚的精神、优秀的作品引导和鼓舞官兵，形成向全时空延伸、向多渠道拓展、向人性化贴近的教育格局，深化对党的忠诚与信仰。坚持服务中心，保障打赢。后勤文化的核心使命是保障。必须牢固树立"后勤就是服务""工作就是服务""岗位就是服务"的理念，教育引导官兵树牢服务思想、练精服务本领、端正服务态度、优化服务质量，使之成为人员、经费、车辆、工程等安全的有力助手。紧跟时代步伐，开拓创新。紧跟时代步伐，把创新作为推进后勤文化的内核，通过建立新阵地，实现文化活动形式的多样化、内容的新颖化，大胆创新内容、形式和手段，积极营造满足官兵精神需求、提升精神境界的文化环境。

丰富凝练后勤文化建设内涵。凝练后勤精神文化。注重总结、归纳和研究部队的悠久历史、建设经历和艰辛过程，注重挖掘部队建设发展历程中的传统文化，提炼内在精神，总结文化特征，努力形成方向不偏、特色鲜明的思想信念、价值观念、管理理念、行为准则、传统作风和道德规范。丰富后勤制度文化。紧密结合加快信息化条件下保障力生成模式转变的新要求，形成完备的、具有后勤文化特色的制度体系，特别在意识形态教育、干部选拔任用、单位风气建设、廉政文化建设、后勤保障等方面加强制度文化建设，促进后勤文化建设创新发展。规范后勤行为文化。结合日常保障训练，坚持从军容风纪、礼节礼貌、队列秩序、内务卫生等细节抓起，把平时会议上讲的、课堂上学的、训练场上练的，自觉运用到日常生活中，发挥行为文化的战斗性和激励性作用。打造后勤景观文化。按照宜人之效、育人之力、品位之雅，采取虚与实相互映衬、点与面相得益彰等手法，搞好营院整体规划。借助多种手法，增添军营文化底蕴，增强后勤文化辐射面和渗透力。

着力打造后勤文化建设品牌。后勤部队服务性强，必须紧紧围绕餐桌饮食、绿色营院、田园菜地、医疗服务等"窗口"创造品牌特色，不断满足官兵需求。突出载体建设。着眼官兵"娱乐、审美、求知、成才"的多样化文化需求，广泛开展格调高雅、积极向上的后勤文化活动，搞好工作、学习、生活、娱乐等基础设施建设，维护、实现和发展好官兵的文化权益，为创造特色提供条件。突出资源开发。坚持高格调，弘扬主旋律，积极开发与时代旋律合拍、与部队节奏同步、与官兵情趣相投的特色文化资源，拓展文化项目、提升文化品位。突出人才培育。按照推进文化建设的新要求，紧贴加快保障力生成模式转变的新形势，有计划地加大后勤人才培养，不断提升开展文化活动的水平和质量，推动后勤文化创新发展。

（刊于 2012 年 2 月 18 日《中国军工报》深度报道版）

常怀警惕保安全

古人有"安不可忘危，治不可忘乱"和"不怕虎生三只眼，就怕人有麻痹心"之说。抓安全也是一样，什么时候警惕性高，安全工作就有保证。反之，便会在安全上出问题、栽跟头。现实生活中，头脑不清、心存侥幸、被动式抓安全，办法不多、盲目乐观、靠碰运气保安全等现象屡见不鲜。随着安全发展环境的新变化、内容的新拓展、标准的新提升，安全稳定面临的挑战和压力越来越大，迫切需要我们居安思危、居安思责、居安思进，时刻保持高度警惕，切实在抓安全的持久性、经常性上下功夫。

常讲安全事项。各级党委是抓安全的核心，必须保持清醒头脑，防止和克服"小进则安、小进则满"的盲目乐观情绪。始终把安全工作摆上重要议事日程，做到思想高度重视、行动非常自觉、程序严格规范、分析透彻有据、措施实在管用。定期分析人员思想和安全形势，特别是在季节变化、任务转型、大型工作展开前，及时组织理一理、议一议、辨一辨，集中大家智慧，把可能发生问题的环节想细致、想周全。

常敲安全警钟。反思一些单位发生事故案件的教训，大多是因为思想麻痹、盲

目乐观、心存侥幸，对事故缺乏警惕性。特别是在形势好的时候看不到不安全苗头，在部队平静的时候看不到不平静的地方，缺乏常敲警钟的意识。不能坚持把别人的教训、兄弟单位发生的事故案件当作自己单位发生的事故案件来认识对待；不能坚持做到上级要求了、有了险情时要抓好，更要在上级没有要求、没有险情时要抓好。必须防微杜渐，常想常思哪些能为、哪些不能为，常怀安全心、常思事故害、常守高压线、常绷安全弦，在是非、美丑、荣辱的诱惑考验面前界限清晰，防止因一时的疏忽造成千古之恨，最后养痈遗患，悔恨终生。

常查安全隐患。矛盾和问题普遍存在并贯穿于事物发展的全过程，渗透在工作的各个环节。保持高度警惕，坚持既看已取得的成绩，更看潜在的、深层次的问题。尤其对一些潜藏很深的安全隐患，需要深挖细查，切实把小问题当作大问题来处理，把没有问题当作有问题来对待，做到有隐患早发现、有漏洞早堵塞、有问题早防范。充分发挥群众的广泛性作用，常查隐患、常揭矛盾、常堵漏洞，切实依靠群众，群策群力做好安全工作。积极开展群教、群防、群治和人防、物防、技防、联防等活动，通过多种渠道发现问题、解决问题，真正在部队建设中奠好安全发展之基、植好安全发展之根、铸好安全发展之魂。

（刊于 2013 年 6 月 11 日《中国军工报》综合新闻版）

在倾情服务中深化教育实践

群众路线作为党的生命线，关乎立党之本，反映力量之源，决定执政之基，体现作风之要。贯彻落实习主席"标准更高、走在前列"的重要指示，必须把持基本要求，切实增强行动自觉。

立足服务之本。领导干部只有把官兵装在心里，官兵才能与之戮力同心。强化服务意识。树牢群众是主人、是亲人、是镜子的观念，尊重官兵的主体地位，端正对官兵的根本态度，善于把来自基层的批评当动力、把表扬当鞭策、把呼声当命令，着力解决官兵最关心、最现实的急难问题。创新服务模式。积极畅通民主渠道，创新服务方式，坚持问政于官兵、问计于官兵、问需于官兵，实现由被动服务向主动服务转变，由定点服务向动态服务转变。强化责任担当。始终把服务基层作为使命所在、职责所系，把兵事当家事、小事当大事，本着对单位、对官兵、对历史负责的态度全力解难题、办实事。

坚持务实之要。务实，是贯彻群众路线的基本要求。坚持战斗力标准。把能打胜仗作为一切工作的出发点和落脚点，始终围绕中心、服务中心、保障中心，为部队中心任务的圆满完成提供有力保障。坚持官兵满意标准。把官兵满意不满意、答应不答应、高兴不高兴，作为检验工作的最高标准，认真倾听官兵声音，促进各项工作更加符合基层实际，更加符合群众意愿。坚持务实作为标准。切实把"四风"

问题作为集中解决的主要任务，对准焦距、找准穴位、持续用力，真改深改，用实际工作检验成效。

筑牢清廉之基。践行群众路线必须把清廉做事、干净做人作为"命根子"紧抓不放。倡导厉行节约的好风气。牢固树立过紧日子、苦日子思想，杜绝讲排场、图享受，不断完善财务审计、考核问责、监督保障，及时堵塞漏洞，把有限的经费管好用好。倡导严格自律的好风气。围绕"照镜子、正衣冠、洗洗澡、治治病"的总要求，洗"官气"，让形式主义、官僚作风无立足之地；弃"惰气"，振奋精神，始终保持一股韧劲、闯劲；除"浮气"，静下心来，真抓实干，做一名言语有号召力、行为有感召力、命令有执行力的党员领导干部。倡导干净做事的好风气。始终怀着敬畏之心用好手中的权力，纯洁工作圈、管住生活圈、净化娱乐圈，清白做人，干净做事，永葆共产党人的本色。

（刊于2013年9月7日《中国军工报》理论版）

增强军营文化的时代性

习主席在全军政治工作会议上强调，要加强军事文化建设，打造强军文化，培养官兵大无畏的英雄气概和英勇顽强的战斗作风。这一重要论述指明了军队文化建设的出发点和落脚点，赋予了军营文化建设明确而清晰的使命任务。贯彻习主席重要指示，关键在于把提高军营文化的时代性作为根本指向，以文化软实力催生部队战斗力。

在主题内容上体现时代性。贴时入心，才能化人。习主席指出："要充分发挥优秀传统文化教化人、培育人的作用，塑造中国心、民族魂，助推中国梦、强军梦的实现。"当前，必须把学习贯彻习主席系列重要讲话精神作为核心内容突出出来，通过多种文化形式，使党的创新理论向官兵普及、在基层深化，深扎官兵献身强军实践的思想根子。始终突出高举旗帜、听党指挥这个核心，通过体现时代特点的主题文化灌输创新理论，满足官兵精神需求，保持政治定力。始终突出服务中心、保障打赢这个重点，坚持把军营文化渗透到科研试验、军事训练全过程，坚持从传统元素中获得"原动力"，树牢打仗意识，保持战斗作风。始终突出核心价值观培育这个关键，以当代革命军人核心价值观为主导，拓展与现代社会相协调、与官兵需求相适应的文化传播渠道，用先进文化蕴含的精神滋养官兵，校正航向。

在思维理念上体现时代性。"兵者，以武为植，以文为种。"军营文化只有摒弃传统思想，围绕打赢谋篇布局，才能孕育和滋养战斗精神。文化不是空洞的，只有与日常工作、生活紧密相连，坚持"先入为主"，才能融入日常教育管理，与军事训练配合、与遂行任务同步、与官兵需求接轨，才能向全时空延伸、向多渠道拓展、向人性化贴近。服务中心是文化的主旨。军营文化只有紧密结合重大任务完成、重

点课题开展，紧密结合年度和阶段工作开展，适时组织开展比武竞赛、岗位争先、典型宣传等活动，才能培养战斗意志，更好地引领官兵投身强军实践。军营文化只有充分发挥广大官兵的组织者作用和参与者作用，紧密结合官兵的需求特点开展活动，才能真正获得认可，才能在潜移默化和耳濡目染中受到先进文化激励，调动积极性。

在方法手段上体现时代性。方法手段越灵活，效果才能越好。文化因时而变的特点，启示我们只有不断增强"鲜味"，才能发挥砥砺精神、激发斗志的目的；只有紧跟时代发展和形势任务变化大胆创新，才能与时代同步、与工作合拍、与官兵共鸣；只有积极拓宽领域，丰富手段方法，增强形式的多样性、内容的新颖性，才能满足官兵求新、求异、求变的特点，提升感染力、吸引力。军队为打仗而存在，树立与战斗力标准相适应的文化理念，坚持文体结合、动静结合，创建具有浓厚部队特色的野战文化、荣誉文化，才能使"战"的观念树立起来。注重吸收借鉴，针对官兵的认识层次、审美情趣、精神追求特点，创新活动载体，着眼战斗力提高，汲取众长、发展完善，形成具有自身特色的文化优势，努力在寓教于乐中为提高部队战斗力服务。

（刊于 2015 年 9 月 29 日《中国军工报》四版）

把握内涵要求　融入岗位实践
全面培塑常规兵器人应有的好样子

培养"有灵魂、有本事、有血性、有品德"的新一代革命军人，是习主席向全军发出的伟大号召，体现了党和人民对广大官兵的期望与重托。常规兵器事业使命任务特殊、地位作用特殊，把握内涵要求，融入岗位实践，深入开展革命军人样子大讨论，全面培塑常规兵器人的好样子，需在"四强"上用实劲、求实效。

强根铸魂固信念，培塑常规兵器人对党忠诚、扎根靶场的好样子。靶场官兵常年处于严寒酷暑和武器试验产生的高温强噪与有害气体的环境中，官兵理想信念、价值追求和奉献精神极易受到影响，培塑对党忠诚、扎根靶场的好样子，必须把强根铸魂作为首要和根本任务常抓不懈。在加强理论武装中培育忠诚。注重用科学理论感召凝聚，在系统学习理论中搞清"为谁参试"等基本问题，坚定党对军队绝对领导的政治自信。注重用学习教育启迪引领，深入开展主题教育、形势政策教育，高度关注意识形态领域斗争，引导官兵始终保持头脑清醒。注重用强军目标催生强化，扎实开展"中国梦　强军梦　我的梦"主题实践活动，引导官兵将实现中国梦、强军梦的信念信心体现为不掺任何杂质的、没有任何水分的忠诚。在践行职能使命中锤炼忠诚。始终心怀使命踏实干事业，把履行职能使命作为对党忠诚的根本检验，强化事业高于天、责任重如山的政治担当。始终心怀中心扎实抓任务，坚持用国家安全面临的威胁、用军队肩负的使命警醒官兵，树牢科研试验中心地位。始终心怀责任务实抓落实，在事关部队战斗力建设的根本问题上聚神用力，在推动落实上出实力求实效，在解决问题上谋实策用实招，凝聚干事创业的力量之源。在落实整风整改中强化忠诚。用好民主集中制原则这一重要法宝，坚持用民主集中制规范党组织日常运转和决策执行，规范权力运行，强化集体领导观念。用好批评与自我批评这一有力武器，把"四有"要求作为对照分析检查的重要标尺，通过积极健康的思想斗争，坚强党性原则。用好组织生活制度这一基本途径，把问题导向和作风要求贯穿其中，创新主题党日活动形式，使党内生活都有实质内容，能解决具体问题。

强能蓄智增本领，培塑常规兵器人能打胜仗、决胜靶场的好样子。随着科技突飞猛进，常规兵器日新月异，技术状态愈加复杂，实战化考核鉴定面临的困难挑战增多，培塑常规兵器人能打胜仗、决胜靶场的好样子，必须保持忧患强担当、学知增能强本事。忧而思责，强化大胆创新、敢于超越的担当。坚持在试验理论上创新超越。针对实战化条件下武器装备整体性能试验、作战试验鉴定、综合能力评估需求等，开展试验理论研究。坚持在关键技术上创新超越。结合新装备科技含量高、技术难点多的特点，积极寻求创新点，抢占技术创新的制高点，提升靶场核心竞争力。坚持在指挥手段上创新超越。积极适应信息化武器装备作战试验新要求，建立健全可知、可视、可控的试验组织指挥手段，积极提升试验组织效能。忧而思短，培育直面难题、敢于突破的气魄。培植任务面前敢为人先的气魄，越是任务艰巨、困难重重，越能从容面对，变压力为动力，化挑战为机遇，干平凡事、成强军业。培植困难面前敢于碰硬的气魄，遇到矛盾与棘手问题敢于迎难而上，直面应对，不达目的不罢休，做到困难面前不退缩、急事面前当排头、险情面前打头阵。培植遇到难题敢担责任的气魄，对制约部队战斗力生成的瓶颈问题，敢于破到问题深处，拿出真招实策，把历史遗留问题解决在任内、把现实问题解决在当前、把潜在问题解决在萌芽。忧而思进，历练不怕困难、敢打硬仗的本领。用好岗位成才这个基本路径，依照岗位职责制定成才目标和路线图，为官兵成长成才创造条件、搭建舞台，推动培育工作落细、落小、落实，与具体岗位对接。用好实战化训练这个重要平台，把训练往精里抓，把作风往硬里抓，提升能力素质的"含金量""含真量""含新量"。用好任务历练这个有效手段，把练技术、练指挥与练思想、练作风结合起来，利用急难险重任务摔打部队，提升素质。

强筋砺胆提士气，培塑常规兵器人英勇顽强、奋战靶场的好样子。靶场官兵常年与火工品打交道，奋战在战场的"最前沿"，劳动强度大，环境条件艰苦，只有营造培育血性的"新常态"，才能做到严寒酷暑熬得住、偏远闭塞耐得住，强度再大不言苦、难度再大不退缩。用重大任务砥砺血性。坚持用急难任务点燃血性热度，激发"一有任务就兴奋，任务越重越来劲"的血性豪情。坚持用训练强度增加血性硬度，在近似实战的环境下从严从实摔打磨砺、加钢淬火。坚持用崇高使命净化血性纯度，增进对军人职业的情感认同和价值认同，培育忘我献身的工作热情、英勇

顽强的战斗作风和坚韧不拔的革命意志。用严明纪律培植血性。严明法纪戒尺，狠抓条令条例和规章制度落实，树牢军纪如山、军法无情的观念，确保落实条令不走样、执行纪律不含糊。严格日常养成，把点滴养成作为砥砺血性的有效途径，从日常生活入手、从日常训练做起、从日常管理抓起，培养令行禁止、雷厉风行的作风，推动"四有"要求在官兵身上固化、升华、定型。严守纪律规定，坚持在条令条例和纪律面前重刚性不变通，讲规矩不逾越，凡是纪律明确应该做的坚决执行不打折扣，凡是纪律明确不能为的坚决不做，养成守纪如铁的纪律观念。用先进文化激发血性。积极营造处处受熏陶的政治文化环境，把"四有"内容作为营区文化建设重点突出出来，让"四有"内容渗透到军营的角角落落，让官兵在耳濡目染、潜移默化中接受滋养熏陶。积极营造人人受激励的创先争优环境，将创先争优、立功创模活动贯穿任务始终，大力宣扬身边典型，营造比、学、赶、帮、超的浓厚氛围，树牢见任务就抢、见红旗就扛、见第一就争的军人血性。积极营造时时受启迪的舆论引导环境，广泛开展"强军风采"系列文化活动，倡导质量安全文化，着力构建践行强军目标的"软环境"。

强德固基立言行，培塑常规兵器人情操高尚、奉献靶场的好样子。坚持把大讨论与深入贯彻全军政治工作会议精神、开展"三严三实"清理整治结合起来，瞄准突出问题，认真整改落实，积极倡导崇德向上的价值追求，始终铭记政治上的高压线、道德上的耻辱线、法纪上的警戒线。在固本开新中立德，守牢思想防线。树牢纯洁的思想道德，坚持用"四有"标准这把尺子端正人格品行，深化品德认知，解决好"参军为什么、成长靠什么"等基本问题，防止思想滑坡、意志减退、本色丢失。弘扬纯朴的传统美德，广泛开展"议家风、话家训、晒家书"等活动，积极弘扬真善美，抵制假恶丑，引导官兵保持崇高的精神追求、健康的情趣爱好。保持纯正的人品官德，按照标准更高、走在前列的要求，坚持以上率下、树好标杆，以良好的人品官德担当使命，传递正能量。在革弊鼎新中育德，守住制度红线。揭短亮丑除弊病，深入查找与"四有"要求、军队好干部标准不相符不适应的问题，主动培树思想境界、政治觉悟、纪律观念，戒除不良嗜好，远离灯红酒绿。点滴规范抓养成，坚持把政治纪律当尺子、把政治规矩当镜子，时时量、经常照，在自警自省中从内心高悬法律的明镜，树立道德的天平，保持言有所规、行有所止。以上率下做示范，坚持以专题教育整顿为抓手，落实双重组织生活等制度，从细微之处规范言行举止，从自己身上破除陈规陋习，在利益考验面前把住小节、坚守大节。在清源树新中养德，守好做人底线。明大德，经常想一想入党誓言、为官职责，经常想一想权力从哪里来、工作为谁服务，在升迁去留上选准"比对尺"，在利益得失上选准"参照系"。守权德，主动接受权力监督和法纪约束，破除特权思想禁锢，破除庸俗关系影响，敬畏权力、管好权力、慎用权力。严私德，主动倡导对党问心、对岗问责、对兵问忧、对事问效，自觉抵御外扰内生的私心杂念，不为物欲所惑、不为名利所累，守好做人底线。

（刊于2015年10月27日《中国军工报》四版）

未雨绸缪胜过亡羊补牢

荀子曰："先其未然谓之防，发而止之谓之救，行而责之谓之戒。防为上，救次之，戒为下。"意思是说，在事情发生之前未雨绸缪是预防，事情或其征兆刚出现就及时采取措施加以制止，防止事态扩大是补救，事情发生后再行责罚教育是惩戒，预防为上策，补救为中策，惩戒为下策。这句话，对于部队安全工作有着重要借鉴意义。

祸患常积于忽微，任何事物的发展都有从量变到质变的过程，各类安全问题和事故案件的形成也是这样。在安全管理工作中，管理者应注重防患于未然，把功夫下在平时、心思用在经常，多做未雨绸缪的工作，少搞临渴掘井的工程，将苗头隐患消除在萌芽状态，避免亡羊之后再补牢。

抓安全重在抓预防，未雨绸缪胜过亡羊补牢。管理者应始终保持如履薄冰的忧患意识，善于从平静中看到不平静，从安全中看到不安全，及时发现和清除安全隐患；始终保持"安全重于泰山"的责任意识，坚持把无事当有事抓、把小事当大事抓、把隐患当事故抓、把别人的问题当自己的问题抓，牢牢掌握安全工作主动权；始终保持强烈的使命意识，认真组织开展安全警示教育，引导官兵强化安全责任意识和遵规守纪意识，从思想源头上打牢安全工作基础。

防患于未然，首先得清楚防什么患，这就要求管理者必须切实掌握本单位安全底数。当前，军队调整改革稳步推进，部队管理环境发生变化，安全工作面临一些新情况新问题，诱发事故案件的不安全因素也随之增多。如果管理者对部队安全底数知之不深、对未知风险预估不足，抓安全工作就没有头绪、缺少章法。因此，管理者得善于见微知著，对各类隐患苗头刨根问底，及时发现工作弱项短板，最大限度消除可能引发事故的诱因，不断提升安全管理工作质量。

说一千道一万，关键还在于抓好落实。平时工作中，管理者应着力建立健全安全责任制，坚持主官负主责、分管领导具体抓、机关各部门按照职责分工归口抓落实，形成上下齐抓共管的合力。同时，积极完善安全基础设施建设，引入视频监控、红外报警、指纹识别等先进技术手段，提高安全预防工作效能。尤其是坚持安全防范工作常态化，定期分析安全形势，深入查找安全隐患，提前做好各类事故的预想、预测、预防工作，确保安全工作时时有人讲、处处有人抓，确保每一道"防火墙"都可靠有效。

（刊于 2018 年 6 月 14 日《人民陆军报》三版）

第二辑

消　息

精心抓学习　逐级抓对照　全力抓改进

某部多措并举学习贯彻《军队基层建设纲要》

本报讯　7月2日下午，某部27名机关干部和基层主官汇聚一堂，以集中学习、对照检查、研讨交流的形式，深入开展新的《军队基层建设纲要》学习贯彻活动，提高按纲抓建的能力，氛围异常浓厚。

对新颁布的《军队基层建设纲要》，该部按照边学习、边对照、边改进的思路，精心抓学习、逐级抓对照、全力抓改进，引导党委机关和基层主官把学《纲要》、用《纲要》作为开展深入学习实践科学发展观活动的重要内容，在熟知内容中加深理解，在对照反思中找准差距，在清理改进中推动建设。结合正在开展的半年工作总结，深入开展对照检查活动，基层重点围绕落实用党的创新理论建室育人、开展复杂电磁环境下的技能训练、树立安全发展理念等新要求进行问题"曝光"，党委机关重点围绕落实抓基层职责，转变抓基层作风等方面逐一对照要求照"镜子"。随之，"抓建设精力不够集中""对技术室特点规律研究不够"等问题一一"亮相"。

面对基层普遍存在的重突击性工作、轻经常性建设等问题，该部采取答案大家找、措施大家定的形式，开展研讨辨析，引导大家运用新《纲要》对照解决面临的矛盾和问题，理清抓中心与抓全面、抓经常与上台阶的关系，积极探索抓落实的有效招数。针对党委机关抓基层建设中存在的对先进单位关爱多、对后进单位帮扶不够等问题，采取分片指导、蹲点帮促，上下结对等措施，开出了治理"良方"，下大力为后进单位"脱贫致富"，在党委机关中形成了帮扶基层不重亮点攻难关、指导基层不图一时谋长远、服务基层不讲困难讲落实的共识。为形成依据《纲要》抓规范的良好环境，该部提出了建立"一线指导、跟踪问效、综合评估"的抓基层长效机制，营造了依据《纲要》大抓基层的浓厚氛围。

（刊于2009年7月7日《中国军工报》一版）

静态评"要素"　动态评"能力"

某部建立试验能力评估长效机制

本报讯　高新武器装备陆续进场，如何及时准确了解部队试验能力综合水平？7月上旬，某部运用新建立的试验能力评估长效机制，开展了一场模拟复杂环境下的应急指挥演练。结果表明，部队综合试验能力有了新的跃升。

该部围绕系统组试、任务牵引、试训一体的目标，把平时训练中的评"要素"与任务实施中的评"能力"有机结合起来，形成了"优化内容、强化条件、创新手段、量化结果、灵活组考、科学评价"的试验能力评估长效机制，实现了部队战斗力生成全过程监控、全时段考评、全要素考核。

静态评"要素"，变一次性评估为经常性评估。根据试验能力各要素相互关系，建立了以人员、装备、教育、训练等6个要素为主的静态评估体系，并细化为党委总体统揽和谋略水平，指挥人员的准确判断和对故障的分析处理能力、科技干部的参试状态和战斗精神等30多个具体评估项目。

动态评"能力"，变单项评估为系统整体评估。建立前期调研、任务准备、现场指挥等5个阶段6种能力的动态评估体系，按照任务实际进程和要求，细化信息化条件下的现场组织指挥、任务情况反馈、问题分析处理、装备综合保障等10多个具体过程评估项目。

为增强考评手段的科学性，该部把静态与动态、阶段目标与长远目标有机结合，运用自动化指挥网、视频监控系统等手段，实现了全建制、全员额、全要素、全过程综合考核评估。7月初，他们根据试验能力评估长效机制反映出的组织指挥不熟练问题，及时研究对策，组织部队深入开展火控动态、综合光电性能等设备操作训练，科技人员驾驭高新武器装备的水平有了显著提高。

【编余一得】在建设信息化军队、打赢信息化战争进程中，如何及时有效地了解掌握战斗力真实水平，直接影响到党委机关指挥决策能力及军事训练转型进程。某部把静态评"要素"与动态评"能力"有机结合起来，积极探索建立战斗力评估长效机制，为加速军事训练转型、提升综合试验能力进行了有益探索，他们的做法值得借鉴。

（刊于2009年7月23日《中国军工报》综合新闻版头条）

从"单项考核"到"系统评估"
从"基于效能"到"基于效果"

某部转变训练考核模式提升部队综合试验能力

本报讯 9月9日上午，某部组织对12个重点课目训练进行了综合考评，对部队综合试验能力进行了系统评估。与以往不同的是，这次考核方式发生了深刻变化，从"基于效能"到"基于效果"，从注重"单项考核"到"系统评估"，让人耳目一新。

随着被试产品信息化程度加大，科研试验能力诸要素间的关联性越来越强，"点"上的"高度"已很难证明"面"上的"海拔"。为此，他们以一体化联合组试的复杂环境为背景，注重从单兵、单要素考核，逐步向群体参试的协同性、能力素质的集成性转变。在考核现场，记者发现，在追求各专业技能的同时，他们更注重考察技术干部适应未来任务的综合能力素质。专业训练已经从过去的单一岗位、单一专业向多岗位互换、多专业功能集成转型，要想取得高分，还得掌握很多新知识。

在对技术室的考核中，除了大纲规定的课目，他们还注重考察这些组训单元在试验组织中能否灵活机动地实现能力要素集成，形成最佳组合、最优配置下的综合试验能力。室主任王小兵告诉记者，考核中的内容都是随机的，考的都是实际能力，而不是教科书里的公式套路。记者置身其中看到，一些传统的标准、习惯的做法都在接受挑战。该部主任刘理告诉记者，通过考核摸清了底数、发现了短板，为训练更加紧贴任务需求找准了坐标和突破口，也为优化基于效能组织实施和提高基于效果的参试能力铺设了通途。

【编余一得】武器装备信息化特点，对试验的组织实施要求越来越高，开展考核必然告别"单打独斗"的模式，加强体系与体系的联合、系统与系统的对接。因此，只有紧紧围绕系统组试的理念开展训练和考核，才能不断提高技术干部驾驭新武器装备的能力。考核既是训练水平的"度量衡"，也是训练导向的"指挥棒"。该部以一体化训练为导向，推动训练考评方式从"单项考核"到"系统评估"、从"基于效能"到"基于效果"的转变，加速了综合试验能力的整体跃升，值得借鉴。

（刊于 2009 年 9 月 17 日《中国军工报》综合新闻版）

静下来找问题　动起来抓落实

某部注重预防抓好安全工作

本报讯　"部兴我荣、部衰我耻，安全发展、人人有责。"这一口号如今已成为某部官兵积极投身部队建设的自觉行动。该部党委紧盯问题抓落实，狠抓安全稳定工作，部队全面建设稳步推进。

该部直属基层分队多、营区高度分散，特别是油料等危险物资多，安全管控难度大。为此，该部按照"静下来找问题，动起来抓落实"的思路，由党委成员和机关干部组成工作组，不定期进行拉网式排查，消除安全隐患。针对部分基层单位存在的基础性工作落实不到位、工作秩序不规范、干部履职能力偏弱等问题，坚持面对面抓整改、手把手教方法，提高了安全工作的防范能力。为加强部队安全管控，做到安全隐患早知道、思想矛盾早化解、基层难题早帮扶，他们先后出台了《机关与基层日常工作规范》《部队安全管理细则》等规章制度，组织 50 余人进行业务技能培训，加大对加油站等重点部位和油料物资等危险品的监管监控，提高了安全预警能力。

他们还广泛开展"五查、五比、五看"活动，即查学习比劲头，看谁对上级精

神理解得深；查思想比境界，看谁的安全意识树得牢；查作风比养成，看谁抓安全工作作风实；查责任比尽责，看谁分工负责到位；查隐患比整治，看谁安全底数清。一系列举措有效纠治了少数单位工作指导上的偏差和规章制度落实上的"盲区"，在部队营造了人人想安全、时时讲安全、事事抓安全的良好氛围。该部还采取逐人谈心、重点摸排、因人施管等措施，做到"安全第一想在前、思想工作做在前、战友困难帮在前"，确保了部队的高度稳定和集中统一。

（刊于 2009 年 10 月 22 日《中国军工报》综合新闻版头条）

强化责任目标　细化标准要求

某部健全责任制狠抓保密工作落实

本报讯　10 月份以来，某部建立保密管理体系与责任制，出台抓管理细则标准 5 项。该部结合自身实际，强化责任目标、细化标准要求，狠抓保密工作落实，促进了部队建设安全发展。

该部坚持把保密工作作为促进部队建设科学发展的一项经常性、基础性工作来抓，定期组织官兵学习领会上级指示要求，观看典型失泄密案例，不断强固官兵的思想防线。同时，他们严格日常管理，按照"统一领导、分级负责、归口管理"的原则，建立健全党委统揽、主管主抓、人人参与、各负其责的保密工作管理体系；研究制定了《涉密信息安全管理实施细则》等措施，细化责任分工、目标任务和标准要求，形成了人人有责任、有标准、有动力的保密工作管理机制。针对部队岗位类型多、保障任务重等特点，积极构建保密管理责任网络，采取领导包分队、分队主官包岗位、管理骨干包个人的"三包"方法，确保事事有人抓、处处有人管。

抓保密就是促发展。为把工作抓紧抓实，他们严格落实检查、讲评等制度，采取基层主官每月与所属人员谈一次心，班排安全员每日检查涉密资料接收、借阅、使用等情况，机关定期对各级履行保密责任情况进行检查讲评，使影响和制约部队安全发展的不良倾向及时得到纠治。他们还充分利用网络、板报、橱窗等载体，主题演讲、知识竞赛、法规考核等活动，广泛宣传保密常识和上级要求，不断夯实预防根基，营造浓厚的工作氛围。为形成做好保密工作的长效机制，他们结合季节变化、任务转型、重点敏感时期，广泛开展骨干交流会、工作协调会、难题会诊会，探索有效方法和举措，促进部队建设安全发展。

思想上筑"堤坝"，制度上建"高墙"，管理上防"盲区"，构筑了坚不可摧的保密安全屏障。近年来，部队凝聚力、战斗力不断增强，各项工作完成出色，多次受到上级通报表彰。

（刊于 2009 年第 4 期《保密档案工作》）

新年战鼓催　一线鏖战激

某部装备管理向实战聚焦

本报讯　1月4日，某部试验场区寒气袭人，火控工房内却是另外一番景象：上午 8 时，15 名科技干部像往常一样，按时来到训练平台，准备每周一次的装备保障模拟训练。10 分钟后，一切准备就绪，数十台崭新设备一字排开，整装待发。

翻开训练表，记者发现许多训练课目都在原来基础上进行了调整和修改，但该训的内容一项也没少。"年底任务重、工作这么忙，为何保障训练一次也没有间断？"记者与室主任王小兵聊了起来。"许多新设备进场时间不长，需要不断磨合和熟练，加之室里年轻干部多，对一些新设备的'脾气'还不是特别熟悉，要想在新年度新任务中游刃有余，必须不断淬火。"

8 时 20 分，随着第一条指令的传输，模拟训练开始了。整个工房显得更加寂静，只听见嘀、嘀、嘀的响声在设备间相互传递，监视屏上闪烁着一条条波浪线。科技干部小王告诉记者，这些都是目标跟踪变化曲线。虽是模拟演练，但记者看到，从前期准备到人员部署，各项工作井井有条；从操作员到记录员，个个全神贯注，所有动作全部按实战标准展开。

他们坚持以信息化为主导，超前设置任务背景，深入开展多设备、多岗位、多系统的联合演练，提升了信息化条件下的综合试验保障能力。同时，针对随动系统老化难以与新装备形成互动、新雷达无法与现有火炮供弹系统匹配等情况，将设备改造与科学保障有效衔接，实现了新老设备顺利对接，并催生出一批装备保障战线上的精兵强将。

突然，监控系统显示：某信号不稳定，设备出现故障。但记者看到，面对突如其来的"故障"，大家并未惊慌失措。只见工程师常岗慢慢打开某设备，动了动里面的几组"小疙瘩"，立即"手到病除"，设备恢复正常！

（刊于 2010 年 1 月 5 日《中国军工报》综合新闻版头条）

精细筹划明时限　紧盯难点抓落实

某部用创新思维科学谋划新年度科研试验任务

本报讯　年初以来，某部党委紧贴年度科研试验任务，围绕制约部队建设科学发展的瓶颈问题，集中研究、集思广益，科学筹划新年度工作。

该部党委针对新年度科研试验任务项目多、技术新、密度大、组织协同复杂、综合保障任务重等特点，按照"科学统筹谋划、明确时间节点、紧盯难点落实"的思路，大力加强关键技术研究和模拟系统的开发应用，着力在创新试验指挥模式、深化质量体系应用、提高综合效能上下功夫；针对年度新装备引进、新技术凸现、新人员增多的特点，强化训练增能力、科学帮带促能力、岗位实践提能力，努力提高各技术岗位人员的操作水平和试验指挥人员的综合素质；为解决任务量逐年增多、试验领域不断拓展，体系配套建设、信息化建设和人才建设与试验任务要求不相适应的突出问题，研究确立了大力加强信息化训练条件建设、关键试验理论技术研究和重点岗位人才培养等 10 余项创新举措。

关键技术是部队的核心竞争力。该部紧盯对部队长远发展具有前瞻性的技术发展问题不放松，按照"定时间、定人员、定责任"的措施，加强基础性预先研究、前沿性试验技术理论研究，努力突破关键技术，不断提升创新能力，增强核心竞争力。他们还按照"深化认识、细化措施、强化落实"的要求，对各项工作抓什么、怎么抓，逐项精心筹划设计，拿出了实在具体、切实有效的措施、办法，使新年度工作部署更加科学合理。

（刊于 2010 年 1 月 14 日《中国军工报》一版头条）

循序渐进打基础　科学施训活力来

某部新兵营科学组织灵活施训带来"双促进"

本报讯　1 月初，西北地区气温骤降至零下 7 摄氏度。然而，记者在某部新训场上看到，一边是新兵齐步、正步队列训练有板有眼，一边是蛙跳、往返跑体能训练热火朝天。该部新兵营在组织新兵训练中，科学安排、灵活组织，实现了新兵军事素质和体能的"双促进"。

考虑到新战士初到部队，各方面都有一个逐步适应的过程，该部在组织新兵训练时，根据大纲要求和气候变化特点科学安排时间和内容，坚持把重点课目训实、难点课目训精、共同课目训好。同时，把队列训练和体能训练时间进行分解，按照比例交叉安排，在队列训练中穿插篮球赛、拔河比赛等体能训练课目，使新战士逐渐适应高强度训练。针对训练中长时间处在单一环境、进行单一动作、容易疲劳的实际，注重劳逸结合、灵活施训，在训练间隙安排一定的文化娱乐活动，有效调动了新战士的训练积极性。

训练不讲科学，就是蛮训。为防止个别骨干在训练中"争彩头"、赶进度，他们严格按照先分解后连贯、先简单后复杂的步骤，逐步加大训练强度和难度，研究制定了"新兵训练十不准"，要求带兵干部和骨干在新兵训练中严格按照训练计划进行，不得随意增加训练强度。同时，结合新兵身体素质，采取灵活多样的训练方法，分类指导、因人施教、分层训练。为确保新训工作扎实推进，他们还建立新训督导组、检查组，对新训秩序实施有力监督，及时发现和解决新兵训练中存在的问题。

（刊于 2010 年 1 月 28 日《中国军工报》综合新闻版头条）

盯重点环节　抓事故预防

某部注重营造保安全的文化氛围

本报讯　一幅幅安全警示标语，一段段安全警言相声，一个个安全警醒小品，处处给人以教育和启迪。1 月份以来，某部着力打造特色安全文化活动，为中心任务的圆满完成和部队安全发展提供了坚强保障。

部队点多线长、高度分散，特别是临近春节，科研试验任务繁重、人员流动大，造成思想上易松弦、管理上易松劲，给做好安全工作带来了一定难度。为此，该部按照场地器材配套、文化活动经常、骨干队伍健全、管理规范有序、组织领导坚强的要求，着力打造富有部队特点的安全文化，营造人人想安全、事事抓安全、处处保安全的良好氛围。他们把安全文化的有关内容通过安全警句、格言提醒、案例分析、现场说法等方式，运用漫画、演讲、答辩、相声等官兵喜爱的形式表现出来，让官兵在谈、笑、说、唱中，感受安全发展的重要性，熟知安全法规的基本内容。

他们开展以读书演讲、知识竞赛、歌咏比赛、读报评报等为主要内容的学习文化活动，借助节日期间开展的传统文化活动，把事故案例当教材、工作岗位当课堂，不断强化官兵的安全意识。他们还围绕军事训练和重大任务开展的战斗精神培育、岗位练兵、精武标兵评选等军事文化活动，利用开展的比赛、晚会、谈心等课外活动，注意突出安全发展这根主线，延伸安全工作的触角，提高安全工作的效益。特色安全文化的深入开展，也克服了以往重管轻理、重堵轻疏、重查轻堵等做法，形成了多种手段并用、多种活动配合、全员共同参与抓安全的良好格局。

记者看到，营区内各醒目位置设有安全标志的标语墙、宣传橱窗、墙报、黑板报等安全文化载体随处可见，官兵们随时随处都在潜移默化中接受教育熏陶，部队呈现了安全发展的良好局面。

（刊于 2010 年 2 月 11 日《中国军工报》综合新闻版头条）

练兵要不要选"良辰吉日"

某医院求真务实推动岗位练兵经常化

本报讯 5 月上旬,某部医院学术厅内"高朋满座",西北地区资深护理医学专家汪立蓉正为全院医护人员讲解临床护理技巧,拉开了年度医院群众性岗位大练兵的序幕。

然而,岗位练兵这一话题此前却在医院引发过争议。部分同志提出按照以往惯例,岗位练兵都安排在护士节进行,以此庆祝节日,因而他们对今年练兵的"不合时宜"持有不同意见。

岗位练兵要不要等"良辰吉日"?面对不同的声音,院党支部没有进行硬性的批评指责,而是因势利导,组织开展"医院科学发展靠什么、提高靶场多样化卫勤保障能力为什么、医护人员提高专业技能干什么"的大讨论。道理不辩不明,经过一番热烈讨论,大家达成共识,提高日常卫勤保障能力,就要变"练为战"为"练为看",变镀金争彩头为扎实打基础,变因循守旧为开拓创新,变"定期练"为"长期练"。

思想的统一带来十足的干劲。很快,医院按照"全员参与、逐级摆擂、全面检验、整体提高"的思路,紧贴新形势下靶场卫勤保障临床护理工作需求的群众性岗位大练兵热潮渐已形成,从干部到士官、从现役到非现役人员,个个都心情愉悦地投入到火热的岗位大练兵活动中。为确保练兵实效,该院深入开展"查漏洞、找弱项、看差距"活动,层层召开"诸葛会",梳理出基础训练不够扎实、训练中重操作轻理论、重老手轻新手等 10 多个问题。按照固强补弱的思路,集思广益,研究整改补短措施,科学制定可行计划,严格规定时间节点,并就练什么、怎么练、怎么评比、怎么保障等问题进行了深入探讨,推动了岗位练兵向纵深发展。

参与训练的非现役外科护士宁丽告诉记者:训练年年搞,今年却大不相同,不仅形式多样、内容全面,就连考核评比也大不一样。往年考核中摘金夺银的"老面孔"退出了擂台,变成了裁判,更多的新手走上了前台。记者看到,通过集中培训、单兵演练、模拟操作、换岗轮训、跨专业交叉训练,护理人员的技能明显提升。

【编余一得】选时最终是为了顺时。这个"时"不应局限于时间,更重要的是时机。岗位练兵到底要不要与护士节相配合,看起来是个时间问题,其实抉择取决于时机是否合适。从这个角度看,开展岗位练兵选择良辰吉日与坚持练兵经常化并不矛盾,两者和谐共振,何乐而不为?

(刊于 2010 年 5 月 27 日《中国军工报》综合新闻版头条,被评为季度优质稿件,获年度军事训练好新闻三等奖)

近水楼台缘何不得月

某部党委转变机关作风服务基层受好评

本报讯 5 月中旬，某部集中采购的 34 台 DV 和数码相机全部 "落户" 各个连队，受到了基层官兵好评。然而，此举在领导机关中却引起了不小的波澜。

设备购置后，有人认为近水楼台先得月，机关日常事务多，特别是个别业务科一直没有相机器材，理应优先保障；也有同志认为个别连队编制小、人员少，技术骨干缺乏，这些 "高档" 东西配发到这些 "小连队" 作用不大，还不如发放到机关。对此，该部党委的意见是宁可少了机关，也不能少了基层，基层必须优先保障。

近水楼台总想先得月，说明部分机关干部思想还不够端正。以此为契机，部队党委深入查找领导机关在服务基层上的 "枝枝节节"，清除在思想认识、工作作风、领导方式等方面存在的突出问题。结合帮带基层活动，提出眼光向一线聚焦、保障向一线倾斜、服务向一线深入、力量向一线聚拢的 "四个一" 要求，大力强化服务基层的意识。同时，要求领导机关为兵服务不做样子、排忧解难不看对象、解决问题不分大小，扎扎实实把基层期待的、官兵急盼的事情办好。他们还采取一线办公、一线帮教、一线解难，从细微处入手，狠抓作风转变，牢固 "基层至上、官兵第一" 的思想。在前不久战士考学指标分配中，全部名额分发到各基层，机关不留 "机动指标"，官兵拍手称赞。

服务好基层，就要做好下篇文章。针对个别基层反映的缺乏会操作 DV、数码相机的技术骨干，部队党委积极配发学习资料，举办培训班，邀请西安晚报编辑、陕西师范大学教授前来授课，为官兵传授专业技能，极大地激发了基层骨干的积极性。

【编余一得】 作风建设是提升部队战斗力生成的有力推手。某部为基层办事心无旁骛是改变作风的生动写照，他们把作风建设贯穿在部队建设的方方面面，注重从细微处入手、从反思中转变，不失为一个好举措。

（刊于 2010 年 5 月 29 日《中国军工报》综合新闻版头条）

自创口令 "下课" 规范动作 "上岗"

某营严格按照新条令抓好部队日常养成

本报讯 6 月 25 日上午，某营开展某型号任务试前勤务保障演练。出发前，

某营营长张学瑞特意将部队带到训练场，就便携式折叠写字椅操作动作进行了参前"热身"。记者看到，口令简洁有力、动作整齐迅速。

便携式折叠写字椅属于新型营产营具。配发后，在操作使用上一直都是沿用以前自创的"准备凳子""放"等口令。新的《队列条令》第二十五条关于便携式折叠写字椅使用操作有了规范口令，规定为"放凳子""坐下""打开靠背"等口令。张营长告诉记者："新的条令修改后，以前许多没有相应操作规范和使用要求的新式装备、营产营具等，现在都有了明确的规定。贯彻好新条令，就是要在系统学习、严格规范上下功夫，特别是许多新增加的条款和内容要学深且执行好，及时纠正与新条令精神不一致的'土做法''土规定'。"

天气热，临行前，营里还特意让战士们对服装进行了"改造"。战士们脱下身上的作训服，先将袖子外翻卷至腋下缝处，然后将袖口以外部分向外翻卷至与袖口接缝处，再将袖口下翻盖住翻卷部分，一眨眼工夫，长袖变成"短袖"，以前挽袖子的现象不见了。张营长说：《内务条令》第一百零二条专门对着夏季作训服作了规定，比以前更加科学合理。"

"新条令就是好。"采访中，前几天还在为家属来队一事担心的士官王绪从衣兜里掏出一串钥匙兴奋地说："下周媳妇来队，昨天就拿到了房门钥匙，这都是贯彻新条令的喜人结果。"王绪是连队的骨干，最近妻子想来队，可部队任务重，王绪担心上报到营里后会受阻，一直顾虑重重，不敢向领导汇报。当看到《内务条令》有关"在不影响士兵在位率以及执勤任务和连队管理的前提下，已婚士官可以按照下列规定离队住宿"的条款后，他鼓起勇气向营里打了报告。没想到，营领导"一切按条令办"，让他高兴不已。

制度是从严的依据、平日行事的规范，制度的生命力更在于执行。记者了解到，连日来，他们依据新条令内容逐一进行规范，取消了饭前插空小练兵、饭后体能小训练、一天要换两身衣等"土政策""土规定"10余项，部队科学化管理水平明显提高。

（刊于2010年7月3日《中国军工报》综合新闻版头条）

丰富活动载体　搭建实践平台

某部推动创先争优活动经常化具体化

本报讯　科学发展热潮涌，创先争优党旗红。8月上旬，记者在某部看到，广大党员争着到最辛苦的岗位、干最艰苦的工作。该部积极丰富创先争优活动实践载体，搭建创先争优实践平台，形成了人人创先进、事事争优秀、处处展风采的良好环境。

该部把创先争优活动作为推动部队建设科学发展的强大动力，结合科研试验任务实际，制定具体措施，广泛开展"誓师动员""党员表决心""支部挑应战"等活动，激励党员学习新知识、钻研新装备、掌握新技能，在完成重点任务、应对重大挑战中创先争优，在破解发展难题、推动科学发展中创先争优，实现了争当先进有目标，争创优秀有方向。他们还推出服务基层先锋岗、急难任务先锋队、勤奋学习标兵、靶场奉献之星等 8 个品牌工程，实现争当先进有舞台、争创优秀有路径，使创先争优活动真正成为基层党组织和党员的自主行为，有效激发了基层党组织活力。

如何争、如何评，才能争得有激情，评得有动力。为把"争"的动机搞端正，把"评"的方法搞科学，他们以"五个好""五个带头"为标准及时制定出台了《创先争优评比量化细则》，把党员干部日常训练、工作中暴露出来的业务不精、威信不高等问题一一查找并展现出来，让党员知耻明智，激发创先争优的危机意识。通过定期讲评单位和个人，激励广大官兵争平时、平时争，确保了争当先进有机制，争创优秀有动力，推动了创先争优评比的经常化、具体化。

（刊于 2010 年 8 月 17 日《中国军工报》一版）

改良"基础基因"　避免"近亲繁殖"

某部一批高素质士官"亮剑"试验场

本报讯　炮声隆隆，硝烟滚滚，某新型火炮定型试验正如火如荼地进行。8 月 18 日，记者在某部试验场看到，从前台操作到后方保障，一批士官活跃在不同岗位。该部坚持多措并举抓培养、持续用力强素质，使一批优秀士官成为部队建设的"顶梁柱"。

该部坚持以新大纲为依据，紧贴使命任务，多管齐下为技术士官"浇铸镀金"，持续用力为指挥士官"加钢淬火"、竭尽所能为急需人才"铺路搭桥"，大力培养高素质士官人才。他们按照初、中、高级的梯次，采取"大专业小集中、小专业大集中"的方式，分层次、分课目、分阶段，扎实开展岗位技能培养。结合"四会"教练员集训、专业技能培训，广泛开展技能比武、才艺比拼等活动，不断激发士官学习新知识、强化新技能、研究新训法的热情，使一批士官上台能讲课、上阵能指挥、上装能操作。

他们积极开设学习园地，开辟训练场所，配发相关软硬件资料，围绕新课目开展"实战化"训练、模拟化训练，促进高新课目训练向科研试验能力靠拢，向部队战斗力转化，使士官岗位训练由模式化、程序化、简单化逐步走向网络化、系统化、智能化。为从根本上改良士官人才"基础基因"，避免"近亲繁殖"，他们从各专业抽调业务尖子，从兄弟单位请来专业能手，从地方对口单位请来行家里手，开设不

同专业的理论辅导班、技能培训班，源源不断地为士官人才"传经送宝"，60%以上的技术骨干精通两个以上专业技能。士官李学章，短短两年就成为连队全面过硬技术骨干、"四会教练员"，熟悉3种专业技能，获全军优秀士官人才奖。

他们还注重打破专业限制，采取岗位互训、交叉细训、定期轮训等方法，搞好学习交流，发挥优秀士官人才"酵母"作用，带动了人才快速生成。今年以来，该部已邀请专家教授授课辅导20余次，外训士官100余人次，与其他单位交流培训急需士官人才30余人。一大批技术全面、素质过硬的新型士官逐渐走上前台、挑起大梁，20余名士官获得全军士官优秀人才奖。

（刊于2010年8月28日《中国军工报》综合新闻版）

端正思想"方向盘" 拧紧行车"安全阀"

某部加强安全行车教育活动成效明显

本报讯 "一名好的驾驶员就是要爱车、守纪、安全、节约……"9月15日，某部"军车交通安全月"知识竞赛在该部大礼堂进行，来自基层和机关的6支队伍踊跃抢答，氛围异常活跃。

该部始终坚持把行车安全作为推进部队建设发展的头等大事，采取教育引导、定期排查、依法管控等措施，大力加强车辆交通安全管理。为强化驾驶员的安全行车意识，他们扎实开展职业道德、法规制度和警示教育，帮助官兵熟悉高技术条件下汽车运输保障的规律和特点，认清安全行车的重要性、违章行车的危害性，校正认识偏差，打牢安全行车基础，筑起安全行车防事故的"大堤"。

他们广泛开展以"安全行车促和谐"为内容的知识讲座、大讨论和竞赛等活动，大力营造人人讲安全、车车保安全的良好氛围。针对个别驾驶员"超速行车、强行超车、带故障出车"等侥幸心理，加大了检查、整治、通报力度，使驾驶员时刻紧绷安全行车之弦。该部还积极探索安全行车的规律、认真总结和借鉴安全管理经验，不断完善和创新车辆管理新举措，先后制定了《车辆驾驶员交通违章记分实施办法》等10余项管理制度，提高了部队车辆安全管理工作质量。

8月底，他们对200余台在用车辆进行了技术检测和维修，对个别违规苗头进行了通报批评，有效防止了各种问题的发生。目前，在该部已形成"规章制度健全、强制保养正规、专业训练落实、监理监管经常、维修装备配套"的车辆管理良好局面。

（刊于2010年10月12日《中国军工报》综合新闻版）

民主测评本意是让大家实事求是，客观公正地实施民主监督。曾几何时，在一份份测评表面前，有的同志敷衍了事，把"优秀"一勾到底。如今，某部——

还民主测评"真面目"

本报讯 11月25日，某部组织开展了一次民主评议党员活动。记者看到，"千人一面"的"全优"现象不见了，官兵们的意见与测评对象的情况基本吻合。

然而，一个月以前，在该部开展的一次民主测评党员活动中，测评表下发不到五分钟，有同志连测评对象名字都没看清楚，就齐刷刷地画上了"全优"。对此，部党委很是纳闷：难道这些党员就一点缺点都没有？对此，他们进行了一番"打探"。

"我们也知道被测评对象并非个个优秀，但家丑不可外扬""测评活动经常搞，可每次结果都不得而知""测评对象都是干部骨干，一旦投了不称职被查知，以后的脸面也难看""测评表设计不科学，难以体现群众意愿"……调查中官兵们直言不讳地解答部党委的一个个疑问。

该部党委分析认为，在民主测评中，官兵"一勾到底"，既有测评机制方面的缺陷，更有工作作风方面的问题。为此，他们从完善民主测评机制入手，开展专题教育，讲清测评中做"老好人"的危害性，提高官兵对民主测评意义的认识。同时，引导官兵端正态度、实事求是、客观公正地发挥民主监督作用，改变测评中不看政绩看人缘、不看德才看关系、带感情色彩参与测评的现象。

为营造敢说话、说实话的民主氛围，他们规定组织测评前要提前发出预告，进行测评前动员、单人安排测评座位、逐项介绍测评内容，减少因时间短、测评人员集中所造成的负面影响。在测评内容设置上，摒弃由机关确定内容的做法，让官兵代表参与测评筹划，确定测评内容，增强测评的可操作性。同时，要求机关及时通报测评结果，让官兵反映的问题有答复，形成提出问题、解决问题的良性循环。

【编余一得】民主测评是贯彻群众公认原则的重要体现，做好提升民主素质、增强民主意识、公开测评条件、宣传民主规定等工作，是确保其科学性和真实性的重要环节。某部官兵从"一勾到底"的"放空枪"到正本清源的"不脱靶"，这种做法有可借鉴之处。

（刊于 2010 年 12 月 4 日《中国军工报》综合新闻版头条）

新训骨干如亲人　军营温暖似春天

某部精心呵护新战士健康成长

本报讯　岁初寒冬，气温骤降。然而，某部新兵营里处处温暖如春。该部细心关怀、真情呵护，让新战士们时时处处感受到部队大家庭的温暖。

新战士入营后，该部广泛开展"关心新战士"活动，注重在衣、食、住、行上为他们开辟"新战士通道"，让他们吃好每一顿饭、洗好每一次澡、睡好每一个觉、写好每一封家信，使他们有一种"到了部队如到家、部队就是我的家"的感觉。新战士冀永胜在给父母的信中这样写道："当兵之前，听说部队生活条件艰苦。到了才发现，部队像家一样温暖。我会好好干，为自己的人生写上浓浓的一笔。"该部还注重在带兵骨干中开展"以真心促安心、用真情换真心"活动，要求新训骨干依法带兵、文明带兵、科学带兵。

该部还因地制宜，广泛开展丰富多彩、健康向上的文体活动，稳定情绪，陶冶情操，缓解新战士的心理压力。同时，注重广泛开展训练标兵、内务标兵等评选活动，引导他们在军事训练中当尖子、日常工作中当先锋、遵规守纪中当模范，不断强化进取意识、奉献意识和比拼意识，引导新战士把高昂的激情转化为立志成才的实际行动。该部还积极营造学习成才的良好环境，举办才艺展示、趣味比赛，开辟学习园地、知识乐园，使新战士学习有资料、训练有场所、娱乐有去处，在真心关爱中激发动力，夯实献身国防、扎根军营的思想基础。该营教导员杨从刚告诉记者："暖心工作不仅拉近了与新战士的距离，也激发了新战士的新训热情和献身国防的自豪感。"

（刊于 2011 年 1 月 13 日《中国军工报》综合新闻版头条）

睁大眼睛查隐患　撇开成绩找弱项

某部坚持过细查找问题筑牢安全防线

本报讯　睁大眼睛查隐患，撇开成绩找弱项。2月上旬以来，某部3个工作组深入基层，认真查找制约部队安全发展的问题，深刻反思工作中的不足，扎实抓好年度安全工作落实。

2月初，该部召开安全管理分析会，面对连续多年无安全事故的大好形势，部分官兵开始津津乐道、喜形于色。个别领导干部也认为，新年度工作刚刚展开，安全工作可以暂时松口气、歇歇脚。这一现象引起了该部党委的警觉，多年无事故不等于将来无事故，特别是"双节"刚过，人员思想易松懈、安全管理易松劲，安全工作面临着诸多问题。只有引导官兵树立强烈的忧患意识，把满足感转化为危机感，安全工作才能百尺竿头更进一步。为此，他们召开专题会议部署安全工作，明确年度工作重点和上级要求；结合工作谋划，由主要领导带队深入基层，帮助查隐患、找问题、抓整改；细化制度措施，健全组织机构，明确责任分工，搞好分析预测，促进工作落实。

短期安全靠运气，中期安全靠管理，长期安全靠文化。为全面构建安全文化体系，该部结合年度任务特点和部队实际，专门制定下发了《部队安全文化实施方案》，采取宣传提示、活动熏陶、实物固化等形式，将安全理念、安全意识、安全技能和安全法规熔铸成形象直观、可触可感的安全文化。同时，开设安全宣传专栏，印制安全常识口袋书，制作安全教育专题片，开展"安全在我心中"故事会、演讲比赛等活动，使安全"基因"深深根植于官兵思想血脉，在潜移默化中增强安全防范意识和安全管理能力。如今，置身该部营区，安全灯箱引人入胜、安全文化赫然醒目、安全漫画简明易懂……有官兵感言："身处这样的文化环境，抓不好安全工作都难！"

（刊于 2011 年 3 月 17 日《中国军工报》综合新闻版）

争当主角 团员向党员"叫板"
某部开展创先争优活动注重激发团员热情

本报讯 "喻排长，下周 5000 米考核，我要超过你。""赵班长，俯卧撑考核我们来比一比。"4 月 20 日，记者在某部弹药库看到，体能考核刚刚结束，领奖台下就有人公然"叫板"。原来，"落榜"团员正向获奖党员发起挑战。

团员为何要向党员"叫板"？战士黄雪刚告诉记者，党团员"暗战"早已开始，上周篮球赛就是力证：仓库几个篮球高手都是党员，每次党团篮球赛基本上都是党员占上风。但是，上周团员重整旗鼓，差点就打了个翻身仗。团员不服气，当场就向党员下战书，下周党团活动接着来。

据该部弹药库主任郭金宏介绍，仓库常年与弹药火工品打交道，危险性大，几乎所有岗位都是由党员担当，当有弹药收发与废旧弹药销毁等任务时，都是党员当主角。时间一长，年轻好胜的团员不干了，纷纷请缨要求上岗。

据了解，为激发团员创先争优的热情，该部仓库结合任务特点，精心设计特色鲜明的活动，广泛开展互帮互学、比武竞赛等活动，引导团员青年争当先锋。在急难险重任务中，该仓库改变过去党员打头阵、团员"当配角"的做法，极大地调动了团员青年创先争优的积极性。

4月初，在一次废旧弹药销毁工作中，团员突击队取代了党员先锋队。搬运现场，团员青年顶着刺鼻难闻、辛辣呛口的气味，穿梭于"硝烟弥漫"的窑洞，肩扛手抬，连续奋战4天，提前3天完成了任务，让党员倍感"压力"。

团员争当"五个先锋"，党员实践"五个带头"。面对党团员如此饱满的工作劲头，该库教导员周碧波说："党员、团员比着干，不仅促进了创先争优活动深入开展，也为仓库建设注入了强大活力。"

（刊于2011年4月30日《中国军工报》综合新闻版头条）

瞄准靶子即放箭　摸清症结稳下刀

某部党委作风建设呈现新气象

本报讯　谈起加强思想作风建设带来的变化，某部基层官兵概括了6个字——真实、务实、扎实。

转变缘于一个月前的一次讲评会。会上部党委敏锐地发现，个别领导谈成绩轻描淡写、只言片语，摆问题却滔滔不绝、争先恐后，大有"谁摆出的问题多，谁的作风就扎实"的势头。真有那么多问题吗？为何会出现"问题赛"？深刻剖析后，他们感到部分同志片面认为，摆出的问题越多，思想作风就越扎实，但刻意找出的那些不是问题的问题反而掩盖了问题的存在。

找准靶子即放箭，摸清症结稳下刀。针对个别干部学习上怕辛苦、思想上怕受苦、工作上怕劳苦、生活上怕清苦、作风上怕艰苦等现象，部党委注重从领导干部抓起，从剖析自身问题严起，采用组织生活会等形式，组织机关干部揭短亮丑、公开承诺、亮出身份，以强化党委机关干部的使命意识、责任意识和进取意识。结合后勤干部大多管钱管物特点，研究制定《加强自身建设措施》，引导机关干部谨慎用权、廉洁自律。针对部队点多线长、高度分散，部分基层主官任职时间较短、自建能力偏弱的实际，坚持经费投量向基层倾斜、向一线倾斜，用真情服务的实际行动取信于官兵。同时，完善机关干部蹲点评价机制、讲评机制和考核机制，为助推部队科学发展奠定了坚实基础。

【编余一得】有一个"狼来了"的故事，讲一个放羊的小孩曾两次高喊："狼来了。"骗得大人放下农活前来赶狼，却发现只是小孩的恶作剧。小孩第三次再喊时，大人以为又是恶作剧，结果羊和小孩都落入了狼口。作风建设当从点滴入手，部队建设讲究令行禁止，层层加码搞提前以及刻意摆问题的做法当止。

（刊于2011年5月7日《中国军工报》综合新闻版头条）

聚焦使命任务　打造特色文化

某部注重用军营文化助推核心军事能力提升

本报讯　铿锵的军旅歌曲，唱出官兵激情满怀；精彩的战地文化，演绎官兵无限风采；浓郁的文艺演出，激发官兵坚强意志；豪迈的战斗口号，锤炼官兵昂扬斗志。年初以来，某部着眼科研试验任务特点，倾力打造独具特色的军营文化，鼓士气、砺斗志，促进了部队核心军事能力提升。

该部党委秉持"文化就是战斗力"的思想，大力加强军营文化建设，积极吸收借鉴优秀文化成果，先后组建了锣鼓队、腰鼓队等具有粗犷、奔放、热情等具有鲜明地域特色和军营特色的文化队伍。广泛开展形式多样的操场文化，让官兵在雄壮的军乐、震天的锣鼓和刚劲有力的表演动作中净化心灵、陶冶情操、强身健体、振奋士气。通过喜闻乐见的活动，唱响红色经典歌曲，以"兵演兵、兵写兵、兵赞兵"的形式，提供展示自我的空间和舞台，丰富官兵军营文化生活，为部队战斗力提升提供强大精神动力。

该部还广泛培育训练文化、走廊文化、操场文化、战地文化等，为军营文化增加了新的元素和亮点，使文化环境成为培养官兵战斗精神、培育当代革命军人核心价值观的生动课堂；制作图文并茂的灯箱，让官兵身边的训练标兵、比武尖子"闪亮登场"，使官兵时时受感染、处处受熏陶；开展各类文化知识讲座，邀请驻地著名学者讲解历史文化，充分挖掘驻地文化教育资源，让大家在接受历史文化熏陶的同时，激发报国热情；发动官兵创建文化长廊，篆刻"忠诚""精武""使命"等励志字句的石雕，激发官兵树立扎根靶场、无私奉献的坚定信念，部队文化氛围一天比一天浓厚。

（刊于 2011 年 5 月 21 日《中国军工报》一版）

扭住主线探新路　整合要素增能力

某部探索基于信息系统的体系组试新模式

本报讯　7 月 22 日，一场全要素体系组试新模式演练在某部试验场如火如荼地进行。记者看到，各种参试要素、武器单元、保障力量融为一体。该部主动围绕加快转变战斗力生成模式，积极探索基于信息系统的体系组试新模式，有效提升了部队综合试验能力。

该部坚持以使命任务为牵引，以信息系统为支撑，把掌握和运用一体化指挥平

台和数据链等信息系统作为实现人与武器最佳结合的关键点求突破，主动思谋求变，积极提升体系参试能力。他们突出抓好支撑体系组试能力重点对象的训练，利用合成演练等机会，提升驾驭高新武器装备的能力。同时，实行网上教学、网上指挥、网上考评，依托信息系统加强参试单元合成、参试要素集成训练和全系统全要素联合训练。坚持区分要素、单元、体系层次，建立健全各领域各层次训练的运行机制，科学确定各领域训练内容、时间和标准，合理划分训练周期和阶段，建立以专业技术训练为平台抓要素集成、以专业模块为重点抓单元集成、结合试前演练抓体系集成训练的长效机制。

在集成训练指挥中心，记者看到，指挥员运用信息指挥系统，实时对参试单元调整部署，实现了"一网覆盖""一网联通"，一改以往分散指挥和要素分离的状况，实现了体系融合。该部有关领导告诉记者："以改革创新为驱动，以能力素质为核心，将各参试要素、武器单元、保障力量融为一体，加快了参试能力建设由基于武器平台向基于信息系统转变，战斗力提升由单一参试能力向体系参试能力拓展的步伐。"前不久，在某型重点任务中，他们首次实现单车双发跟踪测试，极大地拓展了新的试验领域和技术。

【编余一得】如何加快转变战斗力生成模式，这是一个大课题，各部队因任务性质不同，必然途径手段各异。某部力求合二为一，形成各参试要素的体系优势，可谓局面喜人。

（刊于 2011 年 7 月 28 日《中国军工报》综合新闻版头条）

着眼任务抓训练　紧盯能力求突破

某部扭住主题主线真训实练提升核心能力

本报讯　渭河岸边，某雷达天线旋转，一批批数据被及时准确地传输至前方阵地；训练场上，担负某高新任务的官兵正按既定计划展开复杂环境下模拟训练，战斗气息十足。某部紧紧扭住主题主线实训实练核心素质，扎实推进军事训练深入开展。

该部针对下半年重大科研试验任务密集，多种任务交叉并行，面临的风险难度增大的实际，认真分析科研试验任务形势，科学统筹试训工作，确保部队各项任务有序开展。为克服人为降低训练标准，影响年度试验进程等问题，他们采取党委常委深入基层、深入试验一线挂钩帮带的方式，指导基层严格按照规定的训练时间、内容和标准开展训练工作。为确保训练质量，他们采取随机抽考的办法对训练情况进行检查，对达不到标准要求的单位进行通报批评，并要求在规定时间内进行整改；同时，他们还将年度阶段性训练计划划分为季计划、月安排，按条块分割逐级细化分工，明确职责要求，采取谁主管、谁负责；谁考核、谁监督的办法，确保有效落实。

能力素质是完成任务的保证，也是助推部队建设的基石。针对夏季天气炎热，参试条件艰苦，官兵思想易波动的实际，他们加强战斗精神强训，把练指挥、练协同、练技能与练心理、练作风有机结合起来，坚持在艰苦环境下全面摔打锻炼部队，确保官兵始终以高昂的热情投入训练中去。他们还注重在日常训练中设置高新课目内容，引领官兵把训练重点从以往单纯练程序、练口令、练动作，向练技能、练精度、练课题转变。

为锤炼官兵过硬素质，他们把各级指挥员的分析判断、组织指挥、信息运用能力作为训练关键点，把培养他们发现、校对、跟踪、射击目标的能力作为训练重点，大力开展疑难课题"会诊"和多岗位、多科目综合演练。通过技能牵引、课题带动、预案练兵等方式和途径，使训练组织更具任务需求，训练手段更有实际价值，训练内容更加贴近需要。同时，他们还通过完善综合指挥系统、优化射击指挥程序、开展模拟仿真训练等，着力培养"战场"意识，激励官兵积极投身加快转变战斗力生成模式的实践行动中。如今，部队训练参训率95%以上，专业技能考核优秀人数90%以上。

（刊于2011年9月3日《中国军工报》综合新闻版头条）

指导员休假去了外地，但连队的教育授课人依然写着他的名字；专题教育活动刚开始，但经验做法却已新鲜出炉……某部党委——

硬起手腕抓落实

本报讯 9月底，某部党委下基层检查时，问题出现了：某连教育授课人全是指导员。指导员两周前就休假去了外地，人没回来，怎能上教育课？某营教育活动刚开始，就有了书面的"经验做法"。

虽然两个单位的领导分别作了"为了教育计划的'完整性'，就把授课人全写上了指导员的名字"和"遇有大项工作，机关都会让基层上报经验做法，上报的早，有时还能被转发和推广"的解释。但该部党委认为作风养成当从点滴做起，人为的求光鲜、争彩头当戒。他们采取上下联动的方式，将机关和基层捆绑在一起，深入查摆工作飘浮、形式主义、弄虚作假等问题，引导大家自觉去浮戒躁、真抓实干，不搞"面子工程"，严格按《纲要》抓落实、过日子。同时，强化监督检查力度，大力纠治懒、散、虚等现象。

据了解，近一个月来，个别基层单位中出现的表面文章、形式主义等不实作风得以摒弃，急功近利、草率行事等浮躁心理得以消除，基层干部工作作风明显走向务实。

（刊于2011年10月15日《中国军工报》综合新闻版头条）

优化培养模式　整合内部资源

某部聚焦主题主线重大战略思想推进人才建设

本报讯　11 月初，某部试验场捷报频传，承担的国家某重点型号武器系统有多项分系统试验取得阶段性成果。该部聚焦主题主线重大战略思想，优化培养模式，整合培养资源，以人才能力率先转型推进部队试验能力提升。

该部围绕主题主线要求，聚焦提升基于信息系统的体系组试能力，以专家型谋划人才、攻关型科技人才、复合型指挥人才培养为重点，以关键岗位、新兴专业率先发展为突破口，坚持任务需求牵引，科学调配资源，专项计划推动，常态机制保证，扎实推进人才培养工作。他们紧紧扭住高素质试验指挥人才、信息化管理人才、新装备操作和维修人才队伍建设，通过群众性在职学习、重大任务锤炼、重大课题攻关牵引等举措，分类推进。

他们还细心制定人才培养多个分项计划，精选直接反映信息化人才建设水平的关键指标，整合内部资源，走实践锻炼、系统培训、联培共育的培养路子，促进人才能力素质由传统经验型、技能型，向智能型、信息型转变，提高人才培养效益，带动人才水平整体跃升。坚持把练兵对象向党委机关延伸、把练兵重点向能力素质聚焦、把练兵方向向要素融合和体系合成转变，形成了全员参与、全岗覆盖、全程问效的练兵机制。同时，注重集约使用、精确调控、合理保留，坚持把定期考评、晋升考评和随机考评相结合，全面掌握人才素质现状，打造素质全面的信息化人才。

（刊于 2011 年 11 月 10 日《中国军工报》一版）

标准公开化　过程透明化

某部士官选取工作坚持公开透明赢得官兵信赖

本报讯　"考核选取不看来头看劲头，考核对象不凭关系凭业绩……"11 月上旬，某部在士官考核选取中坚持名额、程序、标准、结果等内容全程公开、过程透明、广泛监督，赢得了官兵好评。

该部采取"官兵最关注什么就公开什么、哪个环节最容易出问题就公开哪个环节、选改进行到哪一步就透明到哪一步"等方式，把选改工作全程"晒"在阳光下，坚持把最优秀最过硬的战士选出来、留下来。他们将本人申请、群众测评、支部推荐、机关考核、选前公示、组织审批、结果公开等步骤逐项细化，明确必办事项、必经程序、必达标准，做到程序一项不减、步骤一个不缺，确保士官选改工作公平公正。

该部还研究制定了选取考核的具体办法，注重把个人意愿与岗位需要相结合，日常表现与考核评定相结合，纪委督察与群众监督相结合，综合成绩与专项特长相结合，公示推荐对象与推荐理由相结合，形成了易于基层操作、利于群众监督、便于机关把关的目标要求。同时，该部还以举报电话、公开信、设立基层"风气监督员"等方式，向全体官兵郑重承诺：不打招呼、不递条子、不截取基层名额，全程接受监督，确保以实实在在的举措，留下踏踏实实干事的人。一系列措施赢得了战士的信赖，目前退役战士思想稳定，干劲不减。

（刊于 2011 年 11 月 24 日《中国军工报》一版报眼）

某部灵活形式推动创争活动向全员辐射

本报讯　初冬时节，某部试验场上，数据测试高效、决策指挥果断、目标射击精准……从干部到战士、从机关到基层，处处彰显着你追我赶的火热场景。该部通过把党员纳入群众评、干部纳入战士评、机关纳入基层评的形式，营造全员争、全程比、全面建的良好氛围。

该部把创先争优与"双争"评比结合起来，把季度评选为优秀的战士列入年度优秀士兵、先进个人的候选人。同时，把创先争优向军事训练、科研试验任务聚焦，开展"科研训练当标杆、比武考核争第一"实践活动，激发练技能、强素质的热情，力求比在平时、争在平时，有效激发了官兵创先争优的活力。为避免基层连队干部在评选优秀党员时轮流坐庄的现象，他们采取党小组推荐、群众评议、党支部评审的程序，把干部战士一起纳入优秀党员评选。为体现公平公正，无论小组推荐还是群众评议，均采用无记名投票方式，无论干部党员还是战士党员，群众测评满意率达不到规定的均不得参评，形成了干部党员带着战士党员干、战士党员追着干部党员干的良好局面。

他们还坚持把机关纳入基层评选优秀干部中，将群众评议干部考核标准细化为政治素质过硬、能力素质优良、工作成绩突出等 5 个方面 30 个评价点，机关干部、基层干部都有相应的考评标准。结合每季度干部讲评，进行优秀干部评选。记者看到，如今，机关、基层站在同一起跑线上，淡化了党员与群众的政治差别、干部与战士的职务差别、机关与基层的岗位差别，使大家在统一参照系中处处比、时时争，形成干部创先带战士、党员争优带群众的良好导向。

（刊于 2011 年 11 月 26 日《中国军工报》一版报眼）

活动载体上共用　组织实施上融入

某部坚持把"创争"与"双争"活动有机融合收效明显

本报讯　处处有标杆，学习热情高。12月初，记者在某部基层营连分队看到，他们通过设立先锋示范岗，建立党员帮带团员模式，开展"树创争模范、当双争标杆"和"团员青年PK党员"活动，激励官兵在训练场上夺金牌、在试验场上创佳绩。该部坚持内容方式上融合渗透、评选表彰上衔接借鉴、领导力量上聚合汇合，把"创争"与"双争"活动有机融合，坚持同步筹划、同步部署、同步推进，形成了全员争、全程比、全面建的生动局面。

该部按照对象全员化、目标合理化、内容具体化、评比刚性化的要求，将基层党组织评议内容融合细化为8个方面40条具体标准，将党员和普通官兵评议内容细化分解为6个方面30项具体标准。为准确把握"创争"与"双争"内在联系，确保活动载体上共用，针对"五室"单位党员比例高、试验任务重的实际，开展以"当技术骨干、做敬业模范"为主题的岗位实践活动，以争做"优秀测量员"、争当"优秀操作手"、争创"靶场质量标兵"为载体，引导科技干部在组织试验任务中创先进、争优秀。同时，定期组织开展以理论学习、岗位实践、遵纪守法等为内容的"五星评选"活动，每月遴选一次"优秀士兵"和"优秀党员"推荐对象，激发官兵的政治热情。

该部还建立定期考评制度，采取"月查季评、量化计分、定期排名、年终总评"的办法，对党员群众开展"创争"与"双争"活动进行全程督导，变"评时争"为"平时争"；绘制《党务工作对照表》和两个活动《流程图》，研究制定《部队创先争优与"双争"活动评选表彰实施细则》，通过同步推荐、分类测评、优中选优、集中表彰的方式，确保了"创争"与"双争"活动在评选表彰环节的有序衔接。

（刊于2011年12月24日《中国军工报》综合新闻版）

时时受教育　处处受熏陶

某部积极打造靶场特色军营文化

本报讯　军营文化活，靶场处处春。寒冬时节，走进某部营区，琳琅满目的"文化长廊"、种类齐全的"流动图书馆"，还有展现火热战斗场景的战地快报、军营广播……该部紧贴部队特点和使命任务，倾力打造具有靶场特色的军营文化，让渭水岸边的兵器场处处充满激情。

部队文化氛围越浓,部队的凝聚力、战斗力才能越强。基于这一认识,该部在营区设立以核心价值观、我军优良传统等为内容的文化灯箱,张贴英模画像、悬挂名言警句,摆放镌刻"砺剑""奋进"等励志格言的文化石,营造浓厚的文化氛围,让官兵在耳濡目染中时时受教育、处处受熏陶。他们注重发挥红色资源优势,每年组织官兵赴延安参观见学,到渭华起义纪念馆凭吊先烈、重温入党誓词,请老英雄讲"智取华山"的战斗故事,让官兵在追寻红色血脉中传承革命精神。

该部还广泛开展读红色书籍、看红色影片、讲红色故事、唱红色歌曲等活动,铸牢官兵爱党信党跟党走的坚定信念。同时,坚持把"靶场当战场、试验当作战、成功为打赢"的战斗理念渗透到军营文化之中,针对"常年参试、常存风险"特点,通过立军令状、写决心书、编阵地短信格言、开阵地广播、唱连歌团歌、定期组织业余文艺骨干深入试验一线等活动,让富有靶场特色的军营文化成为官兵精武强能、创先争优的不竭动力。

(刊于 2011 年 12 月 24 日《中国军工报》一版)

资产管理精细化　财务管理实时化

某部积极完善措施机制提升保障效能

本报讯 行政消耗性经费开支同比下降 5.2%,预算执行率达 96%以上……这是 12 月底记者从某部有关部门获悉的信息。该部注重运用现代信息技术,扎实推进资产管理与预算管理改革,公务卡结算、行政消耗性费用管理和经费标准一体化机制取得的喜人成绩。

建设现代后勤,保障力是基础。该部按照"资产管理精细化、财务管理实时化"思路,注重挖掘保障潜能,增强保障效益。他们积极推行资产管理、预算管理与结合的机制,围绕资产编配标准化、管理动态化、处置规范化的目标,建立健全清查、计价挂账等制度,下功夫解决资预脱节、资产重复购置、闲置浪费、随意处置等问题,促进了闲置资产合理有效使用。加大公务卡支付结算力度,采取定责任、定机制等办法,每月对使用公务卡情况进行通报,确保公务支出始终在阳光下运行。积极推行行政消耗性费用管理机制,建立健全开支有限额、消耗有定量、考评有指标、问责有依据的科学体系,加强管控稽查力度,杜绝无预算、超预算、超标准开支现象,提升经费保障效能。

他们还积极推行经费标准一体化机制,采取测实基础数据、定出消耗标准、调控预算安排,管住过程环节的办法,形成以消耗标准为基础、供应标准为依据、管理标准为尺度的一体化标准体系,极大地提高了精确化保障、精细化管理水平。同时,推行经费预算与资金收付相分离机制,通过财权分离、业务分开,将经费分配

权、使用权、资金支付权和资产处置权等由多级人员、多个部门管理，确保了经费使用安全。同时，他们从提高财务人员的素质入手，坚持把专业技术过硬、工作经验丰富、善管会算，又具有一定信息素质、法律素质和发展潜力的干部选上来，采取岗位练兵、集中培训等方式，提高财务资产管理能力，有效增强了部队财务保障功能。

（刊于 2012 年 1 月 5 日《中国军工报》综合新闻版）

凝聚智慧寻良策　把握要义谋发展

某部求真务实谋划新年度工作

本报讯　求实谋新篇，靶场气象新。新年伊始，记者在某部看到，会议室里，围绕贯彻落实上级党委扩大会议精神的讨论格外热烈；试验场上，围绕年度任务开展技术攻关的热情异常高涨……该部按照上级党委扩大会议做出的重要部署，在更高起点上筹划新年度工作，部队建设焕发出新的生机与活力。

筹划新年度工作中，该部党委坚持不在机关定调子、想法子，而是沉到基层一线，面对面听兵声、纳兵言，当起了"调研员"。他们将拟定的新年度工作计划下发基层，请官兵逐一"把脉""过秤"，结合官兵意见及时修改完善，让年度工作更加紧贴上级要求、符合部队实际、体现官兵心声。同时，广泛采取问卷调查、座谈讨论、"诸葛会"等形式，倾听官兵对抓好新年度工作的意见、建议，查找制约部队建设的"瓶颈"问题，利用官兵聪明才智寻求破解难题的"金钥匙"。记者看到，成绩面前不自满，查找弱项再补短，他们筹划新年度工作科学务实，防止了"老一套""高指标"等现象。

去年势头好，今年接续干。针对个别单位"松口气""歇歇脚"、急于求成等思想，他们组织开展"去年工作怎么看请基层评判，今年工作怎么干听官兵意见"活动，引导官兵客观看待形势，冷静分析问题，切实把存在问题分析透，把补短措施制定实，为年度工作开好头，布好局。

（刊于 2012 年 1 月 7 日《中国军工报》一版报眼）

多种文化鼓舞　传统精神激励

某部用蓬勃向上的军营文化助推新战士健康成长

本报讯　文体有魅力，新训有激情。2 月初，记者走进某部新训场看到，训练间隙，新战士小吴用蒙语演唱的歌曲《马头琴的歌声》，让大家拍手叫好。你方唱罢我登场，其他新战友也不甘示弱，一起表演藏族歌舞《雄鹰展翅》，此起彼伏的欢呼声顿时响起。另一场地，励志歌曲、武术表演等轮番登场，生动活泼、趣味横生的互动游戏新颖别致，歌声、掌声、助威声响彻训练场。新战士小杨告诉记者："训练间歇看表演，训练的疲劳得到缓解，战友之情也在此刻凝聚。"

该部新兵营积极倡导文化育人、文化兴训理念，精心设置丰盛的"文化大礼包"，坚持用多种文化升华思想、陶冶情操，增强训练热情，营造充满朝气、富于活力、催人奋进的军营文化氛围。他们从发掘和培养新战士兴趣的爱好入手，成立绘画、书法等业余兴趣小组。坚持利用训练间隙设舞台、摆擂台，开展才艺比拼，举办书法、绘画比赛等活动，让新战士在文化娱乐中缓解思想和心理压力。同时，结合训练内容，精心打造"自助式"文化大餐，积极探索"快乐训练"模式，将各种小游戏、小比武等融入训练之中，制定了一套集趣味性、协作性、互动性为一体的"课间娱乐活动套餐"。利用每天军事训练和体能锻炼后的放松时间，组织新训骨干和新战士共同切磋、同台竞技，使文化娱乐活动成为新战士的心情"调节剂"，成为新训骨干与新战士感情交流的平台。

该部还将科学发展观、当代革命军人核心价值观、军队优良传统等方面的经典语句搬上横幅、灯箱和板报，制作印发有军营特色的书签、扑克牌、笔记本等，让新战士在耳濡目染中接受洗礼，激发刻苦训练、争当靶场尖兵的热情。为发挥传统精神的激励作用，他们组织观看部队发展历程专题纪录片，教唱靶场之歌等活动，收看《士兵突击》《亮剑》等反映军旅生活的影视作品，用传统历史鼓舞士气，用红色文化塑造言行，在传承历史中汲取精神营养，在学习典型中弘扬核心价值，增强建功靶场的思想基础。

记者了解到，为发挥军营文化的激励作用，该部按照体现先进性、突出群众性、注重经常性，将读书演讲、士兵讲坛、新闻点评等多种文化活动融入新训工作，定期组织球类、竞技、趣味比赛，做到训练间隙有活动、文化活动有载体、多种活动有配合，不断激发训练热情。同时，开展"新战士之星"评选活动，宣扬表彰在训练、学习、教育中涌现出的先进个人，激励新战士快速成长。

台上才艺不断，台下笑声不绝。记者看到，一个个精彩的节目，一项项才艺比拼，将新战士由幕后请到前台，由观众变成演员。新战士们告诉记者，"军营文化，活跃了新训氛围，增强了军营生活吸引力，也为我们提供了展示自我的舞台，激励更多的'达人'走上舞台，秀出精彩。"

【编余一得】新训生活是新战士的当兵初体验。新训过程中，扎实打牢思想根基、练就过硬军事素质、适应军营生活节奏，对战士快速有效实现军旅成才目标至关重要。因而，在开展新训工作过程中，各级需要根据新兵实际情况，创新训练方式，在营造浓厚新训氛围、打造先进军营文化等方面做文章，使其有效辅助新训中心工作，培养素质过硬的新兵群体，某部的诸多做法值得借鉴。

（刊于 2012 年 2 月 9 日《中国军工报》综合新闻版头条）

需求摸准　好事办实

某部党委机关服务基层实打实

　　本报讯　官兵对新年度工作还有哪些期盼、对已兑现的实事是否满意……新春刚过，某部党委分头深入到基层一线，听兵言、察实情、解难题，受到基层和官兵广泛赞誉。该部领导介绍，周到细致搞好服务保障，就是要坚持工作重心下移，眼睛向下看、腿向基层迈，真正把官兵的需要搞清楚，才能把实事办到官兵心坎上。

　　规定内容、限定时间、分步兑现，该部党委坚持用给基层办实事、做好事来推动工作质量的提升。去年，他们坚持在改进作风中倾听基层呼声，在周到服务中办实事解难题，使单身住房、职工医疗等 10 多个涉及官兵切身利益的问题得到了有效解决。新年伊始，他们本着突出重点、急事先办、逐步推进的思路，再次研究确定了为基层办实事的详细计划，并采取领导包片、常委驻营、机关干部驻点的办法，深入各个单位具体帮抓指导，将工作落实到末端、问题解决到一线。

　　2月初，他们坚持教育培训跟上门、物资器材送上门、维修保障走上门、急难问题帮上门，并确立机关服务责任制，建立为基层办实事档案，明确服务基层项目、归口办理部门、责任人、完成时限、解决情况等，提高了工作效率，促进了实事落到实处。同时，要求每名党委常委挤出时间蹲到连队、住进班排，与官兵进行"零距离"接触，面对面听取官兵呼声建议。据统计，1 月初以来，该部党委与基层官兵谈心已达上百人次，官兵提出的 20 余条合理化建议已纳入新年度工作计划。前不久，该部组织的网上民主测评显示，90%的基层单位和官兵对机关的服务表示满意。

　　（刊于 2012 年 2 月 11 日《中国军工报》综合新闻版头条）

培育信息化人才　实现保障力跃升

某部积极探索装备训管结合新路子

　　本报讯　寒冬时节，某部试验场上铁甲驰骋，沙尘飞扬。突然，某装备车在行进中出现故障，技术骨干闻令而动，沉着应战，仅用 3 分钟，装备"起死回生"，试验任务恢复正常。该部着眼新任务新要求，积极培育信息化人才，探索装备训管结合新路子，极大地提升了装备保障效能。

　　以往，许多"新家伙"一旦"病倒"常常需要辗转千里急求厂家帮助，这样一来，不仅影响试验周期，而且装备完好率也难以保证。随着新装备陆续增多，该部坚持向信息化人才要战斗力，积极走信息主导、技术支撑、人才保证、科技强训的新路，建立训管结合、跟踪指导等系列保障机制，改变过去只管引进、不管指导和维护的做法。他们与多家技术院校、修理厂家联系，每年选送一批技术骨干学习培训，聘请修理专家到部队担任技术辅导员；组建技术攻关小组，建立多单位协同保障机制，实现野外装备与配套器材同步操作，维修保障与保养措施同步制定，解决了装备管理中遇到的各种难题。

他们还大胆让装备在实战中接受检验，利用联训、演练等时机，让技术力量随同参加技术指导，对装备技术保障中的各种信息、质量状态进行周密监控，抓好对装备操作使用及特殊情况的处置，提高官兵对新装备的操作维护水平；紧贴信息化装备保障要求和任务特点，从难从严设置课目，提前预想设想保障难题和风险，提高人才装备操作的信息化素质。他们还把装备性能指标、常见故障等一一登记造册，建立信息数据库，使装备管理维修、器材供应、野外抢修等难题一一得到解决。

信息素质催生信息技术。如今，他们通过摸索和研究，革新出了应急抢修器、车辆自动检测仪等器材，不仅构建了一体化保障平台，培养了一批技术过硬的维修骨干，还使装备综合保障能力明显增强。前不久，在一次颠簸任务中，某机动车辆"抛锚"，被试装备"卡壳"在保障一线，修理小分队迅速赶来紧急"治疗"，10分钟后，试验恢复正常。

（刊于2012年3月14日《中国军工报》综合新闻版头条、2012年5月5日《解放军报》部队新闻版）

紧扣中心创先　破解难题争优

某部引导党员科研一线攻坚克难

本报讯　造氛围，激发内在动力；抓实践，突出质量效益；重保障，促进常态发展。新春新气象，某部紧扣部队中心工作，突出技术室党支部和党员群体，引导党员人人当先锋、支部个个作标杆，在科研试验一线创先争优。

该部精心设计党员示范岗、成立党员突击队，开展"我的岗位无差错、我的岗位创一流"等活动，倡导党员在本职岗位上比学习、比素质、比奉献，使创先争优活动向提升核心能力聚焦，让官兵能力素质提升与科研试验能力对接，有效破解制约战斗力生成的重难点问题10余项，提高了部队科研试验综合能力。围绕培养领军型人才等重点工作，以评选学习成才、遵规守纪、服务奉献、开拓进取之"星"为载体，引导党员在攻坚克难中建功立业。

这个部队还广泛开展"民主评议党员、民主评议干部、民主评议党支部"活动，

把党员和党组织创先争优活动纳入工作责任落实之中，建立考评机制和激励机制，形成激励先进、带动中间、鞭策落后的良好工作格局。

（刊于 2012 年 2 月 15 日《解放军报》综合新闻版、2012 年 2 月 26 日《中国军工报》一版）

试验场上能文能武

某部一批政治干部成为多面手

本报讯 炮声隆隆，硝烟滚滚。初春，某新型火炮定型试验在某部训练场上紧张进行。试验现场，从前台操作到后方保障，一大批政治干部身手不凡，现场指挥、上装操作从容熟练。该部坚持多措并举抓培训、强素质，探索出一条加强政治干部队伍建设的新路子。

该部紧贴使命任务，大力加强政治干部队伍建设。他们采取"大专业小集中、小专业大集中"的方式，分层次、分课目、分阶段，扎实开展岗位技能培训。结合"四会"教练员集训、专业技能培训，广泛开展技能比武、才艺比拼等活动，不断激发政治干部学习新知识、强化新技能、研究新训法的热情。

他们还积极开设学习园地，开辟训练场所，配发相关软硬件资料，围绕新课目开展实战化、模拟化训练。同时，采取岗位互训、交叉细训、定期轮训等方法，搞好学习交流，促进人才快速成长。今年以来，该部邀请专家教授授课辅导 20 余次，外训政治干部 100 余人次，与其他单位交流培训急需人才 30 余人。一大批技术全面、素质过硬的政治干部走上前台、挑起大梁，先后有 20 余名政治干部受到各级表彰。

（刊于 2012 年 3 月 16 日《解放军报》综合新闻版）

不当"看客" 不打"白条"

某部实打实帮建基层

本报讯 3 月 15 日，记者在某部综合仓库看到，该部部长张明带领 8 名党委委员就营房改造与基层一起商讨解决方案。该部党委采取面对面"问诊"、手把手帮带、心贴心服务的方法，让党委"绑"着责任，基层单位带着压力，所有问题列出解决时限，提升了帮建质量。

"机关帮带很到位！"官兵的声声赞叹让部党委高兴不已。仓库司务长李树军说：

"党委机关身体力行不当'看客',挂账销账不打'白条',使基层问题整改有压力,效果当然好,官兵也受益。"该部针对基层分队点多线长的特点,区分类型层次,建立联建帮带机制,通过分层分解目标,跟踪督导问效,使各级所担负的目标进一步清晰、权责进一步明确。同时,按照"谁查的问题谁跟踪,谁出的问题谁负责"的原则,对各基层存在的问题登记造册,建立解决问题"明细表"。党委机关下基层检查时,要带着问题清单,与连队进行对账,确保整改内容、标准、时限落到实处。

问题就是靶子。他们对本级能解决的问题制定具体时限,做出公开承诺,限时落实到位。对需要上下联动解决的问题,积极协调共同解决,将任务、责任、要求分解,每月对挂账的问题进行跟踪问效,督促整改销账。该部党委机关还紧盯基层党组织建设短板做工作,围绕轻重缓急分层次实施挂钩帮建。对先进基层党组织,坚持持续抓巩固,发挥其示范带动作用。对基础一般的基层党组织,帮其查找薄弱环节,使其尽快跨入先进行列。对基础薄弱的基层党组织,选派素质过硬、有基层经历的领导干部捆绑帮建。除此之外,他们还将基层建设成效与相关责任人的切身利益挂钩,在评功评奖、提升使用方面给予政策倾斜,充分调动各级参与抓建基层的积极性、主动性、创造性。

在某营,记者看到,党委机关、基层党支部共同查找、梳理出的"教育手段不丰富""保障技术水平不高"等12个问题被逐一细化分解,明确解决时限、责任人,调动了各级抓建的积极性。

【编余一得】碰到难题,遭遇瓶颈,看似方法不对,实则态度问题。机关帮建基层建设,最忌"走马观花"搞调研、"颐指气使"下命令、"蜻蜓点水"抓落实。调研实不实,思谋深不深,落实硬不硬,反映的是作风,体现的是能力,决定的是前景。不当"看客"事无巨细亲力亲为,不打"白条"抓铁有痕踏石有印,为我们做出了表率。

(刊于2012年3月24日《中国军工报》综合新闻版头条,获季度优质稿件和年度军事训练好新闻三等奖)

"金凤凰"回巢"穷山沟"

某部弹药库激励人才学成归来干事业

本报讯 "今年毕业,我要回连队干!""欢迎你回来……"3月23日下午,某部弹药库,当年考学的战士仇明方正在电话里给仓库主任郭金宏汇报交流"私想"。

飞走的"金凤凰"真要回巢"穷山沟"?记者有点纳闷。一旁的副主任陈炜解释:"还是我们仓库的环境好啊,既拴心又留人。"

"仇明方刚到仓库时并不爱学习,是仓库良好的学习氛围使他逐渐产生了考学

念头。"郭主任给记者讲起了这名"小状元"的考学经历。"这几年,受社会大环境的影响,一些战士文化层次较高,但入伍后思想较浮躁,不爱学习,有的想混几年就'打道回府'。对此,连队及时教育引导,给他们创造条件,制定措施扶持,让他们学有所成。小仇就是其中一位,他当年的学习资料还是我们托人给他买的。"

记者采访中得知,该库每年为图书室购置学习资料,开办文化补习班,为想学习的战士开"小灶"。仓库创造条件,战士不负众望。去年,有6人"金榜题名",近三年,仓库有10人学成归来。

倾心关爱助成长,营造环境聚人才。"金凤凰"回巢"穷山沟",让仓库建设蒸蒸日上。仓库主任郭金宏深有感触地说:"种下梧桐树,不怕没凤凰。"

【编余一得】提到人才培养,我们经常会用"刻不容缓""当务之急""首要任务"这样的词语来表达我们的高度重视和急切心情。那么,人才涌动的生动局面从哪里来?编者认为,单位领导要有爱才之心、识才之智、容才之量、育才之方、用才之道,人才才会生生不息,单位建设才会欣欣向荣。

(刊于2012年4月7日《中国军工报》综合新闻版头条)

眼皮子底下的事缘何不热心

某部党委从小事入手纠治机关不实作风

本报讯 6月1日,记者走进某部机关办公楼,适逢科技干部王雨来机关办理上学手续,陈干事热情接待,不到5分钟就办妥。王雨捧着登记表兴奋地说:"没想到,机关办事效率这么高。"

办事效率的提高,是该部党委抓作风促转变的结果。半个月前,该部党委在检查中发现,一些机关干部办公室物品乱堆乱放,人走了灯不关,有的对基层要办的事能拖就拖。

为何眼皮子底下的事不热心、举手之劳不愿干?该部党委分析认为,这看似小事,实则反映了机关作风不实的问题。他们随即召开现场会,从最容易忽视的问题入手,逐一查找,分析原因,限期进行整改。结合"讲政治、顾大局、守纪律"教育活动,组织机关干部围绕"基层需要什么样的机关""基层需要什么样的服务"进行讨论,引导大家树牢服务意识,热情为基层办实事、解难题。同时,他们对基层需要解决的困难进行梳理,分配到职能部门;对需要多个部门共同完成的,按照职责分工;明确任务,严禁相互推诿扯皮。

一系列措施的出台,让机关干部有了压力和动力。前不久,某连网络室的电脑出现故障,电话打到机关不到半个小时,机关就协调技术骨干赶到了现场,"手到病除"。

(刊于2012年6月12日《中国军工报》综合新闻版)

热浪当头　练兵更酣

某部酷暑时节不降标准狠抓训练考核

本报讯　7月23日下午，记者走进某部训练场，接近40摄氏度的高温下，部队基础性体能项目比武竞赛正火热进行。该部领导告诉记者："利用高温天气摔打锤炼部队，磨砺过硬作风，确保部队训练标准不降、作风不散，是圆满完成科研试验任务的保证。"

真训还要真考。在比武现场，记者看到，与以往不同的是，此次比武考核全部采用智能化考核系统，杜绝了考核中的虚假现象。为考核部队训练真实水平，部队聘请西安交通大学开发了军事训练体能考核系统，考核过程中每一项科目都采用电脑自动计数，从而代替了人工计数模式。许多动作不标准、"欲偷懒者"被罚出局。战士李涛一口气做了30多个俯卧撑，却因动作不标准，没有成绩。战士张军用尽全部力气做了50多个仰卧起坐，却因动作不到位，只有37个计入成绩。考核结束后，该部测试站参谋长刘红敏深有感触地说："要想取得高分，平时训练就得扎实，来不得半点马虎。"

热浪滚滚来，正是练兵时。从严抓组训，标准不降低。训练场像个大蒸笼，官兵们整日汗流浃背。尽管如此，各项考核没有丝毫降低难度，各课目考核严格进行。记者在五公里考核现场看到，豆大的汗珠从战士们的脸颊往下淌，但没有一个人放弃。参与考核的某连连长刘伟卫告诉记者："冬练三九，夏练三伏，这样的高温天气正是磨炼部队战斗意志的好时候啊！"

（刊于2012年7月31日《中国军工报》综合新闻版头条）

少些"越俎代庖"　多些"还权放手"

某部党委坚持科学抓建激发基层内在动力

本报讯　学习内容不再为基层"统一划定"，文体活动不再让基层"固定选择"，请假外出官兵不再"漫长等待"……8月中旬，记者在某部看到，党委机关少了"越俎代庖"、多了"雪中送炭"，基层科学抓建的责任意识、内在动力有效增强。

7月初，该部机关针对基层单位工作统筹不科学、落实不得法等问题进行了集中培训，并安排机关干部进行了为期的1个月重点帮带。有了党委机关有力指导，各营连工作有声有色，在部队各项评比竞赛中频频夺冠。然而，帮带工作结束不久，

该部党委发现，一些基层的手脚懒了，一些能解决的问题直接反映到机关，事故苗头时有发生。

为啥机关一"撤兵"，基层就开始"冒泡"？对此，有官兵认为，之前没出问题，是因为帮带的机关干部盯得紧，事事帮着张罗，基层工作有声有色。也有官兵认为，机关干部"越俎代庖"，滋生了基层的"惰性"。此现象引起该部党委高度重视，经过分析认为，机关放手还权，基层方能尽职尽责。随后，他们针对请假休假、表彰奖励等方面存在的权力"越位"问题进行整改，并组织机关干部对照《军队基层建设纲要》自我检查，强化领导机关的职责意识。

为让基层能施展"拳脚"，他们还研究制定了《机关帮带基层实施细则》，要求机关在抓基层建设中，做到统揽不包揽、到位不越位，把帮带重心放在理思路、教方法、引路子、想对策上，着力提高基层干部自主解决自身问题和开展工作的能力。结果显示，"还权减压"，基层的内在动力和官兵的工作积极性、创造性有效增强。

（刊于 2012 年 8 月 21 日《中国军工报》综合新闻版）

领导出镜少　官兵关系亲

某部转变作风从细小环节抓起

本报讯　1 月 15 日晚，记者在某部看到，15 分钟的《部队新闻》电视节目中，大约 10 分钟时间播报的都是基层官兵训练、生活的镜头，反映领导机关活动的新闻内容还不到 5 分钟。该部从细枝末节抓起，深入学习贯彻总装备部党委加强自身作风建设具体规定，紧密联系实际转变作风，带来了许多具体新变化。

以往，电视新闻节目录制大多关注的是领导机关的会议、讲话、活动等，以至于镜头里播放的都是各级领导的"倩影"，而基层单位鲜有露脸的机会。在认真学习贯彻党中央、中央军委和总装备部有关改进作风的规定后，部队党委专题召开作风建设形势分析会，从精简会议活动改会风、精简文电通知改文风等细小环节抓起，对下基层调研、组织会议等方面做出规定，要求领导干部精力多投入一线，电视节目镜头多聚焦基层。

作风连着形象。记者看到，把舞台交给基层，新的电视节目录制镜头里少了领导机关，多了基层的影子，围绕基层官兵全新打造开办的新闻播报、人物专访、开心一刻、每周一歌、影视展播等栏目，深受基层官兵喜爱和好评，基层部队的凝聚力、战斗力持续高涨。

（刊于 2013 年 1 月 26 日《中国军工报》专题报道版头条）

"温馨提示"引导官兵理性消费

某部崇俭戒奢树新风

本报讯 年初，某部出台《厉行勤俭节约反对铺张浪费"十条禁令"》和官兵合理消费 10 条"温馨提示"，引导各级勤俭办事，杜绝铺张浪费，并取消合并会议 6 个，其余必开会议和活动缩减邀请人员和领导出席人数，不做应景布置，不发纪念品，这些精打细算的举措受到官兵称赞。

该部举办"合理消费"专题讲座，组织官兵参观军史馆，观看老一辈用过的锄头、油灯、棉被和睡过的石板床等物品，学习艰苦奋斗的优良作风，引导官兵合理消费。他们还为官兵梳理出购物、交往、消费过程中应注意的 10 条"温馨提示"，帮助官兵树立"节约光荣、浪费可耻"的思想。通过系列教育引导，部队上下艰苦奋斗、厉行节约、勤俭办事的意识普遍增强。

【集思广益】节俭不止于节日

今年春节，节俭餐饮、理性购物成为风尚。过了春节这一"大考"，一些官兵有松口气、缓缓劲的念头，这应当引起警惕。节日应当节约，平时更该节俭。面对每年倒掉相当于 2 亿多人一年口粮的严峻现实，狠刹节日浪费，只是堵住其中一个缺口，而更多的漏洞隐藏于平时，产生于不经意间。倘若目光只盯住节日，不去堵平时的"蚁穴"，千里之堤势必有溃坝之险。

节俭之风势衰，力弱，浪费之风就必然回流、抬头。厉行节约需要把功夫下在平时，从人人做起，从点滴做起，使节俭之风劲吹于节日，常吹于平时，风化于心，外化于行。

（刊于 2013 年 2 月 20 日《解放军报》一版报眼）

试验阵地掀起练兵热潮

某部紧贴科研试验任务开展训练工作

本报讯 初春时节，乍暖还寒。记者在某部训练场看到，官兵们围绕优化任务组织指挥模式开展的多岗位、多系统集成保障演练正酣。该部紧紧扭住科研试验能力建设这个龙头，坚持在更高起点上推进建设发展，部队处处焕发新的生机与活力。

该部新年度试验呈现任务重、装备技术新、考核难度大、标准要求高等诸多特点。为确保各项任务圆满完成，该部党委紧紧扭住重点谋求新突破，按照实战化要

求，大力加强信息化训练条件建设，积极推行任务分类、人员分层组训模式，抓好一体化、协同化综合演练，扎实开展多岗位、多系统合成演练，提高综合保障能力。同时，狠抓基础性针对性训练考核，推行重大任务试前培训考核，提高一专多能、一人多岗训练质量。

科研能力始终是训练的重点。他们深入开展复杂电磁环境下的制导兵器试验、武器系统可靠性评估等技术预研和50余项课题研究，结合重点设备建设和项目建设，大力推进技术创新，努力形成新的技术优势和试验能力。年初以来，该部广大参试官兵积极聚焦核心技术领域，努力掌握专项任务关键技术，严格把握试验需求和研制进度，提前做好任务方案设计和条件保障建设，加速了科研试验能力提升，为年度各项任务圆满完成提供了有力支撑。

（刊于2013年3月2日《中国军工报》一版）

从"各自为战"到"攥指成拳"

某部围绕能打胜仗要求积极推进现代后勤建设

本报讯 4月初，某部一场复杂环境下的保障演练正酣。记者看到，伴随演练的各后勤保障分队闻令而动，业务娴熟。该部围绕任务需求，提升基于信息系统的后勤体系保障能力，推动了传统后勤向现代后勤的快速转变。

高强度、高密度、高风险的科研试验任务，使部队党委深刻感到，传统后勤保障模式已远不能满足需求，构建高效快捷的后勤保障体系是顺应形势发展的当务之急，是加快推进保障力生成模式转变的关键。方向明，动力就足。该部按照能打胜仗的要求，优化后勤保障指挥机构，科学规范指挥模式，精确拟制保障预案，构建上下配套、左右衔接的综合保障体系。按照战斗化、综合化、模块化要求，创新联动协同保障和互联互通机制，探索物资模块化储备、机械化装载、网络化管理的保障手段和一体化、网络化、立体式的保障模式。按照共同课目集中训、专业课目分层训、基础课目模块训的思路，依托重大任务组织后勤岗位干部轮训，开展技能智能对接，走开基地化、模拟化、网络化训练路子。同时，在后勤信息获取、指挥控制等方面加大转变步伐，助推保障力水涨船高。

后勤保障手段向信息化迈进，是建设现代后勤的核心任务，是转变保障力生成模式的主导因素。该部按照信息集成、要素融合的思路，构建联通试验场的指挥控制网、延伸基层的信息服务网、集成各类业务的机关办公网、覆盖重点目标的视频监控网，同步推进后勤人才队伍、管理机制、保障措施等创新发展。针对后勤保障中分层多级指挥、效率不高等问题，建立后勤一体化指挥平台，实现了信息系统拓展、集成融合。在某演练现场，记者看到，利用指挥一体化系统收发指令，部队后勤保障前出，物资供应源源不断，"伤员"救治有条不紊。

信息化建设成果的大量运用，为后勤全面发展注入生机与活力。如今，通过信息系统可及时准确掌握人员、装备变化情况，经费、物资供应保障情况，快速调度保障资源、有效调控保障行动，为首长机关决策提供了有力信息支撑。走进某信息化车场，记者看到，轻点鼠标，电脑屏幕上所有车辆的使用、管理、维修、保养、器材申领等数据信息一目了然，信息化管理系统实现了保障需求实时可知、保障资源实时可视、保障活动实时可控。

为联得通、保得好，该部坚持走标准化、科学化管理路子，把标准供应、精细管理、集约保障、有效监督作为主要抓手，研究制定物资经费管理等措施 10 余项，坚持用制度管钱管物管事。积极推行公务卡结算，实施借款打卡、消费刷卡、结算持卡，科学规范经费物资供应、伙食、油料、卫生、营房保障任务。同时，积极拓展后勤业务通用办公平台功能，机关办公、业务查询网上运行，资金运行电子划拨、实时预警，后勤装备、物资流动实现远程监控，资产存量、油料供应可视可控。年初以来，部队行政消耗性开支逐月下降，节粮、节油、节水、节电取得可喜成效。

（刊于 2013 年 4 月 9 日《中国军工报》一版头条）

人才兴则事业旺

某部党委聚才育才为主题教育注入新内涵

本报讯 3 月中旬，某部 20 余名优秀干部赴院校研究所深造，其中研究生学历占总数的 31.1%，比 3 年前提升 17%。有关领导欣喜地说："坚持人才优先发展，使一批高素质优秀人才脱颖而出，成为科研试验主力军和部队建设顶梁柱，不仅实现了学历升级，也实现了能力素质跃升。"

该部围绕主题主线科学规划，多措并举综合施策，实施科技英才和信息化人才培养等工程，让人才优先发展的步伐越走越大。在学习党的十八大报告中，该部党委围绕人才优先发展战略构建人才蓝图，完善人才培养、选拔、管理、奖励等优先发展的制度机制，营造了育人才、留人才、爱人才的浓厚氛围，激发了人才干事创业的热情。在"坚定信念、铸牢军魂"主题教育活动中，优秀人才的成长故事也成为一个个鲜活的"教材"，激励更多优秀人才投身武器装备建设事业。

科技干部游毓聪，2007 年从军械工程学院毕业，两年中就负责完成了 3 项课题研究，去年又承担两项部级重点课题，部党委还积极为他选题目、压担子，为他的成长成才提供宽敞平台。谈起科研创新，他兴奋地说："部队坚持人才优先发展，特别在科研立项、军队科技进步奖申报等方面给予倾斜，让人才受尊重、创造得肯定、贡献有回报，大家干劲足、热情高。"

优先发展，让更多人才得到了实惠。总装备部科技英才、十大学习成才标兵、该部某站高级工程师王俊，参加工作 4 年取得 3 项军队科技进步奖，30 岁晋升高级工程师，成为部队最年轻的高工。回想成长经历，他感慨地说："部队党委创新举措育人才、改善环境暖人才、营造氛围聚人才，让我们有舞台、有保障、有地位。"

优先发展，受益的不仅是干部，还有一大批士官人才。据统计，3 年中，该部有 30 余人受到全军、总装备部各类表彰奖励。曾获总装备部优秀人才奖的三级军士长张军虎说："部队设立人才奖励基金，对有突出贡献的给予重奖表彰，让优秀人才名声响起来、实惠多起来、地位高起来，大家成才愿望更加强烈。"

记者了解到，贯彻落实党的十八大报告关于人才优先发展战略，该部从制度机制入手，为人才成长植入"内动力"。通过建立公平公正、民主公开的人才管理机制，在选拔使用、职称评审、级别调整、奖项申报等方面实行全过程公开、全方位透明，为人才提供公平竞争的发展环境，使一大批懂技术、能指挥、会管理的复合型科技人才脱颖而出，一批批科研成果获军队科技进步奖，优先发展在人才和成果方面都结出了丰硕成果。

（刊于 2013 年 4 月 30 日《中国军工报》综合新闻版头条）

畅通意见渠道　公开接受监督

某部以务实举措推进教育实践活动

本报讯　7 月中旬，某部党委利用下基层检查、参与部站形势分析和学术技术研讨等时机深入基层，解决实际困难和问题 7 个。同时，通过下发调查问卷、开通"民情博客"等收集意见建设 30 余条。该部通过敞开门来搞教育、深入基层去实践，推进教育实践活动深入开展。

教育实践活动开展以来，该部采取党委成员参加小组生活会、部站形势分析会等方式，坚持边学边查、真查深查，梳理群众反映的突出问题。针对查找出的问题逐条分析原因，深挖思想根源，采取"四分四定"和表格化管理形式，科学制定整改任务书。同时，以公开承诺等形式，让群众知道改什么、何时改、达到什么目标，做到内容、目标、时限、责任明确。采取民主评议等形式，对机关服务基层、工作作风、能力素质等方面进行测评，建立民意收集制度，设立网上信箱、网上论坛、民情博客等，畅通听取群众意见渠道，公开接受群众监督。

针对基层反映的部队文化生活单调等问题，他们结合群众性文化活动开展，翻修活动场所、配发活动设施，建立网上史馆、网上影吧等活跃基层文化生活。记者看到，天气炎热，野外试验条件异常艰苦，该部党委成员坚持与参试官兵一同上阵地、进工房，察基层实情、听官兵意见，拉近了与基层的距离。记者了解到，6 月底，针对多项高原试验任务即将展开征集的 13 条意见，有 8 条在第一时间得到答复和解决。

（刊于 2013 年 7 月 23 日《中国军工报》一版报眼）

瞄准急需开源　建章立制节流

某部党委加强经费管理提升使用效益

本报讯　7 月初，某部财务部门一项统计显示，上半年部队行政消耗性经费开支比去年同期减少 20.5%，用于基层基础性建设经费开支比去年同期增加 10.2%。该部从抓制度、抓标准入手，精心打造部队经费精细化管理实践取得成效。

3 月初，该部党委出台措施，对部队公务接待、行政消耗性经费等进行压缩，把厉行节约、反对浪费活动引向深入。他们严格审查把关，坚持超财力的预算不审、超规模的活动不批、低效益的投入不做，促使各级盯住预算花钱，自觉过好紧日子。同时，坚持向科学管理要效益，开展节能、节水、节电活动和科学化管理，全面推行网上办公、"光盘行动"，走出一条机关部门花钱看预算、基层办事看缓急、重大开支看效果、财务审核看标准的经费管理新路，使厉行节约收到很好的效果，部队行政消耗性经费开支大幅下降。

经费使用关乎风气建设。为确保每笔开支透明有效，他们出台《经费决算管理办法》等 5 项制度措施，形成了内容全、涵盖广、易于操作的制度体系。同时，在帮建基层的资金投向上，坚持"兵事先办、急事快办"的原则，既硬起手腕做"减法"，让部队勒紧"裤腰带"过日子，又不遗余力做"加法"，把节省下来的经费合理用到基层基础设施建设上。制定并明确了经费投向"三个优先"：优先保障部队中心任务需要、优先解决官兵急难解决的问题、优先保障基层基础设施建设。

年初以来，该部将节省下来的经费用于基层军营文化建设、部队训练指挥平台集成建设等，有效解决了部队基础设施建设薄弱等 6 项难题。

（刊于 2013 年 7 月 23 日《中国军工报》综合新闻版）

整改内容公示　目标责任细化

某部教育实践活动全程接受群众监督

本报讯　8 月底，记者从某部了解到，该部党委机关在党的群众路线教育实践活动中明确要解决的 27 个问题，有 11 个已经得到有效整改，其余问题也已明确责

任人和完成时限,正在积极整改当中。该部坚持把解决问题作为教育实践活动的"重头戏",将整改内容公布于众、目标责任具体到人,使基层官兵看到了教育实践活动带来的新气象、新变化。

党的群众路线教育实践活动展开后,该部党委主动沉到一线倾听群众意见,收集真实想法,发现突出问题,对照党章和为民务实清廉要求深刻反思,为"四风"问题的具体表现逐一画像,将梳理出的 15 种表现作为教育实践活动的突破口,并逐一"对号入座"。该部党委把要解决的问题逐条挂账销号,逐类清理归零,把要改什么、怎么改、改得怎么样,为基层做什么、怎么做、做得怎样等事项,对基层反映多的问题列出明细表,明确责任人和解决时限,并以公示形式向全体官兵公布。

纠治难题需要硬起手腕、直面问题。该部党委敢于立言立行,在纠治工作效能、个人住房、公务用车、基层风气和铺张浪费等问题上,坚持以上率下、模范带头。对个别干部违规占用住房的问题,该部党委坚持不讲价钱、不讲条件、不讲客观理由,无条件清退。推行责任制和问责制,按照"不漏一人、不漏一房"和以人找房、以房找人相结合的方式,坚持责任到人,列出名单,硬起手腕对个别干部违规住房情况进行清理整治,并及时通报情况,全程接受官兵监督。截至目前,该部先后清退不合理占用住房 8 套、收缴拖欠房租 10 余万元,清理借垫款 800 余万元,封存非装备车辆 1 台,教育实践活动取得了实实在在的效果。

(刊于 2013 年 9 月 10 日《中国军工报》一版、2013 年 10 月 13 日《解放军报》要闻版)

某部积极构建国防试验安全协作体系

本报讯 10 月中旬,某部与驻地"四县两市"党政军领导积极沟通,围绕国防科研试验安全、军民协作体系构建共商对策措施。这是该部结合部队特点,加强国防科研试验安全的又一举措。

近年来,随着部队职能使命任务不断拓展,承担的国家重点型号任务增多、涉及地域范围变广、试验周期变长、保密要求提高、部分试验设施设备暴露在外较多等给国防安全提出严峻挑战。该部坚持用关于统筹经济建设与国防建设,走中国特色军民融合式发展的重要论述统一思想,积极构建完善高效顺畅、便捷可靠的军政联动、军警联合、军民联手的国防试验安全协作体系。与由驻地"四县两市"党政军机构成立的国防试验安全协作委员会定期召开协作例会,研究解决在维护国防科研试验安全方面存在的问题。每次组织重大任务,部队都及时函告驻地政府,通报协作需求,为部队开展搜寻、处置、善后等节省了人力、物力和时间。

该部还与驻地政府协作建立奖惩激励机制,设立国防试验安全协作贡献奖励基金,每年拿出 5 余万元对在部队国防试验安全协作工作中做出突出贡献的单位和个人予以奖励。每年利用走访慰问等时机，了解社情民情，主动互通情况，解决存在问题，完善协作机制，初步形成军政协作、军警联合、军民共建抓国防科研试验安全的良好局面。

（刊于 2013 年 10 月 20 日《中国军工报》一版、2013 年 11 月 4 日《解放军报》第九版）

查找问题见人见事　改进措施具体实在

某部党委坚持末端问效改进作风

本报讯　某部党委在教育整顿活动中，事事敢较真，逐级做表率，两个月压减重大活动 3 项、取消业务会议 8 个……官兵称赞，党委机关务实抓作风，部队建设犹如装了推进器。

该部党委深入基层调研，采取面对面问、一对一查、实打实纠的办法，真诚听取官兵的意见建议；结合"创先争优"活动，逐级进行点评，明确指出每名机关干部思想作风上的具体问题；在局域网上开辟教育整顿活动专栏，设立意见箱，邀请基层官兵对党委机关进行评议，把进取精神不够强、勤俭意识淡化等现象逐一晾出来，为党委机关干部查找问题提供借鉴。

针对少数机关干部存在以整改工作中的具体问题替代查纠思想层面的根本问题的现象，该部党委从严格组织生活制度入手，采取领导点问题、自己讲问题、相互指问题的办法，广泛进行思想互助，引导机关干部树立"亮出问题是勇气，揭露问题是党性，发现问题是能力"的观念，敢于触及敏感问题，注重强化党性观念，做到查找问题见人见事见思想，改进措施具体实在，对 8 名查找问题不深刻、整改措施不具体的机关干部进行批评帮助。

对查找出的问题，该部党委坚持条件具备的及时整改，条件不具备的列出解决问题的时间表。紧紧围绕主题主线，大力整治试验训练作风不严问题，确保 24 项重点试验任务圆满完成；积极创新试验模式，首次实现单车双发跟踪测试，拓展了新的试验领域和新技术。积极推行机关服务责任制，修订完善《党委议事规则》《党委机关廉政建设措施》等规定，从经费使用、改进会风、基层敏感事务处理等 23 个方面提出明确要求。记者了解到，教育整顿活动开展以来，40 项重点整治的问题已完成 15 项，党委机关压减行政消耗性开支 48 万元，组织 11 名领导机关干部下基层蹲点指导；考评 77 名团职领导干部，调整使用 20 人，选送中级指挥培训对象 4 人，上下普遍反映较好，形成了靠素质立身、靠实绩进步的良好导向。

（刊于 2013 年 10 月 25 日《中国军工报》一版、2013 年 11 月 26 日《解放军报》部队新闻版）

第二辑　消息

科研对接"战场" 成果运用"实战"

本报讯 去年 12 月初,某部由科技干部集智完成的《某试验信息综合管理系统建设》等 5 项重点课题顺利结题,给部队基于信息系统体系试验能力带来新跃升。这个部队聚焦打仗选题立项,聚合优势集智攻关,建章立制力求转化,让科研成果迅速转化为战斗力。

去年年初,该部结合承担的试验任务特点,鼓励科技干部紧跟任务需要找课题,选取 56 项重大研究课题为重点攻关方向。为让科研课题与战斗力直接挂钩,该部还出台了《科研管理实施办法》《科研立项及奖励细则》《科研课题评审办法》等制度,挤掉华而不实的"科研泡沫",实现由"研为奖、研为看"向"研为用、研为战"转变。同时,实施开放式科研机制,与 9 家科研院所建立合作关系,形成联合聚能、动态组合的科研攻关模式。

为让课题与任务衔接,该部分批次安排 200 余名优秀科技干部到科研院所学习深造,挖掘科研信息,联手立项攻关,让每一项成果都具有创新价值。同时,把部队实战需求、科研成果推广、战斗力提升这三者紧密相连,把课题研究与成果运用捆在一起,实行全过程管控,使这些"宝贝疙瘩"以最快的速度、最高的效益、最简单的手段畅通无阻地走进试验场,在试验任务中充分发挥作用。笔者了解到,如今该部在研课题中已有 43 项获得重大突破,每一项都将为部队打胜仗助一臂之力。

【编辑感言】新年伊始就编发这样一篇报道军队科研工作的稿件,令人十分欣慰。科研是部队战斗力的重要组成部分,实现强军目标离不开科研。重视科研、关注科研、及时采写报道部队科研新闻,应当成为基层报道员的采写重点。在科研单位工作的报道员自不用说,在普通战斗部队工作的报道员,也可以从官兵业余科研小革新、小发明中发现新闻线索,采写出新闻稿件来。我们期待,今年部队科研报道能有长足的进步。

(刊于 2014 年 1 月 13 日《解放军报》十版)

某部科技干部放弃休假全力攻关

本报西安 2 月 3 日电 大年初四,记者在某部采访时了解到,为使某型装备早日列装部队,原本准备休假的 6 名干部主动放弃回家打算,留在科研一线全力攻关。

该部试验指挥阮龙告诉记者,从大年初一开始,部队一直处于高强度工作状态,一天的工作量比平时一周还多,大家都在加班加点。站在寒气袭人的试验场,风顺着衣领一个劲儿往里钻,记者发现,尽管这样,也丝毫没有影响他们的工作热情。该部主任范革平对记者说,为了使武器装备早日定型、装备部队,许多干部一年四季与试验场为伴,奋战在这个特殊战场,有的孩子出生不能在身边,有的老人病了无法照顾……

"走进试验场就是上战场""解决重大问题就是能打仗""完成科研试验任务就是打胜仗"……这一句句口号已经成为官兵们的自觉行动。近年来,该部圆满完成科研试验任务 700 余项,攻关技术难题百余项,实现了试验理论、技术和方法的诸多突破,60 余项创新成果获军队科技进步奖,一批武器装备试验定型、装备部队。

(刊于 2014 年 2 月 4 日《解放军报》二版)

技术提前储备　人才超前培养

某部大力提升高新装备综合鉴定能力

本报讯　年初以来,某部喜讯频传,3 项重点高原试验任务取得阶段成果,4 项重点课题取得重大突破,时间周期比原计划提前三分之一。该部坚持技术提前储备、人才超前培养,大力加强重点领域预先研究,有效提升了驾驭高新武器装备的综合鉴定能力。

该部针对年度外场试验任务增多、保障要求高、技术风险大、质量管控难的实际,提前安排技术骨干下厂调研实习,吃透技术状态,掌握战技指标,确保被试产品一进场就能展得开、考得准。他们还模拟复杂环境,提前设置考核背景,狠抓专业技能训练,让训练地域接近战场、训练过程如同交战、训练考核真像打仗,实现能力素质率先升级。为主动适应武器装备信息主导、要素集成、体系配套、效能综合等特点,部队持续加大试验鉴定理论预先研究,探索建立数字仿真、半实物仿真和实装试验并行开展的新型试验鉴定模式,实现由实装试验向实装与仿真相结合合试验转变,由单体性能试验向单体与整体性能试验并重转变,使制约科研试验能力跃升的 10 余项关键技术取得重大突破。

创新牵引发展,人才推动发展。该部充分发挥信息技术和高素质人才的"倍增器"作用,坚持把人才培养作为能力生成的核心要素,按照梯次衔接、逐级跃进、体系发展的思想,围绕制导兵器、无人装备、直升机载武器等主干专业和仿真试验、作战试验、电磁兼容等新型学科,统筹各方有利条件,完善培养规划,将人才培养目标、职责、要求具体到人,加大创新型人才群体培养。他们还加大信息力测评、模拟仿真、复杂战场环境等新型试验条件建设,积极探索武器装备、测试设备、真实靶目标和仿真系统实时组网技术手段,提高复杂战场环境构建和试验要素互联互

通能力，为高强度、高密度、高频度内外场试验任务开展提供强有力的保证。今年以来，部队已优质高效完成科研试验任务 10 余项。

（刊于 2014 年 2 月 13 日《中国军工报》一版）

着眼任务补齐能力"短板"

某部聚焦强军目标真训实练提升综合能力

本报讯 6 月初，记者走进渭水岸边的某部试验场，只见空中"战鹰"盘旋，地面导弹呼啸，多种任务同时"开战"。从组织指挥到保障实施、从精准测试到过程管控井然有序，彰显着真抓实训带来的丰硕成果。该部紧盯弱项短板抓训练、聚焦核心能力强素质，科学组训，真抓实练，大力提升基于信息系统的体系试验能力。

年初以来，该部按照"要素、单元、体系"综合集成的思路，采取共同内容集中训、本职业务自主训、指挥谋略结合训、结对帮带强化训、瞄准弱项补差训的方法，坚持以重大任务为牵引，提升组织试验能力。在训练内容上，他们主动向急难课目"亮剑"、向复杂领域"进军"，把试验最早能用到的、平时训练最容易弱化的课目作为训练重点，引领官兵深学理论、练强技能。同时，结合年度任务需要，超前设置任务背景，模拟复杂环境，深入开展多设备、多岗位、多系统的联合演练，让训练地域接近战场。

实练为了试验。该部注重在艰苦环境下全面摔打锻炼部队。同时，坚持把对武器装备的鉴定考核能力和解决重大技能问题的能力作为训练重点，大力开展疑难问题"会诊"和多岗位、多科目综合演练，使训练内容更加贴近"实战"。他们还通过完善综合指挥系统、优化射击指挥程序、开展模拟仿真训练等，不断强化"战场"意识。真训实训出成绩，真练实练出能力。一季度以来，该部主动揭露被试产品缺陷 20 多个，解决重大技术难题 10 余项。

（刊于 2014 年 6 月 28 日《中国军工报》综合新闻版头条）

某部注重倒查问题背后的问题

本报讯 "所说 12 个问题看似发生在基层，其实根子就在机关。"7 月初，某部党委机关讲评工作成绩少了溢美之词，查摆问题针针见血。

如果机关安排工作铺天盖地，即使基层有十八般武艺也难以应付。怎么能用新形式主义反对旧形式主义？该部党委以"检讨会"的形式总结讲评各自工作，对成绩"冷处理"、对问题"热检讨"，将发现的问题反复剖析，深挖问题背后的问题。

他们采取"发动群众提、职能部门查、启发自觉讲、互相帮助找"等方式，多管齐下，对人员流动性大教育难落实、试验任务重思想难掌握、文化活动难开展等影响和制约政治工作创新发展的 10 个瓶颈问题，逐一拿出具体解决方案和改进措施。

责任要求不明确，落实就会打折扣。为此，该部出台《党委机关工作实施细则》，从布置工作、检查评比到官兵评议、实施问责等方面制定详细措施，下大力纠治工作中报喜不报忧，只讲政绩不讲问题，遇到问题"事不关己，高高挂起"的"老好人"现象。该部领导介绍说，这些措施和规定，涵盖缩短工作汇报、精简文电会议等一系列内容，从细微之处点中"四风"要穴，彻查彻纠问题背后的问题，让官兵切身感受到新风扑面。记者了解到，活动开展以来，5 类 12 个问题解决 5 个，其余列表挂账，都明确解决时限。

（刊于 2014 年 7 月 19 日《中国军工报》综合新闻版）

某部聚焦试验任务强化保障效能

本报讯 火热七月，记者在某部火炮工房看到，52 名火炮维修保障人员正在这里接受为期 20 天的系统培训。该部瞄准任务需求，坚持把装备保障能力纳入部队核心能力建设之中，大力加强装备保障能力建设，装备保障效能有效提升。

该部按照"整体规划、分步实施、突出重点、逐年完善"的思路，在充分摸清保障能力需求的基础上，对现有维修器材和设备等进行统筹安排，调剂余缺，盘活资源。同时，突出需求牵引和技术推动，加强军民融合，积极学习借鉴军内外装备保障经验，采取新工艺、新材料、新设备，加强装备技术状态监测，突出预防性维修，减少大型维修比例，提高装备维修保障效益。该部还跟踪装备维修保障发展趋势，研究装备维修保障特点和规律，积极开展装备维修保障理论研究，使零散成果系统化、成功经验理论化，保证各类保障资源效能有效发挥。

该部还积极开辟多种渠道，开展实装维修训练，组织人员集中培训和以修代训，学习装备结构、设计原理、维修保养等知识，培养装备保障人才，全面提升装备维修抢修能力。同时，加大与军内装备维修机构、地方特约维修站的合作，定期组织专业技术人员来部队协助进行装备检修和理论授课，传授先进管理经验和维修技术。他们还注重向基层车勤分队推行维修帮带机制，组织团站修理工到维修分队锻炼实习，发挥技术辐射传导作用，带动部队维修保障能力的整体提升。今年以来，攻克保障技术难题 10 余项，50 余项重点任务保障有力。

（刊于 2014 年 7 月 31 日《中国军工报》一版）

把准官兵思想脉搏　助力中心任务完成

某部奔着官兵"活思想"做好思想政治工作

本报讯 "任务面前不打折扣、困难面前永不退缩……" 8 月初，某部结合某科研试验任务，坚持把随机教育与战斗力标准大讨论结合起来组织，有效激发了官兵参试热情。该部政委杨海战说，弘扬贯彻古田会议精神，就要奔着官兵的"活思想"做工作，号准思想之脉，取得教育实效。

该部党委在学习领会古田会议精神时感到，社会思想观念和价值取向多元多样，对部队影响日益增强，思想政治教育只有紧扣官兵的"活思想"，才能增强吸引力、感召力和凝聚力。他们结合群众路线教育实践活动问题梳理，通过座谈交流、问卷调查、个别谈心等形式，深入掌握官兵现实思想，了解思想政治教育开展情况和落实效果。结合主题教育授课评比，定期组织专题议教，认真梳理分析教育中存在的主要问题，有针对性地研究方法、对策。同时，注重紧贴部队当前任务特点、官兵理论学习热点和需求开展经常性思想教育，围绕理想信念、职能使命、战斗精神等主题组织授课讲解，统一思想认识、凝聚共识力量，增强对党的方针政策的学习理解，打牢听党指挥的思想基础。

"思想政治教育的对象是人，只有贴近官兵才能接通地气、聚起人气，只有撬动心灵才能净化思想、触及灵魂。"该部注重紧密联系社会形势和官兵思想实际，围绕官兵普遍关注的社会热点问题，通过外请专家、观看视频、组织讨论，及时解疑释惑、廓清思想迷雾；通过小讨论、小宣传进行解读，小图片展览、小视频展播反映发展成就，增强对党中央的信赖。为引导政治干部紧贴官兵思想开展政治工作，他们还将过去的授课评比打分由过去的"六四开"变成了"四六开"，评委打分只占四成，官兵满意度得分却占了六成。

教育者讲道理，要想让人家认真听，首先必须知道人家想听什么。前不久的政工会上，该部党委机关带头检讨反思思想政治工作开展情况。同时，通过定期召开官兵恳谈会等形式，广泛收集官兵对政治教育的意见建议，汇总了 40 余条官兵对教育内容的新期待，并细分为"战斗精神""党史军史"等 12 个方面，为下一步开展教育提供了充足的第一手资料。

【编余一得】穿越历史烟云，感悟古田魅力。1929 年召开的古田会议，开辟了思想上建党、政治上建军的正确道路，会议形成的一系列思想、主张、原则、制度，奠定了我军政治工作理论的基石。新形势下，重温古田会议精神，从源头上探寻我军政治工作发展脉络，对于传承红色血脉、坚定强军信念、铸牢强军之魂，具有重要的政治意蕴和宝贵的启示意义。某部与时俱进弘扬古田会议精神，围绕强军目标推动部队思想政治工作创新发展的经验做法与成功实践，值得借鉴。

（刊于 2014 年 8 月 28 日《中国军工报》一版报眼）

瞄准需求超前谋划　多措并举加强培育

某部坚持在重大试验任务中历练人才

本报讯　初秋时节，某新型导弹定型试验在某部试验场如火如荼进行。记者看到，从前台操作到后方保障，一批年轻干部活跃在不同岗位。该部有关领导介绍，聚焦能打胜仗要求，超前谋划培育人才，使一批年轻干部快速成长为科研试验任务主力军。

面对信息化武器装备快速发展新形势，该部按照梯次衔接、体系发展思想，坚持人才优先发展。着眼当前重点试验任务多、内外场任务交叉并行特点，有计划地安排年轻干部参与任务全程，实现完成一项任务、锻炼一批人才的目标。结合重点任务进程，定期向装备生产厂家、科研院所派出"取经团"，一边学习调研，一边编写大纲教材，研发模拟器材，培育信息管理和技术保障人才。

能力素质是"通行证"。为使更多年轻干部从幕后走到前台，该部利用重大任务演练、多岗位合成训练等时机，对各类人才进行重点考核，提升故障处理、方案设计、谋划协调能力。结合高新武器考核风险大、技术要求高的特点，把年轻干部发现、校对、跟踪能力作为培训重点，利用试前准备、现场实施、试后总结等时机，加强方案设计、报告编写等能力培养。该部还着眼培养高素质试验指挥、信息化管理等人才，依托重大任务分类推进，取得可喜成果。过去，在该部一种型号武器装备试验要持续好几个月，如今，一年内 10 多种型号的武器装备均能得到严格检验并装备部队。

工程师肖军是该部人才快速成长的一个缩影。他毕业 8 年主持参与试验任务 40 余项，在某重点武器系统中，解决了飞行高度和速度不稳定等难题，填补了部队某靶标试验保障空白。针对某武器飞行时排气慢、降速小等难题，他通过改进气阀使下降速度提高 80%，该成果获军队科技进步三等奖。他先后发表学术论文 20 余篇，其中 3 篇被 EI 收录，毕业第三年就享受军队优秀专业技术人才岗位津贴。

（刊于 2014 年 9 月 2 日《中国军工报》综合报道版）

第二辑　消息

深入抓整改　形成新常态

某部坚持抓常抓细抓长确保问题彻底解决

本报讯　"问题拉条对账追责问责，镜子擦亮衣冠常理常新，措施量体裁衣越抓越实"……10 月中旬以来，某部党委牢固树立收尾不是收场的观念，坚持把终点当起点，把问题当重疾，把作风当养成，标本兼治、深挖根治、常抓长治，既使教育实践活动整改成果落地有声，又让深化成效融入常态。

"以群众为镜才能照出真容，以群众为师才能赢得群众。"教育实践活动总结过程中，该部党委一如既往地坚持开门搞活动，进一步拓宽渠道听取官兵真实心声。通过调查问卷、兵情恳谈会、现场办公等方式，鼓励大家讲真话、吐真言，发动基层官兵给党委领导"画像"，梳理出党委机关在作风建设、服务基层等方面容易反弹和"回潮"的 6 个问题表现，为深入开展总结活动、持续巩固作风建设成效立起了靶子。为继续照好基层这面镜子，该部领导采取蹲连住班、下基层调研等形式，与基层官兵一起就影响部队战斗力建设的瓶颈问题、久治不愈的难点问题、官兵反映强烈的突出问题、发生在士兵身边的不正之风问题进行研究探讨，深入追查根源。

该部把容易反弹和"回潮"的问题采取逐一归零措施，对查找出的问题交由个人认领，党委逐条进行研究解决，并制定出台了《纠治"四风"问题具体措施》《九条不良风气整改措施》等作风建设具体规定。同时，建立承诺和失误追究机制，通过每周交班会、每月办公会对整改落实情况进行跟踪问效，确保问题得到真正解决。

（刊于 2014 年 11 月 13 日《中国军工报》一版）

聚焦任务浓氛围　瞄准战场鼓士气

某部紧贴实战化考核增强政治工作实效

本报讯　初冬时节的某部，"筑梦靶场"主题演唱如火如荼，多种对抗性、竞技性十足的系列文化活动丰富多彩。该部有关领导告诉记者，在武器装备实战化考核的大背景下，政治工作多些"硝烟味"，才能让生命线更具生命力。

该部紧密结合武器装备实战化考核特点，广泛开展"学党史军史、话优良传统、当靶场传人"系列活动，大讲革命军人信仰、气节、血性，加强战斗精神培育。坚持把实践砥砺作为重要平台，利用重大任务构设逼真实战化环境，锤炼官兵的心理意志、顽强作风和血性胆气。该部还结合重大任务综合演练等时机，通过喊战斗口号、唱战斗歌曲、办战斗简报等形式，积极创建富有战斗气息的军营文化环境，营造官兵时时受鼓舞、处处受熏陶的浓厚氛围。

打仗以胆气为贵，育兵以育胆为先。结合战斗力标准大讨论，该部就武器装备实战化考核背景下政治工作如何开设专题、如何发挥参试功能等进行专题研讨。同时，按照实战化要求将政治工作模块化、程序化，按照试前、试中和试后 3 个阶段细化组织领导、实施措施、硬件保障等，将政治工作纳入综合试验能力标准体系。同时，着眼任务怎么要求、政治工作就怎么开展的思路，组织政治干部同军事干部一起研究考核环境、任务预案，制定政治工作计划，明确任务中政治工作的组织方法和检验标准，为历次任务的圆满完成提供了有力保证。

（刊于 2014 年 11 月 18 日《中国军工报》一版、2015 年 1 月 17 日《解放军报》部队新闻版）

某部年终总结坚持问题导向

本报讯　既科学总结成绩梳理经验，又深揭短板弱项细研对策。某部在年终总结评比中坚持低调看成绩、高调找问题、精心研对策，让总结实打实，发挥其在部队建设中的"助推器"作用。

该部党委感到，推动强军目标在基层落地生根，必须始终坚持用能打胜仗的要求标准警醒激励部队，以强烈的问题意识查找短板不足，形成问题倒逼促发展的态势。为此，他们在年终总结评比中，大力推行反思式回顾、检讨式汇报、抽查式考核方法。考核中，从军事技能、政治教育、科研水平、保障能力等方面随机出考题，杜绝人为保先进、降标准，科学检验部队建设整体水平。

据介绍，该部围绕听党指挥深查政治工作薄弱环节，通过联系自身岗位谈感受，引导官兵反思工作自问弱项，梳理出理论武装静不下心、深不进去，学用两张皮；思想教育内容空泛、方法不活，时代性感召力不强等 10 多个问题，制定了加强骨干队伍建设、做好意识形态工作等 5 项措施。

他们还围绕作风建设，深查依法治军从严治军的差距不足，查找出法治观念不强、法治方式欠缺、机关指导不够科学、组织生活制度落实质量不高等问题，从端正指导思想、强化法治思维、增强法规执行力等方面制定措施 11 项，打牢了部队科学发展的基础。

党委机关带头深查问题，为基层树立了鲜明导向。记者了解到，该部围绕能打胜仗的标准要求，对照武器装备实战化考核，查找出实战意识不强等 6 类 13 个短板弱项，完善保障方案、细化工作流程；针对训风演风、实战化训练、组训能力等方面存在的问题，逐一检查反思，拿出切实可行的对策办法。

（刊于 2014 年 12 月 23 日《中国军工报》一版）

搞谋划问计于兵　做决策紧贴实际

某部党委贴近基层推进新年度工作

本报讯　"试验任务保障还有哪些需求、基础设施建设还存在哪些薄弱环节、基层军营文化生活还缺少哪些器材……"新年伊始，某部党委"一班人"带领机关职能部门分赴基层和试验训练一线，向全站官兵问计求策，确保新年度工作谋划更加贴近基层建设实际。

基层单位是完成国防科研试验任务和武器装备建设的主战场，为严防机关决策与基层实际出现上下"两张皮"，甚至给基层建设增添负担的现象发生，该部采取问卷调查、座谈讨论、开设网上"问策基层，求计官兵"专栏等形式，积极发动官兵献计献策。活动中，有的官兵直言不讳："机关安排工作、部署任务有时政出多门，让基层苦不堪言。有的机关干部下基层察实情不够，与基层主要领导和干部交流的多，关心普通官兵思想和疾苦比较少"；有战士在局域网上留言："人不吃饭全身软，没有精神食粮骨头软，阅览室购进新书总能'火'上一时，机关何不常作为、勤作为？"

官兵的呼声就是工作的努力方向，该部党委在新年度工作谋划中，坚持心向基层聚、劲向基层使、钱向基层花，把征求到的意见建议纳入年度各项工作计划，指定责任人、划定时间点、定好目标尺。同时，该部还注重在软实力上为基层提气，结合基层骨干断层、管理能力弱等实际，把计划6月份开展的基层干部骨干培训调整到2月初，得到了基层官兵的广泛认同。

基层有所需，党委有所向。记者在该部谋划工作中看到，从军事工作到政治工作，从后勤装备保障到基层全面建设，官兵提出的29条意见建议，8个不足弱项，部党委都逐个研究、专题论证、一一答复，先后砍掉了4项不切实际的高指标，取消2个大项活动，简化3项业务办理程序，使各项计划方案更具科学性、可操作性和实用性。

（刊于2015年1月31日《中国军工报》综合版头条）

聚焦能力稳开局　补弱强基迈好步

某部紧盯战斗力标准提升科研试验综合能力

本报讯　窗外寒气袭人，室内训练正酣。2月初，记者走进渭水岸边的某部工房，这里一片火热的练兵场景：火炮技师王有武正在为新战士讲解某新型火炮的操作要领，某无人装备旁6名战士正在聆听专家的详细讲解。该部领导介绍，落实好新年度工作，必须深入贯彻落实战斗力标准，注重在抓基层打基础上下功夫，确保各项工作稳开局、迈好步。

新年伊始，该部认真梳理能力素质短板，制定措施做好补弱工作，组织技术骨干学理论、练技能，采取多种措施练强业务技能，练精基本动作，补齐理论和技术基础知识上的短板。同时，对严寒条件下训练特点进行重点研究，细化训练内容，因人而异制定训练计划，提高训练的针对性和安全性。他们还按照真难严实的要求，严训风、实演风、正考风，从难从严摔打锻炼部队，用考核的实战化牵引部队训练的实战化，推动综合能力向系统集成看齐、向作战能力转变。

"补齐实战化训练水平不高的短板，就要把战斗力标准贯穿到训练全过程。"年初以来，他们针对科研试验任务异常繁重的特点，扎实组织各类培训和业务考核，既检验了部队训练水平，也使官兵清醒地看到了完成重大任务的能力素质短板，进一步明确了努力方向。为提升年轻干部的综合素质，他们设置近似实战的环境，把每一次训练演练都当成实战，牵引部队立足现有装备开展训练，提升基于信息系统的体系试验能力。同时，通过组织多种形式的比武竞赛，促使部队由"为训而训"向"为需而训"转变，由过去单纯追求能完成任务而训向现在能准确考核武器系统而训，确保训出质量、训出战斗力。

（刊于2015年2月26日《中国军工报》一版）

资源力量共享　联合培养攻关

某部借助地方优势资源促进人才成长

本报讯　3月底，某部先后与6家科研院所、武器生产厂家和研发单位围绕创新型人才培养开展研讨交流。同时，结合科研课题和试验任务特点，利用地方资源开展相关专业培训，培育急需人才。这是该部坚持在重大课题联手攻关、重点任务协作推进、重大设备共同研发中培育创新型人才，推进军民融合深度发展的

系列举措。

只有坚持体制机制与资源力量上的高度融合，才能最大限度地提升战斗力。基于这一认识，该部把创新型人才培养作为深化军民融合的"突破口"，采取"资源共享""合作研究""联合培养"等方式，科学规划创新型人才成长"路线图"。在完成实际任务过程中，该部主动打破理念、人才、机制、竞争壁垒，结合科研难题，与地方开展联合技术攻关，在任务中帮带、锤炼人才。此外，他们还先后与10多所高校及科研院所建立长期科研协作关系，采取交叉培训、岗位锻炼等措施，建立军地创新型人才培育机制，实现双向合作、双向交流、双向发展。

该部还聘请10余名地方院校专家为客座教授，通过定期集中办班、进场培训、技术骨干与地方专家结对"联姻"等方式，培育了一批懂信息化装备、适应信息化建设发展要求的技能型人才。同时，结合课题、任务、设备进展，建立协调对接和联合管理等机制，通过定期通报情况、分析形势、研究问题、部署工作，明确责任，形成科学规范的军地协作运转机制。

3月底，他们针对某型任务开展的高速电视姿态测量系统、光电经纬仪改造等10多个方面开展技术协调、人员培训，共提交装备研制技术报告20余份，有力地推动了在研项目顺利实施。

（刊于2015年4月7日《中国军工报》综合新闻版头条）

深挖"病原体" 抓好"回头看"

某部主动交出行为陋习明白账

本报讯 "越是风险大的工作越要敢于担责，越是困难多的任务越要敢于面对，越是难纠治的问题越要敢于较真……"某部在"三严三实"专题教育整顿中，对照要求找问题、着眼问题抓整改，深挖思想深处"病原体"，主动交出行为陋习"明白账"，树立起领导机关作风建设的"风向标"。

思想问题解决好了，其他问题就好解决。基于这一认识，该部党委从纠正思想偏差入手，围绕信念信仰、党性原则、道德品质、作风政绩等5个方面，认真剖析深层次问题，为教育整顿树立起"靶标"。他们结合上党课、邀请专家来部队辅导、观看《作风建设永远在路上》等专题片，开展讨论交流、问题剖析，打扫思想"灰尘"，开展"杀菌防霉"。

该部召开基层代表恳谈会，认真听取官兵的意见建议，并对照好干部五条标准，围绕整顿思想、整顿用人、整顿组织、整顿纪律等内容，剖析查摆21个具体问题，细致制定整改措施。记者了解到，经费使用管理有时还有不规范、落实决策指示有时存在"空喊空转"等问题已被列入"典型症状"，形成了明确具体的"规矩规范"。

"猛药良方"根治"沉疴顽疾"，良好示范催生新风新态。目前，该部正对照"典型症状"，开展干部工作大检查、财务工作大清查和训风考风、基层风气、"五多"问题等专项清理整治工作，党员干部的担当意识明显增强，工作效率明显提升，作风形象受到好评。

（刊于 2015 年 4 月 23 日《中国军工报》一版）

嵌入实战元素　融入复杂背景

某部严格考核标准改进组训模式

本报讯　4 月初，某部 30 多名官兵顺利通过专业知识和基本技能考核，走上装备操作工作岗位。与往年不同的是，今年的考核手段更加多样、考核内容更加全面、考核作风更加务实。

记者在该部《年度军事训练实施方案》上看到，他们采取逐级量化的方法，将训练目标层层分解，采取课目融合、连贯作业、分项评分和综合评定的办法，突出全领域、全要素、全过程和全员额的信息技能训练，从基础课目强化到信息系统运用，每一项都有详细的标准，每一条都有严格的要求。记者了解到，从任务受领、疑难问题会诊等基础内容，到指挥平台等综合操作，所有训练课目都嵌入实战元素、融入复杂背景，真正使专业训练与实战任务实现深度对接。

该部积极改进组训模式，增加复杂条件下训练内容，锤炼官兵综合能力。针对体系参试方面的差距和不足，积极开展交流互学、联合组训。同时，他们围绕聚焦打仗的导向立得牢不牢、用战斗力标准检验工作自觉不自觉、训风考风实不实等问题进行反思，对查找出的 5 类 13 个问题进行集中攻关，促进战斗力这个唯一的根本的标准在部队上下落地生根。

新装备急需新能力。为适应未来任务需求，该部还与多家院校和科研院所建立协作机制，跟踪研究信息化武器的新情况新特点，积极推进现有信息系统建设，设置实战环境，锤炼各级运用信息技术、执行复杂任务等能力。4 月初，在某任务演练中，参试人员依靠各作业系统和数据库提供的数据支持，实现了信息化、精确化指挥，实战化条件下的综合试验能力明显提升。

（刊于 2015 年 4 月 25 日《中国军工报》综合新闻版头条）

深挖问题根源　树立从严导向

某部专题教育整顿着重纠治突出问题

本报讯　执行命令指示搞表态式、选择式，是不是对党忠诚？战斗力建设存在短板弱项，能不能把症结归咎于方式方法上？"四风"问题仍然树倒根存的现象，原因究竟在哪里？某部党委机关在"三严三实"专题教育整顿中，坚持深挖问题根源，解开思想扣子，扎实纠治问题积弊，使党员干部受到警醒和触动。

抓教育整顿，必须盯住活思想，在解决问题上下功夫见成效。教育活动中，该部领导深入基层部队调研，与基层主官逐个交谈，召开座谈会和议教会，深入分析梳理问题，确保一开始就将问题导向树起来。同时，紧紧抓住当前党员干部思想认识上的模糊点，以学深悟透习主席重要讲话为首要和统领，以团以上领导干部为重点，坚持思想教育、组织生活、清理整治、立规执纪相结合，组织以"三严三实"为镜子深学细照，校正价值追求，升华思想境界。他们还把警示教育贯穿进去，组织观看《作风建设永远在路上》等专题片，参观廉政教育基地，让大家认清信仰丧失、道德堕落、经济贪婪、生活腐化的恶果。

坚持问题导向，才能敢于戳麻骨、挖病灶。该部采取党小组生活、理论培训等形式，层层开展讨论辨析，引导大家从党性的高度亮出思想、澄清认识，坚持眼睛向内、刀刃向己，讲切身感受，解思想扣子。他们还重点围绕听党指挥、备战打仗、风气建设、为官用权等"六个怎么看"，深入剖析口头上的亚忠诚、战斗力建设上的伪标准、训风演风考风上的假把式等问题，引导党员干部自觉践行"三严三实"要求，立起修身为官干事新标杆，带头做新一代革命军人，争当军队好干部。在此基础上，该部坚持立学立行、边整边改，对基层需要解决的 30 个具体问题，及时研究确定路线图、时间表、责任人，通报部队监督落实，立起从严从实的工作标准，推动全面从严治党要求在部队落地见效。

（刊于 2015 年 6 月 13 日《中国军工报》一版）

立好"标准像"　培塑"好样子"

某部运用官兵身边典型深化主题教育

本报讯　"军人要有军人的样子""穿上军装就要准备上战场"……6 月初以来，某部把身边先进典型作为主题教育活教材，大力营造比学赶帮超的浓厚氛围，激励官兵争做"四有"新一代革命军人。

一个典型就是一面旗帜。争做"四有"新一代革命军人，官兵身边的典型最形象、最具说服力。主题教育中，该部让近年来涌现出的各类先进典型照片进灯箱、典型事迹进连史，通过荣誉大讲堂、演讲比赛、座谈交流等形式，将先进典型的感人事迹"精彩再现"，使先进典型更具影响力、感召力，树好新一代革命军人的"标准像"。在此基础上，广泛开展"军人的灵魂是什么""军人血性怎么体现"等群众性大讨论，通过辨析交流、对照剖析，进一步澄清模糊认识。他们还组织官兵对照"四有"标准和先进典型，将践行强军目标细化为一个个切实可行的"微目标""微行动"，使官兵在一点一滴、日积月累中强素质长本事。

该部还以"四有"标准为镜、以强军目标为尺，引导官兵结合岗位职责、任务使命和岗位需求，查找自身在理想信念、打赢能力、战斗精神等方面存在的不足。同时，广泛开展"比素质本领、比战斗精神、比专业素养、比创新劲头，争当靶场尖兵"的"四比一争"岗位实践活动，持续兴起群众性练兵热潮。采访中，战士赵见告诉记者："如今，我们身边的每个骨干就是一个标杆，每名党员就是一面旗帜，日常工作带头干，重大任务挑重担，遇到紧急情况，都是党员骨干冲在前。"据了解，年初以来，该部圆满完成科研试验任务 40 余项，解决重大技术难题 20 多个，涌现出一大批先进典型。

（刊于 2015 年 6 月 25 日《中国军工报》一版）

瞄准问题强质量　严格标准保成功

某部大力抓好科研试验任务组织实施

本报讯　7 月初，某部召开科研试验任务形势讲评会，认真分析年度任务形势，深入查找存在问题隐患，大力强化质量标准意识，确保年度后续科研试验优质高效，为部队打胜仗提供放心武器。

该部始终将科研试验质量作为生存发展的命脉，在大力强化法规制度落实和领导干部跟班作业的同时，积极探索组织管理新模式，坚持把质量要求细化到每个环节。针对年度任务饱满、时限要求紧迫、系统组成复杂的实际，该部结合试风整治，适时开展试验安全和质量教育，着力纠治影响科研试验质量建设的突出问题。同时，紧盯关键技术和重点难点，搞好预先分析判断，组织技术骨干梳理对改进试验方法、创新试验理论等具有推进作用的课题研究。通过对重点型号产品的新技术特点、作战使命新要求等的深入探讨，形成了具有部队特色的试验理论体系，解决了一系列制约技术发展的瓶颈问题。

该部还结合任务进度，组织精干力量带着问题深入各科研院所和武器生产厂家加强跟踪了解，邀请军地专家到部队辅导，熟悉产品的战技术指标和结构原理，先

后解决了涉及通信、测试、自动化等领域的多项技术难题。同时，按照打牢基础渐进练、把握节点重点练、考训结合扎实练、课题牵引整体练的思路，狠抓多系统实装操作、多岗位协调作战、多单位共同参与的训练演练，提升参试人员实装操作、组织协调和处置突发问题的能力。

截至目前，该部完成科研试验 50 余项，20 多项重点课题取得阶段成果，解决重大技术难题 30 多个。

（刊于 2015 年 8 月 6 日《中国军工报》一版）

浓厚氛围增认识 精心授课强技能

某部开展防御性驾驶教育培训提升车辆运行安全水平

本报讯 "特殊路段行车风险在哪里？紧急情况如何处置……" 8 月份以来，某部结合科研试验特点，突出重点、结合实际，扎实开展防御性驾驶教育培训，有效提升了车辆运行安全管理水平和驾驶员综合素质。

该部紧贴车勤保障任务实际，以学习理念、掌握方法、培养习惯为主线，坚持强化组织抓领导、浓厚氛围抓宣传、精心授课抓培训、结合融合抓落实，积极创建安全管理方法、完善安全管理制度、健全安全管理机制，不断提升车辆交通安全管理科学性、系统性和规范性。同时，该部结合科研试验任务中车辆运行特点，组织官兵提炼防御性驾驶理念精髓，制作成宣传标语张贴和悬挂在车场、营院等显著位置，营造安全行车、文明驾车的浓厚氛围。他们还突出防御性驾驶产生的背景、核心理念、目的要求等内容，充分利用广播、板报、橱窗、LED 大屏、局域网等媒介，积极宣传防御性驾驶内容，筑牢驾驶员防御性驾驶理念。

技能过硬，才能防御有力。该部通过深入基层车勤分队调研，了解官兵对防御性驾驶的认识与需求，认真梳理汇总部队车辆安全管理特点规律，重点查找在思想认识、教育训练、作风纪律、日常管理、安全养成和制度落实方面的问题。同时，他们以不同行驶状态、风险识别评估、典型环境道路、特殊路段路面、恶劣气象条件、紧急情况处置等驾驶技能为重点，设置 10 余项针对性教育培训内容，开展规范性教育培训和模拟训练，着力提升防御性驾驶操作技能。

该部还突出驾驶员心理素质培养，及时纠治驾驶陋习，重点学习文明礼让行车、控制车速车距、提前预判等内容，有效提高了驾驶员安全防范水平和紧急情况处置能力。如今，通过系列教育培训活动，该部驾驶员的防御性驾驶技能得到了有效提升。

（刊于 2015 年 8 月 20 日《中国军工报》综合新闻版）

探索保得好的手段　锤炼过得硬的本领

某部着眼任务实际提升保障能力

本报讯　9月初，记者走进某部光电工房，见6名技术干部正拿着台账认真核对装备名称、型号，并对其来源、数量、技术状态等信息进行登记。该部顺应武器装备实战化鉴定任务需求，加大信息成果转化应用和保障资源整合融合，推动部队保障能力持续跃升。

随着试验任务剧增，武器装备动用频繁，故障率也随之增高，传统的保养模式不仅费时费力，还难以抓住重点。该部通过建立装备管理档案，对每台装备的性能、状态、常见故障等进行逐一登记，实现了所有装备的信息登记详细、准确、全面，改变了以往装备保养过程数据资料混乱现状；针对老装备问题诱因多、病症复杂等特点，建立管理责任档案，每次任务前，组织专家和技术骨干对老装备进行全面检查，并随时"跟踪问诊"；为准确获得装备在一线的工作信息，建立了"健康档案"，定期对装备的技术性能、常见故障、易损配件数量进行实装检测、综合分析，将每个单体装备和配套工具、器材、资料全部纳入管理范畴。

每台装备的使用情况不一、性能各异，维修保养的方法也不同。怎么办？他们深入开展以"练操作、强技能、会维修"为主要内容的装备训练，协调装备厂家开展远程授课和现场教学，学习装备常见故障和维修保养知识。利用车炮场日等时机，定期组织传帮带，强化官兵装备维修操作能力，提高装备自修保障水平。采取定责任、定奖惩的方式，将装备保障任务层层分解，按照动用使用、维护保养、故障维修、器材发放等逐项细化标准要求，提升装备使用效能。同时，与10家装备生产厂家及研制单位建立协作关系，采取集中办班、进厂培训、跟产跟修等方式，着力培养懂装备的专家型人才和技术保障型人才，助推保障能力水涨船高。

如今，一大批懂装备操作、会维修保养的多面手活跃于部队各个岗位，老装备故障率比以前减少了70%以上。

（刊于2015年9月17日《中国军工报》一版）

科学组训催战力

某部着眼锤炼技能狠抓驾驶员队伍建设

本报讯 技术讲解、实地操练、安全检查……初秋时节，记者在某部看到，百余名驾驶员正接受严格的教育训练和考核检查。自从该部采取定期教育、强化训练、加大监督等方式加强驾驶员队伍建设以来，官兵机动保障能力提高了，行车安全系数达到100%。

行车安全关乎着部队战斗力。为强化驾驶员的安全意识，该部采取"教育训练强化驾驭技能、检查考核强化安全意识、反思问题强化高度自觉"的模式，每季度对驾驶员进行一次集中整训，围绕预防车辆事故的主题进行授课、讨论交流，剖析原因、教训，让官兵在教训中警醒、在震撼中警觉、在日常中警惕，增强遵章行车、安全行车的自觉性。同时，组织官兵观看车辆事故警示教育片，提醒驾驶人员紧绷安全行车之弦，消除开"英雄车""赌气车""霸王车"的现象。他们还广泛开展"安全行车大家谈"主题活动，以及"特长小擂台、知识小考试、技能小竞赛、查纠小毛病"等群众性岗位能手比武竞赛活动，剖析自身问题，破除行车陋习。

科学组训是催生技能的"加速器"，是安全行车的基本保障。该部针对部队科研试验中弹药器材收发搬运等特殊任务危险性大、要求高的特点，积极创新驾驶员组训模式，进行集中分层施训、整合资源抓训、岗位竞赛促训，对基础较好的驾驶员重点开展城市道路驾驶训练，对基础一般的先训县级公路再训城市道路，适时组织夜间和雨天等复杂环境适应性驾驶训练，锤炼驾驶人员过硬的驾驶技能，锻造军车好"驭手"。同时，该部每年选送优秀驾驶员参加地方相关职业技能培训，依托地方资源培养人才。他们还积极引进高新技术，安装车载GPS监控系统、车辆射频读卡器，设立监控平台终端，实时掌握车辆运行状态，确保车辆安全运行。

在一系列科学有力措施的推动下，该部连续多年没有发生车辆责任事故。

（刊于2015年10月13日《中国军工报》二版头条）

清除技术壁垒 加强资源整合

某部共享技术革新成果助推核心保障能力建设

本报讯 9月底，一场模拟实弹发射演练在某部拉开战幕。关键环节，某型炮弹突发故障，指挥员处变不惊，借助技术资源共享库，很快将故障排除。据该部有关领导介绍，通过清除技术壁垒、加强资源整合，他们已初步实现了技术革新成果共享，不仅破解了一批试验保障难题，而且有效加速了核心能力建设。

该部在调查中发现，为加强武器实战化考核能力建设，各部站围绕存在的短板弱项，各自投入专项经费集智攻关，破解了一系列棘手问题，形成了一批助推战斗力建设的技术革新成果。然而，由于各单位之间彼此"竞争"，使得部分单位对成果共享持"保守"态度，加之相关交流平台少、各单位的性质任务不同，导致许多技术革新成果难以推广应用。特别是近年来随着外场试验任务增多、条件恶劣，装备保障力量相对薄弱的问题日趋凸显，影响到任务的高效完成。

"只有建立共享机制，让创新成果在单位之间流动起来，才能实现技术资源共享，为战斗力生成提速增效。"基于这一认识，该部在加强教育引导、破除思想壁垒的同时，按照任务性质、武器型号等分门别类，收集整理各部站近年来技术革新成果，在部队范围内建立起高度共享的技术资源库。同时，区分任务保障、日常运用、安全管理等内容，进一步完善包括数据建库、交互共享、日常管理在内的建用管机制，抽调技术专家、尖子骨干，围绕当前制约部队战斗力建设的重难点问题集智攻关，探索研究机动保障、高海拔武器技术保障等新课题，实现了保障能力和技术水平的升级扩容。

他们还针对外场距离远，试验装备在运输、搬运过程中颠簸幅度大、精密设备易损坏等不利条件，广泛开展维护保养技能培训，聚焦问题开展技术小革新、小研讨，有效解决了因设备技术复杂带来的降低故障频率难、实时监测设备状态指标获取难等 10 多个问题。

（刊于 2015 年 10 月 17 日《中国军工报》一版报眼）

聚焦需求育人才　练强本领破难题

某部着力锻造过硬技术骨干队伍

本报讯　10 月下旬的一个凌晨，某部弹药站弹药保温工房响起阵阵报警声，值班人员通过集中监控系统迅速确定故障原因，并利用故障源预判等技术展开抢修，很快排除故障，避免了数据损失。

保温设备出现故障，能够在第一时间报警、第一时间自动定位故障源，得益于新研制的保温集中监控系统，而完成这项工作的就是该部某室工程师谢宇，一名工作只有一年多的研究生。分到保温组没多久，谢宇主动请缨，带领几名士官利用业余时间刻苦攻关，成功解决了保温集中监控系统软硬件不匹配和通信不畅等技术难题，实现了十几台保温箱的温度信号和关键部位状态信号的实时采集与存储。为解决监控系统智能化程度不高的问题，他又将数据库技术和灰色理论应用到保温集中监控系统中，自主开发了故障专家库，实现了故障的自动识别和定位，并通过加装声卡，成功将故障自动判别结果通过报警声音输出，显著提升了监控系统智能化水平。

该部着眼弹药保障核心能力建设，鼓励技术人员发挥聪明才智，开展一系列小发明、小改造、小革新、小维修，发现并解决了试验及装备工作中的实际问题，锻造出一支精通设备操作和维修的技术骨干队伍。为全面提升技术骨干能力素质，该部还聚焦试验保障突出抓好试验任务能力生成，组织专业技术骨干讲解岗位理论、演示设备操作、示范故障排除，让技术人员学理论、懂操作、会维修。同时，坚持在训练中设置问题故障，让技术人员自己查找、自己处置，锻炼分析问题、解决问题的能力，增强遇到困难不慌不乱的心理素质，以满足一人双岗、一人多岗等需求为目标，培养能独当一面的过硬人才。

10 月底，在某弹药保温试验中，上士盛力博刚一打开运行按钮，就发现情况异常。经检查，是压缩机没有工作。试验马上开始，项目主持人焦急万分。只见盛力博成竹在胸，按照平时训练的程序逐一查找，最终发现是冷平衡的按钮被关闭，重新启动后设备恢复正常。"训练紧贴实战，专业技能才能适应岗位需求。"盛力博深有感触地告诉记者。

（刊于 2015 年 11 月 3 日《中国军工报》一版）

树牢战斗力标准真抓实训

某部聚焦强军目标催生练兵热情

本报讯 12 月初，走进某部火炮工房，10 余台设备一字排开，岗位技能训练如火如荼进行。该部聚焦强军目标，坚持用战斗力标准抓训练，用能打胜仗的要求来检验，真抓实训，提升基于信息系统体系的试验能力。

靶场是武器装备考核的前沿阵地，训练"开虚花"，考核便可能"结虚果"，将来装备部队应用战场就可能吃大亏，更谈不上打胜仗。基于此认识，该部坚持用习主席能打仗打胜仗一系列指示要求统揽军事训练工作，利用重大任务摔打锻炼部队，强化"靶场就是战场，试验就是作战"的思想。同时，注重在日常训练中设置高课目和实战化内容，引领官兵把训练重点从以往单纯练指挥、练协同、练技能向练作风、练心理、练精度转变。他们还依据新大纲要求，制定了《军事训练考核实施细则》，建立以 6 种能力 40 个具体项目为内容的能力评估标准，通过完善综合指挥系统、开展模拟仿真训练等，努力缩短平时训练与岗位实践的差距。

装备进靶场就是进考场，将装备作战需求转化为试验考核指标要求，融入试验设计、反馈到论证研制，需要过硬能力素质。马年伊始，针对某高新武器装备鉴定能力需求，该部采取课题攻关牵引训、结对帮带强化训、瞄准弱项补差训，练精本职岗位必备的基本素质，练实自身短缺的基本能力。同时，坚持把解决重大技能问题的能力作为训练重点，通过疑难问题"会诊"和多岗位、多科目综合演练等多种途径，使训练内容更加贴近"实战"。

真训实训出效果，真练实练出能力。严冬时节，走进炮声隆隆，硝烟弥漫的试验场，空中"战鹰"盘旋，地面导弹呼啸……多种任务同时"开战"。记者看到，从组织指挥到保障实施、从精准测试到过程管控井然有序，诸多考核一次通过，部队综合能力有效提升。

（刊于 2015 年 12 月 22 日《中国军工报》综合新闻版头条、《人民陆军报》以《靶场就是战场　试验就是作战》进行了刊载）

岗位有为当先锋　支持改革见行动
某部引导官兵自觉投身改革强军实践

本报讯　新春伊始，笔者走进某部看到：训练场上，新兵岗位培训、专业技术考核依次展开；试验一线，科研摸底、产品定型工作有序进行；会议中心，学术交流、技术研讨如火如荼……该部深入开展改革调整期间思想政治教育，引导官兵以实际行动拥护支持投身改革，营造同心干事创业的浓厚氛围。

越是改革当前，越要稳住心神，心无旁骛干好本职。该部采取集中动员、专题辅导、体会交流等形式，组织官兵深入学习习主席改革强军重要论述，并通过部队政工网、军营广播等载体，广泛开展"矢志强军、甘于奉献、同心创业"专题教育，围绕"如何投身改革强军"进行大讨论，教育引导官兵牢记职责使命，把心思精力放在科研试验任务上，用在关键技术攻关上。

岗位有为当先锋，支持改革见行动。该部新年度工作计划表上，聚焦改革加强思想政治教育和作风建设等 5 项措施、扭住关键课题研究和核心能力突破等 7 项举措，让新年度工作思路更加清晰，目标更加具体。在某试验场，笔者看到，官兵冒着严寒，认真细致采集每一个数据，以高标准严要求推动新年度工作开好局。

（刊于 2016 年 2 月 23 日《解放军报》要闻版）

目标定位改革强军　准星锁定创新驱动

【导语】凝心聚力紧盯作战需求攻关，心无旁骛紧贴打仗能力钻研，某部以责任担当凝聚改革强军能量，用创新驱动我军武器装备向实战化聚焦，一大批与战场对接的科研课题直接服务于部队战斗力建设。

【现场】一组试验发射镜头……

【正文】地处华山脚下的某部，是我军专门从事常规武器试验研究和鉴定的机构，各型火炮，装甲战车，火箭导弹、军用雷达等武器装备都要在这里试验定型后

才能列装部队。

【现场】改革没有旁观席，人人都是参与者……

【正文】在改革强军的进程中，这支部队完成了隶属关系调整，如何让官兵们在思想上不松劲，让科研课题更好地向战场对接，他们在官兵中间广泛展开"新体制、新职能、新使命"的大讨论，激励官兵向打仗聚焦，把战场需求作为科研试验的主攻方向。

【同期声】紧跟改革进程，搞好教育引导，强化听党指挥、依令而行的政治自觉和同心同向、主动作为的责任意识，才能确保精神上同心、路径上同向、步调上同频。

【现场】3、2、1，发射……

【正文】他们把创新驱动作为推动部队转型发展的"加速器"，视科研为战场，把攻关当打仗，围绕构建适应未来作战需求的军队装备靶场，搞好核心能力梳理，加大重点课题攻关，一大批年轻人才在创新领域担当重任。

【同期声】部队作为武器装备试验鉴定靶场，只有站在对战争胜败负责、对官兵生命负责的高度，强化实战化考核，强化基于装备能力的试验鉴定，切实摸清武器装备性能底数并作出科学的评判，才能真正履行好对武器装备把关鉴定的职能，真正为部队提供好用、管用、耐用、实用的装备。

（原刊播于2016年4月21日中央电视台第七套军事频道）

嵌入实战元素提战力

某部坚持战斗力标准提升官兵专业技能

本报讯 9月初，走进某部，记者看到，某型迫击炮操作考核采取的4个专业组间联合抽签、共同评判结果的方式受到官兵好评。与以往不同的是，这次考核手段更加多样、考核内容更加全面、考核作风更加务实。据该部领导介绍，练兵场上嵌入了更多"实战元素"，打掉了不少"假把式"，实现了战斗力链条的"无缝"对接。

该部采取逐级量化的方法，将训练目标层层分解，采取课目融合、连贯作业、分项评分和综合评定的办法，突出全领域、全要素、全过程和全员额的信息技能训练，从基础课目强化到信息系统运用，每一项都有详细的标准，每一条都有严格的要求。置身某训练场，记者看到，从任务受领、疑难问题会诊到指挥平台操作，所有训练课目都嵌入了"实战元素"，融入了复杂背景，真正使专业训练与实际任务深入对接。随手翻阅一张训练安排表，从军事理论学习到专业技能应用，从指挥控制系统操作到复杂环境设置，表上的10余个训练课目安排得满满当当，考核评比也贯穿全程。

战斗力标准既要"立起来",更要"落下去"。该部坚持用战斗力标准的尺子量长短,积极改进组训模式,增加复杂条件下的训练内容,提升官兵综合能力和总体素质。针对官兵在体系参试方面存在的不足,该部积极开展交流互学、联合组训,破除"争彩头"、图虚名的不良倾向。为适应未来信息任务需求,该部还与多个院校和科研院所建立协作机制,跟踪研究信息化武器的新情况新特点,积极推进现有信息系统建设,锤炼各级官兵运用高新信息技术完成任务的能力。

该部还围绕"聚焦实战的导向立得牢不牢""用战斗力标准检验工作自觉不自觉""训风考风实不实"等问题进行了反思,对战斗力标准不实等 5 类 13 个问题进行了集中攻关,有效提升了实战化条件下的综合试验能力。记者看到,在某项目实战化训练中,随着指挥员一声令下,参训官兵迅速到达预定地域展开实装操作,训练场内顷刻间变得铁流滚滚、尘土飞扬。该部领导介绍:"嵌入实战元素练,融入复杂背景训,使官兵凝聚了精气神,过足了'实战'瘾。"年初以来,该部已圆满完成重点大型试验任务 10 余项,形成了一批管用好用的训练成果。

(刊于 2016 年 9 月 22 日《中国军工报》二版头条,之后《解放军报》读者之友版、《人民陆军报》一版分别以《从难从严施训催生系列成果》《树好"风向标"培养"多面手"》为题进行了刊载)

瞄准问题清障　聚焦需求强能

某部紧盯实战化需求提升保障能力

本报讯　11 月下旬,笔者在渭水岸边某部装备工房看到,围绕提升装备保障能力开展的弹药系统修理、火炮底盘系统修理、弹药保管收发等专业技能比武活动如火如荼。该部领导介绍,他们紧盯武器装备实战需求,抓训练、强能力、固强项、补短板,扎实开展岗位训练,促进了装备保障能力整体跃升。

该部结合学习习主席关于装备建设的系列重要讲话精神,引导官兵确立保障力就是战斗力思想。针对部队转隶后,部分官兵思想依然停留在过去的保障模式、保障理念、保障方式等问题,主动瞄准保障能力生成提高,进行思想转型和行动跟进。他们严格按照装备技术人员应知应会的"六会"要求,依托一体化指挥平台,利用设备改造校验、下厂学习实践等契机,强化基础内容训练,熟练掌握信息技术,自觉增强保障技能,提升保障水平。同时,他们按照能打仗、打胜仗要求,对新装备及配件进行健康检测、综合分析,将每一个单体装备和配套工具、器材、资料纳入检测分析范畴和考核内容;从维修任务受领、疑难问题会诊到指挥平台操作,所有训练课目嵌入实战元素,融入复杂背景,官兵们全身心地进入战斗状态,有什么问题、短板都暴露无遗。

临近年终岁尾,他们紧贴实战需要,设置更加逼真的战场环境,将专业训练与

实际任务深入对接，广泛开展各种评比竞赛、考核比武活动，有针对性地练谋略、练指挥、练技能，认真查找精通本级指挥、胜任本职岗位等方面存在的差距和问题，破除能力水平提高的障碍和瓶颈，努力实现保障能力持续跃升。笔者随手翻阅一张考核计划表发现，从军事理论学习到专业技能应用，从指挥系统操作到复杂环境设置，十余个考核内容安排得满满当当。一位参加考核的工程师说："考核逼着我们不断加强学习，强化素质。在我们这儿，想不提高都难！"

（刊于 2016 年 12 月 1 日《人民陆军报》二版）

"四招棋"助推能力升级

某部创新举措提升部队官兵科研试验能力

本报讯 新年伊始，笔者在某部看到，面对某设备无法启动、高压信号异常、控制阀不工作、喷枪出现窜动等异常情况，新老操作手沉着应对、不到 10 分钟就将故障逐一排查。室主任陈亮告诉笔者：操作手能如此快速处置设备故障，得益于训练中的'四招棋'。"

该部转隶后，面对新的使命任务，部队党委"一班人"决定通过训练中的"四招棋"，实现官兵能力素质的升级：对共同课目组织集中训练，突出抓好基本知识、基本理论、基本技能训练；针对部分技术室设备种类多、岗位跨度大、训练任务重，重点环节易松劲等问题，探索同岗分级训练模式，突出抓好业务组长、技术干部和操作骨干 3 个重点，结合个人能力素质和任岗时间，分别建立能力标准体系；结合官兵文化程度、接受能力的差异，采取面对面、手把手，结对帮带开展强化训练，提升官兵对装备的精准操控能力；结合正在开展的重点试验任务，瞄准能力弱项，坚持需求牵引，确保训全每个知识点、搞清每个原理、熟练每个动作、精通每项技能，强化官兵的战场感知能力和故障分析解决能力。

瞄准实战创新训法的"四招棋"，使部队科研试验能力"水涨船高"。近一年来，该部圆满完成重点试验 50 多项，无任何差错。

（刊于 2017 年 1 月 11 日《人民陆军报》二版）

心无旁骛搞钻研　攻坚克难促改革

【导语】改革关头心无旁骛搞钻研，面临大考凝神聚力尽职责，某部在改革大考面前，紧盯作战能力，不忘使命任务，抓住助力改革强军，助推备战打战这个落脚点，激励官兵以实际行动向改革大考交出合格答卷。

【现场】"我宣誓，无论改革怎么改，坚决听从党召唤……"

【正文】地处西岳华山脚下的某部，常年担负着我军各型火炮，导弹、装甲战车、军用雷达、无人机等武器装备的试验鉴定任务。组建48年来，这个部队圆满完成科研试验任务3000多项，荣获国家和军队科技进步成果奖500多项。面对部队调整改革的紧要关口，部队广泛开展忆传统话得失、悟担当比作为活动，激励官兵自觉看齐跟随，矢志改革强军。

【同期声】越是改革来临，我们越要稳住心神，保持在状态，砥砺敢担当，激励有作为。只有这样，我们才能使改革的每一项指示落地有声，每一项部署落地生根，每一项任务落地见效，确保改革顺利推进。

【正文】这个部队自组建以来，先后经历了5次隶属关系调整，每一次官兵们都能正确面对，坚决拥护。改革教育中，他们深入挖掘自身资源，大力开展靶场基因代代传活动，组织官兵聆听前辈故事、感悟光荣传统，强化听党指挥、依令而行的政治自觉，激发科技干部心无旁骛搞钻研，攻坚克难促改革的使命担当。前不久，以《某武器系统体系化试验技术研究》为代表的40多项科研课题取得突破，直接服务于部队战斗力建设，为形成体系化作战试验能力奠定了坚实基础。

【同期声】面对改革大考，只有稳住心神，才能安心、专心、尽心，开展科研试验任务，摸清武器装备性能底数，履行好武器装备把关鉴定职能，为一线部队提供好用、管用、耐用、实用的装备。

（原刊播于2017年4月20日中央电视台第七套军事频道）

能力在创新中提高

某部紧盯作战需求谋划保障能力建设

本报讯 6月初，一场围绕某型作战试验任务开展的座谈研讨在渭水岸边的某部火热进行，来自军内外科研单位的十余名专家应邀参加。该部紧盯转型发展和武器装备作战试验需求，研究作战机理，找准能力短板，精准谋策定向，助推部队核心保障能力提升。

该部转隶后，深入领会习主席关于设计装备就是设计未来战争的重要思想，着眼服务装备转型发展，精准谋划发展思路，坚持以实战标准构建装备作战试验鉴定理论体系，组织百余人会同西藏军区多个单位开展装备作战试验模式研究，抽调20余名骨干组建作战试验研究室，紧盯作战试验设计、测试、环境构建、毁伤评估等，开展武器装备作战试验研究，短短两个多月，就取得32个理论成果；选派30余人次深入兄弟军种单位学习，邀请十余名军内外专家进行研讨交流，联合某步兵学院开展战情想定研究，区分不同火力运用和装备作战效能，细化185个考核指标，探索出联合作战条件下全要素、整建制、成系统装备作战试验鉴定体系。

　　该部还结合装备作战试验鉴定任务涉及面宽、组织协调复杂等实际，主动调整指挥力量，细化职能任务分工。在某试验任务中，他们围绕 6 个专项要素，采集 6000 多组数据，记录 225 项装备问题，实现指标量化采集、数据逐层汇总、能力综合评估。针对新装备与部队作战行动要求不够匹配等问题，该部会同 100 余名技术人员、43 个装备生产工厂、59 个科研院所，连续奋战 50 天，完成指挥、通信等 8 大类 302 台装备联调联试和改装工作，发现解决问题 200 多个。他们还围绕装备火力运用能力考核指标体系构建，坚持以指挥体系、打击效果、人机工效等为考核重点，精细研究夜间狙击、定点压制、打击活动装甲目标等 19 种典型火力运用方式，围绕夜战野战、复杂电磁环境、边界极限条件，建立健全作战试验方案。

　　今年以来，他们聚力解决超近程战术无人机、多功能数字侦察仪等 15 个问题，采用光电雷声手段构建多目标、高精度、全天候、广覆盖的作战试验综合测试体系和有线与无线结合的通信指控手段，部队核心作战能力持续跃升。

　　（刊于 2017 年 6 月 15 日《人民陆军报》二版）

复杂环境锻造利剑

某部坚持以实战标准构建装备试验鉴定体系

　　本报讯　11 月中旬，渭水岸边，某部围绕某型装备作战使用方式、环境构建等试验考核课目推演正酣。与此同时，以某作战试验专项任务为牵引，分要素与综合效能评估装备作战试验研究也在紧张进行。据介绍，他们坚持以实战为标准，紧盯武器装备作战需求，积极探索联合作战背景下和部队体系作战行动中装备鉴定体系，确保武器装备在复杂环境中得以淬火锻造。

　　该部紧贴体系化作战效能评估需求，突出试验设计、测试、环境构建和毁伤评估等内容，积极研究战略对手、战术技术和装备运用，取得 30 余项研究成果。着眼高原外场试验任务，科学设定实战化考核项目，不断完善作战试验鉴定组织方法、运行机制和标准体系，细化考核指标，构建联合作战条件下全要素、整建制、成系统的装备作战试验鉴定理论体系，确保试验策划设计无缺陷、指挥实施无失误、结论评判无差错。同时，强化伴随测试与机动测试，加强装备质量特性考核和故障跟踪，确保考核鉴定的武器符合实战要求。

　　武器装备在实战中考核，人员技能在实训实练中锤炼。针对不同任务和岗位需求，他们科学分析任务特点与专业发展，坚持训、考、比、研一体互动，确保训练内容定足、进度定准、措施定实。针对多种任务并行展开等实际，他们聚力推进信息资源交互与管理平台建设，全战标、全流程、全环境的装备实战化鉴定新路逐步形成，一批高精尖武器通过实战检验输送部队。

　　（刊于 2017 年 11 月 30 日《人民陆军报》二版）

紧盯需求 提供优质保障服务

某部想方设法提高试验与作战保障能力

本报讯 多波次快速转场、单兵装备操作、高原外场无依托自我保障……3月初，笔者在某部训练场上看到一幕幕火热练兵场景。有关领导介绍，他们紧贴未来实战任务需求，坚持试训一致、训战结合，在复杂条件下淬炼参试保障能力，较好地标定了装备试验的"基准点"，实现了试验保障半径与作战保障半径全域对接、无缝叠加。

年初，该部一份调查显示，训练课目单一、演练流程模式化、实战化训练针对性不强等问题重复出现。该部领导清醒地认识到，今天的短板，将是明天战场上的死穴。贯彻落实习近平强军思想，就必须深刻把握武器装备实战化考核要求，坚持问题导向，催生武器装备鉴定核心保障能力。他们按照"装备随时能动、任务全程能保、过程精准高效"的保障标准，大力强化"任务部署到哪里、保障伴随到哪里"的理念，深查细究组试、测试、勤务保障等方面的具体问题，为年度工作提供清晰靶标。同时，他们坚持以新大纲为依据，科学制定补差计划，按照战场保障需求，对短板弱项进行补差，不断提升训练综合保障能力。

问题导向明，实战氛围才能浓。该部立足部队调整改革，新老单位指挥体系融合不深、试训力量分散、人员结构各异、岗位变动较大等实际，研究制定快速适应、迅速提升、高效保障"三步走"方案，对科研试验保障能力建设紧前细致筹划，扎实开展复杂条件下各要素间合成训练和应急保障演练，采取逐项清查、逐项过关的方法，对暴露出的问题定人、定责、限时整改，在发现、分析、解决问题过程中，推动部队保障力攀升。针对少数官兵试训为战思想不牢、实战化意识不强等问题，他们狠抓单兵装备保障性训练，探索岗位融合和一人多岗训练模式，提升应急保障和综合试验能力。同时，定期组织人员进行技能综合考评，深入查找问题，补齐能力短板，紧固保障链条，砥砺过硬本领。年初以来，部队比学赶帮超氛围浓厚，实战化训练热度高，10余项保障任务完成圆满。

（刊于2018年3月8日《人民陆军报》二版）

消除短板弱项　提升实战本领

某部注重提升官兵武器装备鉴定能力

本报讯　2 月底，以新型火炮快速瞄准、弹药引信精准拆装、飞行目标迅速捕获等为内容的年轻科技干部岗位练兵活动在某部有序展开。这是该部提升官兵武器装备试验鉴定能力的新举措之一。

年初，一次试验中，某靶标雷达突然失灵，几名操作手轮流上阵，也未能使其"起死回生"，最终求助专家才解决问题。反思问题背后的深层次原因，他们认为主要还是官兵的基本技能不扎实，遇到突发问题应急处理能力弱。对此，该部逐个课目查、逐个训法过，扎实开展检讨式总结、反思式回顾，深入查找岗位技能训练中暴露出的问题和官兵能力素质方面存在的弱项短板。针对查找出的指控通联能力、应急处突能力、互联互通互操作能力弱等问题，他们对表武器装备考核需求详细制定整改计划，采取"结对子"帮扶、"归零式"补差等方法，确保弱项销账、问题清零。

部队调整改革后，职能任务不断拓展，针对个别单位险难课目训练安排少，少数官兵对武器装备在复杂电磁环境下组试、测试等方面存在的能力短板认识不清等问题，他们坚持用强军目标引领、用重大任务牵引，引导官兵牢固树立"靶场如同战场、试验就是打仗"的思想，真正把岗位练兵作为能力提升的重要途径。他们还按照"任务牵引、实践检验、集智攻关、创新发展"思路，改进训练方法，按岗位、专业和层次开展训练，并积极研究探索"三融合"立体推进、"双过硬"并行操作等训法，确保共同基础训练、专业技能训练、弱项漏项补差等内容训严训实。

年初以来，他们从定岗定位普训到专人帮带精训，从满足需求抓训到拓展职能细练，10 多个岗位技能训练初见成效，赢得好评。

（刊于 2018 年 3 月 10 日《人民陆军报》二版）

从科研试验到作战演练

某部按照备战打仗要求推进保障模式转变

本报讯　险难课目轮番上阵、观摩演练战况激烈……5 月初，某部围绕实战环境下武器动用、发射操控等重点难点课目开展练兵备战，提升信息化条件下的武器装备考核鉴定能力。

该部按照"贴近实战全员额训、融入中心全要素训、注重创新全体系训"的训练思路,创新训练方法,破解训练难题,锤炼过硬本领。他们坚持以重点任务能力需求为训练主线,以精确指挥、精准测试、精心操作和要素融合、特情处置为重点内容,坚持人人参训、全员比拼、体系对抗,帮助官兵在实装实操实训的比拼较量中获得武器装备鉴定考核的"资格证"。置身硝烟弥漫的训练一线,笔者看到,某新型导弹腾空瞬间,地面雷达设备迅速实时探测、目标飞行全程被准确捕获……战场环境设置逼真,作战背景、作战要素、组织程序紧贴实战。正在开展多科目融合训练的参谋李涛介绍,瞄准战场确立训练标准,盯着打仗练强技能素质,才能提升官兵驾驭高新武器装备的本领。

在某野外试验场,未爆弹非接触式聚能销毁培训观摩也在同期进行,来自不同单位的 60 余名骨干在这里学习取经,提升安全处置未爆弹的能力水平。近年来,部队科研试验呈现型号新、技术新、风险大等特点,需要上高原、赴边陲、进沙漠,任务转换频繁,为此,该部党委深入研究筹划实战能力建设路线,聚焦新体制下联合组训组试等 10 多个方面,持续加大新型装备操作演练培训、模拟训练演练的难度力度,开展多种培训观摩,提高部队驾驭高新武器装备的能力。

在某试验任务现场,笔者看到,某型实弹射击试验刚刚展开,火炮突然"罢工",保障分队闻令迅速展开抢修,不足 10 分钟便排除故障,试验任务恢复正常。

（刊于 2018 年 5 月 13 日《人民陆军报》二版）

思想引领用实劲　　查纠问题求实效

某部多措并举推动主题教育走深走实

本报讯　军史馆里追寻发展印记,重温历史征程;革命圣地领悟英雄情怀,感悟初心信念;科技园地感受发展成就,激发练兵动力……某部在开展"传承红色基因、担当强军重任"主题教育中,坚持把解决问题贯穿教育始终,通过对表实战查摆问题,立行立改助力改革强军。

该部驻地红色革命资源丰厚,他们通过请进来宣讲、走出去参观、坐下来感悟,组织官兵走进革命旧址、纪念场馆、烈士陵园,讲述中国革命艰苦奋斗的故事,聆听革命前辈的英雄事迹,推动红色基因的"寻、知、学、悟、用"深化转化,引导官兵认清党对军队绝对领导的历史必然性。深入挖掘部队自身创业史、奋斗史,以"学史、铸魂、明责"为抓手,广泛开展"缅怀革命先烈、传承红色基因""牢记使命苦练精兵,争当先锋担当作为"岗位实践活动,激励官兵学习先进典型,争当岗位先锋,自觉传承和弘扬"听党话、爱靶场、敢牺牲、讲奉献"的创业创新精神,使红色基因内化于心、外化于行。他们按照"统、合、活、实"的原则,把时间、内容、人员等统一合并,将课堂搬上阵地、搬进方舱,把教育内容化整为零,打造

流动课堂，确保教育与科研试验任务有机结合、相互促进。

思想引领用实劲，查纠问题求实效。他们深入开展讨论辨析，组织问题大排查、大整治，激发官兵思战谋战的内动力。根据部队调整改革后的实际，他们围绕政治信仰强不强、政治能力硬不硬、政治本色纯不纯、政治担当够不够等深刻对照反思，重点围绕"偏、虚、松、散、软"等5个方面查找具体问题，人人剖思想、挖根源、亮态度、定措施、作承诺。针对新体制新编制运行后，个别官兵出现的等待观望、朝气不足、锐气衰退等现象，他们主动真诚地接受组织和群众监督，在深挖病根、触及灵魂、坚决整改中塑造作风形象，培养官兵把岗位当战位、把阵地当战场、把试验当打仗的强烈事业心和责任感。

（刊于 2018 年 7 月 6 日《人民陆军报》头版）

科研试验瞄向实战靶心

某部严格训练提升装备鉴定能力

本报讯 "抓新质战斗力训练少招法缺韧劲且计划性不强""抓重点专业训练不精细且一些课目考核结合任务不紧"……某部通过试训专题会、问题研讨会等形式，聚焦问题寻举措定措施，瞄准能力补短板强技能，促进科研试验综合能力提升。

8月底，该部党委机关在调查中发现，受条件和天气等因素影响，个别官兵训练热情有所减退，一些单位组织高难度课目存在偏训漏训等现象。为此，他们紧密结合后续任务实际，围绕训练中存在的"偏、虚、松、散"等方面问题，检查剖析、深挖根源、讨论交流，弄清完成任务"缺什么"、个人能力"差在哪"、落实要求"怎么干"，营造依法治训、实战兴训的浓厚氛围。

全面提升科研试验能力，就必须把创新"准星"向实战"靶心"聚焦。为此，他们对接未来任务需求，围绕快速捕获、精准发射、有效毁伤等内容，开展试法训法研究和岗位融合训练，把偏训漏训的内容和制约战斗力生成的短板弱项作为训练重点，缩短军事训练与实装实战的差距。同时，扎实开展一专多能训练和实装实操培训，努力提升精准操控、科学决策和指控通联能力。结合信息系统综合集成建设和联合指挥体系构建，科学评估各专业能力水平，通过调整人力、升级装备、强化训练，使各要素融合对接，以满足体系融合与体系组试需要。

他们还着眼训法试法创新，积极开展作战制胜机理研究、重大技术研究攻关和装备操作岗位考核，把考核任务设计成具体的训练内容，把考场情况设计成训练想定，把考场环境设计成训练环境，使训法研究着眼实战，训练实效模拟实战，部队运用符合实战，环境设置贴近实战，持续提升武器装备鉴定能力。

（刊于 2018 年 9 月 22 日《人民陆军报》一版）

植入"标准影像" 激活"制胜因子"

某部充分发挥党员在科研中的先锋模范作用

本报讯 开展高难课目训练，党员主动示范；执行急难险重任务，党员奋勇争先……初冬时节，笔者在某部看到，党员带头创先争优，部队处处一派生机。有关领导说："聚焦高强度科研试验任务开展创先争优，不仅让一批优秀党员的'标准影像'植入官兵心中，而且使一批制约武器装备鉴定能力的难题迎刃而解。"

该部党委在调研中发现，部分党员存在自身要求不严、工作标准不高，导致模范作用发挥不明显的问题。为此，他们坚持把深入开展创先争优活动与提升部队战斗力紧密结合，通过理论学习、专题辅导、集中培训等形式，讲清党员在新体制下加快转变战斗力生成模式的使命任务，引导党员认真学习贯彻习近平强军思想，在科研试验中当先锋、做表率。结合年底前部队科研试验任务重的实际，广泛开展"我的岗位无差错、立足岗位创一流"活动，设立党员"突击队""先锋岗"等，引导党员立足本职干事创业。他们还建立《创先争优评估量化细则》，采取公开承诺、表决心、誓师动员，让党员对履职尽责、完成任务等做出承诺，定期检查兑现情况，让创先争优活动常态化。

处处有标杆，比学热情高。走进训练场，10 多名党员带头开展的某高新课目训练如火如荼。他们坚持把开展创先争优活动同训练工作一起筹划落实，通过定期组织岗位大练兵、技能大比武等活动，为优秀党员搭建施展才华的舞台。针对高新装备对岗位能力要求高的特点，利用达标训练考核、专业集训和交任务压担子等方法，激励党员在工作任务中争当思想工作骨干、争当军事训练标杆、争当业务技术能手、争当奋发成才榜样、争当无私奉献模范、争当敢于创新先锋。同时，广泛开展"小发明、小创造、小革新"活动，引导党员自觉投身到科研训练创新中，有效激活练兵备战的"制胜因子"。下半年来，党员在本职岗位上比学习、比素质、比奉献，带头苦练操作技能，钻研装备难题，破解制约战斗力生成的难题 10 余项，有效促进了部队综合试验能力建设。

（刊于 2018 年 11 月 19 日《人民陆军报》三版）

紧盯短板弱项　精准补差强能

某部瞄准实战锤炼保障硬功

本报讯 初夏时节，渭水岸边的某部，以无人装备实装操作、多波段伪装网架设等内容为主的岗位技能训练如火如荼，战味十足。该部瞄准武器装备实战需求，紧盯短板精训细练，深入开展复杂条件下多要素、多课目、多专业合成训练，助推部队核心保障能力提升。

该部前不久组织的一次调查发现，训练课目单一、与实战贴得不紧等问题不同程度存在。今天的短板如不及时消除，就可能成为明天战场的"死穴"。为此，他们针对问题，坚持以新大纲为依据，对照保障能力新需求，精准制定补差训练计划，采取问题逐个过、短板逐个补的办法，定人、定责，限时整改。他们坚持把任务急需、岗位急用、自身急缺的内容作为训练重点，通过多样化任务演练、一站式操作训练，与需求对接、向实战延伸，不断提升驾驭高新武器装备的能力。针对新装备技术含量高、考核鉴定难度大等特点，他们积极优化组训模式，强化试训对接、过程衔接、人装连接的岗位基础训练，深化换岗轮岗和一专多能训练，锤炼全流程、全环境和极限边界条件下保障能力。

问题导向明，补差训练实。该部有关领导介绍，目前，他们正针对新老指挥体系融合不深、训练力量分散、人员结构各异等实际，坚持训实高难课目、训强专业操作、训精基本技能，制定快速适应、迅速提升、高效保障的"三步走"训练方案，对科研试验保障能力需求紧前筹划、靠前准备，从而实现保障任务全域对接、无缝链接。年初以来，该部圆满完成科研试验30余项，解决远程操控不畅等技术难题20多个。

（刊于 2020 年 6 月 30 日《人民陆军报》三版）

靶场就是战场　试验就是作战

某部紧盯武器装备实战需求狠抓训练考核

本报讯 盛夏，笔者在某部看到，一场战味十足的比武考核如火如荼。笔试答题、方案预演、实装操作、问题处置等步骤环环相扣，既强调理论性，又突出实战化，对武器装备试验指挥岗位技术干部能力素质进行全面检验。让考场对接战场，将问题暴露在平时。该部全面锤炼官兵岗位技能，提升驾驭高新武器装备试验鉴定能力，一大批懂装备、会操作、能攻关的创新人才脱颖而出。

今年以来，该部始终紧盯武器装备实战需求，把任务急需、岗位急用、自身急缺的内容作为重点，坚持超前训练蓄底气、系统训练增战力、集成训练砺刀锋。针对新装备技术含量高、鉴定考核标准高等特点，他们积极优化组训模式，强化试训对接、过程衔接、人装联接的岗位基础训练，深化换岗轮岗和一专多能训练。

某专业考核中，要求人员拟定某型火炮在强风沙高温差环境下的试验方法、结果评定准则和突发状况处置办法。考题一公布，工程师徐冰川仔细思考每个环节步骤，防止出现遗漏。去年的一次高原外场试验，由于没有极限高寒条件下开展试验的经验，设备配套电池在任务中"短命"，影响了任务进程，让徐冰川吃了"败仗"、长了教训。在某特情处置课目比武现场，除了方案编拟、现场指挥等内容外，考官接二连三临机设置多个现场故障，让参考者利用现有条件随机处置……

靶场就是战场，试验就是作战。该部改变以往坐在办公室里写方案、照着公式设计试验等"应考"模式，紧贴战场设定考核标准、试验条件，全面检验提升官兵实战化背景下的素质本领。在抓好全员训练的同时，他们突出抓好重点人员和重点课目训练，探索完善5种常见故障的应急预案，有效解决突发处置能力不强等问题。

（刊于 2020 年 7 月 8 日《人民陆军报》一版）

紧前筹划早准备　严慎细实抓组织

某部争分夺秒推进科研试验任务

本报讯　骄阳似火，炮声正酣。7 月上旬，走进渭水岸边的某部技术室，笔者看到，针对某型导弹发射车电磁兼容试验中软件报错等问题，技术人员连续加班加点找问题、攻难关，保证了试验任务顺利推进。针对某型武器系统复杂、反射面多、测量难度大等特点，参试人员迎难而上、奋力冲刺，10 余天坚守在一线。据了解，该部争分夺秒全力抓好武器装备试验鉴定任务和重大科研项目的组织实施，实战背景下的多型任务考核鉴定任务如火如荼，多项重点项目课题结题预评审工作有序开展。

该部针对下半年科研试验任务成倍增加的实际，坚持紧前筹划早准备、跟踪问效强管理、严慎细实抓落实，确保程序不会减、标准不会降。他们结合当前试验任务密集、天气异常炎热、试验难度增大等特点，牢固树立试训为战的理念，坚持把质量与进度作为对接战场、聚焦打赢的核心内容紧抓不放，提前搞好跟踪调研、技术储备、方案优化，从严抓好任务管理、过程管控、组织实施和结果评估，下好"先手棋"。

质量是科研试验的生命。为此，他们树牢"走进试验场就是上战场，解决重大

问题就是能打仗、完成科研试验任务就是打胜仗"的思想，激发官兵精武争先、精诚砺剑的高昂热情，举上下之力、集各方之智，确保各项任务有序展开、如期推进、有效落实。结合任务高频、设备故障频发等实际，该部把抓进度与保质量统一起来，坚持用实战标准考核武器装备性能、用备战姿态检验工作成效，确保被试装备不"带病"离开试验场。

他们还把重大任务联调联试、重点课题集智攻关等作为发力点，聚力抓好以半实物仿真技术研究为重点的44项技术研究，让备战"准星"对准实战"靶心"。同时，突出重大项目建设，全力推进技术创新和条件保障建设，聚力打造新的技术优势和试验能力优势，为打造实战需求的坚盾利刃"护航"。年初以来，他们已圆满完成30余项重大科研试验任务。

（刊于2020年7月17日《人民陆军报》二版）

聚力攻坚　决战决胜

某部全力打赢"十三五"规划收官之战

本报讯　骄阳似火，炮声正酣。8月初，笔者来到某部看到，实战背景下的多型任务考核鉴定如火如荼，多项重点项目课题结题预评审工作紧张进行。今年以来，他们积极克服新冠肺炎疫情带来的影响，坚持以临战的状态、决战的姿态、实战的标准，全力推进武器装备试验鉴定任务和重大科研项目有序展开、有效落实。

今年，是"十三五"建设规划的收官之年，能否如期完成各项规划建设任务，不仅是一项战略任务，更是一项政治任务。针对上半年疫情影响大、下半年试验任务重的实际，该部牢固树立"走进试验场就是上战场、解决重大问题就是能打仗、完成试验任务就是打胜仗"的理念，系统筹划、周密部署，严密组织、强势推进，跟踪督导、全程管控，全力以赴、决战决胜，确保任务不减、程序不少、标准不降，打赢疫情阻击战、试验攻坚战、规划收官战。

走进某技术室，笔者了解到，针对某型导弹发射车电磁兼容试验中软件报错等问题，科研人员连续加班两周时间，找问题、查症结、攻难关；针对某型武器系统复杂、反射面多、测量难度大等特点，参试人员迎难而上、奋力冲刺，十余天坚守在一线……"将备战准星对准实战靶心，让试验任务对接未来战场，为打造实战需求的坚盾利刃护航。"该部有关领导感慨道。

（刊于《人民陆军报》2020年8月7日三版）

试验在高温下展开

某部精益求精抓科研试验任务组织实施

本报讯　空中战鹰盘旋，地面火炮呼啸……盛夏时节，渭水岸边的某部试验场上，在近 40 摄氏度高温下，多个型号装备的试验任务如火如荼进行。该部坚持精益求精抓任务组织实施，各岗位参试人员精准组织、高效保障，动作娴熟、口令清晰，试验正规有序。

入夏以来，驻地高温天气给野外试验带来严峻考验，该部坚持用能打仗、打胜仗的标准，严格试验标准，正规现场管理，狠抓试验作风，促进任务完成顺畅高效。针对天气炎热、参试条件艰苦、官兵思想容易波动的实际，他们从完善法规制度、搞好思想引导、细化保障模式入手，着力解决参试官兵中存在的试验作风不严谨、组织管理不细致、检查监督不到位等问题。他们还结合当前试验任务高密度、高风险、高强度等特点，建立自下而上的信息反馈和自上而下的责任管理机制，积极开展风险预想预防，提高安全防范和风险处置能力。同时，广泛开展"赛思想、赛作风、赛技能"和"防松懈、防急躁、防自满、防粗疏"等教育活动，大力培育官兵战斗精神和严慎细实、一丝不苟、精益求精的试验作风。

针对部队任务重、装备技术新、考核难度大、标准要求高等诸多特点，他们突出抓好关键环节和重点部位，按照实战化要求狠抓基础性针对性训练，推行重大任务试前培训考核，提高一专多能、一人多岗训练质量，为科研试验任务完成提供技术保障。为防止因天气炎热人为降低训练标准，他们积极推行任务分类、人员分层组训模式，抓好一体化、协同化综合演练等内容，扎实开展多岗位、多系统合成训练演练，提高试验技能和综合保障能力。

他们还采取党委常委深入基层和试验一线具体指导的方式，组织开展形式多样的慰问活动，及时解决参试官兵的思想问题和实际困难，将送温暖、解难题落实到具体行动上，激励官兵全身心投入任务。近两个月以来，部队科学筹划抓组织、严格标准抓管理，20 余项科研试验任务稳步推进，一批试训难题得到有效解决，加速了科研试验能力提升。

（刊于 2020 年 8 月 10 日《人民陆军报》二版）

弹药信息一"扫"便知

某部注重向创新要保障力

本报讯 初冬时节，某部弹药工房内，多项弹药试验任务正如火如荼开展。置身现场，笔者惊喜地发现，弹药岗位参试人员手持平板电脑，轻松扫描弹药箱体，便快速完成对弹药信息的检测和核对确认。与过去手工核对校检相比，极大节省了人力物力。参加试验的该部技术室主任孙浩介绍，通过实时在线监测弹药动态流向，全程掌握要素信息，确保了弹药管控更加精准，试验保障更加安全高效。

针对岗位人员紧缺、多个任务并行、工种品类繁杂等诸多难题，该部紧密结合科研试验任务特点，坚持向创新要保障力，积极探索弹药信息化管理方法路子，认真总结梳理部队多年弹药试验的管理经验、基本流程和制度规范，充分借鉴地方物流管理先进做法，依托物流数据库、云端技术等，将弹药名称、种类、生产厂家等信息逐一录入建档、编制专属图码，实现管控流程全面升级。同时，加强与地方科研院所合作，围绕信息获取实时快捷、质量管控精准高效、前方后方同步共享等，聚智创新攻关，探索开发弹药动态信息管理系统，彻底改变了以往人工拆封、翻箱倒柜等耗时费力的操作流程。

走进某弹药工房，笔者看到，弹药包装上的二维码标签像身份证一样挂在上面。参试人员通过平板电脑轻轻一扫，弹药批次、状态、储存位置等信息尽收眼底，测量准备、勤务运输、环境模拟等试验环节也一并获取。岗位操作手路耀斌深有感触地说："扫码等信息技术的运用，实现数据共享互通，大大提升了工作效率。"

据统计，年初以来，该部依托弹药信息化管理技术，优质高效完成重大试验任务40余项，无一失误。

（刊于2020年12月15日《人民陆军报》三版）

科研成果直通战场

某部紧盯任务需求开展技术创新

本报讯 4月中旬，渭水岸边，由某部专业技术军官领衔完成的弹药热安全性重点课题研究成果，首次被运用于试验任务考核中，此举有效解决了多项技术难题。

聚焦打仗选题立项，聚合优势集智攻关，紧贴实际转化运用。近年来，针对新型弹药鉴定任务逐年增多、技术状态复杂等特点，该部紧紧扭住技术创新这个关键，打破以往以试验保障能力牵引科研创新的常态，主动瞄准弹药实战化鉴定检验需求定课题、搞创新、抓攻关，使课题研究成果引领试验鉴定考核方向。通过成立弹药安全性考核团队、与多家科研院所建立协作关系，跟踪研究信息化武器弹药性能特点，形成联合聚能、集智攻关、动态组合的科研攻关模式，着力提升以弹药热安全性考核、战场靶目标等为代表的多种新质能力。

科研对接实战，成果直通战场。为使课题与任务有效衔接，该部把部队实战需求、科研成果推广、战斗力提升三者紧密相连，实行全过程管控，让课题成果以最快速度、最高效益进入试验场，在任务中发挥作用。他们还广泛开展攻关活动，形成试前"议试会"集众智、试中"诸葛会"解难题、试后"总结会"查不足，积极挖掘科研信息，联手攻关解难，让每项成果都有实战价值。如今，弹药安全性考核、贮存寿命评价、武器弹药信息化管理等多项课题成果已逐步运用于试验任务的考核鉴定中，为高新武器鉴定试验奠定了基础。

（刊于 2021 年 5 月 7 日《人民陆军报》一版）

"孔雀蓝"挑起科研试验重担

某部多措并举提升文职人员任职能力

本报讯 炮声隆隆，硝烟滚滚。初夏时节，渭水岸边的某部试验场，某新型火炮定型试验正如火如荼进行。笔者看到，从前台操作到后方保障，一批素质过硬的文职人员活跃在各个岗位。该部坚持多措并举抓培养，让文职人员尽快走上科研试验前沿，成为部队建设的"生力军"。

为使更多的文职人员从"幕后"走到"前台"，尽快挑起科研试验重担，该部采取定向培养、专家帮带、协作共育等方式，量身定制发展路径，对急需岗位人才提供"小锅菜"、配送"营养餐"，竭尽所能地"铺路搭桥"，实现"才生才"的"雪球效应"。该部结合岗位培训、专业技能训练，广泛开展技能比武竞赛活动，激发文职人员学习新知识、强化新技能、研究新训法的热情，促使他们尽快提高适岗履职本领。

"实战"是检验能力素质最好的"试金石"。该部充分利用试前准备、现场实施、试后总结等时机，加强试验方案设计、现场组织实施、试验报告编写等业务能力培训，为文职人员处置技术难题、开展学术交流和提升技术创新能力注入"营养鸡汤"。同时，他们还广泛开展"强军当先锋、科研当尖兵"等活动，引导文职人员以打仗的姿态、实战的标准，在重大任务、科研攻关中当先锋、打头阵，涌现出一批精业务、会操作、敢创新的文职人才方阵。谈及成长经历，去年年底，曾被表彰为"四有"优秀文职人员的黄巾格深有感触地说："以打仗的姿态冲锋，才能为锻造打仗

的装备贡献力量。"

（刊于 2021 年 5 月 19 日《人民陆军报》二版）

让精品装备走向战场

某部真训实练提升体系试验能力

本报讯 晴空万里，铁翼飞旋。初夏时节，渭水岸边的某部上空，无人机操作训练正在紧张进行。拉杆、切换、推送、飞行、着陆……操作行云流水，动作娴熟流畅。该部紧贴任务实际，真训实练，细训精练，不断提升基于信息系统的体系试验能力，为能打胜仗输送精品装备，助推试验场直通战场。

该部结合年度试验任务实际，坚持用能打胜仗要求统揽军事训练工作，使专业训练与实战任务深度对接。他们把真、难、严、实贯穿军事训练全过程，按照"要素、单元、体系"综合集成的思路，采取共同内容集中训、本职业务自主训、指挥谋略结合训、结对帮带强化训、瞄准弱项补差训的方法，促进战斗力要素效能向实战聚焦。与此同时，该部把对武器装备的鉴定考核能力和解决重大技能问题能力作为重点，大力开展疑难问题"会诊"和多岗位、多科目综合演练，让训练更加贴近实战。

该部还结合信息化武器任务越来越多、难度越来越大的实际，积极探索大课目并训、大岗位合训、大系统联训的组训模式和考核评价机制，并围绕一体化能力建设，扎实推进信息综合集成训练，开展群众性训法研究、考核方法创新，使训练内容与使命任务相一致、训练标准与实战要求相符合。

淬锋砺刃，综合试验能力"水涨船高"。走进某试验场，某型靶机定型试验正如火如荼进行。笔者看到，目标出现瞬间即被雷达锁定，全程操作准确无误、数据录入清晰完整。据了解，年初以来，该部已圆满完成科研试验任务 20 余项。

（刊于 2021 年 6 月 7 日《人民陆军报》一版）

第三辑

通　讯

倾心浇灌满园春

——某部加强科技人才队伍建设纪实

在刚刚结束的上级人才表彰会上，某部获表彰科技干部 23 名，占全部受表彰人数的 41%。这个组建只有 5 个年头的单位，是如何在短时间内走出人才匮乏的"困境"，实现群贤毕至的呢？6 月初，记者走进该部，揭秘他们的"励才成功之路"。

巧解"中间细、两头粗"的难题——

结构合理了，责任感也增强了

2004 年组建初期，科技人才中 30 至 40 岁年龄段的科技干部数量明显偏少，30 岁以下的科技干部占到总人数的 60% 以上，人才分布呈倒立的"葫芦型"；一些新增专业岗位人才告急，部分指挥人才的综合素质与新型武器装备鉴定任务的需求存有差距，科技人才队伍整体建设基础薄弱。

人才这般紧缺，是想方设法去"挖"人才，还是立足自身条件培养人才？对此，该部党委"一班人"态度明确：外部输血不如自我造血，只有依靠自身培养人才，才能"芝麻开花节节高"。

于是，一场创新实践活动开始了：按照新老结合、强弱搭配、专业互补的办法，打破岗位和专业限制，对人才优化组合进行"大手术"；着眼长远规划、重点培养、整体推进，对人才培养模式进行"大调整"；从强化基础理论入手，精选课程、精心组织实施，对急需岗位人才炒起"小锅菜"，奉送"营养快餐"；采取与院校"联姻"的方式，遴选有"棱角"的干部，参与在职学习和非学历教育；开展"一帮一""定向帮带"等活动。与此同时，在训练中，他们主动向急难课目"亮剑"、向复杂领域"进军"。针对新增专业人才紧缺，深入开展多设备组合、多课目穿插的"淬火式"训练。利用试前准备、现场实施、试后总结等时机，加强试验方案设计、现场组织实施、试验报告编写等业务能力培训，为年轻干部处置技术难题、开展学术交流和提升技术创新能力注入了"营养鸡汤"。

练兵有的放矢，素质有效提升。组建当年，该部科技干部就利用现有力量，一举解决技术难题 30 余项，获军队科技进步奖 10 项，一批国家重点型号任务圆满完成。

部队呼唤人才，一系列促进人才发展机制出台。为开创尽快出人才，出部队急需人才的良好格局，他们先后出台了《加强人才队伍建设具体措施》《人才培养奖惩激励制度》等 6 项长效育人机制，确保了落实制度给时间、加强指导给老师、提供条件给舞台、奖优罚劣给动力，系列措施也囊括了部党委多措并举、倾力打造精

兵强将的创新思维。

时隔三年，50%的干部实现了学历和能力的升级，部队形成了以技术专家为引领、学科带头人才为中坚、中青年拔尖人才为骨干的新型人才方阵，人才梯队发生了"脱胎换骨"的变化。

破解"高学历、低能力"的难题——

素质全面了，使命感也增强了

2005年，一次课题申报会上，几名年轻科技干部由于紧张，汇报时没有将设计思路清晰表达出来，影响了课题的申报质量。无独有偶，该部领导发现：年轻科技干部毕业分配到部队后有知识优势、学历优势和强烈的成才愿望，但部分干部专业上缺技能、指挥上缺能力、管理上缺经验，导致工作中插不上手、说不上话；在一些基层单位，由于受条件限制，每年能真正参加一线课题研究的科技干部不到一半，知识更新速度的加快，使得一些干部慢慢地掉了队。

强人才先强素质。针对"高学历、低能力"等现象，该部按照"缺什么补什么"的思路，开展理论学习、岗位培训、知识讲座，全方位为他们补课。

年轻干部处于出成绩的黄金时期，不能让他们的热情在坐等机会中被抹杀。对此，该部采取交任务、压担子、建平台的方式，给他们充分的"表演"机会展现自我，让每一个同志上岗后，先办一两件自我感到满意、且能在单位"露露脸"的工作，从而调动他们参与工作的热情。科技干部邹雪飞工作不到两年，就成为导航指挥专业的"行家里手"，先后解决试验难题10余项。孙战彬自主研发的某导航界面显示系统，在完成某重点任务中发挥了重要作用。为使更多的年轻干部从"幕后"走到"前台"，尽快挑起科研试验的"千钧重担"，他们采取每月一次难题会诊、每季度一次工作小结、每半年一次个人述职、每年度一次总体评估的办法，提高他们的整体素质。针对不同类型、岗位、级别的干部制定能力考核指标，建立形势分析、检查督导、责任挂钩和关心服务等长效机制。成立由专家骨干组成的"考核组""帮带组"，实施"专家带徒""协作攻关"等方式方法，实现了"才生才"的滚雪球效应。

大动作带来大效益。组建5年来，该部先后举办各类培训班400余期，轮训人员2000多人次；攻克关键技术难题100多个，获军队科技进步奖30余项；有35人取得了硕士学位、3人取得博士学位。人才素质的提升，也带来了部队战斗力的整体跃升，该部连续4年被总装备部表彰为军事训练先进单位，两次被全军表彰为军事训练一级单位。

一枝独秀不是春，百花竞放春满园。如今，部队硕士、博士和高级专业技术干部占的比例越来越大，人才"家底"越来越厚。在别人看来，这里是一个人才济济的富矿。但该部党委没有停止脚步，他们认为，如果不"全天候"、持续性的培养人才，"受穷"的日子就会很快来临。这些年来，部队班子换了一茬又一茬，但持续抓人才的工作从未间断。

化解"边引进、边流失"的难题——

舞台宽阔了，紧迫感也增强了

组建以来，部队在吸引人才、留住人才上下了不少功夫，可谓使出了浑身解数。然而，2006年，苦心培养的两名高才生纷纷要走。"孔雀东南飞"现象，让部领导发了难。同时，他们发现部分年轻干部扎根靶场、建功立业的思想不够牢固，一些科技干部评上职称后，工作热情有所减退、创新劲头有所"降温"。

人才为何流失？是水土不服？还是另有隐情？分析会上，部党委从自身查原因，认为问题的根源还是留住人才的工作没有做好。于是，"筑巢工程""暖心工程"等工作在该部相继启动，给政治待遇激发荣誉感，给工作平台激发责任感，给物质保障激发事业心等措施陆续出台。随之，一些年轻干部被选入支部班子、列入重点"人才库"，并在一些重要会议、重大决策设置"专席"……

特殊的"待遇"点燃了他们对事业的热情。2006年5月，某重点型号任务正在紧张进行，担任项目主持人的科技干部邹雪飞的妻子即将临产。考虑到任务的紧迫性，自己又是任务主持人，加之领导的信任与平日的关心，小邹没有向任何人提起妻子临产的事，而是一门心思扑在试验任务上，直到任务圆满结束后，才踏上回家的列车。组建以来，在试验任务重、标准要求高、实施难度大的情况下，该部全体科技干部团结一心，加班加点，克难攻关，先后完成科研试验任务300余项，成功率达100%。这期间，许多干部在亲人生病、爱人分娩等时间放弃休假，投入工作，留下一幕幕感人的瞬间，演绎了精彩的人生。

好环境能带动人才，也能感化人才。为营造靠素质立身、靠政绩进步的良好环境，他们不拘一格、打破常规，创新机制：在课题和任务分配上，打破论资排辈和"门户之见"，采取能者上、庸者让，给有为者地位；设立奖励基金，每年对在完成重大任务、重点课题等工作中表现突出的单位和个人予以表彰奖励，对成绩突出、发展潜力大的干部，在学习培训深造、课题申报立项、科研经费使用、解决实际困难等方面实行优先政策；在选人用人、职称评定等问题上，不管学历高低、资历深浅，以能力为标准，择优选用，营造公平竞争的良好环境；在涉及科技干部切身利益的敏感问题上，采取名额、条件、程序"三公开"，确保上级、本部和下级"三满意"。公平竞争的良好环境，激励着广大科技干部投身使命、献身国防，忘我工作，部队涌现出了以总装备部十大学习成长标兵吴航天、袁宏学为代表的一批优秀人才，20余人次受到上级表彰奖励。

"花香自有蝶飞舞"。如今，一批批年轻干部毕业后在这里迅速"安营扎寨""落地生根"，积极投身武器装备现代化建设。

【编辑有话说】开辟人才成长快车道

某部在加强科技人才队伍建设中，着眼长远发展，优化人才结构，加快人才由

学历要求向能力要求的转变，精心为人才搭建创业的舞台，形成人才辈出的良好局面，这一经验值得我们学习借鉴。人才就是战斗力。坚持把人才队伍建设作为部队发展的根本大计来抓，始终保持决心不动摇、思路不改变、力量不偏移，方能实现人才兴旺、事业兴盛。在此过程中，需要对人才"形势"有全面的了解，清晰人才的总体情况，了解他们的想法，从战略上确定人才发展方向，于细微处关心人才实际困难，用发展前景吸引人，以真情实意留住人，真正使人才成长驶入快车道。

（刊于 2009 年 6 月 25 日《中国军工报》深度报道版头条）

踏破热浪练硬功

——某部深入开展军事训练提升科研试验综合能力纪实

盛夏之初，天公持续发起了"高烧"。然而，近 40 摄氏度的高温并未拦住部队练兵的脚步。7 月 15 日，记者在某部训练场上看到，烈日下整齐的队伍一字排列，动作整齐统一，从单个动作到"综合集成"、从口令下达到组织指挥，每个动作既规范又标准，如火如荼的训练场景令人赞叹。如此酷热的天气，部队训练的热潮为何如此之高？

深化认识自觉练

5 月底，该部在检查中发现，个别单位抓训练有"猫腻"：有的训练计划落实不完整，有的考核课目未真正进行……制定好的计划为何会落空？应组织的考核缘何不进行？经过一番调查，原因大致为：有的认为年初以来训练工作一直抓得很紧，成绩很好，便产生了"歇口气"的想法；有的认为天气炎热，组织起来有难度，便"自我卸压"……

认识不到位，行动上就难以落实、成绩上就可能"注水"。为此，该部采取"听政会"，总结成绩、剖析问题、分析原因。充分利用办公会、党委会和全体人员大会等时机，用大抓军事训练的一系列指示提升认识，开展思想发动。利用板报、橱窗、标语等载体，营造军事训练声势，激发官兵参与军事训练的自觉性。为解决训练中"缺斤少两""虎头蛇尾"等重过程轻质量、重形式轻效果的现象，他们围绕实现军事训练常态化，细化定期考评、督导检查、责任追究等制度，把训练成效与单位发展、个人进步挂起钩来。思想认识的提高，带来了训练热潮的高涨。6 月份，他们结合任务所需，进行了仿真、装备侦察等 4 个门类的专业训练，11 个专业岗位考核，科技干部的综合素质得到了全面提升。

科学筹划重点练

"客观上讲，上个月部队工作头绪多、试验任务重、大型活动多，一定程度上牵扯了各级精力，影响了训练的进度，但这不能成为训练工作打折扣的一个借口。"分析会上，该部主任刘理一针见血地指出。

部队大项工作多、训练时间难保证，怎么办？该部政委郭盛军郑重其事的指出科学筹划是手段，只要坚持科学筹划才能形成一盘棋，减少工作忙乱。按照"少而精、精而全"的思路，该部科学设置训练内容，对能合并的工作、能精减的会议及时"砍"下来，一切为训练工作让路。同时，在训练时间上，不做统一要求，各自利用工作间隙择机开展。训练内容上，不做统一规划，各单位根据专业需求进行自主选择。训练组织上，不做统一安排，各单位根据工作特点自行操作。前些日子，该部利用任务间隙，深入开展一专多能训练，重点练指挥、练程序、练协同，有效地解决了部分年轻干部基础知识不扎实、组织指挥协调能力不强等问题。近两个月，该部按照科学筹划抓组织、集中力量抓落实，13项科研试验任务稳步推进，7项重点工作高标准完成。

拓宽渠道灵活练

"练兵形式单一、个别骨干素质不全面，一些课目训练条件有限是制约部队军事训练深入开展的一个'瓶颈'，但不能成为制约发展的理由。"此语一出，引起了大家的共鸣。

"瓶颈"在哪里，攻克的重点就在哪里。为此，该部按照"基础性短板必须解决、重难点短板力争突破、整体性短板有所弥补"的思路，拓宽训练渠道，灵活训练形式。针对个别骨干素质不全面等问题，坚持把基础理论学习作为军事训练的"主渠道"，以重大任务组织实施为平台，采取共同内容集中训、本职业务自主训、课题攻关牵引训、指挥谋略结合训、结对帮带强化训、瞄准弱项补差训，练好新大纲规定的基本内容、练精本职岗位必备的基本素质、练实自身短缺的基本能力。针对训练形式单一的问题，采取走出去、请进来的办法，有计划地组织科技干部下工厂学习调研，熟悉武器产品性能和技术指标，定期邀请专家教授到部队讲学，用活用好各种资源，改善知识结构，提高科技素养。同时，加大经费投入，积极改善训练条件，推动军事训练深入开展。

（刊于2009年7月30日《中国军工报》深度报道版，获年度军事训练好新闻二等奖）

激活一池春水

——某部加强"80后"干部队伍建设纪实

在某部，40%以上的干部为"80后"。对于这些思想观念、价值取向和行为方式特点鲜明的"新生代"，该部着力破除认识偏差、校正理想落差、补齐素质短板，以有效措施方法激活一池春水，让"80后"干部锤炼成长，在各个岗位上大展身手。

在包容个性中多找优长

2006年毕业于某重点大学的高材生小刘刚到部队不久，就给领导留下了这样的印象：思维活跃，但有个"坏毛病"，老喜欢问几个"为什么"；前年毕业于南京理工大学的小孙想在部队发挥自己的"特长"，发现自己久久未被"委以重任"后，他便毛遂自荐，结果却受到"冷遇"……

个性特点突出是不是短板？该部党委"一班人"没有急于做出判断，而是深入基层展开"如何看待'80后'干部"的调查研究。结果显示，多数官兵对"80后"干部的能力是认可的，但戴着"有色眼镜"看他们的问题不容忽视：有的把"80后"干部暂时的短板看成永久的短板，把一时的不适应看成长期的不适应，甚至用传统的用人标准往现代人身上套，因个人的感情倾向否认"80后"干部的优势，并因此产生种种质疑和忧虑。

用老眼光审视新生代，自然横瞧竖瞅不顺眼。一番调研后，该部党委引导各级领导干部调整视角，澄清迷雾，向大家讲明，在识人用人上注重"三看"：看变化，防止把特点当缺点。对"80后"干部要求民主平等、崇尚个性张扬、追求自我价值等特点，坚持用现代的发展的眼光看待；看主流，防止以个别代全体。不要把眼睛仅仅盯在几个偶发问题上，越看越觉得"问题"多；看发展，防止以当前代长远。充分认清"80后"干部的潜力优势，不把一时的不适用看成永久的不成熟。

摘下"滤光镜"，满园皆"春色"。坚持以欣赏的眼光、包容的态度、开放的心态审视和看待"80后"干部，结果惊喜地发现，那些曾经看起来"不顺眼""毛病多"的"80后"干部，身上竟然有太多的"闪光点"：他们不仅文化层次高，基本素质好，且思想观念新，进取意识强，有发展潜力……

在思想蜕变中破茧化羽

"80后"干部小吴这样描述初到部队的心情："火车在一个小站停下，一辆吉普车七拐八拐地把自己带到了一个前不着村后不着店的部队营门前，我的心一下子'凉'到了'冰点'"。"80后"干部小徐也说："我知道部队条件比较艰苦，大多位于偏远地区，但没想到会这么偏僻和艰苦！"

对部队缺少了解、缺乏吃苦的心理准备，是"80后"干部入伍后"水土不服"的一个重要原因。他们对军营的了解，大多是从影视和文学作品中得来，不同程度地带有浪漫主义和理想主义色彩。调查中也了解到，一些年轻干部不容回避地带有"自我设计"的想法：有的想以部队为"跳板"继续读书深造；有的感觉到地方找工作不确定因素多，先到部队"观察观察"再说……这一个个"自我设计"本也无可非议，但多因为不切实际而落空，致使他们产生"壮志难酬"的失落感。

直面理想与现实的落差，确立正确的理想信念和价值追求，是所有"80后"干部的"必修课"。每年大学生入部队，该部积极做好思想教育，坚持用中国特色社会主义理论体系武装头脑，坚定理想信念，夯实献身国防、扎根靶场、建功立业的思想根基；搞好历史使命教育，认清自己在武器装备建设中肩负的崇高职责，增强忠诚使命、献身使命、不辱使命的光荣感自豪感；深入开展正确看待名利得失、正确看待工作苦累、正确看待实际困难等讨论交流活动，引导他们认清军人职业的特殊性，牢固树立当代革命军人核心价值观，自觉把个人理想融入部队建设之中，实现自身价值。

在锤炼提高中脱颖而出

一次，某重点型号设备进场，部队缺少"懂行"的人才，急得领导团团转。此时，有人建议，让"80后"干部小陈"试试"，因为小陈是这一专业毕业的高材生。然而，这台"铁疙瘩"被小陈折腾了半天也未见好转。小陈"出师"不利，因此被扣上了"高学历、低能力"的"帽子"。

"快马"为何不能奋蹄？"希望之星"为何"折戟沉沙"？一番调查后，该部领导弄清了原因：管理缺经验、指挥缺能力、实践缺锻炼是"80后"干部能力素质的"短板"。

一时不行不等于一世不行。对此，他们没有责怪"80后"干部，而是出台了一系列措施：干部分配时，尽可能把所学专业、本人意愿与部队需要统一起来；每年国防生到部队后，与军校生一起开展岗前培训、技能训练，让他们充分了解部队需什么，自身缺什么，重点补什么；采取以老带新等多种方式，建立层层帮带制度，提高"80后"干部的综合素质；摒弃论资排辈、平衡照顾等做法，为那些能力素质强、发展潜力大的"80后"干部提供摔打磨练的舞台，让"千里马"尽快显现。

针对"80后"干部竞争意识强、创新劲头足。该部积极构建争先创优的激励机制：强化考核的杠杆作用，认真落实指挥军官考评制度，考出压力、考出动力、考明努力方向；强化用人导向，坚持以能力素质、工作实绩、发展潜力选拔使用干部；积极挖掘、培养和宣扬"80后"干部典型，营造比学赶帮超的氛围；大胆使用高学历优秀年轻干部，引导他们靠素质立身、凭实绩进步。

海阔凭鱼跃，天高任鸟飞。如今，走进该部，处处可见"80后"干部努力奋进的身影。

（刊于 2009 年 8 月 11 日《中国军工报》深度报道版头条）

打造无结保密链

——某部扎实抓好保密工作纪实

年初以来，某部始终坚持把保密工作摆到党委工作的重要议事日程，采取常紧敌情弦、常念保密经、常敲警示钟、常想失密害，加强思想教育，完善制度建设，摸排重点情况，堵塞漏洞隐患，牢固了保密工作"防火墙"，促进了单位全面发展。

抓教育固防线

思想是行动的总闸门。思想认识不到位，行动上就难以落实。为强固官兵的思想防线，该部紧贴形势任务和官兵思想实际，搞好针对性教育。他们坚持每月保密教育不断线，定期组织官兵学习有关内容，收看《无形的较量》《筑牢思想防线》《隐蔽战线》等宣传教育片，广泛开展"敌情就在眼前，危害就在身边"等讨论交流和专题演讲活动，不断提升官兵的思想认识。该部还注重抓好条令条例和法规制度的学习，采取理论知识考核、条令知识竞赛等多种形式，强化官兵的法规意识。同时，他们充分利用板报、橱窗、局域网等载体，在办公大楼内张贴"涉密有责、守密如命、保密如山、治密无情"等警示语，对官兵进行保密工作宣传。此外，他们还建立了安全保密工作网络，通过层层签订保密工作责任书和保证书，提高了官兵的防范意识。

通过系统措施，官兵对《十不准》《保密守则》《十条禁令》等内容条条清楚、字字铭记在心，防间保密观念不断增强。

抓制度促养成

这难那难，依靠制度就不难。为此，该部严格落实分析预测、自查自纠、综合治理、军地协作等制度，使保密工作经常化、制度化。

该部认真落实党委每季度、基层每月的人员、安全和思想等形势分析制度，将官兵现实思想、个别人员情况和安全保密问题隐患作为分析检查的重点内容，节日战备、野外试验和重大活动等时节随时分析，切实做好"防"的工作。每个阶段他们都根据当前形势和工作特点，搞好自查自纠活动，深挖思想根源，查找存在问题。年初以来，他们先后修订和完善了《计算机的使用与管理规定》《党委机关办公保密检查制度》《文件资料的借阅、复印、传阅规定》等制度，形成了抓保密工作的长效机制。今年第二季度，他们对文件保密、涉密载体保管、对外交往保密和涉密会议等内容进行了规范，并结合部队实际，出台了《保密工作管理措施》《信息网络安全保护管理办法》，使部队的保密制度更加系统化、规范化。

抓防范治弱项

保密工作宁可未雨绸缪，也不能亡羊补牢。这是该部抓保密工作一以贯之的做法。为此，他们突出重点、抓好预防，将保密工作的关口前移。

为切实抓好工作落实，该部专门成立了保密工作专项检查小组，层层明确责任，坚持把保密工作抓细抓实，抓到位。在具体工作上，他们采取营区调查和营外排查相结合、基层自查和机关检查相结合、部队直接调查与地方协查相结合的检查方法，对 8 个重点方面进行了认真检查清理，做到见人见事、见量见底。在预防重点上，他们主动与干部在外学习调研的院校、单位加强联系，争取地方的支持。该部还采取分区划片的办法，采取重点调查、定期联络的办法，加强重点管控。在摸排方式上，他们采取给官兵家里打电话、召开座谈会、进行问卷调查等形式，对重点情况进行摸底统计，对部队重点要害部门的人员进行政审，确保无任何问题。同时，他们加强保密工作骨干队伍建设，使官兵有了思想问题帮教工作能及时跟得上，官兵遇到实际困难帮扶工作能及时跟得上，官兵产生心理问题疏导工作能及时跟得上，官兵有了不安全苗头引导工作能及时跟得上，有效消除了各种隐患苗头。

（刊于 2009 年第 3 期《保密档案工作》）

华山脚下好风景

——某部大力加强后勤基础建设纪事

金秋时节，记者置身某部营区内，一阵阵清新的气息扑面而来，一幢幢漂亮的营房映入眼帘，文化餐饮、人文兵舍、生态营院、新型农副业生产……放眼望去，满眼都是后勤建设科学发展的美丽景象。

吃出健康新文化

中午开饭时间，记者走进某营食堂内，轻音乐环绕耳边，战士们正从电子消毒柜里拿出碗筷。食堂内，不锈钢餐桌、崭新空调、防滑地板……整个餐厅窗明几净。记者看到多功能餐车上"五菜一汤"整齐排列，战士们可自由选择，尽情享受自助营养套餐。山东籍战士小李高兴地说："如今，我们不仅能吃得饱，更能吃得好，感觉和在家里没有什么两样。"

吃饭讲科学有助战斗力提升。该部经过认真调研，决心不仅得让官兵吃得好，还得吃出营养健康。为此，一场餐桌革命就此拉开序幕。他们率先在基层分队全面

推行自助餐，采取送出去学、请进来教等方法，为每个伙食单位培养出一名营养师。同时，在定制食谱上更加注重"营养"二字，结合部队执勤、训练等体力消耗情况，精心定制营养食谱，随时根据任务性质、季节变化进行调整。

记者了解到，他们在部队执行高强度任务时，及时增加热量高的蛋类、肉类食物；对缺少维生素 A 和维生素 B2 的官兵，增加水果和动物肝脏等，食谱一周不重样，顿顿有营养，确保官兵吃出营养，吃出战斗力。

人文营区聚兵心

驻地空气湿度大、雨季常常持续时间较长。过去许多基层连队用的都是露天晒衣场，有时遇到阴雨天没地晾晒。有时外出执勤收衣不及时，官兵只好穿有汗渍的衣服，盖受潮的棉被。现在，各基层单位都修建了不锈钢多功能晒衣场，不仅可以晴天晒衣，也不怕雨天淋雨。

以前，士官家属来队打"游击"，居"陋室"。现在，士官家属来队可以拎包入住既富有现代气息又充满家的新居，感觉既温馨又舒适……营院内有部分住房修建时间长，各种设施老化、落后，多幢房屋有待修缮。为改善官兵生活环境，该部党委着眼长远破"瓶颈"，在广泛征求官兵意见的基础上，请来军地设计专家论证，一项项改造项目相继上马……

近年来，他们先后完成了浴室改造，干部宿舍和电网改造，基层连队饭堂改餐厅，家属区和营区"绿化、美化、净化、亮化"等大项工程建设，当年困扰基层官兵的住房、洗澡、看电视等难题基本得到了解决，人文营区新貌正在形成。

工作休闲两相宜

在营区，记者感受到一种前所未有的"休闲"氛围。几名官兵正在树荫下谈笑风生，不远处的水塘里几只水鸟正在戏水，好一幅悠然自得的风景！

过去，该部大多数单位住在山沟里，官兵生活条件艰苦。但随着社会经济的发展以及驻地交通、通信等条件的改善，部队的外部环境发生了翻天覆地的变化。该部党委决定把后勤建设向战斗力聚焦，让官兵的工作条件更加舒适。随之，在华山脚下一幢幢新营房拔地而起……如今，官兵们已住上了功能齐全的崭新营房，官兵的生活条件得到了极大改善。为积极响应创建"绿色生态军营"的号召，一些基层部队有的在房前屋后设立休闲小道、文化长廊，成为战士训练间隙的避暑胜地；有的变废地为绿地，设置文化石，修建亭台，摆上石桌石凳，成为官兵谈心交心、棋艺竞赛的理想场所，工作与休闲两相宜。同时，他们还在营区广泛种植花草树木，不仅绿化美化了营区环境，还营造了拴心留人的氛围。

（刊于 2009 年 10 月 29 日《中国军工报》深度报道版）

严训实练促发展

——某部大抓军事训练推动部队创新发展侧记

90%的单位军事训练考核评估成绩为优秀，全年完成任务总量百余项，获军队科技进步奖 20 余项……某部以破解军事训练难题助推部队创新发展，部队全面建设再上新台阶。

硬指标催生新气象

11 月中旬，记者在该部召开的训练工作会议上看到，各团站主官与部队常委齐聚一堂，共同研究前一阶段训练中出现的棘手问题，筹划下一步工作重点。据该部一名常委介绍，每季度召开一次的训练工作会议，已成为该部抓军事训练的硬性规定，通过研讨交流，在军事训练中遇到的重点难点问题在这里一一得到解决，确保了部队的训练成效。

在工作安排上，他们采取合、并、减的方式，压缩与军事训练关系不大的活动。为确保军事训练在部队建设中的重要地位不动摇，该部及时制定了《军事训练考核细则》《军事训练规范化机制》等措施，确保所有要素、各类人员训练课目一项不漏，训练时间一天不少。硬性指标的出台催生了部队建设的新气象：该部立功受奖和提前晋升的人员多为各岗位的训练标兵和岗位能手，中级指挥对象选送也开始与军事训练成绩进行挂钩。

高标准催生新动力

"少数在练，多数在看。"这是前些年个别单位组织训练时的真实写照。因为设施落后、装备老化，一些单位把工作重心放在不出事、看住人上，导致官兵开展训练的热情不高、成效不明显。

随着高技术新型武器增多，官兵综合素质亟待提升，该部制定了《军事训练考核实施细则》《信息化条件下试验能力目标体系和评估标准》等系列举措，训练实践全面创新，军事训练从"单项考核"向"系统评估"、从"基于效能"向"基于效果"转变，各级抓训练的忧患意识、紧迫意识陡增。

该部还依据战斗力生成环节各要素，研究制定了《信息化条件下试验能力目标体系和评估标准》，确定了从部队到团站、从干部到战士、从静态到动态、从训练到试验的考核评估标准。以《军事训练与考核大纲》为依据，制定了奖惩激励机制，把指挥能力、综合素质达标考核作为考察使用干部、衡量单位全面建设的重要内容，加速了部队综合试验能力的整体跃升。

多举措催生新成果

该部每月训练小结，各部站主官必须汇报落实创新成果情况；所有训练活动，都必须按新训法展开，所有的考核都必须按新标准实施……种种举措催生了一大批训练成果。

如今，军事训练创新成果不仅在该部遍地生根，而且许多成果实现了"二次创新"，被广泛运用于试验场。训练成果的普及也发挥了"倍增器"作用，带来了训练成绩和科研能力的突飞猛进。近年来，该部圆满完成了多项国家重点型号任务，科研成果层次逐年递增。

在现有成绩面前，该部并没有停止前进的脚步。为搞好针对性训练，他们提前结合进场任务特点，依据试验指挥流程和测试发射程序，分析排除故障，规范动作要领和安全技术规则，使专业理论训练、指挥与技术处置能力训练和操作训练实现了有机结合。同时，他们及时梳理新的训练成果，进行大力推广，并定期通报进展情况，搜集部队反馈意见，不断加以完善推广。

（刊于 2009 年 12 月 5 日《中国军工报》深度报道版）

网上博客吐心声

——向读者推荐某部官兵一组网友博客

9 月底，记者在某部网站发现，网上博客倍受官兵关注和青睐。在网络文化日益盛行的今天，网络博客早已不是什么时髦的新鲜事物。然而，在工作学习之余，通过网上博客诉诸心声、吐露心语、敞晒心扉，释放紧张的心情，记录感人的瞬间，抒发心中的感言，却是一件颇为惬意的事情。在该部网上博客已成为官兵成长进步的加油站、思想互动的小天地、愉悦身心的俱乐部。现从中推荐 3 篇，以飨读者。

梦洒靶场：光荣有时也很平淡

凌晨 4 时 30 分，卡车在崎岖的小路上颠簸，车厢里的我忐忑不安，今天预报最高温度 38 摄氏度，听说要在野外呆一整天，不知自己能否扛得住。出发前连长检查了我们随身携带的装备，把我因为偷懒没有盛满的水壶添满了水。

车继续前进，心里既恐惧，又兴奋，今天的任务是"警戒"，虽然我还不完全理解这两个字的含义，但从老兵的眼神里可以看出这项任务很重要也很光荣。

车每前进约两公里就有一名战士下车，车厢里的人越来越少，我的心里有点紧张。

"小吴！""到！"我应声起立。"下车，卡好这个路口，任务结束前不许任何人通过。""是！"下车时，连长拍了拍我尚且单薄的肩膀，我明白他担心这个稚嫩的大学生能不能完成首次考验。

卡车消失在朦胧的天色中，我笔直的站立着，一切都是这么的新奇。但心里却一直思量着，若是碰到老乡要从这里通过时，我该怎么办？时间一分一秒地过去了，心里的新鲜与好奇慢慢地消失了，只是觉得好安静。三个小时过去了，没有一个人经过，身旁一望无际的棉花地寂静得吓人。

一小时，二小时……依然没有人经过，我明白了也许这是一个永远都没人经过的乡间路口……渐渐的，夜幕降临了，远方闪闪的车灯越来越近，我知道今天的任务结束了，我也明白了老兵眼睛里透出的那份光荣的含义。

感恩的心：好多次我想对你说

昨天夜里，当我还在甜蜜的梦中邀游时，一个清脆的声音在我耳边喊，"小魏"，该你站岗了。"我揉了揉蒙胧的睡眼，看了看床头上的闹钟，时针直直的指着数字"2"，我慢腾腾地穿上衣服，不紧不慢地下了床。

正当我是醒非醒，迈着小步走出门口，一个熟悉的身影从远处走了过来，"要多到营区转转，看看有没有异常情况！注意别着凉。"是连长，一句不经意的叮咛一下子驱走了我刚才的困乏。

说心里话，夜间站岗确实是一件很痛苦的事，尤其在冬季，真的很冷。

"连长，你还没休息？""再到宿舍去看看。"说着连长转身轻手轻脚地走进了一班宿舍。

说实话，这些对他来说早已成为定式，习以为常。但却让我们常常记忆犹新——春天，如果哪个窗户关得太紧，他会帮着开点缝，好让新鲜的空气透过；夏天，如果哪个吊扇风速太大，他会帮着把风速调小点；秋天，如果谁的被子没有盖好，他会轻轻地替我们掀好。冬天，如果屋里太干燥，他会悄悄地给地板上洒点水，日复一日，年复一年。其实，很多时候，从他一进屋我们就已经感觉到了，只是故意装着睡着而已。平时，你对我们是严了一点，我记得有次训练偷懒，你当着全连的面让我做检查；有一次被子叠得不好，你当众就把它扯到地上。当时，我确实不能理解，觉得你不给我面子。但是时间长了，我们一切都明白了。

看到每天深夜你屋子里还灯火通明，还时时到每个宿舍转转、看看，好多次我想对你说："你太辛苦了，连长"，但又怕话说出来让人觉得酸。

俯瞰苍穹：不应该有任何抱怨

两天前，看过建场初期的一组老照片，我感触很深，一股崇敬和惭愧油然而生。如果说现在年轻人身上缺少点什么，我觉得就是一股劲，一股当年部队创业者身上那股乐观的狠劲！

看着照片，我思绪万千。门前几棵低矮的松柏，芦苇荡前的一栋两层小楼，就构成了部队最初的机关办公楼；木板制作的两开小门，灰层脱落的泥巴院墙，几间青砖瓦房，谁能想到这就是部队最初的党校；黄土胚子下的单身干部窑洞宿舍、年

代久远的老庙改装的大礼堂……当时设施的简陋远远超出了我的想象。

继续浏览，感动与敬意油然而生。华山黄埔峪挖砂采石的学员连，赵平沟驻守建窑的烧砖班，还有一张张修建排水沟、挖掘主靶道的动人场面……创业者们睡地窖、住帐篷、饮苦水，自力更生，艰苦创业……对我来说，这些场面以前只在小人书、电影中见过，但现在我脚下就真实地踩着这块土地。

当初，简陋的办公设施，艰苦的生活条件，未能阻挡创业者的豪情与理想、热情与忠诚，前辈们身上那股不怕艰苦、乐观向上的干劲，是我们年轻人最应珍惜和继承的精神财富！踏着历史足迹，想想现在的一切，我们应该怎么办？

（刊于 2009 年 12 月 8 日《中国军工报》读者之友版）

华山脚下求变革

初冬，华山脚下，变革思潮涌动。某部科学推动靶场的战略转型的生动实践进行得如火如荼。该部领导满含激情的介绍："说实话，部队发展的历史上曾经不止一次提出过转型，但从来没有如此强烈，这完全是科学发展'逼'出来的。"

成绩与挑战并存

从 1969 年建场，经过几代人不懈奋斗，该部已经建成了以光、电、雷、遥等手段为主的测试体系，拥有各种火炮、弹药工房和大型高低温环境模拟试验室及高标准的发测阵地；先后建成了我国第一套综合环境模拟试验室，第一个水介质威力试验场，第一座大型多用途试验塔架等试验设施。

从组建至今，该部圆满完成科研试验任务 2000 余项，获得国家、部委级科技成果奖近 400 项；以 4D 弹道模型为代表的先进试验理论和方法，填补了我国常规兵器试验领域的多项空白。

成绩面前，各级清醒地看到面临的挑战：武器装备的复杂度、关联性、集成度越来越高，体系化作战的样式越来越明确，原来传统的机动力、打击力转化为既有机动力打击力又有防护力、信息力，使得传统的试验模式、试验思维必须转变。原有的试验组织指挥模式、试验条件构建、测控保障能力、信息融合利用、综合效能评估等重要技术基础亟待创新突破。

面对挑战，该部提出"实现由单体试验向整体性能试验转变，由单项指标向整体效能评估的转变，由简单环境向复杂试验环境的转变"。

人才是创新支点

该部高级工程师高勇民，这位 2008 年年底刚从英国拉夫堡大学留学归来的兵器测试专家，正在和身边的战友通过一项项技术革新，推动着部队的创新发展。"试验能力建设、模式转型最明显的例子就是光测模式的转变。"谈起测试技术发展，高勇民显得非常兴奋。

20多年前，大学刚毕业的高勇民，看到室里的"当家"设备仅仅是几台老式弹道相机。过了几年，部队从国外引进了某型电影经纬仪，解决了光测手段不能捕捉目标连续轨迹的历史。如今，该室已经形成了时时组网测试的能力，不仅能够长距离、全时段、多角度捕捉目标轨迹，还能够在测试结果中反映目标的瞬间姿态，测试能力有了质的飞跃。"不久后室里还将有更多更先进的测试设备，测试能力和测试项目也将有更大的提升和扩展。"高勇民对光测室的未来发展充满信心。

某室高级工程师张开平最近格外高兴，因为部队新设立"突出贡献人才奖"和"创新人才奖"让自己备受鼓舞。张开平所在的室是部队的技术优势，在这里可以实现高低温、湿热、淋雨、盐雾等气候的室内模拟，并以此考核武器装备在各种环境中的基本性能，科学评估被试武器系统在接近实战条件下的作战效能。他告诉笔者："再有优势，如果停止脚步，终会有落后的一天。"

优越中打造优势

"硬件支撑人才，人才带动硬件"。为给靶场转型提供人才支撑，该部从加大任务牵引的实践力度开始，建立能绩统一的评价机制，采取搭建平台、创造条件、加强帮带、跟踪问效等举措，用重大科研的"项目、成果、应用"培育创新人才，用重点试验的"设计、实施、评估"磨砺指挥人才，用复杂装备的"研制、操作、改进"锻炼技能人才，并充分发挥各类人才的主体承接作用，使科研、试验、设备、人才形成良性互动循环。

"良好的生活环境是科学发展、实现转型的保障。"该部党委始终重视解决官兵关心的实际问题，积极营造良好环境，凝聚官兵士气。针对引用水质不达标的问题，部队筹措80万元，通过清理旧井、建设新井、引进除沙设备等方法彻底解决；针对单身干部住房紧张的问题，该部启动"安居工程"，通过修缮、改造现有营房，为单身干部增加100多套住房；针对饮食条件的问题，该部通过支持鼓励连队养猪种菜，扩大食堂面积等方法，保障官兵开心就餐、舒心用餐。

（刊于2009年12月15日《科技日报》科技强军版）

"华山兵魂"托起"国防利剑"

—— 解读某部试验鉴定能力跨越发展背后的精神基因

从茫茫无边的芦苇荡到现代化的"兵器城"；从简单小型单件试验到高技术信息化武器试验；从技术骨干奇缺到领军型人才涌流……2700余项科研试验任务、

470 余项科技进步成果奖、7 大特色技术优势，折射着某部走过的辉煌历程。

在这条不平凡的创业路上，是什么为他们提供了如此强大的精神支撑，让他们托起了建设强大国防的"利剑"。

忠诚使命　艰苦创业是根本基点

从组建的第一天起，创业者们就把忠诚使命镌刻在脑海里，锁定在为常规兵器奋斗的实践中，与强军报国的远大理想紧紧联系在一起，励精图治，谱写着国防现代化的壮丽画卷。

建场初期，建设者们面临着极其艰苦的环境：缺少施工用料，自己动手烧砖制坯；缺少医药，自己上山采药、土法炮制；缺少粮食，自己开荒种粮种菜；没有道路，自己修路筑路、渡船过河；没有机械，自己手抬肩扛。就这样，顶烈日、冒酷暑、战严寒，边生产、边建设、边试验，克服种种困难，用血肉之躯在芦苇荡、沼泽地筑建基础设施。仅用 3 年时间，建起了外弹道摄影楼、火炮综合工房、试验阵地等重大基础设施。一座初具规模的试验靶场矗立在华山脚下、渭水河畔。

第一任主任王之信，带领工作人员，在沼泽地和芦苇荡中勘查场地、修路建房，最终积劳成疾，病逝在工作岗位上。为实现自己"生前半世靶场搞试验、死后愿将骨灰埋天险"的铮铮誓言，第一任政委华光，去世前留下的遗愿是要把骨灰撒在曾经战斗过的地方，永远聆听这里的隆隆炮声。高级工程师吴守裕，为我国第一台晶体管电子测速仪、红外引信空炸时间测量仪研制倾注了毕生心血，病情恶化住院期间仍念念不忘心爱的常规兵器事业。雷锋式战士张承用，把守护舟桥当事业干，用三十年如一日的行动诠释了普通一兵对忠诚的理解。

胸有凌云志，无峰不可攀。科技干部们大胆探索、集智攻关，攻克了一个个拦路虎。20 世纪 90 年代初，我国的射表编拟技术不完善，提供的射表模型满足不了火控系统的要求，武器操作只能停留在手工化和半自动化上。争强好胜的闫章更暗下决心：一定要让我国的射表编拟技术跨入世界先进行列！1989 年部队获悉国外实弹自由飞纸靶试验技术取得突破，派闫章更带领技术人员满怀希望地赴国外考察学习，却被拒之门外。备受屈辱的闫章更发誓要研制出中国人自己的试验技术。经历千辛万苦，他成功实现了实弹自由飞纸靶试验技术，填补了国内技术空白。

老一辈靶场人是年轻一代前行的榜样。1994 年，部队首次承担某型无人机设计定型试验。在没有相关资料和技术参考的情况下，为解决各种试验难题，在夏天热得像蒸笼、冬天冷得像冰窖的工房里，项目负责人吴航天带领课题组，昼夜吃住都在试验工房，全身心地投入到技术研究之中，先后攻克多项技术难题，确保了试验任务的圆满完成，受到总部的通报表彰。总工程师吴颖霞，研究生毕业时有很多单位高薪聘请，但她义无反顾地选择了军队，选择了常规兵器试验事业，她说："是党把我从一个农村娃培养成一名研究生，不把学到的知识回报祖国，我会愧疚一辈子。"

科学求实　聚力创优是鲜明特征

常规兵器发展不仅关系着我军战斗力的提升，而且关系着未来战争的胜负成败。该部以对党的事业、对官兵生命、对未来战争高度负责的精神，牢固树立"质量就是科研试验生命"的理念，大力强化使命意识、责任意识和精品意识，书写着常规兵器事业辉煌篇章。

1970年5月，第一声炮声在华山脚下响起，开辟了试验场的新纪元，靶场人的梦想在这里绽放，巍巍华山、滔滔渭水见证着这里的沧桑巨变。从这一天起，该部秉承质量第一的宗旨，缜密组织实施，严把试验关口，形成了跻身于国内领先水平的试验技术。在某型反坦克导弹定型试验中，先后开展了可靠性试验测试方案、数据处理与评估方法、命中概率考核方法等多项专题研究，制定了多个技术方案，试验中采取一人操作、一人监督、两人记录等多种措施，确保试验万无一失。

今天的靶场演绎着明天的战场，抱着对未来战争高度负责的精神，部队科技人员严谨细实、精益求精。在某型装甲侦察车设计定型试验中，系统电磁兼容性差、情报处理分系统工作状态不稳定等影响着装备质量，他们多方调研认证，有针对性地提出10余条改进建议。

多年来，他们始终坚持依靠官兵抓质量、保成功，群策群力解决问题。20世纪80年代，部队建成了环境模拟试验室。然而，第一次设备开机后，几十米长的通风管道突然被压扁，一名新毕业的学员提出了修复方案，很快解决了问题；某室在调试时被试品镜片总是结上一层霜，一名技术员经过大量反复试验，研究出了能隔低温和常温的吹风装置，解决了这个老大难问题。

为突破关键技术，许多技术骨干白天泡在试验阵地搜集数据，晚上伏案演算，许多科技干部一再推迟婚期、放弃休假，亲人病逝不能尽孝，全身心投入到攻坚大战。在诸多难题面前，部队广集兵智、广纳兵言，一个个难题迎刃而解。随之，一项项科研成果问世，一座座现代化的实验室建成，有效解决了常规兵器试验面临的难题，填补了我国常规兵器领域的多项空白。

组建以来，部队认真履行"把关、攻关、服务"职能，先后查找发现产品问题缺陷数千个，提出解决措施和建议上千条，经鉴定的武器装备未出现一例质量问题，十多种武器装备先后参加了盛大阅兵、重大军事演习等。

自我加压　锐意创新是力量源泉

一时领先，并非时时领先。为使部队在常规兵器试验鉴定领域始终保持特色、占据优势，部队官兵抢抓机遇，自我加压，主动作为，敢于挑战权威、勇于突破创新，向信息化国家靶场建设目标阔步迈进，形成了部队的特有技术优势。

如今，他们率先应用国外先进的试验理论和技术，创立了我国的"反坦克导弹鉴定技术"，不仅实现了鉴定试验的圆满成功，并且鉴定技术达到国内领先水平。采用世界上最先进的一体化试验技术，开发出总体方案优化技术，在我国常规兵器

试验中首次采用计算机仿真对抗干扰条件下的试验鉴定以及软件测试等多项高新技术，极大地提升了测试能力。

在发展先进技术的同时，他们注重借鉴引用。20世纪80年代，部队原司令员郑光耀敏锐地洞察到要想提高靶场测试能力，必须引进国外先进的测试设备。部队从欧洲引进了被称为"功勋装备"的某型雷达和某型电影经纬仪，为提高外弹道测试水平发挥了极大作用。

要想在常规兵器试验鉴定领域拥有发言权，必须具备一定的硬实力，而这种实力依赖外部技术支持是永远不会得到的，必须独立自主、加压奋进。基于这一考虑，某任务中，部队派技术人员到某研究所联系购置。然而，出于多种原因，技术人员被拒之门外，去了3个月无功而返。科技人员下定决心靠自己的力量进行研制，怀着"一定要争口气"的信念，研制人员克服重重困难，历时半年，终于研制出更为先进的导弹监测系统。

早期国内的射表编拟因为没有自己的理论，一直沿用国外的。那套50年代从苏联引进的评定标准被视为至高无上的"权威"。然而，闫章更接受第一项射表编拟任务，试验得出的数据和理论推算值相差甚远。是自己试验方法有问题，还是试验理论存在缺陷？闫章更通过无数次的计算推导和反复试验，终于找到了苏联专家在理论上的错误，结束了我国沿用国外错误评定标准的历史。

不论条件多么艰苦，科技人员追求先进理论和技术的脚步从来没有停止。在技术条件落后、设备设施还不完善的情况下，他们勤奋学习、刻苦钻研，大力开展科技攻关，自主研制测试仪器，不断革新试验理论、技术和方法，取得了丰硕的创新成果。邝积玉工程师主持研制的弹丸水介质破碎性试验设施，比苏联的沙介质试验方法提高工效近20倍；徐国瑞工程师与北京航空学院合作研究的高低温环境模拟试验技术，使部队得以建成当时亚洲最大的环境模拟实验室；原总工程师周铁民等研制的DZC-1电子测径仪，比一般光学测径仪提高工效15倍，荣获国家发明三等奖；士官程桥梁凭借丰富的试验经验和坚实的专业基础，绘制完成了场区第一幅试验地图，获科技进步三等奖。

今天，在成绩和荣誉面前，该部官兵们将始终以更响亮的"精神强音"，精心呵护出鞘利剑，倾心磨砺战神利剑。

（刊于2009年12月17日《中国军工报》一版头条）

"金钥匙"开启新局面

——某部贯彻落实新《纲要》推进基层建设纪实

如何用好新《纲要》这把"金钥匙"，打开基层建设的新局面？关键在于抓落实。9月份以来，某部坚持学用结合，依法指导，推动了基层单位全面建设健康发展。

统筹协调抓落实——

机关不再那么忙，基层不再那么累

11月底，部机关两个部门各自准备转发上级业务部门抓工作的经验，当文件呈送到部领导手中时，他们决定来个"二合一"：将两个文件精神进行综合，下发一个通知。对此，该部副部长石永星形象地说："领导机关要善于'关闸分流'，注重统筹协调，这样才能有效防止政出多门，造成机关和基层乱忙。"

举一反三来看，机关工作"撞车"，基层无分身乏术、疲于应付的现象并非仅此一例。为此，部党委深刻反思，形成共识：上面千条线，下面一根针，要使基层不忙乱，机关必须在工作安排上进行统筹，搞好部门之间的协调，对内容相近的工作能合并的合并，对临时性任务按照轻重缓急依次"排序"，对已经安排的工作不再重复。同时，建立机关工作协调机制，规定全局性工作由党委会确定，阶段性工作由部领导办公会确定，每月统一审定一次部门工作计划，每周协调处理一次部门之间的工作矛盾。同时，要求机关帮促基层到位不越位、包干不包揽、帮忙不添乱。

机关统筹协调带来了基层秩序井然。记者在该部看到，如今机关不那么忙了，基层也不那么累了，基层按工作计划抓落实的手脚也放开了。有基层干部赞叹："过去忙得像'无头苍蝇'，现在一切都有条不紊。"

紧盯问题抓落实——

责任意识得强化，工作落实有保障

10月份，部里安排的重点工作有8项。然而，从检查情况看，3项落实中有"折扣"。工作落实不到位，原因何在？通过调查，问题一一浮出水面：个别基层干部责任心不强，抓落实不到位；个别机关人员深入基层不够、帮促不到位……上面没有动力，基层自然少了压力。为解决问题，该部从强化责任意识入手，在抓落实上做文章。

严格责任抓落实。针对抓落实标准不高、精力不集中等问题，坚持把建立责任制作为规范指导基层的一条重要途径，按照职责要求、目标效果等逐一细化量化，实行目标管理，使标准要求落实到具体人，责任追究到具体人，催生了各级抓建基层的合力。

严格计划抓落实。结合部队实际，科学制定基层建设规划，坚持每月制定机关联合计划；重点工作和大项任务展开前，制定单项计划，保证领导机关按计划指导基层、基层按计划抓好落实。对定好的计划，不得随意变更，遇到特殊情况需要调整时，通过每周的领导协调会、每天的碰头会进行协调，确保机关和基层工作顺利开展。

真帮实促抓落实。采取蹲点调研、谈心交心等方法，工作当面安排，要求当面提出，变会议部署为现场部署，变文件指导为直接指导，大幅减少会议、文电和中间环节，使基层有更多时间抓好工作落实。

转变观念抓落实——

矛盾问题解决好，工作质量上台阶

"思想不解放，观念不转变，就跟不上基层建设的快节奏，就满足不了基层发展的高标准……"在新《纲要》学习讨论中，该部部长张明的一席话引起了大家的共鸣。为此，他们积极引导各级转变观念，运用辩证思维抓建基层。

既看成绩更看问题。针对一些基层单位工作中报喜不报忧，讲成绩多、讲问题少的现象，引导基层坚持用战斗力标准科学评判，既把成绩讲够，更把问题找准。同时，广开言路，采取"大家谈""恳谈会""建言台"等形式，查找影响制约部队全面发展的突出问题。

既帮多数也帮少数。针对少数单位建设长期在低层次徘徊的实际，他们坚持在帮多数、帮先进的同时，不放弃少数后进单位。组织先进单位帮后进单位分析问题、剖析原因、寻找对策，实施对口帮带和重点帮促，使落后的尽快"脱贫致富"，跟上"大部队"，有效解决了发展不平衡的问题。

既重眼前又重长远。前一阶段，某连开展营区综合整治，有官兵建议修几座假山，装上夜景灯，再竖几块装饰牌，以便在上级检查时留下好印象。然而，该部党委认为，干工作不能只顾眼前，更不能做"应景工程""面子工程"，而应该把眼光放长远，应该把精力和资金用于基层建设和为兵服务上。10月份，他们深入一线、蹲点排班，开展送温暖活动，先后为基层解决实际问题10多个，深受基层官兵好评。

（刊于2009年12月22日《中国军工报》深度报道版）

弹药颠簸试验亲历记

隆冬时节，某部试验场上银装素裹。大雪纷飞中，某型弹药颠簸试验正在进行，只见一台装载弹药的特殊试验车辆时而加速行驶，时而紧急刹车。

所谓弹药颠簸试验，是指通过设置各种复杂环境，对新型弹药进行数百公里颠簸，以考察其性能的一种运输试验。为模拟逼真的战场环境，部队特意建造了一段坑坑洼洼、粗糙不平的"搓板路"，使试验充满了惊险与不确定性。

记者在车上看到，眼前这段路密布着上百个深浅不一的"弹坑"。指挥员杨伟涛介绍说："今天进行的试验是为了检验弹药冲击性能。我们要在13分钟内，以

40 到 50 公里的速度，连续往返进行 8 个小时的试验。"

由于驻地突降大雪，加上空旷的试验场上北风呼啸，记者在车内照样冻得难以忍受。"来，再给你一件棉大衣！"司机郝伟一边招呼记者一边介绍：长时间进行弹药颠簸试验，使得车辆密封性变得很差，空调也起不了多大作用。每到冬季试验，大家必须身上穿一件、腿上盖一件棉衣，实在挺不住了打开车辆空调，上半身暖和了，可大腿以下还是冰冷，想踩离合器、换挡都不听使唤了，真可谓"冰火两重天"。

试验开始，记者感觉就像坐大花轿一样。突然，与车顶的一个"亲密接触"让记者的后脑勺被撞出个"小蘑菇"。杨指挥员告诉记者："颠弹车已经行驶到了 40 厘米弹坑路段，一会儿我们还要陆续经过三连环坑、双环坑、单边深坑等多种颠簸坑，路况更加复杂。"

一波未平一波又起。突然间，驾驶员踩了一脚制动，记者的身体随着惯性快速向前倾，还没反应过来，又被身上的保险带牢牢拉扯住。紧接着传来的是弹药箱冲击车厢防护钢板的刺耳声音，记者紧张得冒出了一身虚汗。

"是不是车子出现了故障？"记者不无疑惑。杨指挥员回答说："现在是模拟战时复杂环境下的弹药运输试验，为了检测弹药在实战运输中的状态，要求驾驶员在一定时速下采取紧急制动的方式，以检验弹药的安全性能。"

车辆行驶 150 公里后，随车的两名战士按照要求把前面的弹药箱移到中间，再把部分沙箱推到前面，然后颠弹车继续前进。杨指挥员介绍说："这样做是为了检测弹药和弹箱在不同位置的受力变化情况，按试验要求，颠簸车每行使 150 公里都要进行一次同样的动作。"

虽然天气异常寒冷，此时记者的额头上却已满是汗水。杨指挥员顺手递上一条毛巾说："这些对于我们参试人员来说不过是小菜一碟，再也平常不过了。"接着，他向记者讲述了自己曾经遇到的一次危险经历：当颠簸车行驶到三连环深坑时，只听到车厢不时发出撞击声，"跳弹了！"战士们迅速跳下车检查，发现果然有 3 箱弹药散乱了，并且弹药箱已经严重损坏。

"说真的，幸亏当时发现得早，不然时间长了剧烈的颠簸很可能撞裂弹体使弹药外漏，造成意想不到的后果。现在想起来心还怦怦跳呢！"杨指挥略显激动地向记者比划着说。

两小时后，记者开始感觉头晕、恶心，真正才体会到了"颠簸试验不仅是对武器性能的检测，更是对人体生理极限的考验"这句话的涵义。杨指挥员安慰记者："冬天其实还算好的，要是到了夏天，那才叫一个苦！"夏季驾驶室里温度至少 45 摄氏度，加上发动机散出的热量，让人感觉像是置身"火炉"中。可为了避免颠簸中出现碰伤，官兵们不得不戴上棉帽、棉手套，一场试验下来就像洗了个"桑拿浴"。"颠簸车每做完一次试验，钢板和弹簧都会出现裂缝，需要全部更换才能重新上路！"

（刊于 2009 年 12 月 29 日《中国军工报》深度报道版）

机关调研，战士为何玩"捉迷藏"

——某部从细微处入手加强机关作风转变的一段经历

1月5日，某部机关调研组到某连召开座谈会，记者列席旁听。只见会场氛围异常热烈，官兵们踊跃发言，这与一个月前记者看到的情景大相径庭。

就在一个多月前，记者随机关调研组来到该连，听说要召开座谈会，个别战士一时间与调研人员玩起了"捉迷藏"，有的借上厕所之名不愿"出席"，有的说有"公务"在身不能参加……机关本着解决问题的目的而来，基层战士为何避而不见呢？

一位干部说出了自己的看法："绝大部分同志是害怕座谈中被提问，回答不上来，既丢个人脸面，又影响单位形象。也有个别战士担心说得不好或反映的问题多了，会引起不必要的麻烦。"有些问题即使反映了，也不见得能够解决"，战士李军的话也颇具代表性。

基层是机关的"镜子"，战士"捉迷藏"，折射出机关服务基层还有不足。通过分析，他们认为根子还是在机关。为此，他们从细微处入手，结合基层官兵反映强烈的问题，狠抓作风转变。结合年末岁首大项工作多、检查评比多等实际，大力强化服务基层的意识，采取压、缩、并的方式，减少下基层次数。同时，他们向基层做出承诺：为兵服务不做样子、排忧解难不看对象、解决问题不分大小，集中力量把基层期待的、官兵急盼的事情办好。围绕创建务实型机关，先后出台了3项具体措施，从参与早操、集体活动、卫生清扫等具体细节入手，从严规范机关干部行为。

如今，遇大雪清除、暴雨排水等突击任务，机关干部主动参与、积极带头，防止了机关随意向基层要公差等现象发生。机关下基层调研检查中，变以往台上台下的提问式为面对面的交流式，实行与官兵"平起平坐"，让战士畅谈思想，积极谏言献策，拉近了机关与基层的距离。进入1月份以来，结合服务基层 "回头看"活动，积极做好排忧解难工作，使单身干部住房紧张、官兵出行难等问题得到了有效解决，深受官兵欢迎。

【编余一得】机关来调研，战士却避而不见，玩起了"捉迷藏"，究其根源在于官兵之间出现了信任危机。有道是"惟诚可以破天下之伪，惟实可以破天下之虚"，某部一些基层官兵最终能够与机关调研组"畅谈思想"，离不开机关作风的转变。这一经历再次启示我们：上下同欲者胜，与民同利者生。

（刊于2010年1月16日《中国军工报》综合新闻版头条）

科学抓建求作为

——某部加强基层建设纪实

党委机关按纲抓、基层支部依纲建……这是 1 月底记者在某部采访看到的场景。该部党委坚持按照科学发展观要求科学谋建，依据《基层建设纲要》倾力抓建，充分调动基层活力全面促建，基层建设呈现出喜人景象。

建制"小"，一个标准按纲建

该部多个下属分队为营连建制，不同程度的存在重上级帮促轻自身建设、重中心任务轻日常管理等现象。

"建制虽小，有其自身的特点，但不能成为降低抓建标准的理由"。党委会上，该部部长张明的话引起了广泛共识。工作不到位，直接原因还是对《纲要》学习掌握不深入、不精细。为此，他们把《纲要》的要求细化到小单位每日工作任务中，使单位各项工作都在《纲要》轨道上运行。针对个别单位自建能力不强的问题，广泛开展学《纲要》、用《纲要》活动，积极开展蹲点帮带，提升按纲抓建的能力，重点使"小单位"军政主官成为科学抓建的明白人。他们还从改善官兵工作生活条件入手，开辟学习室、娱乐室，举办各类培训班，开展经常性文化体育活动，既让官兵学到东西，又能愉悦身心。官兵普遍反映，大千世界很精彩，小点号天地也多姿。

单位"散"，一个拳头捏拢管

该部所属分队居住分散。1 月初，一些分队曾出现教育"盲区"和管理"死角"被点名批评。

为什么这种现象还会发生？该部党委分析后认为：根源在领导机关，难在干部骨干带头。只要领导机关正形象，单位骨干带好头，"散"单位同样能管好。为此，他们依据《纲要》和条令条例把"散"单位每天每周必做的经常性工作分类梳理，按照分散、集中、再分散的顺序绘成工作流程图，确保不因人少走过场，不因分散而漏项。结合担负任务，对基层党支部、军人委员会按照职责逐项规范，采取领导、机关对口负责的办法"散中抓管"，形成按纲抓建强大合力。为适时掌控部队情况，基层定期向机关电话报告部队情况，机关通过多种形式对各基层存在的问题进行梳理整治，及时把各种隐患消灭在萌芽状态，部队时时处处都在党委机关的管控中，确保部队秩序正常、管理严格。如今，他们深刻体会到只要依据条令法规科学管理、集中力量精细抓建，"散"单位同样也可以出彩。

距离"远",一门心思拉近帮

在该部很多基层单位远离机关,部分单位基层建设水平一度在低层次徘徊。

基层建设水平不高,除了自身能力弱外,被机关疏远、帮建不到位也有关系。为推动这些单位全面建设上台阶,他们按照蹲点帮带、对口帮带、挂钩帮带的办法,拉近机关与这些"远单位"的距离。同时,他们要求领导干部下基层要带着感情去抓、去帮,做到身到、心到、帮到,要求蹲点的干部要讲一堂课、站一次岗、参加一次座谈会,达到听基层呼声、察基层实情、帮基层所困,使了解的过程变成贴近基层、贴近官兵、贴近实际的过程,变成密切和加深与官兵思想感情的过程,大大拉近了基层单位与机关的距离。针对个别干部存在的想谋位子、担心身子、考虑孩子,精力不集中、履职不到位等问题,深入开展"当官为什么、进步靠什么、身后留什么"的讨论,激发了他们履职尽责的干劲和深入基层真帮实带的责任感。

目前,该部每个干部都对基层的情况了如指掌,基层建设水平稳步提高。

(刊于 2010 年 1 月 23 日《中国军工报》深度报道版)

今夜"群星"璀璨

——某部"技术勤务保障之星"颁奖晚会侧记

"今晚皓月当空,今夜群星闪耀……"2009 年 12 月 31 日晚 8 时,某部活动室里传来朗朗的话语声。当晚,该部 2009 年度"技术勤务保障之星"颁奖晚会隆重举行。

为配合第三批学习实践科学发展观活动和培育当代革命军人核心价值观主题教育活动,该部广泛开展争当"技术勤务保障之星"活动,有效激发了广大官兵争当勤务保障精兵的热情,促进了部队各项任务的圆满完成。为表彰突出典型,他们从中评选了 10 名年度"技术勤务保障之星"。

晚上 8 时,官兵们齐声高唱《兵之歌》,拉开了晚会序幕。来自该部各基层单位的军政主官分别宣读了对 10 位获奖者的颁奖辞,10 位"技术勤务保障之星"伴着轻快的音乐,踏着大红的地毯,在官兵的热烈掌声中依次登台,接受颁奖并发表获奖感言。舞台中央,精美的幻灯片将他们的动人事迹再次呈现在全站官兵眼前。

晚会上,一个个动人的故事打动着官兵,一个个精心编排的节目吸引着官兵,热烈的掌声不时响起。尤其是《壮志在我胸》《崇尚荣誉》等或优美或雄壮的歌曲抒发着官兵献身使命、无私奉献的豪迈情怀,令现场官兵深受感染。该部政委尤小锋向记者介绍:"评选出的先进,既是部队建设与发展的参与者,也是最好的见证者。尽管他们岗位平凡,但他们身上充分体现了技术勤务兵的精气神,从他们身上,我们看到了官兵锐意创新、争创一流的良好精神风貌……"

晚上9时20分，晚会在官兵们齐唱的《靶场之歌》中落下帷幕。晚会结束后，士官韩建鼎激动地对记者说："'技术勤务保障之星'良好的精神风貌和精湛的业务技能，似一盏盏明灯，为我照亮了前进的方向，树立了学习的榜样。"

（刊于2010年1月26日《中国军工报》装备文化版）

强健"末梢"带来"满堂红"

——某部加强士官骨干队伍建设侧记

优秀人才竞相涌流，能力素质逐步跃升……近年来，某部坚持以科学发展观为指导，大力加强士官队伍建设，有力地促进了部队全面建设。

从幕后服务到前台作业——

转变的不仅是工作岗位，更是人才建设思路

2009年12月某日，某型试验现场：测量系统操作台前，两名士官慢慢摇动滑杆，显示器上光标迅速跃动，高速飞行的目标被顺利捕获……

近几年，随着大量设备的引进，该部技术岗位陡增，出现技术岗位多但科技干部少的尴尬局面。该部领导研究决定培养一批士官骨干充实到一线岗位，让部分后台服务士官走到前台作业。

他们按照"通盘考量、量才搭台、优中选强"的原则，健全士官骨干遴选机制。充分发挥科技骨干、高工多的优势，对精选的士官苗子，逐人定岗培训，量身定做长远培训规划，充分利用好训练日和维护日时间，集中对操作手进行理论和操作训练，提高他们的实装操作能力，着力解决部分士官专业技能缺乏、新装备操控能力偏弱的问题；设立士官学习专项资金，加大软、硬件的投入力度，通过在职培训、换岗交流、典型引路等方式，发挥好士官骨干的牵引辐射效应。

如今，该部已有50多名士官骨干成为试验一线的技术尖兵，形成了一支会操作、懂原理、能维修的士官骨干梯队，加速了士官队伍由勤务型、操作型向技能型、专业型转变。

从被动管理到士官当家——

体现的不仅是管理方式，更是一种管理理念

年初，驻守偏远点号的士官张武，严格自我管理，以点位为家的先进事迹在《解放军生活》《中国军工报》等媒体刊登后，在该部官兵中引起强烈反响。

"点多线长面广"一度是该部面临的一大难题。部分技术干部在管理中"不会管、不善管",少数战士"不服管、不愿管"的现象时有发生。究其原因,他们发现技术干部担任连队、分队管理干部,实体的不同造成了个体的互不认可,造成了士官作用的难以发挥。找准了原因就找准了问题的突破口。基层会议上,该部领导让"士官当家、干部监督"的建议,得到了广泛赞同。

每年选配骨干后,他们都要带领机关干部深入点位蹲点帮带,并针对管理工作中出现的新情况、新问题进行讨论,组织人员编印了《士官骨干管理工作手册》《巧做思想工作100法》等资料下发到每个士官手中,提高他们的管理艺术和能力。同时,广泛开展"优秀班长""十佳士官"等评选活动,对表现突出的在入党、入学等方面优先推荐,极大地增强士官骨干争先创优的积极性和主动性。

从形式鼓励到建章立制——

追求的不仅是官兵服气,更是长效机制

2009年12月底,该部"种菜大王"、士官张海波荣立三等功,被该部官兵传为佳话。

原来,小张负责菜地工作以来,不但自己潜心钻研种植技术,还带出了4名种植方面的技术骨干。连队菜地次次丰产,他也多次受到上级表扬。去年,按照相关奖惩制度,他立功了。官兵信服地说:评功评奖不靠人情和人气,靠的是实力和实绩!

该部注重从建立各种激励机制入手,激发士官的创造力。在选配士官骨干时,他们坚持公开选拔、公平竞争、择优录用的原则,真正把那些思想素质好、责任心强、业务素质过硬的士官放在重要岗位。为调动士官骨干的积极性,他们严格考核奖惩制度,采取思想汇报、群众监督、个人述职、民主评议、领导讲评等多种形式,把阶段考核与年度考核、基层考评与机关考核结合起来,不定期地对士官进行严格公正的考评,并量化为九个方面和四个等级,把考核结果记入本人档案,作为使用和奖惩的依据。对取得优异成绩的,进行大力宣扬和表彰;对不思进取、表现平庸的,及时警示和鞭策,限期改正;对不尽职责、不起骨干作用的,给予相应的处罚,并适时淘汰。

近年来,该部多个班被评为"先进班组",先后有10余人获总装备部和该部优秀士官人才奖,6人荣获三等功。

【编辑有话说】充分发挥士官队伍的作用

在科研试验部队中,士官是部队各项工作的联结点和重要力量,其队伍建设水平直接关系到部队建设效益和完成试验任务的质量。充分发挥好他们在科研试验任务和部队日常工作、生活中的主体作用,是提高工作落实质量的重要保证。某部坚持在实践中充分发挥士官的主体作用,大胆放手、末端落实,奖惩有序、激励斗志,既圆满完成了科研试验任务,又充分锻炼了队伍,提高了部队遂行科研试验任务的

能力，促进了战斗力的生成，他们的做法对我们有很好的借鉴意义。

（刊于 2010 年 2 月 6 日《中国军工报》深度报道版头条）

转型路上奏强音

——某部推进综合试验鉴定能力建设纪实

寒冬时节，某部试验场硝烟弥漫，某导弹拔地而起直冲云霄……近年来，该部在汹涌澎湃的新军事变革中破浪前行，实现了综合试验鉴定能力的大幅跃升。

创新理论清除观念误区

武器装备更新换代，指挥模式重大"变迁"，催促着靶场转型。如何迈好转型的步子，是该部党委一直深思的问题。转型是"牵一发而动全身"的"大动作"，技术重新学、骨干重新训、指挥重新练、计划重新拟……处处面临"从零开始"。

千变万变，观念不变，难有作为。他们借助科学发展观学习实践活动，把技术专家、专业骨干请到会议室，召开"诸葛亮会"，在一次次交流、讨论、碰撞中党委"一班人"的思想观念得到了升华，一份份与转型相适应的调研报告形成了；重经验轻科学、重效应轻效益等 13 个不符合科学发展观的思想观念，继承传统与改革创新、科研能力转化为战斗力提升等 6 个转型建设中必须统筹好的关系，以及战斗力标准、统筹兼顾理念等 8 个亟待确立的科学理念成为急需解决的重点问题。

翻过这道观念的山梁，一条条洒落阳光的思想路径使推进转型的思路更加清晰：新老装备在体系配套上具有继承性和兼容性，可以用科学的技术衔接，以最小成本、最短周期实现战斗力生成；人才培养具有周期性，可以建立稳定的选拔、培养、梯次配备等机制，避免一条腿长、一条腿短。技术难题具有共通性，可以健全训练模拟机制，走出低层次徘徊误区，跳过纸上谈兵的陷阱。有官兵感言：用创新理论指导创新实践，不仅能在实践的田野里收获今天的果实，更能在思想大地上播种明天的希望。

考核标准破解训练难题

推进转型中的训练究竟怎么搞，是沿袭"老一套"，还是另起炉灶？通过对《军事训练与考核大纲》和指挥军官考评体系的反复学习，该部党委"一班人"练兵的方向越来越明确、思路越来越清晰、组织越来越规范。讲转型，搞训练就不能脱离岗位需求、实际需要，必须以部队经常性训练实践为平台。为此，他们反复审视和修订岗位练兵内容，用大纲和指挥军官考核体系规范"练什么、怎么练"等问题。按照"共同内容集中训、本职业务自主训、指挥谋略结合训、结对帮带强化训、瞄

准弱项补差训"的方法大抓军事训练，把军事训练与科研试验实践有机结合，提升军事训练效益。

为熟悉掌握大纲和指挥军官考核体系内容及标准，他们对新大纲进行逐一解读，详细了解新变化新要求，掌握军官指挥考核体系中的硬条条、硬杠杠。同时，严格军事训练要求，在训练内容上，突出练好履职需要的，不盲目追求高精尖；训练起点上，立足素质现状，对照指挥军官考评标准，对每个官兵的目标计划进行量身定做，不搞"一刀切"；训练渠道上，结合年度理论学习、训练任务和本职工作，不另起炉灶；训练重点上，突出组织指挥、基本技能和素质弱项，不一线平推；训练作风上，严格标准、务求实效，不简单应付。

面对新任务新挑战，他们牢牢锁住核心军事能力这条主线，突出指挥谋略、信息化素质、模拟演练训练等内容，使一些复杂技术革新被引入训练场。如今，他们围绕部队转型、紧贴工作任务和岗位实际设置内容，针对部队阶段性工作和个人特点"量体裁衣"的训练路子越走越宽。与此同时，目标管理、过程管控、跟踪问效、考核验收等长效机制，使军事训练与岗位任务有机结合，融入部队建设的方方面面，近30项重大理论和技术问题被逐一破解，有效提升了部队综合试验鉴定能力。

超常举措提升人才素质

该部党委"一班人"一方面科学识人才，把思想品质、科技素养和创新能力作为基本条件，用客观标准进行综合衡量。另一方面合理配置人才，把综合素质好、成绩突出、发展潜力大的优秀干部放到重点岗位、关键位置中去丰富阅历、增长才干，实现人才的最大使用效益。

在用好现有人才的基础上，他们围绕培养造就一支素质优良、专业齐全、结构合理的人才队伍，积极调整思路，科学配置资源，架设人才成长的"快车道"。按照"专业超前设置，人才提前就位"的思路，派人深入院校、科研机构、生产厂家进行调研，广泛收集新装备资料，邀请军内外专家对培训内容进行评估，拿出培训计划。着眼人才趋于多元、任务趋于复杂、保障趋于多样的特点，编写教材5部，并挑优秀教员授课，为提升人才素质送来"营养快餐"。同时，他们充分发挥与院所厂家接触多的优势，不断拓宽招才引智的新渠道，广泛吸纳地方资源和社会经验，借助外部资源，使人才能接受到最先进的科学知识和先进理念，实现人才素质的快速跃升。

科研试验能力是检验部队的唯一标准，也是凸显人才能力的窗口。该部特别注重原始创新、集成创新以及引进消化吸收再创新等工作，集中力量开展基础性、前沿性、战略性技术领域研究，加强科技干部创新能力培育。

（刊于2010年2月4日《中国军工报》深度报道版）

"铿锵玫瑰"军营竞绽放

——某部新兵营女大学生新兵新训生活感言

她们是一群朝气蓬勃的阳光女孩，大学毕业后，她们带着亲人和朋友的祝福与期望，怀揣梦想走进军营。随着新春佳节的到来，她们入伍已经一个多月了，她们的军政训练成绩如何？她们对军营生活有什么切身感受？请听来自某部新兵营 3 位女大学生新兵的新训生活感言。

人物档案：刘勃，四川建筑职业技术学院（在读），建筑工程造价专业；**军营格言**：如果自己都看不起自己，怎么能让别人看得起你。人不能有傲气，但不能无傲骨。

"在部队这座大熔炉里，处处都能得到锻炼"

前几天，母亲打来电话，说看了我们的"军旅起航 DV 纪录片"，家里人都很高兴，称部队真是个锻炼人、成就人的好地方。

想起曾经想当"逃兵"的日子，我感到羞愧难当：一个月前，单调、枯燥、紧张的军营生活让我感到现实与理想的强烈反差，于是我向班长提出了要回家的想法。排长得知情况后，把我叫到身边，沉默了好一阵才对我说："刘勃，我和战友们都相信你会做一名优秀的士兵！"排长的话让我想到了临行前母亲的话："如果你自己都看不起你自己，又怎么去让别人看得起你！"

当晚，母亲打来电话，电话刚接通，我就忍不住哭起来。母亲知道后并没有责怪我，她只是反复叮嘱我："别哭，在部队一定要学会坚强，在父母的怀抱中是永远长不大的。"母亲的话语，使我坚定了信心。我止住哭声，对母亲说"妈，您放心，我会做得更好！"那以后，我再也不会轻言放弃。

记得一开始，许多战友像我一样，经常借身体不舒服请病假逃避训练。但通过收看《迈好军旅生活第一步》等系列军旅题材影视片后，我们感触很深，消除了训练生活中的怕苦怕累思想。

后来，营里组织我们收看部队建场 40 周年纪录片，当看到老一辈靶场人住帐篷、睡地窖、饮苦水，建设成了具有世界领先水平的常规兵器靶场时，我感到无比激动，能把知识、力量奉献给这块热土、奉献给武器装备事业是我们一生的荣耀。

如今，战友们都把入伍当作新的起点，决心在军营这座大熔炉里磨砺自己、超越自己，把个人理想融入部队需要、融入履行使命这个大目标。

人物档案：郑超，川北医学院（本科在读），英语专业；军旅格言：只要有肯尝试的勇气，就不怕体会不到成功的喜悦。

"在部队这所大学校里，处处都是课堂"

当兵一个多月，我最大的变化应该是有了一个军人的魂，有了一颗听党话、跟党走的心。怀揣着大学文凭、头顶着"大学生新兵"的光环来到部队，原以为有许多炫耀的"资本"。然而，入营后我才发现在部队这所大学校里需要学的东西很多，我发现以前在课堂上学到的还是太少，如果不注重学习，就跟不上部队建设的形势。

如今，我和战友们都认识到不管学士、硕士，首先要当好战士，只有把生活中点滴小事做好了，才算是合格一兵。这文凭、那文凭，成为合格军人才是真文凭，苦地方、累地方，都是我们建功的好地方……想起这些，我们的学习训练的劲头就更足了。

目前，在营里组织的理论学习、政治教育中，我们班没有一个偷懒的。从学习邓小平理论、"三个代表"重要思想到深入学习实践科学发展观，许多战友对基本理论观点都能"一口清"。

其实，在这所大学校里，不管是低学历，还是高学历，每个人都会赢得尊重，都会有成长成才的空间。上周于雪冬得了连里的"内务标兵"流动小红旗。教导员第一个为他祝贺："不管是高学历，还是低学历，部队最终要的是战斗力。"班长也说："好汉不问出身，英才不看学历。"

以前，我常常反复问自己，大学生向合格军人转变要"变什么"。现在我找到了答案，"便服"变"军服""笔杆子"变"枪杆子"，仅仅是形式，抛弃"小我"，争当合格的革命战士，这才是根本的转变，把军事素质、思想作风练过硬，才能对得起这身军装。如今，每当军歌响起的时候，我觉得浑身是劲。不需扬鞭自奋蹄，这是我的最大收获。

人物档案：董长婷，江苏省扬州大学（本科在读），机械设计制造及自动化专业；军旅格言：巾帼不让须眉。

"在部队这个大家庭里，处处都有阳光"

那天，我一进饭堂，就被眼前两个大大的生日蛋糕吸引了。正当纳闷时，耳边已经响起了生日歌的乐曲，我恍然大悟，原来今天是我的生日，这突如其来的惊喜让我激动得不知所措。

新兵营为我们15名12月份出生的新战士举行了集体生日晚会，虽然我是夹在男兵中唯一的"女寿星"，但我感受到了和家里一样的温暖。当时，160多名战友打着节拍，齐唱生日歌，那种感觉让我永生难忘。战友们尽情地表演节目，彼此传递着祝福，诉说着心愿。唱完一首《战友之歌》后，我激动得泪水夺眶而出……

回想起每天训练场上，营连领导陪我一起训练，生活中不时嘘寒问暖，让我们的新训生活处处充满阳光；每天晚上入睡前，班排长总叮嘱我们别把被子蹬掉，以防感冒；即使许多战友入睡了，班长还要不时为我们掩被，像父母一样照顾着我们。

前几天，天气特别冷，刘勃的手冻裂了，班长发现后，把自己的手套送给了她。几天后，我们发现班长的手上却多了一道道裂口。一次，刘洁的脚扭伤了，班长每天坚持四次用活络油帮小刘擦拭，不到三天小刘就回到了训练场。梁和倩队列训练成绩不太理想，一直很苦恼。班长放弃休息时间帮她"补训"，开起了"小灶"。小梁很快赶上来了，前不久在队列考核中她还取得了全连第二名。

在这个大家庭里如果有一个人"掉队"了，就会有无数双手去帮助她、去温暖她，战友之间已形成了一种默契，不需要过多语言，只要一个动作或一个眼神，我们就能明白彼此的感受。大家有困难互帮互助，有矛盾互谅互解，有压力共同分担，彼此像一家人一样。在这个温暖的大家庭里，我收获了很多，我想等到新兵营生活结束时，爸妈和关心我的人一定会看到一个崭新的我。

（刊于 2010 年 2 月 13 日《中国军工报》深度报道版头条，根据采访整理）

渭水河畔鱼水情

——某部参加和支援西部大开发纪实

"'人住土坯房，走路尘土扬，四季缺口粮。'这是 20 年前的生活。如今，你看俺们村，村里楼房林立，闭路电视户户看，出门都是摩托车，耕地都是机械化。"38 岁的东栅村村党支部书记王老三竖着大拇指说，"这都是官兵们数十年如一日帮扶的结果。"

王书记所说的官兵指的便是某技术勤务站官兵。10 年来，这个部队在参与地方援建工作中奏响了一曲时代壮歌，先后 4 次被上级表彰为拥政爱民先进单位和军民共建社会主义精神文明先进单位，2009 年被四总部表彰为军队参加和支援西部大开发先进单位。

扶贫帮困解民难

这个部队驻地位于三门峡库区，所在乡镇的东栅村、曲城村移民聚居，是当地出名的贫困村。人民军队爱人民。该部采取定点挂钩、结对帮扶、重点援助的办法，广泛开展科技扶贫、智力扶贫和各类捐助活动。每逢干部调整，他们都要带上新上任的干部到村里"走亲串户"，交接帮扶对象；每逢老兵退伍，都要带上留队战友到学校"看孩子"，交接资助学生。

一个个数字见证着一份份军民深情。近年来，他们帮助整修村路 10 多公里，

向困难群众发放米面 1 万余公斤，修理农机具 1400 余台件、各类电器 600 余件，累计义务植树 10 000 多株。如今，帮扶的 2 个村全部实现了整体脱贫。

"军爱民、民爱军，军民团结一家亲。"这是驻地百姓的一句口头禅。10 年来，尽管该部领导班子换了一届又一届，人员换了一茬又一茬，可他们坚持扶贫帮困的工作没有放松，一届接着一届抓、一茬跟着一茬干的"接力棒"没有停止。

助学兴教解民忧

"我们有新桌椅了！"新年伊始，驻地东栅村"八一希望小学"的校园内鞭炮齐鸣，锣鼓喧天。这天，该部官兵又一次为孩子们送来了 100 余套桌椅。学校校长张建中动情地对学生们说："学校能够有今天这么优越的学习环境，离不开咱们亲人解放军啊！"

以前的东栅村小学硬件设施差，老师不愿留，学生不愿来，导致学校教学几乎维持不下去。该部得知情况后，筹措资金 27 万元对学校进行了重建，并使该校成为驻地第一个开设电脑课程的学校。为回报部队的这份恩情，学校因此更名为"八一希望小学"。近年来，该部陆续为该校捐赠图书 2000 余册，捐赠教学设备和文化器材 500 余件（套），累计军训学生 2000 余人次。

该部还先后出动推土机、挖掘机、翻斗车等 40 多台次，帮助驻地华山中学建成了驻地唯一的现代化运动场，为学校节省资金 20 余万元。如今，华山中学已被表彰为渭南市重点示范学校。地方政府还利用学校的教学资源，办起了青年夜校和农民夜校。

抢险救灾解民危

部队位于黄河、渭河、洛河三河交汇处，渭、洛两河横穿靶场而过，每年的夏季是洪涝灾害多发期。驻守在这里的官兵就是人民群众的"解危人"。

2003 年 8 月，渭河流域突降大雨，河水暴涨，驻地遭受了新中国成立以来最严重的洪涝灾害，严重威胁到 6000 多名群众的生命财产安全。灾情就是命令。该部急人民之所急，迅速抽调 200 余人，成立抗洪抢险突击队、党员先锋队，投入到抢险一线，打桩子、扛沙包、固河堤……一个个绿色身影在雨中来回穿梭。10 多天的抗洪抢险中，官兵们没喝群众一口水、没吃群众一口饭，每天连续在水中作战 20 多个小时，80%的人员手、脚、肩在高强度劳作中被擦伤划破。时任驻地市委书记吴春梅看到此情景，感动地说："关键时候还是要靠人民解放军啊！"

近年来，该部官兵与驻地人民同呼吸、共命运，先后 5 次参加抗洪抢险，出动官兵 3000 多人次，工程机械和车辆 900 多台次，转移灾民 1000 多人，运送土石等抗洪材料 2000 多方，加固防洪大堤、清理河道 6000 多米，捐款 10 多万元，捐赠新衣被 350 件（套）。

（刊于 2010 年 2 月 11 日《中国军工报》综合新闻版）

生命抢夺战

——某医院成功抢救中毒女青年目击记

"大夫、大夫，快救救我的孩子……"3月10日上午10时许，一对农民夫妇急匆匆推开某医院急诊室的门，惊慌失措地哭喊道。随之，一名20岁左右面色苍白、双眼紧闭、口吐白沫，身上散发着刺鼻气味的女青年被抬了进来。

病情就是命令，该医院立即紧急施救，并安排一部分人负责安慰女孩家属。经诊断，女孩为农药中毒，生命危在旦夕。

抢救工作立即全面展开。洗胃、输液、对抗毒素导尿、利尿、吸氧、心电监护、采血、验血……医护人员与死神展开了一场没有硝烟的生命抢夺战。

及早进行洗胃，女孩生还的可能就大一些。可每一名医护人员心里都清楚，女孩已处于休克状态，此时洗胃，插管难度很大。如果操作不慎，误插入气管，将会直接造成女孩窒息。如果多次施插，则会引起喉头水肿，丧失抢救机会，在场的每个人都为这个花季女孩紧捏一把汗。

"你们一定要救救我的孩子……"抢救室外女孩父母撕心裂肺的哭喊声，不时传入抢救室内。

"赶快准备胃管！"护士宁丽迅速带上胶皮手套，慢慢调整女孩的姿态，使其身体平卧、头部向左侧倾斜。紧接着，她一点一点地清除女孩口鼻中的污物，小心翼翼地将开口器置于女孩口中，轻轻地翻转身体，使其呈左侧卧姿态。然后，她接过胃管，屏住呼吸，慢慢地将胃管送入女孩口中……约两分钟后，仪器显示插管成功，可以洗胃，大家稍稍松了一口气。

"找不到血管。"刚刚放松一点的空气一下子又紧张起来。由于毒性快速反应，女孩血管严重塌陷，输液一时找不到血路。

怎么办？所有人再次把心提到了嗓子眼。

"让我试试！"紧急时刻，护士李琴主动请缨。她反复对比、仔细寻找，一针下去打通了被抢救女孩的静脉给药"通道"。

1分钟、2分钟、半小时……

约一个半小时后，血压、脉搏等各项生命体征逐渐恢复平稳，女孩脱离生命危险。

看着女孩逐渐苏醒过来，医护人员露出了欣慰的笑容。被救女孩的父母含着激动的泪水，紧紧拉着医护人员的手说："是你们把孩子从死神的手里拉回来的，是你们给了俺娃第二次生命……"

（刊于2010年3月23日《中国军工报》深度报道版）

在科学理论指引下前行

——某部用科学发展观成果助推部队建设发展纪实

清风拂绿柳，雨露催花香。3月的靶场虽已进入了多风、干燥、风沙季节。然而，在某部试验保障车上，多功能餐桌、休息躺椅、学习书刊等一应俱全，有一种家的舒适。年初以来，该部围绕构建科学发展观长效机制，倾力破解影响部队发展的深层次问题，推动了部队建设科学发展。

思责：既想当前，更谋长远

部队基础设施建设上去了，试验保障条件极大改善……按理说，可以"松口气""歇歇脚"。然而，该部党委"一班人"站高谋远的脚步却一刻没有停息。

翻阅该部党委学习实践科学发展观总结报告，记者看到，字里行间处处流露着"一班人"对部队建设的深深思考：

——任务多样压力大，如何加强心理疏导和教育，引导官兵正确适应工作节奏，仍然是亟待解决的现实问题。

——随着靶场转型步伐的加快和职能任务的拓展，特别是参试武器信息化程度加大，技术保障科技含量明显提高，等人才、缺人才等问题已初步显现。

——基层官兵期盼自己可支配的时间多一点、期盼机关安排任务更统筹协调一点……

"反思部队亟待解决的问题、反思基层官兵的期盼，说明我们的工作刚起步，求真务实的工作作风仍是我们的长期'必修课'……"该部政委李兴林的一番话引起了党委"一班人"的深思。

问题不查不知，情况不研不明，思路不理不清。生活环境优越了，硬件设施改善了，怎样才能使发展的基础更加牢固、怎样才能把成功的经验制度化……带着一个个问题，党委"一班人"分头深入班组、深入试验一线进行新一轮求解问策。

履责：既抓硬件，更抓软件

3月初，在某新型弹药定型任务中，20余发炮弹发发精确命中目标，引得了上下一片喝彩，负责任务的科技干部肖军成了大家议论的焦点。

试验间隙，记者走近肖军，探寻他是如何在短短3年间成长为一名技术能手、优秀科技干部。采访中，记者了解到：该部党委打破惯性思维识才、不拘一格用才、多措并举育才、排忧解难留才的以人为本理念，坚持软硬件一起建，基础性和根本性工作一起抓的全面可持续抓建方法是部队实现出人才、出成果、出成绩的有效"秘方"。

　　该部某室协理员刘海涛深有感慨地说："科学发展观的确给官兵带来了很多改变，如今科技干部主动钻研业务的多了，主动为室里发展建言献策的积极性高了，不甘落后、不甘平庸、你追我赶、力争上游的氛围浓了。"

　　走进去年刚刚被总部表彰为基层建设先进单位的该部某连，记者看到，门口的理论"感召牌"和"官兵践行科学发展观行为准则"宣传栏格外醒目。该部四级军士长李振宝说："连队既在营造文化环境氛围上下功夫，又在理论通俗化、大众化和解决现实问题上求突破。门口的草坪更绿了、班内的电话联通了、内务设置更人性化了……我们从这些细微的变化亲身感受到科学发展观就在身边，真学真受益。"

尽责：既要苦练，更要苦为

　　"开机、加压、输水……"3月29日，随着负责人一声令下，某重型武器试验在该部某室展开。当天，三秦大地气温21摄氏度，低温环境模拟试验室温度零下81摄氏度，内外温差达102摄氏度！

　　在如此特殊的环境里，是什么让官兵们不用扬鞭自奋蹄，默默承受着身体与意志的考验？科技干部赵鑫一语中的："家庭困难有人帮，个人成长有人管，个人烦恼有人解，组织对我们关心爱护，我们没有理由不苦练技能、不干好本职。"

　　为有效解决官兵实际问题，该部建立责任制，对基层官兵反映的问题明确责任人，限时答复和解决，并将落实情况作为选拔任用和奖惩干部的依据，极大地调动了官兵的工作积极性。同时，按照岗位化、任务化、制度化、规范化的要求，该部推行"情况在一线了解、问题在一线解决、决策在一线落实、业绩在一线考评、形象在一线树立"的"五个一线"工作法，使党委科学决策、机关科学指导、官兵岗位践行有了明确的规范。

　　他们还研究制定《加强党委自身建设措施》《人才队伍建设规划》《党委挂钩帮带基层实施细则》《官兵践行科学发展观行为准则》等10项制度措施，把学习实践成果固化为推进发展建设的方法举措，加快了部队科学发展的步伐。

　　（刊于2010年4月13日《中国军工报》一版头条）

同样的话题很轻松

——某部教育准备会现场见闻

　　听说某部要召开主题教育准备会，3月15日上午，记者闻讯前去凑"热闹"。

　　刚走进楼道，记者就听见响亮的发言声——"我认为DV比赛目前可以推迟一段时间，因为活动刚开始素材比较有限……"

顺着声音传来的方向，记者进入会场，只见小小的会议室被围成正方形，来自部党委和基层的思想骨干 30 余人聚集一堂，与会人员面对面，各抒己见，气氛十分热烈。

"除了学习各类典型，学习教育还要注意与当前开展的群众性读书活动，与战士的需求和爱好兴趣结合起来……"某连付指导员直入主题，提出了自己的看法。

"今年的新兵中有许多擅长画画的，可以搞一些漫画竞赛，一来可以发现人才，二来可以丰富形式……"某连王排长建议道。

"当前试验任务较重，第一专题安排的活动有点过多，应该减一减……"某室张副主任毫不讳言。

短短半小时，记者粗略计算了一下，会议共提出意见建议 13 条，发言一个比一个激烈，意见条条实在，轻松的发言不时赢得阵阵掌声。

记者得知，为开展好今年的主题教育，该部先后三次征求官兵意见，对计划进行修改完善，对活动内容进行删减，对每个阶段的教育内容、配合活动、思考的问题以及负责人都做了详细安排。当天召开的教育准备会，便是又一个"诸葛会"。

会议结束后，记者还发现，政治处主任魏严手里的主题教育计划安排表上记下了很多备注。"这些都是骨干们的建议，作为教育的组织者和受益者，他们都想教育搞得更加灵活、更加贴近实际。"魏主任介绍。

教育准备会在官兵中引起了广泛共鸣，参加会议的中士赵海兵说："这次教育准备会与以前相比真是不同，不仅与会人员扩大到了班长，而且形式也非常特别，每个人自由发表意见，各抒己见，讲问题很轻松，也讲出了心里话。"

教育准备会成了名副其实的"诸葛会"。该部政委尤小锋说："只有让大家畅所欲言，集思广益，才能使教育的内容、形式更加贴近官兵。"

（刊于 2010 年 4 月 13 日《中国军工报》综合新闻版）

喜看今日兵器城

——某部用科学发展观加强部队基础建设纪实

一座座营房相续落成，一件件实事暖人心扉……近年来，某部注重把营区基础建设与部队全面建设捆在一起谋、一起建，使营区配套设施不断完善，顺应了部队建设科学发展的新需要。

用新理念谋划基础建设

走近新营区，绿草茵茵、花香阵阵，营区规划整齐有序，生活设施功能完备，环境优美充满生机，给人留下的印象是：平战结合与科学理念的有机融合，技术区与生活区的科学衔接，部队营房与机动道路连为一体，大大提高了部队的快速机动反应能力。武器库与试验场同一区，试验指挥和技术要素综合集成，优化了资源配置，提高了保障效益。

新营区改建之初，有人建议要体现"以人为本"，应最大限度的突出美观和舒适度，让战士走进营区就如进了公园，进了宿舍就如进了宾馆。

但营区规划不是小区建设，更不是景观建设，服从和服务于科研试验是根本，提升战斗力是关键。按照这一思想，他们把集中部署、平战结合、和谐安全、信息智能、生态节约等先进理念融入营区规划建设。

新的营区规划以提升综合试验能力为出发点和落脚点，统筹考虑部队任务转型、职能任务拓展，科学筹划建设，确保了营房布局方便试验、功能设施有利科研，生活保障有利官兵。同时，他们还充分考虑编制体制、武器装备发展的趋势和需求，在局部规划和单体功能设计上下功夫，多建大开间、采用框架结构，提高营房的通用性和利用率。在某新工房建设中，他们充分考虑高新武器装备的后续发展，兼顾老装备的使用要求，有效提高了营房的保障效益。

用新标准抓好基础建设

进入某连队宿舍，记者看到，宽敞明亮的房间，崭新标准的衣柜，整洁有序的床铺，冷热两用的饮水机，还有那一排排最新购置的学习桌椅，实现了学习、训练、娱乐和管理网络化。连队干部说：现代营房建设处处以利于聚合官兵凝聚力、促进官兵全面发展为标准，为官兵学习成才提供了良好的条件。

部队基础建设关乎着官兵全面发展，也关乎着部队战斗力的提升。该部按照营房部署基地化、规划建设集成化、设施配套一体化、营区环境生态化的要求，将规模集约化、功能多样化、信息智能化、安全具体化、资源节约化等理念引入营区改扩建中，使营区设计更富有现代气息，使活动设施等营区资源得到了共享，配套设施利用率不断提升，为给官兵创造良好的工作学习环境。

他们还注重优化整合、统筹规划，变过去单一硬化地块停车场为融绿地与停车为一体的绿化式停车场；变单一功能的装备训练场为集装备训练与心理行为训练为一体的综合训练场，引进节能减排、新能源技术等环保项目，既满足了官兵训练学习的需要，又增强了营区保障功能。如今，文化活动中心、生态种养园、健身锻炼带等一个个功能完备的生活保障区，让官兵实现了学习有场地、娱乐有场所、休闲有去处。

用新方法强固基础建设

走进某营区，宽敞明亮的会议室里 32 英寸的液晶大彩电格外引人注目，每人一个的标准衣柜解除了战士大衣物没处挂、小衣物没处摆的烦恼。基层干部介绍，现在每个连队都有一个公共贮存室，连队战士箱包统一存放、集中管理，既整齐又美观。

"建设现代营区就是要让官兵享受现代化的成果。"连队干部用一句朴素的话道出了所有营房人的心声。在"官兵应该享受现代化"的理念下，新营区建设出现了许多人性化的元素。记者看到，具有防风防雨功能的晾衣场结束了过去两根木桩一根绳子的晾衣历史。食堂内消毒柜、高温炉一应俱应，空调、暖气、音箱等一样不少。军营饮食文化宣传画处处可见，实现了"音乐进饭堂、饮食文化进饭堂"的目标。"多种措施加强基础建设，使一些长期困扰官兵生活的'老大难'问题得到了有效解决，官兵的生活、工作、学习环境一天比一天好。"采访中，干部张涛深有感触地说。

基础设施建设，只有体现以人为本，才能将党委的关心关爱送到官兵心中。为提高生活质量，尽最大可能满足官兵的吃住需求，该部率先改善住房条件，先后新建、翻建、整修住房200余套，满足了官兵和临时来队家属居住需求；为解决水质差的问题，他们按照分类治理、重点整治、全面达标的整治思路，先后投入50多万元打水井，安装净水设备，使基层官兵用上了干净达标的水；为解决个别小远散单位电视信号差的问题，他们先后铺设地下光缆、架设小型卫星接收设备，使大多数基层连队和小点号都能看到清晰的电视节目。

一项项务实举措让官兵实实在在地感受到了组织的温暖，彰显了部队党委竭诚为兵服务的理念和以人为本的浓浓真情。

（刊于2010年5月1日《中国军工报》深度报道版头条）

科学理论助发展

——某部医院用科学发展观促进全面建设纪实

一个门诊部式的部队医院，在短短几年间，快速发展为一个为兵服务的"优质医院"、驻地百姓放心的"知名医院"。成功的秘诀在哪里？某部医院党支部认为，是深入学习实践科学发展观为部队注入了源头活力。

教育：从"照本宣科"到"同频共振"

2月份，对该院普外科医生张冉来说可谓是三喜临门：完成的《难治性癫痫手术预后研究》获军队科技进步三等奖，34岁就任医院副院长，赴后勤指挥学院参加全军医院院长培训。

像张冉这样的优秀人才，如今在该院越来越多了。面对成绩，张冉感慨万分："是院党支部'一班人'用思想理论之光，照亮了自己前进之路。"

过去，该院许多同志对政治教育不以为然，都感到是可有可无的事，上大课常常是照本宣科、流于形式，导致部分同志精神状态不佳、进取意识不强。深入学习实践科学发展观活动中，院党支部"一班人"深刻反思问题，主动站在"思想建院"

的高度，积极探索思想政治建设新路。针对医院工作"两班倒"、人员难集中的实际，创新教育模式，推行"政治教育学分制"，促进政治教育落实。结合学习教育，深入开展以"四优""五无""八心"为内容的评比竞赛活动，激发官兵主动作为的进取意识。谈及参与政治教育的感受，医技科医生刘天舒说："医院的政治教育，现在成了大家都愿意参加的事。"

政治教育与官兵的思想"同频共振"也带来了专业学科人才的快速发展。目前，医院已形成以5个专业科室，一批学科联合体为代表的优势学科群，涌现出6名专家为代表的高素质人才方阵，全院先后有5个科室和30名同志受到上级奖励表彰。

党务：从"一面坚硬"到"四面坚固"

医院编制体制特殊，科室主要负责人大多都是业务骨干兼党支部委员。过去，存在一些同志重业务、轻党务的现象，支委改选不及时、学习培训不经常、个别党小组长长期不在位，导致组织功能不强、堡垒作用不明显。

组织建强了，单位才能发展。为此，该院像重视业务骨干培训一样抓好党支部委员、党小组长选拔培养，做到年年有计划，月月有安排，通过办培训班、以会代训等措施，帮助提高思维层次，理清工作思路，掌握工作方法。并采取主官带支委、支委带骨干、骨干带党员的形式，加强党性锤炼和素质提升。

抓基础谋长远。他们坚持每年由支委带队对党员进行普遍考察和重点帮建，采取逐个讲评和集中教育办法，解决突出问题，强化组织功能。如今，该院中心工作进行到哪里，组织工作就延伸到哪里，迎来了当初的"一面坚硬"为如今的"四面坚固"。

决策：从"领导拍板"到"专家集智"

3月份，该院政治工作、业务技能训练等5项工作和10名个人受到上级通报表彰。问其做法，该院副院长简彪说："积极拓宽民主，充分尊重官兵的主体地位，才能使决策更科学，主动性、凝聚力充分得到调动。"

随着医疗体制改革的加快，人员少、任务重，日常勤务保障任务更加艰巨。他们打破技术壁垒，由以往的"领导拍板型"向"专家集智型"转变。在长远规划、人才培养等方面，请各个学科专业技术领域的专家参与到支部重大问题的研究决策中。如今，在医院"专家提议，支部决议"工作理念被写进院党支部议事规则，凡是涉及专业性、技术性的问题，要请专家提建议、拿方案，进行科学论证；出台重大决定，要召开专家座谈会；支部决定一些重大问题时没有专家的意见不上会，没有经过专家论证的不拍板。

科学决策带来了科学发展。如今，医院的医疗服务由原来只能进行简单的打针发药向提供精细服务、普遍性服务向个性化服务转变，大大提升医院的保障能力。

（刊于2010年5月8日《中国军工报》深度报道版）

理"心"的艺术

——某部开展心理服务的经验

心理问题人人有　把持心态最关键

某部战士刘臻斌有过一段郁闷往事：去年 10 月底，他面临士官套改，因为走留压力大，一段时间思想顾虑重重。连队干部认为他"思想不稳定"，主动靠上去做工作，搞得刘臻斌心情更加沉重。

深入调查后他们发现，把心理问题当成思想问题的单位为数不少，多数官兵未接触过心理学知识，缺乏自我调解的技巧。分析部队曾发生的一些事故苗头他们也发现，大多与当事人心理问题未能及时化解有着直接关系。于是，该部着力为官兵进行心理知识扫盲，一场场心理健康知识辅导照耀官兵心灵，20 多名官兵被推荐进入院校接受心理知识培训……

如今，该部建成了心理健康工作站。在这里，官兵们可以与心理咨询师倾心交流，聆听音乐放松心情，尽情宣泄释放压力。心理骨干张春光说："心理问题一般通过适当的疏导宣泄都能消除，就是有时因为没有人帮助捅破这层纸，导致一些同志成了'重点人'。"

心理服务人人做　自我调解最重要

"3 月初，班里分来 8 名新战士，个个比我年龄大、比我学历高。当时，总觉得有一种莫名的压迫感和紧张感，训练放不开手脚，幸亏一堂'如何正确看待自己'的心理健康专题辅导课帮了我大忙。"新兵班长张小强对记者说。

随着兵役制度改革，大学生新兵猛增，年龄倒挂、学历倒挂等问题成为困惑一些官兵的心理问题。有针对性地开展心理服务工作，成为该部思想政治工作创新发展的紧迫任务。该部开设专家咨询室、心理辅导热线、心理服务网页等，通过循环图分析、自我肯定词设计、镜子技巧训练和面对面心灵对白、心理调解，让失落的官兵找到自信，拨亮心灵之灯。同时，他们积极印制学习资料，普及心理健康知识，掌握自我调适方法，使官兵有了心理问题能自我调解。

"论文凭，自己硕士学历在手；论能力，自己各方面干得不错，可就是觉得领导对自己不'感冒'。"有位同志的烦心事招来众多网友点击，回帖不断。有人建议勇敢走出"自恋"情结；有人建议多看别人长处、思自己短处……如今，打开心锁的钥匙掌握在了官兵自己手中。

心理骨干人人当　主动跟踪最有效

"心理服务能出战斗力,也能提升战斗力。"这是该部开展心理服务工作的经验。1月份,部队新训中,部分南方籍新战士面对严寒条件和艰苦训练,一度产生压抑、焦虑、恐惧等反应。时逢一场大雪降临,他们安排战士参加扫雪。冰天雪地中,他们扫雪、铲雪、打雪仗、堆雪人,呐喊宣泄,让新训的不适与疲劳一扫而光,心理压力得到了释放。

谈及心理帮扶工作,战士韩小杰激动地说,3月初,自己第一次参加实弹射击,现场紧凑的口令、火炮的巨大响声吓得自己不敢靠近。多亏连队心理骨干及时实施心理疗法,一周时间就治好了自己的"恐炮症"。如今每次进入试验场,自己都能镇定自若,一丝不苟。该部还广泛开展"六像"活动:一线带兵人要像老师一样为官兵成长进步引路,像父母一样时时把官兵的冷暖挂心上,像医生一样及时排除官兵的心理障碍,像兄长一样处处为官兵起好模范带头作用,像挚友一样坦诚相待与战士进行沟通,像公仆一样帮助官兵解决好工作生活中的困难。近3年来,他们组织心理测试1000多人次,进行心理康复治疗50多例。

近年来,该部承担的任务量逐年增加,年年圆满完成、项项优质高效。该部党委感慨,一条重要的经验就是:部队任务执行到哪里,心理服务保障就跟进到哪里。

(刊于2010年5月13日《中国军工报》深度报道版)

趣味文化的魅力
——某部开展业余文体活动小记

"一、二,加油……"4月28日,循着由远而近的加油声、呐喊声,记者来到某部训练场,被火爆的趣味比赛场面吸引:官兵正在进行滚轮胎比赛,场上你追我赶,场下振臂呐喊,好不热闹。

赛场上,沉甸甸的轮胎,被汽车兵玩得溜溜转,一根直线跑到头。突然有个汽车兵"抛锚",把轮胎滚到了人家的跑道上,结果两人来了个"亲密接触",双双被淘汰出局。紧接着"双人推单轮胎赛"和"两人单轮胎拉力赛"开始,项项趣味运动考验着汽车兵的力量和耐力。

在一些连队,"汽车拉力赛"成为大家情有独钟的"力气活",每次报名都"超编"。最后汽车兵干脆把"汽车拉力赛"改成了"汽车拉力挑战赛",人员自由组合,不受名额限制。

激动的心情刚刚平息,掌声、笑声、加油声再次此起彼伏,那边,"运弹接力赛"在某连上演。

炮弹是用来发射的，缘何在竞技场上也派上了用场？正在组织官兵进行"15米运弹接力赛"的指导员李鹏告诉记者："这是我们因地制宜为大家量身定做的一款'运弹竞技游戏'，互动性很强，对军事训练也有帮助。"

"运弹接力赛"刚结束，炮弹举重比赛又开始了。记者看到，在5名参加炮弹举重比赛的选手面前整齐摆放着5发"沙弹"，重量分别为60公斤、70公斤、80公斤不等。按照规则要求，坚持到最后的一名是最终胜利者。李指导员告诉记者："更精彩的还在后面呢！"只见几名官兵把一发发迫榴弹像演杂技一样在手里挥动自如，一会儿转圈，一会儿翻跟头，玩得游刃有余。

拔河比赛是一项群众性体育活动。然而，该部官兵却玩出了新花样，各种类型的拔河赛妙趣横生：100人的队伍，场地上指挥员不停地挥动着手中的小旗，示意大家准备好。紧接着"嘟"的一声哨响，"一二、一二"的拔河调子响彻空中。

百人拔河大赛刚结束，排与排、班与班拔河赛又进入了激烈的角逐。单人拔河挑战赛和三名女兵挑战一名男兵的拔河比赛拉开了序幕，紧张而有趣的镜头，让大家乐得合不拢嘴。接下来进行的是"压轴戏"——圈式拔河赛、三角拔河赛、单手拔河赛等花样拔河项目——上演，丰富精彩的项目让记者大饱眼福的同时，也感受到了趣味文化的无穷魅力。对此，该部通信站教导员杨从刚的说法是："既活跃官兵的文体生活，又有效地促进了军事训练，真是一举两得。"

（刊于2010年5月13日《中国军工报》装备文化版）

爱心点燃希望

——某部汽修所官兵为困难战友捐款侧记

"谢谢队长、教导员的关心，谢谢战友们的帮助……"5月12日，正在为女儿四处奔波求医治病的某部士官王锟，收到了战友们捐助的5800元爱心款后，第一时间特意从湖北鄂州打来电话，向连队领导和战友们致谢。

5月11日，连续几天的阴雨天气使靶场依然寒意甚浓，但该部汽修所里却涌动着一股炽热的暖流。这天，该所官兵为战友王锟组织了一次爱心捐款活动。

王锟是一名汽车修理工。入伍9年来，他勤学苦钻，掌握了多种车辆的修理技术，成为连队响当当的技术骨干，多次被上级表彰为优秀士兵、优秀班长、优秀共产党员。2008年，他与同乡姑娘喜结良缘。2009年11月，随着一声啼哭，他们日思夜盼的小天使降临人世。然而，女儿一出生就被诊断患有先天性眼睛皮脂瘤、颅内"囊性血管瘤"。为挽救小生命，5个多月来，王锟和家人带着孩子四处求医，花去医疗费6万余元。

王锟出生在一个农村家庭，父母、妻子以务农为生，全家人的生活主要靠王锟的工资支撑。今年，家乡遇上旱灾，粮食减产，一家人的生活更是困难重重。目前，女儿颅内仍有多块肿瘤危及生命，急需手术，而高昂的医疗费用已让王锟雪上加霜，负债累累，身陷困境。

病魔无情，人间有爱。为帮助战友渡过难关，该所官兵自动发起的一场募捐悄然进行。下午16时，记者走近该所会议室，见黑板上"战友战友亲如兄弟"八个大字和会议室中央红色的募捐箱格外醒目。"工班长是我们的战友，也是我们的兄长，怎么说也要帮帮他""尽一份微薄之力，挽救小生命"……面对采访，战友们道出了心声。"我们的连队是一个大家庭，我们要让每个战士感受到这个家庭的温暖……"该所教导员腾宝的一句话再次把全所官兵的心紧紧联结在一起。

16时10分，伴随着《战友之歌》的深情旋律，战士们一个接一个走进会议室，将一笔笔捐款投入红色的捐款箱。

当教导员打电话告诉王锟战友们为他自发捐款时，王锟一时哽咽得说不出话来。面对记者的采访，他说，40名战友的义举为他注入了一股强大的动力，让他更加坚定了救治女儿的信心。

（刊于2010年5月25日《中国军工报》综合新闻版）

转型之路越走越宽广

——某部推进综合试验鉴定能力建设纪实

5月中旬，渭水之畔，某部试验场。硝烟中，某型武器实射试验全面展开……该部司令员张学宇介绍说："近年来，我们紧跟转变大势谋发展，突出核心素质强能力，试验鉴定能力不断提高。"

武器装备更新换代，催促着靶场建设转型。结合自身发展实际，该部党委深刻认识到转型是牵一发而动全身的"大动作"，技术要重新学、骨干要重新训、指挥要重新练……处处面临"从零开始"。

千变万变，如果观念不变就难有作为。为此，该部机关把技术专家、各专业技术骨干请到会议室，召开"诸葛亮会"。在一次次交流、讨论、碰撞中，一份份与转型相适应的报告形成。重经验轻科学、重数量轻效益等不符合科学发展观的传统观念被摒弃，继承传统与改革创新、尽快让科研能力转化为战斗力等6个转型建设重点问题被突显出来。

转型之路变得清晰起来：新老装备在体系配套上具有继承性和兼容性，用科学技术衔接，以最小成本、最短周期实现战斗力生成。该部科学对照大纲和指挥军官考核体系规范"练什么、怎么练"，按照"共同内容集中训、本职业务自主训、指挥谋略结合训、结对帮带强化训、瞄准弱项补差训"的方法全面开展军事训练，让平时的军事训练与科研试验实践有机结合，提升军事训练效益。

在训练内容上，他们突出练好履职需要的内容，不盲目追求高精尖；训练起点立足素质现状，对照指挥军官考评标准，对每个官兵的目标计划进行量身定做，不搞"一刀切"；训练渠道上，结合年度理论学习、训练任务和本职工作，不另起炉灶；训练重点上，突出组织指挥、基本技能和素质弱项，不一线平推；训练作风上，严格标准、务求实效，不简单应付。

如今，针对部队阶段性工作和个人特点"量体裁衣"的训练路子在该部越走越宽广。与此同时，他们探索总结的目标管理、过程管控、跟踪问效、考核验收等长效机制，使军事训练与岗位任务有机结合，近30项重大理论和技术问题被逐一破解。

人才是兴军之本。该部坚持合理配置人才，把综合素质好、成绩突出、发展潜力大的干部放到重点岗位和关键位置，丰富阅历、增长才干，实现人才使用效益最大化。

在用好现有人才的基础上，他们围绕培养造就一支素质优良、专业齐全、结构合理的人才队伍，积极调整思路，架设人才成长的"快车道"。他们积极拓宽招才引智的渠道，广泛吸纳地方资源和社会经验，借助外部资源，使人才接受最先进的科学知识和理念，实现人才素质快速跃升。

（刊于2010年5月25日《解放军报》专题新闻版）

小音符奏出大乐章

——某部采取多种形式开展主题教育活动纪实

兴奋点、兴趣点，理论灌输植根于心；训练场、试验场，岗位实践付诸行动。6月初，在某部，一笔笔资源、一项项活动，激励官兵参与教育的热情持续高涨，推动当代革命军人核心价值观培育不断深化。

勤务讲坛：人人都是教育者

"当年，我们守桥时，哪有这么好的条件，吃的是馒头咸菜，喝的是河沟水，住的是茅草房，但大家干劲不减……"5月7日的勤务讲坛上，该部舟桥班班长张承用讲述着自己32年守桥的心路历程。课后，科技干部李锐说："张班长的经历可信可学，从他身上看到了一名军人的忠诚与执着。"

只有让官兵把教育当成自己的事，教育才能深入人心。于是，该部借鉴央视"百家讲坛"栏目，创办自己的"勤务讲坛"，让官兵们用自己的语言、身边的事例现身说教。

亲其师而信其道。授课者自身影响力越大，个人魅力越强，官兵们对他所讲的内容认同感才能越高，教育效果才能越好。为此，让普通官兵上讲台的同时，他们还特别邀请"雷锋式战士"张承用、总装备部十大学习成才标兵程桥梁、红旗车驾驶员董永胜等作专题报告，讲述各自践行核心价值观的感人故事，诠释核心价值观的丰富内涵。

"过去总想逃避教育，是因为从头到尾都是指导员一个人讲，听着乏味；现在'勤务讲坛'把'一人讲'变为'大家讲'，感到亲切新鲜，越听越爱听……"战士钱正龙对记者说。

理论班会：时时都在教育中

"热爱人民，就是要与人民群众心连心、同呼吸、共命运。上周清场中，自己却与老乡发生了争吵，受到了排长批评，我感到自己很不应该……"战士小王在班务会上谈到。

班务会听起咋像心得体会交流？该部政委尤小锋介绍："官兵们天天在外执行清场任务，早出晚归，大课教育常常受到'冲挤'。于是，我们把部分暂时无条件组织的课堂教育融入班务会，保障了学习教育的时间和内容。"

班务会上，官兵们不仅汇报工作成绩，而且宣讲红色故事、编写励志格言、交流心得体会、评选理论学习之星，使学习培育与每日履职尽责紧紧联结在一起，促进了核心价值观向本职岗位延伸、向保障能力聚焦。因此，官兵都把它称为"理论班会"。

采访中，一些细节吸引了记者眼球：营院内见不到一点杂物；集合站队，战士们个个精神抖擞，像个小老虎；平时衣着整齐、仪表端庄、姿态挺拔，举手投足间都透着"精气神"。

养成好，有啥秘诀？战士们指着墙上的宣传窗说："我们事事有规范。"据了解，该部研究制定的《践行当代革命军人核心价值观行为准则》《清场警戒人员行为规范》等制度，使官兵言行举止有准则、日常工作有遵循。对照这些制度，爱国与报国、大家与小家、付出与回报等都在时代天平的称量中重新归位，如何衡量自身价值、怎样实现人生理想等问题在官兵心中更加清晰。

动漫制作：个个都当创作员

5月17日，记者在该部看到，官兵自创的10余幅漫画作品成为践行核心价值观的鲜活教材。"积极适应'80后''90后'官兵展示自我愿望强烈、爱好广泛等特点，开展好配合活动是确保教育实效的关键。虽然这些漫画画得不够专业，但对战士们的教育作用很大。"该部政治处主任魏严谈起动漫制作满脸喜色。

10多幅形象生动、诙谐幽默、通俗易懂的漫画一展出，现场就被围得水泄不通。其中，一双红军过草地时穿得千疮百孔的草鞋，最为吸引官兵们的目光，再往下看，两行"追忆先辈足迹，感受神圣使命"的大字让官兵们深受感染。

"培育核心价值观，老同志重在防思想褪色，我们新战士重在把思想染红。今天看了这些趣意盎然的漫画，内心有许多震撼，深切感到，核心价值观为我们大学生新兵指明了人生的正确航向。"新战士马挣这样表达自己的体会。

"把培育要求以动漫形式轻松诙谐地表现出来，深入浅出，寓教于乐。教育形式上，'挤'走了呆板灌输、僵硬说教的模式；教育功效上，不亚于半个指导员。"该部某室副主任张亚辉说。

（刊于 2010 年 6 月 15 日《中国军工报》深度报道版）

"主动式服务"，使生活保障更便捷

6月17日上午8时30分，一辆食品配送车准时停在了某连食堂门口，食堂给养员验货、点数、复秤……不到5分钟，当天连队所需的食品全部采购完毕。该连司务长黄海鸥兴奋地说："机关'主动式服务'大大减轻了我们的采购负担，使生活保障更加便捷了。"

该部有基层伙食分队17个，连队一日三餐食品的采购全部由各分队给养员一人承担，给养员每天都要蹬着人力小三轮车采购当天连队所需的蔬菜、水产品及副食品，一般最快也需要两个小时。遇到雨雪天，穿行于泥泞的小路更是十分不便。

为减轻基层的负担，该部后勤部门多方征求基层意见，改变以往"坐等式"的服务为"主动式服务"，开展服务下连活动。同时，积极研究探索一站式、一条龙服务保障模式，大力推行跟进式、节约式精细化保障，在减轻基层压力上积极想办法、谋新路、求满意，使服务更便捷、运行更快捷、保障更有力，有效缓解了科研试验任务重、保障难度大等实际难题。

在转变服务保障模式的基础上，他们还大力加强伙食保障条件建设，积极想办法为各伙食分队更换餐桌、安装空调、购置面食一体机等设备，使基础设施强起来、操作空间亮起来、就餐环境美起来，使官兵走进食堂舒心、吃着饭菜暖心，工作热情极大提升。

如今，各伙食分队第二天所需的食物，当天晚上只需拨打一个订购电话，第二天一大早就有食品配送车为他们送货上门。该部弹药库给养员李强告诉记者，机关实施服务下连后，他再也不用蹬着三轮车风里来、雨里去，为采购工作忙乎了。

（刊于 2010 年 6 月 24 日《中国军工报》综合新闻版）

风正则气顺　气顺则劲足

——某部党委抓基层建设的经验

"风正则气顺，气顺则劲足。"这在某部不仅是一句响亮的口号，更是抓基层建设的经验。近年来，该部党委以抓风气建设带动了基层建设科学发展。

组织就是大关系

甘肃籍战士郭林玉入伍以来，爱学习、肯钻研，负责连队的菜地工作后，连队农副业生产年年丰收。去年11月份，郭林玉向连队党支部递交了留队申请，心里却有几分不安：虽说工作干得不错，可自己没什么"关系"，民主测评能否过关、留队能否如愿成了他的闹心事。

其实郭林玉的工作部党委全都看在眼里。当听到郭林玉留队的消息时，官兵们说："部党委如此公正，我们没有理由不干好工作。"

部队公勤人员多，走留矛盾突出，一些战士想留队愿望强烈，有的同志想方设法找领导通融。对此，部党委的原则是：没有"关系"没关系，组织就是大关系；环境不好伤身体，风气不好伤集体；不能照顾一个，伤害一片。为此，他们大力推行基层敏感事务"阳光工程"，营造风清气正的环境，也给官兵一个明确的信号：下级给上级最好的礼物是实绩，上级给下级最好的奖赏是公正，成长进步最好的办法是实干。

对基层职责范围内的事，他们一方面科学引导基层决策，党委机关不随意插手；另一方面，通过开设监督电话、网上意见箱等方式，拓宽民主监督渠道。去年，该部调整干部、选改士官、选送技术学兵80余人，官兵们都没有意见。

能干事者有舞台

该部汽修所战士吴昌立精通计算机，看到连队的一些战友对计算机一知半解，便想把所学知识传授给战友，然而苦于没有硬件条件。部党委得知后，积极扶持，加强连队机房软硬件建设，让他担任了连队周末计算机培训教员。

你有多大才，我搭多大台。这是该部党委秉持的人才培养理念。部党委每年为基层购置图书资料与学习用品，开设各类学习班、兴趣班，满足官兵成才需求；开展岗位成才活动，对官兵进行专业技能培训，对学有所成者不仅给予奖励，还在提拔使用时优先考虑。

如今，该部形成了"想干事者有机会，能干事者有舞台，干成事者有地位"的风气。近两年来，该部有30多人被评为训练标兵、执勤能手和技术骨干，5名士官获全军、总装备部士官优秀人才奖。

想方设法解兵难

2月份，连队有战士将工作服晾在了修理间，在上级检查时遭到批评，原因是影响了内务。经调查得知，由于任务重，工服更换频繁，加之连续多天阴雨天气，战士们洗完的工服只好晾在工房。

官兵有困难，党委不安。抓基层就要想方设法解决基层自身难以解决的困难。针对基层"四项设施"相对落后，官兵执勤、训练、生活等面临的实际困难，部党委把提高硬件建设标准、改善官兵学习工作生活条件作为"暖心工程"来抓，多方

筹集经费用于改善"四项设施"。同时,部党委紧盯每年承诺为基层要办的10件实事,逐一列出时间表、路线图、责任人,并适时召开会议,跟踪督促机关业务部门按期兑现。

目前,该部已完成部分营区搬迁、水质净化等工作,所有基层单位均实现了厨房灶具不锈钢化、营具更新配套制式化,基层"四项设施"逐步完善。

党委为官兵解难,官兵为党委分忧。如今,基层官兵安心、用心、尽心地工作,部队实现了多年安全无事故,卫勤保障能力逐年跃升,基层全面建设一年比一年好。

（刊于2010年6月24日《中国军工报》深度报道版）

洒在渭河岸边的款款深情

持续多日的高温,使6月的兵器城早已暑气蒸腾。

22日,顶着38摄氏度的高温,记者随文化服务队一起,于8时20分来到了第一站——某部舟桥班。

渭河岸边的一座五居室小院就是舟桥班5名战士的家。刚进营院,一个不知何时掉了篮环的篮球架格外醒目,服务队的同志开玩笑说:"这恐怕是全军唯一一个没有篮环的篮球架。"一级军士长、52岁的舟桥班班长张承用一边迎接一边讲述舟桥班的发展变化,神情既兴奋又激动。

火辣的太阳、闷热的天气,稍有动作就会大汗淋漓、汗流浃背。但舟桥班战士身居艰苦环境,甘于吃苦、乐于奉献的精神深深感染了这支远道而来的"大咖"们。青年画家范琛展纸挥毫,一幅《渭河南岸是我家》作品完成后,又特意为张承用作字一幅:"盛世承平才堪用",真切诠释了一名靶场老兵三十二年如一日默默守桥的人生经历。

"当兵的哥哥上哨所,心中有话对妹说,青山为伴苦为乐……"在渭水河边、黄土塬下,曾获得全国华荣杯歌手大赛民族组一等奖、"全军文化万里行先进个人"的青年歌手张远优美的歌声久久飘荡。新战士董洪松激动地说:"服务队亲临我们小小哨所,是对我们莫大的鼓舞和鞭策。"

帮助基层培训骨干,也是此次活动的一项内容。《中国军工报》编辑徐青围绕如何采写新闻进行了两次专题授课,总装备部政工网干事李响围绕如何加强政工网建设与基层网管员进行了广泛座谈,装备文化技术管理站站长周亚非每到一处都热情传授技能。

在该部期间,服务队先后组织座谈5次,培训各类骨干50余人,创作书画作品30余幅。"服务队的到来,既是对部队文化建设的一次帮促,也是对部队全面建设的一次有力推动……"该部副政委王俊波在座谈中说。

（刊于2010年7月10日《中国军工报》一版）

平安热潮滚滚来

——某部落实责任制狠抓安全行车纪实

每年出车 6 万台次、行车 270 多万公里，年年实现安全无事故。近年来，某部以落实责任制为抓手，一级一职定责任、一岗一位明责任，狠抓安全行车，促进了部队全面建设。

聚心：长抓教育筑防线

每年出车 6 万台次、行车 270 多万公里，年年实现安全无事故。该部坚持无论环境怎么变化、人员怎么调整、任务多么繁重，每月的安全行车法规学习雷打不动，定期举办以交通事故为警示的教育活动。汽修所教导员滕宝说："别小看这些活动，常抓不懈，日积月累，便会收到滴水穿石之效。"

"短期安全靠管理、中期安全靠制度、长期安全靠文化"，这是记者在某连看到的一条横幅。为形成抓安全行车的浓厚氛围，该部注重运用安全标记、温馨提示、动员口号等多种形式，法规竞赛、演讲比赛、动漫制作等多种活动，强化天天从零抓安全行车意识，时刻紧绷"安全弦"，促使官兵养成了时时想安全行车、事事讲安全行车、处处抓安全行车的自觉意识。

3 月初，新调来不久的战士李飞在一次车场值班时，对回场的一辆车没有认真检查其车况、填写检查结果，就让车入了库。连队干部发现后，责成小李连夜对车辆进行检查，及时消除了一起安全隐患。

狠抓教育养成，使官兵落实安全行车责任更加自觉，抓安全行车工作更加精细。在日常工作中驾驶员都能自觉做到"四个第一"：出车前第一件事是检查车辆润滑油和制动液够不够，上车后第一件事是查看各种仪表工作正不正常，中途休息时第一件事是检查各部件有没有故障，回场后第一件事是进行擦拭保养，确保车辆性能。

明责：从严规范抓落实

记者从该部军交运输科了解到，今年前 5 个月已累计出车 2.7 万台次、行程 110 多万公里，出色地完成了多项急难险重任务和科研试验勤务保障工作，未发生一起事故。

千招万招，责任不明就是虚招。针对科研试验密度大、车勤保障任务重等特点，他们从严规范，责任明确地抓安全行车。为抓好动态管理下的车辆安全，该部研究制定了"两卡""三责""四定"和"五个不准"等一系列制度规定。采取出车前填写检查卡，回场后填写报告卡的办法，规定车辆维修保养由驾驶员负责、车辆技术性能由技术骨干负责，行车途中安全由带车干部负责。行车过程中，严格定人、定车、定路线、定责任，不准私自出车、不准酒后驾车、不准超速行车、不准带故障

出车、不准带情绪上车。

如今,送车出场、等车回场、检查回场保养、听取外出汇报和主动填写《行车日记》已成为自觉习惯;"我的安全我负责、他人安全我有责、单位安全我尽责"已成为自觉行动;找出一个问题就是一份贡献、消除一个隐患就是一份功劳的思想已深入人心。

制度再好,过不了人情关就谈不上好。4月份,驾驶员小刘去训练场运器材,出发前由于走得匆忙没来得及检查车况,被车场值班员小顾挡在门口。小刘认为前一天刚保养过的车,应该没什么问题,再说路程又不远,可以等回来入库时再检查。不料小顾坚持不检查车况不放行,硬是把车拦了回来。

集智:多措并举求实效

行车安全责任制能否落实到位,人是关键性因素。该部坚持多措并举在调动官兵抓安全行车积极性上下功夫。

抓培训,提高官兵落实安全行车责任制度的能力。他们在引导官兵学法规、用法规、守法规的同时,针对个别驾驶员开展安全行车工作能力不强的实际,开展小培训、小交流、小观摩、小讲评等活动,提高其能力素质。针对落实安全行车责任制度中出现的新情况新问题,及时开展"一错一纠、一事一议、一理一评"等活动,提高官兵落实安全行车责任制的能力。

严奖惩,增强官兵落实安全行车责任制的活力。他们结合实际,建立健全考评奖惩机制和责任追究机制,对每项任务怎么落实、达到什么标准,都一一细化规范,做到落实有遵循、检查有尺度、讲评有依据。同时,广泛开展"日挂旗、周讲评、月小结"评比竞赛活动,在黑板报开辟"每周一星"专栏,对每周抓安全工作好的个人进行表扬。

倾真情,激发官兵落实安全行车责任制的动力。该部注重营造和谐的内部氛围,引导官兵有了思想疙瘩相互谈一谈,有了生活困难相互帮一帮,有了技术难题相互解一解。在出车前,营连领导主动为驾驶员送上一句暖心话、带上一瓶热开水、备上一包常用药。驾驶员归队后,领导及时说一句问候话、安排他们吃一顿热乎饭、洗一次热水澡。靠着这些细致入微的工作,官兵落实责任制的自觉性和责任感日益增强,人人想安全、个个抓安全蔚然成风。

(刊于2010年8月3日《中国军工报》深度报道版头条)

军徽熠熠战洪魔

——某部开展抗洪抢险工作纪实

7月27日,在某部官兵与洪魔搏斗90余小时后,决口的河堤成功合龙,迅涨的水势逐渐消退，这标志着某部抗洪抢险取得了决定性胜利。几天的鏖战，这支英雄队伍，以不怕牺牲、连续作战的英勇之举，谱写了一曲忠诚之歌、爱民之歌。

罗夫河决口，干沟河告急，渭河、洛河水位速涨……

官兵闻令而动　部队迅速集结

这是一则让人揪心的报道：7 月 23 日晚，陕西渭南地区遭受特大暴雨袭击，附近两个县多处发生灾情。其中，陇海铁路被冲垮 1100 米，潼关县部分房屋倒塌，泥石流造成 5 人死亡……暴雨连绵，灾情不断！

时隔不到 12 小时，24 日凌晨 6 时，受强降雨侵袭，不堪重负的罗夫河漫堤决口，人民群众生命财产遭受威胁……

河堤决口，百姓遇险，灾情呼唤最可爱的人。9 时 45 分，部队接到紧急救援电话。

灾情就是命令，时间就是生命。9 时 55 分，部队集结完毕。简短的动员后，部队冒雨火速出征。沿公路清晰可见，一些村舍已进水，群众开始自救。

由于道路不畅，车行约 40 分钟，部队改为跑步行进，官兵们扛着铁锹和驻地群众送来的抗洪物资一路飞奔，快速通过了约 10 公里的泥泞小路。

"看，解放军来了……"绿色迷彩服的出现让大堤上的群众格外欢喜。

决口处，湍急的河水犹如一双大手，不断地将决开的口子硬生生地撕大、扯宽，两边的断堤刀削一般陡峙在洪水中，任凭洪流撕裂，滔滔洪水滚滚而下，直扑堤外的村庄和农田。

洪水湍急，官兵们的心情更急。大家顾不上休息，打木桩、装石料，立即投入到紧急的战斗中，一袋袋沙石被运到决口处，一个个木桩被砸入堤坝中……

汗水、雨水交织在一起，官兵们的衣服湿透了、视线模糊了，但没有人在乎，心中只有一个目标：及早实现大堤合拢，为灾区群众挽回损失。

10 时 50 分，该部紧临 309 号公路的围墙倒塌，东侧横穿试验场区的干沟河及支流白龙涧河漫滩，3 处决堤，试验设施安全受到严重威胁……

决堤不断加剧，10 时 55 分，决口已由 3 处增到 5 处，长度扩大到 130 米。紧接着一号阵地污水池倒灌严重，威力试验场遭洪水浸泡，蔬菜生产基地被洪水围困，其中一处积水已达一人之深，人员、住房及生活设施遭遇危险……

兵贵神速，闻令而动。部队首长来了、普通官兵来了……险情牵动众多人的心，人人投入抢险行列，快些，再快些！

11 时 30 分，舟桥班传来消息，渭河、洛河水位迅速上涨……"高度戒备，密切监视水情汛情。对流经场区的河堤加强防护，对渭河、洛河舟桥、码头、护坡等重点防汛部位加强检查……"各路人马以迅雷之势紧急奔向险情地带……一场与洪水赛跑的战斗全面打响。

12 小时、24 小时、48 小时、72 小时、84 小时……

誓与时间赛跑　誓与洪魔抗争

场区汛情严重，丝毫未影响部队封堵罗夫河决口的信心和决心，大家的步子更大了，步伐更急了……

科技干部王亚军身体单薄，但搬沙石、扛沙袋，他当仁不让，次次跑在最前面。士官任俊是一名代理排长，为给战士做好样子，他始终冲锋在最前沿。战士尚永茂，腿部受过伤，运动量一大，就不舒服，扛沙袋、搬石块，别人跑两趟，他却跑三趟，而且专捡大袋的背、专选大块的搬。每个人的心里，誓与时间赛跑、与洪魔抗争已经成为自觉行动。

1 小时、2 小时、4 小时……时间在无声中逝去，沙袋在水中一点点变高，连续作业，战士们汗流浃背、嘴唇干裂，但个个斗志不减，冲锋不息，大家秉持一种信念：坚持就有希望，坚持就能成功。

下午 1 时，风停雨歇，艳阳渐露，火辣辣的太阳悬挂头顶，厚厚的救生衣穿在身上就像一个大棉袄，热得人喘不过气来。温度高，官兵们的热情也高。一拨累了另一拨立即接上去。天气的炎热，汗水来不及擦拭，与脸上的灰尘、身上的泥土混合在一起，形成泥水滑落。看着官兵们奋不顾身的样子，驻地领导和群众赞叹道："危难时刻，人民子弟兵不是亲人胜亲人哪！"

在大堤上，听到最多的话语是"感谢解放军、感谢子弟兵……"感人的场面不时引来媒体记者，他们情不自禁地按动手中的相机快门，一些群众也自发送来矿泉水、瓜果等慰问品。

夜幕下的大堤，灯火闪烁，绿色迷彩的身影仍来回穿梭，丝丝凉风吹过湿透的迷彩有些冰冷。超负荷的工作，一些战士的体力不支。部队小憩时，有的官兵一躺下去就睡着了。怕战士着凉，带队干部们不时叫醒。

25 日凌晨 3 时，天下起了丝丝细雨，官兵们踩着泥水深一脚浅一脚，来回于大堤，跌倒了爬起来、爬起来再冲锋。泥水顺着沙袋流到衣服上，衣服湿透了，但大家的脚步没有减慢。有的战士干脆脱掉雨衣，卸掉水壶、挎包，轻装上阵，一袋袋沙袋从 100 多米远的地方被源源不断地送往决口。

25 日早晨 7 时，战斗了近 20 个小时的第一批官兵被换了下来，第二批官兵又投入紧张的战斗中。

90 余小时，搬运土石 3 千余方，沙袋 60 万个……

任务重压不垮　险情多吓不倒

洪水滔滔，迷彩闪耀，党旗飘飘，气势震天。90 多个小时，出动兵力 1000 余人次，搬运土石 3000 余方、沙袋 60 万个……始终保持了高昂士气和旺盛斗志。"强有力的思想政治工作是取得胜利的法宝。"该部政委胡永生说。

接到抗洪任务后，该部在部署任务的同时，立即启动政治工作预案，要求各级政工干部扎实做好官兵的思想政治工作。每次出发前，他们通过誓师大会，激发官兵的荣誉感和责任感。在抗洪一线，利用休息时间，召开军人大会、举办挑应战、开展小活动，激励官兵把抗洪抢险当战役来打，以实际行动践行当代革命军人核心价值观，确保部队走到哪里，激励人心、鼓舞斗志的政治工作就延伸到哪里。一些连队还通过三言两语小动员、行动间隙小讲评、任务面前小口号等活动，广泛开展立功创模活动，激励官兵保持连续作战、不怕疲劳的战斗精神和分秒必争的战斗意识。

24 日，5 名在基层代职的机关干部都到了代职的最后一天，听到有险情都参与了抢险。军务科参谋王兴武告诉记者："明天代职就要结束，今天能到抗洪一线，意义非同寻常。"

任务重压不垮、险情多吓不倒。26 日，渭河、洛河水位上涨，而驻扎在这里的两个舟桥班，每班只有 4 人。河水咆哮，险情告急！该部领导干部深入班组，与大家一起巡堤。"危险和困难面前，能否站出来是检验一名党员干部合格的试金石。"该部政治部主任叱东学说。

在 90 多小时与洪水搏斗中，广大官兵喊响"向我看齐""让我来""跟我上"等口号，大家顶着洪水上、向着危险走、迎着困难冲，发扬"特别能吃苦、特别能战斗、特别能奉献"的作风，展现了新时期革命军人的精神风貌。

险情面前最能考验意志。24 日晚，参与第二批赴罗夫河抢险队伍中，有 80%的是当天参与白龙涧河、三河口河道抢险和第一批刚换下来的队员。某营营长张学瑞和战士王绪、许星从当日凌晨 5 时参与线路抢修，中午参与炮位排水到晚 11 时参与抗洪，一直就没有休息过，许多同志昼夜交替，在湍流的洪水、没膝的泥浆中，连续作战。

党员领导干部靠前指挥，亲力亲为，就是无声的命令。与洪水抗衡中，部队 8 名常委身先士卒，37 名团职领导带头示范、23 名政工干部冲锋在前，为抗洪抢险工作注入了动力。

突击，突击……26 日 20 时，经历 90 多个小时的战斗，罗夫河大堤合龙，奔腾的河水被驯服，顺着河道奔流而去；27 日 10 时，渭河、洛河水位迅速回落，灾区群众陆续返乡……

（刊于 2010 年 8 月 10 日《中国军工报》深度报道版）

养猪的学问也很大

5 月初，总装备部第二期"自然养猪法"技术骨干培训班在某部举办，来自总装备部直属部队的 47 名学员在此学习 10 余天后颇有感触地说："养猪也是一门大学问。"

跟随学员走进养殖场，只见6排养殖大棚坐落有序，旁边绿草茵茵、树木翠绿，处处生机盎然。猪舍标牌格外醒目，墙上宣传栏图文并茂，详细介绍了自然养猪法及技术开展情况。培训班教员王波向大家介绍："这里的猪舍东西走向，坐北朝南，北墙上有上下两排通风窗，南侧是可卷起的棚膜，棚上有天窗，可自动换气。猪舍空间开阔，阳光可照射猪舍地面的每个角落，既可消毒杀菌，又可使猪舍内部的微生物适当地栖息和繁殖……"

"自然养猪法是利用发酵床中的有益菌群，将猪的排泄物转化为菌体蛋白，变废为宝，舍内无臭味、不生蛆、无苍蝇，解决了以往清圈难的问题，降低了劳动强度，提高了饲料转化率。"

猪舍外，班长汪小飞带着几个新战士正在筛黄土。问及用途，他们的回答是："用于作'饲料'。"黄土也可当"饲料"？看到大家有点不懈。汪小飞急忙解释："泔水按一定的配方制作，经过土著微生物发酵后能转化为高营养菌体蛋白，用于饲喂生猪，加入黄土能更好地促其发酵。"

接着，王波把学员们带到了发酵间，给大家做示范。王波按照配制比例往水泥地面的麸皮堆上加入泔水、黄土、微生物原种，搅拌均匀，加入适量清水，并不时用手捏捏。"加水的比例要适当，不能太多，也不能太少。否则，不利于发酵。"王波不停地向大家传授着其中的技巧和"奥秘"。

约10分钟后，泔水自制饲料配好了，王波把饲料堆到土地面上，用草垫盖好，让其自然发酵。王波说："制作过程中加入黄土，配好后堆到土地面上，是为了让土著微生物更好地发酵饲料，转化成菌体蛋白饲料。"接着，学员们来到营养液制作课现场。

八张桌子横摆两排，上面摆放着玻璃瓶、菜板、菜刀等工具，旁边堆放着海鱼、芹菜、啤酒、大蒜、甘草、红糖、桂皮……王波说："制作营养液跟平时的腌制咸菜有点像，只要比例和配方掌握好就行了。今天我们动手制作五种材料，既是发酵床铺垫的5种必备材料，也是饲喂生猪的营养添加剂……"王波率先给大家讲解起天惠绿汁营养剂制作"秘诀"。

"天惠绿汁是从艾蒿与芹菜等植物中提取的汁液和叶绿素，是一种含有丰富乳酸菌和酵母菌的植物酵素液，能够为动植物注入营养与活力。"王波一边讲，一边交代注意事项。接着他把芹菜切成小段装入坛子，撒上红糖，把石块压在上面，宣纸蒙上坛口并用松紧带扎紧。他说："放置一夜后，将石块取出，再加入适量红糖，用宣纸封好口，最后放在阴凉处发酵5至7天时间，待芹菜叶子的色泽由绿变为黄绿，纤维素就会漂浮上来，散发出甜甜的香味，天惠绿汁营养液就算做好了。"

学员们一边跟着做，一边向王波请教。王波由浅入深向学员依次讲授了"汉方营养剂""乳酸菌""鲜鱼氨基酸"等制作全过程。

（刊于2010年第3期《科研试验后勤》杂志）

"野狼沟"里的守库兵

——某部弹药库官兵群体剪影

从 1970 年到今天，这里散发着弹药的气息，伴随着生死的考验，驻扎在这里的官兵，天天不打仗，却日日上"战场"，在高危险中实现了 40 年安全发展……

九月，记者慕名走进这支身居特殊环境、肩负特殊使命的光荣部队——某部弹药库，深切感受他们坐在"火山口"上表现出来的淡定与崇高。

他们很可敬——

既然无法回避艰苦与危险，那就勇敢地选择奉献与进取。采访中，仓库主任吴斌动情地说：战士为祖国奉献忠诚，草木也知为谁而绿

曾几何时，就是这个被称为"野狼沟"的山沟，举头一线天，视野不过百米，住在最深处的战士只能白天看看山，晚上数数星。

环境艰苦不言而喻，工作危险更是令人惊畏。士官潘炳禄第一次参与废旧弹药销毁，尽管有充分准备，可进入库房打开箱体，他还是傻眼了。一枚手榴弹木柄已腐烂，引火线就裸露在外……

怎么办？正在犹豫时，反应敏捷的杜孟蛟飞步上前，托着箱子就外往跑。只听库外销毁点"轰"的一声，山坡沙土风扬。

这样的故事，战士天天都在面对，特别是近年来，任务逐年增多，弹药收发、押运成倍增加。繁重任务，留下了一串串感人故事：

——王开林，2008 年 3 月，爱人临产时，无人照顾，只好打电话向这个"不称职的准父亲"求救。"大战"在即，库里人手少，王开林思来想去，没有向领导提及此事。任务结束后，他回到家中，儿子已两个多月。

——杨志斌，入伍 5 年，种过菜、养过猪、干过弹药搬运，样样都是第一，由于过于劳累腰椎深陷两公分，他无怨无悔，去年退伍时没向组织提任何要求。

——史沛华，参与弹药押运 26 天，体重减了近 10 公斤，还患上了急性胃炎，回来后直接住进了医院，可一听说有新任务，他拔掉吊瓶直奔仓库。

官兵们在与危险的火工品打交道之余，更向恶劣的自然环境发起了挑战。经过一代代官兵的不懈努力，"苦山沟"如今变成了"新乐园"，昔日破烂不堪的营区变成了"山沟别墅"，连沟里草木也格外青翠，仓库主任吴斌动情地说："战士为祖国奉献忠诚，草木也知为谁而绿。"

他们很可爱——

即使在"刀尖上跳舞",也要舞出弹药兵特有的精彩。婚礼上,新娘坦诚地说:你把忠诚献给了山,俺把一生托付给你

"没有部队的培养,就没有我现在的幸福……"2009 年 10 月 14 日,战士喻维彬有了自己"另一半",新娘是国家专业演出团体的专职舞蹈演员。论家境、学历、收入都比喻维彬高出一大截。

省城姑娘是如何被打动的?婚礼那天,引来了众人打探。新郎无奈之下,"逼问"新娘:"千万人你为何选择我?"新娘直率地回答:"你把忠诚献给了山,俺把一生托付给你。"

新娘的话是有所指的。喻维彬入伍 9 年,多次被评为优秀士兵、优秀党员、优秀士官,多次参加弹药押运任务……是战士心中名副其实的明星。

2008 年 8 月,喻维彬带着 3 名战士去东北押运弹药。8 月的太阳把车皮烤得发烫,厢内温度高达 50 摄氏度,两三个小时衣服就会拧出水。4 个人在高不过 1.5 米、面积不足 4 平方米、四周全是弹药的夹缝中过日子。中途又赶上奥运会,危险品禁运 3 天,准备的食物不足,又不能中途临时停车采购,无奈之下,喻维彬作出决定,原先一顿两袋方便面改为一天两袋,矿泉水分着喝……就这样,他们用两箱方便面、一箱矿泉水支撑了 5 天 5 夜。

去年 1 月,去新疆押运弹药,一路没有热水,大家就用凉水泡面。就这样,他们坚持了 26 天。

风险相伴平常事,笑谈往事不言悔。如今,这些平均年龄只有 25 岁的群体,人人都是弹药线上的主力军。

他们很可靠——

每天 24 小时除了想工作,就是想安全。言谈中,教导员周碧波自信地说:我们的战士从不为工作分心走神

也许是受环境的影响,这里的战士不善言谈。仓库教导员周碧波说:"别看我们的战士有些木,可从来不为工作分心走神,他们每天除了想工作,就是想安全。"

去年 12 月,部队执行弹药移库,李国栋爷爷因车祸身亡。噩耗传来后,小李悲痛万分,可他没有为此分心走神。任务结束后,战友们陪他为爷爷烧纸祭悼。小李含泪对着山沟大喊:"爷爷,您在九泉之下安息吧!我会在部队好好干!"

上士李军,快"奔三"的人还是光棍一条,全库上下都为他着急。2008 年他终于有了意中人。女方没其他要求,就是要他年底转业。可年底李军放不下仓库,一段姻缘就这样结束了。李军没有灰心,他发奋学习,成为技术过硬的"兵专家"。

天天在"火山口"上过日子,睡觉也得睁着一只眼,因为危险说来就来。

2009 年 7 月 25 日深夜 12 时,山沟里突然传来一声巨响,吴斌提起衣服,拿起电筒就往外跑，持续暴雨导致山坡坍塌，塌方泥土掩盖了七号库通风口，随时有压塌危险。他立即掏出哨子，急促的哨音在山沟里响起，战士们迅速行动起来。

但是操作空间太小。"就是抠也要抠出来！"吴斌冲到最前方。这一夜他们冒着倾盆大雨，用锹头铲土，用脸盆往外送，连续作业 10 多个小时。

去年 10 月一天，战士们刚卸完一批弹药，走进饭堂拿起碗筷。这时，值班员匆匆来报："山坡发现浓烟！"大家撇下碗筷，扛起灭火器就往外冲。

仓库官兵就这样，天天从零开始，日日为零努力，使原本的高危作业变成各级的放心工程。

（刊于 2010 年 10 月 7 日《中国军工报》头版头条、2010 年第 12 期《军营文化天地》、2011 年第 1 期《星光》杂志等）

为西部腾飞助力

——某部积极参加和支援地方经济建设纪实

世纪之交，党中央做出实施西部大开发的重大战略决策。10 年来，某部立足驻地特点，积极开展扶贫帮困、助学兴教和抢险救灾活动，在参与驻地经济建设中奏响了一曲时代壮歌，部队先后多次被陕西省表彰为拥政爱民模范单位、军队参加和支援西部大开发先进单位。

心系驻地发展　主动帮建献真情

"如今村里变化可真大！不仅村村通公路、户户有电视，还有了现代化的健身器材……"驻地曲城村村民张子华老人向记者讲述着村里的变迁。他竖着大拇指说："这些都得益于部队官兵日复一日、年复一年的倾心帮助。"

该部地处农村腹地，周边乡村经济发展滞后。为使驻地老百姓早日脱贫致富，该部按照"推荐一条致富经、帮建一批党支部、带动一村大发展"的思路，积极参与驻地新农村建设。每年八一、十一、春节等时机，都要组织军政军民座谈会，邀请驻地党政领导参加，总结双拥共建成绩；每季度主动走访驻地政府和共建单位，商讨支援驻地建设具体措施；定期开展"科技兴家、科技助民"活动，使参加和支援社会主义新农村建设富有成效。

对于支援驻地经济建设，该部有笔"大账"：2005 年，作为造福百姓的国家重点工程郑西高速铁路投资建设，铁路规划要横穿部队营区。为最大限度照顾地方利益，他们组织人员深入场区和专线区实地调研，数十次与铁道部、驻地省政府、中铁某局联系，为铁路改道提供合理建议，既确保了国家重点工程建设，又保证靶场试验任务不受影响。他们还主动让出营区土地 160 余亩，避免了客运专线穿越秦岭，直接为国家节约建设成本 9 亿多元，受到铁道部、地方政府、承建单位和人民群众

的广泛赞誉。2007 年,该部在经费紧张的情况下,筹资 1500 多万元重新更换了渭、洛两河"连心桥"。2008 年,投资 400 余万元重修了场区"爱民路",为驻地群众生产生活提供了极大方便。

近年来,该部官兵还积极投身"再造山川秀美工程""保护母亲河"工程等多项重点工程建设,累计植树造林 70 余亩,捐赠苗木价值 5 万余元,驻地 5 个自然村现已成为新农村建设的示范村。

情注祖国花朵　助学兴教洒真爱

"我们学校有电脑了!"去年八一前夕,驻地东栅村八一小学校园里异常热闹。这天,部队为学校送去 40 余台电脑。

以前的东栅村是当地有名的穷村,孩子没处上学,家长只能带着孩子四处求学。2002 年,在总部机关的大力支持下,该部捐资 30 万元在东栅村建起了八一希望小学。同时,开展义务帮教、义务助学,使该校逐步成为驻地有名的"样板学校"、素质教育的"示范学校"、消除失学的"关爱学校"。

随着教学条件的改善,当地适龄儿童入学率、升学率逐年跃升,一些辍学在家的学童重返校园,随父母打工异地求学的孩子逐渐回乡就读。近年来,他们还利用部队教育资源丰厚的特点,积极开展爱国主义教育和国防知识宣传活动,安排闫章更、张承用等 10 余名先进典型担任校外辅导员,每年选派 20 余名军事教员为驻地学校义务军训。

该部实施"春蕾计划"和"1+1"助学活动以来,帮助 35 名女童、210 余名贫困儿童重返校园,为 8 所共建学校捐赠教学设备和文化器材 1200 余件套,价值 20 余万元,军训学生 1.2 万余人次。

爱洒困难群众　扶贫帮困用真心

"还是解放军好! 总惦着我这孤老头……"去年春节前夕,驻地村民张大棚老人捧着官兵送来的米面油激动地说。在老人的自制小本上,详细记载着部队官兵数十年来为他义务服务的一件件小事。

驻地许多村子经济条件差、困难群众多。该部广泛开展"部站帮村、连队帮户、个人解困"活动,先后与驻地 6 个贫困村结成帮扶对子,使 52 户困难群众走出困境。部队医院与驻地两所卫生所建立了长期医疗协作关系,先后捐助价值 10 万余元的医疗设备,帮助培训医护人员 50 余名,还定期组织医疗小分队深入村镇宣传卫生防病知识,为群众查体看病、送医送药。

一个个数字见证着一份份真情。5 年间,该部组织官兵为驻地群众捐款 173 万元,捐赠大米 98 890 公斤,修理机具 2800 余台件,维修各类电器 1300 余件,义务救治驻地群众 2000 余人次,减免医疗费 7 万余元。

重大灾情面前,部队官兵就是驻地百姓的"解危人"。2003 年,渭河流域发生新中国成立以来罕见特大暴雨,附近 17 个乡镇 36 万群众受灾。灾情就是命令,该部迅速成立抗洪突击队、党员先锋队，积极投入到抗洪抢险第一线。一周时间，出动官兵 5000 多人次，工程机械和车辆 3000 余台次，运送土石等抗洪材料 2000 多方，救助受灾群众 2500 余人。同时，组织 16 个基层伙食单位，连续 15 天为 1200 余名受灾群众烧水做饭，妥善解决了受灾群众的生活难题，受到国家民政部和驻地省政府领导的高度评价。

2008 年，我国部分地区发生雨雪冰冻灾害和地震灾害后，部队先后 3 次组织"送温暖、献爱心"捐助活动，广大官兵踊跃捐款 75 万余元，捐赠新衣被 3529 件套，全体党团员主动缴纳特殊党团费 95 万余元，把一份份深情传递给灾区群众。

（刊于 2010 年 10 月 7 日《中国军工报》深度报道版头条）

捧出真情换真心

——某部党委倾注真情实感抓建基层纪实

带着深情厚爱抓基层、倾注真情实感帮基层……如今，在某部这不仅是一句响亮的口号，更是随处可见的实际行动。该部坚持把全部心思和精力用在帮建基层、解决官兵的实际困难上，有力助推了基层建设的全面发展、安全发展和创新发展。

以无私的感情正风气

甘肃籍战士郭林玉入伍以来，爱学习、肯钻研，负责连队的菜地工作农副业生产年年丰收，工作干得很出色。去年 11 月份，进入士官选取，小郭的心里却有几份不安。虽说自己工作干得不错，可毕竟常年在菜地工作，与连队战友交流少，再说自己也没什么"关系"，选取能否如愿成了小郭的"挠心事"。

"决不能让老实人吃亏"。当宣布小郭留队时，官兵们感慨地说："我们基层不怕苦不怕累，最怕不公正。部党委如此公正，我们没有理由不干好工作。"近年来，公勤人员增多，走留矛盾突出，一些战士想留队愿望强烈，有的同志想方设法找领导通融。对此，该部党委的原则是没有"关系"没关系，组织就是大关系。

为营造清风气正的良好环境，他们大力推行基层敏感事务"阳光工程"，遇到敏感问题严格按照基层推荐、民主评议、机关考核、党委研究、结果公示的程序操作。同时，也给官兵一个导向——下级给上级最好的礼物是政绩，上级给下级公开的承诺是公正，成长进步最好的办法是实干。

对基层职权范围内的事，他们一方面指导基层大胆自主决策，党委机关不随意插手；另一方面，指导基层充分发扬民主、主动接受监督，杜绝"暗箱"操作。他们还通过监督电话、网上意见箱等方式，拓宽民主渠道，在基层形成了科学决策、民主决策的良好风气。去年，部队调整干部、选改士官、选送技术学兵 80 余人，官兵心服口服。

以真诚的感情助成才

8 月初，该部汽修所的官兵们收到了该部党委送来的一份厚礼——6 台高档计算机和百余册崭新图书。捧着这些礼物，官兵们乐开了怀。

该部党委每年为基层购置图书资料与学习用品，开设各类学习班、兴趣班，满足成才需求，使官兵紧跟时代步伐。该部汽修所战士吴昌立入伍前，精通计算机。入伍后，看到连队的一些战友对计算机一知半解，一心想把所学知识传授给战友，但苦于没有条件。部党委得知后，积极进行重点扶持，加强软硬件建设，让小吴担任起了连队周末计算机培训教员。

在确保官兵适应基层当前发展需要时，他们着眼部队和官兵未来发展，以前瞻性眼光培养人才。去年以来，先后选送 5 名干部参加军地院校在职研究生学习，选拔 9 名优秀干部到部队高等院校培训。同时，充分发挥靶场文化、信息、科技等优势，开展岗位读书成才活动，依托地方资源对官兵进行专业技能培训，对学有所成者不仅给予奖励，还在提拔使用时优先考虑。

以炽热的感情解难题

走进某连，崭新的晾衣场呈现在记者眼前。战士李宁兴奋地告诉记者："如今，我们不在为阴雨天衣物没处去而发愁了"。

8 月份，该连队一位战士将工作服晾在了修理间，在上级检查中受到了批评，原因影响了正常内务。经调查得知，由于任务重，工服更换频繁，加之连续多天阴雨天，战士们洗完的工服没处可去，只好晾在工房里。

针对基层"四项设施"相对落后，官兵执勤、训练、生活等面临的实际困难，部党委把提高硬件建设标准、改善官兵学习工作生活条件作为"暖心工程"来抓，多方筹资经费用于"四项设施"建设。同时，紧盯每年承诺为基层要办的 10 件实事，逐一列出时间表、路线图、责任人，并适时召开推进会，跟踪督促机关业务部门按期兑现。目前，已完成部分营区搬迁、水质净化等工作，所有基层单位实现了厨房灶具不锈钢化、营具更新配套制式化，基层"四项设施"逐步完善。

（刊于 2010 年 10 月 16 日《中国军工报》深度报道版）

丹心映得夕阳红

——某干休所倾心服务老干部纪实

某干休所党委坚持真诚做实事、竭力解急事、不懈办难事，扎实做好老干部服务工作，赢得了老干部的广泛赞誉和好评。

健康保障全面周到

该所老干部中，年龄最小 80 岁、最大 91 岁，平均年龄 86.3 岁；大部分患有两种以上疾病，有的生活难以自理，有的因健康原因长期不能出门……

老干部的健康牵动着所党委的心，如何更好地保障服务老干部？该所党委研究认为，只有建立一套行之有效的医疗保障方案，才能精心呵护老干部的健康。为此，他们实行医疗保障服务责任制，规定从所党委到每名医护人员定期到老干部家中走访一次，对独居和身患重病的老干部，坚持重点走访；积极开展巡诊进家门、送药到床边、预防在病前，降低了危重病发生率；建立老干部病情档案，对每一名老干部的健康情况进行详细登记、一一备案，提高医疗保健工作的针对性；加大娱乐设施和体育设施建设力度，添置健身器材，定期组织知识竞赛、文艺汇演、外出旅游等活动，不断提高自我保健能力。

几年来，该所医护人员赵玉和坚持雨雪天出诊、家庭病床服务近百次，让老干部足不出户就可以享受最满意的医疗服务。老干部曹甫成深有感触地说："所里想得真周到，工作人员比我们自己的儿女还要孝顺、还要体贴！"

医疗救护及时有效

前不久，老干部彭敏突然感到身体不适，立即拨通了所里的救助电话，医护人员不到 3 分钟就迅速赶到，实施了紧急救治。该所政委管宝水说："针对老干部年老体弱，不少人还患有多种疾病的情况，所里购置了应急呼叫系统，为的就是让老干部能够得到更加快捷的服务。"

"医疗救护保健既是医疗服务，又是政治任务。"这是该所党委的共识。他们要求全所上下对老干部做到"六个知道"：即知道每位老干部患有何种疾病、常服哪些药品、以往的过敏史、饮食习惯、性格特点、锻炼方式，及时有针对性地给老干部提出治疗、饮食和娱乐活动等方面的建议。针对老干部年龄大、自理能力差的实际，他们制作了包括姓名、血型、主要病症、联系电话等内容的"爱心卡"，及时发到每位老干部及家属手中，让老干部随身携带。一旦老干部外出发生意外，旁人就可以根据卡片上的联系电话第一时间通知部队和家人，任何一家医疗机构都能从卡片上的信息迅速了解老人的病史，为及时诊治赢得宝贵时间。为提高救护技能，他们采取在职学习、救治演示等方式，狠抓医护人员能力素质培养，使医护人员熟练掌握常见老年病诊治和急诊抢救技能。

近年来，该所 5 名老干部遇到突发病情，在第一时间得到了及时救治。

关心爱护进门入户

老干部延年益寿，离不开该所人员的真情奉献。

随着老干部逐渐进入"两高期"，各种疾病明显增多，为彻底解除老干部的生活不便，他们积极做好"上门服务"工作，坚持把遗属的工资补贴送上门，粮油送上门，液化气送上门，冬菜送上门。结合老干部的生活需求，该所对老干部出车买

菜，上院看病，外出采购等都做了科学安排，不但方便了他们的日常生活，还极大地提高了服务效率和质量。同时，该所注重从精神层面关心老干部，积极购置资料光盘定期轮流送发到每户老干部家中，使他们及时学习党的路线方针政策，及时了解国家和军队建设新成就，做到思想上永不落伍，政治上永不迷航，永葆革命晚节。他们还积极为老干部订购《中国老年报》《中国军工报》等报刊和图书，使他们老有所学、老有所乐。

近年来，他们还加强了营院美化工作，对院内主干道和输电线路进行了翻修，安装煤气管道和无塔自动上水器，硬化地面，栽树种花，修建凉亭，为老干部们创造良好的生活环境。老干部时维新高兴地说："如今，所里的环境一天比一天好，置身其中我们的心情也格外愉悦。"

（刊于 2010 年 10 月 30 日《中国军工报》夕阳红版）

军营书香气自华

——某部开展读书育人活动纪实

退役时捐书、生日时赠书、休假归队不带特产带图书……人人被读书成才的浓厚氛围所深深吸引。某部把读书育人与铸魂砺志有机结合起来，在部队上下形成了读好书、立好志、当好兵的良好风气。

营造"谁读书谁光荣"的好氛围

两年前，该部某营在一次学习教育中组织轮流读报，两名战士领读不到 600 字的报纸竟然处处卡壳，结结巴巴。

战士的文化水平到底有多高？读书量到底有多大……带着种种疑问，该部进行了深入调研。结果发现，虽然个别战士参军入伍时登记为高中，实则小学也未毕业；有的读书热情不高，一年到头读不了几本"兵书"……

腹有诗书气自华。立好志、当好兵首要的是读好书。本着"入伍即入学、退役即成才"的思路，该部将读书育人活动纳入年度工作规划、"双争"评比、经常性工作检查之中，引导官兵多读书读好书，鼓励官兵参加自学考试、学历升级和各类培训，从制度机制上对读书活动做出硬性规定。

该部党委"一班人"率先兴起读书热，从党委机关到基层连队、从干部到战士人人制定读书计划，个个精选读书内容，广泛开展"日读一文、周读一刊、月读一书"活动。通过现身说法、典型引路、戴大红花、上光荣榜等形式，不断调动官兵阅读兴趣，形成了"谁读书谁光荣"的浓厚氛围。谈起读书给部队带来的变化，该部部长张明说："丰富多彩的读书活动，使官兵们在部队这个大课堂逐渐找到了乐趣，得到了心灵寄托和幸福体验。各项工作开展起来更加活跃，官兵业务技能不断提升，助推了部队全面建设。"

探寻"会读书常读书"的好方法

坚持以考促学、以赛促学、以写促学、以奖促学，让读书活动热情不减；互动式、反思式、共享式、开放式的学习方法，使读书活动始终焕发新的活力，是该部探索出的方法之一。

部队基层分队多、勤务保障任务重，读书时间难集中。为此，该部在时间上，坚持正课时间挤一点，早、中、晚抓一点，节假日占一点；在方法上，做到通读抓要点、细读抓重点、多读抓热点；在内容上，选择优秀的文章集一点、鲜明的观点抄一点、管用的经验摘一点、深刻的警句记一点，使群众性读书活动一年比一年火热。

战士许星，入伍时只有初中文化，一说话就脸红，一谈到理论学习就头痛，上台发言总是畏畏缩缩，有时半天也挤不出一个字。该部为他量身定做读书学习计划，处处为他提供"崭露头角"的机会，搭建"施展才华"的舞台。慢慢地小许喜欢上了读书看报。如今，他已成为连队小有名气的"理论学习标兵""优秀四会小教员"，讲起理论来头头是道。

培植"勤读书爱读书"的好习惯

读好书有甜头，越学才能越有劲头。战士陈凤祥，入伍前是个"网虫"，刚入伍时对连队开展的读书活动有反感情绪。连队领导从满足他的"网瘾"开始，积极搭建网上交流平台，助其找到读书乐趣。如今，他已成为连队有名的"电脑通"和网上读书"明星"。

采访中，一个形似"口袋书"的小笔记本引起了记者注意。打开一看，上面整齐地记录着读书时的心得感悟、名言警句、生活常识，战士们称它为理论学习"百宝箱"。"别小看这些小锦囊，时间一长，每个人都积累了一大笔的'财富'，也在不知不觉中养成了勤学习、爱学习的好习惯。"该部动力维修营营长张学瑞兴奋地说。

好习惯的养成是长期积累的结果。该部每年确定一个读书主题，每周指定战士在班务会上交谈学习体会。借助这个平台，官兵们抒发人生、理想、生活等方面的领悟和感受，在相互交流中寻求阅读的快乐，开阔视野、净化灵魂，打造更加精彩的人生。战士王绪说："每次交流都很受教育和启迪，犹如清风拂面，唤起无限斗志。"

习惯成自然。如今，在该部人人都养成了爱读书、勤读书的良好习惯，个个都是刻苦学习的老师和榜样。

（刊于 2010 年 11 月 27 日《中国军工报》深度报道版、12 月 9 日《解放军报》军媒视界版以《读书声，应该时时相伴军旅》为题进行了转载）

"准星"瞄准未来"战场"

——某部大力加强装备保障能力建设纪实

某部主动更新保障理念、积极完善保障体系、聚力破解保障难题、有效提升了

遂行任务中的装备保障能力。

痛定思痛　更新保障观念

提及装备保障能力跃升，官兵深有感触地说：是被逼出来的。去年，一台载有先进装备的特种车在赶往试验场途中突发故障，参试官兵只好待命，可一"待"就是一个礼拜。时隔几日，某试验任务中装备通信保障系统发生故障，导致同样结果。

两次"尴尬"，让各级领导记忆犹新。痛定思痛，一场围绕"如何拓宽新型保障之路"的大讨论随即展开……装备保障观念落后，指挥自动化程度低，技术骨干能力弱，专家型人才缺乏等问题被一一"揪"了出来。

"只有把'准星'瞄准未来'战场'，装备保障之路才能越走越宽。"该部按照"加强创新、主动作为，突出重点、注重实效，统筹协调、循序渐进"的思路，研究制定了《装备保障能力建设规划》；拿出专项经费，完善装备储藏室、指挥器材库等场所建设；组织专人，加强装备指挥局域网建设，实现试验指挥控制可视化、实时化；加强技术骨干培养，与军内外院校建立协作关系，采取集中培训、进修学习、换岗锻炼等方式，培养急需人才。

思路一变天地宽。他们坚持硬件升级改造与软件研发并举，对现有试验装备保障系统、指挥平台和训练设施进行优化整合，建起集保障指挥、动态管理、维修支援等为一体的装备保障综合系统。同时，按照"横向联通、纵向贯通、平试兼容"的要求，积极搞好资源供应、技术保障、智能管理，实现信息共享。如今，轻轻点击鼠标，电脑屏幕上就能清晰呈现出装备清单。试验装备出现故障，操作人员可与装备专家进行"热线确诊"，及时排除故障，装备保障效能极大提升。

科技创新　破解保障难题

11月初，试验场炮声隆隆，硝烟滚滚，某新型火炮精确射击试验正有序进行。突然，火炮联动系统出现故障，试验被迫中断。保障分队闻令而动，运用研发的多功能检测仪实施数据检测和综合试验装备保障指控系统，实施闪电式"手术"，不到10分钟，火炮"起死回生"。

作为国家靶场，只有把目光瞄准未来战场，敏锐地把握保障需求，才能实现关键时刻跟得上、保得好。为此，他们加强科技创新，把功夫下在对部队重大现实保障难题的突破上。某型通信指挥车天线在野外环境下抗干扰能力较差，他们采用阻抗变换技术对天线匹配单元进行改进，不仅提高了抗干扰能力，而且提高了工作效率；研制的某型试验装备野外抢修设备、负重轮拆装支架、半起吊拖救装置等抢修工具，实现了小型化、制式化、系列化。近年来，他们先后对10多个制约新装备战斗力生成的重点问题分类攻关。

严训实练　夯实保障之基

靶场如战场、试验如作战。只有平时训练有素，才能战时保障有力。为此，他们严格规范训练内容，积极拓宽训练渠道，缩短了平时训练与岗位实践的差距。

该部充分利用指挥控制通信网、试验装备演练模拟训练网等载体，开展网上教学与学习研讨。严格按照大纲要求，把训练内容划分为"业务基础、信息系统、首长机关、试验推演"四个模块，扎实进行实装、实联、实练的新型试验装备保障方案训练，系统锤炼装备保障人员的综合素质。按照单岗位课目自主训、单级试验指挥整体训、多级试验指挥联合训等模式，围绕同一任务、不同地点，定期与通信人员、试验调度人员等进行试前综合演练，提高指挥能力和装备保障人员的抢修能力。按照机关考评、团站助评、基层参评的要求，把平时评"要素"与试验评"能力"、把机关评与基层评有效结合起来，形成了优化内容、量化结果、灵活组考、科学评价的装备保障能力评估机制，实现了考核评估全过程监控、全时段考评、全要素考核。

（刊于 2010 年 11 月 30 日《中国军工报》深度报道版头条，获季度优质稿件和年度军事训练好新闻三等奖）

倾洒真情人心暖

——某部党委机关服务部队纪实

11 月份，某部职工可以直接到驻地医院就诊，实现了社会化体系保障。职工们感言："医疗问题得到了解决，源于部队党委的真情付出。"水质好了、体验勤了、看病不难了……谈起办实事带来的欢乐体验，该部官兵交口称赞。

让担心的事人人放心

在该部，一种被称为"美佳思"的饮用水被官兵们所青睐。部队驻地水质硬化严重，官兵结石发病率偏高。前些年，不少家庭因担心身体健康，纷纷买桶装水来解决日常饮水问题，该部也通过安装净水机、过滤器等装置，提高饮水质量。然而，水质差的问题一直未能彻底解决。

年初，官兵所提建议意见中，这一问题再次获得"高票"，也再一次摆上该部党委的案头。对此，部队党委决心，按照"重点整治、全面达标"的思路，从根本上解决水质问题，让官兵喝上干净、达标的放心水。3 月份，该部投资 50 余万元的深井建成后，解决了官兵饮水问题。谈及此事，军需科助理员田彬兴奋地说："关注官兵健康举措不仅仅这些，目前基层吃的都是自给自足的绿色食品。"

记者了解到，为让官兵吃上放心蔬菜，该部拿出专项经费，采取自产自给方式，开展蔬菜种植、家禽养殖；推广小菜腌治、自然养猪法等技术；在营区建起熟食店、便民餐厅等生活服务场所。

中午开饭，记者走进某营饭堂，轻音乐环绕耳边，战士们依次从电子消毒柜里

拿出碗筷,食堂内消毒柜、高温炉一应俱全,空调、暖气、不锈钢餐桌等一样不少……多功能餐车上"五菜一汤"整齐排列,战士们可自由选择,享受自助营养套餐。干部胡逸佳告诉记者:"部队党委不失时机地向基层官兵要主意、向群众满意要政绩、向精细化要服务,下大力改善官兵生活条件,让官兵们吃出了健康新文化。"采访中,记者听到最多的是官兵对党委倾心办实事的由衷赞誉,看到的是党委解决官兵关注的热点难点问题的实际行动。

让揪心的事件件安心

9月1日,该部子校的师生们兴致勃勃地搬进"新家"。看着崭新的校园和课桌,学生们兴奋得笑逐颜开。学校书记告诉记者:"让老师、家长揪心的事终于解决了。"

该部子校教学楼始建于20世纪70年代,年代久远,一度成为危房,汶川地震后,教学楼裂痕加重,成了老师、家长的揪心事。子女的安危牵扯着家长的精力,也深揪着部队党委的心。5月份,该部筹集160万元,用于子校教学楼翻建改造、教学设施更新。4个月后,工程如期完工,翻建后的校园窗明几净,处处绿茵,教学办公条件的改善让师生们倍感兴奋。

大事见真心,小事见用心。采访中,记者看到,与该部学校仅一墙之隔的工地上,建筑声迭起,工人师傅们异常忙碌。原来,部队投资60余万元为幼儿建设的小型阅览室、智力园项目已启动,这将为幼儿教学提供宽松、舒心的环境,解决干部子女入园问题。

爱到深处情愈真。驻地空气湿度大、雨季持续时间较长。前些年,许多基层连队用的都是露天晒衣场,阴雨天衣服没地方晾晒。遇到外出执勤收衣不及时,官兵只好穿有水渍的衣服,盖受潮的棉被。可现在,不锈钢多功能晒衣场和具有防风防雨功能的晾衣场代替了过去 "两根木桩一根绳子"的晾衣历史,官兵们不仅可以晴天晒衣,也可以雨天晾物。

一枝一叶总关情,一言一行慰兵心。近年来,该部完成了浴室改造、电网改造,营区道路整治,营区"绿化、美化、净化、亮化"等工程建设,困扰官兵的洗澡、看电视等难题基本得到了解决。

让闹心的事处处舒心

今年1月,西郑高速铁路正式通车,铁路紧邻部队住宅区,列车运行中噪声大,影响着官兵正常休息,该部党委积极筹集经费,为每家每户安装了双层塑钢窗户,缓解噪声影响。

过去,单身干部有两怕,一怕家属子女来队,二怕室友加班。由于部队住房紧张,单身干部常常两三个人合住一间小屋,家属来了没地去,常常打"游击",居"陋室";同事夜里加班晚了会影响室友休息,时间长了会产生矛盾。今年,部队党委拿出100余万元,新建、翻建、整修住房200余套,满足了官兵和临时来队家属居住需求。同时,还统一配置了衣柜等生活用品。

采访中,落区观测连队的官兵们指着刚刚改造完成投入使用的卫生间、洗澡间兴奋地说:"一件件实事恰似春风滋润着我们的心田,温暖着我们的心窝。"在该连流传着这样的顺口溜:"夏天睡觉被盖头,室外下雨室内流……"描述了几年前营区面貌。为让官兵工作学习有个好环境,他们加大基础设施建设,让旧貌换新颜。如今,文化活动中心、生态种养园、健身场等设施已投入使用,让官兵学习有场地、娱乐有场所、休闲有去处;铺设地下光缆、架设小型卫星接收设备,让基层连队和小点号都能看上清晰的电视节目。

党委把官兵冷暖放心上,无形中汇聚起官兵刻苦训练、安心服役的强大力量。年初以来,该部圆满完成了近百项科研试验任务,处处能捕捉到官兵们生龙活虎的镜头。对此,某部部长张明感慨地说:"只有始终把官兵放在心上,官兵才能把责任扛在肩上。"

【编辑有话说】为兵服务最可贵

机关因基层而存在,"为官兵做好服务是机关的重要职能"。领导机关为基层服务不是空洞的、抽象的,放下架子,沉下身子,满怀热情地了解官兵的所思所想所急所盼,就能把服务做到官兵的心坎上,把工作做到基层渴望的紧要处。办实事、做好事,需要以人为本的观念、需要扎扎实实的作风、需要树立正确的政绩观,亦需要雷厉风行、一抓到底的执行力。有些单位之所以把好事办坏、好经念歪,虽然有种种堂而皇之的借口,但重要的还是服务只停留在嘴上、写在纸上、挂在墙上。为兵服务最可贵,官兵要的是具体的行动,某部的系列做法,应大力提倡。

(刊于 2010 年 12 月 11 日《中国军工报》深度报道版头条)

渡口的变迁

我在某部落区的渡口工作了整整 32 年。这里发生了翻天覆地的变化。记得 1978 年,我刚到舟桥班的时候,这里还沿用原苏联的老式舟桥:下面是几个铁箱子,用钢梁和螺栓固定,上面架上木板,跟农村的小桥没什么区别,使用起来不仅十分危险,载重量也小。

1978 年年底,一场大水将舟桥冲得只剩下几个螺丝。当时国家穷没有钱,部队就造成了两艘木船,来回摆渡以保证参试设备和人员的通行。河水一大,木船危险不敢摆,河水一小,木船靠不了岸又摆不了。上下木船用的漂板都有 100 多斤,移动很不方便,一天摆不了几趟。

1987 年,我们终于用上了机动船,可算是前进了一大步。可机动船吃水很深,来回一趟需要一个多小时,由于用时长,很快也被淘汰了。

1989 年,我们用上了比较先进的双体承压舟,承载量由原来的几吨、十几吨一下子提升到 40 多吨。可又有新问题,水涨时把码头垫高,水退了又要把垫层铲

除，一下雨还要清理舟体里的泥水。若有试验，人和装备至少要提前一天过去。记得那年下了一场大雪，为保障试验畅通，战士们在泥水里打木桩、垫码头，连续工作了 5 个多小时，回到宿舍时鞋子被冻成了土冰疙瘩，脱都脱不下来。

2007 年，这里换上了新型舟桥，不仅渡河穿行方便，管理起来也方便，维修人员从过去 30 多个人减少到 6 个人。这几年，大水涨了多次，舟桥都安然无恙。

32 年里，我们舟桥班从住船上到住岸上，从土坯房到砖瓦房，从没水没电到营房设施现代化，日子一天比一天好。当年五六个人住一张通铺，水要用架子车到两三公里外的村子里去拉，取暖用的是煤油炉子，烧得屋子发黄，床单、被子发黑。给养员采购食物要骑自行车 20 多里才到县城，遇上雨雪天，就得扛着蔬菜、推着车子来回走 40 多里的泥泞土路。冬天吃得蔬菜大多都是萝卜、土豆、白菜、粉条，只有过节才能吃上鸡蛋和猪肉。

如今，点号的生活变化。收音机、播放机变成了 DVD、54 英寸液晶大电视，不论是值班室，还是厨房间、宿舍，冬有暖气、夏有空调，电脑也连进了班。即使是只有 4 个人的小点号，电冰箱、电磁炉、消毒柜、饮水机等一样不少。现在还用上自动监控系统，不出房间就能观察到桥上和周围的一切。过去由于装备陈旧，工作量大，我们忙得常常一天只吃两顿饭，如今新型舟桥省人省力，空闲时间我们不仅养猪、养鸡，还种花、种草、种菜，既丰富了伙食，又陶冶了情操。

不仅桥在变，每天从桥上运送的武器装备也在变。从老式高炮、小型火炮到如今新型坦克炮、装甲车、无人机等，几天就能看见一些新武器从这里经过。就拿清场而言，我刚当兵时，每天骑着马去清场，后来骑着自行车清场，没几年就坐着大卡车清场，再到后来用面包车、小车、越野车清场。现在，我们用上了边防巡逻车，里面还有 GPS 定位仪器。以前试验前通信兵要背一大捆电线、带着脚扣整个野地里跑，现在的通信用上了无线电，便捷多了。

32 年里，当地老百姓也发生了不少变化。以前他们到对岸种地，骑自行车的都寥寥无几，后来就骑上了摩托车、电动车，现在还有不少农民开着小车去地里种田，雇用的农民工也是用汽车送到地里干活。过去农民人均年收入也就一两千元，现在至少也在一两万元。他们说："有党的好政策做保障，没了后顾之忧。"对我们舟桥班来说，又何况不是这个道理？

（刊于 2011 年 1 月 1 日《中国军工报》远望副刊版头条，根据采访整理）

佳节，温暖送官兵

"过年了，过年了……"看着火红的灯笼、五彩缤纷的彩旗彩花，营区里稚气的孩子们情不自禁地高呼着，沉浸在对新春的期盼与喜悦中。

1 月 29 日，记者走进某部点号锅炉房，这个两人的小点号里也处处洋溢着节日的喜庆气息，战士孟照攀和他的"搭档"杨文龙正在挂彩灯、贴对联，迎接新春的到来。

提起春节不能回家过年，憨厚、不善言谈的孟照攀说："最初做好了回家的打算，可老兵退伍后，连队人手紧，特别是临近春节，战友们都休假，连队工作愈加繁重，自己也就放弃了。"

孟照攀说："虽然春节不能与家人团聚，尽管工作辛苦，每天早晨四点钟起床，夜里十二点后才能休息，工作又脏又累。但在新春佳节中能奋战在保障一线，让部队官兵度过一个温暖、祥和的春节，也算是向部队最好的回报和向祖国传统节日最好的献礼，自己也没什么可遗憾的。再说了，不能回家过年，各级领导很关心，早早就送来了各种年货，还安排除夕夜陪我们吃年夜饭，一起守岁，在点号过年一点也不冷清。"

春节不能回家，家人也很理解。父亲在电话中说，既然选择了部队，就要自觉服从部队的需要。孟照攀的老家在河南的一个农村。在老家和孟照攀一样的同龄人都已成家立业，而26岁的孟照攀还单身，这让两位老人很是牵挂。去年，经别人牵线孟照攀有了"意中人"，一面之交后，两人一直电话往来，对方也一直在外打工，想利用春节一起"商讨"婚姻大事，可回家的计划"泡汤"了，这让一家人很是犯愁。不过，姑娘很通情达理，她给孟照攀的手机短信中这样写道："一家不圆万家圆。爱你，我会接受你的选择。"

采访中，孟照攀始终忙碌于工作岗位，观察仪器，运送煤料……那红红的炉火映射在他黝黑的脸颊上，让记者仿佛看到了一个普通士兵的火热情怀。

（刊于2011年2月1日《中国军工报》深度报道版）

"生命线"扎根试验场

——某部积极创新试验任务中政治工作纪实

初春时节，某部试验场炮声轰轰，硝烟弥漫，国家某重点型号武器定型试验正如火如荼进行。记者看到，政治工作如影随形，亮点频出，彰显出了强大的生命力。

随试造势励斗志

空旷的试验场，翘首屹立的新型装备，着装整齐的各路参试队伍，增添了几分"大战"前的"战斗"气息。

"大战"在即，却少了彩旗、标语、横幅这些传统元素。了解得知，高密度、高强度的科研试验任务迫使"战场"环境营造向"随试造势""随机导调"这些悄无声息的新样式转变。在繁重的科研试验任务中，他们按照一切服务于试验任务的要求，跟随中心任务造势，因陋就简构设"战场"环境氛围。记者看到，虽然少了

传统元素，但他们结合任务进程，开展誓师动员、思想互助、表决心、应挑战等活动，让场区氛围与试验任务紧密结合、同步推进，彰显了政治工作生命力。

因时施教受称赞

"一次成功不等于次次成功……"任务间隙，指导员李晓灿正在对参试战士开展安全教育，这种"短、平、快、活"的教育方法得益于一次"碰壁"。去年，一名新上任的政治干部认真"备战"，想在任务期间"露两手"。可任务展开后，他发现自己的想法难以实现，想集中难集中、想单独缺时间，政治教育与试验任务出现了"争分夺秒"的窘况。

面对困惑，该部多方调研。很快，"合并同类项""化整为零"等举措相继出台。李指导员告诉记者："初上试验场，重点开展战斗精神教育，叫响'靶场当战场、试验当作战'，帮助参试官兵尽快适应工作环境；任务过程中，重点开展遂行任务教育、作风纪律教育等，激励官兵忠于职守，履职尽责；任务成功，及时跟进开展防骄破满教育，引导官兵谦虚谨慎，再接再厉。"记者发现，少了"统一方案"，多了"见缝插针"，因时施教的方法深受官兵称赞，为任务圆满完成注入了强大活力。

按需跟进润心田

"闭眼睛、深呼吸……"试验间隙，信任背摔、穿越障碍等丰富多彩的心理游戏随即展开，参试官兵在轻松愉悦的氛围中缓解心理压力。

以前，心理咨询室应运走进了试验场，由专业心理咨询师"坐堂候诊"。然而，"门厅冷落"令他们很是尴尬。有人坦言："一提心理问题，谁都有点难为情。"这给各级领导带来了思考：心理服务工作必须注重方式方法。随之，心理服务悄然"变脸"：让心理咨询室、心理宣泄室等定居试验后方，根据官兵爱好需求开展小游戏、小活动，缓解心理压力；印发《试验任务中心理工作疏导法》《团体心理游戏选编》等手册，让人人掌握自我调解方法；开展"试前谈谈心、间隙聊聊天"等心理互助活动，做好心理服务工作。从"坐堂候诊"到润物无声，声势小了、效果好了，官兵时时如沐春风。

战地文化进班排

"好儿好女来当兵，潇潇洒洒走一程……"任务间隙，几组"原生态"的表演正热火朝天展开。

此前，也有人提议抽选文艺骨干搞点大制作，可很快就被否决：费时费力，影响试验任务，还可能会因少数"高手献艺"而冷落了"大众"娱乐。随之，文体活动的重心从"美化门面"向"愉悦身心"转变，小报道、小板报、小节目、小拍摄等活动在试验场蓬勃开展，更多普通官兵走向了表演前台。

节目从舞台走进班排、演出从集中一次变成随时随地、演演员从"高手大腕"拓展成普通一兵。新战士李岚被点将登台，向来腼腆的他朗诵了一首诗："我是靶场兵，天天不打仗，日日上战场……"掌声、叫好声响彻试验场。

（刊于 2011 年 3 月 12 日《中国军工报》深度报道版）

为了利剑冲天啸

——某部着眼转型发展加快战斗力生成模式转变纪实

军营春来早，练兵正当时。阳春三月，某部一场基于信息体系能力建设的多岗位合成演练正如火如荼进行。该部领导告诉记者："瞄准信息化武器装备特点和能力建设需求，锁定提升核心能力建设的基点，加快部队战斗力生成模式转变，才能为有效履行国家靶场职能夯实坚实基础。"

紧盯战斗力生成增长点——

"科技牵引"助推训练转型

键盘声声，荧屏闪动。3 月下旬，记者在某试验指挥大厅看到，10 余名科技干部正围绕某重点任务开展网上模拟指挥训练。训练负责人告诉记者："在装备信息化、系统网络化、平台自动化大背景下，模拟训练就是部队战斗力生成必不可少的'磨刀石'。"

该部按照高新武器试验要求，开展模拟化训练，积极普及仿真系统运用，建立模拟系统质量评估数据库，对训练各环节指标进行定量定性分析，为改进模拟训练提供参考，提升部队在复杂环境下的训练水平和实战能力。

他们依据大纲要求，按照单岗位课目自主训、单级试验指挥整体训、多级试验指挥联合训等模式，积极锤炼参试官兵的"岗位素质"。该部改变以往训练场、试验场"导调式"训练的老办法，充分依托指挥自动化网等载体开展网上考核演练，训练模式实现了从抓个人、抓单项到抓整体、抓系统的重大转变。同时，建立以人员、装备等六大要素、30 个具体项目为主的静态评估体系，以前期调研、现场指挥等五个阶段 6 种能力和 10 个具体过程为内容的动态评估体系，使评估机制更加科学有效。

大动作带来大效益。记者看到，紧贴岗位实际设置训练内容，针对部队阶段性工作和个人特点"量体裁衣"的训练路子在该部越走越宽，军事训练成果不断涌现。仅 2 月份，他们就收集了 10 余类教案和课件，开展网上训练、网上指挥等训练 10 余次，组织网上理论和一体化指挥平台考核 5 次，实现各单元要素训练向综合集成训练转变。研发的网上训练考核系统、装备管理信息化训练决策系统等实现了训练、教学、管理一体化，极大地提升了训练效益。

锁定战斗力生成关节点——

"整合要素" 打造保障精兵

炮声隆隆，硝烟弥漫。3月上旬，记者在某试验场看到，10余名"粮草官"各显其能，数十台新型装备"大显神通"，展示着部队瞄准任务需求，探索保障新路，提升信息化条件下核心保障能力的新风采。置身另一试验现场记者看到，某车载炮联动系统出现故障，保障分队闻令而动，实施闪电式"手术"，不到5分钟，装备"起死回生"，保障效能较以前大幅提升。

面对艰巨任务，该部按照"前瞻设计、集成创新、循序渐进"的思路，完善装备储藏室、指挥器材库等设施建设，加强装备指挥局域网建设，实现试验指挥控制可视化、实时化；采取集中培训、进修学习、换岗锻炼等方式，与军内外院校协作，加强急需人才培养；建立一体化保障体系，搞好资源供应、技术保障、智能管理，实现信息共享，使各类保障由平时走向"战时"，由营区走向"战场"。

整合出效能。该部对现有试验装备保障系统、指挥平台和训练设施优化整合，建起集保障指挥、动态管理、维修支援等为一体的装备保障综合系统。如今，轻轻点击鼠标，电脑屏幕就能清晰呈现装备清单。试验装备出现故障，操作人员可与装备专家"热线确诊"排除故障，保障效能极大提高。他们在加大技术创新力度的同时，注重向技能要复合、向技术要革新、向训法要创新。

今年以来，他们通过组织科技人员对10多个制约新装备战斗力生成的重点问题分类攻关，一大批自主创新成果相继问世：某型试验装备野外抢修设备实现了小型化、制式化、系列化；野外综合通信车可实现有线、无线自动接转；试验指挥控制系统和综合试验通信系统实现了指挥、决策的信息化、可视化，促进了部队一体化联网联测网络体系的发展……一项项成果，牵引着保障效能一次次"提速"。

夯实战斗力生成支撑点——

"重拳出击" 催生军中良才

1月初，国内规模最大、技术最先进的首座大型吹砂吹尘综合试验系统在该部首次开机运行，标志着我国某沙尘暴试验设施建设取得新发展，对推进武器装备环境模拟试验可靠性评估具有里程碑意义。

参与该系统建设的大多都是30岁左右的年轻人。该系统建设之初，技术难度大、指标要求高、学科综合性强，没有成熟的经验可供借鉴。在"一穷二白"的情况下，年轻科技干部集智攻关，仅形成核心调研报告就达100余项，组织测试30余次，最终成功解决了一系列技术难题，填补了该领域的多项空白。

加强基于信息系统的体系能力建设，人才是关键。该部科学谋划人才团队建设，提出了信息主导、任务牵引、超前培养、配套建设新思路，将人才建设的起点牢牢锁定在信息化上。大力推行"项目、成果、人才"一体化培养模式，倾力打造指挥岗位复合型、技术岗位专家型、士官队伍技能型人才队伍,不断筑牢人才方阵的"顶梁柱"。

他们"重拳出击"打造"军中良才":按照全员抓学习、自主抓提高、岗位抓培训的思路,以建设学习型团队为抓手,用课题牵引难题破解,营造自觉学习、自主成才的良好局面;发挥现有人才优势,推行"孵化式""酵母式"培养方式,让人才培养产生"雪球"效应;通过借才促育才、引智促增智、协作促合作的方式,走协作共育、开放培养的路子。今年以来,该部围绕一批高新课目,先后编写操作教案 10 余份,填补多个专业的教案空白。

该部突破依据建制、专业、职级划分人才类型的传统模式,按照团队体系能力建设要求,把体系能力指标分解到各个专业、每个人员,使人才培养由统一模式向层次标准转变,由"粗放经营"向精确实施转变,打造创新型团队。新的育才模式激活了人才培养的一池春水,提升能力素质已成为官兵自觉行为。如今,该部技术干部中硕士、博士已达到 40%以上,人才梯次更加合理。

在重视人才队伍"硬实力"打造的同时,他们更加注重"软环境"建设,积极营造倡导勤学、鼓励创新的工作环境,使一切因素充分调动、一切活力竞相迸发,为各类人才尽情释放才智、脱颖而出创造宽松条件。

(刊于 2011 年 4 月 2 日《中国军工报》一版头条)

砥锋砺剑

尖端兵器试锋芒　　前沿科技铸国防
常规武器试验场　　半世纪把关军备实力

它也许不像航天部队那样闻名中外,但它却与部队的战斗力紧密相连;它也许不像核试验部队那样神秘莫测,但它同为最高国防科技的结晶。

在中国人民解放军序别中,它是解放军常规兵器的主要试验场,所有常规兵器都要在这里试验后才能定型生产、装备部队。

且让我们撩开它的神秘面纱,一窥其庐山真面目。

华山脚下,一幢幢现代化的宏伟建筑拔地而起,与周围的乡村农舍形成鲜明对比。这里,就是担负武器装备考核鉴定任务的常规兵器试验场。

20 世纪 60 年代末,面对复杂的国际形势和国防科技布局变化,经党中央批准,决定在这里新建一个试验场,担负国家靶场的重要职能。

从芦苇荡到"兵器城"

曾经担任试验场党委书记的李建庚在谈到创业的艰难时说:"建场初期,环境极其艰苦,但大家的热情不减:缺少施工用料,我们动手烧砖制坯;缺少医药,我们上山采药、土法炮制;缺少粮食,我们开荒种粮种菜;没有道路,我们修路筑路、渡船过河;没有机械,我们手抬肩扛……"

就是在这样的情况下,科技人员顶烈日,冒酷暑、战严寒,边生产、边建设、边试验。只用了短短三年时间,一座初具规模的试验靶场矗立在了华山脚下。

在试验场的发展过程中,科技干部们大胆探索、集智攻关,攻克了一个个拦路虎。20世纪90年代初,国内的射表编拟技术不完善,提供的射表模型满足不了火控系统的要求,武器操作只能停留在手工化和半自动化上。争强好胜的闫章更暗下决心:"一定要让我国的射表编拟技术跨入世界先进行列!"

1989年,试验场获悉实弹自由飞纸靶试验技术在国外取得了突破,随即派闫章更带领技术人员赴国外考察学习,却被拒之门外。闫章更发誓要研制出中国人自己的试验技术。功夫不负有心人,他带领科技人员成功实现了实弹自由飞纸靶试验技术,填补了国内技术空白。

从茫无边际的芦苇荡到现代化的"兵器城",从担负简单小型单体武器试验到高技术信息化系统武器试验,从技术骨干奇缺到领军人才频现……40余年来,先后圆满完成3000余项科研试验,十多种武器装备先后参加了盛大国庆阅兵、"和平使命2007"等重大军事演习。

科学攻关突破试验难题

兵器发展不仅关系着我军战斗力的提升,而且关系着未来战争的胜负成败。

1970年5月,在华山脚下试验场响起了第一声炮声。从这天起,他们秉承"质量第一"的宗旨,缜密组织,严格试验,形成了跻身于国内领先水平的试验技术,确保了每一项试验万无一失。

靶场试验鉴定具有较高科技含量,同时也是一项高风险的工作。近年来,随着武器装备的迅速发展,面临的挑战越加严峻。对此,总工程师吴颖霞和某部副总工程师吴航天有着深刻感受。

2000年9月,某型武器定型试验进入最后阶段。然而,一个始终无法解决的技术问题成了"拦路虎",造成重大损失。试验场就是战场,为厂家服务就是为"打赢"负责,吴颖霞带领试验组主动深入车间与技术专家一起分析工艺流程,查找数据和结构,经过艰辛努力,最终成功解决了绝缘不好的难题。

一次,试验中的某型武器出现故障,从高空坠落后,一头栽入野地。面对突如其来的险情,项目负责人吴航天冒着生命危险,拆除线路、拆下传爆管……为国家挽回经济损失数百万元。

20 世纪 80 年代，一座现代化的环境模拟试验室建成。然而，第一次设备开机后，几十米长的通风管道突然被压扁，一名新毕业的学员提出了修复方案，很快解决了问题；某室在调试时被试品镜片总是结霜，一名技术员经过反复试验，研究出了能隔低温和常温的吹风装置，解决了这个老大难问题。

为突破关键技术，许多技术骨干白天泡在试验阵地搜集数据，晚上伏案演算，全身心投入到攻坚大战。伴随着一项项科研成果问世，一座座现代化的实验室建成，有效解决了兵器试验面临的难题，填补了我国兵器领域的多项空白。

40 余年来，试验场取得了数百项科研成果，试验鉴定能力迈上了一个又一个新台阶。

几代靶场人　献身兵器事业

武器试验是特殊的事业，特殊的事业需要特殊的精神。试验场党委书记胡永生介绍，忠诚使命、艰苦创业，科学求实、聚力创优，自我加压、锐意创新，是几代靶场人献身兵器事业的力量源泉。

为使试验场在兵器试验鉴定领域始终保持特色、占据优势，科技人员抢抓机遇，自我加压，主动作为，敢于挑战权威、勇于突破创新，向信息化国家靶场建设目标阔步迈进，形成了特有的技术优势。

他们率先应用国外先进的试验理论和技术，创立了我国的"反坦克导弹鉴定技术"，不仅实现了鉴定试验的圆满成功，并且鉴定技术达到国内领先水平。采用先进的一体化试验技术，开发出总体方案优化技术；在中国兵器试验中首次采用计算机仿真对抗干扰条件下的试验鉴定以及软件测试等多项高新技术，极大地提升了测试能力。

一路走来　功勋卓著

多年来，他们从引进、改造、应用等环节入手，在测试仪器系列化、数据处理自动化、试验条件标准化上，不断创新突破，使综合测试能力得到极大提升。

40 余年，不论条件多么艰苦，科技人员追求先进理论和技术的脚步从来没有停止。在技术条件落后、设备设施还不完善的情况下，他们勤奋学习、刻苦钻研，大力开展科技攻关，自主研制测试仪器，不断革新试验理论、技术和方法，取得了丰硕的创新成果。

邝积玉工程师主持研制的弹丸水介质破碎性试验设施，比国外有关国家的沙介质试验方法提高工效近 20 倍；徐国瑞工程师与北京航空学院合作研究的高低温环境模拟试验技术，使试验场得以建成当时亚洲最大的环境模拟实验室；原总工程师周铁民等研制的新型电子测径仪，比一般光学测径仪提高工效 15 倍，荣获国家发明三等奖；士官程桥梁凭借丰富的试验经验和坚实的专业基础，绘制完成了场区第一幅试验地图，获科技进步三等奖。

在成绩和荣誉面前，他们正以响亮的"精神强音"，精心呵护出鞘利剑，倾心

磨砺战神利剑。

（刊于 2011 年 5 月 31 日《香港文汇报》走进中国军队栏目）

启动育才引擎

——某部加强士官队伍建设纪实

这是一个令人欣喜的局面：90% 以上士官都有一技之长，80% 以上都能独当一面，兵头将尾个顶个……某部着眼保障能力需求，倾力打造靶场建设需要的高素质士官人才队伍，取得了可喜成绩。

士官队伍建设事关部队长远发展，选取标准高一点，选出来的才能个顶个——

严把关口　精挑细选

"士官不是官，选取不简单。"这是该部士官选取后的真切感言。

去年年底，该部汽修所士官张敏红服役满 8 年，练就了一手好厨艺，多次被上级表彰为优秀司务长，去年带领战士参加总装备部炊事比武获第一名。可考核选取中，他这个技术"高手"并未获得优先权，一切严格依照程序进行。民主测评、体能考核、理论笔试，现场提问、技能测试、张榜公示……全程下来，他赢得并不轻松。他感慨地说："感觉就像是选干部！"

中级士官选取苛刻，初级士官照样严格。该部率先推进士官选取"资格制"，每年对有意选取士官的上等兵，都要提前进行技能培训，考核合格后才能有选取"资格"。"士官选取事关部队建设，选取标准高一点、要求严一点，选出来的才能个顶个。"这是党委"一班人"的共识。

他们按照"初级选骨干、中级选能手、高级选专家"的思路，制定《士官选取考评实施细则》，从政治思想、专业技能、作风纪律、骨干作用、文化水平、身体素质等 10 个方面进行细化，按照本人申请、群众评议、支部推荐、机关考核、党委审批的程序，实行名额、条件、程序、结果"四公开"，确保优中选优。考核选取中，他们还设立意见箱、公示栏，开通举报电话，让选取全程公开透明，增加公信度，形成靠能力竞争、凭实力上岗的良好氛围。近年来，该部考核选取士官 300 余人，实现了战士、基层、上级都满意。

士官在部队建设中地位作用显著，培养举措实一点，走出去的才能个顶个——

精心培养　储能蓄势

"你有多大才，我搭多大台。"这是该部领导常说的一句话。

士官王波，入伍后自学养猪技术。2008 年，地方兴起了自然养猪法，部党委专门从地方请来专家为他授课，并投入资金在总装备部率先开展自然养猪法。如今，王波已经掌握了自然养猪法全套技术，3 年养猪 1500 余头，为部队提供放心猪肉 20 余万吨，产生效益 150 余万元，直接为部队创收 40 余万，为总装备部单位培训养殖骨干 120 余人。

学这学那，先把看家本领学到家。部队岗位专业多、技术性强。为提高士官队伍的专业技能，该部按照"下士中专化、中士大专化、上士本科化"的目标，本着"个人所求、部队所需、长远所用"的原则，积极开办各类培训班和学习班，提升士官学历层次和技能素质。在培训途径上，他们通过送出去学、请进来教、送院校育等多种渠道，提高基本技能。在培训内容上，依据新的军事训练大纲，制定各类士官岗位具体标准，使人人有目标、样样有规范。

这难那难，真下决心就不难。为实现"一专多能、一兵多用"的目标，该部坚持把岗位练兵作为巩固提高士官能力素质的"主阵地"，结合重大任务，广泛开展比武竞赛等活动，把岗位练兵覆盖到每名士官、每个专业，激励士官争当技术能手、训练标兵。同时，通过定岗位、交任务、压担子等实践锻炼，把士官推到建功立业的前台，做到重要岗位有士官担任、管理教育有士官负责，完成任务有士官带头，使一大批业务精、会管理、能带兵的"复合型"士官脱颖而出，有效发挥了士官在各个岗位的主力军作用。

士官人才有效利用是"双赢"，提供舞台大一点，用起来时才能个顶个——

搭建舞台　助推成长

士官是块宝，关键在用好。

对士官的培养，该部党委有这样的共识：选好是基础，培养是台阶，用好是关键。该部部长张明直言："从字面看，士官是兵和官的结合体，干的是兵头将尾的活，士官不是官，但要当官用。用很简单，但用好了不简单。给岗位、给任务、给荣誉、搭台子、压担子、指路子、卸包袱……这是个系统工程，从中受益的是单位建设和士官本身，这是个'双赢'的问题"。

由于专业岗位多，每年分配岗位时，他们在个人自愿基础上，依据特长、能力合理分配。同时，采取典型引路、以老带新、岗位锻炼、强化责任等方式，加强培养。他们建立了《士官量化管理制度》，对所有士官从日常养成、能力素质、完成任务等多方面进行量化打分、上墙公示、并录入个人档案，作为评选先进、惩罚奖励的依据。

如今，在该部无论是水电、锅炉、烹饪，还是汽车维修、养殖种植等岗位，都涌现出一大批优秀骨干。农副生产基地士官张吉勇，积极引进种植新技术，每年为部队生产蔬菜近 20 万斤，为部队节省经费 10 多万元。汽车修理所士官李洪波，从事车辆维修 15 年，维修大小车辆 7000 余台次，为部队培训汽车修理工 80 余人，

节约经费 70 余万元。

该部不仅给士官合理的岗位，还坚持把高素质士官选进党支部班子，让其在行政上有管理权、在执行任务时有指挥权、在实施奖惩和配备骨干时有建议权，在连队决策时有参与权，做到责权统一，有效调动了他们的工作积极性和创造性，加速了各类人才的生成。

（刊于 2011 年 6 月 28 日《中国军工报》深度报道版）

清风拂面正气扬

——某部求真务实抓风气促发展纪实

办事落实依法依规，纪律面前人人平等。某部始终坚持把风气建设作为助推部队建设的突破口，以阳光操作树风气、求真务实带风气、群众监督抓风气，形成了靠人品立身、靠素质发展、靠政绩进步的良好导向。

权力在阳光下运行

部队要发展，首先应当弘扬正气、狠刹歪气。

今年 3 月，该部营连岗位出现 6 个空缺，有干部找关系，甚者直接到领导家登门拜访。该部领导对投机取巧者直言：干部提拔使用绝不能搞论资排辈，更不允许暗箱操作，能力素质是硬标准。

2010 年，一名工作业绩不错的干部在中级培训选拔中因军事体能考核不合格被取消资格。有人提议，该干部常年在基层"拼杀"，可以通融。然而，该部党委一致认为，选拔工作必须坚持全面考核，公平竞争的原则，不能人为通融。

多年来，在干部选拔、士官选取中，该部党委都将标准、条件、程序、结果全部公开，对所有符合条件的干部进行筛选，而后根据岗位需求统一组织考核，择优选用。

近 3 年来，该部提职任用干部 223 名，选套士官 535 名、选拔技术学兵 65 名、发展士兵党员 75 名、奖励官兵 160 余名，人人心服口服。该部党委成员感慨地说："刹群众反对的邪气，树群众欢迎的正气，就是好风气。这难办那难办，一公开就好办。这关系那关系，一公平就没关系。"

正气在制度下生根

"用制度说了算，一切都好办，官兵服气，基层满意。"这是该部党委抓风气建设的深刻体会。

2009 年，一名干部被查出违规上网。问题发生后，关于处理意见出现了不同声音。该部党委在基层官兵中开展了相关讨论，最后形成共识："照顾情面就会违反规定，搞下不为例就会放任纵容，必须严格按照规章制度办事。"最终，这名干部受到了严重警告处分。

去年年底，士官张敏红面临套改中级士官问题。入伍以来，他多次被上级表彰为优秀司务长，荣获总装备部炊事比武获第一名。可套改前夕，他担心自己没有关系。该部领导了解情况后当即表示，绝不能让实干者吃亏。随后，小张放下思想包袱，最终如愿以偿套改士官。

2010 年，部队进行物资采购招标，10 多个商家纷至沓来。结果两个有关系的单位当场被劝退，一些欲行旁门左道的也被拒之门外。

近些年，该部党委坚持把规范用权的重点放在党委带头上，把敏感问题的处理放在阳光下，把权力约束放在规章制度的范围内，细化完善了《党委机关廉政建设措施》等 20 项制度措施，始终让权力运行在规章制度中。

风气在监督中净化

不受监督的权力，必然滋生家长作风、官僚习气。该部党委自觉前移监督关口，积极营造民主监督、官兵至上、畅所欲言的人文环境和干事创业的和谐氛围。

他们全面推行事务公开制度，对涉及部队建设和官兵切身利益的重大敏感问题。特别在干部选拔任用、战士入党考学等问题上，成立由财务、纪检、审计、营房、军需等组成的监督小组，随时进行监督，消除官兵心中的疑虑，也为官兵切实享有知情权，参与权和监督权。同时，通过局域网、测评表等多种形式，对官兵关心的敏感热点问题广泛接受群众监督，使官兵的意见建议和疑难问题原汁原味地反馈上来，限期答复。在近年来新建改建的新型车场等 10 余项重点工程中，他们坚持全程阳光操作，未发生任何问题。

他们还专门建立监督员机制，从基层单位中聘请官兵作为监督员，定期参与重大决策的拟制、实施和监督，让基层意见建设得到及时接纳和反馈。同时，定期开展部队风气测评，听取官兵意见建议，提出改进措施。在该部采访中，恰遇师营职公寓楼等大项工程建设中期。走进建设工地，记者看到《工程建设监督管理办法》《工程建设廉政监督措施》等法规制度就张贴在施工宣传栏的墙上，过往的人都能时刻得到警示。

（刊于 2011 年 9 月 20 日《中国军工报》综合新闻版）

"阳光采购"不再是个传说

——某部积极拓展服务保障新模式见闻

清晨，一辆满载副食品的大篷车驶进营院。不一会儿，记者看到，香喷喷的

饭菜摆上了餐桌。某部积极探索副食品采购供应新途径，创造性地落实"阳光采购"等制度规定，经济和保障效益明显，官兵生活质量和部队饮食保障能力得到有效提升。

"小调料"用上了"大品牌"

"正宗、地道、好吃……"来自四川成都的战士小李对"回锅肉"赞不绝口。记者看到，新建设投入使用的东平乐大食堂分餐台上，六菜一汤，个个色香味俱佳，好不让人嘴馋……

用的都是四川百年老字号"高福记"的"百老汇"品牌，这可是'肯德基''康师傅'的指定专用调料，国内外知名的好调味品。这么高档的东西，价格一定不菲，部队能用得起吗？

面对记者的疑惑，食堂管理员李政说："正宗名牌产品，用料精、加工细、附加值高、成本不低，百号人的单位需求量小，当然吃不起。可部队一起搞采购，量大了，建立从工厂到厨房直销通道，价格也就降下来了，部队当然吃得起。"

走进该部多个基层单位食堂，记者看到，储藏室里赫然摆放的都是"海天酱油""鸡牌味精"……集中采购，不仅降低了采购成本，而且也吸引了大企业、大厂家争抢部队这块"大蛋糕"，把调料、饮料等用量较少、又必不可少的副食品种也纳入采购范畴，在更深层次、更大范围内发挥了"阳光采购"的规模化效益。

"低标准"换来了"高消费"

"猪肉 5 斤、西芹 12 斤、芸豆 8 斤……"上午 9 时，司务长张银收到了生活服务中心为连队送来的各类蔬菜和副食品。

"蔬菜新鲜、质量好、耐储存、抛散少，安全有保证……"见到记者，张司务长随手拿起一把芸豆如数家珍。

部队距市区说远也不远，说近也不近，可交通不便，单个采购搞加工，保障成本自然变得价格昂贵。为此，该部把所属分队副食品供应"捆绑"起来，由机关牵头集中采购，对一些常用副食品以低于市场零售价 10% 的价格，要求供应商定期、定时、定量按要求送货上门，既降低了成本，又节省了人力物力，实现了"低成本""高消费"。

某连是远离部队的小远散单位营区，送货上门能及时保障好吗？生活服务中心的贾主任说："只要有需求，都会定时供给，送菜，遇到恶劣气候时也能提前送到，基层副食品供应从未间断。"

记者看到，创新保障模式，不仅保证了质量顶层控制、安全源头严格把关、经费集中结算、物资网络配送，还依托地方的超市、连锁店，将副食品快速配送到伙食单位，从而保证了官兵及时吃上"安全油、放心肉、新鲜菜"，不失为"阳光采购"的新创举。

"减人员"变成了"增效率"

吃出营养，吃出健康，是该部生活服务保障的主旨。

早晨七点，记者走进该部生活服务中心，餐桌上面包、油条、烙饼、糕点……一应俱全。这与前几年相比，副食品多多了，原先的豆腐脑、油条只有一三五有，而如今天天都能享用。

谈起这一变化，该部军需科科长杨洪波告诉记者："以前生活服务中心的官兵们每天凌晨3点钟就得起床跑市场，一上午不停也得忙到十一二点，由于忙于采购保障，哪有精力搞加工。而如今，集中采购，减少了人员，减下来的力量投入到搞加工，加工品种自然多了，这样既保障了官兵需求，又保证了食品安全。"

记者来到该部汽修所食堂，士官王凯告诉记者："油条、蛋糕、面包、花卷、包子我们每天轮流吃，一周不重样，现在的早餐丰富有吃头，我们工作也有干劲。"在连队副食品库里，记者看到，货架上成筐的蔬菜新鲜干净，副食品的包装精细，一看就知道是上乘质量！

"现在部分副食品依托地方'订单配送'，伙食单位只管下单，生活服务中心监控价格，机关管住安全。这样一来，不仅减少了基层采购、分发、结算等环节，而且物资直达伙食单位，既节约了保障人员，又提高了保障效率。"某部副部长吴斌介绍说。

思路一变天地宽。记者感慨，"订单配送"这个原本适用于产品保质期短、部队需求量大、质量要求高的大单位，如今却走进了这个条件偏远的小营院，实属不易。

【编辑有话说】新变化彰显大智慧

"小调料"用上了"大品牌"，"低标准"换来了"高消费"，"减人员"变成了"增效率"，一系列新变化，折射出的是某部积极探索副食品采购供应新途径的大智慧。编者不禁感慨，"阳光采购"大家耳熟能详，但如何创造性地落实阳光采购，真正使得官兵的生活质量和部队饮食保障能力得到有效提升，还需要我们多动动脑筋、多费些思量。某部的一系列创新方法，看似"动作"不大，却让官兵实实在在受益，他们的良苦用心其实充满智慧。

（刊于2011年10月11日《中国军工报》深度报道版头条）

激活春水更助澜

——某部积极创新组训模式提升测试保障能力纪实

9月初，渭水河畔的某部试验场上，某新型导弹腾空瞬间，雷测设备实时探测，

目标飞行全程被准确捕获……运筹帷幄，决胜千里。该部积极创新组试模式，拓展训练思路，挖掘装备潜力，成功解决了高新武器装备给测试能力带来的诸多技术难题，有效激活了提升测试保障能力的"一池春水"。

整合上谋出路 "老资源"变活了

炮火连天，硝烟弥漫。某试验场上，记者看到，雷测数据即时通过指控中心，引导数公里外的某新型光测设备"联动"，所测数据完整可靠。该部有关领导告诉记者："多种测试设备相互导引、互相支持、整体联合，形成组网模式，使得综合测试能力大幅提升。"

说起变化，曾有一段让人尴尬的经历：一次，试验中，因被测试目标小、速度快，导致目标丢失。事后，一名老高工感慨：在被试对象发生"质变"情况下，仍沿用传统的测试方式，能否捕获目标，谁都心里"没底"。一语中地，大家颇有同感。随着新型武器任务不断增多，被测目标呈现"暗、小、快、多、密、低、高、远"等特点，有的目标特性动态范围大、特征点空间散布大、打击精度高，测试难度异常艰巨。

提升测试能力刻不容缓。可一边是战斗力生成模式转变的大方向，一边是部队传统装备的现状，这条路究竟如何走？随之，一场有关测试能力建设的大讨论在部队展开——集思广益，向官兵要智慧。

"我们拥有众多外弹道测试设备，有光、电、遥等多种测试方法，如果能把这些设备整合起来，把多种单个测试方法组合起来，打出'组合拳'，设备整体效益将会得到有效发挥，测试手段将会更加丰富，目标捕获将会更加可靠。"全新的"组网测试"构想一提出，便引来了一致推崇。很快，上下信念坚定：压力也是动力，危机更是机遇，要突破测试瓶颈，就要打破亦步亦趋的"小步慢跑"，大胆创新。

新思路带来新变化。积极整合资源和力量，实现光学设备与雷测、电测设备相互引导，让遥测成为主测方法，加快组网测试建设，形成新的综合测试能力。与此同时，对原有试验模式大胆革新，集中技术力量，编拟《新型试验鉴定体系建设规划》，在光、电、遥、气等多种测试手段组网联合上多法并用、多点伺机、多个技术研究同时展开，带动综合测试能力的快速跃升，成功地解决了数十项测试技术难题。如今，已获军队科技进步成果奖7项。

瓶颈上找出路 "铁拳头"变硬了

利剑出鞘，地光天火。9月初，国家某重点型号任务在该部如火如荼进行。

记者看到，技术骨干刘晓彬在多种新型设备操作中大显身手。如今，像他这样的"多面手"在该部还有很多。

可喜变化的背后，却经历过一段艰难困境。随着任务量的剧增，人员少与岗位多的矛盾越来越突出，特别是攻关性人才稀缺与重点难点测试项目增多的问题接踵而来，大型试验任务，各技术室领导在人员分配上总感"捉襟见肘"，苦于"手下无兵"。

如何有效解决短缺问题，提升能力素质？该部发现，大多设备的测试原理有着一定关联，差异在于数据采集手段的不同。通过"组网测试"，既可实现各主测设备和不同专业岗位"联合协同"，把人力、智力"组"起来，跳出"小岗位"局限，形成"大岗位"格局。

突破口在哪里，就从哪里突破。该部打破以往按各个测试小岗位操作需求划分技能培训的界线，以组网测试新需求重新划分专业，设立人员一专多能、融会贯通的综合性培训方案；划出重点学科专业，以此统领近百个名目众多的小岗位，通过岗位轮训、互动学习等，让不同岗位人员相互学习；开设高工讲坛、现场观摩、一对一帮带等，帮助年轻科技干部精通本职岗位，熟悉相关岗位。

新模式带来新变化。大岗位训练，既加强了相互协作，也激活了个人潜力，与组网测试相适应的一大批综合性人才脱颖而出，训练思路的清晰，也使原先的岗位和人员一下子活了起来。

方向一旦明确，练兵步伐就会越迈越大。该部还积极鼓励科技干部走出去，深入研究所、院校学习培训，让他们带着问题去，带着成果回。同时，紧抓士官操作手队伍建设不放松，在强化理论知识的基础上，人人进行定岗突破，重点掌握一到两个岗位的知识技能。如今，该部在外弹道数据处理、高速姿态测量、坐标雷达应用和场区天气预报等方面，初步形成了较强的科研攻关人才群体，10人进入总装备部"1153"人才库，40多名士官成为一专多能的岗位操作手。

创新上求出路 "金点子"变多了

"让创新者香起来，得实惠。"3月初，高级工程师王俊被表彰为"装备技改"先进个人，并获得两千元奖励，在该部官兵中引起强烈反响。记者了解到，"改造旧装备，完成新任务"活动，在该部"热"得烫手。

随着科研试验任务骤增，对装备保障需求越来越高。然而，该部在实践中发现，部分旧装备只要进行适当的技术改造，解决好数据接口问题，就能与新装备实现兼容互补、同台竞技，"花小钱"收获"大效益"。为此，该部积极引导科技干部进行"旧装新改"，让旧装备"枯木逢春"，发挥新潜力。同时，结合试验任务需求，专门成立装备技改小组，对需要技改的每一台老设备，通过召开专项论证会、技术民主会等方式，精心设计改造方案，专人负责组织实施。

为鼓励开展旧装备技术改造，他们在经费保障上给予大力支持，在人力物力上集中调配。在奖励机制上，专门设立装备技改"金点子"奖和"装备技改"先进个人，对在装备改造中做出突出贡献的个人给予重奖，在评功评奖、调职晋级等方面给予优先考虑、政策倾斜。

措施实带来效果好。依托装备技改，一批批年轻骨干主动参与了进来，积极

找资料、立项目,为老装备"换新颜"开动脑筋、出谋划策。据统计,如今,该部已有 20 余台(套)装备实现了升级改造,参与完成了 10 余项重大科研试验任务,也涌现出了一批装备技改先进个人,17 名科技干部还因此立功受奖、提前晋级。

（刊于 2011 年 10 月 25 日《中国军工报》一版头条）

"八大员"上阵

"八个人……好,马上到位。"

12 月 1 日上午,某连指导员吴帅接到上级电话,要求再派 8 人赴工房执行弹药卸车任务。

吴指导员很痛快地接受了任务,可挂断电话后,他却犯起了难。从早晨 7 时到 10 时已陆续派出 3 拨人马外出执行任务,当下连队内可供调配人员已所剩无几,再从哪"抠"出 8 人来?

试验任务不等人,中心工作不能拖延,怎么办?他一琢磨,喊来了副连长邓栋栋、排长史帆、司务长张银和厨房值班员,一数刚好 8 人,不多不少,吴指导员心里乐了。"走,我们上!"他带上"八大员"小分队风风火火地奔向了工房。

工房外,一辆改装后用来装载弹药的卡车就停在门口,车上装着满满的弹药箱。显然,今天他们的任务是卸弹药。

可这么危险,又要求极高的技术活,平时很少参与试验任务的指导员、司务长他们能"玩"得了吗?记者有点疑惑。可记者很快发现,叉车使用,弹药开箱,"八大员"并不弱于"职业"战士,开箱的开箱,搬运的搬运,规整的规整,所有工序有条不紊地进行。一小时后,车上近百箱的"弹药山"被"蚕食"……两个小时过去,所有弹药被成功卸车,顺利入库并开箱,百余发弹药堆放整齐运输至改装工房等待后期处理。

如此精湛的技术从何而来?据吴帅介绍,该连的每一名官兵都经过专业技能培训,取得了相应岗位资格认证考核。难怪他们的动作如此娴熟!吴指导员一边擦汗,一边说:"科研试验始终是中心耽误不得,只要一声令下,有一个上一个,有两个上两个,人人都得当战斗员。"

看来,这里的"八大员"还真不简单。

（刊于 2011 年 12 月 13 日《中国军工报》深度报道版）

利剑腾飞舞长空

——某部聚焦主题主线提升科研试验能力纪实

寒冬时节，渭河岸边的某部试验场，网络化的测试要素优化成阵，信息化的武器装备互联互通。随着一声长啸，某新型导弹如出鞘的利剑直冲云霄，精准命中目标⋯⋯

革故鼎新为剑飞，利剑腾飞壮军威。对该部而言，这是一个里程碑式的跨越，意味着部队在加速科研试验能力生成、加快部队转型发展的道路上迈出了坚实步伐。记者看到，从信息融合到指挥决策、从保障测试到指标考核，部队武器装备综合鉴定能力悄悄发生着转变。

激活思变谋变"动力源"

随着试验任务的不断拓展，信息化武器装备倍增、多型号试验并行展开、人员装备大强度快速转换的新形势，摆在部党委"一班人"面前。

压力面前，不进则退。站在新的历史起点上，该部党委"一班人"敏锐地认识到：对往日辉煌的眷恋、对成功经验的陶醉、对传统模式的固守，只会遮蔽认识未来的视线，遏制开拓创新的决心。加快战斗力生成模式转变是职能所在、大势所趋，没有想不想"转"、愿不愿"转"，只有必须"转"好的时代课题。

转变，最根本的是思想观念的转变。针对部分官兵思想机械僵化、坐观其变、等靠依赖，对信息化武器的主导趋势、对加快转变战斗力生成模式认识不够等诸多"病根"，一场"转变先转脑"、破除思维"梗阻"的"头脑风暴"随即展开。

重新认识自己并非易事。该部党委结合职能拓展的新要求，坚持用加快战斗力生成模式转变的指示精神统一思想，深入开展"找差距、促转变、谋发展"活动，通过讨论辨析、思想引导、专题研讨，使官兵们意识到任务新不可怕、装备老不可怕，可怕的是思想观念的陈旧，从而认清观念的落后比枪炮生锈更可怕，"思维差"比"技术差"更致命。随之，各级补短的紧迫感和主动"转"的自觉性不断增强。

认识的深化是开启发展思路的"金钥匙"。该部围绕承担任务特点，确立了"任务牵引、信息主导、人才强能、融合发展、主动作为、整体推进"理念，在提高官兵信息化素质上持续发力。一时间，想"转变"、谋"转变"、促"转变"成为部队官兵的行动指南。

为加快战斗力生成模式转变，他们坚持以一体化指挥平台为抓手，以比武竞赛为推手，采取"训、比、考、研"一体互动，坚持全员训、全员比，全程训、全程比，整体训、整体比，带着、推着、逼着各级想转变、谋转变、抓转变，提升基于

信息化系统的组试组训能力。随着一个个问题逐渐理清，一套套方案依次出台，各级向着加快战斗力生成模式转变迈开了矫健步伐。

寻求增能蓄能"新沃土"

碧海蓝天，战鹰盘旋；大漠戈壁，剑拔弩张。深秋10月，一份份捷报从美丽的珠海、茫茫的阿拉善沙漠传来，国家某重点型号任务考核取得阶段性成果。

利剑腾飞，靠的是过硬技术。近年来，集侦察、打击、毁伤功能于一体的高新武器陆续进场，要求该部测试技术、条件保障、组试能力必须"水涨船高"。

为满足测试保障技术需求，该部围绕综合效能评估、可靠性试验和模拟仿真等基础、前瞻性试验理论开展技术研究，为高新武器试验"保驾护航"。同时，探索以现代试验鉴定理论为基础，以信息技术为主导，以体系化条件建设为保障，以资源优化、手段齐全、评估综合为目标的样本小、消耗少、风险低、效益高的试验鉴定模式。

靶场如同战场。提高靶场鉴定能力，必须解决传统式考核鉴定向信息化综合鉴定转型中的"阵痛"，否则就永远迈不开创新发展的步子。为此，他们遵循基于信息系统的体系作战理念去"赶考"，围绕任务多样化、考核信息化的职能使命拓展训练内容、创新方法手段，把信息化条件下组试需要的各种技能训细、训实、训到位，实现训练场与战场的对接。按照这一思路，该部日常训练内容从常规化向信息化转变，考核方式从粗放型向精细化转变，组训模式由单一型向联合型转变：

基础性训练如火如荼。要求官兵掌握各种火炮、弹药操作规程，熟练驾驭主要装备、仪器，打破岗位与专业界限，完成专业互通化训练，实现一专多能、一人多岗。

信息化训练蓬勃展开。利用信息指挥网和多种操作平台，将复杂环境下考核内容引入训练内容，模拟逼真的信息化战场环境，使指挥员们在近似实战氛围中练谋略、练指挥、练心理。

创新性考核如影随形。依托综合信息系统组织考评，考核方式从"单项考核"逐步拓展为多专业、多要素、多方位系统考核，从单个人员、单件装备考核逐步转变为联网联试、能力集成考核。

一次次"赶考"，把各岗位逼进了信息理论创新的前沿领域和未来信息化考场，逼出了加快战斗力生成模式转变的坚实步伐。6月份，在该部组织的大岗位资格考核中，90%的岗位达到了优秀。

如今，该部创建的全过程、全要素考核试验鉴定模式，能一次获取实装发射飞行的多种信息，融合处理多种数据，极大地减少了产品消耗。同时，通过武器系统全过程、全要素、全参数的内外测数据获取和信息融合处理，不仅可以实时显现试验进程控制、关键条件构成、特征信息判定，还可以对一体化性能进行综合评估，综合鉴定能力不断跃升。

铺设聚才砺才"快车道"

9月底，随着一纸令下，《部队首批创新人才团队建设方案》《加强关键岗位人才贮备》等政策出台。新举措如阵阵劲风，吹响了向信息人才进军的号角。

经验型的走不了，科技型的不敢放，资历浅的跟不上，个别专业人才错位、骨干断层、精英短缺的现象，让该部党委"一班人"认识到，提升基于信息系统的综合鉴定能力，没有高素质的信息化人才不行，没有创新型人才团队更不行。基于此，诸多聚才砺才举措陆续出台：

常态式岗位练兵。坚持把岗位练兵向关键岗位、领导机关拓展，在熟练掌握信息化装备技能操作的基础上，编拟试验指挥作业想定，突出指挥信息化系统操作使用，积极开展模拟演练，尽快提高各级指挥员的信息化指挥谋略水平。

专项式攻关催生。围绕影响和制约体系能力提升的"瓶颈"问题，采取团队式攻关的方法，充分发挥"首席专家""技术顾问"的领军作用和酵母效应，在攻克难题中培养人才、锻造尖子。

任务式摔打锤炼。坚持把重大任务联调联试、重点课题集智攻关等作为培育人才的平台，让官兵在实践中学科技、学军事、学本领，练指挥、练谋略，做到任务完成一次，能力提高一步。

协作式联培共育。盯住岗位紧缺、岗位急需，与院校、厂家队联系协作，超前培养新兴专业人才，注重加大成像制导仿真、可靠性试验、目标捕获跟踪等专业人才培养力度。

路线式规范牵引。结合《"十二五"人才建设规划》《创新型人才团队建设》等措施出台，确立主攻方向，培养重点，按照"突出体系建设、突出信息能力、突出专项工程"的思路，重点抓好联合组试指挥人才、信息化建设管理人才、信息技术专业人才、新装备操作和维护人才，聚力打响"超越自我"的"人才战"。

坚强决心助推人才"破茧化蝶"。记者走进某试验室看到，从专业理论到基本技能，从控制系统操作到联合推演，人员训练科目安排得满满当当，与此相连的考核也如影随形、紧锣密鼓，让人感到冲锋般的紧张节奏。置身其中，记者感到一批浴火而生、乘势崛起的信息化人才蜂拥而来，新一轮"创新、创造、创先"热潮蓬勃兴起。

（刊于2011年12月27日《中国军工报》深度报道版头条）

向人才要战斗力

——某部推进人才战略工程加速部队建设纪实

华山脚下，渭水河畔，适应新军事变革而实施的人才战略工程深入推进，一大

批高素质新型科技人才迅速成长……近年来，某部紧贴中心、聚焦打赢、强势推进人才战略工程，为做好军事斗争装备准备、完成科研试验任务提供了有力支撑。

抢占制高点——

党委工程聚焦第一资源

该部党委始终把人才建设作为事关部队建设发展全局的重大政治任务，"出人才就是出政绩，抓人才培养就是抓战斗力"成为各级认识。

几年来，部队先后出台《贯彻落实军队人才战略工程规划实施意见》《全面贯彻落实指挥军官考评体系工作办法》《优秀专业技术人才管理措施》等指导性文件20多个。

远飞者丰其羽。部队党委在团以上党委中广泛开展岗位练兵活动，把各级党委班子推向人才建设的前台，学理论、练指挥、练技能、练体能，提高领导部队科学发展和组织指挥能力。"火车头"安上了"助推器"。党委成员率先成为人才建设的"领头雁"、人才培养的明白人。

他们还着眼提升核心军事能力，积极探索人才队伍精细化培养路子，集中研究提高干部培养使用效益等问题，制定《信息化人才建设三年规划》《信息化人才群体培养实施意见》……一项项卓有成效的党委工程激活了人才建设一池春水。

扭住关键点——

精细培养夯实核心素质

去年12月，一场基于信息系统的指挥演练如火如荼，10余项实装演示课目如行云流水般一气呵成，每项考核优秀率均达95%以上……这是部队大抓军事训练、加快核心军事能力生成的真实写照。

面对信息化建设的新形势、拓展深化军事斗争准备的新要求、加快转变战斗力生成模式的新任务，部队党委紧跟武器装备建设进程，坚持把任务需求转化为人才支撑需求，把人才支撑需求转化为人才建设任务，树起素质为先的"风向标"：

——扭住素质需求选干部配班子。以军事、政治、体能为重点，考核选拔干部，抓好团以上班子调整优化，重视使用年轻优秀、经过重点院校培训和重大任务摔打磨炼的干部。

——扭住素质需求强化素质培训。依托驻地军地高校举办信息化知识培训，建立新装备人才培训协作机制，有计划、分批次组织专业技术干部到实地调研锻炼。

——扭住素质需求引进盘活人才。着眼岗位有人、岗位称职、岗位稳定，积极引进、盘活人才，安排机关基层干部双向交流，坚持把优秀干部补充到重要岗位。

妙方育良才。如今，该部有研究生学历的军官占到40%以上，一大批人才受到全军、总装备部各类表彰奖励。

锁定增长点——

创新思路激活一池春水

去年年底,部队创新贡献奖揭晓后,不少人直呼"没想到":受表彰的大多是30岁的年轻人。这一现象,让与会领导更加坚定了共识:人才建设只有创新才有出路,人才工作只有创新才更具活力。

创新始终是部队党委抓人才建设的"主旋律"。近年来,他们始终以加快人才能力转型为核心,以信息化人才培养为重点,以高层次人才队伍建设为引领,以研究解决重大现实问题为突破,坚持大规模培养人才、大幅度提高素质,铺设了一条育人"快车道":投入专项经费构建了集组织指挥、演示观摩、学习交流于一体的信息网络平台,邀请军内外专家定期赴部队巡回授课辅导,组织理论研讨、学习论坛,安排优秀年轻干部下厂锻炼,提高试验指挥能力;制定下发《部队高层次科技人才培养工程实施办法》,按照领军型、拔尖型、专家型等不同类型,遴选培养对象,采取聘请名师重点带教、举办高级研修班等形式重点培养;积极探索大学生干部系统培养思路,打造学历教育与任职培养同步、在校学习与部队实践锻炼衔接的"培养链",加快知识优势向能力优势的转化。

该部还设立专项奖励基金,对科研创新、技术攻关中做出突出贡献的优秀干部给予奖励,激发他们的创新热情。

(刊于2012年1月7日《中国军工报》深度报道版头条、2012年1月12日《解放军报》专题新闻版以《转型带来新跨越》为题进行了刊发)

大漠砺剑记

——推荐某部官兵执行外场试验任务的一组日志

去年8月底,某部9名官兵赴内蒙古执行国家某重点试验任务。3个多月里,他们在茫茫戈壁滩战酷暑、斗风沙,克服种种困难,夜以继日工作,确保了任务圆满完成,展现了装备人良好的精神风貌。现节选他们的几篇试验日志向贵报推荐,与读者共勉。

一路颠簸一路景

时间：8月30日　**天气**：晴,微风

昨天下午,来到传说中的阿拉善,并在这里"安营扎寨"。第一次近距离接触沙漠,感觉还是很新鲜。

前往测试点的路上,多是坡度60多度的沙丘,车辆冲过一个又一个,吓得我抓紧车座,一身冷汗。来的路上,试验指挥饶鹏就告诉我们,这里的条件比较艰

苦，地处沙漠，进点的路都是以前他们用车轮碾出来的，试验都是夜间在野外无人区作业，让我们有个思想准备。我当时想着没什么，谁知会这样。

刺眼的阳光、颠簸的路况，让我快要吐出来了。到了点位之后，我发现大家都一个表情——脸色煞白。饶指挥则开口说："过几天习惯了就好了，前面的路会好走一些，今天大约要测5个点位。"

为了节省时间和费用，中午我们就地吃了些面包和饼干，然后继续赶路。驱走了饥饿，人就轻松了很多。一路上跟司机师傅聊天，善谈的司机提醒我们，在沙漠里行动最重要的是要认清方向，千万别迷路了，正午要穿长袖，不然很容易晒伤……得知我们都是晚上出来试验时，他还特意说了一句，沙漠里面可能有狼，要注意安全。

东边日出西边雨

时间：9月5日　天气：风雨交加

凌晨3时，气象报告显示可以进行首次实弹射击，我恋恋不舍地离开了被窝。因为不熟悉道路，又是第一次夜间进点，所以比较费时，凌晨4时出发，5时30分才达到预定地点。被试品和火炮都准备好之后，新的气象测量结果传来，条件不算太好，但也不能算太坏。

身处漆黑无月的沙漠，只听得到对讲机里传来那熟悉的声音——"准备射击""3、2、1、放"。过了约一分钟，耳边传来"砰、砰——砰"三响。怎么会是三声？我不解地问。饶鹏说，火炮射击时会发出三种声音，听到的第一声叫弹道波，是炮弹划空的声音；第二声叫发射波，是火炮射击时炮口发出的声音；第三声叫爆炸波，是弹丸落地爆炸的声音，我们根据第二个声音探测炮位坐标。听后，我顿时明白了一二。很快，探测结果也处理出来了，大家认为还不错。

"那就抓紧时间打下一发"，饶鹏随即下令。"中央所、中央所，我是2号，这边下起雨了""4号这边也下雨了"……就在此时，各点哨电台报告。得知雨不算大，饶鹏决定继续试验。

向远方电话求医

时间：10月9日　天气：晴，大风

凌晨5时多，张军打来电话说身体很不舒服。看着张军肿得发厚的嘴唇，我预感到他烧得不轻。饶鹏当即要带他去医院，却被张军推掉了。他不放心，又跑到附近的药店去弄药，却被告知要9时才开门，最后几经周折搞到了些退烧药和一支体温计，一量38摄氏度。服药后，张军有气无力地劝大家回去休息。

11时，李参谋带张军去医院，经查是普通感冒，体温已经下降。大家这才松了口气，因为一人一岗，谁都不能病。可晚饭后不久，张军又烧起来了。怎么办？饶鹏拿着张军的化验单，给远方的医生爱人打电话求助，将化验单上10多个检查指标一一汇报后，证实是普通感冒，但最好还是去打点滴。领了医生爱人的"命令"，饶鹏决定带张军去医院，其他人正常休息，做好晚上进点的准备。

夜里 11 时 40 分，饶鹏带着面色明显好转的张军回来了。他说，回来的路上看了看风，凌晨 3 时前可能要进点。

（刊于 2012 年 1 月 10 日《中国军工报》读者之友版）

军营私家车不完全姓"私"
——某部加强军营私家车管理纪实

1 月 3 日下午，记者在该部营门看到，一名干部开着刚买的私家车欲进军营家属区，却因为手续不全被吃了个"闭门羹"。原来，就在 1 月初，一份《军营私家车管理细则》在某部出台；同时，部队私家车驾驶员训练场落成……该部为加强私家车管理出台了一系列新举措。

曾有一段时间，该部部分官兵认为，私家车应该像家里的电视、冰箱和洗衣机一样，自己想怎么用就怎么用，部队无权干涉，导致军营私家车乱停乱放、手续不全、不按规定驾驶等现象时有发生。军营私家车不在部队编制内，但私家车的安全连着部队战斗力，影响着军人家庭的幸福，军人及家属开私家车绝不能简单地看成"私人"的事。对此，该部党委态度明确。

为给军营私家车装上"安全阀"，该部在充分调查研究的基础上，将军营私家车纳入单位统一管理范畴，制定《军营私家车管理细则》和《私家车违规处罚实施细则》，对私家车的停放、驾驶、手续等做出硬性规定。每月对私家车安全技术情况进行检查，把开私家车的干部职工纳入每年的军车驾驶员理论考核中，私家车驾驶员必须与所在单位签订《文明驾驶安全行车保证书》，督促军人及其家属文明驾车。同时，延伸管理触角，把管理范围延伸到军人家属和职工，定期组织驾驶技术培训、理论考试与技能考核。

他们还定期邀请地方交警部门为私家车驾驶员讲解政策法规，开展安全教育，介绍最新的管理动向，引导他们文明行车、安全驾驶；建立安全行驶档案，为每一名私家车驾驶员建立个人档案，车型、驾龄、违规记录、考核成绩等一一登记在册。坚持把"八小时以外"、节假日、干部探亲休假等作为管控私家车的重点时段，形成全方位、全员额管理机制。同时，加大安全行车宣传，在部队局域网上开辟安全驾车专栏，介绍安全行车、车辆保养、交通法规等知识。

（刊于 2012 年 1 月 12 日《中国军工报》专题报道版头条）

小创意过大年

春节将至，"年味"愈浓，在欢乐祥和的氛围中，记者走进了华山脚下的某部

营院。这里与想象的完全不同，除了写春联、贴年画、挂彩灯、放烟花，举办茶话会、联欢会、迎春晚会等这些传统文化内容外，"创意迎春"为新春找到了新的吸引力，给"年味"加注了现代时尚的佐料。

在该部某所，一项别具特色的"创意迎春"推出："比一比谁看的书多、留的言多"活动，大家把各自读过的好书附上读书体会和推荐理由，放在统一位置，其他战友可以利用春节长假自由阅读，还可以随意留言和评论。指导员腾宝说："这种好书推荐、好书共享的方式，相信能使春节文化更丰富，能让知识传播更便捷。"

本色DV秀，秀出自我。在该部某站发动全站官兵每人自导自演一个属于自己的节目，用DV记录并制作成片子，每名战友可以在片尾说出龙年的心愿，送出新春的祝福。战士吴江说："把这样的光盘寄回家，相信父母看了一定会感到暖意融融的。"

"亲爱的爸爸妈妈，我们给您拜年了……"在该部在某室，"博客拜年"体验不一样的感觉。没有篇幅限制，还可以加入视频、音频、图片，让传统的拜年变得"声情并茂""透过博客以其绝对原创的真情拜年感觉真的不一般！"新毕业干部小赵深有感触地说。

在迎接新年的喜庆氛围中，该部某连的官兵们也没忘记陪驻地孤寡老人聊聊天，为贫困学生准备一份新年礼物，让新的一年更加温暖。指导员谢安宁说："用这种方式喜迎新春，会使我们更加领悟肩上的职责和爱的真义。"

置身该部各个单位，一项项"创意文化"凸显着喜庆与祥和，让人不禁拍手慨叹：今年的军营春节，注定过得不一般！

（刊于2012年1月21日《中国军工报》专题报道版）

培育英才铸利剑

——某部着眼靶场转型加快人才队伍建设纪实

阳春三月，走进某部，记者看到，以信息化知识为内容的学习讨论热火朝天，以"实战化"为背景的训练考核紧锣密鼓……该部在加快部队转型发展过程中，深入落实人才战略工程，倾力打造高素质人才队伍，为忠实履行国家靶场职能、推进部队建设科学发展提供了有力支撑。

聚才有招数

翻阅该部人才"档案"，育人之举，令人感叹：仅去年，部队召开人才建设专题会议5次，出台人才建设政策性文件7份，表彰奖励各类人才160余人次，获军队科研成果11项……

该部党委坚持用神圣使命感召人才、以靶场精神激励人才、靠清风正气凝聚人才，深入开展使命职责教育，激发各类人才投身武器装备事业的光荣感使命感。同时，大力营造关心爱护、解难帮困的生活环境，倡导学习、鼓励创新的工作环境，公平公开、创先争优的制度环境，让人才受尊重、创造得肯定、贡献有回报，为人才尽情释放才智、脱颖而出创造条件。

该部党委坚持学习给条件、成才给待遇，千方百计激活人才奋发进取的动力源，营造人才吃香、成才光荣的浓厚氛围。同时，设立人才奖励基金，对有突出贡献的给予重奖表彰，让优秀人才名声响起来、实惠多起来、地位高起来，浓厚事业聚才、氛围励才、环境暖才的政策环境。他们还积极探索建立优秀人才优先使用、技术干部选调职级、关键岗位能上能下等制度机制，让人才在没有后顾之忧的环境中勤奋敬业、茁壮成长。

随着育人环境的改善、引才措施的出台……人才培养由当初时的"规劝式"走向了"赛马式""擂台式"，要想成为其中一员，须经过层层"海选"。科技英才李亚东等一批优秀人才毕业时纷纷放弃了进大城市的机会，他们的理由只有一个：良好的环境，更能使人施展抱负。

近年来，该部党委遵循高层次人才成长规律，甘为事业育人才，善为事业留人才，以前所未有的决心、前瞻开放的理念、超常创新的举措，走出了一条独具特色的人才建设之路。

育才有沃土

3月初，国家某型号重点武器鉴定考核体系取得重大进展，时间比原计划提前了两个月，10多个技术难题被成功攻克，实现系统互联互通，这些创新成果为同类型武器靶场鉴定提供了借鉴。

面对日新月异的新装备，该部党委提出"信息主导、任务牵引、超前培养、配套建设"的总体思路，按照梯次衔接、逐级跃进、体系发展的建设思想，构建人才体系，完善保障机制、整合各方资源、加大培养力度，超前培养能驾驭新装备"驭手"，使高层次人才建设朝着新的目标迈进。

该部还围绕加强指挥军官队伍、技术专家队伍和士官队伍等建设目标，突出抓好参试指挥人才、信息化建设管理人才、信息技术专业人才、新装备操作和维护人才培养。同时，坚持向武器生产厂家、科研院所和兄弟部队派出"外学大军"，每年约200人的"取经团"一边学习调研，一边夜以继日编写大纲教材，研发模拟器材，极大地缩短了新装备战斗力生成的周期。

打开该部育才方案，记者清晰地看到，围绕新型参试体系能力建设要求，他们按照指挥控制、测试能力、质量管控、条件保障等要素，任务指挥、装备操作、维修保障等类型和尖子、骨干、苗子等培养层次，把综合参试体系能力分解，具体到每名官兵，用参试能力指标确定各类人才能力素质培养标准，牵引人才精确化培养。为扩大人才辐射效应，该部深入开展"大帮带"活动，近百对帮带对子签订帮带协

议，形成了"人人被帮带、个个帮带人"的联动育才格局。

他们还注重给年轻同志交任务、压担子，把有能力的骨干人才放到重点项目磨炼、前沿课题摔打，一批批年轻尖子人才在攻关实践中脱颖而出。

砺才有舞台

3月上旬，一场"实战化"考核在该部拉开帷幕。"发射！"随着指挥员一声令下，利剑出鞘。一旁"观战"的李参谋透露，此次考核中的操作手80%是大学生士兵。记者看到，全套程序下来，所有参试官兵个个沉着自信、操作精准。

大学生士兵挑大梁担纲操作，折射出部队高素质人才正在崛起。该部把"指技合一"作为人才培养的新目标，坚持军事指挥和专业技术并重，组织机关干部走上训练场学军事练指挥，选调有发展潜力的技术干部到指挥岗位挂职锻炼，优化成长路径，走开交叉任职、多岗锤炼的育人路子。

新的成长路径带来新变化。科技干部陈皓毕业不到两年，成功解决多目标数据处理、复杂背景下的目标检测与跟踪等关键技术难题10多个，获军队科技进步奖两项，并被评为高级工程师。他深有感触地说："这里不仅能聚才、育才，更有人才大展身手的舞台。"

一分耕耘，一分收获。如今，在部党委精心浇灌的人才成长沃土上，勇立科技潮头的精英人才纷纷涌现，科技创新成果争奇斗艳，服务打赢的活力竞相迸发，成为部队科研试验能力新的增长点。

（刊于2012年4月3日《中国军工报》一版头条）

风清气正树形象

——某部党委维护官兵利益纪事

4月初，记者从某部机关获悉：党委服务基层满意度95%以上……某部党委坚持在干部使用、士官选取、经费开支等一系列问题上，操作于阳光下、运行于监督下，点点滴滴树形象、扎扎实实解难题，纯正了部队风气、创造了和谐氛围。

实绩就是"度量衡"

去年9月，该部医院眼科医生仵晓燕走上了副院长职位，成为医院班子中年龄最小的领导干部。像仵晓燕这样被提拔的不是个例。

也是去年，该部5名营职岗位空缺，7人符合提升条件。对此，部分干部思想"活跃"，有的多渠道打探消息，有的多途径"汇报思想"……为让敏感问题脱敏，该部党委因势利导，把选拔任用干部的过程作为对部队官兵特别是广大干部进行思想教育的好时机。坚持以公开求公正，把干部的缺位情况、拟提对象的素质标准、干部任后的目标要求等信息向大家公布，并在实施过程中严格履行标准程序，将岗位需求、工作实绩、群众公论进行综合考量，对把舞台和岗位向素质全面、忠诚踏实、廉洁正派的同志敞开。

一名干部工作扎实，但不善言辞，感觉自己平时与领导接触不少，对能否提升心里没底，就在他为如何找领导"汇报工作"劳神费力的时候。"只要工作上的事你用心，选拔任用的事你就放心。"张明部长的一句话，使他悬着的心落了地。半个月后，这名同志走上了新的岗位。3 年来，该部调配干部 30 多人，上级认可，党委放心，群众满意。

阳光就是"净化剂"

3 月初，18 名战士公开角逐外出培训，曾成为上下关注的焦点。结果，名额条件、标准要求，一切放在"阳光"下展开，最终 5 名素质过硬、群众认可的同志一举胜出。

在该部官兵中流传着这样一句话："不怕没位置，就怕没本事。"在这里成绩就是前途、就是舞台。去年年底，士官选取矛盾突出，在关系战士切身利益的敏感问题上，该部制定了公开选取的 6 项具体措施和各级工作流程，将全部指标一次性下发基层，把士官队伍考核整顿结果、专业技能水平和群众满意率作为选取的"硬杠杠"。3 年来，他们共选取士官 239 名，做到了选上的硬气，选不上的服气。

部队历史上转隶次数较多，一些历史遗留问题久拖不决。"新官要管旧账"，该部党委多次与驻地政府沟通协调，使久拖的职工医疗、土地置换等问题得到合理解决，赢得了官兵口碑。

真情就是"风向标"

该部把解难题、办实事作为提升风气建设的"风向标"，下功夫、勤作为。

部队大部分营房始建于 20 世纪 70 年代，岁月使老营房受损严重，有的漏雨、有的上下水管线老化……该部党委在积极向上级反映情况寻求帮助的同时，自筹资金进行基础设施改造，为基层连队新建多功能晾衣场、安装太阳能、电热水器，解决了困扰官兵生活的诸多难题。过去，由于居住条件落后，出现有的家属来队不愿意入住等现象，部党委连续三年将家属房改建列入议事日程，连同食堂等建设一并解决，同时新增了家具家电等设备，从根本上改善了生活条件。

部队地处渭河流域，官兵饮用水沙质超标，结石病偏高，虽然没少下功夫整治，但问题始终没有得到彻底解决。去年，该部党委邀请省市水利、地质专家走进军营，现场勘查选址、实地考察论证，终于打出了深水井，解决了官兵饮用水质难题。现在，该部投资生产的"美嘉斯"牌纯净水已入户进班。一件件实事，暖心坎、顺心气，培育了弘扬正气的沃土。

如今，无论是选人用人、经费开支，还是物资采购、工程招标，该部都坚持让

群众清楚底数、当好评委，既规范了操作，又赢得了官兵认可，为部队建设注入了清新活力。

（刊于2012年4月14日《中国军工报》专题报道版头条）

渭河岸边的幸福人家

前不久，记者来到地处渭河岸边、被某部官兵称为"荒滩别墅"的夫妻点号。说是"别墅"，确有几分相似，二层小楼与旁边空旷的河滩形成了鲜明对比。

刚进院子，四级军士长吴涛与妻儿热情地迎了上来。从那身散发着油味的外套，记者猜得出他又在摆弄设备。吴涛指着院子角落的测试方舱车说，过两天多项任务要进场，趁这几天准备准备。

吴涛一家人驻点已快四年了。由于点号远离部队，以前连队干部一次查岗需要大半天，后来他提出和妻子驻点的想法，得到批准。

在连队，吴涛是一个"小能人"，炊事、电工操作样样在行，还能维修多种电器，被战友们亲切地称为"维修大拿"。这几年吴涛先后为连队培养了10多名电工、油机操作手。前段时间，部队新买了两台油机，到部队后电压一直不稳，厂家派技术人员几次检修，都无功而返。后来，还是吴涛帮助解决了问题。

说到这个，随同采访的副连长李双银提起了一件往事。去年年底，某型无人装备发射前，方舱车的电器突然出现故障，任务已经进入倒计时，几名技术干部轮番上阵，最后还是吴涛出马，才让设备"起死回生"。

点号四周都是野地，平时风大，有时想打个羽毛球也难，读书成为他打发时间的唯一方式。几年来，吴涛自学了电工、油机等知识，还考取电工操作中级资格证书，撰写的多篇技术论文都获了奖。

在点号待久了，会不会厌倦？吴涛笑笑说，日久生情嘛，自己从偏僻的农村走出来，能被选取为士官十分知足，也心存感恩。采访中记者能感觉到，吴涛不仅仅喜爱这个点号，也特别喜爱自己的工作。当兵这么多年，他只休过两次假，最长一次也不过二十天。吴涛原本有一个比他大两岁的哥哥，可在他入伍的第二年，哥哥生病后被误诊，救治无效离开了人世。父母怕影响他的工作，没把这个消息告诉他，直到两年后，他回家探亲才知道这件事。

吴涛的爱人原本是乡镇医院的一名护士，2009年应吴涛的"邀请"，放弃了自己的工作，带着两岁的儿子来到了点号。吴涛说，妻子是自己"骗"来的。但他的妻子却说，选择了军人就得有所放弃。朴实的话语，让人心头一热。谈起驻点的感受，她说，当初想到苦，但没有想到这么苦，现在时间长了，感到心里很充实，也挺幸福。她讲这段话时，幸福的微笑一直挂在脸上。

快吃午饭了，记者要走，夫妻俩执意让记者留下。李双银说，听说吴涛的爱人厨艺不错，咱们就尝尝鲜吧。

做饭间隙，吴涛的爱人向记者讲述起他们从恋爱到驻点的往事。她说，在点号，吴涛要经常参加试验任务，自己就带着孩子守点。去年6月的一天，吴涛一大早就参加试验去了，深夜还没有回来，孩子突然发起了高烧，也联系不上丈夫，急得她差点大哭起来。好在碰上单位的试验人员，才把孩子及时送到了医院。她说，在点号待久了，一家人对部队的感情也就更深了，儿子见人总要敬军礼，还喜欢唱部队的歌曲。吴涛的儿子吴子豪还当场唱了一首《好男儿要当兵》，稚嫩的童声流露着渴望与梦想。

下午3点，记者离开点位前，5岁的吴子豪给记者敬了一个有模有样的军礼，并对记者说："欢迎叔叔下次再来。"看着这可敬的一家人，记者品味到了什么叫忠诚与幸福。

（刊于2012年4月17日《中国军工报》一版）

"火山口"上的警句新语

——某部弹药库加强安全文化建设启示录

责任连着安全，安全连着幸福。五月，走进素有"火山口"之称的某部弹药库采访，耳际不时飘过句句"安全新语"，让人耳目一新。该库着眼弹药工作的高危特点，始终秉承"短期安全靠管理、中期安全靠制度、长期安全靠文化"理念，坚持用先进文化铸就安全盾牌，实现了42年安全无事故。

居安常思危

居安思危除隐患，预防为主保安全。踏入该库营区，安全警示标语随处可见，时刻提醒官兵绷紧安全弦。

抓文化就是抓安全。该仓库通过在营院、办公室、宿舍、餐厅等公共区域悬挂安全标语、张贴安全格言；在业务技术操作区域、重点要害部位等地方张贴工作操作规范、安全保密要求，引导官兵在潜移默化中知晓安全规定，养成良好习惯。

搭好"文化台"，唱好"安全戏"，让安全红旗久久飘扬。该仓库采取兵演兵、兵唱兵的形式，创作编排反映仓库安全的文艺节目，把简单枯燥的说教通过诙谐幽默的艺术形式表现出来，使官兵在休闲娱乐中受到安全文化的洗礼。同时，将弹药收发、保管中的安全要求，查库巡库的注意事项绘制成漫画开展宣传，安全文化犹如面面战鼓，在无声之中提醒官兵严格安全操作，牢记安全要求。

责任若泰山

安全就是生命，责任重于泰山……4月底，记者一踏进库区就听到琅琅之音。原来，该仓库正在对今年的新战士进行安全知识教育。

每逢新兵下连、学员分配、老兵复退、季节转换等时机，仓库都要组织学库史、唱库歌、话库魂，引导官兵树牢安全意识。仓库安防系统操作员周鹏斌告诉记者："刚刚更新的安全监控系统和制作的40年安全建库史是仓库开展安全教育的最好教材和重要场所。"

在仓库安全文化墙前，记者看到，他们将上级关于安全工作的指示要求、弹药业务安全常识等内容以图文并茂的形式描绘在墙壁上，让官兵驻足墙前，应知应会的安全知识即可一览无余。仓库主任郭金宏说："以官兵喜闻乐见的形式展现出来，使官兵们既能够在景致优美的营区中时刻受到熏陶，又能为营区增添一道亮丽风景。"置身其中，记者发现，敲着警钟过日子、心存忧患干工作，处处都能找到安全文化的影子。

平安在平时

脚踩火药桶，天天报平安，靠什么？该库教导员李小灿说：把安全意识、安全法规铸成安全文化，内化于心、外化于行；将安全关口前移，安全要求细化，从源头上减少安全隐患，安全屏障就能坚不可摧。

安全工作无小事。该库本着"立一项制度就是树一道防线，抓一项制度就是强一种意识"的理念，对安全制度进行细化完善，总结弘扬库魂、唱响库歌，以有形载体促进无形力量，让安全意识植入官兵"思想细胞"，体现于官兵的具体行动。

记者看到，为增强安全制度的执行力，让安全文化落地生根，他们按岗定责、按级负责和按效问责，将安全工作责任逐级进行细化。同时，实施严格奖惩，采取每日点名"安全表扬"、每周例会"安全讲评"、每月实施"安全奖惩"、每年进行"安全表彰"等办法，将安全工作与个人评功评奖、提职使用相挂钩，促进了安全责任落实。

用文化导航，使该仓库趟出了一条以安全文化促发展的新路子。

（刊于2012年5月10日《中国军工报》专题报道版）

法律之花绽放靶场

——某部结合实际探索法律文化建设纪实

部队定期学法、官兵自觉用法……某部采取多种形式，探索加强军营法律文化建设，把军营法治建设上升到文化层面加以研究和实践，从思想深处筑牢了官兵的"法治围墙"。

让法治观念入脑入心

3月上旬，以"廉政文化进军营"为主题的作品展在该部文化活动中心举办，前来参观的官兵人流如潮。该部有关领导介绍："通过作品展，让法治观念入心入脑，旨在提高官兵法律意识。"

思想是行为的先导，法治观念树得不牢，以法行事的自觉性就会大打折扣。为此，他们开展"法律文化进课堂、进操场、进班排、进网络、进点位"活动，发动官兵自编自演与法律相关文艺节目，通过将法律法规和条令条例编成通俗易懂的诗词，让官兵在"兵说兵、兵演兵"的文化活动中感悟法之精神，在看得见、摸得着的法律文化环境中增强法治认同。同时，开展"送法下基层活动""学法大课堂"等活动，通过灵活多样的形式手段，使官兵既学到了法律知识，又受到法纪文化熏陶。如今，在该部只要是官兵生活工作的地方，都能找到法律的影子。

为解决法律条文不易背记，更不会应用问题。该部将法律法规学习融入生活、搬上舞台，想方设法将法律法规和条令条例制作成动漫、灯谜、普法小品，引导官兵主动学习法律法规。如今，法律格言警句被挂在道路两侧灯箱，操作规程被刻在操作现场……法纪文化进班排、进训练场、进灯箱、进库区，让官兵人人受教育，处处受熏陶。

将法律文化融入实践

2月初，该部《廉政文化建设措施》出炉，《工程建设和大宗物品采购招投标细则》等措施修改完成，一项项重大举措构建起了官兵维护合法权益的"安全屏障"。

守法，法如伞；违法，法如剑。记者看到，他们把服务人、关心人融入依法从严治军、维护官兵权益、解决矛盾困难之中，激发官兵投身部队建设的热情，保证了官兵在工作生活实践中不踩雷区、不越红线。他们还通过开启法律服务的"绿色通道"，依托政工网开通"法治在线"服务信箱，成立法律咨询服务小组，为官兵解决涉法问题。2006年，一名干部家中宅基地被邻居侵占，父亲劝阻时被打成重伤，问题久拖不解，家人情绪激怒，想私下找人给对方点"颜色"看看。得知情况后，该干部没有鲁莽行事，及时向单位领导汇报，部队专门安排法律服务工作的同志与当地法律援助中心联系，使问题得到了圆满解决。事后，这名干部深有感触地说："只有学法用法懂法才能依法办事。"

部队风气是军营法律文化建设成效的"试金石"。近年来，该部依据法律规定制定完善了《处理基层敏感事务细则》等10余项制度措施，聘请19名基层战士担任"基层党风廉政建设监督员"，确保了权力运行有章可循、规范透明。他们还积极搭建风气建设的"监督平台"，在专题网页上设置监督台，开通 "热线电话"，在士官选取、立功入党等敏感性事务中加强监督，反映官兵意见，确保阳光操作、规范透明。

3 年来，部队新建改建工程投招标 10 余次，选取士官 200 余人，坚持公开公平公正，官兵信服。

促法律文化常态运行

5 月初，走进该部，每月一次法律文化建设情况汇总，每季度一次难题会诊、分析形势，雷打不动。秘工科干事王东告诉记者：周有法律文化活动、月有法律文化教育、季有法律文化讲评、年有法律文化总结，确保了军营法律文化建设的持续性。

为使军营法律文化活动常态化，该部坚持党委统揽，主官主抓，机关负责，形成齐抓共管的浓厚氛围。建立抓法律文化建设领导小组，对计划安排、活动组织、经费投入、物资保障等明确具体要求。建立保卫委员、思想骨干、安全员和廉政监督员报告制度，筑牢官兵遵纪守法的"制度堤坝"。

该部还坚持把法律文化建设融入战斗精神培育，融入军事训练实践，融入科研试验任务完成，坚持统一部署、同步展开，处理好开展法律文化活动与部队工作任务在时间、人员上的矛盾，从而使法律文化工作真正进入角色，在与中心工作的结合中提高地位、发挥作用，形成文化建设受重视、文化建设有人抓、文化建设出成果的浓厚氛围。如今，在该部一批"基层法律咨询员"活跃在基层连队，帮助官兵及时解答法律疑难，解决涉法问题。

法律文化建设的服务对象是人，工作也要靠人来推动。他们在"学习廉政规定、规范从政行为、树立清廉形象"专题教育活动中，注重向深层次延伸，签订了廉政承诺书，引导干部家属、子女以身作则。同时，主动与驻地司法部门协调，签订"法律拥军"协议，实现军地法律资源共享，定期邀请驻地法官、律师等法律专业人员，到部队宣讲辅导和开展法律咨询活动。3 年来，法律援助工作组先后为官兵及家属提供法律咨询 50 多次，解决涉法问题 7 个，有效维护了官兵的合法权益。

（刊于 2012 年 5 月 24 日《中国军工报》法苑版头条）

餐桌上，文化味更浓了

——某部提升伙食保障能力纪实

"饭菜丰盛、营养全面、吃得可口……"这是官兵的普遍说法。某部试验技术区中心大食堂紧贴官兵需要，积极转变服务保障理念，倾力打造文明安全、品位高雅的伙食保障体系，伙食保障能力不断攀升，官兵伙食满意度逐年跃升。

厨师都懂营养学

周末，记者走进该食堂某分餐厅，餐桌上，"霸王鸡""老虎菜"等丰盛伙食让人眼花缭乱。记者了解得知，这么可口的大餐皆出于土生土长的通信兵。

曾经，在官兵的印象中，炊事班是个没有多少技术含量的岗位。个别单位甚至把炊事班当成了"收容所"，将工作能力一般的战士放到炊事班"集中安置"。

而现在，记者了解到，炊事班的战士都是"个顶个"。他们上岗前都要经过层层"海选"，能力素质差被淘汰，选拔上的还送出去学习深造。教导员杨从刚告诉记者："现在到炊事班的战士要么是拿了等级厨师证书的，要么就是精通营养学的小'专家'，没有一两下子是进不了炊事班的。"

现如今有等级厨师轮流掌勺，将普通的"大锅菜"做成特色的"招牌菜"，让官兵大饱了口福。

饭菜搭配有说道

去年一次体验让该食堂领导"坐立不安"，体检发现部分官兵出现了不同程度的"三高"现象。经过一番调查，答案浮出水面：由于饮食保障只关注了让官兵吃的"有滋味"，而忽视了营养调剂。

"要让官兵既吃得满意，更要吃得营养，吃出健康！"很快，该食堂领导将伙食保障从保温饱转变到保质量、保健康上来。记者了解到，过去炊事员只管照单做菜，而现在必须熟悉了解各种食品的特质，弄清楚哪些食物是"黄金搭档"、哪些是"冤家对头"。

战士张广军告诉记者，前段时间，个别官兵出现乏力的现象，炊事班马上调配饮食，增加海带、动物肝脏等富含维生素C和蛋白质的食物。经过一段时间调理，官兵的症状很快消失了。

在各食堂餐厅小黑板上，"精粮合口味，粗粮润肠胃""多食一点醋，不用去药铺"等健康饮食谚语每天都会列出几句。"时间久了，官兵耳濡目染养成了健康饮食习惯。"张广军告诉记者。

食谱调配有个性

曾经，官兵吃啥菜由食堂定，食谱周而复始，伙食品种单一，官兵对伙食的满意度一度"下滑"。

为此，该食堂采取在局域网上组织"大家来点菜"等方法，积极收集官兵意见，作为制定食谱的重要参考。同时，他们按地域、分季节，建立"食物多样、营养平衡、烹饪科学"的营养系列食谱，做到粗细搭配、干稀调剂、营养合理，一日三餐不重样。

为兼顾不同地域官兵的饮食爱好，他们还在家乡菜、特色菜制作上下功夫，在餐桌上设置调味台，照顾不同地域官兵饮食习惯，满足官兵不同的口味需求。针对官兵来自五湖四海，变"固定食谱"为"流动订单"，实现自助就餐模式，让官兵吃出了品位，吃出了好心情。

（刊于2012年6月5日《中国军工报》综合新闻版）

过硬的连队过硬的兵

——某连采访见闻

"日日不打仗，却天天上战场。"这是某连战士对自己的比拟。在该部提及这个连队，官兵们都知道是一个响当当的连队——连续 6 年被上级表彰为基层建设标兵单位和军事训练先进单位。5 月 21 日，记者走进这个光荣的集体。

美丽的营院充满活力，学习室里，士官蔡利华正给新战士们传授火炮操作要领——"任务只有 100%的圆满，99.9%也不行……"这个曾经用 57 秒发射 13 发炮弹的"神炮手"用自身经历和亲手编写的教材为新战士们传授技艺，听得新战士们格外入神。指导员李鹏告诉记者："随着武器装备发展，战士们顺应战斗力转型发展的脚步也得加快，学理论、学军事、学技能，一样都不能少，一刻都不能怠慢。"去年年底曾获全军优秀士官人才一等奖的卢正告诉记者："连队过得硬，首先自己得过硬。"

"一、二；一、二……"循声士气十足的呐喊声，走进某火炮工房：5 门火炮依次排开，6 名战士正挥汗如雨，精心擦拭着刚刚回场的火炮，10 多公斤的洗发杆在炮膛里来回运动，动作整齐协调。四级军士长韩玉杰，这个去年年底刚刚被上级表彰为"靶场奉献之星"的新闻人物告诉记者："火炮人每天与火炮为伴，火炮就是亲密无间的'战友'，每次试验一结束，第一件事就是擦拭保养，准备下一场'战斗'。"

走出工房，前方阵地响起隆隆炮声。"听，今天的'战斗'已经打响。我们火炮人，不管严冬酷暑，一年大部分时间与火炮在一起，与试验场结伴，工作除了辛苦，就是危险……"李指导员边说边与记者走进了隔壁的厂房。

这里，某型设备出现了"罢工"，一场讨论正在热烈进行，零下 60 摄氏度的低温环境模拟试验室里，"装甲神医"李振宝正在抢修设备。当他从低温间走出来的那一刻，等候在外的参试厂家人员逐一与他握手致谢。李指导说："李班长入伍 12 年，凭借过硬技能，总是能在紧要关头让设备'起死回生'，今天他又立了一功。"

在该连，他们还有一个称谓——"钢铁连队"。问及其因，李指导员告诉记者："一提起钢铁二字，战士就来劲，再大的困难都能克服掉。就说最近吧，6 项任务同时进场，常常夜里十一二点撤场，凌晨五六点又进场，战士们早出晚归，却毫无怨言，每天争着抢着要到试验一线去。"这究竟是为啥？记者不解。

你瞧，李指导员指着走廊墙上的大红字：钢铁信念跟党走、钢铁血性铸军威、钢铁脊梁担重任、钢铁拳头当先锋、钢铁本领保成功；把连队当家来建、把战友当兄弟看、把试验当实战练、把荣誉当生命待、把岗位当事业干。"有'五铁精神'和'五把连魂'的感召，每当任务来临，组织喊一遍，官兵就有冲劲、有干劲、有拼劲。"李指导员说。

精神引领士气高。翻阅大学生新战士王子奇笔记本，记者看到上面写着："我是火炮兵、身在钢铁连，天天上战场，苦中求作为。"2011年入伍的大学生士兵卢建说："在我们钢铁连队，战士见困难就上，见第一就争，见红旗就扛，已经成为一种风气。"记者发现，进来是块铁，出去是块钢，不仅是官兵的座右铭，而且已被做成牌子竖立在营门口。

钢铁连队钢铁兵，钢铁连队荣誉多。走进连队荣誉室里记者看到，连队党支部连续七年被上级表彰为先进基层党组织，两次被总装备部表彰为先进基层党组织；团支部曾被总装备部表彰为十大红旗团支部标兵，去年被共青团中央表彰为全国五四红旗团支部。

采访结束时，一支小分队归来，连长刘伟卫宣布某型炮弹因打得准比原计划提前20余天完成。听后，官兵欢呼雀跃。记者感慨，该连始终是块钢。

（刊于2012年6月21日《中国军工报》专题报道版）

抓住重点强素质

——某部开展岗位训练纪实

火热的七月，走进渭水河畔的某部训练场，只见由不同专业、不同系统组成的实装操作演练正如火如荼进行。随着一声令下，某新型火炮如利剑出鞘，发发命中目标。

能力素质的短板在哪里，固强补弱的重点就在哪里。该部着眼高新武器装备鉴定试验能力需求，扭住重点环节，突出核心能力，扎实开展岗位训练。

训练课目转换严格把关

7月初，记者在该部某考核现场了解到，某新型火炮、雷达等5个专业岗位顺利通过理论考核，转入实装演练训练阶段。据该部训练科参谋杨军介绍，一步一个脚印，严把质量关口，从根本上提高了训练效益。

该部统一制定训练内容、课目和转换计划，对每个课目的训练标准做出明确要求，从而克服了个别单位随意修改训练内容、标准等问题。对于在验收考核中达不到规定要求的单位，专门进行补差训练，经再次考核验收合格后，方可转入新课目训练。对部分难险课目和新增内容，制定了明确的考核标准，并由机关进行相应辅助，确保组织严密，有序落实。

记者发现，在检验各专业技能的同时，他们更注重考察适应未来任务的综合能力素质，专业训练考核已由过去的单一岗位、单一专业向多岗位互换、多专业功能集成考核转型。

从严把好训练课目转换关，保证了训练质量，部队战斗力节节攀升。在第二季度训练考核中，20个课目中有17个达到优秀，6个课目训练考核成绩远高于往年同期水平。

训练考核评比精细量化

7月10日，在部队训练工作形势分析会上，机关对整理好的考核成绩统计表做简要说明后，基层主官通过对比数据总结经验、查找短板。

该部坚持组织考核人员直接从"实力表"中提取，杜绝了个别单位为提高及格率、优秀率而少报、漏报的情况，从而更加准确的掌握了训练成绩。他们还每次对考核成绩进行量化统计，基层单位分门别类制成图表，从单位到个人，每次考核成绩的变化和浮动幅度都直观展现出来，方便机关有针对性地进行跟踪了解和指导帮带。

记者了解到，他们围绕实现军事训练常态化，细化定期考评、督导检查、责任追究等制度，把训练成效与单位发展、个人进步挂起钩来，从而解决了训练考核中"缺斤少两""虎头蛇尾"等现象。同时，突出精准观测、精准计算、精准指挥、精准操作等内容，分别制定训练标准，对考核成绩实行分组登记，实现了对训练的准确评估和精细管理。

训练监督检查不走过场

7月底，该部抽调由4名组训经验丰富的技术骨干组成训练督导组，对个别单位训练协同不紧凑、口令不清晰等问题进行重点帮教，增强了训练效果。

该部通过军事理论、专业技能和组训方法等多项考核，选拔出一批素质全面的人员组成训练督导组，重点对各专业训练中存在的违规操作、标准不高等问题进行检查督导，明确各项训练规范，确保训练质量落实，破解训练中的疑难问题。同时，针对个别骨干素质不全面等问题，以重大任务组织实施为平台，采取共同内容集中训、本职业务自主训、课题攻关牵引训、指挥谋略结合训、结对帮带强化训、瞄准弱项补差训等方式，练好新大纲规定的基本内容、练精本职岗位必备的基本素质、练实自身短缺的基本能力。

真训实训出效果。8月初，某新型雷达在操作训练中出现精度不高等问题，几名兵专家连续几天铆在训练场，帮助他们查找出数据库更新不及时、手工作业表精度不高等问题，并提出改进训练方法的诸多建议，有效提高了操作精度。

（刊于2012年8月7日《中国军工报》专题报道版头条）

安全文化给力安全

—— 某部大力加强安全文化建设助推部队发展纪实

盛夏时节，走进某部营区，这里不仅环境优美，而且充满着浓郁的安全文化气息。该部着眼部队安全的特殊要求，注重用安全文化教育人、引领人、塑造人，营造出"人人当主人、层层担责任、个个做工作、处处保安全"的良好氛围。

从"要我安全"到"我要安全"——

理念渗透，让安全意识内化于心

"安全就是战斗力；心中常绷安全弦，幸福生活伴你行；拥有安全不代表拥有一切，失去安全就失去了一切……"踏进该部营区，以安全知识为内容的灯箱、标语整齐矗立，安全石、安全墙错落有致。

该部有关领导介绍："类似这种蕴含安全理念的名言警句、诗歌、歇后语在营区比比皆是，这不仅是在烘托文化氛围，更是向官兵传达着一种理念。"

走进班排宿舍，记者发现，每部电话的听筒上都贴有"谨防通话泄密"的提示语；打开电脑，保密纪律十条禁令 flash 动画设计精巧，提醒官兵安全用网；每个班排台历的背面皆为安全格言，官兵们娱乐用的扑克牌也印有安全宣传画。

安全文化，首先是一种理念、一种精神。实现部队的安全发展，须用先进的安全文化引领。基于这一认识，该部坚持在培育官兵安全理念上使长劲，注重将内容延伸到课堂上下、营区内外。

走进该部荣誉室，一幅幅照片、一个个故事、一件件实物，勾画出部队安全发展的历史脉络；资料室里，存放着"我为安全献一计""我身边的安全故事"等资料，字里行间蕴含着官兵爱靶场、讲安全、尽职责的真情实感……每逢新兵下连、学员报到、季节转换、执行重大任务，组织官兵到这里走一走、看一看，心头便生发一些感慨、一股激动、一种责任！

持续不断的思想引导和文化熏陶，也使安全观念深植官兵头脑，融入官兵血脉。"我的安全我负责，他人安全我有责，单位安全我尽责""关注安全就是关爱自己，关注安全就是关爱生命，关注安全就是关爱家庭"等安全警句铭记于心。

如今，漫步该部营区，引人入胜的安全灯箱、赫然醒目的安全标语、简明易懂的安全漫画让人深受教育。有官兵感言："身处这样的文化环境，做不好安全工作都难！"

从"有效办法"到"长效机制"——

氛围熏陶，让安全规范固化于常

天天与火工品打交道，安全工作靠什么？

采访中，记者发现，该部官兵对制度的学习、理解、把握，不单单是对条条杠杠的背记，而是把各种规章制度浓缩成"三字经"、编写成警句格言、顺口溜和短信，创作成三句半、小品、相声等文艺节目，简洁精炼，形象生动，好学易记。

"千条万条，安全作业第一条；千丢万丢，防范意识不能丢；千忘万忘，安全规程不能忘……"如今，这些脍炙人口的《安全作业之歌》广泛传诵于官兵之中，

每当进入工作区作业、执行任务时，官兵都会在心中吟唱，浮现安全作业章程。

为全面构建安全文化体系，该部结合实际，专门制定了《部队安全文化实施方案》，采取宣传提示、活动熏陶、实物固化等形式，将安全理念、法规、技能熔铸成形象直观、可触可感的安全文化。开设安全宣传专栏，印制安全常识口袋书，制作安全教育专题片，开展"安全在我心中"故事会、演讲比赛等活动，使安全文化活动开展经常化制度化。

"一念之差，终身痛苦；谨小慎微，一生幸福""你对违章讲人情，事故对你不留情"……在某工房门口一条不足 10 米长的通道，也被注入了文化基因，刻着安全警句。某技术室主任告诉记者："这里是入库作业的必经之路，官兵每每经过这里，于有意无意之间就会获得一种警示，久而久之，就固化成经常性行为。"

多年来，该部官兵们结合工作和生活实践创作安全短信千余条，这些充满哲理的短信，已经成为人人想安全、处处保安全的警示箴言。

从"强制管理"到"自觉管理"——

行为养成，让安全要求外化于行

发乎于心，自觉于行。

在该部采访，你会感受到人人想安全、处处抓安全、时时重安全的一种浓郁的安全文化氛围，你会真切感觉到安全理念渗透于时时处处，养成于点点滴滴。而这一切，得益于该部狠抓日常养成，培养官兵令行禁止、遵章守纪的结果。

此言不虚，记者看到，部队每月有安全知识考试，每季有安全操作考核竞赛，定期开展"安全宣传教育月"雷打不动；结合大项活动和重大节日，组织官兵将安全工作的典型事例改编成小品、相声、三句半、快板等文艺节目演出亮点频出；"每日一题、每周一课、每月一考、每季一评"的全员安全业务培训从未间断，官兵们在自娱自乐中感悟安全真谛，培养安全行为，将安全养成外化于行。

喊一百遍安全口号，不如落实一项安全措施……如今，官兵们靠行为养成不仅发现消除了多起事故隐患，还练就了"一摸准""一口清""一修好"的诸多绝活，一批"安全之星"的典型事迹被搬上荧屏、挂上灯箱、请上讲台，他们排险除患总结出的名言警句被刻在石头上、挂在作业区里，让官兵学习、效仿，收效明显。

【编辑有话说】激发官兵的文化创造活力

毋庸置疑，抓好安全工作，制度规章等"硬"的一面不可或缺，文化建设等"软"的一面也不容忽视。难能可贵的是，某部注重营造"人人当主人、层层担责任、个个做工作、处处保安全"的安全文化氛围，有力地激发了官兵的文化创造活力，提升了安全文化的吸引力。事实证明，只有全体官兵都来积极进行文化创造，形成充满活力的文化氛围，推动文化产品的生产，才能有效地提高文化内在质量，助推部队建设发展。

（刊于 2012 年 8 月 9 日《中国军工报》深度报道版头条、2012 年 5 月 16 日《解放军报》专题新闻版）

颂歌飞扬斗志昂

——某部开展"赞颂科学发展成就、忠实履行历史使命"教育活动侧记

成就是什么？发展靠什么？应该做什么？某部在"赞颂科学发展成就、忠实履行历史使命"教育活动中，充分挖掘身边教育资源，让官兵通过今昔对比，看身边变化、谈发展成就、悟使命职责，在讴歌科学发展成就中进一步激发履职尽责的豪情与动力。

话成就信念如磐

"缺少建材，大家挖土采石，建窑烧砖；缺少粮食，就自己开荒种地、养猪种菜……"7月12日上午，部队历史展室里，该部73岁的高级工程师闫章更指着一张张发黄的黑白照片，对身旁的年轻官兵讲述起当年的创业经历。

"这是当年试验现场的照片吧？怎么只有这么一点儿设备呀？"刚到部队不久的新学员马会星，指着墙上的一幅照片发问。

"是呀，当时的条件艰苦简陋，一门炮、几发弹、一两台仪器就是全部的试验家当。"双鬓斑白的闫章更高工的描述，仿佛把大家带回到了那个激情燃烧的岁月。

不远处，总装备部优秀共产党员吴航天正在向官兵描述某项试验鉴定过程："在没有相关资料和技术参考的情况下，为解决各种试验难题，在夏天热得像蒸笼、冬天冷得像冰窖的工房里，课题组昼夜吃住在试验工房，全身心地投入到技术研究之中……"

他身后的图片上，测控方舱、雷达车等先进的测试装备不一而足。

该部政委郭盛军介绍，部队处在常规兵器试验领域的前沿，官兵在本职岗位上履行使命的每一次经历，都是常规兵器事业发展壮大的见证。为让官兵了解身边的巨变，增强献身常规兵器事业的信心，他们特意组织此次参观展室活动，并邀请该部各个时期的先进典型讲述科研攻关的感人历程。

从靶场组建时简单的老式火炮到信息化高度集成的反坦克导弹，从用肉眼观测的炮瞄仪、千分尺到自动跟踪锁定的先进雷达、制导仿真系统等精密仪器……官兵们从创业区、发展区、展望区一一走过，时而驻足观看倾听，时而相互讨论交流。

在某重型导弹展区，高级工程师尉进有的讲述，让官兵们深受触动。他曾经主持过百余项重点任务，两次荣立个人二等功，亲手鉴定的武器中有十余种参加了国庆阅兵和重大军事演习，接受了党和人民的检阅。面对眼前这些熟悉的"面孔"，尉进有感慨地说："回想那段艰苦的日子我感到，只要心中有团火，就没有克服不了的困难，没有解决不了的难题。"

"部队能在常规兵器事业中有所作为，离不开科技创新的'内核'。老一辈工作者的创业精神值得钦佩，我一定要继承他们这种创新精神、攻坚作风，在本职岗位上有所作为。"正在承担某重点课题研究的科技干部郭梁对记者说。

看巨变饮水思源

"我家有 8 亩地，由于用上了机械化设备，一个人就能忙得过来，哥哥嫂子都出去打工了，收入大幅增加。"

"现在农村实行新型农村合作医疗，父母小病不用扛，大病有保障，生活过得很幸福。"

……

7 月 18 日，记者走进该部会议室看到，一场"话身边巨变、思巨变之源"群众性大讨论活动正开展得热火朝天。

"更多的惠农富农政策，让我们在部队服役更安心。我们不仅要关注党的政策给家乡带来的可喜变化，还要认清身上肩负着的神圣使命……"科技干部郑晓映对记者说。

辉煌成就有什么？辉煌成就靠什么？该部通过"数惠民新政策、谈家乡新变化、话驻地新发展"主题征文、短信征集、知识竞赛等活动，让来自西部的官兵谈开发，让来自东北的官兵谈振兴，让来自城镇的官兵谈医疗，让来自农村的官兵谈增收等惠民政策。同时，在局域网上开设"专家解读"栏目，从 GDP 目标、物价指数、新增就业、教育支出等方面进行重点解读，描绘科学发展图景，展望国家美好未来。

他们还邀请西安政治学院的专家教授作辅导报告，讲清我国经济社会发展的前景目标；观看《复兴之路》《走向辉煌》等专题片，由近及远、由点及面、由局部到整体，增强官兵坚定不移推进发展、走中国特色社会主义道路的信心决心。

"党的正确领导，不仅使贫穷落后的中国富了起来，而且强了起来，挺直腰杆屹立于世界民族之林……""中华民族伟大复兴迎来空前盛世，祖国的发展如大河奔流般势不可当！这就是历史，也昭示着未来！"许多官兵在局域网上发表着自己的心声，跟帖不断。

80 后科技干部耿顺山在体会中写道："谈科学发展成就，不仅有可看的——经济发展了、生活幸福了，更有可感的——法制完善了，社会更和谐了，我更加坚信中国道路与中国模式的特色优势。"

思作为时不我待

盛夏时节，走进试验场，一片火热场景：空中战机盘旋，地上炮声隆隆，3 项国家重点试验任务正在紧张进行。试验主持人杨伟涛说："看成就明信心、看发展思作为，大家现在个个热情高涨、斗志昂扬。"

开展教育活动，任务实践才是检验课堂。教育中，该部因势利导，把官兵赞颂成就焕发出的政治热情，转化到忠于使命、献身使命、不辱使命上来，使大家认清差距不足，不断增强投身部队建设的责任感和使命感。"能成为一名装备人是我们的光荣，能为国家输送精品装备更是我们的荣耀。"科技干部张万玉自豪地说。

使命托起忠诚，责任催生动力。为激发官兵投身武器装备建设和促进转型发展的积极性，该部广泛开展"小岗位连着大责任、新装备要有新作为"主题实践活动，举办"高工论坛"、学术交流，观看国防大学教授金一南的辅导录像。同时，把抗震救灾、亚丁湾护航、利比亚撤侨……一个个非战争军事行动的生动案例搬上讲坛，认清加快转变是职责所系，更是难得机遇；加快转型，前景才能更加光明的基本道理，引导官兵自觉将个人目标主动融入部队建设发展的大局，创新活力竞相迸发。

"给任务就是给机会、给任务就是给荣誉""装备我操控、装备听我话、我听党的话……"无论是试验一线还是训练场上，随处可见官兵们奋力拼搏的身影。科技干部罗熙斌年初以来多次推迟婚期，面对女朋友的抱怨，他毫无怨言。科技干部刘艳红不愿耽搁试验指挥班培训，新婚第三天就出现在工作岗位上。高级工程师邱有成做完心脏支架手术后不久，就出现在办公室，投入某重点项目研究。面对记者采访，他们说，加快战斗力生成模式转变，没有"旁观席"，没有"局外人"，人人都要当先锋、打头阵。

知责更思进，岗位建功勋。采访中记者深深感受到，一股学科技、钻科研、谋创新的热潮正在该部蓬勃兴起，以一流成绩向党的十八大献礼已成为该部官兵共同的心声。

（刊于 2012 年 8 月 11 日《中国军工报》一版头条）

锻造军车好驭手

——某部加强驾驶员队伍建设纪事

闻令而动，保证第一时间赶赴现场，随时保障科研试验任务……某部大力加强驾驶员队伍建设，不断提升驾驶员队伍整体素质。

定期整训：筑牢思想防线

"驾驶员违章，主要是因为大家思想'抛了锚'，开展定期集中整训，就是要筑牢思想上的'防火墙'。"正在组织驾驶员集中整训的参谋白明涛告诉记者。

该部坚持定期邀请地方专家进行案例分析，围绕预防车辆事故问题进行授课，并专题剖析近年来军地车辆事故原因教训，增强驾驶人员遵章行车、安全行车的自觉性。

通过组织观看军地车辆事故警示教育片，用车辆事故的严重危害，提醒驾驶人员时刻保持警醒；定期开展"安全行车大家谈"主题活动，组织参训人员深入查找

剖析自身存在的问题，人人写出书面剖析材料，人人登台发言，引导大家摆现象、亮思想、查根源、明是非。

科学组训：锤炼过硬技能

技能过硬从哪里来？针对特种车辆多，承担设备仪器、危险品转运等特殊任务实际，该部从锤炼驾驶员过硬驾驶技能入手，从难从严要求，积极创新驾驶员组训模式。

对基础相对较好的重点进行城市道路驾驶训练，对基础一般的先训县级公路再训城市道路，并有针对性地组织夜间和雨天等复杂环境适应性驾驶训练。

他们还依托社会资源定期对特殊驾驶岗位人员进行相关职业技能培训，广泛开展"特长小擂台、知识小考试、技能小竞赛、查纠小毛病"等群众性岗位能手比武竞赛，促进驾驶员技能提升。

加强监管：构建安全屏障

走进某信息化车场，记者看到，值班员轻点鼠标，车场内所有车辆的使用、管理、维修、器材申领等信息一目了然。

针对外出车辆管控难等问题，该部坚持加大高科技信息技术运用。去年，他们引进 GPS 定位技术，安装车载 GPS 监控系统，营门安装车辆射频读卡器，部站机关设立监控终端，实时掌握车辆运行状态。如今，外出执行任务车辆的状态、检修维护情况等在各部站机关监控中心已实现实时监控。

他们每周统计车辆运行情况并通报讲评，对违规次数较多的单位和个人进行限期整改，有效提高了车辆使用效益和安全系数。

（刊于 2012 年 8 月 21 日《中国军工报》专题报道版）

利剑出鞘显锋芒

——某部着眼任务需求加快科研试验能力建设纪实

盛夏时节，渭水岸边的某部试验场上，随着一声震空长啸，某新型导弹如利剑出鞘直冲云霄，精确命中目标。该部着眼部队转型发展，主动瞄准信息化武器装备特点和能力建设需求，知忧明责谋奋起，主动作为求发展，锁定核心能力建设加快部队战斗力生成模式转变，激活了靶场科研试验能力跃升的"一池春水"。

扭住重点抓训练

靶场骄阳似火，铁甲动若风发。7月底，记者走进该部某训练场看到，9

门火炮一字排开，装填、瞄准一气呵成，随着指挥员一声令下，隆隆炮声响彻云霄。

心有危机自奋蹄。随着武器装备发展，被试产品信息化程度越来越高，科研试验能力诸要素间的关联性越来越强。该部党委主动锁定信息素质、指挥技能等核心能力要素，大抓岗位练兵、技能培训，坚持从单兵、单要素训练逐步向群体参试的协同性、集成性训练转变，不断提升遂行任务的能力。7月份，他们结合任务所需，扎实开展了仿真、装备侦察等4个门类的专业训练，11个专业岗位考核，科技干部的综合素质得到了全面提升。同时，利用任务间隙，深入开展一专多能训练，练指挥、练程序、练协同，有效地解决了部分年轻干部基础知识不扎实、组织指挥协调能力不强等问题。

瞄着基于信息系统的体系组试理念去"赶考"，信息化条件下的岗位训练愈抓愈细。针对个别骨干素质不全面等问题，他们坚持以重大任务组织实施为平台，对13个重点专业岗位采取共同内容集中训、本职业务自主训、课题攻关牵引训、指挥谋略结合训、结对帮带强化训、瞄准弱项补差训的办法，实现训练与实战任务的对接。

考核求真，训练务实。为解决训练中"缺斤少两""虎头蛇尾"等重过程轻质量、重形式轻效果现象，他们围绕实现军事训练常态化，细化定期考评、督导检查、责任追究等制度，把训练成效与单位发展、个人进步挂起钩来；完善《军事训练考核实施细则》《信息化条件下试验能力目标体系和评估标准》等20余项创新举措，大大增强了各级抓训练的忧患意识、紧迫意识。

使命催征，步履坚定。如今，围绕部队转型、紧贴工作任务和岗位实际设置训练内容，针对部队阶段性工作和个人特点"量体裁衣"的训练路子在该部越走越宽。目标管理、过程管控、跟踪问效、考核验收等长效机制，使军事训练与岗位任务有机结合，30余项重大理论和技术问题被逐一破解，有效提升了部队综合试验鉴定能力。

锁定目标育良才

7月初，该部一份人才建设情况调研报告出台。结果显示：部队干部中研究生学历比3年前提升了9个百分点，以技术专家为引领、学科带头人才为中坚、中青年拔尖人才为骨干的新型人才方阵初步形成。

变化的背后，折射的是党委大抓人才培养的坚实步伐。该部科学谋划人才团队建设，将人才建设的起点牢牢锁定在信息化上，大力推行"项目、成果、人才"一体化培养模式，下大力抓好人才培养工作的组织领导、考核考察和选拔使用；把掌握信息化知识、提高创新水平和总体谋划能力作为科技人才培养的重点，倾力打造指挥岗位复合型、技术岗位专家型、士官队伍技能型人才队伍。

水不激不跃，人不激不奋。为鼓励人才干事创业的热情，该部先后出台了《加强人才队伍建设具体措施》《人才培养奖惩激励制度》等20余项长效育人机

制，实施"筑巢工程""暖心工程"，坚持给政治待遇，给工作平台，给物质保障，让一批年轻干部入选支部班子、重点"人才库"，开辟了超常发展的"快车道"。同时，坚持在选拔使用、职称评审、级别调整、奖项申报等方面，实行全过程公开透明，营造靠素质立身、靠政绩进步的良好环境，为人才提供公平竞争的发展环境。

接力育苗换来了满园春色。5年来，该部有73人取得研究生学历，100多项关键技术难题被攻克，获军队科技进步奖63项。总工程师吴颖霞感慨地说："人才优先发展，使一大批高素质优秀人才脱颖而出，成为'主力军'和'顶梁柱'，不仅实现了学历升级，也实现了能力素质跃升。"

人才优先发展，也催生了一支优秀士官人才队伍。据统计，近5年，部队有50余名士官受到全军、总装备部各类表彰奖励。曾获总装备部优秀人才奖的士官张军虎说："对有突出贡献的给予重奖表彰，让人才受尊重、创造得肯定、贡献有回报，成才愿望更加强烈。"

群策群力谋创新

年初以来，该部先后对原有的科研资源、人才资源进行了3次重新整合，形成了科学合理、层次分明、配套完善、信息互通、资源共享的一体化科研环境，实现人才群体的最佳组合。某重点课题中实行一体化攻关，只用了一周时间就完成了立项论证报告，3个月时间完成研制与试验，半年内形成了试验能力。

创新永无止境。面对武器装备型号新、智能化程度高、信息融合特点明显、技术复杂等带来的挑战，该部积极鼓励科技干部加强基础试验理论和前沿技术预先研究，积极构建开放、合作、流动、竞争的自主创新体系，发挥重点跨越、引领未来、支撑发展的作用。为解决研究与应用相脱节的问题，他们将科研内容前伸后延，实行科研"生养一条龙"新机制，不但注重快出成果、多出成果，而且重视新成果的推广、运用等环节，使科研成果形成全过程、全寿命的"闭环机制"，促进了科研成果向战斗力的转化。在加大技术创新的同时，着眼装备更新快等特点，该部注重向技能要复合、向技术要革新、向训法要创新，通过对10多个制约新装备战斗力生成的重点问题分类攻关，一大批自主创新成果相继问世：某型试验装备野外抢修设备实现了小型化、制式化、系列化；试验指挥控制系统和综合试验通信系统实现了指挥、决策的信息化、可视化……一项项成果，牵引着保障效能一次次"提速"。

砺刃于砯，响鼓重锤，为鼓励科技干部参与技术革新，他们坚持在经费保障上大力支持，人力物力上集中调配，奖励激励上给予重奖，评功评奖上优先考虑，调职晋级上给予倾斜。5年来，有40余台（套）装备实现了升级改造，10余项成果问世，27名科技干部因此立功受奖、提前晋级。

（刊于2012年8月25日《中国军工报》一版报眼）

"生命线"焕发勃勃生机

——某部紧贴任务实际推动政治工作创新纪实

仲夏，走进某部，剑拔弩张的某导弹旁，誓师动员见缝插针；实装操作中，心理疏导同步跟进……该部紧贴科研试验任务实际，政治工作焕发出勃勃生机。

军政工作实现"手挽手"

7月初，记者看到，该部某大型试验任务中6名政工干部走上战位，与作训等保障单元互联互动，政工干部不再"单枪匹马"，军政工作实现"比翼双飞"。

转变源于一次尴尬：一次实弹射击出现"卡壳"，故障面前，军事干部坐镇指挥，政工干部"靠边站"，对个别战士心理恐慌问题使不上劲，影响了排险进程。

政治工作作用如何发挥？该部各级重新审视任务中政治工作预案方案。很快发现与试验任务相脱节的10多个问题：有的政治干部不注重学业务，导致任务"插不上手""说不上话"；有的把政治工作看作是跑跑腿、打打杂，致使工作出现"两张皮"……

政治工作要想焕发新的生机与活力必须与中心对接。该部把政工干部与军事干部编组联训，让政治教育与军事训练同步展开。同时，结合大项任务多、持续时间长、心理压力大等实际，修订政治工作方案预案，设置研究课题，使政治工作成为战斗力新的增长点。

评判成效有了"度量衡"

年初，一次调研中有战士反映："如今，政治工作不注意解决实际问题，而是一味灌输。"

面对埋怨，一些基层政治主官也感到委屈，现在科研试验任务繁重，教育课堂只能随机穿插，可连队百八十号人，哪能保证人人轻松上阵。

为何基层政治干部花了心思，官兵却不买账。经过认真反思，他们把贴近官兵解决需求作为开展政治工作的重要原则，把"扣得紧、贴得近"作为评判政治工作成效的"度量衡"。同时，借助局域网络连到班排优势，搭建机关与基层交流平台，解决官兵困难，并推出特事特办、急事急办和"双向承诺、双向讲评"措施。

针对任务繁重，官兵长期奋战一线，无暇顾家等实际，该部开展"送文化到现场、送慰问到一线、送温暖到家庭"等暖心活动。两年来，30名家庭困难官兵得

到救济，6名官兵家庭涉法问题得到了有效解决，官兵创先争优热情迸发。

时代元素改变"老面孔"

去年年初，该部勤务站官兵利用局域网上"WST视频会议系统"交流心得引发热议。时隔不久，由战士创办的《技务小报》受到热捧。

小小创举为何如此受青睐？受此启发，该部在局域网上借助时代元素改变"老面孔"，推出舆情分析引导等网络政治工作"八法"，思想政治教育跟进渗透等任务中政治工作"十法"。同时，闭路中心进行升级换代，增设典型专访等7个栏目，官兵试验热情不断被激发。

今年5月，该部还借助贯彻全军思想网络工作会议精神，让60余名政治干部走上网络课堂和"虚拟战场"，接受贴近实战的砥砺。

不闻鼙鼓声，但见麾战急。看似平静无奇的信息平台，不断传来瓜熟蒂落的脆响：一批批具备新型素质能力的政治工作尖兵在这里磨砺成才，10余项政治工作研究成果，近10项政治工作预案经受实战检验。

（刊于2012年8月28日《中国军工报》专题报道版头条）

踏平坎坷是通途

——某医院主动作为助推部队发展侧记

2月份以来，组织开展为部队服务医疗行动23次，派出医护人员赴小散远单位开展巡诊、送医送药服务38次，为基层官兵及家属开展上门服务50余次。某医院坚持创新思维搞建设，主动作为觅良策，集智攻关解难题，实现了服务部队与服务社会的双赢，医院全面建设稳步推进。

创新激励机制

年初，该医院在科室帮带时发现：重点科室患者多，医务人员忙得不得了，而个别科室因患者少，部分医护人员感到无事可做。

经过充分讨论，该医院整合人才资源，确定评比指标，实行科室均衡发展。他们积极完善创先争优活动具体办法和奖惩激励具体措施，激发官兵立足本职积极进取。结合"医疗服务管理整治年"活动，深入开展医德医风教育。同时，坚持用传统文化凝心聚力，用"服务满腔热忱、技术精益求精、工作准确快捷、作风求真务实"的院风和"以人为本、科技争先、质量一流、服务至上"的精神，教育引导官兵勤业、精业、尽业。

一系列措施的实施，给医院注入强大动力，部队面貌焕然一新。

更新服务理念

驻地经济落后，周边乡镇医疗设施差，而该医院平时患者少，年轻干部得不到锻炼。为此，他们与驻地政府协调联系，成为新型农村合作医疗定点医院。

他们主动加强与地方联络，组织医护人员到附近村庄义诊，开展"重症跟踪服务"等特色项目，提高医院在驻地的知名度。同时，开展"医患关系零距离、医护质量零缺陷、医疗保障零障碍"等活动，积极改进服务模式，提高服务质量，通过电话、走访等形式，跟踪问效、延伸服务，受到了驻地群众的欢迎。他们还通过技术帮带与合作等方式，与附近社区、卫生机构保持长期合作关系，拓宽服务范围。

一年来，该医院接诊量是往年的五倍多，被群众誉为称心医院、放心医院。

改变培养模式

部队驻地偏僻，人才引进、培养、保留难，一度制约着该医院的发展。

为此，该医院出台《人才奖励规定》《人才培养实施办法》等措施，对人才的培养使用、引进条件和奖惩措施等逐一进行细化分解，与职称晋升、任期考核、立功受奖等挂起钩来。同时，加大课题、论文、成果的比重，让每名人才都找到自身定位，提高各类人员成才的积极性。

他们积极借鉴地方名医、名护、名科建设经验，以任期考评、竞争上岗的形式，打破选人用人机制，激发人才的创新活力。同时，在学科带头人选拔、高级职称晋升等方面，实行公开答辩、打擂竞聘，增强了选人用人的透明度和公正性。

（刊于2012年9月13日《中国军工报》深度报道版）

强基固本为利剑腾飞

——某部推进基层建设科学发展纪实

在信息化大潮风起云涌的时代背景下，一支肩负武器装备质量考官神圣使命的部队，如何抢抓机遇，加快发展，勇立潮头？深秋时节，走进某部这个砥锋砺剑的"大考场"，在目睹战神利剑腾飞的壮美场景中，感受到的是满含生机、迸发活力、充满希望的时代气息，看到的是欣欣向荣、蓄势勃发、团结和谐的基层建设新景观。

强基促发展，固本事业兴。近年来，该部牢牢把握科学发展这把抓建基层的"金钥匙"，科学搞建设、扎实打基础、整体求跃升，基层建设呈现跨越发展的喜人局面。

扭住龙头强堡垒，锻造科学抓建"硬拳头"

13个基层组织受全军、总装备部以上表彰，15个集体和个人获二等功以上奖励，某连团支部被表彰为总装备部十大红旗标兵团支部、全国五四红旗团支部……一项项荣誉，印证一个真理——堡垒强，事业兴。

抓基层核心在抓支部。近年来，该部坚持把党支部建设作为一项功在眼前、惠及长远的重点工程来抓，以能力建设和先进性建设为主线，抓支部强功能、抓书记带队伍、抓帮带促提高。以开展学习实践活动和创先争优活动为契机，深入开展《纲要》学习、党课教育和"一诺三评"活动，对照"五个好""五个带头"建强班子。以落实组织生活制度为抓手，编印知识手册、制作示范示教录像片，逐项逐类规范，基层党支部贯彻执行力、问题纠治力、示范影响力、工作创新力逐年跃升。

俗话说，支部行不行，要看前两名。该部采取每年集中办班、现场观摩、以会代训，帮助支部书记提升党务工作能力。建立重点帮与普遍带相结合的帮带责任制，利用下基层时机，围绕"两个经常"怎么做、"八项工作"怎么抓，面对面、手把手传授方法，提高解决实际问题的能力。结合大项工作，交任务、压担子，摔打锻炼，提高统班子、带队伍、抓工作、管部队能力，一批优秀人才成长在基层、实践在基层、建功在基层。近年来，共有14名主官获评全军、总装备部优秀指挥军官，优秀基层干部，优秀党务工作者。

他们先后完善《党员管理具体办法》《党员创先争优具体措施》等创新举措11项，通过开辟网上"党员之家""士兵之家"和微型党课，开展党员示范岗、党员突击队和立功创模等活动，激发持续创先争优热情，先后涌现出了全军优秀共产党员吴颖霞、总装备部优秀共产党员吴航天、张海林等一批先进典型，有效发挥党员的先锋模范作用。

砺剑先砺魂。在推进部队信息化建设进程中，该部从培养新一代"举旗人"的高度，抓学习固根本、抓培育铸军魂、抓文化砺斗志，打牢官兵高举旗帜、听党指挥、履行使命的思想根基。通过开展"科学发展观引领我成长"等主题实践，举办创新理论学习之星评选等形式，持续掀起学用创新理论热潮，推动科学发展观向基层延伸。

围绕中心搞建设、聚焦使命抓基层，是贯彻落实国防和军队建设主题主线的内在要求。部队司令员张学宇告诉记者："这些年，该部党委始终把基层建设的出发点和落脚点定位在保障中心上，紧贴部队实际，狠抓军事训练、信息化建设和重大技术攻关，加速了部队科研试验能力生成。"

该部主动聚焦使命任务抓基层，研究制定信息化条件下训练演练、考核培养、综合保障等具体办法15项，把中心任务完成作为衡量基层建设成效的重要标准，把落实条令条例和规章制度作为贯彻从严治军方针的核心内容，加速核心能力生成。5年来，圆满完成试验任务454项，取得军队科技进步奖56项，先后有14个单位53次被全军、总装备部表彰为军事训练、从严治军、安全管理等先进单位，

79 人被表彰为全军、总装备部各类标兵和先进个人。

真心关爱解难题，奏响科学发展"最强音"

官兵利益，枝叶关情。近年来，光缆铺进山沟，网络联进宿舍，官兵们喝上了放心水、吃上了放心菜、住上了新营房……说起这些，大家充满喜悦和自豪。

置身弹药库所处的小山沟，满眼喜人景象：图书室、学习室、微机室，太阳能、健身场、晾衣场等学习训练生活设施一应俱全，过去荒凉单调的"山沟沟"，如今变成了和谐暖心的"新家园"。谈起变化，正在这里蹲点的该部政委万明贵说："这些年，部队党委坚持心系基层、真情为兵，时刻把战士的冷暖放心上，注重从生活上关心、物质上帮助、感情上关怀、精神上激励，设身处地解难题办实事，赢得了官兵好评。"

前些年，吃水难、洗澡难、出行难，生活设施陈旧落后的现象在弹药库等偏远单位普遍存在。为改变落后面貌，部队启动一项项暖心工程，坚持心往基层想、劲往基层使，每年为官兵办好十件实事。10 年来，该部老旧营房全部翻新、文化办公设施更换一新，基层反映的住房紧张、阅览室图书陈旧等 60 多个难题得到解决。

如今，各分队文化餐饮、人文兵舍、生态营院、新型现代化娱乐等设施，让官兵不用出营门就能尽情享受。走进某连网络学习室，战士们正在在线观看当天发布在部队政工网上的靶场奉献之星人物视频。网络信道的扩充、软硬件的升级，一系列信息化改造，满足了官兵的求知愿望。

官兵满意度，工作风向标。他们通过开设电子信箱等，广泛听取官兵意见、接受监督，干部调整使用，战士考学、学技术、士官选取等敏感事务，做到了项项公开透明。针对官兵成才需求，举办各类技术讲座、学术交流 300 余次，开设水暖电等培训班期 60 余期，培训 1500 余人次，118 名战士考取军校士官，93 人获全军、总装备部优秀人才奖和学习成才标兵。

基层最关注什么，官兵最盼望什么，帮建基层就应着力解决什么。该部党委始终把官兵是否满意、基层是否受益作为衡量作风转变重要标准，把问计于基层、求教于官兵引入决策程序。每年对基层意见建议建立"一本账"，明确解决措施和时限。领导干部坚持重大任务跟班作业、官兵生病住院及时看望，送上真心关爱的"暖心炭"，拉近与基层的距离。

提升效率，必须解决"五多"现象。该部出台"铁规矩"：机关召开会议、举办大型活动，必须严格报批，无论开展教育、召开会议，还是检查评比，能结合的结合、能合并的合并；机关在年度总目标框架下，按职责分工把每月、每季度、每半年的工作拟制成一张"进度表"，对照抓落实。

机关作风实，基层受益多。5 年来，该部党委先后安排 120 余人次下基层蹲点调研、当兵代职，提交调研报告上百份，63 条意见建议被及时充实到《基层建设规划》当中。

紧盯短板使长劲，找准科学施策"突破口"

近年来，该部紧盯问题抓基层，瞄准弱项补短板，通过明确目标式帮带，15个基层单位较好地解决了各自难题，补齐了建设短板。今年7月，在总装备部基层建设工作会议上，测试站政委张永江围绕《着眼整体过硬、全面进步，扎实开展"双帮双带"活动》介绍了抓基层经验做法。

提升建设水平，既要"全身用劲"强基础，也要"定点发力"补短板。该部每年根据查找出的突出问题确定研究课题，按照分管工作和专业对口原则，确定挂钩领导、制定帮带目标、明确解决时限、签订帮带责任书。记者看到，他们依据《纲要》制定的《基层全面建设检查评估量化考评细则》，将基层全面建设按政治工作、军事训练、装备后勤、安全工作等六个方面逐一分解，每项又细化为若干个内容和评分标准，让各级有了抓手。如今，45个基层分队中好的和比较好的占90%，10个连续保持了5年以上先进。

他们还坚持抓两头，既保证红旗不倒、金牌不丢，又防止单项冒尖、点上开花，处理好抓先与帮后、固强与补弱关系。针对技术室重业务轻党务、思想骨干能力弱的问题，利用集中培训、专题辅导等形式，系统学《纲要》强内功；针对思想政治教育针对性不强、科研试验饱满、安全压力大的实际，出台《促先帮后具体办法》《事故防范细则》等11项举措。

瞄着短板弱项用力，基层呈现喜人局面：全面抓、持久抓的思想不断牢固，军事训练如火如荼，每年基础业务课目考核优秀率均在95%以上。

创新形式，事半功倍。在一次调研中，机关发现一些小远散单位因常年试验任务重，部分官兵学习内容有"欠账"。该部随即召开研讨分析会，从实际效果出发调整教育计划，采取带班干部骨干随机讲、小集中小讨论、换岗补课、寓学于乐等方式，让教育内容化整为零。此后，尽管任务繁重，但教育一项没落下；尽管人员时间依然分散，但学习标准一点没降低。为解决小远散直单位政治干部少、教育资源缺等问题，他们在挑选优秀政治教员定期巡回授课的基础上，把小远散单位优秀骨干纳入政治干部集训和基层理论骨干轮训范围，提高施管施教能力。

为帮助小远散单位固强补弱，该部启动重点帮建计划，采取上下合力、分级负责的办法，每年年初与小远散单位共同制定年度工作计划，每逢重要时节、重大任务、人员变动等，都要蹲点指导。结合小远散单位环境任务特殊，参与任务频繁、人员难集中、训练难组织、保障难落实等实际，建立与之相适应的教育管理、军事训练、安全防范等规章制度，确保各项工作推进有抓手、发展有保障，使小远散单位发展驶入"快车道"。

短评：沿着科学发展的大道前行（海风）

基层，是部队全部工作和战斗力的基础，是官兵报国奉献的舞台。党的十六大特别是十七大以来，该部各级牢牢把握科学发展观这把"金钥匙"，扭住关键、找准弱项，完善了一系列强基固本之策，推动了基层建设科学发展，促进了中心任务圆满完成。

科学抓建基层的实践启示我们：建强堡垒是手段，也最关键。基层工作千头万绪，抓好工作落实，关键在支部，重点在党员骨干。科学抓建基层，必须从支部建设抓起，从解决支部问题入手，切实把堡垒搞坚强。真心关爱是方法，也最亲切。抓基层是一项复杂系统工程，也是一项需要实干的工作，只有带着感情，才能脚踏实地、真抓实干，想基层之所需，解官兵之所难。否则，抓建基层就是一句空话。找准短板是目的，也最有效。推动基层整体提升、协调发展是贯彻落实《纲要》的内在要求，也是领导机关抓基层的基本遵循。短板弱项不明，抓建就会失去方向，只有对照国防和军队建设主题主线要求，找准制约基层发展的深层次问题，才能实现科学发展。

基层，承载着军队的使命与辉煌。站在新的历史起点上，我们将以更加饱满的热情、更加昂扬的精神、更加务实的作风，努力续写基层科学发展的崭新篇章，有效发挥常规兵器国家靶场职能。

（刊于 2012 年 10 月 18 日《中国军工报》综合新闻版头条）

"守望者"的幸福

——某部舟桥班抓好管理丰富守桥生活见闻

金秋十月，记者来到渭水岸边的某部舟桥班，班长张承用带着他的两员"干将"正召开班务会。趁开会空隙，记者走进了这个"四口之家"的居所，只见被子叠得整整齐齐，各类用具摆放有序。翻阅登记，整理内务、早操点名、查铺查哨等一一记录在案，管理教育、形势分析样样不少。

"下午，上级召开了管理工作会议，白天事情杂，利用晚上传达传达。"张班长会后向记者介绍说。原本"一家四口"，除战士任泽民在营门执勤，就剩班长张承用、副班长高蔚和新战士杜开洋 3 个人，这会怎么开？记者纳闷。可细心聆听后发现，虽然人不多，但会议开得很务实，既有上级做好管理工作的指示要求，也要班里管理中存在的隐患问题。

守桥 35 年，当班长 30 多年，不仅班里没有发生任何问题，舟桥也年年安全畅通。问及经验，张承用谦虚地说："管理就是服务。我们舟桥班人不多，平时的事却也不少，只要落实好条令条例和各项规章制度，心细一点，做好管理就不难。"

环顾四周，舟桥班远离营区，除了起伏山地就是奔流河水。班里除了张承用之外，其他三人都是 20 岁出头的小伙子。为使他们的生活充实有序，张班长每天坚持带领大家学习连队下发的学习资料，搞好体能训练，并利用业余时间开发了菜园。

幸福是一种心态，不仅来自物质，更来自内心。采访结束时，战士任泽民告诉

记者，虽然每天守望无言的舟桥，但生活在这样的环境里，倍感充实和幸福。

（刊于 2012 年 10 月 25 日《中国军工报》以优异成绩迎接党的十八大胜利召开专版）

扬帆奋进正当时

——某部使命任务牵引推进信息化建设纪实

初冬时节，某部 30 余名军事主官、装备负责人、技术专家围坐一堂，围绕试验装备信息化建设进行研讨。有关领导告诉记者：面对武器装备建设新要求，大家一边认真学习十八大报告，一边研讨推进试验装备信息化建设，自觉投身加快部队信息化建设的生动实践。

奏响信息化建设强音

"为荣誉所累就会背上思想包袱，主动有为是成就事业的基石。"在对十八大报告的学习讨论中，该部党委深刻感到信息化建设是一项多要素合成、多体系融合、多层次衔接的系统工程，只有主动作为，方能赢得主动。

百尺高台，起于垒土。通过深入调研论证，该部确立了以试验任务为牵引，以人才队伍为支撑，以确保质量为目标，磨砺雄师劲旅的发展思路。他们积极完善集指挥控制、教育训练、管理监控、综合保障为一体的信息管理中心，打造资源共享、多网合一、功能齐备、互联互通互操作的一体化指挥平台，主动向模拟训练深化、评估系统扩展，整体联网迈进；加强能力素质升级，实现由经验型向知识型、由单一型向复合型、由行政型向专家型的转变。

思路决定出路，使命催生动力。前不久，试验场上，某新型导弹发发命中目标，该部依靠自身保障力量，完成了复杂环境下对该武器的性能考核。

打造信息化人才引擎

据统计，截至目前，部队邀请专家教授百余次，举办各类信息化知识讲座 70 余场，培训人员 2000 余人次。

信息化建设关键在人才，提升信息化能力等不起、慢不得。基于这一认识，该部党委将人才建设的着眼点牢牢锁定信息化，一场信息化人才"铸剑行动"迅即打响。

——路线牵引。举办信息化人才建设座谈会、研讨会，研究《信息化人才建设规划》，按照突出体系建设、信息能力、岗位练兵、专项工程的总体思路，系统规划部署信息化人才培养工作。

220

——常态练兵。坚持把岗位练兵向领导机关拓展，在强化官兵熟练掌握信息化装备技能操作的基础上，突出指挥信息化系统操作使用，积极开展综合模拟演练，提高信息化指挥谋略水平。

——任务摔打。把重大任务作为培育人才的平台，让官兵在实践中学科技、练指挥。围绕影响和制约科研试验能力提升的"瓶颈"问题，开展团队式攻关，在攻克难题中培养人才、锻造尖子。

——协作共育。盯住岗位急需，积极与院校厂家、兄弟部队协作，超前培养新兴专业人才，力争在关键技术专业取得新突破。

锻造信息化保障链条

欢歌庆盛会，激情涌军营。某技术室，科技干部正通过新建转化、老旧升级和系统配套，规范数据格式和接口标准，采集设备状态信息和管理信息，破解试验信息集成和动态管控等难题；某站学术厅，试验装备信息化试点建设现场验收及观察活动正如火如荼进行，来自总装备部机关、科研单位、院校和部队的 10 余名专家听取汇报，热烈讨论。

装备保障信息化建设离不开科学精细的标准化配套建设。该部牢固树立大系统、大保障观念，积极整合资源力量，紧紧抓住关键技术、关键环节和关键要素实施重点突破，推进信息化建设深化发展。同时，结合试验装备信息化建设试点，该部依托现有试验指挥信息网络平台，应用物联网、射频识别等先进技术，加强信息组合应用和深度融合，有效破解了试验信息集成和动态管控等难题。

记者了解到，集试验指挥、战备值班、模拟训练、网络政工、业务管理、安全监控等多功能于一体的综合信息系统，正在成为保障力提升的强力助推器。

（刊于 2012 年 11 月 20 日《中国军工报》综合新闻版）

士官选取推行"资格制"

"士官不是官，选取不简单。"这是某部士官选取时官兵的真切感言。

士官张敏红，入伍 8 年练就了一手好厨艺，多次被上级表彰为优秀司务长，去年带领战士参加总装备部炊事比武获得第一名。

去年年底，士官选取，他这个技术骨干并未获得优先权，一切严格依照程序进行。民主测评、体能考核、理论笔试、技能测试……全程下来，他赢得并不轻松。

该部着眼加快战斗力生成模式转变需求，推行士官选取"资格制"，每年对有意选取士官的战士，提前进行技能培训，考核合格后才能有选取资格。"士官选取事关部队建设，选取标准高一点、要求严一点，才能确保优中选优。"这是该部党委"一班人"的共识。

该部按照"初级选骨干、中级选能手、高级选专家"的思路，制定《士官选取考评实施细则》，从政治思想、专业技能、作风纪律、文化水平、身体素质等 10 个方面进行细化，按照本人申请、群众评议、支部推荐、机关考核、党委审批的程序，实行名额、条件、程序、结果"四公开"。

在士官考核选取中，他们设立意见箱、公示栏，开通举报电话，让选取全程透明公开，增强公信度，形成靠能力竞争、凭实力上岗的良好氛围。3 年来，该部考核选取士官百余人，个个过得硬。

如今，在该部，无论是水电、锅炉，还是汽车维修、养殖种植等岗位，都涌现出一大批优秀士官骨干。农副业生产基地士官张吉勇，积极引进种植新技术，每年生产蔬菜近 10 万公斤，为部队节省经费 10 多万元。汽车修理所士官李洪波，维修大小车辆千余台次，为部队培训汽车修理工百余人。

（刊于 2012 年 11 月 22 日《解放军报》专题新闻版）

入脑入心尽显理论魅力

——某部兴起学习贯彻党的十八大精神热潮纪事

初冬时节，置身某部，记者看到，从党委机关到基层营连，从保障一线到执勤哨位，从学习室到训练场，官兵以多种形式认真学习领会党的十八大精神，结合实际推动部队转型发展。

学报告，军营热潮涌——

越学越有感情

初冬的靶场，寒气袭人。然而，走进该部某站，记者看到，"畅谈科学发展，谋划建设蓝图"座谈讨论如火如荼；"学习报告话使命、畅谈心声思职责"网上论坛异常火爆……某站领导介绍，通过多种载体构建"多维课堂"是兴起学习热潮的一项重要举措。

党的十八大召开后，该部充分运用理论课堂、网络课堂、文化课堂和实践课堂，把报告精神要点、媒体解读文章等内容上板报、上橱窗、上网络、上军营电视台，积极开展学习宣传活动。同时，利用部队"军营之声"广播、《兵器城报》等载体开辟学习专栏，供官兵及时下载学习内容、上传学习资料、报道学习动态、刊发经验体会，掀起群众性学报告、悟精神的热潮。

在某连学习室，记者看到，官兵有的在电脑上浏览党的十八大专题网页，有的在撰写学习体会。下士郭鹏飞兴奋地说："在专题网页上，不仅可以阅读专家的权威解读，还可以与兄弟单位战友交流学习体会，既方便又快捷！"在某部，记者看到，他们将不易理解的内容分解开来，组织人员将理解难度大、思想性强的新论述、关键词进行归纳编辑，采取谈祖国巨变、话家乡故事、说典型事迹的方式进行十八大报告解读，让抽象内容事例化、枯燥内容形象化，引导官兵在联系实际中理解观点、掌握要点。上士王飞说："学习党的十八大报告，让我感受到了中国特色社会主义的生机与活力，越学心里越亮堂。"

在一线，处处设课堂——

越学越有信心

"十八大报告具有很强的政治性、思想性和指导性，唯有原原本本地学，原汁原味地品，才能领悟新观点、新论断……"11月19日，利用试验间隙，指导员李鹏在一线为参试战士做十八大精神宣讲。

该部召开专题会议研究部署，成立由常委成员组成的理论宣讲团，深入班组和训练场，采取"答记者问"形式，区分不同层次，为官兵宣讲党的十八大报告的亮点和精髓。针对部队点多、线长、面广、营区分散实际，要求领导干部和理论骨干先学一步，就官兵关注的焦点、难点问题，围绕大会主题、报告要点和新思想、新观点、新论断，利用试验、训练间隙进行小讨论、小宣讲、小辅导，有针对性地做好理论辅导，强化学习效果，帮助基层官兵学习领会党的十八大精神。

他们还结合老兵退役、年终考核总结期间，时间紧、任务重、头绪多，部分单位和个人对党的十八大精神学习认识不到位、抓得不够紧的问题，采取化整为零、见缝插针、融合渗透等方法，分阶段、分步骤组织好会议精神学习理解，开展"自学比态度、导学比深度、互学比热度、深学比效度"的"四学四比"活动，引导各级把会议精神学习贯彻作为当前和今后一个时期的重大政治任务来抓。

如今，置身该部，记者看到，党的十八大报告全文在线浏览，开幕式实况点击观看，微博留言讨论方便快捷、宣读辅导如影随形，处处都有学习的课堂。战士蔡利华兴奋地说："这样的宣讲真给力，让我们对十八大报告的理解更深了，参试热情更高了！"

话使命，砺剑见行动——

越学越有动力

"我军武器装备建设发展的实践证明，科技创新是一个国家发展之本，技术引进可以暂时'脱贫'，但绝不能长远'致富'，走中国特色自主创新之路意义深远。"11月20日，该部会议室里科技干部围绕"国家经济社会发展与加快装备研制自主创新能力"这一话题展开了热烈讨论。

该部采取请典型上台，喜说新亮点，让科研干部在学习教育中担任主讲，并辅以专家授课辅导、开办难题会诊、体会文章交流等形式，帮助科技干部理解好党的十八大精神，让十八大精神融入科研试验工作各个环节，激发科研攻关的动

力和热情。"报告提出要加强高新技术武器装备建设,作为靶场的一名老兵,我倍感使命光荣、责任在肩!"高级工程师闫章更的开场白,激起了发言热潮。室主任袁宏学说,随着信息化新装备不断进场,粗放式训练已不适应未来信息化参试要求,我们必须依托信息技术手段细化训练标准,整合现有资源,加速新装备尽快生成战斗力。

喜悦写在脸上,责任担在肩上。他们围绕锤炼过硬本领,采取规范课目集中训、整体推进升级训、关联课目穿插训等方法,从难设置背景、从严实施考核。同时,把大纲规定的所有训练课目训实训细。一项项具体指标,使每一项训练科目都有详细的训练指标进行量化评估。

(刊于 2012 年 12 月 1 日《中国军工报》专题报道版头条)

创新,点燃战斗力生成之火

——某部深入学习贯彻党的十八大精神加快科研试验能力建设纪实

隆冬时节,某部试验场。一枚枚导弹如出鞘利剑,直刺苍穹;一组组数据有效捕获,捷报频传……

该部党委以党的十八大精神为指引,精心谋划军事训练、人才培养、技术创新等重点工作,不断加快科研试验能力生成的脚步,综合鉴定能力稳步提升。

探索训练新路——

让素质在实践中驶入"快车道"

"只有瞄准未来战场,强化危机意识,才能提升基于信息系统的体系试验能力,实现战斗力新跃升。"这是该部党委深入学习党的十八大报告的深刻感受。

针对科研试验任务异常繁重,大强度转场、新武器列装等给该部综合试验鉴定能力提出了全新挑战,该部党委坚持深化训练强能力、紧盯技术抓创新、集智攻关破难题,积极推进多任务并行、多方法并用、多资源融合的任务组织管理模式,加速了科研试验能力生成。

悉心领悟党的十八大精神,该部党委敏锐地意识到,挺立信息化建设潮头,必须主动瞄准前沿,探寻战斗力生成新的增长点。他们对现行训练内容进行充实和完善创新,不间断融入适应高新武器鉴定需要的先进元素,深化专业技能训练、岗位达标训练、新专业新科目训练……一条条新路由此铺开。

心中有使命,工作有动力。12 月初,经过深入调研,他们查找出在基础科目训练中组训精力不集中、组训内容不系统、组训秩序不规范、组织保障不顺畅等问题,开设军事论坛,围绕"战斗力生成模式转什么、怎么转""信息化素养提什么、怎么提"等话题展开讨论，鼓励官兵出点子、想办法，掀起学习信息化知识、练强信息化本领的热潮，为加快战斗力生成模式转变点明了"指向灯"。

转变育人模式——

让人才在历练中领取"毕业证"

战鼓催征急，练兵热潮起。天寒地冻，滴水成冰。试验场上却硝烟弥漫，一场联合保障演练拉开帷幕，人才、装备在"实战"中接受"淬火"。

装备更新，人才与技术也须水涨船高。该部党委感到，原有的育人观念已不能满足信息化武器鉴定能力需要，必须更新观念，培育军中良才。

该部以成像制导仿真、可靠性试验和目标捕获跟踪等 3 个创新型人才团队建设为契机，把官兵成长成才定位在任务前沿，将技能型与智能型、战斗员与技术员、军事人才与政工人才相结合，本职专业与多种专业相交叉，让信息化、智囊型人才脱颖而出。

按照"在外引人才、放手育人才、回收用人才"的培养路子，部队选派 30 余人深入科研院所学习深造，70 余名技术骨干深入厂家调研，回来后开办专题讲座，发挥"酵母"作用，从系统介绍到整体操作，从故障排除到技术创新，一批信息化人才逐步成为装备操作的"领路人"。

为激发练兵热情，他们定期开展岗位技能培训、专业技能比武，评选优秀试验主持人及项目主持人，分批次、分阶段、分层次进行岗位考核，坚持训练在一线、考核在一线、研究在一线，涌现出了一批能开展课题研究、能在现场指挥的复合型人才。

考的思路引领训的出路。各层次人才依托信息化新装备和模拟训练系统练技能、练指挥、练协同，能力集成、要素融合成为训练考核主要素。记者看到，一次次"赶考"，将人才"逼进"了创新的前沿领域和未来信息化试验场，"逼出"了加快转型的铿锵步伐。前不久，50 名骨干一次性通过考核，取得组训组试"上岗证"，30 名被表彰为训练标兵。

瞄准技术前沿——

让装备在整合中焕发"新活力"

走进试验指挥大厅，一台台计算机整齐排列，荧幕上清晰显示着前方阵地传入的数据。5 年前，他们自主开发的辅助决策系统，实现了信息技术、故障诊断、任务保障实时可控，极大提高了组织指挥效能。

学习十八大报告，创新驱动已成为大家的共识。该部把科技创新作为突破口，积极加强前沿技术研究，对训练指挥系统进行信息化改造，完善军事训练信息网、综合试验指挥网、自动化办公网等硬件设施，具备了感知试验场态势、实时指挥控制等功能，实现了由粗放型向精细化、单一化向联合型、内场保障向内外统筹

的转变。

信息化条件下，装备更新换代快，测试设备多代同堂、新老并存成为常态，该部打出"组合拳"，发挥新装备的牵引作用，利用信息技术为老装备改造升级，植入信息化"基因"，让老装备焕发青春，新装备优势尽显。他们参照新型装备系统优势，采取信息技术嵌入、嫁接和改良等手段，对老装备进行升级改造，使整个装备建设实现配套化、一体化、信息化。同时，对新老装备的信息系统进行改进，打破了信息壁垒，组试指挥实现了信息传输网络化、指挥控制实时化可视化。

抢占先机就会赢得主动。他们还通过建立非简单随机样本试验理论模型和综合效能评估模型，有效解决了高新技术武器装备系统集成复杂、技术密集、价格昂贵、样本量小等难题。导弹控制回路测试设备、红外经纬仪测量系统、光电武器仿真试验系统等设备的大量运用，使部队具备了信息化武器平台综合性能测试能力、全弹道高精度互引导组网测试能力、模拟仿真试验能力和复杂战场环境模拟能力，有效提升了科研试验综合鉴定能力。

（刊于 2012 年 12 月 27 日《中国军工报》一版头条）

幸福事儿比蜜甜

我是某部政治处主任，已经到部队工作了 12 个年头。这些年，部队党委为官兵办的实事件件让大家心里暖暖的。就说最近吧，部队师营职公寓楼落成，我也能乔迁新居啦！

想当初，刚到部队时，大家还驻扎在小山沟，条件极其艰苦，破旧的营房都是组场初期留下来的"老古董"，冬天没有暖气、夏天没有空调。单身干部几个人挤在一间屋子，大家一怕家属来队，二怕室友加班。家属来了没地去，常常打"游击"；夜里加班晚了会影响室友休息，时间长了会产生矛盾。不光住房紧张，办公条件也十分简陋，处理试验数据用的 386、486 计算机，不仅速度慢，还常常掉链子。印象最深的是山沟里经常停水停电，通讯不畅，打个电话要来回跑四五公里。这些年来，部队年年投入专项资金新建、整修住房，满足官兵住房需求。部队虽然搬出了小山沟，但住房依然紧张。去年 10 月，新建的十一层公寓楼竣工，即将投入使用，看着设计别致、宽敞舒适的新营房，大家翘首以待。

党委办实事，官兵最受益。去年的 10 件实事一件比一件暖心。去年 2 月，部队建立优秀科技干部培养基金，让想干事的有奔头、能干事者有甜头，极大地调动了科技干部的创新热情。同时，积极改善办公硬件和工作环境，别说大家有多高兴了。现在与我同批入伍的科技干部计算机已经实现了第三次升级，室里的科技干部大多用上了液晶显示器，感觉就是不一样！去年7月，部队大力加强军营饮食文化建设，让饮食文化进饭堂、健康饮食上餐桌。现在，食谱按地域、分季节，建立"食物多样、营养平衡、烹饪科学"的营养系列食谱，做到粗细搭配、干稀调剂、营养合理，一日三餐不重样。如今，科技干部就餐可自由选择，就餐环境也大为改善，干部们戏称，幸福的事儿比蜜甜！

实事让官兵看在眼里、乐在心里。去年下半年，部队大力加强军营文化建设，更换文化设施，让大家学习有场地、娱乐有场所、休闲有去处。同时，积极加强营院"三化"建设和基础设施建设，铺设地下光缆、架设小型卫星接收设备，让基层连队和小点号都能看上清晰的电视节目。虽然我对篮球"不感冒"，但走上新启用的塑胶篮球场，心情大不一样。这几年水质好了、体检勤了、看病不难了，日子一天比一天好，那感觉就一个字："爽"！

（刊于2013年1月1日《中国军工报》专题报道版，根据采访整理）

凝聚发展的正能量

——某部党委改进工作作风加强自身建设纪实

隆冬时节，某部试验场，气温零下10摄氏度，某部党委成员以轮流值班的形式坐镇一线，与官兵一道分析试验故障，解决技术难题，探索保障新路……新年伊始，该部坚持从党委机关抓起、从突出问题改起，以领导机关的良好作风凝聚部队建设科学发展的正能量。

坚强党性抓作风

"最明显的变化是文电少了、会议短了，蹲班住排摸实情的领导多了，为基层官兵解难题立竿见影了……"1月5日，记者在某连采访时，官兵欣喜地细数身边的新变化。

"加强作风建设就是要敢于把'手术刀'对准自己，将作风建设内化于心、外化于行。"该部党委达成共识。中央政治局《八项规定》和中央军委《十项规定》出台后，该部党委逐项对照进行自身剖析，认真查找工作中的问题和不足。随即，接"地气"不够、形式与内容不统一等问题很快浮出水面。把短板不足放到阳光下，才能有改的勇气和魄力。该部党委把问题连同"药方"一起"晾"到局域网上，让官兵全程参与监督。

有了上级的标杆，各部站党委也主动亮出了"家丑"。记者看到，问题清单上，"部分官兵""很大程度""有些时候"等模糊词语消失了，而是直面问题有一说一，

直击痛处。该部政委万明贵告诉记者："领导机关带头'晾晒'问题，不但没有降低威信、损害形象，反而'晾'出了坚强党性。"

良好形象带作风

元旦刚过，该部党委组织机关下基层调研，不但将3个工作组合并为1个，检查人员少了一半，而且，检查组直接入连进班，实打实检查，面对面帮带，务实作风受到基层普遍好评。

喊破嗓子不如做出样子。部队党委从精简会议文电、改进会风文风抓起，倡导开短会、发短文、讲短话，"逼"着大家发言句句捞"干货"，条条奔正题。同时，他们还开展"我的工作我负责""下基层、查实情、知兵情"等活动，大兴钻研业务、调查研究之风。

记者看到，工作组在某连现场解决了基层文化器材短缺等6个问题，对改进经常性思想工作等5个方面进行了面对面的帮带指导。对此，基层官兵交口称赞："蹲点干部做事扎实，不搞花架子，给我们传递的是正能量！"

建章立制正作风

去年10月底，该部党委《关于加强自身建设的措施》出台，从办文办会到下基层调研，从干部选拔到经费使用等都做了明确规范。

建章立制助推作风改进，该部党委先后修订了《党委机关加强作风建设措施》《党委机关帮建基层相关规定》等制度规定。在局域网上开设了监督论坛，围绕干部任用、士官选取、经费使用等官兵关注的敏感问题，接受官兵监督，确保官兵权益在阳光下运行。

机关作风实，基层受益多。制度实施以来，该部先后收集到意见建议58条，并一一挂在网上公开答复，逐条逐项明确落实时间和责任人，以务实之举推动了部队建设科学发展。

【编辑有话说】好作风传递正能量

作风即思想、工作或生活上一贯表现出的态度或做法。能量是指人可以发挥出来的能力和作用。好作风传递正能量，部队建设需要各级组织有负责的态度、扎实的做法。党的十八大后，从中央政治局关于改进工作作风、密切联系群众的《八项规定》到中央军委加强自身作风建设的《十项规定》，再到总装备部党委作出的《关于加强自身作风建设的具体规定》，都强烈传递出了以上率下、从自身做起、自身严起的正能量。民族的百年梦想，部队的建设发展，使命的责任担当，官兵的成长成才，都需要正能量的传递与激励。某部采取具体举措深化作风建设，必将推动部队建设科学发展。

（刊于2013年1月12日《中国军工报》专题报道版头条）

"四个尊重"激活一池春水

——某部抓建人才队伍纪实

华山脚下，黄河西岸，冬日里的某部试验场任务正酣。

清晨，伴着装甲车的轰鸣，记者走近了这些为我军常规兵器颁发"准生证"的人。

某设备旁，年轻的科技干部栾光琦正在捕获数据目标。小栾说："以前像我这个年龄最多只是个配角，想真正独当一面很难。"记者了解到，如今，该部毕业三年以上的科技干部，85%都能独立承担试验任务，60%能开展课题研究。

提及这支年轻的"战斗队"，该部政委郭盛军说："部党委把人才纳入优先发展战略，强化尊重意识、优化尊重机制、浓厚尊重氛围、多办尊重实事，'四个源头'引得百花竞放。"

谈到尊重，全军巾帼建功先进个人、总装备部首届兴装强军先进个人闫雪梅按捺不住激动："党委充分尊重技术干部的积极性和主动性，使大家的意见建议在党委决策中得到了充分体现，还形成了制度，尊重人才的氛围很浓厚。"

新年伊始，该部修改完善的《人才队伍建设具体措施》《年度人才培养规划》等制度规定如期实施，与之配套的组织领导、经费保障等措施全面启动。"健全人才机制，首先是健全尊重的机制。"该部政治部主任范四成说："部党委从使用、流动、奖励等方面，健全人才机制，让想干事的有机会、干成事的有实惠。"

三室科技干部张海林这几年喜事连连：2009年被列入总装备部"1153"人才工程培养对象，2010年享受军队优秀专业技术人才岗位津贴，被晋升为高级工程师，2011年被表彰为总装备部学习成才标兵、优秀共产党员，2012年被推荐进入中级指挥班学习，3年当中两次立功……

这样的好事为啥会摊到他一个人身上？室主任纪永祥道出了实情："成绩是硬杠杠，实干者有回报。张海林这些年参与完成重点任务20余项，攻克关键技术难题30余项，10余项填补国内技术空白，节约试验经费500余万元……"

在该部像张海林这样的并非个例。科技干部宁小磊毕业仅一年就被选入某创新团队；博士高玉龙毕业第二年评审了高工资格；刚从西安交通大学归来的科技干部白冬梅谈及第二次"充电"经历喜不自胜："刚出校门没几天又进校门，连自己都没想到。"尊重的是人才，激发的是创造。科技干部徐冰川毕业仅一年，就独立完成了两项重点定型试验任务。科技干部游毓聪工作两年相继完成3项课题，目前又承担起两项重点研究课题。

高玉龙博士说："前年到部队，没想到在住房紧张的情况下，一套营职住房钥

匙送到自己手里，感到很幸福。"近3年来，该部先后两次为13名干部举办集体婚礼，为8名干部妥善解决家庭纠纷、涉法问题。

尊重的风气浓了，创新的氛围就浓；尊重的实事多了，发展的成果就多。组建8年来，该部科技干部集智攻克技术难题98项，取得军队科技进步奖57项，11人享受政府特殊津贴，41人享受军队优秀专业技术人才岗位津贴。

（刊于2013年2月2日《中国军工报》一版）

筑牢安全"防火墙"

——某部多措并举狠抓部队安全工作纪实

安全连着战斗力，保安全就是保打赢。春节临近，某部针对探亲休假人员流动大、驻地社情民情复杂，部队面临的安全隐患增多等实际，瞄准薄弱环节，突出重点部位，坚持重点建与经常抓相统一、内部管与外围防相结合，抓好部队安全工作。

教育引导抓思想

事故源于麻痹，泄密就在嘴边……1月28日，记者走进某部会议室，该部组织9名即将探亲休假干部认真学习《对外交往'十二不得'》《保密条例》等内容。在某连，以"学法规、用法规，严守政治纪律"为主题的学习讨论活动如火如荼。

该部坚持用上级关于做好部队安全工作的一系列重要指示精神统一思想，先后3次专题研究安全工作形势，分析薄弱环节、制定对策措施。机关利用任务间隙，开展安全教育，学安全知识、讲安全故事、写安全格言，引导官兵认清安全工作形势，筑牢思想防线。

年初以来，该部组织"学法规、用法规"安全检查2次，核心涉密岗位人员合格率达到100%。

技术防范抓能力

1月28日，来自地方保密部门的专家给该部官兵讲解保密技术防范措施，以实物的形式进行演示讲解，官兵们深受触动。

部队涉密程度高、涉密人员多，该部按照"涉密网络分块建设、物理隔离，涉密数据集中存储、全程加密，涉密文档受控流转、集中输出"的思路，探索建立了"两专一综合"的网络管理体系，有效促进了办公信息化建设和保密工作建设。

他们对局域网采取严格的身份认证、访问控制、入侵检测、漏洞扫描、数据加密等安全保密措施。对输出端口实行集中管理、专人负责、授权使用；设置系统管理员、安全员、审计员，各负其责、相互监督；安装"计算机及涉密载体保密管理系统"，实现涉密信息的可管、可控、可查，切实处理好保密和办公的关系。

建章立制抓根本

1月初，一份《关于做好春节期间部队安全稳定工作具体措施》出台。该《措施》内容具体、措施健全、责任明确，使春节安全工作事事有规范、处处有遵循，时时有人抓。

抓安全工作，制度是基础。该部本着"立一项制度就是树一道防线，抓一项制度就是强一种意识"的原则，对安全制度进行具体的细化完善。本着保密工作与建设任务和谐统一的原则，制定完善《安全工作岗位责细则任》《信息安全知识手册》等制度规定，形成完善的安全法规制度体系。

他们还将安全责任逐级细化，形成安全责任定人定位、定岗定责，按级负责的责任链。同时，着眼实施严格奖惩，与个人评功评奖、提职使用相挂钩，有效促进了安全责任落实，增强了制度的执行力。年初，在该部召开的安全形势分析会上，3名责任心强、工作突出的个人受到表彰。

（刊于2013年2月2日《中国军工报》专题报道版头条）

让党员这张名片闪闪发光

——某部扎实开展"学习贯彻党章、弘扬优良作风"教育活动纪事

2月初，某部"学习贯彻党章、弘扬优良作风"教育活动拉开帷幕。该部积极探索学习方法，突出教育重点，大力弘扬优良作风，抓好党员对新党章的学习理解，让共产党员这张名片闪闪发光。

理论学习灵活多样

2月1日下午，走进该部政治部，秘书科干事罗德明正召集党员开展"学党章、读党史、上党课、过党日、交党费"学习贯彻新党章活动。

认识来源于学习，为把新党章学深悟透，该部组织党员原原本本学、区分层次学、突出重点学、解疑释惑学、联系实际学，用党员十八大精神和习主席重要指示统一党员思想。他们还利用电子屏幕、军营广播等，开辟专题专栏，刊载学习内容。围绕"党章新增加的内容是什么"等方面，组织党小组专题研讨，召开党员大会，

安排领导干部与基层党员面对面交流，浓厚了学习党章、遵守党章、贯彻党章、维护党章的氛围。

党员刘涛深有感触地说，"贴近实际、党味浓郁、活动新颖的形式，使新党章学习通俗化、大众化，更容易消化吸收。"

优良作风外化于行

春节前夕，走进某试验场，近零下 10 摄氏度低温中，机关干部与科技官兵一起分析问题、排除故障。

该部决定把中央政治局《八项规定》和军委《十项规定》等内容作为学习党的十八大和新党章的重要内容，出台《加强自身作风建设措施》《春节期间廉政纪律14条》，并从合并会议、从简接待、减短讲话、精简文电等方面做出硬性规定。利用民主生活会、党日活动等时机，开展"查思想觉悟，看理想信念是否坚定；查敬业精神，看使命意识是否强烈；查战斗作风，看履职尽责是否有力；查工作业绩，看完成任务是否出色"的"四查四看"活动，组织党员给自己"打分画像"，各级党委成员自觉立言立行争当"领头雁"。

记者了解到，春节前，该部取消、合并、缩减大型恳谈、宴请、会议和联欢活动 6 个，其余必开会议和活动缩减邀请人员、减少领导出席人数，不做应景布置，不安排宴请。

艰苦奋斗牢记心间

"经济发展了，腰包鼓起来了，但艰苦奋斗这个弥足珍贵的革命传统不能丢……"春节前，在该部"学习新党章、弘扬优良作风"讨论交流会上，8 名代表依次走上讲台，结合认识谈体会。

临近春节，部分官兵想借春节放假好好"潇洒一把"，超前消费意识明显增强。该部结合学习新党章，及时搞好艰苦奋斗教育，从弘扬传统、纯洁交往等方面，引导党员干部开展勤俭节约活动，防止高消费、乱花钱，铺张浪费等现象；并研究出台了《春节慰问走访接待规定》，开设监督举报电话，加大审计力度，移风易俗，大兴艰苦奋斗作风；同时，积极创新春节慰问走访活动形式，通过电话、短信、电子贺卡等拜年活动，弘扬艰苦奋斗精神，强化勤俭建军意识。

记者看到，过去的"啃老族""月光族""透支户"现象明显减少。30 余名新战士主动将入伍前带到部队的 10 余万元和一些高档消费品寄回了家。上士李志国还办理了一张定期银行存折，准备将每月省下来的零花钱全部存起来，一部分用来购买学习资料，剩余的全部补贴家用。

（刊于 2013 年 2 月 5 日《中国军工报》专题报道版头条）

创新模式，为战斗力生成提速

——某部着力提升核心测试保障能力纪实

前不久，渭水岸边的某部试验场上，一场信息化条件下的测试保障演练正紧张进行。笔者看到，浓浓硝烟中，各测试分队实时收集着各种试验数据。

运筹帷幄方能决胜千里。近年来，某部紧紧围绕提升保障能力，立足现有资源找支点，巧借创新法宝破难题，测试保障能力逐年跃升，多次被总装备部表彰为装备管理先进单位。

整合资源闯新路

去年以来，该部陆续列装 20 余种新装备，官兵们在欢庆鼓舞的同时，各种新问题也接踵而来：新装备涉及 10 多个专业，如何让新装备快速形成测试保障能力？

"加快战斗力生成模式转变时不我待。"党委会上，该部站长姚明掷地有声。随后，姚站长带领技术骨干白天泡在设备车间分解装备组件，晚上聚在一起研究方案计划。很快，他们便成功运用数字自动跟踪系统实现机动目标的自动跟踪。同时，他们还按照信息集成、要素融合的要求，构建资源共享、功能齐备的一体化指挥平台，基本实现模拟训练深化、系统评估扩展，整体联网迈进的目标。

以前，在恶劣天候条件下光学设备很难捕获电磁反射弱的目标，主要原因是测试装备没有共享数据。为实现不同装备间的数据共享，5 名高工与 15 名技术骨干经过一年的集智攻关，终于掌握组网测试技术，实现了测试目标的全弹道精确测量。如今，运用这套系列化、标准化、模块化、智能化的测试保障系统，大大提升了部队测试保障能力。

认准的路就要勇敢地走下去。面对测试技术状态复杂带来的挑战，该部认真梳理了 20 余项对提高试验测试能力有重大影响的课题，成立由总师牵头，30 余名精兵强将组成的攻关小组，实现了人员力量、技术优势的最佳结合。

他们坚持以重大研究课题为依托，合理调配专业结构和人才资源，组织开展协作攻关，形成整体资源优势，先后与多家科研院所建立资源共享、优势互补的协作关系，使一批重点科研课题取得重大突破。通过对重点型号产品、作战使命要求和测试技术方法的深层次探讨，逐步形成了一整套独具特色的测试理论体系，有效解决了制约测试保障能力建设的瓶颈问题。

聚焦人才强素质

今年 2 月，该部送学人员成果统计显示：陈皓、吴海英、唐自力等同志 3 年内

发表论文 50 余篇，8 项成果获军队科技进步奖。让外学干部带上学术课题去学习，并全程跟踪其科研进度，是该部创新人才培养模式的一项新举措。

面对装备快速发展的形势，该部党委"一班人"认为，如果不加快新装备人才培养步伐，提升新装备测试保障能力就是一句空话。为此，他们按照人员提前定岗、训练提前安排、技术提前储备的模式，将人才培养目标、职责、要求具体到每个人，落实到全过程。同时，积极与院校、装备生产厂家、兄弟部队协作，超前培养新型装备专业技术人才。近年来，该部先后选送 6 名干部攻读博士学位、23 名重点培养对象攻读硕士学位，成功突破 100 余项重大技术难题。

他们按照请进来教、走出去学，尖子带骨干，骨干带苗子的思路，选送优秀骨干到军地院校学习培训，到生产厂家跟班作业；成立技术革新小组，遴选业务尖子开展装备技术革新挖潜，自筹经费资助重点团队开展科研攻关；结合创新人才团队培养，积极整合人才资源，广泛吸纳有发展潜力的年轻科技干部加入团队；结合重点试验任务需求，让年轻科技干部参与重大项目研制、重点工程建设，提高他们的业务素质和能力水平，加强领军型人才培养。

为超前培养驾驭新装备"驭手"，该部党委按照梯次衔接、逐级跃进、体系发展的思想，制定人才发展规划，完善保障机制，整合资源力量，使人才培养路子越走越宽。近年来，为加强信息化建设管理、信息技术、新装备操作等人才队伍建设，他们坚持每年向装备生产厂家、科研院所和兄弟部队派出"取经团"，一边学习调研，一边编写大纲教材，研发模拟器材，大大缩短了新装备测试保障能力生成周期。

打开该部刚刚出炉的育才规划，笔者看到，他们将测试保障能力进行分解，具体到每名官兵，用能打仗、打胜仗的标准确定各类人才培养目标，牵引人才培养向精细化转变。为扩大人才辐射效应，他们组织开展帮带结对活动，50 余对帮带对子签订协议，形成了人人被帮带、个个帮带人的联动育才格局；建立公平公正、民主公开的人才管理机制，在选拔使用、职称评审、级别调整、奖项申报等方面，坚持全过程公开、全方位透明，为人才成长提供公平竞争的发展环境。目前，该部先后有 12 人被确定为总装备部"1153"人才工程培养对象。

集智创新破难题

8 月底，笔者走进该部某试验场采访，恰逢正在对某型靶机进行试验，目标刚一出现即被雷达锁定，试验任务全过程被完整记录。据该部参谋长刘红敏介绍："这台新雷达装备列装不到一年，多次创造全弹道精确捕捉新记录。"

能力的跃升，源于一次尴尬的经历。去年，一次外场试验中，雷达忽然失灵，一名技术干部面对新引进的雷达装备和陌生外文操作界面束手无策。导弹发射在即，几名技术人员捣鼓半天也没能使雷达运转起来。

痛定思痛，知耻后勇。部队党委"一班人"认真汲取教训，采取重点攻关、技术嫁接、专项培训等方法，成立了雷达、光测、遥测 3 个攻关小组，采取化整为零、逐项攻关的方式，成功解决了红外触发难、雷达出现盲区等 20 多个测试难题。同时，他们按照依托新平台、掌握新装备、创造新模式的思路，坚持在试验任务中熟悉设备性能、设计原理、技术指标，先后编写出装备操作规程等教材 8 册、实施细则 10 余套。

"准星"瞄准未来"战场"。年初以来，该部按照加强创新、主动作为，突出重点、注重实效，统筹协调、循序渐进的思路，研究制定了《测试保障能力建设规划》；按照网上精训、实案实训、集成联训、以考促训，系统锤炼测试保障人员驾驭新装备的能力。针对部分装备操作人员懂理论不会操作、懂使用不会维修的实际，大力开展"用修双能"活动，着力解决不愿训、不想训的问题；编印装备维修保养手册，组织教学授课，有效解决不会修、不会保的问题。同时，他们针对测试保障指挥自动化程度低、指挥方式单一的状况，坚持硬件升级改造与软件研发并举，对测试保障系统、指挥平台和训练设施进行优化整合，建立集测试保障、动态管理、维修支援等功能为一体的测试保障综合系统，实现各测试单元的互联互通和信息共享。

测试设施设备的配套，带来了测试能力跃升。如今，只要轻点鼠标，计算机屏幕上就能清晰呈现出测试设备清单。一旦测试设备出现故障，操作人员就可与专家进行热线会诊排除故障，大幅提升了装备保障效能。

大胆创新带来累累硕果。某型测试装备天线野外环境下抗干扰能力较差，他们运用阻抗变换技术对其进行改进，抗干扰能力大大提高。通过大量运用导弹控制回路测试设备、红外经纬仪测量系统、光电武器仿真试验系统等设备，部队信息化武器装备综合性能测试能力、模拟仿真试验能力和复杂战场环境模拟能力大大提升。今年年初列装的 10 余台新装备，如今都已经全部投入使用，完成试验任务 50 余项。

（刊于 2013 年 2 月 23 日《中国军工报》专题报道版、2013 年第 8 期《装备》，获季度优质稿件）

沐浴春风谋转型

——某部加强科研创新提升遂行任务能力纪实

阳春三月，渭水河畔，某部试验场传来喜讯：由科技干部合力攻关完成的某信息系统通过了"实战化"检验，该系统实现了多个保障单元网络对接和多种要素的键对键指挥，也标志着该部成功破解了一批信息化武器鉴定技术难题。

紧盯核心能力

随着大密度、高强度信息化任务接踵而至，组织指挥保障体系面临着巨大挑战，

有不少同志认为建立新的保障指挥体系成本高、周期长，也有的认为任务重、时间紧，现行指挥保障体系能完成任务就行。

是因循守旧，还是革故鼎新？该部党委放眼长远，决心创建新的组织指挥管理新模式，科技人员紧扣任务特点开展课题研究，研发的综合试验指挥网、信息化任务指挥管理系统，有效满足了任务需求。建立的非简单随机样本试验理论模型和综合效能评估模型，解决了高新武器系统集成复杂、技术密集等难题。同时，通过导弹控制回路测试设备、光电武器仿真试验系统等大量运用，具备了全弹道、高精度、互引导组网测试能力、模拟仿真试验能力和复杂战场环境模拟能力。

聚焦能力素质

3月初，走进某指挥大厅，这里如火如荼，专家与技术骨干一遍遍修正试验方案。通过屏幕，记者看到，前方阵地导弹腾空瞬间测试系统精准捕获。

任务数量与难度与日俱增，是抱残守缺，还是另辟蹊径？该部党委分析认为，提高能力必须积极转变观念，构建资源共享、多网合一、互联互通互操作的一体化指挥平台，主动向系统评估迈进。

思路决定出路，使命催生动力。他们与院校厂家、兄弟部队协作，培育新兴专业人才。围绕影响核心能力提升的"瓶颈"问题展开团队式攻关，助推战斗力"水涨船高"。同时，资源整合和配置，依据学科专业、研究方向，组建创新人才团队，每年选送团队骨干到军地院校学习培训、到生产厂家跟班作业，自筹经费资助重点团队开展科研攻关和学术研究，部队基于信息系统体系作战能力有效提升。

锁定关键领域

据统计，每年该部有20余项科研成果问世，通过科研项目攻关，不仅促进了试验任务圆满完成，而且积累了人才技术优势。

成绩面前，该部党委清醒意识到，单纯依靠试验任务推动科研创新很容易导致科研项目狭窄，缺乏前瞻性；而片面依靠科研创新完成试验任务，往往会陷入被动应付局面，将科研创新与试验任务并重运行，才能实现可持续发展。该部梳理60余项对提高试验能力、改进试验方法、创新试验理论具有推动作用的课题项目，明确人员时限，集智攻难破障。同时，加大"外引"力度，与10多家地方科研院所建立"资源共享、优势互补"科研协作关系，使一批重大技术难题迎刃而解。

记者了解到，通过对重点型号产品的技术特点、作战使命要求以及试验理论方法等深层次探讨，形成了一套独具特点的试验理论体系，解决了多个制约部队技术发展的瓶颈问题。

（刊于2013年3月9日《中国军工报》专题报道版头条）

我们的生活明天更美好

——某部退休干部学习十八大精神畅谈感受见闻

阳春三月，记者走进某部老干部学习室，谈变化、话成就……退休干部们认真学习十八大精神场景形成了一道亮丽的风景线。

该部因势利导，调动老干部们的学习热情，对年龄大、行动不便的坚持将学习资料送到家中，主动上门宣讲；对相对年轻、身体尚好的组织集中学习，定期开展交流。

"现在国家的政策就是好，看病有医保、养老有保险……"3月底，几名老干部一边散步，一边交流，如数家珍、热情洋溢的交谈里回荡着对十八大精神的深刻解读。

"你说咱们当兵那会儿，业余活动总是唱歌、拔河、打牌'老三样'，住在山沟里的只能每天和星星为伴。现在各个连队的书吧、影吧、网吧样样俱全，周末看大片，上网冲浪，幸福指数多高啊！"话音刚落，有人接过话茬："可不是嘛，这几年部队文化建设投入多大啊！学习室、活动室、咨询室、健身房、训练中心应有尽有，许多连队都用上了塑胶篮球场，学习有教材、娱乐有去处，真是不一样！"

"再看看武器发展，从简单火炮到信息化武器，过去连想都不敢想，现如今处处信息化，官兵轻按按钮就可精确锁定目标，要能再当一回兵，多好啊！"幸福事儿在老干部口中一个接一个。

"习主席讲的'中国梦'，道出了全国人民的心声，不仅要让我们日子过得好，还要让我们日子过得美，相信这个美好愿景不会太长。"3月24日，老干部一边下棋一边向记者畅谈感受。

"这些年，国家发展，部队也在变化，我们也得到了实惠。就说最近吧，我们许多老干部都搬进了新房。想想过去住房多紧张啊，一家人挤一个房子，几家人用一个厨房和卫生间，现在大多都是三室一厅的大房子，条件好，住着也舒服，美好生活来之不易！我们也期盼着十八大后部队有大发展，官兵有更多实惠。"退休干部祝睿感慨地说。

说者兴奋，听者也幸福。"改革开放也改变了我们老干部的生活。改革开放前，我每月工资不足200元，现在已经翻了好多倍，医疗费也几次增加，各级还出台政策改善和保障老干部生活，我们真是有福啊！老干部们越说越兴奋。

故事越讲越精彩，道理越析越透彻。记者发现，一串串数字、一个个故事，老干部们热情赞颂部队和家乡的发展变化，热情讴歌党的优良传统和丰功伟绩，也洋

溢着对党、对祖国、对人民的无限忠诚和对事业、对岗位的无比热爱。

（刊于2013年4月6日《中国军工报》夕阳红版）

小将掌舵

初春靶场，生机盎然。4月13日上午，记者走进渭水河边的某部试验场，某新型火炮、多种测试设备和各类参试人员已按计划进入指定区域，进行战前的最后动员和准备。

试验预报，当日有4项任务同时展开，空中、地面并行，技术难度大、测试保障与组织指挥面临巨大的考验。

记者走近某装甲车旁，佩戴红色袖标的试验任务主持人郭梁正在与项目负责人讨论试验方案，一副稚气未脱的样子，仅从外形实难猜出他就是任务总指挥。有人告诉记者，别小看这个"80后"，他刚刚独立主持完成了某国家重点试验任务，攻克技术难题10余项，被表彰为优秀试验主持人。

说话间，不远处4名操作手轻松、熟练地将某装备送入高空。随之，测试、通信、勤务保障等各路人马投入紧张战斗。

"轰……"一声巨响，尘土飞扬，不远处的某新型火炮飞离炮口。

让记者惊叹的是，参与任务的各路精英，从指挥、测试到勤务保障，"80后"占95%以上，就连操作手都是清一色的"80后"。

登上某测试方舱，科技干部崔燕舞正指导身边的同志跟踪目标姿态，捕获数据信息。记者了解到，毕业于西北大学的"80后"小将崔燕舞如今已是电磁兼容方面的技术"大拿"，屡破技术难题，如今又当起了"师傅"。

崔燕舞说："以前像我们这个年龄，在任务中，也就是跑跑腿、打打杂，想真正独当一面很难。现在，有了这种全方位锻炼的机会，对我们快速提升技能帮助很大。"

春风吹得万花开。年轻干部快速成长源于部队科学的育人、用人模式。高级工程师纪永祥说："部队按照能打仗、打胜仗要求抓人才培育，先后启动了多项育才工程，实现了学历与能力的'同频共振'。"

现场负责数据记录的"80后"科技干部徐冰川说："现在科研试验任务异常饱满，天天都有新任务，锻炼机会多了，成才周期自然也缩短了。

翻阅部队科研成果表，记者发现，"80后"干部成果数量比以前明显增多，90%都有科研成果。

到部队6年，攻克10余项技术难题，刚刚获军队科技进步二等奖的科技干部胡秋平深有体会地说："如今，政策扶持、激励机制，使一大批年轻干部脱颖而出，成为科研试验的主力军。"

提及这支年轻的战斗队，该部政治部副主任杨海战说，如今硕士、博士占到了30%以上，运用信息化知识、驾驭信息化武器装备能力显著提升，"80后"是真的成长起来了，接力在核心能力提升的航程上。

置身隆隆的炮声中，记者由衷感慨，如今的"80后"，人人能掌舵。

（刊于2013年4月23日《中国军工报》综合新闻版头条）

党日有"统"有"分"

5月10日下午，党日时间，记者踏进某连，刚刚上完课的队伍被分成了3组：一组由指导员张楠带队进行演讲小比赛，一组由连长刘伟卫带队开展歌曲小演唱，最后一组由排长沈括带领开展"党日我点评"活动。

"统一过党日是'规定动作'，各类配合活动是'选择科目'，党员可以根据自己的爱好自主选择。"刘连长说，"我们连队每月都有党日计划，基本都安排在每周五下午半天时间，今年第一季度已进行了党员汇报思想、党课教育、发展新党员等6项内容。"

可在过去，该连党日活动没有统一安排，出现过不少问题。最突出的是：连队的计划往往被上级机关临时布置的活动打乱，影响到连队党日活动按计划进行。近年来，连队党支部针对这个问题进行了调查研究，对每月的4个党日和每季多余出来的1个党日，统一作了安排。

"如果'党日活动'长期只是一种形式，就显得太呆板了，效果也不能保证。"刘连长告诉记者，"党日活动应该灵活多样，多一些官兵自选动作。"

有着17年党龄的三级军士长张军虎感触颇深："党日活动贵在'活'，统一组织可以使党的会议等活动时间有保证，能够有组织、有计划、有准备地进行；分类组织形式多样、内容丰富、时间灵活，更能激发党员的参与热情。"

指导员张楠告诉记者，"统分结合"好处颇多。现在，每到党日活动时间，不用通知大家都会按时参加；每逢重大任务，不用动员党员都会模范带头。

年初，在某型航炮低温试验中，安装炮身与发射底座时出现了半公分误差，虽然在允许范围内，但炮手郑瑞春、王健为了最大限度地保证射击精度，冒着零下40摄氏度低温，连续工作两个多小时，将火炮调到最佳状态，受到了参试厂家的高度赞扬。

参加"党日"活动后，党员们纷纷感到：学与不学的确不一样，只有加强理论的学习，才能保持清醒的头脑。党日活动有力促进了连党支部全面建设，该连先后21次被表彰为先进基层党组织。

相关链接：（略）

（刊于2013年5月21日《中国军工报》党的建设专版头条）

当兵的感觉真好

5月20日，凌晨6时25分，某部营区清脆的起床号声响起。

5分钟后，下连当兵的"老丁"冲出了营门，自觉站在队伍前列。"老丁"这个称谓，是某局参谋丁晔昨晚班务会上让大家对自己的统一叫法。

五公里长跑，一开始老丁还冲在最前面，可后来他发现战士们是在有意放慢脚步等他，便借系鞋带之机由排头换到了排尾。虽然最后未能赶上大部队，可老丁还是坚持跑完了全程。回来时，上衣都湿透了。

洗漱、整理内务、吃饭……8时20分，班长张军召集一支试验小分队即将出发，听说让自己留守，老丁主动提出想去试验一线。考虑参与试验辛苦，班长起初不同意，可老丁一再"请缨"，班长最后同意。

十几辆车向着渭河滩头开进。一路上，老丁和战士们聊家常、聊生活，聊到动情处，大家才知道，下连前老丁的父亲已病重，可面对难得一遇的当兵机会，他最终还是选择来到连队。

由于路况差，30多公里的路程，走了约一个小时才到达试验场地。

抬设备、架雷达……老丁事事抢在最前面，不停向班长和科技干部"请教"，一会儿工夫头上大汗淋漓。

一切准备就绪后，老丁走进了测试方舱车，坐在班长的身旁。看见班长熟练地连接各种设备，老丁对这个入伍11年的老班长表示钦佩。一闲下来，老丁就向班长了解测试设备性能和运行情况。他说："班长不仅干活利索，而且业务水平也挺高，值得好好学习。"

11时左右，第一发炮弹飞出炮膛，"战斗"正式打响。

当天天气预报最高气温36摄氏度。中午，火辣辣的太阳炙烤着地面，空旷的试验场没有一点遮挡，地表温度足足有40摄氏度，稍有动作，汗流浃背。烈日下，老丁和战士一起挥汗如雨，奋战在试验场。老丁说，好久没有和战士们一起这样了，感觉挺好！

试验进行得很顺利，下午2时许，最后一枚炮弹出膛后，试验主持人宣布今天试验结束，大家欢呼雀跃的时候，老丁又和战友们忙着拆除设备、雷达……

下午3时，试验小分队回到了连队，连长组织战士们整理营院，老丁二话没说和战士们一起清除杂草，弄得一身泥、满头汗。班长说，老丁太勤快了，出操、训练、站岗样样不落后，是我们学习的榜样。老丁说："和战士们同吃、同住、同操课、同劳动、同娱乐，机会难得，必须珍惜。"

谈及这一天感受，老丁自信地说："当兵的感觉真好！"

（刊于2013年5月25日《中国军工报》一版）

为让"战神"稳发力

——某部全面加强装备保障核心能力建设纪实

据统计，年初以来，30余台套设备完成改造，200多名操作手经过了专业培训。近年来，某部以深化保障能力建设为契机，立足现有装备，全面提升装备管理效益，确保各项任务圆满完成。

着眼实战　培育保障人才

去年年底，部队训练场，一场实战模拟演练即将拉开帷幕。突然，某火炮出现了故障，现场有人建议调换其他火炮。

"演练如同打仗，打仗怎能随便调换装备，要相信我们自己的保障人员。"有人提出了反对意见。最终，保障人员临危受命，在演练打响前，排除了故障。演练开始后，参演火炮弹无虚发……

过硬的能力素质是试验任务保障的基石。该部按照"请进来教、走出去学，尖子带骨干，骨干带苗子"的人才培养模式，坚持每年开展全员性岗位练兵活动，培养技能型人才。他们成立技术革新小组，遴选业务尖子组织装备性能革新挖潜，开展疑难故障预防预测，一批专家型人才脱颖而出。2012年年底，在部队组织的装备系统岗位练兵比武中，60多人获岗位资格证书。

瞄准弱项　夯实保障基础

去年年底的一次任务中，输送弹药的车队中途发动机突然出现问题，带车干部配合司机用了不到2分钟就查到并排除故障，圆满完成了弹药输送任务。

事后，有官兵道出实情，这是该部大力开展"用修双能"活动带来的喜人成果。为全面提升官兵驾驭装备的能力，他们组织编印了各型装备维修保养手册，组织教学授课，辅导示范。同时，将"用修双能"训练考核纳入军事训练考核计划，选派技术骨干担任教员，组织巡回教学，不断夯实保障基础。针对个别实战能力不足等，开展以老带新、以强带弱，夯实全面素质。

文化熏陶　提升保障自觉

"试验如同作战；装备如同战友；新装备进场，能力我先行……"近年来，该部大力开展装备文化活动，让爱装成为官兵的自觉行动。

该部结合官兵特点和岗位实际，开展拆装车辆轮胎比赛、默画电路图比赛、枪械拆装比赛、业务知识竞赛等活动，为装备保障训练注入了生机和活力，保证了十

多项重大军事任务的出色圆满完成。

今年3月，该部官兵驾驭10多台装备，辗转机动千余公里，无一装备出现故障。作试参谋李涛对此深有感慨："这与深入人心的装备文化是分不开的！"

（刊于2013年7月2日《中国军工报》深度报道版）

托举梦想　兴装强军

——某部官兵畅谈神十任务成功侧记

神舟凯旋，十全十美。

"中国航天事业在短短几年间突破一个又一个关键技术，在科技强军中实现了新的飞跃。圆梦靠实干，兴装强军我们责无旁贷。"6月底，渭河岸边的某部试验场测试方舱外，科技干部李阳激动地说。

"航天发展走出一条不平凡的路，投身靶场信息化实践，成就个人军旅梦，我们赶上了国家的好政策、好制度和好形势，只要努力，梦想就一定会实现。"毕业仅1年就被推荐进入部队某创新团队的年轻干部宁小磊按捺不住心中的激动。

共话成就，激发共鸣。进入环境模拟试验室的振动机房，连续奋战了几天的工程师彭建兰眼里布满了血丝，她说："岗位是事业成功的舞台，只要脚踏实地，平凡岗位一定能够出彩。"

走进某部大楼，某重点课题组成员讨论如火如荼，高级工程师王小兵说："航天战线的工作者秉持航天报国的理想和追求，艰苦奋斗，开拓进取，取得了举世瞩目的伟大成就。这说明，个人的梦想汇聚在一起就会形成一股强大的洪流，有力推动强军梦的实现……"

课题组成员、80后科技干部白冬梅说，在追梦的路上，中国航天人正绽放着耀眼的光芒。个人理想与强军目标实现对接，强军梦就会变得更加具体清晰。

弘扬载人航天精神，磨砺打赢利剑，是靶场人的不懈追求。某训练场，一切从实战需要出发，来真的、去虚的、批假的，克服形式主义、根治"和平积习"。该部副司令员刘理告诉记者："把神舟十号载人飞船成功发射激发的巨大动力转化为聚焦强军目标上，紧贴任务实际从严治训，就必须提高训练标准，加大难度强度，在近似实战的背景下摔打锻炼部队，提升部队基于信息系统的体系参训能力，为后续高难度、高风险试验任务奠定坚实基础。"

夜色如墨，某连的营院里，声声呐喊震天动地，夜间防暴演习随机展开。指导员周亚南说："用强军目标点燃进发激情，大家心中都激荡着创建过硬连队，争当先进标兵的热情。

记者发现，在神十任务取得圆满成功的鼓舞下，该部不同岗位的官兵塑梦有参照、追梦有目标、圆梦有动力，无数个充满朝气的个人梦想正汇聚形成磅礴的强军力量滚滚而来。

（刊于2013年7月4日《中国军工报》深度报道版）

为打胜仗盘活"第一资源"

——某部加快人才队伍建设推动部队转型发展纪实

人才，强军之本，打赢利器。

党的十八大提出："要尊重劳动、尊重知识、尊重人才、尊重创造，加快确立人才优先发展战略布局，造就规模宏大、素质优良的人才队伍。"某部党委深入贯彻党的十八大精神，围绕"能打仗、打胜仗"的目标要求，坚持人才优先发展，引来百花竞放、千舸争流。

盛夏时节，记者走进这支常年奋战在特殊战场、为我军常规武器颁发"准生证"的部队，零距离感受部队党委聚焦人才、不辱使命，倾力培育时代需求、任务急需人才迈出的铿锵步伐。

前瞻思维绘就人才蓝图

3月初，该部《2020年人才发展规划》《创新人才团队奖惩激励措施》出炉，与之配套的领导机构、保障措施等全面启动。记者看到，为各类人才设计的长远规划与年度培养目标更加"合体"。

阅读这份文件，2011年毕业于军械工程学院的博士张俊萍满是兴奋地说："部队党委以鲜明导向引领人才发展，以多样的举措提升人才能力，以贴心的服务保障人才成长，让我们感到大有作为。"

看清差距，奋勇前进。面对信息化任务接踵而来，系统构成更加庞大、技术应用更加密集，考核鉴定更加复杂的形势，部队党委深刻感到，有效发挥国家靶场质量鉴定考官的神圣使命，必须前瞻思考，坚持人才优先发展。基于这一认识，该部着眼全面考核武器战技性能、揭示产品技术缺陷、检验装备使用局限等发展需要设计人才培养规划，围绕一体化设计、多样化手段、实战化考核、体系化评估所需要的综合能力，建立素质能力模型、阶梯培训体系、素质认证标准等系统推进路径。参与规划制定的总工程师吴颖霞告诉记者："着眼使命任务谋划人才，人才建设的方向和重点更加明确，能力素质增长指标更加清晰。"

雨润花更红，根深叶自茂。在刚刚下发的下半年训练工作计划表中，记者看到，把阶段目标与远景目标相统一、硬件建设与软件设施相配套、现实需求与发展路径相对接，明确不同层次、每个岗位和各类人员如何培养、怎么培养，便于每名官兵

都能找准定位、明确目标，具有很强针对性和操作性。

好思路需要好方法。为不让制定的"远景目标"成为"一纸空文"，该部利用党委会、办公会、试训会等时机，分析人才建设现状，总结特点规律，探讨具体措施，使人才需求始终与时代发展相合拍、与在研任务要求相适应。年初以来，5次召开人才建设专题会议，形成人才建设政策性文件3个。

绩效考评把住优劣标尺

2月初，该部创新贡献奖和突出贡献奖揭晓，24个项目和8名个人受到表彰……记者看到，年轻干部脱颖而出成为一大亮点。

面对喜人局面，某部总工程师朱军坦言："前些年受论资排辈影响，一些年轻干部放不开手脚，得不到发展。如今，绩效考评看能力不看资历、看实绩不看年龄，成绩是硬杠杠，素质是'通行证'。这几年，科技干部创新劲头一个比一个高，90%年轻干部毕业两年后都能独立承担试验任务，70%有研究课题。"

创新形成"人才效应"。科技干部游毓聪工作两年完成3项课题研究，年初两项总装备部重点课题全面启动。谈及成绩满是欢喜："是党委宽松的育人环境成就了自己的'科研梦'。"近两年，部队在科研立项、入选重点团队等方面加大倾斜，使20余名年轻科技干部有了科研成果，提前进入创新人才团队。实施的《各类人才岗位考核标准》《优秀人才奖励实施办法》等措施，使真正想干事的有机会、能干事的有平台、干成事的有实惠，形成了浓厚的创争氛围。

公平激发创新活力。去年年底，科技干部郑珠峰"双喜临门"：部队唯一一个晋升高级工程师，并提前晋升专业技术等级。谈及经历喜不自胜，"该部党委坚持公平选人、公道用人，实行能者上、庸者下的竞争机制，使高工群体有压力、中间力量有推力、年轻群体有动力，特别在涉及科技干部利益的敏感问题上坚持用成绩说话，激发了人才的整体活力。采访中，科技干部刘刚按捺不住心中的激动："这两年出于爱好，自己陆续撰写了一些引信可靠性评估方面论文，没想到受到了各级的关注，自己连续两年获'金点子奖'，被推举进入部队某创新团队。"

大胆用才引得百花竞放。武器装备日新月异，作为靶场质量考官，需要的是优秀人才。坚持优先发展，就要铺就坦途，大胆培养。科技干部宁小磊毕业一年后就被选入某创新团队。回顾成长之路，宁小磊打心眼感谢部队党委提供的良好环境。为激励更多优秀人才脱颖而出，该部坚持在外出培训、送学深造、学术交流、传帮带等方面提供更多机会，让人才有施展才华的舞台。"年初以来，已邀请专家教授10余人，开展各类培训、讲座20余场次。

情感聚合激发良驹潜能

今年年初，科技干部徐冰川岳父的车祸赔偿问题终于有了结果。几个月来，小徐悬着的心终于得以平静。谈及此事，小徐感慨地说，问题的解决得益于部队党委的关心关爱。跟小徐同样，妥善解决家庭纠纷、涉法问题的还有8名干部。

去年 8 月，徐冰川的岳父在家乡某工厂上班期间不幸发生车祸，之后工厂不理不睬，徐冰川的岳父出院后，多次就医疗和赔偿问题与工厂交涉，厂方不仅态度恶劣，还出手打人，部队领导得知情况后，主动与地方政府联系，派人协调解决，让问题迎刃而解。

部队常年任务不断线，官兵一年四季与靶场为伴，赴深海，上高原，不论严冬酷暑，默默奋战在科研试验第一线。该部党委认为多解难题多办实事，就是在他们有困难需要帮忙的时候送去"心灵鸡汤"，解决好干部的后顾之忧。为他们搭建起一个油料充沛的"加油站"。为给干部提供获取知识、掌握信息的条件，该部党委倾心关怀、主动服务，为人才建设当好生活"帮手"，引发人才"磁场效应"，使人才方阵越聚越大，动力无穷。

"情感聚合"激发"责任担当"，多办"得人心、暖人心、聚人心"的实事，激发了人才的无穷动力。科技干部徐冰川毕业仅一年，就独立主持完成了两项重点型号试验任务，创造了最新纪录。科技干部栾光琦在部队首次承担的某数字化传感侦察系统试验中大胆创新，节省经费 40 多万元。科技干部李伟锋着眼提升信息化武器系统体系组网试验能力，负责完成的模拟指控平台，填补了部队信息化组网领域的空白。

后方的有力保障，也为人才建功立业吃了"定心丸"。今年春节后，他们向武器生产厂家、科研院所派出 50 余人的"外学大军"，各路"取经团"一边学习调研，一边夜以继日编写大纲教材、研发模拟器材，破解重大技术难题 50 余项，加速了部队战斗力跃升。

（刊于 2013 年 7 月 6 日《中国军工报》一版头条）

"生才"有道

——某部推进高素质人才队伍建设纪事

骄阳似火，剑拔弩张。

7 月 12 日中午，记者走进渭水之畔的某部试验场，地表温度足足有 50 摄氏度，灼人的热浪让人透不过气来。

炎阳下，大汗淋漓的试验主持人、工程师杨伟涛正用对讲机发布各种指令。

记者看到，随着一枚导弹托着烈焰划向长空，各路人马穿梭于炮火硝烟的"战场"。刚刚从某院校学习归来的科技干部周静波按捺不住内心的激动："这几年部党委综合施策，量身定制，人才培养路子越走越宽。今年 3 月，在任务高度密集、人员异常紧缺的情况下，安排我们 20 余名科技干部学习深造，让我们学习有动力，努力有方向。"

"实施指挥游刃有余，技术保障优质高效，这是部党委多措并举，倾力培育的结果。"某指挥车旁，该部参谋陈德明介绍说。他说，部里以任务需求为牵引，把高素质人才纳入部队发展规划，纳入领导班子考核，与6所军地院校和5个装备生产科研单位建立共育平台，启动"技术攀登"工程，仅上半年就邀请专家教授来部队讲学、开办培训讲座50余期次。

生"才"有道，"才路"愈宽。采访中，两组数字引起了记者关注：部队组建9年，攻克重大技术难题90余个，取得军队科技进步奖57项，高标准完成科研试验任务700余项，一批高精尖武器通过他们定型生产、投放部队；涌现出各领域优秀人才和领军人才50余人，11人享受政府津贴、46人享受军队优秀专业技术人才岗位津贴。

结束采访。炎炎烈日下，"战斗"的炮火更加"猛烈"。

（刊于2013年7月20日《中国军工报》专题报道版）

破解安全发展"密码"

——某部着眼经常加强部队安全管理纪实

"绷紧安全弦，织密安全网。"7月底，记者走近渭水之畔某部营区，这里秩序井然，处处涌动着积极向上、和谐发展的氛围。官兵感慨地说："部队安全发展，得益于良好的安全环境！"记者就此解析出这支部队的安全"密码"。

拧紧安全"阀门"

今年3月，该部在一次检查中发现，个别单位存在安全教育落实不到位等问题。部队领导当即拉下脸来，取消这几个单位季度安全工作先进单位评比资格。

这次处罚，也引发了一场关于安全管理的大讨论。讨论中，该部领导一锤定音："零事故不是安全，零隐患才是安全，一扇窗户反映出部分科室对安全工作不够重视，必须予以纠正！"

该部开出一系列"处方"：悬挂安全横幅、张贴安全格言、编印《安全快报》，编发《官兵常用法律知识》《安全涉法问题100问》等"口袋书"；收集军地近年来发生的事故和纠纷案例编写成册，组织全体人员进行安全教育，强化其安全意识；查找出部队作风粗疏、安全防范意识不强等10多个安全隐患，出台部队事故防范机制、处理机制和安全通报制度，夯实安全发展根基。

长鸣安全"警钟"

记者在该部某车场看到，他们引进的 GPS 车辆监控系统正在对行驶的军车进行实时定位，车辆运行情况通过终端显示屏准确地显示出来。

以新技术促安全，以信息化保安全。近年来，该部先后投入近百万元构建了车辆定位管理平台，随时对车辆行进路线进行检查，并利用系统报警功能，及时发现和阻止违规行驶车辆。

该部还定期邀请驻地交警给驾驶员授课，组织观看重大交通事故录像片，让官兵在头脑上始终保持清醒。为加强私家车管控，他们对出入营门的私家车实行登记制度，超过 150 公里之内报部队领导批准；把车牌号抄报驻地交管部门，实行双向监管。这些举措，为每辆私家车装上一副隐形"军牌"。

划清管控"红线"

7月底，该部组织开展了安全隐患大检查，结果发现重基层轻机关、重干部轻战士等现象在各单位不同程度地存在。"人员管控，领导机关也不能超越'红线'。"得知相关情况后，部队领导"开门"迎检，官兵们看在眼里、学在心里。

"抓住人头，安全管理就扭住了龙头。"这是该部官兵常挂在嘴边的一句话。扭住安全管理工作的龙头，该部坚持班组每周、支部每月、党委每季进行安全形势分析。重大任务前，他们组织人员进行安全风险评估，形成发现问题、确认原因、制定措施的科学机制。

他们还组织人员编印了《人员安全精细化管理》《外出人员安全管理手册》，将精细管理具体到每个人、每件事。针对部队勤务分队等单位易出现管理松散等问题，他们采取"归口管理、按级负责"的办法，防止"灯下黑"；针对人员外出随意性大等问题，他们采取机关询问、科室了解、个人汇报相结合的办法，加强跟踪管理，确保了部队安全。一系列措施，为部队筑起一道安全屏障。

（刊于2013年8月3日《中国军工报》专题报道版）

转型，让试验与战场贴得更近

——某部着眼任务需求推进部队核心能力建设纪实

靶场骄阳似火，铁甲动若风发。盛夏时节，走进某部试验场，随着一声令下，某新型火炮如离弦之箭，发发命中目标。据了解，这缘于该部锁定核心能力建设，加快部队战斗力生成模式转变，激活了科研试验能力跃升的"一池春水"。

向关键技术要竞争力

创新是科研试验能力增长的"倍增器"。面对武器智能化、信息融合、技术复杂带来的挑战，该部按照"自主创新、重点跨越、支撑发展、引领未来"的思路，

鼓励科技干部加强基础试验理论、前沿技术预先研究，构建开放、流动、竞争、协作的创新体系。同时，拓宽科研攻关的领域、方向和深度，完善与信息装备发展相适应的试验鉴定理论体系，助推综合试验能力"水涨船高"。

群力之所举，则无不胜；众力之所为，则无不成。在加大技术创新的同时，他们着眼装备更新快的特点，注重向技能要复合、向技术要革新、向训法要创新。他们还对原有科研资源、人才资源进行重新整合，形成科学合理、层次分明、配套完善、信息互通、资源共享的一体化科研环境。通过对制约新装备战斗力生成的重点问题分类攻关，30 余项重大理论和技术问题被逐一破解，一大批自主创新成果相继问世，形成了综合试验能力。

向信息人才要支撑力

统计显示，上半年该部先后安排 100 余人下厂所调研，开展技术研讨和学术交流，20 多人参加院校培训。通过学习交流，提高了科技干部攻坚克难、对话交流、总结凝练的综合素质。

如何让人才培养与信息化任务需求同步？他们将人才建设的起点牢牢锁定在信息化素质上，大力推行"项目、成果、人才"一体化培养模式，下大力抓好人才培养的组织领导、考核考察和选拔使用。坚持把掌握信息化知识、提高创新水平和总体谋划能力作为科技人才培养的重点方向，倾力打造指挥岗位复合型、技术岗位专家型、士官队伍技能型人才队伍。修订完善《专业技术干部培养方案及考核细则》，深入开展以"学理论、练技能、强指挥、懂操作、能维护"为内容的试验装备保障能力训练，扎实开展一专多能和岗位练兵活动，培养"懂技术、会管理、能指挥"的复合型人才。

锁定目标育良才，换来满园春色。5 年来，部队 70 余人取得研究生学历，获军队科技进步奖 60 余项，一大批高素质人才脱颖而出，成为科研试验"主力军"和部队建设"顶梁柱"。

向军事训练要牵引力

能力素质的短板在哪里，固强补弱的重点就在哪里。面对信息化装备鉴定能力需求，部队牢牢锁定信息素质、指挥技能等核心能力要素，大抓岗位练兵和技能培训。明确考核标准、细化考核程序、挂钩评功评奖，在参试官兵中掀起了比作风、比能力、比表现、比成绩的良好竞争氛围。他们还完善《军事训练考核实施细则》《信息化条件下试验能力目标体系和评估标准》，增强了各级抓训练的忧患意识和紧迫意识。

为克服个别专业随意降低标准要求等问题，他们统一制定训练内容、课目和转换计划，对于在考核中达不到规定要求的单位和个人，专门组织补差训练，考核合格后，方可转入新课目训练。从严把关，保证了训练质量，部队战斗力节节攀升。记者了解到，在今年第二季度的专业技能考核中，90%的课目达到优秀，7 个课目成绩高于往年同期水平。

（刊于 2013 年 8 月 17 日《中国军工报》专题报道版）

热浪里，"铁拳头"更过硬

——某连扎实推进部队建设纪实

砥砺英雄之气、磨砺尖刀之锋、熔铸利剑之魂……酷暑八月，近 40 摄氏度的高温下，某连官兵顶着烈日苦练防暴技能。该连着力打造能力素质过硬型警卫勇士，在练就官兵敢亮剑、能亮剑中助推部队建设稳步提升，被誉为敢打硬拼的"铁拳头"。

用创新理论凝聚信念力量

在该连营区主干道旁，英雄人物肖像熠熠生辉；励志石上，"忠诚""拼搏"等誓言跃然石上；楼道醒目处，"理论学不精、难当警卫兵"高高悬挂……

连党支部充分发挥科学理论引领作用，坚持育人先立信念、成人先筑根基，灵活运用多种载体，通过道理自己悟、是非集体辨等形式，教育启发官兵端正人生追求，坚守精神家园。为引导官兵争做创新理论明白人，该连长年不断开展热点问题大家谈、电视新闻评议、红色影视赏析、学习笔记展评等活动，并采取黑板报、专题演讲、知识竞赛、学习征文、热点辨析、参观见学等形式，促进党的创新理论入脑入心，激发战士们当兵打仗、练兵打仗的高昂热情。

该连还利用每天读报、看新闻"两个半小时"，以时事政治为内容，以报纸、网络为载体，广泛开展群众性大讨论，"中国梦、强军梦，引领我成长"等系列活动，确保人人能参与、人人受教育。

多种方式打造成才新路径

"仓廪实而知礼节，主食足而知荣辱……"上周末，该连"老郭讲故事"活动正如火如荼进行。

"老郭讲故事"活动，起源于连队党小组长、四级军士长郭英杰。去年，连队组织"讲身边人身边事，畅谈新变化新成就"活动，每次郭英杰以流利的语言、丰富的阅历，得到了大家的广泛认可。之后，连队每周专门安排老郭为大家讲故事。在"老郭"的带动下，如今连队老同志话人生经验、为人处世、文明礼仪、待人接物等活动成为特色。

随着社会的发展进步，官兵最迫切的愿望是在部队成长成才，实现全面发展。为此，该连在创建学习型连队、培养知识型军人、造就奋斗型人才上，积极顺应"微时代"、巧设"微讲坛"、借力"微道理"，激活"一池春水"。结合近年来战士学历

高、阅历广、特长多的特点，利用空闲时间，组织开展"半亩方塘"读书交流会、"三人行，心有我师"官兵讲堂等活动，不分学历高低、年龄大小，人人可以上台宣讲，通过讲一课、进一步、听一课、学一招，引导官兵成长成才。

如今，连队开设的电脑兴趣组、英语组、摄影组、散打俱乐部、新闻报道组等特长兴趣活动，为官兵创造良好的成才环境。

文化励志培育官兵精气神

"指导员，来一个"8月17日，走进该连，"警卫好声音""班排篮球对抗赛"等活动精彩纷呈。

丰富的精神世界是激励官兵忠诚履行使命的精神后盾。该连队积极创新形式，坚持寓管于乐，寓教于乐，在文化娱乐中增进团结，提高管理教育的效果。该连通过官兵自编自导自演的形式，积极搭建文化平台，用歌声展示自信、用舞台展现自我，让官兵乐在其中、寓在其中。如今，模仿"中国好声音"形成的"警卫好声音"，贴近时代，成为官兵所爱。同时，他们发动官兵的积极性创造性，积极构建特色警卫文化，让官兵把自己的励志格言、个性照片、性格爱好做成小卡片，形成独特的床头文化、宿舍文化、走廊文化，激励官兵成长成才。

他们还结合连队电脑通、"老网虫"多的特点，组织开展电子竞技课、动漫制作比赛、节日贺卡创作等多种活动，让官兵在娱乐中形成团结意识和集体荣誉感。

（刊于2013年8月24日《中国军工报》专题报道版）

"那一刻，心里只想着救人"

8月26日下午4时许，村民李文刚驾着自家农用车，载着到农田采摘棉花的老乡回家。不料，在通过洛河舟桥时突然刹车失灵，李文刚处置不当发生侧翻，车上乘坐的多名老乡落入河中。

得知险情，某部洛河舟桥班班长路铁带着上等兵刘毅迅速冲向事发现场，很快营救起多名落水者。

"还少一个人！"正当大家松口气时，有人大喊一声。路铁发现，在距离桥体下游30米处，有一个黑点在上下浮动。他来不及脱掉迷彩服，直接跳入河中，向那个黑点游去……

看似平静的河水，处处充满凶险，浑浊的河水带着泥沙，每游动一下都十分艰难。此时，桥面上已聚集了四五十人，可看着又稠又黄的河水，没有一个敢贸然下水帮忙，只能眼睁睁地看着路铁一点一点向前游动。

10米，20米……路铁终于艰难地靠近了那个黑点。这时，他本想着从西岸登陆，可水流太急，加之衣服的阻力太大，让他感觉力不从心。他紧紧拽住落水者的衣领，顺着河道向一处水流较平缓的岸边慢慢游去。

河堤湿滑，淤泥没膝，行动艰难，当最后把落水者拖上岸时，路铁已累得筋疲力尽。

这时，大家才发现，落水的是一名老大娘，只见她脸色煞白，嘴唇发紫，一动不动，几乎没有了生命体征。路铁顾不上歇息，赶紧清除落水者口中的淤泥，按压胸口进行紧急抢救……

渐渐地，落水老人有了一点知觉，随即被紧急送往附近医院。

第二天，老人终于脱离了危险。

谈及当天救人的惊险过程，憨厚的路铁说："那一刻，心里只想着救人。"

（刊于 2013 年 9 月 5 日《中国军工报》一版）

铸就打赢利刃

——某部推进高素质人才队伍建设纪实

初秋时节，在某部学术厅，某重点课题研讨交流如火如荼进行，10 余名科技领军人才和学科拔尖人才汇聚一堂，探寻部队信息化建设瓶颈破解之道，谋划军事科技创新发展大计。

组建 9 年来，该部党委始终牢记强军之责，坚持把高素质人才培养作为第一要务，至今已培养出各领域优秀专业人才和领军人物 50 余人，其中 11 人享受政府特殊津贴、46 人享受军队优秀专业技术人才岗位津贴。

瞄准需求，搞好顶层设计

7 月底，该部年初选派的 30 余名"外学大军"重返工作岗位。记者同时了解到，仅上半年，该部党委先后邀请专家教授来部队讲学 20 余次，开展各类培训、讲座 30 余期，有效提升了科技干部的能力素质。

人才是战斗力跃升的助推器。该部党委认真学习全军和总装备部人才工作会议精神，牢固确立人才准备是科研能力最根本的准备，在部队形成抓人才就是促发展的共识。同时，他们瞄准任务急需科学筹划，坚持综合施策强力推进，先后出台《创新人才团队建设措施》《年轻干部专业技能培养办法》，确保高层次人才培养落到实处。

响鼓不用重锤。该部按照能打胜仗要求，积极构建专家型领军人才、复合型指挥人才、技术型应用人才、创新型科研人才的培养模式，启动"人才培养""技术攀登"工程，坚持把高层次专业技术人才建设纳入部队发展规划，纳入领导班子考评，定期分析形势，研究解决问题，提高培养的起点层次。同时，着眼人才成长规

律，提出以领军人才为牵引、以技术专家为重点、以业务骨干为支撑，建立数量充足、素质优良、结构合理的专业技术人才队伍的目标任务，研究制定 11 条具体措施。

综合施策，提升培养效益

8 月初，试验场传来喜讯：新研发的模拟试验技术应用于某高新武器鉴定试验后，任务周期与用弹量减少了约三分之一，效益显著。

人才建设是一个长期性、系统性工程，加快培育具有科研创新能力、适应未来任务需要的高素质人才，必须坚持效益为先、科学发展。基于此，该部改变粗放式培养方式，利用院校专业门类多、师资力量强的优势，加大基地式培训力度，定期邀请专家教授来部队授课，举办各类培训轮训班，介绍科技信息和武器发展最新动态，超前培养种子人才。

理论"补钙"强基固本，岗位"淬火"激发潜能。为用好各种资源，他们坚持把重大任务作为锻造高层次专业人才的平台，有计划地安排技术干部参与重大任务演练、重点方向攻关，在实践中锻造"尖子人才"，实现"完成一批任务、取得一批成果、成长一批人才"的目标，真正走开了"岗位式"培养新路子。同时，遵循人才成长规律，搞好"订单式"培养，在综合分析专业技术干部学术水平、创新能力、发展趋向的基础上，量身定制个性化培训方案，并与北京理工大学等 6 所军地院校和 5 个新装备生产厂家及科研院所共建育才平台，缩短高层次人才成长周期，促进了人才结构的优化升级。

树好导向，激发工作潜能

今年，该部 5 名干部被推荐享受军队优秀专业技术人才岗位津贴，其中 4 人是刚刚 30 岁出头的年轻人。

科技人才最渴望的是实现自身价值，最看重的是公平公正。该部党委在努力做好人才培养工作的同时，健全考核竞争机制，充分用好激励政策。他们每年对做出突出贡献的高层次人才给予奖励，对任务中摘金夺银的尖子人才及时予以表彰，让大家在比学赶超中形成创先争优的浓厚氛围。组建 9 年，该部先后攻克重大技术难题近百项，取得军队科技进步奖 57 项，高标准完成科研试验任务 700 余项。

感情激发内动力，公正催生战斗力。在涉及科技干部利益的敏感问题时，该部党委严格程序标准条件，增强工作透明度，形成能者上、平者让、庸者下的鲜明导向。同时，从政治上、生活上、待遇上关心关爱，每年定期组织典型人物事迹报告会、评选"奉献之星"，调动攻坚克难的积极性，形成了人人追求进步、个个竞相成才的良好局面。近年来，该部 4 人荣立二等功、6 人被推荐中级班学习、30 余人提前晋职调级、40 余人荣立三等功，60 余人次享受各类补贴津贴，官兵反映良好。

（刊于 2013 年 9 月 10 日《中国军工报》深度报道版）

铸牢生命线　奏响强军曲

——某部聚焦强军目标推进政治工作创新发展纪实

金秋时节，渭水岸边的某部试验场，炮声隆隆，硝烟弥漫，某重点型号武器定型试验正在这里进行。在试验现场，记者看到，因地施教、按需跟进的政治工作如影随形、亮点频出。

瞄准强军梦，创新求活力。该部以强军目标为统领，创新方式主动融入、军政联手综合施策，扎实推进政治工作创新发展，让"生命线"更具强劲生命力，吹响服务保证中心的激越号角。

把握遵循蓄力贮能，奏响献身强军实践的最强音

翻阅该部政治工作资料，记者发现，政治工作从季到月、从月到周被绘成一条完整的"路线图"，大项重点工作脉络分明、节点清晰。有关领导介绍："党在新形势下的强军目标为政治工作创新发展提出更高标准，发挥政治工作的参试功能，必须不断强化'统'的意识。"

基于这一认识，该部在"统"字上下功夫，让政治工作与科研试验任务同频共振：

——在思想认识上统。坚持把强军目标作为政治工作的理论指导和科学指南，采取办班培训、开设讲座等措施，层层深化认识，抓实抓好"坚定信念、铸牢军魂"主题教育和"学习贯彻党章、弘扬优良作风"教育活动，确保部队绝对忠诚、绝对纯洁、绝对可靠。坚持把强军目标作为根本遵循和重要统领，把作风建设作为基础性长期性工作，通过列表挂账、明确责任等措施，抓紧抓实党的群众路线教育实践活动，永葆人民军队的政治本色。坚持把强军目标作为推动政治工作创新发展的强大思想武器，融入各项建设，转化为官兵自觉遵循的政治原则、干好工作的行动指南、分析解决问题的基本准则。

——在基本内容上统。着眼部队科研试验饱满，人员难集中、时间难保证的实际，见缝插针、因地制宜、按需配置，通过菜单式授课、"微教育"渗透，将政治工作的基本内容统起来。通过在业务学习中增加科研试验中政治工作内容，在野外训练中利用复杂环境开展心理防护等内容训练，在执行任务中设置一定战术背景，开展政治工作演练，使听党指挥的政治标准、能打胜仗的能力标准、作风优良的风气标准在点滴渗透中逐步树立起来。

——在总体要求上统。该部通过集中学习、讨论交流、专家辅导等形式，拓展战略视野，引导官兵将个人理想放在兴装强军、实现中国梦的宏伟目标下来认识，

把单位建设放在推进转型发展、实现强军梦的生动实践中来推进,使政治工作聚焦到为强军实践提供有力思想保证、精神动力上。同时,注重研究新情况、解决新矛盾,把继承与创新相统一,确立政治工作的高标准,使政治工作在目的指向、实践指向、评价指向上更加明确。

同频共振,实现了高效益。该部年初安排的 23 项重大工作都得到有效落实,形成 9 项政治工作研究成果,5 个政治工作预案经受实践检验。

聚焦中心导航正向,凝聚献身强军实践的正能量

8 月中旬,在某试验现场,记者看到,4 名政治干部正在一线开展慰问活动。科技干部王侠说:"送文化到现场、送慰问到一线、送温暖到家庭,让政治工作与官兵贴得更近了。"

政治工作服务保证强军目标,最根本的是统一思想、凝心聚力,引领官兵坚定强军信心、献身强军实践。借助重大科研试验任务多的实际,他们把试验场当作大课堂,紧紧抓住坚定信念这个根本,磨练战斗意志、锤炼战斗作风,凝聚投身强军目标的正能量。

为深扎强军目标的思想根子,该部突出理论灌输,大力推进核心价值观培育,培养不怕困难、顽强拼搏的军人血性和稳准严细、沉着坚毅的试验作风。同时,通过建立《红色影苑》,设置讲堂论坛,组织有奖征文,建设集历史沿革、成绩荣誉、典型人物等内容于一体的网上军史馆,不断完善考核评比机制等措施,强势推进部队理论武装工作和政治教育,让官兵弄清强军目标的重大意义、本质内涵和实践要求,让强军实践成为官兵自觉行动。一台台兵味十足的文艺演出,一场场赋予创新的竞技比赛,一个个经过优良传统滋养的典型人物,让政治工作充满活力;一张张照片、一组组数据、一段段影像,处处传递着育人引路的正能量。

一枝一叶总关情。为让政治工作实起来,该部定期开展"靶场就是战场、试验就是作战"专题教育,组织"强装与强能"等群众性大讨论,通过请进来教、送出去学、办班培训、开设讲座等方式,引导官兵在准确把握我军历史方位和阶段性特点中,深化对强军目标的理解。

今年以来,该部积极协调地方解决官兵家庭涉法问题 5 起,救济困难家庭官兵40 余人,解决基层实际困难 15 个,受到官兵称赞。

创新载体激发活力,搭建献身强军实践的大舞台

9 月中旬,走进某连,一股浓郁的战斗气息扑面而来:宿舍楼前,一块块英模灯箱令人肃然起敬、一句句战斗口号振奋人心、一副副楹联凝神聚气……网络室里,战士们正在进行网上对抗、网上冲浪。该部政委张永江告诉记者:"坚持以强军课题为创新载体,丰富和创新政治工作,才能与强军实践同步伐、与强军要求相适应、与强军主体相契合。"

该部牢固树立与强军目标相适应的工作理念,突破思想局限和思维定式,推进

政治工作创新发展。确立信息化政工理念，利用政工网和部队局域网平台，开展"军魂永驻"演讲比赛、英模故事动画短片展映等"微平台"。确立实战化政工理念，利用政治学习日、党团教育和"五小"活动，强化战斗队思想，树牢战斗力标准，使各种力量资源向生成提高战斗力聚集。确立协同化政工理念，把政治教育、思想工作融入大项活动和重点工作，借助各方优势，调动各方力量，形成齐抓共管，人人参与教育、主动接受教育的合力。

创新载体激发活力，政治工作精彩纷呈。周末，走进某连，战士们利用废旧弹筒开展举重比赛。旁边的火炮连，官兵推着汽车轮胎开展百米接力比赛，氛围热烈。指导员张楠告诉记者："适应强军目标要求，因地制宜开展别具一格的小活动，激发创争动力，使政治工作活起来。"

该部不断丰富拓展平台载体，增强政治工作的时代感和吸引力。充分用好板报、墙报、网络、军营 DV 等阵地，开展"中国梦、强军梦、我的梦"系列主题实践活动，让官兵明晰使命，认清职责，叫响"比作风，看谁更过硬；比技术，看谁更精湛；比意志，看谁更坚韧；比贡献，看谁更突出"的口号，让政治工作充分发挥"生命线"作用，在更高水平上服务强军实践。

（刊于 2013 年 9 月 28 日《中国军工报》一版头条）

利剑，在试验场上锻造

——某部聚焦强军目标提升基于信息系统体系试验能力纪实

深秋，渭水岸边的某部试验场，炮火硝烟中，一枚新型导弹拖着长长的尾焰轰然出鞘，精准命中目标，标志着部队在运用信息化手段开展复杂电磁条件下的高新武器试验取得了突破性进展。

战鹰展翅，华山亮剑。该部聚焦强军目标，积极探索信息化武器试验新途径，在加速提升基于信息系统体系试验能力方面吹响了嘹亮号角。

战斗力跃升的基点在哪里，技术理论创新的落点就在哪里——

在信息制胜上领跑

9 月上旬，由该部承担的《基于某仿真试验技术研究》重大课题全面启动，两个重点试验室通过考核验收，40 余项在研课题取得阶段成果，基于信息系统体系试验能力稳步跃升。

随着大批信息化武器开进试验场，信息力成为最核心的战斗力构成要素，该部党委深刻认识到，只有瞄准理论技术创新，向信息力要战斗力，才能为转型"提速"。基于此认识，他们主动聚焦能打胜仗要求，按照"立足现有、加快融合、完善体系、

提升能力"的思路，深入分析研究信息化建设中的理论技术瓶颈，梳理出 20 多个不适应转型发展的制约因素。

忧患催生动力，责任激发活力。有了先进理念的滋养，理论技术创新开展得红红火火。为适应武器装备信息主导、要素集成、体系配套、效能综合的特点，该部实施创新驱动发展战略，加大作战试验鉴定理论基础研究。同时，坚持以重点实验室创建为平台，加大模拟仿真等试验理论技术攻关，构建数字仿真、半实物仿真和实装试验并行开展的新型试验鉴定模式，实现了由实装试验向实装与仿真相结合试验、单体性能试验向单体与整体性能并重试验转变，部队遂行任务能力持续提升。

面对挑战重重的转型之路，该部积极优化试验设计，探讨组试模式，构建基本作战单元作战试验体系，突出单台套武器在成建制成系统作战体系中的效能考核，实现由单项性能指标考核向综合效能评估转变，由单独评价武器装备性能向体系内评价武器装备作战效能转变。随之，一批成建制武器系统考核取得突破，光电多传感器图像融合系统试验与评估等课题取得进展。

创新永无止境。该部积极开展武器适用性评估研究，构建实物、半实物与仿真相结合的复杂战场环境和战术背景，探索基于战场环境的作战试验，实现由简单试验环境条件向复杂试验环境条件转变，由评价装备操作使用性向评估装备作战适用性转变。10 月份，部队先后完成多项高原试验，开创了武器装备适用性考核先河。

强军号角催征急，厉兵秣马领跑忙。如今，在该部一股聚焦能打胜仗的学术创新氛围扑面而来，一群能战善谋、敢打硬仗的领军人才逐渐成熟。

战斗力跃升的瓶颈在哪里，核心能力提升的重点就在哪里——

在攻坚克难上引跑

金秋时节，走进某指控大厅，前方阵地实况和测试数据实时传输到大屏幕上，捷报频传。据统计，年初以来，该部圆满完成科研试验任务 70 余项，成功率 100%，获军队科技进步成果奖 10 项。

转型发展，能力是关键。站在新的起点上，该部党委认识到，聚焦能力谋发展，必须系统推进整体试验能力，让转型的脚步与任务对接。

找准参照系，方向自然明。该部围绕提升基于信息系统的体系试验能力，加速推进以自动化、网络化、智能化为重点的指挥手段一体化建设，突出抓好指挥控制由分散独立向综合集成转变。同时，坚持以一体化指挥平台为牵引，积极探索武器装备、测试设备、真实靶目标和仿真系统实时组网技术手段，解决装备硬件接口不匹配、软件不兼容和功能不衔接等技术难题，促进了试验要素的互联互通与资源共享，为老装备嵌入信息化"基因"，形成的《物联网技术在装备管理中的应用》等研究成果，有效提升了测试保障能力。

重点明确，步子方能越迈越大。该部充分发挥信息技术"倍增器"作用，结合武器装备自动化、智能化、信息化程度高，加强信息力测评、模拟仿真、复杂战场环境等新型试验条件保障建设，完善多维一体的战场环境模拟配套系统建设，提高复杂战场环境的构建能力。同时，完善基于信息网络的综合测控配套系统建设，加大集光、遥、雷、声于一体的外弹道测试系统建设，一批新设备进场后迅速形成了战斗力。

求胜当蓄力，制胜需增能。在抓好信息网络、指挥手段等条件保障建设的基础上，该部积极完善通信指控系统，实现了各类测试设备互联互通、试验数据实时获取、信息资源充分共享，形成了有线与无线互补、本场与外场兼顾、固定与机动结合的通信网络，《试验信息综合管理系统建设》等创新成果，有效提升了数据传输的实时性、安全性。

战斗力跃升的关键在哪里，信息人才培育的目光就聚焦在哪里——

在能战善谋上助跑

10月底，一项统计显示：该部科技干部中研究生学历达到了38%，关键技术岗位研究生占85%以上。

面对部队信息化建设发展的迫切需要，该部牢固树立人才是第一资源的理念，坚持把人才培养作为战斗力生成的核心要素，精心绘制信息化人才需求定位表和成长"路线图"，主动把人才建设的落脚点聚焦到能打仗、打胜仗的目标要求上，坚持综合施策，培育军中良才。年初以来，重点围绕制导兵器、无人装备、直升机载武器主干专业和仿真试验、作战试验、电磁兼容等新型学科，科学统筹力量，积极拓展渠道，在炮火中锻造人才，初步形成了具有部队特色的学科专业和创新群体。

谋划有方向，育才有招数。该部还通过选派技术骨干提前跟进调研，参与设备研制改造等形式，了解武器装备进度，掌握技术原理和性能指标，参与关键技术研发，吃透作战机理，确保武器装备一进场就能全面展开试验，既培养了人才，又缩减了试验周期。同时，坚持将关键岗位、送学培训、大项任务、专家带教等优质资源向试验指挥人才、信息管理人才、新装备操作和维护保障人才倾斜，精心挑选将有发展潜力、有培养前途的拔尖人才放到关键岗位锻炼成长，培育任务急需的人才。

针对部分指挥人才谋略技能不高，一些专业组训方法落后，难以适应需求的特点，该部扎实开展一专多能和岗位针对性训练，推进岗位资格认证。同时，鼓励科技干部开展试验装备自保自修和自研自改，提升单装操作、协同试验和技术革新能力，不仅磨砺出了一支测控保障人才队伍，而且实现了10余台套设备的升级改造，为完成高强度、高密度、高频度试验任务提供强有力支撑。

创新目标明，领跑当先锋。走进该部充满硝烟的试验场，一个能打胜仗的过硬团队，正伴着强军号角、踏着催征鼓点，整装待发……

（刊于2013年11月21日《中国军工报》一版头条）

破解利剑腾飞的密码

——某部聚焦能打胜仗要求提升科研试验综合能力纪实

初冬时节，渭水岸边的某部试验场，炮声隆隆，硝烟弥漫。记者看到，某新型火炮从脱膛到命中目标，地面雷达实现有效识别和跟踪，飞行轨迹实时传输。与此同时，记者获悉该部紧紧扭住重大任务实施、关键技术研究和急需人才培养求突破，近期已有一大批信息化武器装备顺利通过考核鉴定。

精益求精抓质量

11月底，据该部作试部门统计：年初以来，完成试验任务80余项，发现和揭示被试品设计缺陷20余个，解决重大技术难题50余项，对提高试验价值和保证产品质量起到了重要作用。

谋求综合试验能力跃升必须始终坚持科研试验的中心地位不动摇，这是该部党委抓部队建设形成的共识。基于这一认识，该部结合承担的国家重点型号试验任务多、技术含量高、时间要求紧、实施难度大，质量要求高的特点，坚持在组织领导、质量管控上狠下功夫。每次任务进场，他们成立由高工和骨干组成的试验技术小组，搞论证、作规划，提出重点技术预研项目、重点测试保障能力建设方案和重点岗位人才培养模式，并逐项抓好组织实施、跟踪问效。

在任务实施中，该部严把关口，按照质量工作"双五条"归零标准，坚持一级一事订责任、一人一岗明职责，大力倡导质量为本、落实为责的质量管控理念，形成以质量保成功，以质量促发展和全员额、全时段、全过程的质量管控模式，为科研试验任务圆满完成提供了坚强保证。年初以来，多项重点高原试验任务如期完成，20项重点试验任务周期大大缩减。

集智攻关解难题

年初以来，该部19个在研项目扎实推进、43项在研课题有了重大突破，5个重点项目合同如期签订。

他们结合承担的一批系统复杂、技术难题多、持续时间长的高新武器鉴定任务，积极发动科技干部群策群力、集智攻关，形成了攻坚破难的群体优势。今年7月，某型任务在定型时，出现命中概率低的问题，一度影响了任务进程，科技干部冒着酷暑历经3个月的不懈攻关，通过对100余组图像分析处理，发现了系统不适应需求的原因，为生产厂家进一步完善武器系统战术指标提供了技术依据。

攻关对接战场，科研聚焦能力。他们结合承担的重点型号武器系统特点，积极支持和鼓励科技干部大胆开展科技创新活动。年初，该部梳理出 10 余项重点试验和测试难点中的关键试验科目，并根据每个科目对测试技术的需求，提出了 10 余项设备建设计划，采取定人员、定课题的措施，组织骨干力量逐一进行突破，取得军队科技进步成果奖 10 余项，多项研究填补了国内靶场试验技术空白。

着眼发展育人才

一项统计显示：如今，部队研究生学历占到科技干部总数的 38%，毕业两年以上的干部 70% 有科研成果，人人有预研课题。

人才是部队发展的根本，也是提升科研试验能力的关键。该部在开展以老带新、送学培训的基础上，坚持设备催生、任务锻炼、课题牵引的人才培养路子。

——坚持在设备研发中培养人才。根据新型号任务需求，在搞好关键测试设备建设规划的同时，提出人才建设规划，让年轻科技干部参与设备论证、设计、研发，实现设备建设与人才培养同步。

——坚持在重大任务中锻造人才。针对仿真、电磁兼容等领域人才基础相对薄弱的实际，让一批组织协调能力强、攻坚破难力度大的年轻科技干部担任试验主持人、项目负责人，在组织完成重大任务中历练复合型人才。

——坚持在课题研究中培育人才。在抓好以老带新、岗位培训的同时，引导科技干部主动瞄准理论前沿，大力开展技术革新，通过交任务、压担子，让他们在重大课题的研究创新中长才干，在关键技术的攻坚破难中当先锋，经受更多的摔打和磨炼。

如今，一支信息化武器系统试验的技术人才队伍在部队初步形成。

（刊于 2013 年 12 月 10 日《中国军工报》专题报道版头条）

渭水岸边热潮涌

——某部学习贯彻党的十八届三中全会精神侧记

紧盯热点要点开展宣讲辅导、扭住疑点难点深化理解……初冬时节，走进某部营区，学习贯彻党的十八届三中全会精神的气息扑面而来。连日来，该部聚焦强军目标，采取多种形式，兴起学习全会精神热潮，让官兵学深悟透，明确职责，凝聚拥护和支持改革的共识与力量。

多种形式学　越学越深入

渭水岸边，寒意浓浓。12 月 3 日，记者走进该部某火炮站，会议室和营连学习室、网络室里，官兵或浏览专题网页、或进行辅导答疑、或开展讨论交流，处处

是一派热火朝天学习全会精神的景象。"通过领导导读、专家解读、橱窗宣传等途径，让官兵学懂、学深、学透全会精神。"该站政治处主任许卫红告诉记者。

认识的高度决定落实的程度。党的十八届三中全会召开后，该部及时将学习全会精神纳入党委中心组学习、机关业务培训、部队政治教育中，通过原文通读与个人自学、专家导学与交流促学相结合，分阶段制定学习计划。采取区分层次重点学、结合任务融入学、多措并举深入学、领导带动精细学，推动学贯活动深入开展。同时，借助军营广播、政工网、展板墙报等载体，采取要点解读、难点解析、疑点解答等方式，帮助官兵理解掌握全会精神。

带着感情学　越学越想学

"这几年，家乡的路宽了、楼高了、生活一天比一天好，这一切都源于党的好政策……"12月5日，记者走进某连会议室，"士兵讲坛"热火朝天地进行着。谈及家乡的变化，战士李军满脸的喜悦和兴奋。

"改革开放好啊！20年前，我们营区杂草丛生，住的是低矮的砖瓦房，室里只有一台386计算机。如今，部队大变样，学习室、网络室、健身房一应俱全。"谈及变化，高级工程师王小兵无不感慨。

带着感情学，越学越想学。该部通过"我看家乡新变化""改革热点大家谈"等活动，引导官兵从历史与现实、理论与实践的对接中，喜看身边变化，感受党的温暖。

听故事，越听心里越亮堂；话改革，越谈信心越坚定。共话全会精神，畅想改革蓝图，进一步坚定了部队官兵支持和拥护改革的信心和决心。

融入使命学　越学劲越足

12月6日，该部组织党委中心组成员学习全会公报、《决定》及相关文章，围绕深化国防和军队改革话题召开专题讨论。一番研讨后，大家认识到实现强军梦，就要以军事技能过硬作为坚强后盾、以科研创新先行作为坚实基础、以重大任务牵引作为坚决遵循。

目标方向明，行动就有力。为引导官兵积极投身强军目标的伟大实践，该部把执行重点任务、攻克重大难题作为学习贯彻活动的"大考场"，广泛开展比武竞赛、技术革新等活动，强化官兵敢打必胜的血性。

学出热情，比出干劲。在某试验场，记者看到，针对某火炮射击命中率低的问题，7名科技干部不顾严寒，加班加点整理数据、分析原因、优化设计。针对个别科目训风不实、部分单位战斗力思想不牢等15个问题，该部围绕深化战斗力生成模式转变，加快信息技术、人才资源整合融合，提出了13项具体措施，进一步助推了部队核心能力的建设。

（刊于2013年12月19日《中国军工报》专题报道版头条）

真读真学固根本

——某部推进学习型党组织建设纪事

1月初，置身某部营区，这里处处彰显着重视学习、崇尚学习、坚持学习的浓郁气息。强化理论武装，增强理论魅力，某部坚持用党的创新理论凝神聚力，着力推进学习型党组织建设，使"战斗堡垒"作用得到了不断提升。

当成"必修课"，坚持全员学——

制度化学习浓厚读书氛围

走访该部营连分队和技术室，记者发现，以读经典原著为内容的理论学习已成为党员干部的"必修课"。

全军优秀党务工作者、该部通信站政治处主任李鹏深有感触地说："读经典原著，学党的创新理论是党员干部的基本功，这个基本功不扎实，创建学习型党组织就难以推进。"

在一次专题调研中，该部党委敏锐察觉：部分党员干部读书虽多，但大部分是市面各类排行榜上的畅销书；对于上级推荐的马克思主义经典著作，不少党员干部表示，"大部头"啃不动。"经典书籍，富含丰富营养，是党员干部必备的精神食粮。"为此，该部作出硬性规定：党员干部每月至少读一本经典名著，撰写一篇心得体会，部站每月对党员干部读书学习情况进行检查讲评。同时针对部分人对学理论存在畏难情绪，推出"经典著作专题讲座"，帮助消化理解吸收，领导干部轮流走上讲台作读书交流。

党委领导带头读马克思主义经典著作，带动了党员干部读书学习热潮。在某部，行政党务"一肩挑"的6名科室主任成为室里读书带头人，部分马克思主义经典著作成为科技干部的"抢手货"；在某室，由5名党员干部组成的"理论轻骑兵"，为大家面对面解读，吸引了大量"铁杆粉丝"。

打出"组合拳"，制度规范学——

机制化促进学习成果深化

如何持续拓展读经典原著的深度广度，始终萦绕在该部党委脑海。

他们在调查中发现，"浅阅读"在党员干部中大有市场：有的感觉经典书籍生涩难懂，经常读不下去就半途而废；有的则觉得理论哲学味道太浓，难以理解其中真义；有的还存在浅尝辄止心理，认为虽是经典，了解个大概即可……

"经典之所以能成为经典，是因为它所蕴含的世界观方法论是解决现实难题的'金钥匙'，没有悟出来，没有学到手，恰恰说明我们花的功夫还不够。"为此，该部打出一套"组合拳"：结合强军目标开展读书演讲活动，开设"读书论坛"，交流学习体会和方法；成立"草根宣讲团"，抽调理论骨干走进基层班排哨所，对推荐图书进行通俗化解读、形象化诠释，将读书成果与大家共享；实施读书笔记批阅、民主、交流等机制，将读经典原著纳入学习型党组织考评体系，对读书任务完成情况进行量化打分。

一套"组合拳"打出了新学风，有力提高了读书学习的质量效益。高级工程师王小兵对记者说："经典原著是民族的文化基因，是思想的源头活水。年轻时也曾读过毛泽东的《实践论》和《矛盾论》，这次重新品读经典，让我进一步加深了对中国社会主义革命获得成功的历史原因和哲学理解。"

紧盯"挠头事"，带着问题学——

课题式调研拓宽学习路子

去年，该部党委进点位、入班排，摸实情、询实策，与400多名官兵面对面交流，发放问卷调查850多份，征集意见建议近百条。

在这次集体"脱鞋下田"中，党委成员头脑里无一例外装着具体课题。"去调研，其实就是带着从理论中悟出的道理，结合基层实际，指导解决问题。"大家的指向非常明确。

面对历史遗留问题，该部党委牢固树立依法治军理念，按照"立足自身，依法依规，上下联动，合力推进"的思路，积极稳妥地解决了职工医疗等5个历史遗留问题。同时，针对国家医改新政策，梳理出提高部队医院内涵建设的"五条对策"；针对提高思想政治教育质量问题，确立了"四个强化"的思路方法……一个个难题逐一破解，背后是活学活用创新理论为部队注入的生机活力。

真读真见效，真学真受益。如今，创新理论学习逐渐成为该部党员干部的一种生活方式、一种良好的习惯。

（刊于2014年1月11日《中国军工报》专题报道版）

那些难忘的岁月

——忆大容积空气循环制冷试验室创建历程

20世纪70年代末，部分装备提出要在零下60摄氏度的环境下联得上、打得响，不出任何问题。零下60摄氏度，到哪里去找这样的环境？当时，我们大家常常看到试验室温度最低数值也不超过零下40摄氏度。

一个偶然的机会，有同志看到北京有一台飞机专用小型空气循环制冷设备，温度可满足上述要求，便萌生建立超低温室的想法。

半年后，一个微小空气循环制冷试验室建成，经过多次试验测试，效果很好。

之后大家又提出，能不能建立一个大型空气循环制冷试验室？可由于项目大，经费有限，最后研究提出先搭框架再逐年追加、一年建一部分、逐年完善的思路。任务定下后，项目组的同志自力更生、艰苦奋斗，经历了8年时间，终于完成了基建工程。

然而，接下来安装调试工作更加艰巨，记得有一天开机后，几十米长的通风管子突然被压扁，检查发现是管口被堵，抽风机一抽，只有出气没有进气，形成了真空，外界大气把管子压扁了。怎样才能使管子复原呢？有位同志提出一个大胆想法，那就是堵住出口，加大风力，使其还原，经过反复试验，管子竟然奇迹般地恢复了原状。

接下来的试验，又出现涡轮被烧毁现象。涡轮是制冷设备的心脏，超高速下的涡轮每分钟可达4万转，一旦出现问题整个设备就会瘫痪，可当时的涡轮远远不能满足这个要求，好在研究所的同志们急试验之所急，想试验之所想，旧的烧了再为我们研制新的，一直到涡轮完全满足要求为止。

在后来的综合高温高湿试验室、常低高温射击厅和淋雨、振动试验室调试中，遇到的难题也是一个接一个。记得在单独调试时，高温、高湿分别可以达到要求，可同时加高温高湿时，就出现水珠、光学低温室在调试中结霜现象，影响观察。大家查阅大量资料，经过反复试验，研究出了一个能隔低温和常温的吹风装置，最终解决了高温高湿时不下雨的临界温湿度等难题。

就这样，一个多功能大型现代化空气循环制冷模拟试验室，最终在华山脚下的常规兵器试验场落成了。它不仅解决了以往为得到一个理想的低温环境，必须从中国西南改到东北选点的困境，也填补了我国大型空气循环制冷的空白，为大型武器、雷达、装备器材的定型试验、科研摸底创造了有利条件。

（刊于2014年1月30日《中国军工报》夕阳红版）

官兵打"借条" 组织帮"偿还"

"春节期间我备战某型任务，经爱人同意，准许'借'七天长假任我支配。我在'借条'上向她保证，计划于2014年2月14日陪她过上一个特殊节日以示偿还，现提前向组织提交我的休假计划。"这是1月27日，记者在某部采访时，看到该部某室科技干部呈报给室领导的一份休假报告。

副主任李忠升介绍，今年是部队建场40多年来承担任务最为繁重的一年，为使某型装备早日列装部队，春节期间，室里原本计划休假的6名干部主动放弃回家

打算。因为怕家属有"意见"，有的同志向家人打"借条"，承诺任务结束后偿还假期。

为让干部打的"借条"能落到实处，有明确还期，不成为空头支票，该部将他们补休假事项摆上议事日程，作出明确规定。记者看到，该部根据他们的个人休假意愿提前计划安排，要求法定节假日中不再安排战备值班等任务。同时，他们指定专人负责，监督检查每个"借条"的兑现情况，保证补休假真正落到实处。

春节不能回家，记者电话连线了干部王佳笑的爱人。她说，春节佳笑要忙工作我也支持，领导也承诺让他元宵节期间好好陪我两天，毕竟国大家小，没有国哪有家。

置身某试验现场，某型无人机乘着长风飞翔，在空中不断变化姿态。一线跟班作业的某部主任范革平介绍，在他们这支队伍中，通宵达旦"泡"机房，加班加点干工作，忘我工作搞研究的干部举不胜举。

此时，远处的村庄上空，烟花在不时飞舞。然而，试验场上紧张的"战斗"仍在继续。设备显示器上各类数据不停闪烁变化，发出"嘀嘀"的声音，仿佛新年的钟声，清脆悦耳。"走进试验场就是上战场，解决重大问题就是能打仗，完成科研试验任务就是打胜仗"，已化为他们无声的行动。

（刊于 2014 年 1 月 30 日《中国军工报》一版）

军网联通"夫妻哨"

"军网接通了，这个年我们过得丰富多彩！"春节期间，记者在某连"夫妻哨"采访时，听到了四级军士长吴涛一家人的幸福感言。

正在为点号运送物资的该连连长李双银说，这里地理位置偏僻，在往年，文化生活单调一直是他们最大的困惑。

记者了解到，2008 年，吴涛的爱人邱淑梅，辞去乡镇护士工作岗位，带着一岁半的儿子从甘肃老家来到这个比家乡还偏僻的"夫妻哨"，一晃快 6 个年头了。

6 年间，点号先后告别了看电视难、出行难、洗澡难的历史。然而，学习靠读书看报、娱乐唱"二人转"的现象一直影响着一家人的生活。

"最难熬的是孩子，这里前不挨村后不着店，方圆一片荒滩，孩子经常不与外界接触，胆子特别小。每次来人，他都远远地躲在角落看着。以前，我们每天只能陪他玩'老鹰抓小鸡''猫捉老鼠'游戏。可时间长了，不光孩子觉得没意思，就连我们也觉得没劲……"爱人邱淑梅倾诉着自己心里的感受。

吴涛告诉记者，"这几年，在部队各级党委的关心下，点号已经发生了翻天覆地的变化。你看，电视、热水器、电磁炉、消毒柜这些现代化设施一般家庭有的我们都有，还有孩子的学习用具都是机关送来的。这不，年前军网也通上了。"

谈起军网的接通，吴涛有说不完的话，"军网就像永不关门的图书室、永不疲倦的指导员、永不谢幕的文化广场，方便快捷极了，学习有去处，娱乐有载体，遇到学习难题可随时网上寻对策，碰到生活困惑可以随时网上找智慧，还可以随时观看红色经典、阅读优秀书籍。"吴涛的儿子吴子豪也兴奋地说，"网上有动画片，有游戏，还可以听音乐呢！"

吴涛的爱人邱淑梅更是欣喜不已，"点号虽然偏僻，但各级领导的关爱，让我们心里暖乎乎的，以点为家，即使春节期间我们也不感到寂寞。"

打开军网计算机，记者看到，桌面上既有十八届三中全会的学习资料，也有各种娱乐节目。点号的书桌上，一本厚厚的学习笔记本正敞开着摆在桌子上，上面密密麻麻记载着吴涛学习十八届三中全会精神的内容。

该部政治部主任尤小锋向记者介绍说："去年以来，部队大力实施暖心工程，集中精力帮助点号和远散点单位改善落后面貌，现代化生活设施都在陆续引入各个点号。春节前，部队所有点号都联通上了军网。"

（刊于 2014 年 2 月 8 日《中国军工报》一版）

渭水岸，以桥为家

马年春节刚过，记者前往渭河北岸的某部舟桥班采访，一下车，就看见班长吴明带着上等兵李子竹在桥面巡逻。

桥面上，车来人往，桥体在重力作用下上下起浮，站在上面仿佛踩上了蹦蹦床。吴明向记者介绍，舟桥是连接渭河南北的便捷通道，临近春节，桥面上人和车也多了起来。

吴明去年 6 月从班长张承用手中接过这份任务，老班长 35 年以桥为家，默默奉献，没有出现过任何问题，还 6 次成功抵御特大洪峰来袭，给吴明留下了深刻记忆。吴明说，当初接受任务时没想那么多，如今，几个月下来，才感觉这是一份平凡而艰巨的任务。

平日看似平静的河水，其实并不安分。吴明讲，每年最忙、最提心吊胆的不是这个时候，而是秋夏季节，因为河水说不定啥时就"发威"了，有时一夜之间让你无立足之地。2012 年，渭河发生了 50 年不遇特大洪峰，四天时间舟桥班周边 5公里之内成为一片汪洋，好在提前做了 4 米多高的防护堤，舟桥班才幸免于难。每到汛期，河水发"脾气"前，战士们要将舟桥拆掉，等河水心情好点了，再组装桥体，恢复通行。一个舟体重量十几吨，4 个人的舟桥班，工作量可想而知。

在舟河北岸，记者看到一座写着"爱民桥"的石碑。上等兵李子竹说，那是驻地群众立的。老班长张承用，守桥 35 年，营救落水群众 10 多人，打捞落水的拖拉机、摩托车 20 余辆，义务帮助群众维修各种车辆，被驻地群众称为活雷锋，舟

桥也因此被称为连心桥。去年老班长光荣退伍，这个石碑便成了守桥战士的励志石。

舟桥上，新兵徐欢一直重复一个动作：检查、放行。手中的钢丝绳不停抬起又放下，手掌布满裂纹和"老茧"。这个刚满 18 岁的小伙子用一口安徽话说，我们岗位平凡，但我们会把平凡岗位向高标准靠拢，守好舟桥，确保畅通，为军队和驻地群众提供一条通途和一份安宁。

结束采访时，踏着落日的余晖，记者登上护堤，极目远眺，渭水尽头树木干枯，肆虐的风沙正步步逼近，侵袭着这个荒凉的独家小院。此情此景，令记者感慨万分，无数岁月的坚守，留给他们的不仅仅是苦涩的记忆，更多的则是对人生的感悟，这种感悟生发出一种默默坚守的忠诚与担当，成为几代守桥兵的不懈追求。

（刊于 2014 年 2 月 15 日《中国军工报》综合新闻版头条）

办实事解难题　温暖送进心坎

深冬时节，渭水岸边的某部试验场炮声隆隆。午饭时，一桶热气腾腾的羊肉汤被送进了试验场，助理员急忙招呼技术干部抓紧喝汤，驱驱寒气。

"设身处地解难题，换位思考办实事，才能最大限度调动官兵投身强军梦的伟大实践。"这是该部党委将党管干部要求落实到实践中的深刻体会。

科技干部徐冰川深有感触地说："2012 年 8 月，自己岳父在老家某工厂上班期间遭受意外车祸，赔偿问题一度很挠头，部党委得知后立即与地方政府和武装部门联系，不到两个月问题圆满解决。"

"干部困难无小事，设身处地为他们想一想，才能将实事办到心坎上。"该部主任范革平说，科技干部一年四季与试验场为伴，把他们的困难解决好，就是最大的关心爱护。

近两年来，该部专门为大龄未婚干部举办了"华山之约"集体婚礼，为近 20 名干部圆了"婚礼梦"。去年，该部还专门为单身干部设置洗浴间、配置洗衣机、衣帽柜，极大地改善了单身干部的工作和生活条件。

"只要干部有困难，部党委都会放在心上。"科技干部高玉龙说："前年自己刚到部队，部队就在住房十分紧张的情况下，给我腾出了一套营职房，并积极为我的家属提供就业帮助。"

此外，该部还专门为试验官兵配备医药箱，医药箱里不仅有感冒冲剂、创可贴、防冻霜等常用药品，还配有红顶天吸氧物品，可以随时自我救助。

党委的一系列暖心举措，为广大干部解除了后顾之忧。科技干部游毓聪工作两年就完成了 3 项技术研究，目前，他又承担起总装备部两项重点课题研究任务。

相关链接：（略）

（刊于 2014 年 2 月 18 日《中国军工报》党的建设版头条）

凝聚部队发展的强大能量

—— 某部深入学习习主席系列重要讲话精神践行强军目标纪实

鼠标轻点，习主席重要讲话在线呈现；键盘声声，学习习主席讲话精神心得共同分享；讨论辨析，推动学习实践齐头并进……2月上旬，乍暖还寒，记者置身渭水岸边的某部，深入学习习主席系列重要讲话精神的浓厚氛围扑面而来。

领悟精神实质，凝聚意志力量，投身强军实践。该部按照"融合内容抓重点、改进方法抓创新、注重效果抓转化"的思路，采取官兵最喜爱的形式，围绕官兵最关注的问题，融入官兵最经常的实践，引领官兵深入学习习主席系列讲话精神，凝聚助推部队发展的强大能量。

营造声势推动，让学习的氛围浓厚起来

点击部队政工网，"中国梦、强军梦""学习动态""基层呼声""官兵博客"等学习贯彻习主席系列重要讲话精神的专栏跃然屏上。记者看到，习主席系列讲话报道集锦、重要指示学习动态、体会交流等10多个栏目，从不同角度、不同侧面，详细解读系列讲话精神，令人耳目一新，官兵争相浏览，认真学习。

形式活，才能效果好。该部围绕官兵最关注的问题，利用小广播、小板报、小橱窗和《兵器城报》等载体，开办学习习主席系列重要讲话精神的宣传阵地，积极运用电视、广播、网络等平台，让官兵"实话实说"，营造讨论交流的浓厚氛围。采取新闻点评、读报评报、写心得体会等官兵喜爱的形式，深化学习效果，营造学习讲话精神的浓厚氛围。同时，融入官兵最经常的实践，广泛开展"学讲话、强信念、履使命"对话活动，构建官兵互谈的平台，实现同频共振，实现从"初步认知"到"形成声势"，从"形成声势"到"取得实效"的转变。

翻开该部《学习贯彻习主席系列讲话精神方案》，记者看到，不仅有知名院校理论专家的辅导报告，也有部队理论骨干的精彩阐释。有关领导介绍，灵活运用教育资源，拓展学习渠道，把大道理讲透，小道理讲实，是官兵准确掌握习主席系列讲话精髓要义的重要保证。

教育的形式越丰富、氛围就越浓厚。该部因地制宜，借助部队全面建设发展取得的成绩作为教育"主课堂"，让"土生土长"的先进典型登上讲坛，话感悟、明使命、知责任，畅谈学习感受。开展"我与典型零距离"活动，兵言官、官说兵，官兵互谈，形成"同频共振"，在互相学习、相互欣赏中激发正能量。同时，让领导干部登台授课，解答官兵在学习中遇到的热点、重点、难点问题，帮助官兵把习主席系列讲话精神学深悟透。他们还在政工网搭建"深关注、热评议、快解读"互

动微博平台，发动官兵跟帖评论，发表感言，畅谈体会。记者看到，少了传统的"被动接受"，教育目的性更强，官兵主动变"要我学"为"我要学"，变"学着看"为"学着干"，变"被动学"为"自觉学"，效果挖井见水、一目了然。

"部队发展进入新的起点，各种矛盾增多，深化改革难度加大，等下去没有出路，慢下来有辱使命！"在前不久该部某站组织的一次讨论活动中，他们把"如何将个人梦想融入强军实践""基层战士应该如何改进作风"等新辩题交给大家。通过一场一针见血、真刀真枪的思想交锋，越辩思想越舒畅，越辩心里越亮堂。2月上旬，记者走进某连历史馆看到，该连正借助一面面奖牌和一项项荣誉开展教育。该连指导员张楠因势利导对战士们说："物质为锋，精神为气，武器装备越先进，越需要昂扬的战斗精神，在强军目标的引领下，我们既要苦练技能砥砺'剑锋'，也要培养血性凝聚'剑气'，锤炼敢打必胜的'精气神'。"

坚持真训实练，让打赢的思路清晰起来

"习主席强调部队要能打胜仗，作为武器装备质量的考核官，贯彻这一要求首要的是为部队输送能打胜仗的放心武器。"2月15日，在某部一次学习讨论中，科技干部杨伟涛此言一出，引起强烈共鸣。

强军必先强装。该部根据年度任务，精心设计活动主题和载体，深入开展岗位练兵、比武考核、标兵评选等活动。他们举办"战斗力标准怎么看、战斗力提升怎么办"讨论辨析，引导官兵牢固树立当兵打仗、带兵打仗、练兵打仗的思想，推进学习与训练齐头并进、持续给力。同时，围绕"成绩怎么看、今后怎么办"展开大讨论，从工作标准、工作作风，一条条梳理，一项项论证，打赢的标准要求也逐渐清晰起来。

智慧的"种子"，播撒在创新发展的"土壤"里，结出累累硕果。随之，思想观念落后、信息素养不高等15个不相适应的问题被列入年度解决重点。在前不久召开的年度试训工作会议上，该部党委提出深化军事训练创新发展，必须主动把精力向部队训练工作聚焦，形成了11项深化实战化训练的具体措施。

认识程度高，落实就有力。走进如火如荼的训练场，记者看到，各级领导一线调研，督导落实，机关合力，破解难题，最大限度地缩小与实战化任务的距离。参训官兵生龙活虎，热情高涨，浑身有使不完的劲，抓实战化训练蔚然成风。

强军必先治训，治训务必从严。结合重大任务多、组试难度大等特点，该部积极探索大课目并训、大岗位合训、大系统联训的组训模式和考核激励机制，围绕一体化能力建设，扎实推进信息综合集成训练，深入开展群众性训法研究、考核方法创新，使军事训练最大限度贴近任务需要，服务任务实践。同时，针对个别骨干素质不全面等问题，坚持把基础理论学习作为军事训练的"主渠道"，依托重大任务，采取课题攻关牵引、结对帮带强化、瞄准弱项补差的方法，练好新大纲规定的基本内容、练精本职岗位必备的基本素质、练实自身短缺的基本能力，助推部队战斗力"水涨船高"。

国之利剑，责重如山，能者当之；居安当思危，枕戈待天明。随着学习讨论的持续深入，官兵把自豪感、荣誉感内化为使命和责任，庄重地扛在肩头，变成增强能力素质的一项项"新举措"和投身强军实践的具体行动。春节期间，部队20多名官兵依然冲锋在试验任务的"战场"上，加班加点攻关技术难题。

紧跟强军旗帜，迈向新的征途。记者发现，在强军目标的指引下，该部军事训练的步子越来越实，呈现出全面加强，重点突破、持续发展的良好态势。

扭住关键谋划，让发展的引擎强劲起来

能打仗、打胜仗，人才是关键，能力是核心。

新春刚过，该部一支30多人的"外学大军"奔赴工厂、院校，围绕"作战试验、体系试验、终点效应"等关键技术，开展调研培训。总工程师吴颖霞介绍，用习主席讲话精神统领发展，就要紧紧扭住急需人才、关键技术求突破，把能打仗、打胜仗的要求落到实处。

走进某部会议室，30名党委成员、技术骨干云集一堂，围绕某关键技术难题召开诸葛亮会，总工程师朱军介绍，实现党的新形势下的强军目标，就是紧紧扭住核心能力建设，一步一个脚印、一步一个台阶，在实现强军目标的伟大征途中攻坚克难，迎难而上。

党之所望，民之所盼。为主动适应武器装备信息主导、要素集成、体系配套、效能综合等特点，部队持续加大试验鉴定理论预先研究，探索建立数字仿真、半实物仿真和实装试验并行开展的新型试验鉴定模式，实现由实装试验向实装与仿真相结合试验转变，由单体性能试验向单体与整体性能试验并重转变。同时，加大信息力测评、模拟仿真、复杂战场环境等新型试验条件建设，积极探索武器装备、测试设备、真实靶目标和仿真系统实时组网技术手段，使制约科研试验能力跃升的10余项关键技术取得重大突破，为高强度、高密度、高频度内外场试验任务开展提供强有力的保证。

高技术武器，需要高素质人才。该部坚持用打胜仗标准培养人才、选拔人才，按照梯次衔接、逐级跃进、体系发展的思想，持续用力。围绕制导兵器、无人装备、直升机载武器等主干专业和仿真试验、作战试验、电磁兼容等新型学科，完善培养规划。针对年度外场试验任务增多，保障要求高、技术风险大、质量管控难的实际，提前安排技术骨干，下厂调研实习，吃透技术状态，掌握战技指标，确保被试产品一进场就能展得开、考得准。

武器装备考核任务越艰巨，越需锤炼人才能打胜仗的精气神。针对年内外场试验多的特点，该部队采取"自我加压炼钢、自抬门槛益智、自设险境铸勇"的办法，培育战斗精神，培养官兵鼓足攻坚克难的信心勇气，锻造敢打必胜的战斗士气，保持久久为功的进取锐气。忙于某重点课题的高级工程师侯日升说，深入学习习主席重要讲话，让我们冲破桎梏、革除积弊、百折不挠的信心更坚定，遇河搭桥、逢山开路、披荆斩棘的勇气更加足了，我们有信心在关键技术突破中走出一条新路。

"扭住核心能力，就找到了信息化建设的引擎。"正在一线跟班作业的某部主任范革平说，虽然年度任务呈现组建40多年来最为繁重之年，但我们决心以踏石留印、抓铁有痕，以过了一山再登一峰，跨过一沟再越一壑的勇气，以箭在弦上、引而待发的临战姿态抓关键技术突破，引领官兵投身强军实践的伟大行动。

（刊于2014年2月27日《中国军工报》一版头条）

华山脚下一家亲

——某部弘扬雷锋精神服务驻地社区建设风采录

在这里，学雷锋、当传人成为官兵的自觉行为。某部坚持用雷锋精神服务社区、引领风气，增强官兵道德荣誉感，被驻地群众誉为华山脚下一面践行社会主义荣辱观的旗帜。

"雷锋精神是一支值得永远传承的精神火炬……"2月底，渭水岸边的舟桥码头上，"雷锋式战士"张承用正在给野营拉练的新战士讲解学雷锋体会；部队会议室里以"以弘扬雷锋精神、争当靶场尖兵"为主题的演讲比赛也在火热进行。

该部把雷锋人生哲学系列教育作为部队思想政治教育的重要内容，每年新兵入营、新干部上岗坚持上好一堂学雷锋课、教唱一组学雷锋歌曲、观看一批学雷锋影片、组织一次学雷锋社会服务日活动，引导官兵踏着雷锋的足迹前进，让学雷锋、颂雷锋、做雷锋蔚然成风。并把过去"义务劳动"变成"志愿者"行动，号召官兵当好雷锋传人。

部队周边有6个自然村，经济发展落后，困难群众多，积极开展科技扶贫、智力扶贫等活动，定期组织医疗小分队为驻地特困户、孤寡老人义务检查身体、诊断病情，为一些孤寡老人建立健康档案，制定长期医疗服务计划，视之为亲人，爱心接力始终没有停歇。驻地曲城村的张淑兰老人，今年71岁，老伴离世20余年，前几年赶集时不慎摔伤，儿子也因智力障碍生活不能自理，又没有经济来源，是驻地有名的困难户。部队官兵坚持定期看望，帮助晒晒被褥、洗洗擦擦，扫扫小院……老人30多年的老房子因年久失修，部队官兵筹集资金为老人建起了宽敞明亮的"小洋房"，送去了春天般的温暖。"你们都是我的亲人哪……"每次临走前，老人常常喜极而泣，拉着战士不肯松手。

传播真善美，温暖你我他。部队官兵走进驻地村庄，跟驻地村民一起美化第二故乡，创建平安、文明社区。他们每年组织官兵走进驻地车辆修理厂和家电维修点充当"义工"，在切磋交流修理技艺的同时，帮助群众修理车辆和家电。如今，部队官兵走了一茬又一茬，但学雷锋的传统始终没有丢，他们把学雷锋作为官兵的"必修课"，把雷锋精神作为"传家宝"，让雷锋精神如涓涓细流，浸润着驻地群众的心田。

为把当好雷锋传人变成官兵的一种使命，一种自觉的实践行动，使学雷锋由动态变成常态，该部坚持布置工作不忘部署学雷锋活动、分析形势不忘讨论学雷锋动态、检查工作不忘检查学雷锋情况、总结工作不忘总结学雷锋经验、表彰奖励不忘树立学雷锋典型，并广泛开展"读雷锋书籍、唱雷锋歌曲、讲雷锋故事"和歌咏比赛、影视展播、书法美术创作等群众性文化活动，使学雷锋活动走向制度化、经常化，确保了"学雷锋、当传人"的"接力棒"在部队官兵中间生动传递。他们还积极发挥部队优势，支援地方重点工程建设，为地方经济发展和社会稳定作贡献。如今，在这个部队，雷锋精神已化作一种"精神色素"，渗入肌体，染红心灵，留下闪光足迹。

春去冬来，部队官兵见义勇为、助人为乐的故事经常在发生。舟桥班班长张承用扎根舟桥 34 年，与战友们先后抢救落水群众 10 余人，帮助打捞落水的机动车辆 20 余台，为群众修理各种车辆 2300 余次，资助失学儿童 5 名。2007 年冬，弹药库战士薛北方在探亲途中从翻倒的车上救出 3 名受伤群众；2009 年 8 月，科技干部郭梁在下班途中，将一位晕倒在地的老人及时送往医院救治；2010 年，高级工程师董满才跳进刺骨的冰河中救出一名落水女童……他们的事迹在驻地被传为佳话。

【编辑有话说】传承雷锋精神贵在践行

73 年前的湖南望城岳麓山畔，一个鲜活的生命来到了世间。这个生命只走过了 22 个年轮，可他把有限与无限、有涯与无涯完美地融合成了一种时代精神、一种真善美符号、一种中华美德的象征，用自己平凡的行动托起了不平凡的人生价值。雷锋，一个"把有限的生命，投入到无限的为人民服务中去"的高贵灵魂，他没有远去，他就在你我身边。某部官兵自觉传承雷锋精神，在三秦大地展示了人民军队为人民的良好形象。他们的做法说明，你我皆可是雷锋，传承精神贵在践行。

（刊于 2014 年 3 月 2 日《中国军工报》专题报道版头条、2012 年 4 月 30 日《解放军报》专题新闻版以《追求一种精神高度》为题进行了刊载）

动之以情　晓之以理　行之以规

——某连把握思想政治工作"情""理""规"发挥综合效能的报道

"爸妈，这几天指导员给我讲了许多道理，我的心情好多了，你们放心吧！"2月 22 日，记者来到某连采访，正逢中士小张在给父母打电话，汇报自己的近况。

去年 10 月，已到婚龄的小张在探亲期间遇到了一位"意中人"，不料春节前，女方以将来不愿过"牛郎织女"的生活提出分手，这让小张失落到极点。

一个多月来，指导员通过和小张不间断的谈心交流，终于让他走出了失恋的阴影。记者了解到，年初以来，该连共开展谈心交流活动 50 余次，切实用大道理管住小道理、正道理批驳歪道理、实道理戳穿伪道理，使 6 名战士的思想问题得到"治愈"。

战士小陈最近性格反常、情绪低落，班长多次找他谈心，他却始终不愿开口。后来，指导员住进小陈所在班，吃饭并肩坐、训练带着做、睡觉掖被子，这使小陈最终敞开心扉，原来他的父亲因小事与邻居发生口角受了轻伤，对此他一直耿耿于怀。指导员通过给他讲解法律常识、反面案例警示等方法，让他慢慢释怀，最终解开了"思想疙瘩"。

在年初连里开展的一次谈心活动中，队干部发现，新战士王亚勇有着强烈的入党愿望，但当得知入党名额少的情况后，王亚勇感到压力很大。为此，连长结合自己的入党经历，开导他理性看待入党问题，并在连队开展了党员与入党申请人结对活动，通过思想引导、生活关心、工作支持，使入党申请人能够"未进党的门，先做党的人"。

经过一段时间谈心后，王亚勇主动向班长汇报思想："各级领导的关怀使我明白了只要有 1% 的希望就要做 100% 努力的道理。"

（刊于 2014 年 3 月 4 日《中国军工报》专题报道版头条）

某部担负着武器装备科研试验的重任，新年度，他们深入贯彻习主席"牢固树立战斗力这个唯一的根本的标准"指示要求，坚持全部心思向打仗聚焦，各项工作向打仗用劲——

夯实强军兴装的能力之基

初春时节，乍暖还寒，走进渭水岸边的某部试验场，空中"战鹰"盘旋，地面导弹呼啸……多种任务同时"开战"，硝烟弥漫中捷报频传，坚持战斗力标准提升科研试验能力让利剑更精准。

年初以来，某部坚持把心思和精力向中心任务聚焦、向提升科研试验能力用力，吹响了围绕强军目标凝神聚力、按照战斗力标准提升能力的新号角。

讨论辨析明思路，将战斗力的标准立起来

战斗力标准是什么、战斗力现状怎么看、战斗力建设怎么办……2 月初，在某部，官兵自觉对照"能打仗、打胜仗"要求，查短板找差距，想办法定措施，立标准谋共识。

为增强工作实效，该部率先在领导机关深入开展"六查六看"活动，着重查找在忧患意识、工作指导、参谋能力、抓建理念、指挥谋略、试训作风等方面存在的问题和缺欠，引导大家自觉查找、破除和解决与战斗力标准不相符的思想观念、深

层次矛盾，真正把战斗力标准在工作中树立起来。

从"靶场"到"战场"的距离有多远？与"任务成功"和"能打胜仗"的差距有多少？该部官兵一条条梳理，一项项论证。记者注意到，军事干部中讨论最多的字眼是信息联合、体系创新；政治干部中议得最多的是强化作战功能、强化战斗精神；后勤部门最关注的是靠前保障……

"以最快的速度、最有效的手段，使新武器尽快通过鉴定定型装备部队就是能打仗。""战斗力这个唯一的根本的标准是兴装强军的刚性标准，必须坚定不移地贯彻到部队建设的各项工作之中。"在该部，随着一次次思想碰撞，从任务受领到组织实施、从技术攻关到人才储备，坚持战斗力标准的思想理念在官兵头脑中逐渐清晰明朗起来。为确立战斗力标准，推动"装备转型发展"研究，春节长假刚过，该部主要领导、技术骨干就走进任务一线，走进装备研制单位，对装备编配数量、集成融合程度发展等问题展开调研。

据了解，在研究制定一系列发展路线图的基础上，组织召开座谈会，深入研讨重点项目、核心技术、发展思路等问题，为部队转型发展打下坚实基础。

精研实训强能力，让战斗力的基础实起来

科研要发展，基础研究至关重要。然而众所周知，一般基础研究需要几年、甚至是十几年的不懈努力，必须目光放长远，坐得冷板凳。为了提升基础研究能力，该部组织专家骨干系统梳理需重点加强的研究领域、研究课题，制定下发了《关于加强基础研究的制度措施》，加大鼓励扶持力度。

在某部，他们以创新团队建设为抓手，深入研究战争、研究装备、研究试验，积极抓好现有实验室的基础条件建设与运行管理，遴选科技领军培养对象并组建"仿真试验技术"等创新团队。

2月初，记者走进某试验现场看到，某型工程装备假目标模型架设正如火如荼，技术人员手握纸笔，在发电机的轰鸣声中与狂风较量比拼。为加强关键技术攻关和试验考核验证，获得装备战斗力的真实数据，广大科技干部上高原、下海岛、到沙漠，在艰苦恶劣的试验现场奔走奋战。

靶场如同战场，试验如同作战。面临组建44年来任务最为繁重之年，考核最为复杂的新形势，他们以某无人装备重大任务为牵引，按照"要素、单元、体系"综合集成的思路，采取共同内容集中训、本职业务自主训、指挥谋略结合训、结对帮带强化训、瞄准弱项补差训的方法狠抓专业技能训练，提升组试能力。同时，结合新任务新特点，积极探索优化大岗位、大专业训练机制，深入开展实战化训练现实问题研究，加速推进以自动化、网络化、智能化为重点的指挥手段一体化训练。

如今，在武器装备、测试设备、真实靶目标和仿真系统实时组网技术手段方面，解决了装备硬件接口不匹配、软件不兼容和功能不衔接等技术难题50余项。

攻坚克难谋创新，把战斗力的龙头扬起来

年初以来，该部按照"自主创新、重点跨越、支撑发展、引领未来"的思路，深入分析研究信息化建设中的理论技术瓶颈，持续加大试验鉴定基础理论、前沿技术预先研究力度，聚力破解制约科研试验能力建设的技术难题和体制性、机制性障碍，常规武器装备软件测试系统、弹药准备自动化作业等项目研究取得阶段性成果。

创新是科研试验能力的"倍增器"。针对某测量精度不够高、影响试验数据精准度的问题，他们组织开展了"总温总压精度控制研究"联合攻关，找来几百页厚的全英文设备说明书，细细研读，编写出具有完全自主知识产权的软件程序，经过多次试验验证和修改完善，使总压测量精度从 0.5% 提高到 0.04%，总温测量精度从 1% 提高到 0.4%。他们还以某重点项目为牵引抓好科研创新工作，引导广大科技干部围绕装备试验的重大基础问题集智攻关，在试验基础理论、试验新方法等方面取得标志性成果。同时，自筹资金，设立"科技创新基金"，重点扶持"某测量系统开发"等 12 个科技创新项目。目前，已取得了一批成果，推动了装备建设快速发展。

新的一年，他们还多措并举，着眼建设一支能够担当强军兴装重任的高素质人才队伍，注重从政策上、制度上、机制上、措施上加大扶持，加强人才培养，推进人才兴装、人才强装战略的实施。同时，打破编制界限、破除专业壁垒，采取"专家跟着学科走、团队跟着专家走、年轻人跟着团队走"的培养模式，有针对性地设计"个性化培养方案"，着力提高科技人才队伍专业水平和能力素质。

目前，已与国防科大等十多个国家重点院校建立密切联系，邀请知名专家学者来部队讲学交流，选派科技干部参加国内国际学术会议、技术合作和交流培训。同时，推行"项目、成果、人才"三位一体培养模式，按照"抓两头促中间"的培养思路，举办高研班等活动，为科技干部搭建成长成才平台，推动创新成果的不断出炉。

（刊于 2014 年 3 月 20 日《中国军工报》专题报道版头条）

阳光雨露助成长

——某部多措并举加强政治干部队伍建设纪实

这是一份不菲的成绩：两年间，23 名营连级政治干部走上领导岗位，5 人受到总部通报表彰……某部坚持多措并举加强政治干部队伍建设，为部队建设发展提供了强有力的人才支撑。

从统一计划到量身订制——

学习套餐促进能力跃升

打开年度政治干部培养计划表，每周一次业务学习、每月一次业务集训、每半年一次业务考核和成果交流，理论素质不过硬、没有成果一律不纳入评先范围等措施要求，条条清晰可见。

去年年底，有政治干部反映，机关业务学习内容单调、范围单一，缺少吸引力……此语一出，立即引起了政治机关高度重视。该部两级政治机关召开专题会议，反思研讨，就加强政治机关和政治干部队伍建设出台措施，结合"争创先进政治机关和优秀政治干部"活动，为干部量身打造学习套餐。

他们根据政治干部队伍结构、学习层次和任职经历，组织专题培训，通过专家授课、个人交流、论坛讨论、微博跟贴、应知应会内容测试等形式，拓展学习渠道，检验学习效果。

据统计，去年该部 11 名政工领导走上前台进行授课，90%以上的机关干部进行过大会交流。有干部感言，多种形式开展培训、多种活动深化效果，让政治干部军政兼通、指技合一，有效发挥了他们在中心任务中的服务保证作用。

从单项优秀到全面过硬——

综合施策夯实过硬素质

据悉，仅去年一年，该部先后安排 12 名政治机关干部开展双向代职交流，5名下连当兵和下室锻炼，达到了熟悉下情、了解基层的目的，提高了工作筹划指导和落实的针对性、实效性。

对于能力弱的干部，多锻炼就是最好的关爱。该部着眼新形势下思想政治工作面临的新特点，坚持在政治工作领域贯彻能打仗、打胜仗要求，围绕发挥政治工作的服务保证和直接参试功能，采取公文展评、课件评比、政工研讨等措施，通过以老带新、见习锻炼、任务锤炼等形式，培养一专多能型政工人才。

他们还着眼能力建机关，综合运用现代科学技术手段，建立能够覆盖整个试验任务和高度现代化的政治工作信息网络。结合重大任务和重点试验，组织政治机关干部全程跟岗、实地作业，在大项任务中提升素质，解决政治干部在中心任务中说不上话、插不上手、使不上劲的问题。

综合施策，赢来了人才辈出的良好局面。两年来，该部有 11 名素质过硬的优秀政治机关干部走上了副团职领导岗位。

从关门点将到赛场选才——

任人唯贤换来百花齐放

交任务、压担子，大胆使用就是最好的培养。去年年初，该部政治机关曾有 3

名科长职务空缺，由 3 名副营职干部临时代替工作。有人对这些稚气未脱的年轻干部能否担起这份重任提出了质疑。

"选人用人最关键的是要看综合素质，行不行需要在实践中检验，好不好由结果说了算。"面对种种质疑，该部领导认为机关工作时间不长并不代表能力不行。顶着层层压力，该部政治机关坚持交任务、压担子，利用重大任务摔打磨砺锻炼。一年后，3 人提前走上副科长领导岗位。实践证明，大胆使用本身就是一种培养，就是一种锻炼。

干部使用历来是敏感问题，如何让选出来的干部人人服气？该部政治机关率先从自身严起，每次在干部调整前，坚持将晋升职位、条件提前公开，采取理论考试、体能测试、技能考核、问题答辩等全方位考核方式，通过集中测评、当场唱票、公示测评结果的办法，增强了干部任用透明度。如今，在该部走上领导岗位的干部都要经过层层选拔，形成了能者上、平者让、庸者下的鲜明导向。

（刊于 2014 年 4 月 10 日《中国军工报》专题报道版）

真抓实训，剑指未来战场

——某部聚焦强军目标推进军事训练实战化纪实

3 月底，渭水岸边的某部训练场，铁甲列阵，火炮呼啸，一场近似实战的某任务实装演练激战正酣。这是该部着眼提升信息化武器装备综合鉴定能力推进军事训练实战化的一个缩影。

强军必先治训，治训务必从严。该部坚持目标牵引、岗位催生、氛围激励，深化军事训练创新，强化部队核心能力建设。

学深悟透　凝聚思想共识

年初的一次训练工作形势分析会上，该部领导明确指出，推动军事训练创新发展，必须坚持以习主席和中央军委一系列指示精神为指导，坚持用强军目标引领、用战斗力标准检验，主动把精力向部队训练工作聚焦，把保障向部队训练工作倾斜。通过层层动员，该部官兵学习强军目标要求，开展战斗力标准大讨论，深刻理解实战化训练的丰富内涵和精神实质，形成了《军事训练规范化机制》《军事训练岗位考核细则》等 3 项措施办法。

认识深刻，落实就有力。部队各级坚持主官主抓，一线调研，督导落实，解决了岗位练兵结合实际不紧等 10 余项训练问题。通过机关合力、部队苦练，部队把重大任务作为砥砺意志、培育作风和强化战斗精神的重要时机，激励官兵高涨的训练热情。训练过程中，他们坚持求真务实，真抓实练，随机导调，不设预案，细化应急保障方案，最大限度缩小与任务实战的距离。

探索规律　夯实能力之基

走进某工房，记者看到，专业技能训练、重大技术分析、组网联合调试等各项工作正有条不紊地进行。室主任惠振宏告诉记者，多项高原试验任务即将展开，只有总结探索特点规律，扎实开展训练演练，才能夯实能力之基，科学全面的鉴定武器性能。

科研任务需要什么样的能力，部队就组织什么样的训练。针对年内外场试验任务多、组试难度大等特点，该部积极探索大课目并训、大岗位合训、大系统联训的组训模式和考核激励机制。围绕一体化能力建设，扎实推进信息综合集成训练，并通过开展群众性训法研究、考核方法创新，使军事训练最大限度贴近任务需要，服务任务实践。针对部分官兵训练热情不高、个别骨干素质不全面等问题，该部坚持把基础理论学习作为军事训练的主渠道，依托重大任务，采取课题攻关牵引训、结对帮带强化训、瞄准弱项补差训，练好新大纲规定的基本内容、练精本职岗位必备的基本素质、练实自身短缺的基本能力。翻阅训练计划表，记者见到，在训练时间上，不做统一要求，各自利用任务间隙择机开展；训练内容上，不做统一规划，各单位根据专业需求自主选择；训练组织上，不做统一安排，各单位根据工作特点自行组织。

拥有了充分的自主权，部队训练的积极性主动性更高，先后有 5 个科目的新训法在部队推广。

营造环境　持续兴起热潮

3 月底，某装备互联互操作实现新突破。记者获悉，部队一季度训练考核中，9 个科目达到优秀，远高于往年同期水平。

着眼信息化武器装备形成战斗力，该部坚持把推进新大纲全面实施作为最根本的手段，把年轻干部基本技能培训作为最重要内容，不断提升基于信息系统的体系试验能力。同时，细化定期考评、督导检查、责任追究等制度，利用工作总结等时机，分析形势、固强补弱、查漏补缺。

同时，该部利用板报、橱窗、标语等载体，开展训练能手评比、岗位操作比武、网上练兵竞赛等活动，叫响"抓训练有功、当训练尖子光荣"口号，营造军事训练声势，形成比学赶帮超的浓厚氛围，激发了官兵学信息化知识、练信息化能力的热情。

随着群众性比武练兵活动不断深入，该部军事训练的步子越来越实，呈现出全面加强、重点突破、持续发展的良好态势。

（刊于 2014 年 4 月 12 日《中国军工报》专题报道版）

组织生活有声有色

4月4日下午，党日活动时间，记者走进某部会议室，以"务实、求实、忠诚、担当"为主题的"微型党课"在这里如火如荼进行。党员张轩告诉记者："这种党课虽然形式上有些'简约'，但内容实在、接地气，听后收获很大。"

部队要发展，党员是基石。该部政委杨从刚介绍，为给党员注入实现强军梦想的不竭动力，该部丰富载体、创新形式，增强活动的"色香味"，从而增强广大党员参与党组织生活的热情。"

记者了解到，年初以来，该部采取"短、小、精"的形式，适时推出精品党课，运用任务总结、工作讲评等时机穿插进行，有效克服了在参与人员、活动时间上求全求长的做法。"部队科研试验任务繁忙，把党员集中起来开展党课教育存在不少困难，'微党课'具有便于组织的特点，一经推出就受到党员青睐。"杨政委说。

渠往哪儿挖，水就往哪儿流。为落实好党的组织生活制度，该部采取"7+10套餐"模式，坚持以七项组织制度为基本，以主题党日等 10 项活动为载体，营造良好的组织生活氛围，激发党员创争热情。技术室党支部书记李锐深有感触地说："依据'套餐菜谱'开展党组织生活，党员喜欢吃什么'菜'，支部就照'单'下'菜'，各取所需，党员参加组织生活的积极性有效提升。"

讨论声声，气氛热烈。走进该部某有线站会议室，刚刚看完《苦难辉煌》历史文献纪录片，党员们围绕"学党史、忆传统、话使命"开展了启发式小讨论。置身其中，一句句发自肺腑的感慨，一段段慷慨激昂的感言，让大家心潮澎湃。教导员苏磊告诉记者，针对部分党员对党的发展历程知之不多等实际，通过把大道理化解为小知识点，畅通对党的知识乐于接受的渠道，增强了情感认同。

记者了解到，为提高组织生活质量，该部梳理出落实党组织生活制度的 9 条普遍问题，编印《党务工作规范》，提出具体落实办法，并绘制工作流程图，结合党支部书记集训等开展模拟演练，提高开展组织生活的方法和本领。同时，针对科研试验任务重的实际，将组织生活转移到任务一线，见缝插针开展"小故事、小节目、小歌唱"等"微活动"，让党日活动丰富多彩、生动活泼，有效激发了部队的凝聚力。年初以来，20 余项重大任务完成圆满。

（刊于 2014 年 4 月 17 日《中国军工报》党的建设专题版）

锻造未来战场上的制胜利器

——某部聚焦战斗力标准提升武器装备实战化水平启示录

初夏时节，渭水岸边的某部试验场，隆隆炮声、浓浓硝烟中，某新型炮弹轰然出鞘，精准命中目标。

战鹰展翅，亮剑华山。年初以来，该部聚焦强军目标，紧紧扭住武器装备实战化要求和核心试验能力提升求突破，积极探索武器装备试验新途径，在打造适应未来战场需要精良装备的同时，也大大浓厚了靶场实战氛围。

反思 驱除思想深处的"拦路虎"

"按照实战化要求考核武器装备性能，就不能带上靶场色彩……"3月底，该部党委常委与来自基层的20多名军政主官、技术专家一起，研讨商榷提升武器装备实战化水平和部队科研试验能力长远建设问题，会风务实，讨论热烈。

打胜仗，先打胜思想上这一仗。武器装备实战化水平是能打胜仗的基本条件，这是该部党委深入学习习主席系列讲话精神取得的共识。为剔除思想上重视不够、工作中落实不力等"磕绊"，该部聚焦能力建设找问题、紧盯重点问题析根源、着眼长远发展寻良策，一场正本清源的"头脑风暴"滚滚而来。

随着讨论的深入，与实战化要求不相适应的20多个问题浮出水面：当和平官、和平兵、过太平日子，献身使命的意识不强，对武器装备实战化关注不够；安于现状、创新动力不足，关键技术钻研和重点核心领域突破不够，距离实战化要求远；工作指导上重当前轻长远，在武器装备实战化要求上聚焦用力不够等问题不同程度存在。

有官兵感言，用"战场思维"替代"靶场观念"，对照战斗力标准深入反思，摸清短板和瓶颈，从根源上清除梗阻，这是一次自我审视、自我革命、自我提升。

【记者感言】认识深度决定行动力度，看不到差距是最可怕的差距。如果不自觉破除等靠依赖思想和与己无关的模糊认识，不从思想深处剔除认识梗阻，头脑里就缺乏实战化思维，行动上就会偏离实战化要求，也就难以担当起强军兴装的使命任务。

实干 踩实建设发展的"风火轮"

4月初，该部以某装备联调校飞系统为代表的6项测控设备通过验收，光电武器仿真试验系统等4个测发项目通过研制方案评审，均比原计划提前完成。有关领导说，讲实战化不是做样子，要把各项工作摆进去，按照打仗要求去做，让试验场

真正成为检验成效的实战场。

为激发各级真抓实干的自觉性，该部结合学习习主席系列重要讲话精神，广泛开展岗位练兵、比武竞赛、技术革新等活动，引导官兵投身强军实践。结合战斗力标准大讨论，举办"瞄准未来战场、我看打仗标准"主题演讲活动，破除"和平积习"，强化当兵打仗、带兵打仗、练兵打仗意识。春节期间，该部有60多人主动放弃休假，投身科研试验任务。

在某部，党委"一班人"按照实战化要求，对试验鉴定组织模式、评价标准、试验方法逐项重视审视；紧贴作战环境、作战要求，精心组织开展主干专业业务技能培训，20多名年轻骨干走上指挥岗位；运用信息系统和信息资源开展武器装备试验结果规律性研究，36项任务顺利通过考核鉴定，在某装备联调校飞任务中，自主开发设计的核心算法填补了相关领域空白。

【记者感言】肩上有责任，心中有事业，工作才能有干劲。只有从具体工作入手，从正在做的事情做起，以"踏石留印、抓铁有痕"的精神把工作往实里做，才能踩上武器装备建设快速发展的"风火轮"，把武器装备实战化要求真正落到实处。

增能　打好强基固本的"组合拳"

置身该部，一股浓郁的练兵气息扑面而来：工房、会议室里，业务技能培训、信息化知识讲座如火如荼；训练场上，专业技能考核、重大任务演练热火朝天。

能力素质的弱项在哪里，练兵的方向就在哪里。该部牢固树立"训练增能力、训练保试验"的理念，结合年内试验任务重、装备技术新、考核难度大的特点，大力推行任务分类、人员分层的组训模式。针对年轻干部信息化知识储备不够、基础训练不够扎实等问题，科学制定补差计划，深入开展一体化、协同化综合考核演练，着力提升一专多能、一人多岗和多任务并列条件下的综合参试能力。同时，深入开展单元合成、要素集成训练，促进战斗力要素效能向实战聚焦。

为嵌入实战元素，该部着眼复杂试验环境研究开展作战试验鉴定，选取典型装备开展作战试验，提升参试人员应对复杂战场环境的组织指挥能力。同时，设真环境条件、用活方法手段、严格检验评估，把"真难严实"贯穿军事训练、鉴定考核全过程，做到训练内容与使命任务相一致、环境构设与未来战场相近似、训练标准与实战要求相符合，打好强基固本的"组合拳"，为提升武器装备实战化水平储能蓄势。

【记者感言】军事训练是提升核心军事能力最直接、最有效的抓手。排除"虚光"干扰，挤干演训"水分"，才能让部队训练最大程度接近实战，才能把官兵本领练精、素质练强，才能锻造能打胜仗的精品装备。

育才　锤炼胜任本职的"多面手"

5月初，该部60多名技术骨干通过院校培训走上工作岗位。据统计，年初以来，部队先后举办技术讲座、学术研讨20余次，形成落实实战化要求的长效机制

13项，出台人才培养措施5项。

聚焦实战化，人才是关键。该部精心绘制人才成长"路线图"，坚持把人才建设的落脚点放在能打胜仗上。他们以任务为牵引，依托一体化指挥平台，采取模拟演练、专题攻关等方式，提高各级指挥员的组织指挥决策能力。围绕熟悉掌握情况、方案科学拟制、方案修订完善等内容，采取岗位实践、指导帮带、比武竞赛、参观见学等方式，加强年轻干部对火炮、导弹、指控、雷达、通信等信息化装备的使用和维护训练，提升信息化装备的操作使用、技术保障能力。

为让钻研实战化的人才"香"起来，年初以来，该部把岗位培训、大项任务、专家带教等优质资源向试验指挥人才、信息化管理人才、信息技术专业人才、新装备操作和维护保障人才倾斜，50余人成长为科研试验一线的"多面手"。在前不久开展的野外综合保障演练现场，记者看到，随着指挥员一声令下，10多台车辆迅即出动，30余名参试人员快速到达指定地域，一群能战善谋、敢打能胜的领军人跃然眼前。

【记者感言】在信息技术飞速发展的今天，人才越来越成为克敌制胜的决定性因素。武器装备再先进，没有一支过硬的人才队伍，也难以发挥其效能。只有对人才培养工作紧抓不放，老老实实在核心素质培育上下功夫，才能为提升武器装备实战化水平提供坚实支撑。

创新　找准能力提升的"增长点"

年初以来，该部就作战试验模式、典型武器试验方案等梳理出了72个方面的重大现实问题，从中提取出的18项课题已通过开课评审。

结合年度试验任务异常饱满，技术风险大、质量管控难的实际，该部鼓励科技干部紧贴任务需要找课题，深挖信息资源搞创新，联手攻关求突破，45项课题有力推进。

该部还坚持把部队实战需求、科研成果推广、战斗力提升三者紧密相连，实行全过程管控，使"创新花蕾"以最快的速度、最高的效益、最简单的手段形成战斗力，走进试验场，发挥作用效能。

与此同时，该部持续加大试验鉴定理论预先研究，积极探索建立数字仿真、半实物仿真和实装试验并行开展的新型试验鉴定模式，主动适应武器装备信息主导、要素集成、体系配套、效能综合的特点。在抓好信息网络、指挥手段等条件建设的基础上加大体系创新力度，积极完善低伸弹道运动目标景象记录系统、微波通信系统等项目，实现各类测试设备互联互通、试验数据实时获取、信息资源充分共享，有效提升了数据传输的实时性、安全性，解决了系统之间不匹配、不兼容和不衔接等技术难题，使20余台套老设备重新焕发活力。

【记者感言】创新是装备建设的源头活水，是武器装备实战能力提升的"增长点"。以永不懈怠的精神、勇于涉险的胆气和"咬定青山不放松"的执着，紧紧围绕制约武器装备建设发展的深层次问题加大创新力度，才能始终立于前沿，形成核

心能力优势，真正实现多出装备、出好装备。

（刊于 2014 年 5 月 10 日《中国军工报》专题报道版头条）

把心用在基层　把劲使在基层

5 月 9 日，某部会议室，10 名学习归来的党员正在各党支部组织下集中"加餐"：补学上级文件精神、党课教育内容等。党员冯松介绍："发挥党支部一线战斗堡垒作用，是部党委抓基层工作的一项长期举措。"

在该部，每月一次的主题党日雷打不动，领导干部带头讲党课、参加组织生活。定期开展党员评议活动，让群众围绕思想作风、工作业绩、模范作用等方面对党员进行评议打分，评选党员之星。利用小组生活会等多种渠道，组织党员定期向支部汇报思想，及时解决问题。加强流动党员管理，党员外出超过一周的，必须向组织电话汇报思想，归队后进行补课。

该部政委张永江说："要把基层党支部作用发挥好，就要切实把心用在基层，把劲使在基层，做到思想上求实、作风上扎实、工作上落实。"对此，站长姚敏也深有感触：前几年，部分技术室出现了重业务、轻党务的倾向，支部作用弱、制度落实难、党管干部软等问题时有发生。教训面前，一些党支部深刻反思感到抓全面建设，不能精了业务荒了党务，只有建强支部，才能为发展带来强劲"动力源"。为此，该部党委积极帮助官兵协调解决工作、生活、婚恋中的问题，注重帮扶缺乏工作经验、生活遇到困难的基层党员干部，尽最大努力为基层党支部开展工作排忧解难。

如今，80% 的党支部已实现全面过硬。官兵亲切地把党支部称作"燃烧的火、挡风的墙、引路的灯、践行的根"。去年年底，该部被总装备部表彰为先进师旅团级党委和依法从严治军先进单位。

（刊于 2014 年 5 月 17 日《中国军工报》党的建设版头条）

不让战斗力链条在自己身上脱节

——某部开展"牢记强军目标，献身强军实践"主题教育活动见闻

"不让战斗力链条在自己身上脱节！"4 月初，围绕"牢记强军目标，献身强军实践"主题，通过辩论会、恳谈会和群众性文化活动等形式，某部官兵畅所欲言，思想激烈碰撞。

主题教育开展以来，该部以问题为牵引，抓学习聚共识、抓转化促转变，清理

思想"梗阻"，使战斗力标准在官兵头脑中深深扎根，形成推动强军实践的正能量。

疏通思想，破解认识障碍，从心灵最深处唤醒打仗意识

4月3日，该部官兵围绕"战斗力标准是什么、战斗力现状怎么看、战斗力建设怎么办"基本问题开展讨论，强军目标是单位的事、达到考核标准就行等11个与战斗力标准不相符的观念做法被一一查找出来。

军人生来为打仗，但打仗的标准是什么、能力从何而来？

辨析引发思考，碰撞触及心灵。该部广泛开展"战斗力生成大家谈"，举办"瞄准未来战场、我看打仗标准"主题演讲、强军论坛等活动，让官兵走上讲台谈制胜机理、讲战争形态、话发展趋势；采取专家解析、实例剖析等方法，在政工网开设主题论坛，设置"军人生来为什么""履行使命靠什么"等辩论题，引导官兵认清只有紧跟战斗力标准的时代要求，才能使岗位对接未来战场。

讨论辨析，让上下各级思想明确。牢固树立战斗力这个唯一的根本的标准，就必须把部队战斗力建设从"靶场观念"升级为"战场思维"，克服当和平兵、和平官的思想。

更新观念，激发创新之源，在思想碰撞中确立发展目标

走进该部某室，官兵在紧张进行某型火炮高原试验方案论证的同时，围绕提升核心能力论证发展方向。室主任樊成军介绍："过去一味强调常规模式，对武器装备实战化要求和战场环境的适应性关注不够，现在一切按实战化要求进行考核，就要破除陈规，加大创新力度，确立实战化条件下的战斗力标准。"

理性认识加上刚性措施，战斗力标准更加清晰。该部围绕落实武器装备试验实战化要求，提升核心试验能力和科技创新能力，采取明确单位、明确时限、明确责任的办法，出台了13项加强能力建设的具体办法，梳理出工作统筹还不够科学等18个具体问题作为突破口，引导各级认清打赢之本、当兵之责，形成强军先强我、实战先实训等共识。

"对照战斗力标准，摸清短板瓶颈，本身就是一次自我审视、自我革命、自我提升的过程。"该部官兵的心得体会上这样写道。

付诸行动，探求发展举措，以问题为牵引提升综合能力

在战斗力建设征求意见会上，不到一个小时，罗列出的17个问题，让不少与会的机关干部红了脸、出了汗。

讨论中，大家感到，攀高远行，必须跳出现状；越是任务艰巨，越要牢记使命……发言拨动心弦，官兵不仅明白了打胜仗的标准是什么、为什么，还渐渐理出了对策。

付诸行动，才能落到实处。该部组织官兵围绕现实问题开展学习讨论，举办"我为强军兴军献一计"建言献策活动，使大家认清实现强军目标中每名官兵都是主体；完善常抓常新、常态落实的抓建长效机制，制定完善《抓好学习教育刚性落实措施》

等硬性规定，从制度机制上保证学习贯彻取得扎实效果。

"献身强军实践犹如逆水行舟，不进则退。"漫步该部营区，官兵誓言铿锵，信念昭昭：等下去没有出路，慢下来有辱使命，只有自觉融入强军实践才是最好的选择。

（刊于 2014 年 5 月 20 日《中国军工报》综合新闻版头条）

过硬的分队爱拼的兵

"看！女兵们给又咱男兵下战书了！""有胆！不过别看她们学历高，训练场上还得看咱老兵的！"5 月 13 日记者走进某部有线站，只见男兵们围拢在公示栏前，你一言我一语，气氛异常热烈。

记者上前打探，原来有线站 20 名大学生女兵向男兵们发起了挑战，一张大红挑战书醒目地张贴于此。站长郭晓峰告诉记者："如今的女兵不一般，处处与男兵'叫板'。前段时间，机关组织训练，考虑到女兵与男兵身体素质差异，想在训练标准和强度上给她们一些'照顾'。可女兵们说，既然来当兵，就要当能打仗的兵，谁说女子不如男，咱们训练场上见高低。"

"嘟嘟嘟——"说话间，哨声响起，楼道里一阵急促的脚步声过后，楼前两支队伍迅速集结完毕，女兵竟比男兵快了 3 秒钟！正如郭晓峰所说，如今的比学赶帮超，已演变成了"明刀明枪"的比拼。

战书一下，火药味十足。记者看到，队列训练中，男兵女兵各站一队，谁练得好一览无余。两边的口号叫得一个比一个响，队列走得一列比一列齐。

按说体能训练，女兵应甘拜下风，可站里的女兵却每次跑步都紧跟男兵。一开始会被甩下一大截，时间久了，女兵们能跑完全程的越来越多。看到女兵对自己的"优势项目"发起挑战，男兵丝毫不敢懈怠，个个铆足了劲地练。

教导员苏磊告诉记者，女兵"叫板"男兵，双方比训练、比内务、比作风、比学习、比才艺，比试的项目越来越多，"战况"也越来越激烈。记者了解到，开展比学赶帮超，让部队受益匪浅。前不久，该部在上级组织的队列会操中喜获第一名。

（刊于 2014 年 5 月 31 日《中国军工报》综合新闻版）

生命线，渭水岸边奏新曲

——某部做好科研试验任务中思想政治工作见闻

烈日炎炎，炮声隆隆。盛夏时节，某部试验场，空中战鹰盘旋，地面导弹呼啸，多种任务同时展开。记者发现，任务间隙，因地搭建的"微平台"，随地开展的"微教育"，让思想政治工作如影相随，提振着官兵的精气神。

服务中心，奏响"忠诚之声"

"伟大的事业需要忠诚的品质，中国飞船的每一次升空，都承载着一代代航天人对党的赤胆忠诚……"中午时分，太阳炙烤着大地，任务间隙，指导员沈括正在给参试战士进行"微教育"。

"伟大的时代需要伟大的梦想，钱学森放弃国外优厚待遇，冲破阻挠回到祖国，一生忠于国防事业；邓稼先为取得核爆第一手资料，不顾辐射污染冲向生命禁区……"一个个感人故事让大家听得精神振奋。

"作为当代军人需要继续发扬'两弹一星'精神和'载人航天'精神，为能打胜仗输送精品装备""把岗位当作战位，把试验当作战，在兴军强装的伟大实践中立新功。"大家畅所欲言，同时也传播着精神的火种。踏上方舱车，记者被眼前场景所吸引：5名战士以方舱为舞台，摆起擂台赛，战斗歌曲在他们中间传唱。指导员李双银介绍，任务间隙，利用"微教育""微党课""微平台"等开展多种活动，让官兵随时随地接受教育、受到感染、缓解疲劳。

聚焦中心，奏响"打赢之声"

"走进试验场就是上战场，解决重大问题就是能打仗……"走进试验阵地，诸如这类大字遒劲有力，竖立于眼前。漫步营区，战斗文化气息扑面而来，官兵亲手绘制的"军魂""使命""忠诚"等励志石催人奋进。官兵们说，特色军营文化既愉悦了身心，又激发了打赢动力。

在某连，记者看到，技术能手、训练标兵、优秀党团员等各类典型被搬上板报、橱窗和荣誉栏，供大家学习。名列榜首、被大家称之为"常胜兵头"的中士盛力博，入伍8年多次被表彰为军事训练先进个人，两次荣立三等功，4次被表彰为优秀士兵，每次任务抢在前、干在前，带动了连队一大片。

"巾帼英姿赛过男，训练场上不畏险……"在某电缆施工任务间隙，通信女兵们把生活中的一个个故事编排成顺口溜唱了出来，赢得了阵阵掌声。教导员苏磊告诉记者，依托小活动、小阵地搞好思想政治工作，点燃了工作激情。

围绕中心，奏响"强军之声"

"靶场对接战场，试验连接作战，历练精兵，锻造精品，一切为成功，一切为打赢……"夕阳下，渭水岸热浪涌动，一支试验小分队高唱《靶场之歌》凯旋，优美的歌声在华山脚下传递。

他们通过"军营新闻一刻钟""最美军营故事会""读经典文章赏析""天天点歌送祝福"等多样形式，开展内容丰富的"微窗口"，发挥政治工作的强大威力。同时，开展送文化到现场、送慰问到一线等活动，使多种文化活动用品落户点位。

测试站政治处干事白信说，小报道、小节目、小拍摄活动在一线蓬勃开展，既丰富了文化生活，也培育了文化人才。

晚饭后，记者走进某连网络室，信手打开网页，20 名训练尖子的事迹和 5 部反映连队官兵训练、工作、生活的军营 DV 短片循环播放，点击率居高不下。"精武之星"王亮深有感触地说，观精彩短片、看红色电影、讲航天故事、诵经典名篇，投身强军实践的脚步越迈越坚实。

（刊于 2014 年 7 月 17 日《中国军工报》专题报道版）

瞄准战场锻利剑

——某部聚焦强军目标推动部队战斗力建设纪实

试验研讨、模拟演练、创新攻关……7 月上旬，记者走进渭水河畔的某部营区看到，广大官兵围绕强军目标深入学理论、扎实练技能、聚力破难题，让火热军营处处弥漫着战斗气息。

今年以来，该部牢固树立战斗力标准，坚持以重大任务为牵引，聚焦中心强化打仗之责，着眼实战探求强能之策，氛围熏陶激发动力之源，助推部队战斗力建设水涨船高。

破除定势强意识——

让思维观念适应战场

"和平心态犹如温水煮蛙，是战斗力的致命腐蚀剂。""如果心中无忧患、脑中无敌情，肩上就无责任，提升科研试验综合能力就是一句空话。"6 月初，该部党委"一班人"围绕战斗力标准深入开展讨论活动。

"问题是时代的声音，也是发展的突破口。牢固树立战斗力标准，必须破除以个别问题定乾坤的'建设标准'，以'一招鲜''单打一'为评判的'单项标准'，以练为看、练为考、练为演的'虚假标准'，以满足现状、居家过日子的'生活标准'"……

存在问题不可怕，可怕的是回避问题。牢固树立战斗力标准，必须清除思想上的"梗阻"和与未来战场要求不相符的做法。该部以发现问题为先导、以解决问题为牵引，紧盯部队战斗力建设查找存在问题，聚焦部队综合试验能力提升展开讨论，把制约能力生成的短板弱项"晒"出来。记者发现，随着讨论深入，会上会下，官兵说得最多的话题是作为常规兵器国家靶场如何理解其重要地位，议得最热的话题是怎样带领部队抓好落实，讨论也从课堂延伸到网络论坛、营区橱窗、宿舍走廊……

随之，一场正本清源的"头脑风暴"滚滚而来，一个个与战斗力标准不相适应的问题浮出水面：思想观念上，一些官兵当"和平官""和平兵""过太平日子"的思想不同程度存在，精武强能的热情不足；战斗精神上，一些官兵娇气有余、血性不足，牺牲奉献的精神欠缺；核心能力上，一些单位关注前沿、瞄准需求不够，聚焦核心能力和关键技术研究的动力不足；工作指导上，形式主义、功利思想不同程度存在，真抓实干的劲头不足等制约部队战斗力建设。

撇开"拐杖"、消除"梗阻"，战斗力建设的"靶心"更加清晰。在该部刚刚出炉的第六次党代会工作报告中，记者看到这样一种鲜明导向：军事训练，出现最多的字眼是联试、联训、联演；政治工作，最吸引眼球的是参试功能、战斗精神；后勤保障，最让人关注的是靠前保障、对接战场；装备建设，最令人期待的是新装入列、体系配套……

用战斗力标准的"钢尺子"量长短，不仅量出了练兵打仗的紧迫感，也量出了战斗力建设的"加速度"。"作为驾驶员，就是安全出好每一次车，任务中能安全迅速到达"；"作为物资保管员，就要做到'一口清''一摸准''问不倒'"；"作为警卫员，就应该站好每一班岗，守护好营区的安全。"伴随着一次次思想的碰撞，靶场当战场、岗位当战位的思想被嵌入脑海，一个个战斗力标准逐渐根植于官兵心中，引领部队建设沿着能打胜仗的航线奋飞。

扭住重点强能力——

让实训实演贴近战场

物聚于气，人成于学。年初以来，该部先后20余次组织技术骨干开展技能培训、学术研讨交流、核心能力梳理，通过系统学习寻求理论指引、集体研讨化解技术难题、讨论交流分享经验成果，使制约武器装备可靠性评估等10余项重大技术难题实现新突破。

战场要求决定训练方向。武器装备要在实战化条件下考核，人员就要在实战化条件下训练。该部围绕能力需求，坚持战斗力的跃升点在哪里，岗位练兵的重点就在哪里，按照缺什么补什么的原则，以信息化试点为契机，完善针对性岗位练兵措施，使训练内容向信息化、实战化聚焦。同时，坚持把练体能技能与练思想作风结合起来，广泛开展"学习新装备、苦练新技能、履行新使命"主题实践活动，利用岗位比武、知识竞赛等形式，促进官兵体能与智能、技艺与胆识的全面提高。该部还坚持从基础训练严起、从实战化训练严起、从戒除形式主义严起、从细节入手严起，把从严治训要求落实到训练工作的方方面面，既解决了部队战斗力提升的瓶颈问题，又促进了官兵能力素质的转化提高。

肩上有使命，心中就有压力。周末，记者走进该部火炮工房，围绕某新型火炮开展的岗位技能训练正酣。一线跟班作业的某站站长卢海军告诉记者："把每一次训练都当成实战前的检验，预设训练主题、预想任务剖面，逼着大家在复杂环境下砥砺能打胜仗的硬功夫。"

让训练场对接战场，训练才能贴得紧训得实。面对部分新装备训练无大纲、考核无标准、操作缺人才等困境，该部坚持从零开始，采取分类组训、院校代训、进厂驻训、外请帮训、课题研训等形式，逐台调试性能、逐个填写日志、逐步掌握操作，通过协作开发、革新改造、购置引进、研制器材，形成了单装模拟与系统模拟配套、技术仿真与实装操作一体的训练平台，使训练周期有效缩减。

零距离对接战场，战斗力如"芝麻开花节节高"，不仅改变了以往按专业、按建制、按层级组训为按岗位、按要素、按系统集成训练的老套路，探索出理论集中训、岗位分类训、要素集成训、系统联动训的组训方式，使火控动态性能测试系统等新装备列装快速形成整体参试能力。7月初，记者走进某通信站看到，结合科研试验和总装备部一体化试验信息系统集成应用开展的岗位大练兵，通过岗前再培训、模拟演练，促进新战士从合格士兵向"通信尖兵"快速转变。该站参谋长梁国平介绍，训练工作是基础，只有将训练工作抓紧抓实，才能锻造过硬技能，提升部队整体战斗力。

紧贴需求强基础——

让技术保障走进战场

6月初，走进该部，自动化站工房里，以设备时间校对、防火墙入侵检测调试、计算机组互联为内容的指控系统编组联训如火如荼。在测试工房，科技干部加班加点进行某新型雷达和动态威力模拟试验设备等项目检测验收。在某任务保障现场，记者看到，接到前方两名参试官兵晕厥的需要急救命令后，卫勤保障分队迅速奔赴一线。

仗怎么打、保障就怎么练，任务在哪里，保障就跟进到哪里。该部充分利用现代信息技术助力保障能力生成，以试验指挥网和野外指挥方舱为载体，建立起远程装备保障系统，探索伴随与跟进、直接与间接等保障方式，实现保障能力跃升。同时，坚持信息主导、体系制胜，构建以通信、抢修、救护等为内容的全要素练、全过程保、全方位防的新型保障模式，实现从静态保障向动态保障、从平时保障向战时保障的跨越，为部队遂行多样化任务提供了有力保障。

把每次任务当成实战，保障的链条才能结实。针对部队保障能力建设中存在的装备型号新、技术风险大等问题，结合野战炊事比武、野营帐篷搭建等操作培训，积极开展预想、预演、预练，通过设置故障车辆抢修、伴随保障、野战炊事作业、战场伤员急救等应急课目，检验部队综合保障效能，提高临机导调任务中的应急保障和陌生地域与复杂环境下的保障能力。6月中旬，在近似实战的装备保障演练中，记者看到，两台战车相继"趴窝"，保障分队闻令实施紧急抢修，不到20分钟恢复正常。有关领导介绍，保障力连着战斗力，只有让每一个个体都过硬，部队整体保障能力都会产生"核聚变"。

落实"能打仗、打胜仗"的战略目标，引领和催促各级进行战斗力建设的新探索。针对武器更新换代，部队装备出现"新老并存"格局，老装备故障率高、新装备脾性不熟等问题。该部坚持以技术创新为突破口，积极探索装备保障新模式、新手段，解决装备维修保障难题，有效破解在通信、测试等方面11个装备保障建设中的难题。

抓人才也是抓战斗力。年初以来，该部主动聚焦能力需求，坚持以未来任务为牵引，科学设计，多措并举，把保障人才队伍建设纳入部队发展规划、纳入重点建设、纳入领导班子考评，确保高层次保障人才培养工作落到实处。同时，发挥老专家、学科带头人的优势，依托重大任务分类推进，着力培养在技术保障方面的专家型领军人才、复合型指挥人才、技术型应用人才、创新型科研人才，使人才培养和成果运用走上了良性循环的轨道。年初以来，50余项任务圆满完成，10余项技术难题有效破解。

（刊于2014年7月22日《中国军工报》一版头条）

青春有梦好扬帆

在某部，每个士兵都有一本《钢铁战士成长档案》，记录着各自的奋斗目标、帮带情况、自我评价和支部寄语等内容，每个人的成长规划一目了然。

7月底，下士刘晓龙在上级组织的比武竞赛中荣登"训练龙虎榜"，他把自己训练成绩的突飞猛进首先归功于这本成长档案。刘晓龙告诉记者，去年，该部广泛开展"中国梦·强军梦·我的梦"主题实践活动，一下子点燃了官兵圆梦追梦的壮志豪情。而成长档案则让自己明确了努力方向和实现梦想的路径，登上"训练龙虎榜"正是自己制定的阶段性目标之一。

青春有梦好扬帆。主题实践活动中，该部党委安排三级军士长闫成辉等官兵身边典型登台讲成长、谈体会、话梦想，引导官兵结合岗位和自身实际找准目标。同时，要求基层干部通过细心观察、逐个谈心等方式，摸清每个战士的性格特点和特长爱好，为他们量身打造成长路线图，并且尽心尽力创造条件、提供平台、督促落实。

列兵王涛酷爱书法，入伍后总觉得英雄无用武之地，工作训练得过且过。连队干部发现这一思想苗头，一合计，干脆把他安排到板报小组发挥特长。有了平台，小王干劲十足，板报越办越好，还多次在上级评比中获奖。最近，尝到甜头的他信心倍增，又把"提高训练成绩、争当精武标兵"写进了成长档案。

上等兵卢建一心想考学，连队干部在督促其干好本职工作的同时，安排两名大学生排长为他辅导功课。去年8月，卢建金榜题名，圆了自己的军校梦。临别时，他特意带走了帮助自己实现梦想的成长档案。

为充分激发战士的荣誉感、进取心，该部党委机关深入挖掘身边资源，通过组

织比武竞赛选出"身边之星",让官兵在比学赶帮超中砥砺钢铁意志和过硬本领。他们在专业技能培训和体能训练间隙搭建"擂台",鼓励战士向"身边之星"发起挑战,在互相切磋中交流经验、共同提高。同时,该部在走廊开辟出"比武园地",设置"五星党员"等橱窗,让每名官兵都有机会成为明星。

如今,该部比学赶帮超的氛围格外浓。去年年底,某连有 5 名新兵在体能课目考核标准红线附近徘徊;不到半年时间,该连不仅人人达标,还有 1 人在上级军事比武中摘得手榴弹投掷课目冠军,3 人入选技术室深造。

(刊于 2014 年 8 月 1 日《解放军报》专题新闻版、2014 年 7 月 8 日《中国军工报》专题报道版头条以《让梦想展翅翱翔》为题进行了刊发)

攻坚克难创新路

——某部紧盯战斗力标准推进后勤保障能力建设纪实

仲夏时节,走进渭水岸边的某部,一场复杂环境下的后勤保障演练拉开战幕。记者看到,10 余名"粮草官"闻令而动,动作娴熟;数台新型后勤装备纷纷亮相,各显其能,展示出了该部后勤系统积极提升信息化条件下后勤核心保障能力的新风采。

该部紧盯战斗力标准,围绕多样化任务和武器装备实战化需求,积极优化后勤保障指挥机制,科学规范后勤指挥模式,真抓实训锤炼后勤保障技能,提升基于信息系统的后勤体系保障能力。

整体推进,焊牢"拉得动"的薄弱链条

走进该部某演练场,记者看到,随着一声令下,由保障抢修、卫勤救护等构成的保障分队迅速展开,从一体化指挥平台到帐篷架设,各保障单元快速跟进。

坚持战斗力标准抓建设,必须焊牢部队"拉得动"的薄弱链条。该部着眼提升后勤整体保障能力,坚持以信息化建设为牵引,围绕后勤保障能力解决"抓什么、怎么抓、达到什么标准"等问题,研究制定建设标准和实施办法。按照"保障方案完善、物资储备落实、基础设施配套、队伍素质过硬"的目标要求,对各类保障要素进行细化量化,将各岗位人员能力素质进行具体规范。同时,结合任务需求,建立军需、油料、营房等一体化保障体系,推进各类保障由平时走向"战时"、由营区走向"战场"。

攻克薄弱,才能全面发展。该部针对后勤保障模式相对滞后,积极推行"一站式""一卡通"等现代管理手段,推动保障体制向一体化推进、保障方式向社会化拓展、保障手段向信息化迈进。针对科研试验任务异常饱满、体系系统复杂、保障

难度大等特点，他们注重向信息化、体系化、科学化要保障力，积极完善后勤数据信息中心，拓展后勤业务通用办公平台功能，探索实践全面建设现代后勤的路子。记者了解到，该部信息化建设成果的大量运用，不仅为后勤全面发展注入了生机和活力，也实现了保障体系从"各自为战"到"攥指成拳"，保障模式从"概略瞄准"到"精确保障"的重大转变。

创新模式，探索"保得好"的有效手段

6月中旬，该部对核心保障能力进行了一次精确评估，对物资、油料、卫勤等保障人才进行了一次专业考评，共查找出5个方面影响保障力提升的突出问题，被列为新一轮攻关重点。

随着部队外场试验任务增多，对保障力提出了新的要求，该部围绕精确保障，建立"量化指标、灵活组考、科学评价"的保障力评估机制，按照《后勤保障能力检验评估标准》，将组织指挥、物资储供、支援保障等能力作为检验评估的重点，采取量化打分的方法，把构成保障力诸要素量化为7个方面的具体标准。同时，探索建立平时业务评"要素"与战时保障评"能力"相结合的评估方法，以岗位练兵为平台，以基本技能为内容，组织战勤参谋、运输、军需、卫生方面等技术骨干进行岗位训练，加强对后勤物质、装备、技术保障等内容规范化培训、精细化训练、标准化操作，使保障力建设走上规范化轨道。

保得好，就必须让官兵满意。针对部队营区偏僻，可依托社会资源少的特点，该部积极发挥农副业生产基地作用，开展猪、鸡、鸭等特色自然养殖和大棚蔬菜科学种植等项目，为部队提供放心绿色食品。同时，积极推进服务方式转变，扎实开展"阳光采购、服务下连""车勤维修到一线""送医送药到点位""心理服务到连队"等活动，既丰富了保障手段，方便了官兵生活，也大大提高了保障效能。

聚焦能力，磨练"救得下"的拿手本领

"事故现场有伤员，请求紧急抢救！"在该部某重点任务保障模拟演练现场，记者看到，应急医疗分队在信息指挥平台的指令下迅速出动，将伤员运送到指定地点，实施紧急救治，受领任务和保障时间比以往缩短了近20%。

近年来，高强度、高密度的科研试验任务给该部后勤保障工作带来了新的挑战，传统后勤保障模式已不能满足任务需求，构建高效快捷的后勤保障体系是顺应形势发展的当务之急，也是加快推进保障能力生成的关键。针对后勤保障单元多、种类繁杂、层次不一等特点，他们通过大比武、联合演练等活动，提升现场救护能力，实现卫勤保障能力与部队全面建设同步跃升。

摒弃各自为战才能"攥指成拳"。该部针对执行任务中车辆动用频繁、驾驶人员队伍层次不一等特点，通过设置复杂路况和环境，建立由监控终端、车载装置等组成的远程指挥平台，加强驾驶员队伍技能训练，解决任务保障实时指挥难、应急保障难等问题，有效提升车勤保障能力。记者看到，通过动态监控系统可对装载地

域全方位监控,实现了点对点指挥、面对面调度,极大地提升了运输保障的精确性、时效性和安全性。

（刊于 2014 年 8 月 7 日《中国军工报》专题报道版头条）

锻造能打胜仗的"硬拳头"

——某部聚焦强军目标要求推进部队管理教育纪实

长远管理在精细上着力,日常管理在比拼上较劲,思想管理在关爱上用心。9月初,记者在某部采访,只见一边是官兵聚精会神学条令、学法规的火热场景,一边是党委机关结合形势任务研判形势、探讨管法、狠抓落实的喜人局面。该部着眼部队安全发展新形势,聚焦能打胜仗要求,创新教育形式,完善管控举措,推动部队建设水平向更高目标迈进。

抓教育 抢占思想"主战场"

"量变会引发质变,能打胜仗需要坚定的理念信念。"8月底,记者走进某连,指导员沈括正围绕"如何把能打仗、打胜仗要求融入岗位,让青春在强军实践中绽放光彩"为题进行专题授课,面对面解疑。

思想的迷误在哪里,管理教育的重点就在哪里。针对部分官兵投身强军实践不够积极主动,个别单位管理工作不够精细等特点,该部将管理教育与安全防范紧密结合,围绕人、车、枪、密、火、库、酒、网等8个方面,深入开展安全警示和安全形势教育,紧贴实际下好"及时雨"。同时,深入开展条令条例和法规知识学习,扎实做好一人一事的思想政治工作,积极抢占思想教育"主战场"。他们还结合战斗精神和核心价值观培育,开展理论热点小解读、疑难问题小辨析、知识要点小竞赛、敏感问题小讨论系列活动,积极拓宽渠道,创新教育形式,让官兵接受"新养分"。

重管理 基层有了"路线图"

一个周末,记者在某营了解到,除参与试验任务的8名官兵和担负战备值班的22名官兵,其余人员都安排正常休息。营门登记本上,5名战士的外出事由、归队时间、注意事项等一清二楚,营区内秩序井然。

依法治军、从严治军是强军之基。该部结合科研试验任务长年不断线特点,将各岗位职责细化分解,确保每项工作、每个时段、每个重点要害部位的管理工作层层有人抓。同时,将管理工作的预防重点与基层全面建设融合,将需要基层落实的管理制度和规章要求,按日、周、月、季、年的顺序归纳梳理后形成"路线图",

每个时间段开展哪些工作、要求是什么、应把握的重点环节一目了然。他们还建立定期讲评通报等机制，将经常性管理工作由"抓活动"向"促常态"转变，由"软任务"向"硬任务"转变，形成了逐级分任务、层层定责任、合力抓落实、群力抓安全的良好局面。

严制度 人人守好"责任田"

记者了解到，近年来，该部先后出台《人员休假外出管理办法》《党委理财规定》《移动电话使用管理措施》等制度机制 20 余项，明确了 5 大类 28 项检查项目，建立 5 大类突发事件总体预案和 49 项子预案。

"天下之事，不难于立法，而难于法之必行"。该部严格落实安全形势分析制度，每月结合办公会、周例会等时机，多角度、全方向分析查找在教育管理中存在的突出问题，对发现的苗头隐患，建立隐患挂账销账机制和评比奖惩机制，把责任落实的好坏与评选先进单位、个人提升使用挂起钩来。为消除管理"盲区"，部队先后投入 700 多万元，引进视频监控和电子门禁等技术手段，弥补管理短板。同时，建立分系统定措施、分时段定重点、分层级定责任抓管理教育机制，实现管理教育由领导抓向制度管、由被动抓向主动做、由分工抓向合力管、由事后惩向事前防、由突击式向常态化、由经验型向科学型的转变，牢牢牵住安全隐患征兆的"牛鼻子"，打牢部队安全发展的基础。

（刊于 2014 年 9 月 9 日《中国军工报》专题报道版）

点燃豪情振士气

——某部用仪式文化激励官兵提高打赢本领纪实

入连仪式延续传统、任务动员点燃豪情、入党宣誓见证忠诚、火线表彰增添斗志……初秋时节，渭水岸边的某部营区内，多种仪式文化犹如攻坚路上的"加油站"、传承精神的"大氧吧"、精武强能的"动力源"，为官兵献身强军实践注入了无穷动力。

凝聚力量的"起搏器"

"今天在连旗上写下我的名字，我已是连队第 98 名士兵，我要时刻牢记连队的光荣历史……"这是该部某连列兵李国建在战士的"成人礼"——入连仪式上将自己的名字写上连旗后，举起右手宣誓时的内容。

"一次仪式就是一次精神洗礼，让跟随者从中获得勇气，让部队官兵呼吸到精神的养分和气息。"如今，已是连队训练尖兵的小李谈起自己一年前参加成人礼时

感慨地说。

文之盛，武则强，业则兴。为充分发挥仪式文化育人励志功能，该部紧紧抓住仪式与心灵的碰撞点，让仪式文化融入主题教育、重大任务、军营文化之中，积极引导官兵思作为、谋打赢、做贡献，把弘扬部队"五把连训、五钢精神"等光荣传统中迸发出的巨大热情转化为投身强军实践的自觉行动，激发了官兵在本职岗位上献身强军实践的光荣感和自豪感，为部队保持蓬勃生机和昂扬斗志增添了活力。

激发斗志的"助推器"

锣鼓喧天，掌声如潮。8月底，该部某营区大门口欢送奔赴高原外场试验官兵的队伍排成"长龙"，祝福声不断。参与外场试验的火炮操作手蔡利华说："有各级领导和战友们的支持与鼓励，即便任务中遇到再大的困难也能克服。"

科研试验任务异常繁重，面临的困难多，该部坚持每次执行重大任务出发时都举行隆重的誓师大会和欢送仪式，每当新兵首次参与试验任务都组织集体签名仪式，每当岗位轮换都举行交接仪式，激发官兵以连为家的归属感和敢打必胜的战斗豪情。他们还在急难险重任务中成立"党员尖刀班""团员突击队"等，让身边典型发挥出最大的示范引导作用，把试验的标准要求"和盘托出"，用战场标准指导训练，将硝烟吹进演练场，使官兵牢固树立练为战的思想意识。

"进了连队门要有精气神，当了钢铁兵武艺要练精""训练不刻苦不算尽义务，战场打不赢一切等于零""走上试验场就是上战场，圆满完成试验就是能打胜仗"……如今，走进该部营区，一条条充满战斗气息的标语横幅迎风矗立，激励着官兵昂扬斗志。

引领发展的"导航器"

玉门关外，茫茫戈壁。简短庄重的动员仪式后，某型高机动步兵营装备作战试验按照任务计划紧张展开，官兵搭建帐篷动作迅速，架设装备规范科学……

春风化雨，润物无声。该部在紧贴职能使命任务开展传统仪式文化活动的同时，注重在仪式的内容和形式上创新，逐步探索形成了与仪式内容融合衔接、与仪式效果相互促进的闭环模式。每次试验任务结束以及阶段性工作完成，组织召开任务总结大会，举行迎接仪式、总结表彰仪式，对在任务中表现突出的同志进行事迹宣讲。根据量化考评细则实施相应奖励，开展表彰宣传活动，让"当战斗英雄、做训练标兵"成为每名官兵的自觉行动，蓄足面对艰巨任务敢于冲锋在前的底气。

"岗位在心中，任务在手中""居安思危危自小，有备无患患可处"……该部坚持把仪式与质量文化、安全文化、道德文化、战斗文化等结合融合起来抓，通过开发教育资源，拓展教育课堂，让官兵崇尚荣誉、感受责任、自我净化。

（刊于 2014 年 9 月 25 日《中国军工报》专题报道版）

"火山口"念好"安全经"

——某部 30 年安全发展纪实

"轰！"随着指挥员摁下起爆按钮，渭水岸边火光冲天、烈焰腾空，这是某部进行报废弹药销毁的一个场景。30 年来，该部一代代官兵接力冲锋，在高危工作环境中创造了安全无事故的纪录，部队 10 多次被上级表彰为"安全工作先进单位""依法治军先进单位"等。

金秋十月，记者走进这支和平时期接触弹药最多的特殊部队，探寻他们天天与弹药打交道，时时脚踩"火药桶"，却次次跨越"火焰山"的崇高与淡定，探寻他们天天不打仗，却日日上战场，在危险恶劣环境中力保安全的奥秘所在。

抓安全没有小事，时时刻刻绷紧弦

"作业线就是生死线，上操作间如同上战场。"对他们来说这样的比喻一点也不夸张。据统计，该部每年平均运输、存储、改装、销毁弹药都在 10 万余吨以上，工作中每发炮弹都得经过开箱除油、装药装配等 20 余道工序，搬动 30 次以上，危险不言而喻。

"与弹药打交道，每个工序中的细小问题都是人命关天的大事，必须做到谨小慎微，否则连改正错误的机会都没有。"谈起从事这件工作的危险性，负责弹药改装的工程师陈显亮说："一次，他负责某干扰弹颠簸试验，中途发现一个药箱的外观出现小小破损，当即要求停止试验，后经开箱检查，大部分发射药盒已经开裂，如果当时试验继续下去后果不堪设想，现在想起来都心有余悸。"

"与弹药相伴，任何细节都不能放过，对不合乎操作规程的做法，部党委发现一起，处理一起。"曾因在某型弹药测量中未按要求佩戴防静电手套，被责令在室军人大会上做过检查的士官任俊对记者说："作业线有严格要求，工作人员进入工房前要先消除人体静电，手中使用的锉刀、钳子等工具都是有色金属的，容易与炮弹摩擦产生静电，必须采取相应措施。每当雷雨季节，都要组织对避雷针、静电接地和温感等设施逐一测试，确保状态良好。"

"今天要求松一次，明天危险就多一分，每次炮弹开箱、除油、称重、分组、测量等过程都要严格按照要求操作。就拿搬运弹药来说，一只手要护住底火，因为底火一旦撞击到硬物，很可能发生爆炸。"从事弹药勤务保障 9 年的中士李董叶说："第一次参与某引信改装，大功即将告成时，工程师田红英在复秤时发现几发引信内部有晃动，判断为装填充物时未填满。在我们看来，一点点晃动没什么大碍，田工程师却坚持让我们全部返工，当时自己还不能理解，之后与弹药接触时间长了，

慢慢就懂了。"

"真的，干的时间越长，胆子就会越小。"入伍 12 年一直从事弹药测量的工程师喻长春告诉记者："很多弹药本身属于高危弹种，有的非常娇气，对车间温湿度要求很高，多一点电磁感应和静电就可能自行引爆。"

记者了解到，2009 年该部 3 个弹药仓库进行翻建，弹药转移、运输、搬运量超过了以往的 3 倍，任务如此繁重，但没出现任何差错。"每次试验每个人做几个动作都有严格的规定，弹药运输、存储、改装、销毁中状态品种手续不明不出库，程序数量规格不清不收发……"该部参谋长张涛介绍说："这些年来，部党委坚持把弹药安全作为一场硬仗来打，严格规程操作，确保一炮一弹没有出现问题，安全作业 100%。"

抓安全没有技巧，按章操作是铁律

据统计，该部有 12 个岗位常年与弹药、火工品"亲密接触"，特别是引信改装、废弹销毁、弹药静爆等岗位，工作危险令人惊畏。

士官潘炳禄第一次参与废旧弹药销毁，尽管有充分准备，可打开箱体瞬间，他还是傻眼了。一枚手榴弹木柄已腐烂，引火线就裸露在外……犹豫之时，反应敏捷的杜孟蛟飞步上前，托着箱子就外往跑。只听销毁点"轰"的一声，沙土风扬。这样的故事，官兵们天天都在面对。

操作规程是铁，谁不遵守谁出血；安全制度是高压线，谁要乱碰谁触电……部队长刘东说，大家都明白，每条操作规程都是用血的教训换来的。这些年，职业的高危险性，让官兵始终保持强烈的安全意识，把严规守矩视为工作铁律，弹药销毁严格落实"六道防线""四不销毁"，形成的《弹药安全销毁十不准》等 10 余项具体化操作规程成为官兵时刻牢记、处处遵守，不可逾越的"高压线"。

拆底火、卸引信、解除发射装置、倒空炸药……每一发炮弹销毁都需要十几道工序，每个环节都潜在很大的危险。该部总工程师金建峰说："报废弹药大多都超过使用年限，来历复杂，安全系数低，性能不确定，有的怕风，有的怕火，有的怕撞，有的甚至怕空气，绝大多数岗位需要人工零距离操作。"记者了解到，就是在这样的境况下，2010 年，该部成功销毁 20 多个品种、20 余吨报废弹药，创下组建以来规模最大、数量最多、难度最大、跨时最长、任务最艰巨纪录。

废旧弹药会产生大量对人体有害的气体和粉尘，许多官兵常年在有污染的蒸汽倒药制片水池里作业。虽然戴着厚厚的口罩甚至防毒面具，可灼热的蒸汽、刺鼻的气味熏得他们喘不过气来，工作十几分钟就会感到舌根发苦，味觉减弱，一天下来常常吃不下饭、睡不好觉，甚至会出现尿黄尿血等症状。可他们不辞辛劳，不讲价钱，有的一干就是好几年。他们说："与弹药打交道虽然危险，但危险中有国家和军队的安全。"

任务逐年增多，弹药勤务准备、收发、押运、销毁也成倍增加。针对作业难度大、安全风险高等特点，该部不定期组织专家讲解技术要领，发动官兵编印《废旧弹药管理安全》《报废弹药销毁处理技术》《弹药销毁流程》等 20 余项规程规定。同时，根据岗位工作性质，制定了 10 余项安全管理制度，涉及值班警戒、重点要害部位突发事件处置等，并将制度细化到具体人头，落实到具体环节和具体岗位，使每个危险岗位、重点目标、关键环节都置于制度的管控之下。

抓安全没有终点，天天都是新起点

安全！安全！！安全！！！这是记者在该部采访听到最多的两个字，也是感受最深的两个字。

走进弹药工房，"严肃认真、周到细致、安全稳妥、万无一失"十六个大字格外醒目。"谨小慎微，一生幸福；一举之差，终身痛苦；千条万条，安全作业第一条；千忘万忘，安全规程不能忘……"无论是作业区还是执勤点，无论是办公楼还是宿舍楼，类似的安全警示标语处处皆是。该部把各种规章制度浓缩成"三字经"，编写成格言警句、顺口溜和短信，创作成小品、相声等文艺节目，制作成漫画、标语等，形成浓郁的安全文化，潜移默化地熏陶和影响着官兵。

"安全是弹药事业的命脉，零事故是对我们的最高褒奖。"室主任商青包说，工作性质决定了我们距离危险只有一点点，但我们时刻保持着这份距离，心中那根弦始终紧绷着——每天从零开始，日日为零努力。

"安全没有终点，保持天天从'零'开始的状态，才能预见危机，防患于未然。"采访中，该部政委范四成说："这些年来，我们坚持事事守规程，处处求严谨，自觉把绝对安全作为一切工作的基本遵循，把安全理念、安全要求、安全制度，体现在一言一行，熔铸在一岗一哨，落实在一职一位，让人人心中拉起了预防事故的安全弦。"

抓安全不能满足于抓一项成一项，形成长效机制，才能确保不断线。这些年，该部建立各级《安全工作责任制》，开展"每日一题、每周一课、每月一考、每季一评"的全员安全培训，坚持每周有安全教育、每月有安全考试，每季有安全竞赛，使安全意识渗透到官兵的骨髓、融进血液，落实到言行。如今，官兵们不仅养成了良好的安全习惯，还练就了"一摸准""一口清"等绝活，一批"安全之星"被搬上荧屏、挂上灯箱、请上讲台，形成了处处有人想安全、事事有人抓安全的良好局面。

走进某弹药仓库，穿行在各种危险品之间，看着那一个个摄像头、一盏盏应急灯，记者的第一感觉便是"保险"。该部副队长郭金宏介绍，近年来，该部党委紧跟信息化步伐，坚持依靠科技打造安全网络、依靠制度消除安全隐患、依靠思想筑牢安全盾牌，先后投资 400 多万元对库区执勤警戒设施进行完善，在周围、重点区域布设红外摄像头，加装红外监控报警系统、火情预警系统和磁性验证防盗门系统等高科技管控设备，实现了对营区周围、各岗哨、库区、库房等要害部位 24 小时不间断安全监控。

（刊于 2014 年 11 月 1 日《中国军工报》一版头条）

梦想绽放强军路

——某部引导官兵投身强军实践见闻

矢志强军目标、献身强军实践。某部坚持用强军目标励志蓄能，采取多种方式，引导官兵积极投身强军实践，为助推部队发展凝聚强大能量。

"学分争取一分不落，电话转接力争百分百精确……"记者走进该部通信站，女兵张鑫这样畅谈年度个人梦想。去年年底，入伍不到一年的她，在总装备部话务岗位比武竞赛中夺得脑功单项第三名，成为竞赛中唯一获奖的列兵选手。

中国梦、强军梦是个大决策、大战略，小岗位、小角色能有啥作为？该部结合任务谋划，让梦想落地，广泛开展强军目标大家谈活动，列出"强军梦，强什么""我的梦与强军梦啥关系"等问题，组织官兵讨论辨析。同时，结合习主席系列重要讲话精神学习，邀请专家为官兵串讲党的创新理论，借助"理论大讲堂"和政工网等平台，让官兵学好精神内涵，弄清强军梦与个人梦的关系。"思想决定行动，个人梦一旦融入强军梦，梦想才会精彩。"连续两年获总装备部兴装强军先进个人的四级军士长蔡利华感慨地说："成就梦想，关键要脚踏实地，勇于为梦想拼搏。"

浓氛围，重熏陶，文化活动点燃梦想。在某仓库，一面写得密密麻麻的心愿"梦想墙"，吸引了记者的目光。"梦想是航灯，指引航行方向；梦想是曙光，照亮前行的路"等留言分外醒目。教导员李晓灿告诉记者，设立"梦想墙"，就是为了更好地引导官兵把个人梦想融入强军实践，化为实际行动。他们通过在工作区和活动场所悬挂英模画像，设置荣誉栏和格言警句，组织学唱战斗歌曲，举办强军书画摄影展等活动，让官兵时刻处于浓郁的文化氛围中。同时，通过图片、视频等形式，回顾部队发展成就，感悟科学发展成果，激发官兵投身强军实践。战士新坤说，每次训练结束就是再累，只要置身浓郁的文化之中，即便喊上几声响亮的口号也能令人精神振奋，疲劳感顿然缓解……

"梦在前方，路在脚下"学典型，见行动，岗位实践托举梦想。在某型号任务试验场，训练尖子、技术能手个个激情迸发，互相争先超越。

年初以来，该部深入开展"强军我有责、岗位作贡献"主题实践活动和群众性创先争优活动，引导官兵把焕发出的热情转化为火热的练兵实践和战斗豪情。"投身强军实践，关键是牢固确立战斗力这个根本标准，把官兵的精力聚焦到战位上。"某站政治处主任许卫红深有感触地说。在刚刚结束的某专业考核中，该站95%的科目达到了全优。

真抓实干，让强军目标更清晰。据了解，针对科研试验任务重、工作头绪多的特点，该部提出以强化事业心责任感为关键、以落实制度为根本、以纯洁风气为源头的 10 条具体措施，以确保科研试验任务的圆满完成。在该部，围绕强军兴装实践，官兵的步伐迈得坚实有力。

（刊于 2014 年 11 月 27 日《中国军工报》综合新闻版头条、2015 年 1 月 12 日《解放军报》专题新闻版以《梦在前方，路在脚下》为题进行了刊发）

试验场直通战场

11 月上旬，某部组织对某型装备进行试验鉴定。与以往不同的是，此次鉴定除了装备静态检测和数据采集外，参试装备还被拉到炮火硝烟中接受实打实的检验，试验鉴定全程在对抗背景下进行。该部领导介绍说，新装备在实战环境中全方位接受考验，缩短了试验场与战场的距离。

该部作为装备试验定型的"把关者"，担负着武器装备的鉴定工作。近年来，他们针对"靶场条件与战场环境脱节""试验数据和实战性能不符"等突出问题，对照战斗力标准开展装备试验鉴定。他们引导官兵树立试验场就是战场的理念，在高难度课目训练中强化战斗精神，使试验员成为合格的战斗员；强化官兵能力素质，采取结对帮带强化训、瞄准弱项补差训等方式，练精练强试验岗位必备素质，50 余人取得上级颁发的装备试验资格证书；建立能力评估考核标准，涵盖装备试验考核中的 6 种能力 40 余个具体项目，并通过完善综合指挥系统、优化射击指挥程序等方式，缩短试验与实战的差距。此外，他们还构设实战化试验环境，通过全方位、全过程、全要素检验，挤掉装备性能中的"水分"。

试验场直通战场，装备短板无处遁形。此次试验鉴定，10 余台新装备的主要性能全部达到优秀的同时，也有 10 余个设计缺陷被检验出来，成为下一步改进定型的重要依据。

（刊于 2014 年 11 月 27 日《解放军报》专题新闻版）

当演练遭遇"意外"

——某部链路联调联试实战演练直击

"准备，5、4、3、2、1……开始！"

伴随着指挥员的口令，12 月 15 日，一场试验通信链路联调联试实战演练在某

部拉开了帷幕。

现场，5 组操作手迅速登上微波车，放下千斤顶、打开平底盘、搬油机、接通电源、架设天线……行动迅速、动作干练、一气呵成。5 支队伍中，负责二号微波车的操作手胡昌斌和杨文龙的组合最为引人注目，他们是部队的骨干，本次演练冠军的有力争夺者。

准备工作就绪后，只见四级军士长胡昌斌迅速进入车载方舱，开始连接信号线，接入电话、调度和数据等设备，全过程熟练有序，环环操作动作自如，下士杨文龙在一旁配合默契。

微波天线对准是演练中最关键的一个环节，谁迅速对准调通链路，谁就率先完成了任务。只见胡昌斌屏住呼吸，一边感知风向，一边观察天线，一点一点地进行调整对准。杨文龙一边观测电平值，一边引导胡昌斌进行微调。很快，他们就确定了微波天线方位角和俯仰角，开始通信链路对通。

电话试通正常！ 数据试通正常！ ……两人的兴奋之情溢于言表。此刻，在 5 组操作手中，他们遥遥领先。对他俩来说，万里长征就剩最后一步——图像试通。

图像试通异常！正当两人准备迎接胜利之时，图像编解码器面板上的告警红灯却开始不停闪烁。

"怎么回事？"来不及多说，俩人急忙对链路进行回检、扫描……

一次不行，再来一次……俩人一遍遍地进行着图像试通，可告警红灯依然闪个不停。

几次尝试，仍无好转，眼看其余 4 支队伍即将大功告成，杨文龙有些泄气地说："班长，实在不行就算了，可能是我们这辆微波车本身就有问题。""不行，决不能放弃，必须找准原因、排除故障，不能有一天到了试验场上因为我们而影响进度！"胡昌斌一边说一边对设备逐一进行对表、仔细排查一组组线路、扫描一台台仪器……

"小杨，快来看！"胡昌斌兴奋地指着电脑连接图像编解码器配置端口，"原来是设备发送端 IP 地址和网关设置跟咱们过不去。"功夫不负有心人。重新设置、再次试通……红灯变成了绿灯，俩人相视一笑，长出了一口气。

"报告，二号车按下达课目实施完毕，请指示！"成功排除故障后，胡昌斌和杨文龙率先完成了全部演练内容。经测评用时最短、效率最高、试通最好，3 项指标均达到 100%。

"看来两个多月的强化训练，汗水没有白流。"一旁的杨文龙说："还得平时练就硬功，碰到意外才能妥善处置。"事后，胡昌斌对记者说。

"技能硬、联得上、保得好，就是要在意外情况突如其来时能果断处置。只有平时未雨绸缪，多组织这方面的训练演练，才能练就过硬本领，确保在试验任务中从容应对、稳操胜券。"一边观战的该部站长孙航深有感触地说。

（刊于 2014 年 12 月 23 日《中国军工报》专题报道版）

强弓满弦向战场

——某部高起点开展新年度军事训练纪实

新年伊始，在某部，一场场模拟实战条件下的考核训练已经拉开帷幕。该部严格按照战斗力标准，主动聚焦能打仗、打胜仗要求，破虚打假、真抓实练，站在新起点上，下大力提升军事训练质量水平，努力带动体系试验能力跃升。

问题导向，议训实起来

"考核标准不严、官兵参训热情不高……"在前不久的一次议训会上，20 多名各单位主官云集一堂，对训练中存在的 13 个突出问题进行逐一分析。该部通过盯着问题议、发动群众议，狠抓党委议训质量提高，做到了让没训到的训起来、训得不多的抓起来、训得不够的补起来，提升训练水平。

以前的议训会上，有的同志讲成绩长篇大论、说问题遮遮掩掩，导致问题重复出现，长期得不到解决。针对这一现象，该部党委坚持制约战斗力提升的瓶颈在哪里，议训的重点就在哪里。每次议训前，都要首先学习领会上级有关指示精神，深入搞好调查研究，拿出具体讨论方案。同时，主动强化跟班作业，领导干部带头扑向训练场，铆在岗位上。该部还通过广泛开展问卷调查，并在局域网开通"建言献策""军事训练之我见"等 5 个栏目，及时收集官兵意见建议。

随着思想频频交锋，理念步步刷新，标准逐渐清晰。翻阅该部议训记录，记者看到，质量安全意识不牢、训练内容不全面、组训方法单一等 15 个问题都在当天的会上进行了深入讨论，并一一制定了相应对策。

实战牵引，标准立起来

问题找准了，还要解决好。该部坚持着眼实战，牢固树立战斗力这个唯一的根本的标准，对训练中存在的问题分类细化，逐一明确解决方法、途径、时间节点，哪个部门具体落实，什么时间达到什么效果都有详细明确的要求。

面对全新装备多的特点，该部把基本技能作为重点，结合大型任务，有针对性地构设近似实战的环境条件。同时，通过外请专家授课、分解课题攻关、讨论交流、实装操作、理论考核等形式，以考促学、以比促练，浓厚实战氛围，提高官兵驾驭信息化武器装备的能力。

措施实打实，训练才能硬碰硬。该部通过把"真难严实"要求贯穿训练任务全过程，做到训练课题内容与使命任务相一致、环境构设与未来战场相近似、训练标准与实战要求相符合，让训练最大限度贴近实战。该部还广泛开展岗位练精兵、质

量排查活动，持续开展多岗位、多单位、多层次模拟训练，构建未来作战的"准战场"。通过在复杂战场条件下经受全面历练，官兵能力素质进一步提升，去年一年，该部共完成圆满 50 多项重点试验任务。

整体联动，能力强起来

翻阅该部新年度军事训练工作计划，记者发现，计划自始至终紧紧围绕"用问题倒逼改革、用问题寻求深化、用问题推动落实"这条主线，并体现到了每个训练环节、每项训练课目之中。

按照瞄准弱项补、训考相辅练的思路，该部认真查找专业训练中存在的薄弱环节。针对少数官兵对专业训练认识不到位等问题，及时召开形势分析会，从机关组织指挥到官兵操作动作，认真梳理出基础课目训练中存在的突出问题。该部还将 16 个不同专业训练课目细化分类，对险难课目训练时间和内容进行了跟进补充，区分对象全员训、分层推进交叉训、把握进度调控训、贴近实战升级训，实现训练水平步步提升、战斗力节节攀升。

在新年度军事训练方案中，该部明确提出积极探索训考结合的组训模式，拉近考场与战场距离。针对部队信息化条件下武器装备考核鉴定中暴露出的 9 个"软肋"，他们梳理总结出信息化战场条件下必须突出体系作战、整体效能等 11 个重点课题，为推进军事训练方式转变、促进装备实战化考核打下了坚实基础。

（刊于 2015 年 1 月 13 日《中国军工报》深度报道版头条）

任务中彰显活力

—— 某部紧贴任务加强军交运输特色文化建设纪实

机动千里，无一故障。在某部刚刚结束的某外场试验任务中，50 多台套车辆在戈壁大漠累计行驶 20 余万公里，多次途经各类事故多发区实现了安全无事故，创造了长途行军安全新纪录。

近年来，该部结合靶场常年与武器、弹药等火工品打交道，运输保障任务繁重而危险的特点，大力加强军交运输保障特色文化建设，为中心任务的完成提供强大的精神动力。

文化理念打造安全"魔方"

"安全管理的最高境界要靠文化引领。"在该部有一个延续多年的传统：每年驾驶员上岗的第一堂课就是组织到驻地车管所参观一起起因交通事故而撞得残破不全的各类车辆。

提高官兵安全意识一刻也不能放松。为此，该部充分发挥文化广泛强劲的影响力、潜移默化的渗透力、生动形象的感染力和深入持久的规范力来巩固安全理念，形成独具特色的安全文化体系。他们积极推进军交运输保障特色文化建设，自觉融入靶场先进文化建设，使之与部队各项建设同步衔接。同时，坚持把特色文化渗透到军交运输保障各个环节，通过兵写兵、兵演兵、兵唱兵等形式，营造军交运输特色文化大氛围，发挥文化在强军兴军中的助推器作用。

该部还坚持积极培育与保障能力建设要求相适应的文化思想观念，大力倡导忠诚、服务等核心价值理念。同时，积极营造满足官兵精神需求、提升精神境界的文化环境，实现文化活动形式的多样化、内容的新颖化，使军交运输文化落实到服务部队中心、保障运输任务上。

文化内涵形成安全"磁场"

"安全行车千万里，出事就在一两米。""十分把握七分开，留着三分防意外。"走进某连，凝练的警示标语处处皆是。连队干部介绍："一句句、一篇篇，都是经验的积累、心血的凝聚。"该部对军交运输保障中现有的制度机制进行规范完善，在人员、装备、物资运行管理等方面形成制度文化，实现军交运输全过程、全时段安全管控的长效机制。

行为连着安全，文化提升激情。他们还结合日常保障训练，创造性开展体现运输任务特点的文化活动，通过法规知识竞赛、安全文明行车、警句格言征集等系列活动，培养官兵良好行为养成。坚持从军容风纪、礼节礼貌、队列秩序等细节抓起，从车辆出库、运行、回库等环节严起，让大家把平时课堂上讲的、书本上学的，自觉运用到日常生活中，发挥行为文化的战斗性和激励性作用。

文化氛围注入精神"基因"

周末，走进某车场，举轮胎、推轮胎等竞赛在战士们中如火如荼地进行。指导员革钟非告诉记者："我们着眼官兵需求开展积极向上的文化活动，为部队保障能力建设注入了新特色。"

该部大力营造立体式文化环境，让官兵在看得见、摸得着的特色文化氛围中增强投身保障中心的自豪感，激发建功靶场的使命感。他们结合部队大项任务中的运输保障特点，倾力打造具有任务特点的库区文化、车场文化、战地文化，总结宣扬具有军交运输特点的核心价值理念，使之进场入库、跟车上路、入心入脑，，发挥文化的新功效，树牢文明、安全、高效的行车意识。

融入中心才能激发活力。该部结合"两红"评比、文明安全行车等活动，营造积极向上、比学赶帮的浓厚氛围，让文化为安全"导航"，让部队始终保持昂扬斗志。同时，按照推进军事文化建设的新要求，他们采取走出去看、请进来讲、搭舞台比等办法，加大军交运输文化人才培养，提升组织开展文化活动的能力，推动运

输保障特色文化创新发展，为有效履行使命任务提供有力支撑。

（刊于 2015 年 1 月 13 日《中国军工报》装备文化版）

思想弹道在靶场延伸

——某部着眼战斗力提升加强和改进政治工作纪实

新年伊始，走进渭水岸边的某部营区，强烈感受到政治工作带来的勃勃生机：急难险重任务面前，党员干部站排头；专业技能考核中，技术骨干带头冲锋……

行不率则众不从，身不先则众不信。该部领导对记者表示，只有紧跟形势任务，紧盯战斗力标准，立起思想旗帜，当好行动标杆，才能增强政治工作的实效性，永葆其强大生命力。

固本培元，提升信党爱党忠诚度

"我们这支军队能有今天，一个根本原因就是坚决听党指挥，始终同人民群众站在一起……"走进该部某连理论学习课堂，指导员李磊涛通过一张张历史照片、一段段视频资料，深刻阐述着政治工作的地位作用，使官兵在感悟历史中强化对全军政治工作会议精神的理解。

"有忠诚的灵魂，才会有忠诚的行动。"李指导员告诉记者："只有把固本培元、凝魂聚气的基础工作抓紧抓实，让官兵从灵魂深处明白'为谁当兵，为谁扛枪'，才能做到信党爱党。"

强军兴军，首先要从坚定理想信念起始。该部紧盯官兵现实问题和活思想抓教育，坚持党委带头学、机关引领学、主官强化学、官兵交流学，帮助大家夯实信仰之基。同时，开设"理论大课堂"，邀请专家授课辅导，坚持用真理说服人、用真情感染人、用真实打动人，把信仰的种子源源不断植入官兵灵魂。他们还结合贯穿全年的主题教育活动，开展演讲比赛、读书体会交流、"强军梦、强装梦、我的梦"主题活动，用"小阵地""微课堂"拓展铸魂"大舞台"。

理想信念坚定，工作不推自动。在某项试验中，记者看到制片机管道堵塞，三级军士长杨春锋顶着刺鼻的气味在里边"闷"了将近 20 分钟，直到把机器修好才满头大汗地爬上来。据了解，5 名面临转业的干部仍坚守在岗位一线，一如既往地工作着。

用生命线拉升战斗力，就要让任务中政治工作强起来。为解决教育接得不紧、议得不透等问题，该部把习主席系列重要讲话精神作为思想旗帜高高举起，通过举办集中研讨、骨干集训，吹响理论武装"集结号"。同时，自觉查找党委机关和政治干部中存在的事业心进取心不强、工作作风不扎实、业务素质不过硬等问题，通过强化思想认识，抓好理论武装，去掉了"底气不足、思想迷失"的"病灶"，开出了促进政治干部队伍建设的"良方"。

瞄准实战，砥砺能打胜仗精气神

"问一问能打胜仗的能力素质是否过硬，能不能一声令下敢打必胜；问一问连续作战的战斗精神是否顽强，能不能闻战则喜一往无前……"窗外寒气袭人，室内讨论热烈，走进该部某技术室，围绕培养"四有"新一代革命军人的话题在这里持续升温。

该部围绕培养"四有"新一代革命军人，将官兵的学习成长计划分解成一个个"微目标"，通过"画像"找差距、培养设路径、典型作引领，激励官兵成长成才。同时，抓好"月读一书，周思一理"、党史军史讲座、领导对口帮带、疑难问题会诊、岗位练兵成才等工作，使每名基层干部、战士都能正视自身素质"短板"，积极加钢淬火，主动学习历练，自觉提升素质。

加钢淬火扬锐气，深化内涵鼓士气。针对弹药工作高危特点，该部持续强化"靶场关乎战场，试验等同作战，成功就是打赢"的思想，培育官兵过硬的操作技能。为让官兵更加深刻领会习主席提出的"有灵魂、有本事、有血性、有品德"新一代革命军人的基本内涵，组织党员骨干争当表率先学一步、结合本职先悟一层、对照标准先做一步，用实际行动让战友信服，传递育人引路的"正能量"。在新年度开训中，他们以某弹药信息系统改造为平台，号召官兵把比武场当战场，用新"四有"目标激发血性豪情，开掘"能量源"，为年度军事训练起好步。

新年伊始，他们坚持在思想上治"懒"，工作上治"庸"，作风上治"浮"，把遂行任务作为锻造血性的实践舞台，通过一个个具体任务强化"当兵打仗、带兵打仗"思想。走进某工房，刺鼻的气味熏得人透不过气来，8名官兵已连续作业3个小时，没有一个人叫苦叫累；置身某比武现场，呐喊声阵阵，竞争激烈，几番比拼过后，多个纪录被刷新，处处彰显着能战能胜的"精气神"。

培塑作风，凝聚引领发展内动力

"开箱除油、弹重称量、装填砂弹……"新年伊始，该部多名政治干部走上试验场，瞄准自身弱项，忙着补齐"短板"。"政治干部也是指挥员、战斗员，如果对试验任务不了解，军事素质不过硬，不仅政治工作威信树立不起来，也难以发挥政治工作服务保证作用，任务中只能靠边站。"总工程师金建峰说。

以前，一些政治干部对岗位职责存在认识偏差，认为自身岗位在"课堂"，而不是在"试验场"，工作职责是教育好官兵思想，不懂试验任务属"正常现象"，导致试验任务中"说不上话、插不上手、使不上劲"，成为"旁观者"。为此，该部通过交叉任职、交流锻炼等方式，提升政治干部的军事素质和遂行任务的组织指挥能力。重大任务中，注重给政治干部压担子，打破军事主官"带队"，政治主官"收尾"的传统模式，让两名主官轮流跟班作业，逼着政治干部练指挥、强能力。

"威以信立，事以信成，政治干部以身示范就是立威信。"一次座谈中，战士张宇峰讲述了这样一个故事，让在座的政治干部感触颇深：去年9月，驻地连日阴雨，白龙涧河突然决口，附近的试验阵地岌岌可危。危急时刻，抗洪一线，连队两名主官带头跳入齐腰的洪水封堵决口。紧接着，战士们一个接一个跳入水中，打木桩、填沙石……那一刻，连队主官用率先垂范传递了无声的命令。

"人格不是道理，却往往胜过道理；身教不是语言，却往往胜过语言。每到危急关头，战士们最想看的就是我们的干部能够大吼一声'跟我上'，带头攻坚克难。"副连长袁飞虎说，干部甩开了膀子、做出了样子，是最好的政治工作。

为培植好作风，该部从"常态教育、筑牢防线""严肃纪律、违规必纠""强化责任、追责问效"等方面狠抓各项规定落实。通过制作机关"服务跟踪卡"、支部干部党员"群众监督卡"，让官兵对机关服务、党员作风情况进行评判。同时，推出每月"双卡问效会""现场办公会"等措施，打通了政治干部"立足本职、坚守阵地"的"大动脉"，引导党员干部把使命当责任，把岗位当阵地，把安全当生命，凝聚科学发展的"正能量"，使政治工作呈现出勃勃生机。

（刊于2015年2月28日《中国军工报》一版头条）

砥砺打胜仗的刀锋

—— 某部引导官兵争做"四有"新一代革命军人纪实

练兵先练胆，铸剑须砺锋。主题教育活动中，某部把培养官兵勇猛顽强、敢打必胜的血性胆魄，作为助推部队发展的动力，积极探索培育战斗精神的长效机制，引导官兵争做"四有"新一代革命军人。

发挥教育效能"固根本"

"当兵就要上战场，当兵就要打胜仗""当兵打仗是职责所系、奉献靶场是不懈追求。"该部政工网上"如何做'四有'革命军人"的主题大讨论异常火热。

过硬的战斗精神，是军人信念、意志等精神因素的凝结和升华。结合部分年轻官兵大都出了校门就入营门，缺乏战火硝烟的洗礼，和平麻痹思想不同程度存在，甚至部分官兵仅把在部队工作当作一种就业形式，工作中消极被动应付。为此，该部开设"理论大讲堂"，采取"专题+讲座"模式，邀请知名教授专家登台授课，及时澄清官兵模糊认识。

同时，他们充分发挥驻地独特的红色优势资源，组织官兵赴革命纪念馆、烈士陵园等爱国主义教育基地，重温军人入伍誓词，强化爱军精武、牺牲奉献的使命意识，把听党指挥融入血脉。

用好实战训练"磨刀石"

4月初，该部仓库一场"英雄杯"大比武检验着官兵的军事素质。战斗技能、战场救护、组织指挥等6大模块10个课目轮番上台，既较量技能实力，又比拼胆气血性。

该部坚持把有灵魂、有本事、有血性、有品德融入工作任务，紧贴实战抓好官兵基础技能训练，让他们在复杂、多变、险难课目训练中练精打仗技能，磨炼战斗意志，培塑敢打必胜的军人血性。

记者看到，该部按照真、难、严、实要求，将所有训练内容向实战化靠拢，专业训练不再是操场上排队标齐的表演，而是到硝烟弥漫、险情不断的战斗背景中比拼；军事训练不再是带着空弹的奔跑，而是按照实战要求扛起实弹真训……严格的训练，锻造着官兵英勇顽强的战斗精神。

浓厚培育氛围"催化剂"

"英雄起于行伍之中""缺失血性就会娇气横生""争当强军路上的英雄"……在该部营区宣传栏，官兵们纷纷言志抒怀，畅谈强军路上争当英雄的感怀。

春风化雨、润物无声。该部党委感到，军营环境是培育新一代革命军人的重要资源和生动课堂，浓厚的军营文化环境是培育和升华战斗精神的催化剂。基于这一认识，他们在营区主干道高悬战斗标语，在主要场所设置"英雄"石雕。每个官兵在床头制作战斗格言，让官兵时时生活在浓厚的培育氛围之中，坚定从军报国志向。

同时，他们广泛开展学英模、当标兵活动，引导官兵传承革命精神，树立"爱军精武，战位有为"的良好导向，不断催生血性魂魄。紧扣"忠诚、善战、勇敢、团结"，强化官兵当兵打仗、带兵打仗、练兵打仗思想。通过参加誓师动员、入伍仪式，观英雄影片、唱英雄歌曲、讲英雄故事、咏英雄诗词，激发革命军人英雄情怀，强化强军兴装担当。

（刊于2015年4月16日《中国军工报》专题报道版头条）

渭水岸边鏖战急

——某部按照实战标准开展岗位训练纪实

4月底，记者走进某部训练场。这里，实战环境下的高新武器试验岗位技能训练正在紧张开展。该部按照能打胜仗要求，聚焦实战任务需求，科学统筹、扎实训练，推动科研试验能力稳步跃升。

找准短板补弱项

"装填弹药……"走进火炮工房里，官兵们正在进行某型装备操作训练，内容既有技能要领，也有指挥元素；既有单体动作，也有整体协同。一线跟班作业的某火炮站参谋长张乃良告诉记者，按照实战化要求提升能力素质，就要把平时最容易弱化、任务中最可能用到的内容训实练强。

严格的实战化训练源自对形势的判断，更源自高度的使命担当。去年，该部圆满完成 100 多项重大任务，10 余项成果获军队科技进步奖。该部党委认识到，越是形势好，越要保持清醒头脑。他们召开专题议训会，研讨训练中的突出问题。针对训练中暴露出的短板和弱项，区分层次和内容组织补训复训，重点围绕组织指挥、操作技能、维修保障等内容，加大模拟训练和实装训练力度。同时，按照科学统筹抓整体、固强补弱增能力的思路，严格标准要求，抓好岗位练兵，提升驾驭新装备的能力。

把稳节奏促落实

5 日上午，记者来到某测试工房，8 名因出差休假"拖欠"训练内容的技术骨干正在接受补训，一举一动毫不含糊。"虽然都是骨干，但年度任务更加饱满艰巨，需要提前做好技术储备。"组训负责人、某室副主任李忠升告诉记者。

任务紧、要求高，训练工作不能落下，每个人都不能缺课。针对科研试验任务密度大、内外场并行特点，该部突出重点、循序渐进，对年度训练任务、时间指标进行细致筹划，科学安排阶段训练任务。同时，研究制定组织实施细则、训练内容、考核标准、重点课题，发现问题及时"亮牌"。他们还组织开展训练难题会诊、重点问题研讨交流等活动，坚持从易到难、循序渐进、稳步提升，有效增强了部队遂行任务能力。

截至目前，该部针对重大任务开展实战化保障技能演练 10 余次、研讨交流 5 次，推动了岗位训练向深度推进。

科学统筹抓重点

4 月底以来，该部试验场上，多项任务交替并行，同时"开战"。虽然试验任务异常繁重，但训练工作同样开展得井然有序，并未出现试验与训练之间的矛盾。

该部通过对训练任务和现有资源进行梳理，合理划分阶段，将资源向重点任务倾斜，使训练课目和阶段任务落实到每一名官兵，确保大项任务和日常训练顺利实施。同时，对重点任务进行梳理细化，把工作重点聚焦到抓好复杂战场环境下的岗位训练工作上，制定有针对性的训练与保障措施，确保岗位训练有序进行。他们还积极完善机制，建立责任体系，按照实战要求，做好训练工作的谋划、指导、检查，确保人员、内容、时间、质量有效落实，促进各类人员练就真功夫。

年初以来，该部共组织研讨活动 10 余次，提出针对性训练策略 30 多条。同时，通过扎实开展专项整训，区分人员分层训、破解难题重点训、针对任务综合训，固强补弱，为年度任务圆满完成奠定了坚实基础。

（2015年5月2日《中国军工报》专题报道版头条）

剑指战场砺精兵

——某部聚焦实战强化基础训练纪实

5月初，某部聚焦武器装备实战化考核，大力加强能力建设，通过逐内容训、逐步骤练、逐环节抠，强化基础训练，让受训者牢牢把握标准要求、熟练掌握动作要领，有效提升了军事训练实战化水平，助推部队战斗力持续跃升。

实战牵引夯基础

抓好基础训练，方能夯实战斗力根基。该部按照能力生成的普遍规律、课目内容的难易程度、动作技能的结构组成、保障条件的支撑水平，科学划分训练步骤，有效杜绝跳跃步骤、简化内容、减少环节，防止出现"夹生饭"等问题。同时，他们结合官兵的文化程度、接受能力等因素，合理确定训练内容和标准，解决了"吃不饱""吃不了"的问题，消除了"一锅煮""齐步走"的现象。

该部坚持目标牵引，区分类型，合理确定总体目标与阶段目标，引领官兵自觉盯着目标练、盯着实战训。同时，采取集体训、分解训、连贯训、分组训等方法，由浅到深、由易到难、由低到高，通过理论精讲、模拟苦练、实装严训，掌握要领、熟练技能。

在某室训练现场，记者看到，参训人员严格按照步骤进行操作，训练内容包括操作准备、时限、作风、质量、安全等5个方面，着力强化岗位技能。据了解，年初以来，该部基础训练出勤率、比武考核优秀率比去年提升了约8个百分点。

紧贴任务抓落实

只有高标准才能有高质量。基于这一认识，该部树立实战标准，坚持高标准严要求大抓基础训练。他们注重在基础知识学习上增强广度，在基础理论学习上增强深度，在基础动作训练上增强精度，在基础技能训练上增强难度，从难从严从实战需要出发，练技术、练指挥、练作风，全面打牢官兵智能、技能、体能和多能基础。同时，该部以《军事训练大纲》为基本依据，严格按照规定的训练内容、时间、条件，设置课目、落实内容、组织考核、实施评定，使各类人员、所有课目训练考核水平达到规定的最高标准，满足任务实战需要。

该部着眼实现部队战斗力跃升，深入调研，把训什么、怎么训、训到什么标准

等问题研究透、搞清楚，并制定有效措施，使弹药准备管理等 10 个岗位有了能力评判标准，有效激发了各级的参训热情。战士李鹏主动放弃休息时间，苦练火炮闩体分解结合动作，最终荣获比武冠军，用时从最初的 30 多秒缩短到 10 多秒，创造了新的记录。该连连长李彤告诉记者："只有坚持战斗力这个唯一的根本的标准，强化基础训练，才能经得起急难险重任务考验和实战检验。"

聚焦能力谋跨越

在某室考核现场，记者看到，面对设备无法启动、高压信号异常、控制阀不工作、喷枪出现窜动等突发故障，新老操作手沉着应对、故障被逐一排除。室主任陈亮介绍说，操作手能如此快速处置设备故障，得益于同一岗位分级训练取得的成绩。

针对部分技术室设备种类多、岗位跨度大、训练任务重、重点环节容易松劲等问题，该部积极探索同岗分级训练模式，紧紧抓住业务组长、技术干部和操作骨干三个重点，结合个人能力素质和任岗时间，区分高、中、低三个级别，突出重点内容实行"分餐制"考核，分装备、分类别建立能力标准体系，实行由低向高逐步晋升，有效提升了岗位操作手的"含金量"。

该部还坚持问题导向，深入研究影响训练有效落实、质量提高的重难点问题。他们从正规训练秩序入手，及时发现训练实施过程中存在的突出问题和矛盾，群策群力纠治问题、破解矛盾，真正使内容训足、时间训够、过程训实，练就经得起实战检验的过硬素质。

（刊于 2015 年 5 月 30 日《中国军工报》专题报道版）

矢志砺剑谱新篇

—— 某部聚焦能打胜仗提升科研试验综合能力纪实

金秋时节，某部试验场，一声呼啸过后，预设的靶标被某型无人机击中靶心炸毁。任务总指挥、某室副主任吴玉生告诉记者，只有从难从严考核，装备才能战之必胜。近年来，该部紧盯信息化武器装备特点，明晰职责严把关，紧盯前沿谋创新，聚焦打仗砺新装，科研试验综合能力不断跃升。

瞄准战场抓试训，担起装备鉴定的大使命

10 月中旬，记者走进该部，只见围绕某定型装备作战使用方式、环境构建等内容开展的科目考核推演正酣；以某作战试验专项任务为牵引，分要素与综合效能评估装备作战试验研究也在紧张进行。

翻阅任务日志，一组数字令记者感叹：某榴弹炮射表检验试验 12 天射弹 600

余发；某炮射导弹 2 天时间进行 22 枚飞行任务……部领导告诉记者，5 年间，该部完成科研试验任务 600 余项，部队两次被评为全军军事训练先进单位。

武器装备实战化考核鉴定是大势所趋，建设基于信息系统的体系试验能力刻不容缓。该部紧贴体系化作战效能评估需求，积极研究战略对手、战术技术和装备运用。他们着眼高原外场试验任务，科学设定实战化考核项目，不断完善作战试验鉴定组织方法、运行机制和标准体系。同时，该部以某轻型迫击炮武器系统为载体，突出体系贡献率和全系统考核，加强装备通用质量特性考核和故障跟踪，确保考核鉴定的武器符合实战要求。

训练跟不上实战的步伐，就难以担当起装备鉴定考核的大使命。针对不同任务和岗位的需求，该部科学分析任务特点与专业发展，坚持训、考、比、研一体互动，确保训练内容定足、进度定准、措施定实。同时，围绕提升基于信息系统的体系作战理念，紧贴大型重点任务，围绕任务多样和职能使命拓展，营造逼真的战场环境，努力提升基于信息化系统的体系组试能力和驾驭高新武器装备的实装操作技能。

向打仗聚焦，向实战靠拢，目标越明确，动力就越足。今年年初，针对部分年轻干部基础知识不扎实、组织协调能力弱等问题，该部以重大任务组织实施为平台，对 11 个重点专业岗位采取共同内容集中训、本职业务自主训、课题攻关牵引训、指挥谋略结合训、结对帮带强化训、瞄准弱项补差训的办法，实现了训练与任务的有效对接。同时，他们紧盯任务中的重点难点和关键环节，突出抓好方案预案综合演练、故障分析排查等针对性训练，助推综合能力稳步增长。

瞄着实战去"赶考"，试训工作愈抓愈细。针对多种任务并行展开，特别是高原外场试验组织难度大，作战试验、竞标试验任务模式新的实际，该部积极推行大项目管理、大系统协作、大任务指挥的组织管理模式以及独立自主的第三方评价体系，实行内外联合、实仿结合、阶段整合、系统综合、信息融合的一体化任务组织指挥模式，聚力推进信息资源交互与管理平台建设，试验效率持续提升。如今，全战标、全流程、全环境的装备实战化鉴定新路在该部逐步走开。

紧盯前沿搞创新，构建靶场建设的智囊库

记者在该部研讨中心采访，恰逢针对某导弹系统连作战单元虚实混合仿真试验方案的技术讨论激烈进行。高级工程师王小兵介绍说，这是首次将仿真技术成果应用于武器装备考核，加速了科研成果向试验能力转化。

创新是引领发展的第一动力。针对武器装备信息化、智能化等突出特点和技术复杂等带来的全新挑战，该部按照自主创新、重点跨越的思路，鼓励技术干部加快基础试验理论、前沿技术预先研究，积极构建开放协作的自主创新体系。同时，坚持以重点实验室为依托，在精确制导等 3 个核心鉴定领域和火炮、弹药引信、侦察装备 3 个基础专业领域加强理论创新、技术突破、成果转化。

扶持的力度越大，创新的动力就越足。为鼓励更多人才搞创新，该部投入 30 多万元经费用于鼓励 40 余项"孵化器"工程预先研究。同时，将科研试验与评估

鉴定、实弹试验与考核、部队试验与反馈等统一在定型试验过程中，创新开展各阶段试验的总体设计、条件控制、信息汇集、融合处理、综合评估，实施评价方法革新，软件测试、电磁兼容等试验能力建设获得上千万元经费支持。该部还结合 20 余项在研课题，先后与 10 多所院校建立合作关系，助推一批重点课题开花结果。如今，挂牌不到一年的总装备部某重点试验室就在虚实结合信火交连仿真等方面取得重大进展，获得百万元奖励基金。

创新只有向试验任务聚焦，才能有效提升战斗力。为解决研究与应用脱节的问题，该部将科研选题向前延伸至武器生产科研阶段、向后延伸至部队试验使用，加速战斗力生成。为实现人才群体的最佳组合，今年年初，该部对 3 个创新团队进行科研资源、人才资源的重新整合，积极构建科学合理、层次分明、配套完善、信息互通、资源共享的一体化科研环境，有效提升了工作效率。记者了解到，某重点试验室从创建到形成试验能力只用了不到两年。

创新的氛围越浓，创新成果就越多。据统计，5 年来，该部技术干部攻克技术难题 90 余项，获军队科技进步奖 32 项，在感度试验法、仿真试验技术等方面实现了新突破，在实战化考核模式、综合效能评估等领域取得新优势，某机载武器试验技术填补了我国该武器系列化试验的空白。该部建立的全过程、全要素考核的试验鉴定模式实现了一次实装发射飞行，多种信息一次获取、多种数据融合处理，为靶场技术发展提供了强大支撑。

铺就坦途育人才，打造技术发展的强引擎

据统计，近 5 年间，该部量身订制各类培养方案 600 余份，举办高工论坛，开展高层次学术交流、新装备新技术讲座 60 余次，累计培训人员 5700 余人次，30 多人享受政府特殊津贴和军队优秀专业技术人才岗位津贴。

面对喜人局面，该部领导告诉记者，作为技术总体单位，只有把人才作为第一资源，长远规划、重点培养，搭建平台、优化环境，才能激励更多人才脱颖而出，积极投身装备鉴定考核。

清醒的认识，催生抓人才的紧迫感。该部把人才培养的阶段目标与远景目标相统一、现实需求与发展路径相对接，明确不同层次人才培养计划与措施，帮助他们找准定位、明确目标、激发动力。每年选派优秀骨干到院校、科研院所学习深造，参加外部学术论坛，做访问学者。利用党委会、办公会、试训会等时机，分析人才建设现状，调整培养思路举措，使人才需求与时代发展相合拍、与在研任务要求相适应。同时，该部坚持走好常态式岗位练兵、专项式攻关催生、任务式摔打锤炼、协作式联培共育、路线式规范牵引的路子，坚持缺什么补什么，通过基本知识学习、任务组织实施等途径，加强复合型人才培养。

科技人才最渴望的是实现自身价值，最看重的是公平公正。在立功受奖、评选先进、提拔晋升等方面，该部以能力素质为硬杠杠，坚持名额、条件、对象、程序"四公开"。在课题研究、学术交流、岗位练兵、外出培训、送学深造、传帮带等方

面积极搭建平台，使想干事的有机会、能干事的有平台、干成事的有实惠，有效激发了人才奋发进取、干事创业的动力。同时，积极构建配置合理、流动有序的调控机制和绩效评价的竞争激励机制，形成高工群体有压力、中间力量有推力、年轻群体有动力的科研学术氛围，激发人才的整体活力。

去年年底荣立三等功的专业组长栾光琦告诉记者："政治上给待遇、生活上常关心、保障上多倾斜，让我们有了更多优越感。"全军巾帼建功先进个人、总装备部首届兴装强军先进个人闫雪梅说："在任务调整、科研立项等方面充分尊重，让我们的意见建议在党委决策中得以充分体现，就是最大的激励。"室主任惠振宏介绍："年初部党委 4 次征求技术干部意见建议，把需要解决的难题列入新年度工作计划，倾心排忧解难，大家满是欢喜。"

事实证明，舞台与道路越宽阔，工作与创新的劲头就越足。工程师宁小磊毕业一年就被选入某创新团队；30 岁出头的工程师李伟锋已获 5 项课题成果，成为室里的技术骨干；工程师游毓聪工作两年就参与完成了 3 项成果，目前又承担着两项总装备部重点课题；博士毕业的高玉龙第二年取得了高工资格……如今，在该部毕业 5 年以上的干部 85%能够独立承担试验任务，60%能够独立开展课题研究，形成了人才竞相迸发的强磁场。

（刊于 2015 年 10 月 24 日《中国军工报》一版头条）

抢占创新高地

——某部着眼任务提升核心能力纪实

12 月初，由某部科技干部自主研发的弹药信息化管理系统正式投入使用，彻底结束了弹药试验信息靠手工记录的历史，实现了对弹药的全寿命动态管理和信息的综合利用，这标志着该部在弹药管理自动化、信息化方面又迈出了坚实一步。

近年来，该部结合试验任务特点，加大技术创新和设备革新力度，用信息技术提升保障能力、靠技术创新破解训练难题、以人才培养助推战斗力提升，科研试验能力不断攀升。

瞄准前沿搞革新

11 月底，该部《常规炮弹作战适用性研究》等 6 项课题取得阶段成果，解决了复杂环境下弹药安全性评估等难题。同时，该部还有 7 项重大设备研制改造项目正在有序推进。

适应靶场转型发展，必须加强技术创新步伐。该部结合专业特点，组建项目组，采取定方向、定任务、定人员，建立项目负责人等 5 项科研制度，加快关键技术攻

关力度。同时，他们紧贴试验任务需求，成立以总工为技术带头人的攻关队伍，深入开展以战场环境干扰源生成与控制技术、弹药作战适用性为重点的课题研究，探索弹药在实战化环境下的新技术新方法。该部还加强与兄弟部站、兵工院校间的学术交流，每年邀请专家开展专题讲座 10 余次，助推关键技术创新突破。

有力举措催生创新成果。该部总工程师金建峰带领技术骨干，历经 4 年艰苦攻关，解决了长延时保温后弹药性能检定与评估难题；科技干部孙浩负责完成的《沙弹改装质量对弹药试验影响研究》，有效解决了改装后沙弹与实弹的一致性难题。

紧跟任务强保障

近年来，该部自主研发装备 30 余台套，不仅解决了制约装备发展的瓶颈问题，而且锻造出了 10 余名装备自主维修方面的行家里手。

该部坚持装备硬件建设和人才建设两手抓相促进，扎实开展试验设备设施建设和技术方法研究，实现了装备建设系统化、装备训练科学化、装备维修自主化。同时，以科研试验需求为牵引，通过自主研制与合作开发相结合，构建形成了弹药静态参数测量、报废弹药销毁等设备设施系统，为任务提供了有力保障。为提高自主维修能力，该部积极搭建"博士课堂"和"专题研讨"等平台，通过高层次人才授课，解决专业技术难题。他们还鼓励技术骨干上维修一线、外出学习，了解掌握新技术。

硬件与人才的提升，催生了一大批创新成果。年初以来，该部先后自主研制了新型底火拆卸机、独立完成电子拉力测试机和高压水实弹倒空系统等设备改造，既提升了设备自动化水平，又节约了大量经费，同时也培养出了一支过硬的装备维修保障队伍。

综合施策育人才

据统计，目前该部干部中本科学历达到 90%，研究生学历达到 60%，80% 的官兵具备了多岗位任职能力，设备自主维修率到达 90%。这些喜人成绩，得益于该部坚持科学规划、综合施策培养人才。

该部着眼任务需求，从完善激励机制等方面入手，加强重点人才培养。着眼岗位需求和核心能力提升，科学配置、上报需求，把好入口关，将思想素质好、创新能力强、发展潜力大的 10 余年轻同志选入人才库。为提高培养起点，该部将 20 余名重点培养对象推上重要技术岗位，专题研究新装备新训法新课题。同时，对优秀人才，坚持工作上重用、政策上倾斜、待遇上优待，形成了既有激励竞争，又有组织帮扶的良好环境。

近年来，该部有 4 人入选总装备部"1153"人才工程，30 余人受到上级通报表彰。

（刊于 2015 年 12 月 19 日《中国军工报》专题报道版）

一路拼搏一路歌

——某部着眼使命任务加强部队全面建设纪实

17年来，某部积极顺应信息化武器装备倍增、多型号试验并行展开的新形势，牢固树立能打仗、打胜仗的标准，按照着眼全面固根本、聚焦中心抓质量、瞄准前沿搞创新的思路，认真履行把关、攻关、创新、服务职能，部队各项建设硕果累累，成绩喜人。

在奋力拼搏中铸魂

奋力拼搏赖有"魂"。该部聚焦强军目标要求，坚持把思想政治建设摆在首位，深入开展理想信念、职能使命等教育，加强创新理论学习，坚持在历史认同中塑魂、在情感认同中固魂、在使命认同中砺魂，引领官兵干精技术活、打赢政治仗。

近年来，该部先后涌现出以我国常规兵器试验领域杰出专家闫章更、全国三八红旗手吴颖霞、"雷锋式战士"张承用、全军学习成才标兵唐自力为代表的一大批先进典型。

固强根本，关键在打牢基础。该部通过定期学习、集中讲解、现场观摩，提高抓建意识。他们结合风气建设，修订完善制度机制30余项，增强敏感问题的透明度，形成靠品德做人、靠素质立身、凭实绩进步的鲜明导向。

在自加压力中固本

翻阅该部史料，17年间，完成以某型导弹武器系统为代表的装备试验鉴定任务1400余项，先后有数十种武器装备参与了"和平使命""砺剑"等联合军演，40余种武器装备参与了历次盛大阅兵活动……

一组组数字背后，折射着奋力拼搏的铿锵足迹。17年来，该部牢固树立靶场关乎战场、试验等于作战的理念，强化成功是硬道理的思想，主动把精力心思向中心聚焦。每次任务实施中，严格按照质量工作"双五条"归零标准，一级一事定责任、一人一岗明职责，形成以质量保成功、以质量促发展和全员额、全时段、全过程的质量管控模式，为任务圆满完成提供了有力保证。

他们还积极探索大课目并训、大岗位合训、大系统联训的组训模式，按照源于大纲、严于大纲、细于大纲的要求，主动向急难课目"亮剑"、向复杂领域"进军"，把试验最可能用到的、平时训练最容易弱化的课目作为训练重点，加速核心试验能力生成。

在创新发展中突破

17 年间，该部先后有 270 余项成果获军队科技进步奖，多项试验理论和方法填补了我国常规兵器试验领域空白。

一个个成果的问世，浸透着官兵拼搏进取的汗水。17 年来，该部按照自主创新、重点跨越、支撑发展、引领未来的思路，围绕综合效能评估、可靠性试验等前瞻性领域开展试验理论技术研究，先后解决了武器试验指标复杂、结果评估困难等一系列试验技术难题。

长剑锐锋，接力锻造。17 年来，该部追求先进理论和技术的脚步从未停止，形成了装备试验 3 个核心鉴定领域、4 大独有技术优势。

科技创新，人才为要。该部着眼长远规划、重点培养、整体推进，一大批年轻干部从幕后走到前台。

（刊于 2015 年 12 月 31 日《中国军工报》专题报道版）

学法也要讲方法

——某部某部开展普法宣传教育纪实

盛夏时节，走进某部，笔者看到，开办的每日一题、每周一课的法律讲堂异常精彩，举案说法、法律链接、情节再现等形式多样的学法、用法活动在这里蔚然成风。该部坚持在强化认同中凝聚共识、在完善制度中促进落实、在结合渗透中形成常态，促进法治教育的经常化、制度化，有效提升了官兵的法治意识和法纪观念。

创新形式学法

周末，走进某分队会议室，《军营警钟》《沉痛的教训》等教育录像片倍受官兵青睐。

该部坚持把法治教育作为增强官兵法治意识的基本途径，创新方法开展普法教育，广泛学习刑法、婚姻法等法律法规。采取每月一次普法教育，由部队法律骨干和基层政治干部授课；每季度安排一个工作日，邀请驻地司法局专家和律师事务所律师到部队现场宣讲辅导。同时，针对社会上的涉法热点问题，开展"一事一议"活动，依案讲法、析事明理，筑牢官兵遵纪守法的"思想堤坝"。

为增强法治教育吸引力，他们充分发挥报刊、广播、电视和强军网等大众传媒的功能，定期组织官兵收看影视录像片。针对官兵遇到的涉法问题，归纳整理了 200 个案例汇编成册，使普法教育声像结合、形象直观。同时，开展法律知识讲座、法律咨询服务，制作法治文化的板报橱窗、横幅展板，多渠道开展普法宣传。年初以来，他们把"送法下基层"与以案说法结合起来，多次开展法律知识宣讲、模拟法庭和法治论坛活动，举办讲座咨询会3场，解决官兵涉法问题10多个。

维护权益用法

年初，战士小梁从驻地一小超市买的剃须刀不到一星期就"罢工"了，店主却拒绝更换，小梁运用所学法律知识进行交涉，店家自觉理亏，为他更换了新的剃须刀。3月初，战士小王家宅基地被邻居非法侵占，父亲找邻居理论却被打伤，小王得知情况后，拨通了部队"148"法律服务热线寻求帮助，最后通过法律途径妥善解决。

该部广泛开展"以案说法"活动，每周讲一个案例，促进官兵学法、知法、守法、用法，提高新形势下官兵学法用法的自觉性；组织"我来说法"巡回报告，让近年来依靠法律武器维护合法权益的官兵现身说法，丰富和增长官兵的法律知识。同时，采取"法理大家辨、问题大家谈、对策大家找"的民主讨论形式，变"单向灌输"为"多向交流"，调动了官兵学法用法热情。

如今，通过让官兵轮流上台讲学法体会和用法心得，举办法治知识竞赛、法治主题演讲和法律情景剧等丰富多彩的法治文化活动，"法治讲堂"已经从教育课堂拓展成为深受官兵喜爱的普法用法文化平台。

健全机制守法

翻阅某分队教育方案，笔者看到，每月一堂法治教育课计划赫然在列。

如何才能让普法活动一直"火"下去？他们明确了"法治讲堂"开办时间、开设栏目和运作形式等内容，确保长期有序运行。同时，他们改变以往办讲座、发材料、做展板的单一方式，组织官兵举办模拟法庭，通过"打官司"了解相关法律知识和庭审程序；组织官兵到驻地教育基地参观见学，听取服刑人员现身说法，提高普法效果。

他们建立健全计划制度、备课制度和检查考评制度，成立法律服务队，定期开展"送法下基层"活动，建立法治教育流动站，为官兵解答法律难题、解决涉法问题。他们还把普法教育与行政管理、军事训练、文体活动等有机结合起来，把法治教育渗透到试验场、训练场，把严格依法施训、按章操作等有关法律常识穿插其中，克服训练的盲目性和随意性，既保证了军事训练任务的完成，又提高了官兵解决涉法问题的能力。

（刊于2016年1月16日《人民陆军报》三版、2015年12月11日《中国军工报》法苑版头条以《法律维权之花绽放军营》进行了刊载）

为了利剑冲九霄

——某部加强装备保障能力建设纪实

"推机出库、架设天线、启动设备、吊装升空……"金秋十月，渭水岸边的某部试验场上，随着指挥员的口令，各保障分队迅速奔赴战位，进入"战斗"状态，这是该部结合某型武器实战化考核需求开展的一次装备综合保障演练。

严训细训强素质，真练实练增能力。该部坚持抓训练促保障、抓创新增保障、抓人才强保障，持续加强复杂电磁环境下的保障手段建设，一大批高新技术武器顺利通过试验鉴定列装部队。

严格抓训练，搭建试验保障的"桥梁"

工欲善其事，必先利其器。作为新型武器装备鉴定职能机构，面对部队转隶后科研试验任务呈现的新特点，该部坚持紧贴保障需求，用实战化标准狠抓针对性训练，加强岗位技能训练体系建设。同时，优化保障组训模式，强化试训对接、过程衔接、人装联接的岗位基础训练，深化换岗轮岗和一专多能训练，装备保障训练质量效益不断提升。

置身某训练场，笔者看到，某型无人机试验保障训练如火如荼。为充分满足试验任务中的保障需求，提升遂行任务保障能力，该部从各个岗位、各个专业多维度分解训练内容，使参训人员不仅能快速学习基础知识，而且能弄清关键细节、搞透运行原理、掌握核心技术；区分任务类型和人员层次，按照合理搭配人员、科学设置故障、模拟突发情况、及时跟进帮带的思路，严密组织新任务装备保障系统训练，有效提升新装备维修保障能力；狠抓新装备培训，通过技术交底、方案制定、预案演练、试前考核等关键环节，强化保障训练重点。通过一板一眼的讲解、一招一式的示范，帮助参试官兵吃透装备原理、掌握装备性能、熟练保障效能。

与此同时，他们在装备保障训练中广泛开展小评比、小竞赛、小比武等活动，坚持不放过每一个容易出现问题的部位、每一个容易发生故障的零件、每一个容易造成脱节的机构。通过定期查找问题、答辩交流、专家点评等形式，让思想在交流中碰撞、对策在交流中形成、难题在交流中破解，不断夯实保障能力基础。

训练实打实，能力才能过得硬。年初以来，该部先后圆满完成 30 余项重大试验的装备保障任务。

聚力抓创新，当好试验保障的"考官"

5 年来，该部先后荣获军队科技进步奖 50 余项。其中，弹药引信长贮性能试验技术研究荣获军队科学技术进步一等奖,大型沙尘合一综合环境模拟试验系统研制荣获国防科学技术进步一等奖。面对这些成果表,总工程师朱军深有感触:"只有紧紧扭住创新这个着力点,攻关重点向武器考核聚焦,信息成果向岗位实践转化,才能稳步推进保障能力建设。"

该部紧紧围绕武器试验的复杂环境、极限边界和体系对抗作战效能考核需求,紧盯核心保障能力生成,加强精确制导武器、无人装备、直升机机载武器等鉴定领域保障体系建设。深入开展实战化试验设计与评估、体系化试验系统与建模、战场环境构建、仿真试验技术应用研究,积极构建研制试验、作战试验、在役考核相结合的武器试验鉴定保障体系。充分发挥创新平台作用,积极推进重点实验室建设,浓厚集智攻坚、聚力克难的科研学术氛围,催生协同创新能力。

针对部分装备指控通联差、精确打击能力弱、装备体系性不强等问题,该部积极创新考核保障模式,加强武器全战标、全流程、全环境检验和极限边界条件下考核保障。同时,严格落实"双五条"标准程序,加强装备质量状态检查,通过故障复现、机理定位和整改验证,积极为部队提供好用、管用、耐用、实用的武器装备。该部还积极创新装备编配使用和典型保障的样式,实现技术与保障融合、研制试验与保障要求结合,准确评估被试装备的保障适应性和实际保障效能,提升装备保障能力。

4月初,某型武器实战化考核在海拔4500米的雪域高原展开,面对技术状态复杂、保障任务多样、组织协调难度大等特点,该部官兵成功解决了联合指挥、信息通联、协同配合一个个保障难题,不仅圆满完成了武器在实战对抗条件下的装备保障效能和适应性考核,而且探索了一整套实战化条件下的装备保障模式。5年来,该部先后有50余台老装备实现改造升级,故障率大大降低,实现了技术水平与保障能力的升级扩容。

突出抓人才,建强鉴定保障的"智库"

5年来,该部先后有8名装备保障人员获得博士学位、36名重点培养对象获得硕士学位,60余人次被表彰为"优秀试验主持人"和装备管理先进个人等。

如此雄厚的人才"家底"从哪里来?某部主任范革平说:"对接战场跟踪培养,课题牵引重点培养,强弱搭配扶持培养,任务催生助推培养等一系列措施,让官兵们紧随重大任务和重点课题快速成长。"

发展靠人才,强装先育人。面对装备保障新要求,该部按照人员提前定岗、培训提前安排、技术提前储备的模式,将装备保障人才培养的目标、职责、要求具体到每个人,落实到全过程,确保人人有目标,层层有责任。同时,对重点领域装备保障人才,逐人制定培养路线图和责任人,及时跟踪他们在科研能力、技术研讨等方面的发展情况,使其能成才、快成才、成好才。

该部科技干部唐自力,在某型装备数据测试中表现突出,随即选送到专业对口的科研单位学习,之后又被选送到地方院校攻读硕士与博士学位。学成归来后的唐

自力，带领课题组先后攻克重大装备测试保障技术难题 30 余项，荣获军队科技进步奖 6 项，被表彰为全军学习成才标兵。

举措愈务实，成效愈显著。该部牢固树立精准用才理念，将装备保障人才的专业特长、科研能力、任职经历、专业成果以及团队协作和处置突发问题的能力等进行分类整理，建立装备保障人才数据库。同时，通过在岗自训、换岗轮训、送学培训、交叉互训，专项集训等形式，择优调整使用，确保把重点人才用在刀刃上。该部还先后投入专项资金与兄弟科研单位共建育才平台，广泛开展作战试验体系研究学术年会、高层次人才库成员科技论文研讨等，邀请军内外专家学者讲学。同时，安排科研人员带着装备保障课题到相关军地高校进修深造，到军工单位交叉代职，增强装备保障人才队伍活力，一大批年轻保障人才脱颖而出。

（刊于 2016 年 11 月 10 日《人民陆军报》二版、2016 年第 4 期《装备》杂志）

聚焦转型练硬功

——某部提高试验鉴定装备保障能力纪实

轻轻点击鼠标，各类装备的类型批次、数量品种、用途来源等内容一览无余；打开一本本装备使用手册，技术状况、性能指标等内容尽收眼底……这是 10 月底笔者深入某部采访时看到的一幕。

瞄准需求强保障，聚焦转型练硬功。近年来，该部积极适应武器装备作战试验鉴定任务需求，坚持向科学管装要战斗力，加大信息成果转化应用和保障资源整合融合，使部队保障能力实现大幅跃升。

集智聚力　挖掘装备潜能

火光冲天、大地震颤。前不久，走进该部地某试验场，某型炮弹拖着长长的烈焰直冲云霄，数分钟后传来喜讯，炮弹发发命中目标。据了解，参与此次任务的装备多数是改造后的老装备。

老装备为何能焕发新活力？近年来，该部注重集中官兵智慧，开展装备技术革新活动，不仅为老装备装上了信息化翅膀，还催生了一批技术创新成果。如今，许多经过信息化改造的老装备，已成为作战试验鉴定能力生成模式转变的重要支撑。

提起老装备的管理使用，一些往事令人记忆犹新：一次任务中，某火炮突然"趴窝"，原本一周就能完成的任务却拖延了一个月；一次试验，某设备突然"罢工"，不仅延误了试验进度，还差点丢失数据造成上百万的损失……关键时刻掉链子，原因何在？他们经过层层分析发现，虽有日常保障不到位等原因，但装备老化是主要原因。

与其坐等新装备到来，不如立足现有条件挖潜老装备潜能。阵痛之后，部队党委决定主动作为，集智聚力，对老装备进行升级改造。针对老装备故障频发，原因复杂等特点，建立管理责任档案。每次任务前，组织专家和技术骨干给老装备全面检查，随时跟踪问诊。为获得第一手资料，他们建立完善装备健康档案，定期对装备的技术性能、常见故障、易损配件数量进行实装检测，将每件装备以及配套工具、器材、资料等纳入管理范畴。同时，与多家装备生产厂家建立协作关系，采取集中办班、进厂培训、跟产跟修等方式，助推保障能力提升，培养了一批素质过硬的技术保障人才。

信息化时代，必须向信息力要保障力。他们把信息技术引入装备管理领域，建立装备信息网络管理平台，通过融合信息、资源、要素等，推动装备管理方式由定性向定量、由经验向精细转变。同时，将装备保障任务层层分解，按照动用使用、维护保养、故障维修等，逐项细化标准要求，提升装备保障效能。该部官兵们研制开发的装备射频识别系统，有效解决了信息来源不准确、信息收集不及时等问题，装备故障率降低了70%。

破除陈规　催生管理效能

今年9月，一场实弹鉴定试验刚刚拉开序幕，一辆新型火炮突然抛锚，经过保障分队紧急施援才得以修复。

平时"身轻体健"的新装备，为何实战中出现问题？再说，官兵们平时对这些"宝贝疙瘩"可没少下功夫保养，除尘、上油等环节一项不落。

原因究竟何在？随着对新装备脾气秉性的不断了解，他们认识到沿用老方法对装备进行静态保养，装备表面上很光鲜，但实际上可能处于亚健康状态。只要将静态保养与动态保养相结合，才能提高新装备管理水平。

于是，他们针对科研试验任务繁重、装备动用频繁的特点，定期对新装备进行维护保养，规定装备动用前必须进行静态检查和实装拉练。同时，积极探索装备质量变化规律，注重积累装备使用、保养、维修等信息，转变管理理念及模式，强化纵向到底、横向到边的装备管理责任体系，推动装备管理由粗放式向精细化和规范化转变。

理念决定思路，方法决定效能。为规范装备信息化运行管理体系，他们积极完善装备业务信息和管理信息标准，使各个单元要素、武器性能、保障力量紧紧融为一体；依托院校定期对新装备操作使用人员进行培训，依托自主开发的信息化指挥平台，深入开展网上模拟训练，实行指挥、管理、技术岗位认证上岗制度，全面提升装备保障能力；开发信息网络技术应用管理软件，实现业务信息互联互通、数据共享；建立需求提报、协调对接等机制，采取预测预报、风险评估等措施，提高装备保障的预见性和针对性。

年初以来，该部已组织开展问题研讨和项目论证10余次，30余台老装备被列入升级改造计划。一系列得力的举措，带来了管理手段的不断创新，老装备各项性能稳步提升。

信息主导　提升综合技能

在该部某仓库，笔者看到，保管员只要轻轻点击手中鼠标就能进入信息化管理系统，弹药的收发、运送、管理等情况跃然荧屏。信息化管理系统的开发和应用，使部队实现了由"手工账本"到"电子账单"转变，保障效能大大提升。

近年来，该部大力加强信息化管理手段建设，构建起集试验指挥、监视控制、图像报警、物资收发等于一体的装备综合信息系统。同时，他们将信息网络和处理技术运用于装备维修保障全过程，维修资源实现了数字化集成，维修过程实现了信息化管控。此外，该部通过开发和运用信息系统，使抽象的概念实现了数据化，静态的数据实现了动态化，粗放的数据实现了精确化，提高了装备物资的收发、保管和抢修效率。

装备保障信息化建设离不开科学的配套建设。该部地结合信息化建设试点，安装智能电子标签库房管理系统，实现了装备物资器材快速收发。他们借助可视化监控系统可实时管理装备，实现了物资器材保障网络化、可视化、智能化。

信息元素越多，保障技能才会越高。该部紧紧围绕提高信息化条件下保障能力，坚持信息成果向实践转化，能力素质向打赢聚焦。他们着眼快速高效实时的保障要求，结合重点课题攻关，加大新技术运用力度，开发武器装备信息化管理系统，实现了试验数据等信息自动录入、自动贴码和电子账目自动生成，给业务管理装上科技的"大脑"。为提高野战条件下的装备保障能力，他们加大技术创新力度，确立供修一体化保障思路，研制保障技术软件系统，提高一体化保障效率。置身某指挥大厅，笔者看到，各种信息实时显示，各参试单元清晰可见，指挥员坐在指挥大厅便可进行智能辅助决策和目标轨道推算，好比给指挥员加装了一个强大的"外脑"，指挥效益倍增。

（刊于2016年第12期《装备》杂志，获季度优质稿件；2016年6月21日《人民陆军报》后装保障版以《转型路上的坚实足迹》进行了刊发）

渭水河畔的放"鹰"人

——走进某部试验场

6月的渭水河畔，天蓝地绿，景色迷人。某部试验场，随着指挥员一声口令，一架无人机腾空而起，飞向指定地域，接受相关课目的考核。

作为武器装备试验鉴定的"把关者"，该部先后圆满完成了某型中程通用无人机、某型察打一体无人机等40余种无人机的试验鉴定任务，其中，多种型号无人机参加重大军事演习，一批批无人机从这里走向战场。

那么，这些被誉为"侦察奇兵"和"尖刀利刃"的无人机，要通过哪些课目考核，才能被批准生产装备部队？日前，记者走进某部，探寻无人机试验鉴定的全过程。

静态检测，试飞前的一次全面"体检"

步入该部某无人机工房，大大小小的各型无人机让记者眼前一亮。某室主任吴玉生说："在静态条件下检测无人机的参数指标，是它们的第一项'体检'。"

"这项'体检'的技术含量一点也不低，上万个零件逐一检查，要想成功过关并不容易。"高级工程师郑珠峰说，每种型号的无人机进场前，试验人员都要提前跟踪了解其结构、工作原理、技战术指标和主要用途等方面的情况。

现场，工程师郭荣化开始组装机身、加电、启动发动机。静态检测就像给人做"体检"一样，五脏六腑都要接受全面检查。只有这样，转入空中验证才有把握。否则，一旦上天，轻则无法完成后续鉴定课目，重则还可能会对这些"宝贝疙瘩"造成不同程度的损坏。

"无人机检测项目多，不是测测重量、量量尺寸那么简单。"吴玉生对记者说，无人机系统相对复杂、造价昂贵。静态检测不仅要依据图纸看附件是否齐全，更要看性能指标能否满足设计要求，对载荷、机械部件的性能等方面做到心中有数。

正聊着，3名试验人员将一架无人机缓缓送入试车台，开始对发动机进行检测。一阵轰鸣声后，一组组数据被陆续录入检测平台系统。紧接着，无人机继续做导引头测试。工程师井沛良说，发动机是无人机的动力系统，导引头是感知系统，一个犹如人的心脏，一个犹如人的眼睛，必须保证工作状态正常，才能确保无人机安全飞行和准确搜寻目标。作为无人机的"医生"，他们必须严谨细致，把无人机在战场上容易暴露的问题全部查找出来，确保无人机系统运行良好。

记者了解到，无人机在完成发动机、光电设备、控制系统等20多个系统设备的检测后，还要被送去做环境模拟和仿真等方面的测试。通过一组组测试数据的对比，只有各项指标合格，方可转入下一阶段飞行测试任务。

飞行测试，每一次都像在打一场空战

某试验场上空，一架无人机在高速盘旋，各种数据在地面保障单元间有序传输……测试车内，温度高达40摄氏度，工程师林志超正在进行某型侦察无人机分系统的试验测试任务，旁边的试验人员详细记录着无人机空中飞行参数和获取目标情况。

"每一次飞行测试都像在打一场空战。"林志超告诉记者，这是无人机最复杂的"体检"，需要光、电、遥、动等多个测试专业参与，完成目标发射、测控回收等任务，这一步"体检"直接关系到无人机能否高效完成任务。

俯冲、爬升、滑翔……无人机犹如一只轻盈的风筝，随着一串串指令的传输，变换着各种姿势。林志超说，无人机的控制系统就像放飞风筝的丝线，一旦出现故

障，就会产生不可挽回的后果。记者置身测试车内，通过车内仪器屏幕，数百公里外无人机的高度、速度和位置等信息一览无余。

"无人机的动态检测内容，要比传统火炮、导弹等武器测试复杂。"工程师段亮弟说，一般情况下，一款无人机从科研生产到试验鉴定完成，最短也需要数年时间。有的无人机还需要装备不同的载荷，致使考核内容增多、周期更长，风险也相对提高。

无人机测试飞行并非万无一失，遇到突发情况需要第一时间进行"抢救"。一次，某型无人机飞行时发生故障，从空中高速坠落至地面，冒着战斗部和剩余燃油随时都会发生爆炸的危险，高级工程师吴航天果断地冲上去，迅速打开战斗部，拆下传爆管……这一次"生死抢救"，为国家挽回了上百万元的经济损失。

在代理副主任撒彦成眼里，飞行测试的每一步都充满挑战。比如，起降可靠性、抗干扰能力、数据链传输可靠性以及高低速动态识别、超低空飞行能力等都被列入试验测试范畴。

极限考核，全面检验无人机的作战性能

"能不能准确侦察、精确打击，是无人机测试的'必考题'。"走进会议室，记者看到工程师詹华正在对某型无人机极限条件下的测试方案进行推敲。3天后，他要带着这份方案奔赴戈壁荒漠对无人机进行考核。

"通过极限考核，才能全面检验无人机的作战性能。"詹华说，为了满足未来战争需要，对无人机的考核内容越来越多，增加了高气压、高海拔、风雪、沙漠等恶劣环境下的考核，以便更深入地发现武器装备性能的缺陷，加快改进升级。

在极限条件下考核武器装备性能，同样考验每一位参试人员。詹华说，过去每年只执行一两个型号无人机的测试任务，如今任务量增加了几倍，而且内外场同时进行，特别是在海拔5000多米的高原地区，严寒缺氧，地形复杂，工作艰苦程度不言而喻。

詹华至今还记得，某新型无人机先后辗转5个地区，进行了超低空、最大起降高度、最大作战半径等极限飞行考核，有时气温低至零下25摄氏度，连测试设备都联不上。"高原砺'剑'，不仅考验无人机的稳定性，更考验试验人员的毅力。只有不断突破极限，才能超越自我。"詹华说。

宝剑锋从磨砺出，梅花香自苦寒来。这些年，上高原、走沙漠、进寒区已经成了无人机专业组成员的"家常便饭"，有时在"生命禁区"一连工作几个月，但团队成员始终坚持任务第一、质量第一，严格执行考核标准，让"战鹰"充分"炼羽"。

试验场上，望着试验人员忙碌的身影，记者不由感慨：这些拼搏在特殊岗位的年轻人，面对繁重的试验、未知的风险，他们迎难而上、默默奉献，用一颗颗执着的心助力"战鹰"振翅飞翔。

（刊于2017年6月30日《解放军报》国防军工版，后被多个媒体转载转发）

适应需求磨剑锋

——某部紧贴转型发展提升装备综合保障能力纪实

"高压泵异响，立即停机检查……"6月初，笔者走进某部看到，参试官兵正在开展某型弹丸倒空作业，设备突然出现异常。试验主持人杨春锋组织技术骨干果断处置，20分钟后设备恢复正常，试验得以继续。该部积极适应转型需求，着眼体系配套搞谋划、注重统筹推进抓建设、突出效能主导挖潜力，坚持创新驱动求发展，核心保障能力实现了新提升。

拓宽保障途径

走进该部环境模拟试验场，笔者看到，参试官兵身着体能服在50摄氏度的狭小试验箱内紧张忙碌着。置身其中，顿感呼吸吃力、胸闷难忍、眼睛刺痛。高低温大厅内，射击人员正在加班加点进行某型航炮试前准备，科研实验室创新团队在围绕某任务积极开展课题研究。有关领导介绍，单位转型后，他们注重拓宽保障途径，围绕武器装备全系统、全寿命、实战化鉴定，紧贴实战、聚焦中心、服务打赢，有效提升了保障效益。

围绕试验训练的新型发展，该部注重建立装备保障联络员机制，主动参与试验筹划、科学制定保障方案、灵活调配保障资源，实现实时动态保障，促进保障模式由被动计划保障向主动按需保障转变。积极探索建立联储联供保障机制，认真落实意见征集和反馈制度，两级机关每月对接保障信息，通过保障任务预计、保障能力分析、保障消耗评估，科学确定物资采购种类、数量和规模，实现适时、适地、适量储备，确保物资保障及时高效。

保障能力如何，关键看人装结合水平与装备技术保障水平。为尽快熟悉掌握新研装备使用与维护，他们及时选派技术骨干跟研跟产，搞好接装培训等工作。积极适应武器装备实战化鉴定要求，探索建立联合保障、伴随保障、无依托保障方式，完善一线装备维修保障机制，做好装备全程状态监控、节点质量把关和现场故障抢修，保持参试装备良好状态。前不久，一台温度试验箱在试运行时出现故障，某室技师赵兴磊带领大家通过听、摸、看等方法，迅速判明原因，通过技术改进，使设备恢复正常。笔者了解到，年初以来，该部科技干部成功解决各类设备技术问题60多个，数据录取率达到100%。

促进效能提升

"安装排烟管路、布设温度采集传感器、检测装备系统管路气密性……"走进

某火炮工房，某室坦克修理技师王有武带领大家对某型轮式迫榴炮底盘进行油量检查和注油，对传动部位间隙全面细致排查，发现问题及时解决。试验区领导介绍，他们针对试验任务重、时间紧、保障要求高的特点，牢固树立"管为战"思想，强化依法管装，促进装备管理向质量效能型转变。

他们着眼武器装备鉴定新要求，优化完善符合实际的装备论证、监管、建设机制，规范计划编报、任务书评审、招投标、方案评审、设备验收等关键环节的运行程序，健全完善装备法规体系。坚持以尊法、学法、守法、用法为重点，开展装备管理条例集训、装备法规制度学习月、法规制度大讲坛等活动，利用新装发布、人员上岗、换季保养等时机广泛开展爱装管装教育，增强依法管装意识。笔者了解到，为破解保温箱远程报警功能无法实现的技术难题，某室技术骨干合力攻关，自主研发升级监控系统，不仅实现报警信号远程传输，还解决了新设备故障状态远程监测和声光报警难题，提升了弹药保温试验可靠性。

在某室，科技干部正进行冷却塔水系统状态监测系统组成及运用等内容培训。该部突出装备动用使用、试前检查、维护保养等重要环节，注重严格督导和检查考评，确保装备始终处于良好技术状态。建立定期实力会审和状态备案机制，科学规范完善装备台账体系，确保装备底数清、账物明，助推装备管理由粗放型向精细化转变。探索建立定责与尽责、考核与问责、惩戒与激励相结合的责任考评机制，不断提高装备管理规范化水平。前不久，某型雷达设备因参试频繁，部分部件出现异常，组长王成带领大家开展定期检测维护和设备自主维修，取得良好效果。

推进能力发展

5月底，某型测试设备通过攻关小组集智攻关，具备了自主维修能力，一举解决了多年技术故障依赖厂家维修的困境。该部运用此平台锻炼维修排故技能，多名官兵被评为技术能手，为部队节约经费10多万元，节约试验周期20余天。

创新能力是生成和提高战斗力的倍增器。他们牢固树立靠创新牵引、用创新突破、凭创新发展的理念，积极探索军地协调、需求对接、资源共享机制，建立装备研制采购合格供方名录，健全远程技术支持、现地维修保障、人才队伍培训等合作机制，提升军民融合质量层次。加强维修保障力量、资源、信息的统筹建设和融合运用，做好装备全程状态监控，促进保障模式由基于经验的计划维修向基于状态的视情修理转变。

装备信息化建设是基础，运用是关键，效能是根本。他们积极构建装备综合管理信息平台，将装备维修保养、随装配套、保障资源、业务标准、转隶交接等纳入基础信息数据库，实现装备信息快速流转共享，为试验总体和指挥机关制定试验计划、调度装备资源提供信息支撑。注重拓宽人才培养渠道，盘活军地院校、科研院所、生产厂家和部队资源，通过短期交流、送学培训、资格认证等，提高一线装备岗位人员综合素质，为装备综合保障效能提升提供人才支撑。前不久，某型导弹系统首次试验时地面控制设备出现异常，该试验区组织大家集智攻关，最终帮助厂家准确查明故障原因，彻底解决了故障问题。

（刊于 2018 年 6 月 14 日《人民陆军报》后装报道版头条）

西出阳关写新篇

——某试验场官兵扎根戈壁创业建功纪实

阳关，位于河西走廊最西端，与"死亡之海"罗布泊和终年积雪的乌兰达坂为邻。

在"西出阳关无故人"的诗句流传千年之后，一群年轻的军人奔赴这片"生命禁区"，像戈壁里的骆驼刺一样扎下了根。他们亮剑大漠荒滩，试锋雪域高原，步步逼近各类新型"撒手锏"武器的性能边界，为部队转型建设作出独特贡献。

近日，记者走进这支神秘之旅——某试验场，聆听他们逐梦阳关的动人故事，感悟他们丹心铸剑的家国情怀。

海拔高、氧气缺——

靠强军使命凝聚人心

忍住缺氧的头痛和耳鸣，记者站在试验场制高点环视，目光所及之处遍地沙砾，远处山巅的积雪清晰可见。

"我们的大多数阵地在海拔 4000 米以上，氧气含量只有平原一半，加上平时看不到几个人，官兵面临生理、心理上的多重考验。"试验场负责人孙航说。他指着营区外的几排空置民房告诉记者，因为生存环境恶劣，20 世纪末，连当地的牧民都搬到山下生活去了。

上士张盼盼是 5 年前首批进驻的官兵之一。他说，刚来那会儿，在山上稍微干点重体力活就恶心呕吐。晚上好不容易睡着了，半夜还常因缺氧被憋醒。而参与场区建设的工程师邓广辉，第一次爬上海拔 4500 米的阵地就晕倒了。"鬼门关"前走了一遭，邓广辉感叹："没想到高原反应这么强烈，高原兵确实不容易！"

海拔高、氧气缺，如何让官兵安心扎根、干事创业？场党委一班人坚持用为国铸剑的使命凝聚人心，持续宣传贯彻习近平强军思想，帮助大家理解装备试验对国防和军队建设的重要意义，强化献身试验的职责担当。同时，注重传承红色基因，常学常讲老一辈战天斗地搞测试的经典故事，使"特别能战斗、特别能奉献、特别能吃苦、特别能忍耐"的高原试验精神，在官兵头脑中打下烙印。

前年仲夏，试验参谋陈龙带车前往 300 公里外、海拔 4500 米的某地域执行勘选任务。高原的天气很是"任性"，出发时还是阳光灿烂，接近目标点时却下起暴雪。山高路滑，为确保人装安全，陈龙和其他 3 名同志扛起勘测设备，冒雪徒

步开进。

"1公里多的路程，大家互相搀扶，一步一喘，足足走了4个小时。"陈龙回忆说，"下山后，4个人爬出汽车，瘫倒在地上。但仰望高原的灿烂星空，我们内心却涌出'强军有我一份贡献'的自豪感，觉得自己的付出很有价值，再苦再累也值得。"

去年初秋，试验场组织某炮射导弹高原试验。官兵每天6点起床，晚上9点多返回，半个多月天天如此，顺利完成8项试验任务，获取有效数据50多组。

强烈的紫外线，把大家的脸晒脱一层皮，揭下来，脸就花了。一次下山经过一个集镇，当地牧民以为他们得了皮肤传染病，纷纷躲避。得知实情后，牧民们又围上来给他们鼓掌："我们因为条件苦从山上搬了下来，解放军为了国防试验却搬上了山，真了不起！"

人烟稀、依托少——

靠过硬素质支撑事业

车行戈壁，异常颠簸，稍不留神头就会磕在车体上。

"试验区没有现成道路，压到尖锐的碎石，车辆很容易爆胎。"在去往某阵地的途中，试验场副主任俞诗军告诉记者，"去年，工程组到施工现场监工，一台车的两个前轮几乎同时被扎破。幸亏驾驶员处理冷静，否则后果不堪设想。"

由于武器试验的特殊性，试验场各保障点离人口聚集区都在百公里以上，多个试验阵地更是深在无人区，试验及保障部队一进去，就失去了装备维修和食宿保障的社会依托。

"车辆抛锚，前不着村后不着店怎么办？"面对记者的疑问，俞诗军笑着回答："我们的驾驶员同时也是汽修工，解决这类小问题可以说是手到擒来。当天，快速修好车辆后，工程组继续执行任务，啥事都没耽误。"

据介绍，建场5年来，场党委坚持聚焦任务提升保障力，针对人烟稀、依托少的实际，努力培养官兵一专多能、独当一面的岗位技能，尤其注重加强测绘、气象保障、场地管护，以及靶标、通信、动力、车勤、伙食等科目的针对性训练。

人人都是多面手、一招一式都过硬，确保了遇有任务随时拉得动、打得准、保得好。仅去年一年，他们就转场30多个地市，转运超限装备400余台次，安全行车50余万公里，圆满完成多项重点试验任务。

"身在无人区，素质要过硬。这个素质，包括一专多能的本领，也包括胆大心细的品质、勇往直前的意志。"俞诗军语气平静地讲了两个故事，记者却听得惊心动魄——

一次，工程组组长陈雪峰带队去海拔5000米的一处试验阵地组织勘测。看似宁静的雪山，其积雪冻融地带实则危机四伏。就在他指挥部队快速通过一处河谷不久，身后的山体突然滑坡，至今想起来还令人后怕。

还有一次，试验组在赶赴某落弹区时，被大哈尔腾河拦住去路。冰山融水寒冷刺骨，试验参谋左山带领大家扛起仪器涉水前进，冻得牙齿直打架，几次被齐腰深的激流冲散，最终有惊无险地到达点位，完成了测量。

任务重、困难多——

靠改革创新攻坚蹚路

筚路蓝缕，以启山林。建场的5年，既是一部艰苦创业的奋进史，也是一部创新攻坚的实践史。

试验场负责人孙航告诉记者，在建设某试验阵地时，施工现场突现管涌险情，他们一边组织压填，一边用防洪沟引流、用防洪堤阻水，有效保护了军事设施安全；在修建道路过水涵洞时，他们创造性地将直接冲击堤面的河流提前做V型汇流，导入稳水沟稳流后再引入涵管，确保了施工顺利进行；在组织某试验阵地施工时，阵地距砂石厂240公里，中途还要翻过海拔3648米的当金山口，场里经过采样分析，决定就地取材，节省经费近300万元，并大大缩短工期……

"随着一期基础设施建设的基本完工，近年来，场里的承试任务大幅增加。今年一个季度的工作量，就抵得上过去大半年了。"孙航坦言，由于实验地域跨度越来越大，场地变化更加频繁，试验周期不断延长，部队面临不小的困难和压力。

越是任务重、困难多，越需要靠改革引领、创新驱动。

在上级的指导和支持下，场党委坚持任务主导、紧盯转型需求，大力建设以光、电、雷、遥、声组网测量为特征的测控新体系，努力探索全时域、宽频段、多通道、冗余备份的试验测控保障新模式，经过几年的艰苦建设，基本满足了多任务并行、多地域展开的保障新要求。

"这个新模式，在一次紧急试验任务中经受住了考验。"孙航介绍，当时，由于某被试品研制进度滞后，高原试验窗口期大大缩短。面对转战甘肃和青海两地、同步展开多项试验任务的难题，他们迅速启动预案，配合上级实施精准化、扁平化、实时可视化的组织指挥，圆满完成了该型装备的全弹道参数及特征段姿态测量任务。

创新的引擎一旦启动，就能发挥出巨大威力。一次，某试验任务指标发生变化，需将原定在海拔4000米与4300米阵地进行的试验项目，全部改到海拔4500米处进行。面对任务的突然调整，他们认真分析阵地参数，迅速修改方案，科学组织调度，确保了某型火箭弹测试任务如期展开。

丹心铸剑闻令行，西出阳关写新篇。5年来，该试验场坚持对接战场、服务部队、服从作战，大力加强新型力量装备试验手段建设，稳步提升服务备战打仗核心能力，累计完成50余项武器试验任务，使多型装备快速形成战斗力，受到部队、装备设计方和生产方的一致好评。

（刊于2018年6月25日《人民陆军报》一版头条）

"决战靶场、决胜战场"

——某部倾力打造靶场特色文化促进部队发展纪实

高亢豪迈的红色歌曲唱出军人情怀，丰富多彩的文化活动催人奋进……9月初，笔者走进渭水岸边的某部营院，军歌嘹亮、军乐雄壮，浓郁的军营文化氛围扑面而来。该部紧贴部队特点和职能使命任务，以文化铸魂，用文化励志，倾力打造的靶场特色文化，让华山脚下的兵器城充盈着勃勃生机。

打造铸魂励志的"美丽名片"

军歌声声颂祖国，党旗飘飘铸忠诚。八一前夕，笔者在该部礼堂内看到，以"铭记历史、缅怀先烈、珍爱和平"为主题的文艺汇演精彩纷呈，官兵们尽情享受着"文化大餐"。

他们定期开展"忆光荣传统、做优秀传人"教育活动，并创作反映部队发展历程和靶场人精神风貌的专题片、文艺作品，大力弘扬部队文化传统，倾力塑造爱党忠诚的举旗人、爱军兴装的装备人和爱岗奉献的靶场人。每年新兵入营、新学员入伍，都要组织大家聆听传统报告会、参观历史展厅、进行阵地教学、观看专题片，让他们从中感知靶场创业者住窑洞、喝咸水，奋战沼泽地、填平芦苇荡的艰辛历程和无私奉献精神。官兵们深有感触地说："身处这样的环境，想不作为也难。"

该部驻地就是一片红色文化的沃土，他们注重发挥红色资源优势，组织官兵赴延安参观见学，到渭华起义纪念馆凭吊先烈、重温入党誓词，请老英雄讲"智取华山"的战斗故事，让官兵在追寻红色血脉中传承革命精神。同时，他们广泛开展读红色书籍、看红色影片、讲红色故事、唱红色歌曲等活动，使凝结革命传统精神的红色经典成为靶场文化的主旋律、引领官兵精神生活的最强音，铸牢了官兵爱党信党跟党走的坚定信念。

文化的熏陶愈深，文化的气息就愈浓。在系列活动中，官兵们读出对党和军队的铁血忠诚，讲出对祖国和人民的深厚感情，唱出忠诚使命、报效国家的雄心壮志。

点燃精武强能的"激情火焰"

"我们是为共和国铸造'打赢'利剑的靶场人，我们是……"在某试验场上，笔者看到，虽没有华丽的服饰，也没有专业人才，但试验间隙官兵们自编自演的诗词朗诵、流行歌曲联唱等节目，在缓解任务压力的同时，让试验场激情涌动。不远处的训练场上，利用训练间隙开展的"才艺比拼"活动也引来掌声阵阵。

未来战争胜负显于战场、潜于靶场，军营文化只有紧紧围绕科研试验任务开展，才能增强官兵决战靶场的必胜信念。为此，他们着眼"万无一失、确保成功"的目标构建靶场文化，突出"决战靶场、决胜战场"的主题创造靶场文化，结合"常年参试、常存风险"的特点活跃靶场文化，把"靶场当战场、试验当作战、成功为打赢"的战斗理念渗透到军营文化之中，让富有靶场特色的军营文化成为官兵精武强能、创先争优的"激情火焰"。

为激发官兵练兵热情，他们坚持把文化贯穿于军事训练全过程，利用训练间隙开展小表演、小演讲、小PK活动，叫响"试为战、试为胜"口号，举起"党员先锋队、团员突击队"的旗帜，唱响《靶场之歌》，引导官兵把誓言牢记于心，把忠诚融入血脉，把使命举过头顶。

靶场连着战场。针对"常年参试、常存风险"的工作特点，他们坚持把主题鲜明、形式多样的阵地文化活动作为愉悦身心、昂扬斗志的有效手段，通过立军令状、写决心书、编阵地短信格言、开阵地广播、唱连歌团歌等活动，定期组织业余文艺骨干深入试验一线、工房、小远点位为官兵进行慰问演出，激发官兵献身使命的热情。近年来，《我与靶场同奋进》《高歌奋进的兵器人》等主题文艺演出，黄河战鼓、舞龙舞狮等广场文化活动，都受到官兵广泛赞誉。

以文"化"人干劲增，先进文化润兵心。如今，哪里有任务，哪里就有文化活动在配合；哪里有训练，哪里就有文化活动跟进展开。

铺就凝心聚气的"星光大道"

9月初，笔者在某试验场组织的军民联欢文艺汇演中看到，以"铸魂、励志、守责"为主题的相声、小品、歌曲演唱等精彩节目，让军营笑声不断、掌声不停。

该部按照氛围熏陶、精神感召、典型引领的思路，倾力打造创新文化，全力构建励志文化，大力营造育人文化，引领官兵积极向上、主动作为，激励官兵超越自我、奋发进取，促进官兵成长成才、全面发展。他们通过在营区主干道位置设立以核心价值观、军队优良传统等为内容的文化灯箱，在办公区张贴英模人物画像、悬挂名言警句，在生活区植草坪、种花木、建花园，在营房周边摆放镌刻"砺剑""奋进"等励志格言的文化石，浓厚政治氛围，让官兵在耳濡目染中时时受教育、处处受熏陶。如今，官兵们平时看到的是如诗如画的美景、听到的是振奋人心的歌曲、接受的是健康向上的教育、参与的是丰富多彩的活动，随时随地能感受到靶场特色文化的气息。

增强吸引力、激发凝聚力、催生战斗力是部队文化建设的落脚点。他们还结合国家和军队重大节日、纪念日，赞成就、忆传统、话使命，大力宣扬改革创新精神，赞颂改革开放取得的伟大成就。紧贴驻地军民团结一心抗洪抢险的生动实

践，创作《力战洪魔》《不屈的脊梁》等文艺作品，赞英雄成就、思强军重任。广泛学习钱学森、杨利伟等英模事迹，引导官兵学习典型，激励矢志靶场、建功立业的信心决心。

军营文化活，靶场气象新。如今，置身该部各个营区，"红色长廊""绿色格言""文化牌匾"琳琅满目；配备齐全的流动文娱箱、图书箱、影视包等方便快捷；持续举办的长跑比赛、篮球赛、乒乓球赛、田径运动会等活跃着基层文化生活；《兵器城报》、战地快报、军营广播等展现着训练场上的火热场面。丰富多彩的文化生活，让官兵心情舒畅、干劲倍增。

■文化软实力服务部队战斗力（海风）

习主席强调，要加强军事文化建设，打造强军文化，培养官兵大无畏的英雄气概和英勇顽强的战斗作风。这一重要论述指明了军队文化建设的出发点和落脚点，赋予了军营文化建设明确而清晰的使命任务。贯彻习主席重要指示，关键在于把提高军营文化的时代性作为根本指向，以文化软实力服务部队战斗力。

提升文化软实力需要把学习贯彻习近平新时代中国特色社会主义思想和习近平强军思想作为核心内容突出出来，通过多种文化形式，使党的创新理论向官兵普及、在基层深化，深扎官兵献身强军实践的思想根子。突出高举旗帜、听党指挥这个核心，通过体现时代特点的主题文化传播党的创新理论，满足官兵精神需求，保持官兵政治定力。突出服务中心、保障打赢这个重点，坚持把军营文化渗透到科研试验、军事训练全过程，坚持从传统元素中获得"原动力"，树牢打仗意识，保持战斗作风。突出核心价值观培育这个关键，以当代革命军人核心价值观为主导，拓展与现代社会相协调、与官兵需求相适应的文化传播渠道，用先进文化蕴含的精神滋养官兵、校正航向。

"兵者，以武为植，以文为种。"军营文化只有摒弃传统思想，围绕战斗力建设谋篇布局，才能孕育和滋养战斗精神。文化不是空洞的，只有与日常工作、生活紧密相连，才能融入日常教育管理，与军事训练配合、与遂行任务同步、与官兵需求接轨，才能向全时空延伸、向多渠道拓展、向人性化贴近。服务中心是文化的主旨。只有紧密结合重大任务完成、重点课题开展，紧密结合年度和阶段工作部署，适时组织比武竞赛、岗位争先、典型宣传等活动，才能更好地培养战斗意志，更好地引领官兵投身强军实践，担当强军重任。只有充分发挥广大官兵的组织者作用和参与者作用，紧密结合官兵的需求特点开展形式新颖、内容丰富的文化活动，才能真正获得官兵认可，激发参与热情，使官兵在潜移默化和耳濡目染中受到先进文化激励。

文化因时而变的特点，启示我们只有不断增强"鲜味""战味"，才能发挥砥砺精神、激发斗志的作用；只有紧跟时代发展和形势任务变化，与时俱进、大胆创新，才能与时代同步、与工作合拍；只有积极拓宽领域，丰富手段方法，增强形式的多样性与内容的新颖性，才能满足官兵求新、求异、求变的特点，提升感染力和吸引力。军队为打仗而存在，树立与战斗力标准相适应的文化理念，坚持文体结合、动静结合，创建具有浓厚部队特色的野战文化、荣誉文化、战斗文化、红色文化，有利于把"战"的观念树起来。同时，注重吸收借鉴，针对官兵的认识层次、审美情趣、精神追求特点，创新活动载体，着眼战斗力提高，汲取众长、发展完善，形成具有自身特色的文化优势，在寓教于乐中为提高部队战斗力服务。

（刊于 2018 年 9 月 14 日《人民陆军报》四版、《解放军报》等媒体以《文化奇葩迎春开》为题也进行了刊发）

党旗辉映团旗红

——某部以党建带团建开创基层组织建设新局面记事

初冬时节，某部试验场上装备测试如火如荼。他们结合"传承红色基因、担当强军重任、争做靶场尖兵"主题实践活动，开展一名党员带两名团员的帮带模式，坚持把党团组织捆在一起抓、融为一体建，有力促进了官兵素质的快速提升和基层组织的全面建设。

铸牢根基带思想，激发战斗豪情

"虽然我只是一名团员，但无论何时得做一个有用的螺丝钉，在哪儿都得把自己擦亮、拧紧……"这是该部强军网上一名团员的心声。

年初，该部在一次调研中发现，部分团员对党史军史了解不多，对党的创新理论学习兴趣不高，有的甚至认为学习党的创新理论对自己"用处不大"。

党建带团建，核心是带思想。在社会变革、观念碰撞、文化交融的时代背景下，团员青年思想活跃，很容易陷入迷茫。为使广大团员青年从思想上向党组织靠拢，他们挑选优秀党员担任团员青年政治辅导员、理论引导员，运用机关与基层"点对点"挂钩帮带活动，组织党员对团员青年"面对面"指导，党支部与团支部"结对子"帮带，系统搞好引导转化工作。

他们还组织党团员参观荣誉室、军史馆，邀请老首长、老革命讲传统，举办主题党团日等，丰富党团活动形式；定期开展读红色书籍、看红色影片、讲红色故事、唱红色歌曲等系列活动，打牢爱党、信党、跟党走的思想根基；采取议学、述学、评学、考学等办法，把帮带效果纳入各类考评中，以学习促提高、用压力增动力，使帮带内容系统化、形式多样化、措施制度化，形成浓厚氛围。

多措并举带来新气象。谈起学习党的创新理论对团员青年的变化，曾被表彰为全国五四红旗团支部的某试验大队官兵激动地说："学习创新理论，使大队更多的团员青年找到了奋斗目标。"

砥砺素质带成长，催生成才热情

金秋十月，笔者走进某试验场看到：多门火炮一字排开，架炮、装填、瞄准一气呵成，随着指挥员一声令下，轰隆隆的炮声响彻天际。数秒后，前方报告：炮弹全部击中目标。主操作手王有武介绍，此次参与任务的操炮手大部分是团员青年。

党建带团建，能力是关键。该部党委始终把提高官兵能力素质作为工作重点，利用入场培训、岗位练兵、重大试验等时机，构建全方位、多渠道的人才培养体系，为每名官兵制定成长路线图，开展"装备维修比比看""评选操作专业小能手"等形式多样的比武活动，让党员团员在互学互帮互助中，同台竞技、摔打锤炼、提升本领，快速成长为岗位能手和业务骨干。他们还积极支持青年官兵参加司法、自学考试和学历升级等，举办网络维护、种植养殖、电子机械等实用技术培训班，组织党员给团员青年传技术、教本领。

他们还广泛开展"小发明、小创造、小革新"活动，引导党员带领团员投身创新试法训法模式、武器装备实战考核；利用达标训练考核、专业集训、交任务压担子等方法，督促党员带头学习理论、苦练操作技能，在加快转变战斗力生成模式中争当先锋，发挥先进典型的引领作用，激发团员青年的学习成才热情。年初以来，广大党员带领团员比学习、比素质、比奉献，破解制约战斗力生成的重难点问题10余个，为助推部队转型建设提供了重要物质技术支撑。

近年来，该部10多人取得大专以上学历，5人考入军校。去年退役的士兵中多人怀揣电工、锅炉操作等技术资格证书返乡，开辟了自己的创业路。

坚强堡垒带组织，点燃创争激情

午夜时分，笔者踏上某试验任务测试指挥方舱车，看到数据测试高效、决策指挥果断、目标射击精准……从党员到团员、从干部到战士，个个都聚精会神奋战在各自岗位上。

党有号召，团有行动；党有要求，团有措施。该部坚持把党建带团建纳入党委支部议事日程和基层建设规划，坚持党团活动一起抓，党课教育吸收团员参加，主题党日活动让团员参与，组织党内生活接受团员监督，把党内开展的重大活动向团组织延伸，向团员青年拓展，引导广大团员青年积极向党组织靠拢，人人当先锋、个个当先进在部队蔚然成风。

10月底，在某实弹射击试验任务中，由于炮弹多、弹种新、时间短、人手紧，安全压力较大，广大团员青年在党员干部的带动下，加班加点连续奋战10余天提前完成任务，受到上级表彰。

党旗辉映团旗红，创先争优同行动。为有效激发党团员创先争优的活力，该部聚焦军事训练和科研试验任务，开展"科研训练当标杆、比武考核争第一"活动，激发官兵练技能、强素质的热情，营造党团员全员争、全程比、全面建的良好氛围。

在某新型火炮故障排除等课目训练中，广大党员站排头、作表率，主动学习信息化知识、钻研装备难题，考核优秀率在90%以上。

团建不过关，党建不评先。该部坚持把团组织建设情况作为评价党委支部建设、考评党委支部书记的一项重要指标，与干部成长进步、评先评优、立功受奖等挂起钩来，实行奖优罚劣，激发各级抓好党建带团建的积极性。近年来，先后有10多名团员青年受到上级通报表彰奖励，3个团组织被上级评为先进，2个因抓团建工作不力的党支部被取消评先资格。

（刊于2018年12月10日《人民陆军报》三版）

让制度生威发力

——某部党委严格制度落实加强基层党组织建设纪实

3月初，笔者走进某部看到，尽管科研试验任务繁重，各项工作头绪多，但党课教育、党员思想汇报、履诺践诺等活动一项也没少。该部坚持把落实组织生活制度"当日子过"，依靠制度强党建之根，落实制度塑信仰之魂，激发抓建动力，基层党组织的标准化、规范化建设随之水涨船高。

一个支部就是一个堡垒，堡垒强则基层强——

想让"龙头"昂起来，必须依靠制度强班子

党支部是基层建设的"龙头"，如何让"龙头"昂起来？该部党委的做法是：把严格落实组织生活制度作为基本抓手，坚持抓基层先抓支部、抓支部先严制度、严制度先严班子。

2月底，在某保障队的会议室内，两名军政主官代表支委会向党员大会报告工作并分别进行述职。在随后召开的各党小组会上，党员们针对连队军事训练效益不高等问题，翻箱倒柜查原因、找对策，有的指名道姓指出主官日常训练到课率低、训练中不善于调动官兵积极性等问题。随之，训练中军政主官无特殊情况必须到场、严格量化考核管理、每周公布一次成绩等"新规"出台，并被写进承诺书张榜公布。措施付诸实施，分队训练效益得到有效提升。

落实组织生活制度，是党支部实施科学决策和集体领导的基本途径。去年年底，某连担负示范观摩任务，任务前的支委会上，连长提出严格控制人员休假，保证训练人数和时间，遭到其他支委反对。对此，连长虽感到面子上过不去，但仍当即表态："保留意见是权利，执行决议是纪律，必须无条件接受支部集体领导，这是党的基本组织原则。"最终，他们通过科学调配组训方式，提高训练效益，示范汇报受到称赞。回顾这段经历，支部"一班人"深有感触地说："三个臭皮匠，顶个诸

葛亮，个人能力再强，强不过集体；个人经验再多，多不过群众，只有充分发挥集体智慧，才能形成最大凝聚力。"

"班子行不行，就看前两名；管住班子，关键是管住正副书记。"该部通过严格落实会议制度，实行集体领导，使其他委员与正副书记一样享有"平等一票"，并通过严格落实报告工作制度，把正副书记置于党内监督之下。

一个党员就是一面旗帜，旗帜激发感召力——

想让"威信"树起来，必须依靠制度管党员

一月初，士官李潇看到自己的照片登上连队"优秀党员光荣榜"，欣慰地笑了。他说："反思中找差距，对比中强信心，争先创优行动才能越来越自觉，党员威信才能不断提升。"

在该连，党支部每季度组织为每名党员"画像"，并张榜公布，排在前面的党员照片上光荣榜。小李是连队业务骨干，一直表现突出。去年，他因婚恋受挫，降低了工作标准，结果在第三季度民主评议时，落在了后面。"党员意识是党员的灵魂，先进性是党员的身份证。如果党员意识淡化，就会导致精神缺钙、思想空虚，缺乏号召力感召力。"民主评议之后，连队支委纷纷找他谈话。小李知耻而后勇，主动请缨，多次参加连队急难险重任务表现出色。

在基层，都说党小组长"无职又无权、似官不像官"，事实并非如此。去年下半年，一名临近退伍的老士官摆出一副"船到码头车到站"的姿态，连队干部多次找其谈话，他依然我行我素。党支部要求他以"如何做一名合格共产党员"为题，写出思想汇报，之后召开党小组会开展批评和自我批评。几个回合下来，这名老士官终于认识到了错误，还主动要求承担大项任务将功补过。事后，党员们感慨地说："再难管的党员，只要组织出面就好管。这就是组织的力量，这就是制度的优势。"

类似的例子还有很多。采访中，不少基层干部坦言，严格落实组织生活制度，党支部解决自身问题能力不断提升。目前，该部基层单位基本实现"干部党员有问题不出支部、士兵党员有问题不出小组"。实践证明，组织让群众找得着、信得过、靠得住，召唤就会成为无声的号令，官兵就会闻令而动、勇往直前。

一项规定就是一堵高墙，抵挡住歪风侵蚀——

想让"导向"立起来，必须依靠制度正风气

去年年底，战士小周的父母带着原本打算送给连队干部的土特产踏上了返回老家的火车。老两口本想为儿子在部队搞点"感情投资"，没想到吃了"闭门羹"。

"士官选取有一整套程序，最终选谁主要看综合排名，由党支部开会集体研究决定。如果综合排名靠后，连队干部即使想照顾也没办法。"小周的父母就此事打听了许多战士，发现连队干部说的是实情，便放心地离开了部队。

该部先后出台《基层风气建设措施》《士官选取办法》等制度规定，对涉及事关官兵切身利益的敏感问题，坚持公开公平公正处理，为士官选取、立功受奖、党员发展、学兵选送等敏感问题"脱敏"。去年年底，某连组织评功评奖时，符合条件的有 4 人，而名额只有 1 个，连队党支部按照制度规定，召开军人大会，先由 4 人分别述职，然后组织民主测评，最后党支部充分考虑综合排名等情况，确定上报立功人选，让"胜出者"实至名归、"落选者"心服口服。

组织给官兵的最好礼物是公道，官兵给组织的最好礼物是努力工作。许多基层干部反映，组织生活制度好比一堵墙，能有效挡住不正之风，营造公平公正内部环境，过去感到棘手的事，现在按组织程序"阳光作业"都能迎刃而解。

制度好，风气正，党组织的凝聚力也强。在该部热点问题不热、敏感问题不敏感，官兵们心情舒畅，都能一门心思干工作；党员关键时刻争着上，苦活累活抢着干，处处是一派火热场景。2 月底，面对某无人机试飞任务中要求高、难度大等特点，20 多名新老党员连续 20 多天奋战在任务一线，保证了任务圆满完成。

（刊于 2019 年 3 月 4 日《人民陆军报》党团生活版头条）

紧盯精准发力

——某部建立科学管装用装机制提升保障力纪实

5 月初，笔者置身某部发现，围绕不同类型装备技术特点和管理要求开展的科学管装用装活动如火如荼。该部领导介绍，如今的科学管装用装机制，是他们深入贯彻落实《军队装备条例》，着眼精准促进装备管理科学化、制度化、经常化取得的成果。

植入科技大脑

笔者在该部某仓库看到，保管员点击鼠标，不同装备类型、批次、数量、品种、用途等一览无余。仓库政治教导员张瑞江自豪地说，信息化管理系统的应用，实现了对装备精确掌控，有效提升了保障效能。

《军队装备条例》规定，部队应当建立装备履历、记录装备服役期使用保障相关信息，具备条件的应当建立电子履历。为此，该部牢固树立"管为战"思想，结合部队系统建设规划，构建适应需求、服务试验、配套衔接的装备综合保障体系。他们积极与地方科研院所联合，研发信息管理系统，实现数据信息自动录入、自动贴码和电子账目生成，给科学管装植入科技大脑和信息基因。

为有效实现对装备的数字化集成和信息化管理，他们积极构建监视控制、图像

报警、库房物资收发等系统，将信息技术运用到装备保障全过程。借助营区可视化安全监控装置，对装备进行实时管理，实现网络化、可视化、智能化目标，并将抽象概念数据化、静态数据动态化、粗放数据精确化，改变传统手工登记统计模式，有效提升了装备的收发、保管和维护能力。

如今，轻点鼠标，计算机屏幕就会清晰呈现各型装备清单。一旦装备出现故障，操作人员可与技术骨干直接进行热线会诊。

拓宽渠道育才

5月上旬，6名某型测地车操作手通过系统培训、严格考核，拿到了上岗资格证。某部副大队长董红波介绍，《军队装备条例》要求装备操作人员熟练掌握配发或者分管装备技术性能，会操作使用、会检查、会维护、会排除一般故障。作为高精尖武器装备的操作员，标准应更高、要求应更严。

科学管装用装，人才是关键、素质是核心。该部精细谋划人才长远建设目标，按照任务牵引、岗位锻炼、超前培养的思路，倾力打造复合型、专家型、技能型人才。他们积极与多家科研院校、生产研制单位和作战部队取得联系，选送一批优秀技术骨干边学习取经、边编写大纲教材、边研发模拟器材，缩短装备保障力生成周期。同时，组建管装用装技术攻关小组，集中研究解决难题，实现野外装备与配套器材同步操作、维修保障与保养措施同步制定。

瓶颈在哪里，攻关重点就在哪里。针对新装备列装较多，部分官兵中一时不懂不会的问题，他们按照"基础性短板集中解决、重难点问题集智突破"的思路，拓宽渠道，灵活形式，开展换岗互训、交叉代训等活动，并适时开展岗位比武、技能比拼，加强管装用装技能培养。同时，采取集中办班、进厂培训等方法，使官兵熟练掌握装备性能原理和技术指标，全方位提升驾驭装备的能力。

抓人才就是抓战斗力。前不久，在某型无人机试验任务中，靶标突然发生故障，操作手快速反应，仅用短短几分钟就化险为夷，避免了损失。

加强动态管控

走进某设备工房，官兵正拿着台账认真核对装备名称、型号，并对其来源、技术状态等信息进行采集登记。某部大队长魏然告诉笔者，《军队装备条例》要求部队根据担负任务，正确、灵活地使用装备。贯彻落实这一要求，就得实时掌握装备动态信息，确保随时拉得出、保得好。

针对试验任务繁重、装备动用频繁的特点，该部细化过程管控、明确责任分工、狠抓制度落实，加强装备规范化管理。通过建立管理档案，对装备性能、常见故障等实施登记，实现信息详细化、全面化。针对老装备问题诱因多样、病症复杂等特点，组织专家、技术骨干进行全面"体检"，并随时跟踪"问诊"。为准确获得一线工作信息，他们建立"健康档案"，定期进行装备技术性能、易损配件实际检测和综合分析，将单体及配套工具、器材、资料纳入管理范畴。

他们还积极探索质量变化规律，积累装备使用、保养、维修等信息，有效推动装备管理由粗放式向精细化、规范化转变。同时，建立互检互查、定期问诊、责任问效等长效机制，强化纵向到底、横向到边、条块结合的责任体系。

笔者随手打开一本装备使用手册，发现某型装备动用记录信息清晰可见、状态随时可知，保障链条尽收眼底。

（刊于 2021 年 5 月 25 日《人民陆军报》三版）

第三辑 通讯

第四辑

典型报道

常规兵器靶场的"航天兵"

——记某部副总工程师吴航天

"组装机身、安装电池、连接电路……"随着一串口令传出,一架无人机腾空而起,俯冲、爬升、滑翔……美妙身姿呈现在蔚蓝的天空。指挥车旁,一个身材高瘦、手持报话机的上校军官就是试验指挥吴航天,某部副总工程师。在不久前该部"践行核心价值观模范"评选中,以高票胜出,被官兵们视为身边的"星"。

名为"航天",却来到常规兵器试验场,被问及理想与现实是否差距很大时,他却微微一笑:"在哪都是报国,更何况现在从事的也算是一项小小的航天事业。"

入伍22年,与无人机结缘17年,攻克了国家无人机试验中一系列技术难题,主持完成了五种典型平台的无人机设计定型、科研试飞、产品交验任务,荣获军队科技进步二等奖3项、三等奖2项,荣立个人二等功一次、三等功两次……他用行动证实:心中装着事业,肩上才有使命,价值之树才能常青。

"人勤才能地不懒,早起的鸟儿有虫吃"

在同事眼里,吴航天有个爱加班的"坏习惯",可他并不喜欢别人叫他"工作狂"。他说:"早起的鸟儿有虫吃,人勤才能地不懒,加班了,心里才踏实。"

1988年,吴航天像许多热血青年一样,怀揣强军报国的梦想携笔从戎。可走上工作岗位第一天,他就"发愣"了:不仅一张张设备原理图看得他眼花缭乱,一串串试验指挥要领也听得他望而生畏。

在理想与现实的差距面前,胸怀抱负的吴航天决心迎难赶上。他利用一切时间学理论、钻业务、练技能。一年下来,他不但掌握了岗位基础知识和操作技能,还能默画出指挥流程图和参试设备原理图,熟记500多个技术参数。

就在这时,室主任找他:"最近导弹组试验任务重、人手紧缺,室里想让你过去。"有同事得知后劝他:"你现在在火箭专业干得好好的,接着干一定能出成果,干吗要挪'窝'?"

"在什么岗位并不重要,重要的是要有作为。"就这样,吴航天执意去了导弹组。

是金子到哪都会发光,勤奋好学的吴航天没有让领导失望。很快,他成为导弹专业的"行家里手",主持完成的试验任务一次比一次漂亮,负责完成的《某导弹仿真试验系统建设方案》第一次把仿真技术应用其中,开辟了靶场试验新方法。

一天,从试验场回来的吴航天被"请"到主任办公室,得悉了一个让他梦寐以求又颇具挑战的消息:国家首次无人机试验在部队进行。"这可是一个全新任务,有没有勇气做第一个'吃螃蟹'的人?"

"只要组织信得过、给机会，有啥不敢？"吴航天当即表态。有人说："这次吴航天把自己推到风口浪尖，要跟自己赌一把。"

一架无人机，看起来小，可技术含量却不小，仅零部件就有上万个，摸清它的脾性可并非易事。从此，"爱折腾"的吴航天向这个全新领域发起了冲锋，钻研无人机成为他的最爱。

为挤时间，家中大小事务他统统不管，当起了"甩手掌柜"。爱人抱怨："他的心里只有无人机，没有家。"儿子说："爸爸只爱工作，不爱他"。可他却说："苦'小家'也是为了甜'大家'。"

"宁可攻关倒下去，也决不稀松败下阵"

长期超负荷工作，让吴航天落下多种病症，尽管同事和医生多次提醒，可他忙于工作常常顾不得这些。他常开玩笑地说："这也是'政绩'"。

2006年2月的一次任务中，吴航天连续20余天坚守在试验一线。一天深夜，正在指导年轻同志开展技术攻关的吴航天胃部一阵痉挛，疼得直打转。同事们见状，强行将他送进医院。一名为他多次检查过病情的医生劝道："老吴，干工作也得注意身体，你的老胃病也该好好治治了，病情可耽误不起啊！"

可第二天一大早，当爱人到医院时，吴航天早已不见人影，直到夜里12点才拖着疲惫的身子回来。面对爱人的追问，他却说："任务进入最后阶段，全室上下都在加班加点，我既是领导，又是项目负责人，这时候怎能躺在医院里享'清福'。再说了，宁可攻关倒下去，也决不稀松败下来。"听了他的话，爱人又生气又心疼。

无人机试验大多在野外进行。夏季，接近40摄氏度的高温烤得人喘不过气来；冬天，寒风刺骨冷得人手脚麻木。可每次任务吴航天都是第一个进场，最后一个撤场。

长期紧张忙碌的工作，通宵达旦的攻关，使吴航天黑了很多，瘦了很多。看着他单薄的身体，有人问："如此拼命，值吗？"他却嘿嘿一笑说："军人生来为报国。看到亲手定型的武器装备部队通过天安门广场接受党和人民检阅的那一刻，是我人生中最幸福的时刻。"

作为领导干部，吴航天视名利淡如水，先后参与课题研究10余项，可署过名的只有5项。全程指导年轻干部完成的"效能评估"和"北斗导航"等课题都获得军队成果奖，可他却坚持不肯写上自己的名字。他说，自己只是做了一名领导干部应该做的。可课题组的同志十分清楚，没有他的心血，课题不可能按时结题，更不要说获奖了。

这些年，吴航天多次拒绝厂家的吃请及送礼，拒收了多项不合格产品，把国家靶场质量考核官的神圣职责举过头顶。

"一事认真不难，难的是事事认真"

认真，是吴航天的性格特点。遇到问题总要打破砂锅问到底，搞不清楚不罢休。

有人说他爱钻牛角尖，但吴航天却一点儿不在乎。他说："我能力平平，唯一能做的就是做事情多问几个为什么。一事认真不难，难的是事事认真。"

靶场连着战场。要想未来打得赢，就得平时把得严。首次无人机试验任务前，为搞清一些技术参数，吴航天跑遍了省城所有图书馆，20 余次深入院所工厂向论证单位、研制专家请教，对获到的信息，总要反复斟酌，仔细判断可行性。

一次试验任务结束，测得的数据全部符合指标要求，按说可以交付，认真的吴航天却独自反复回放试验录像。不经意间，一个异常声音传入他的耳朵。有隐情！凭经验，吴航天感到情况不妙，他将录像慢放再慢放、反复再反复、放大再放大……最终找到无人机螺旋桨有断裂，属材质问题。随手捞来的一条"大鱼"，为国家挽回不可估量的损失。

认真，也常使吴航天忘记了危险。一次，试验中的无人机出现故障，从高空坠落后，一头栽入野地里。面对突如其来的险情，吴航天紧急命令其他人员疏散，自己却冲到了最前面。这时，系统已经加电，战斗部和剩余燃油随时有爆炸可能，吴航天却义无反顾。只见他小心靠近无人机，用镊子钳起短路电线轻轻剪掉，用扳手缓缓打开战斗部，拆下传爆管……这一次，他为国家挽回经济损失数百万元。

认真相伴平常事，笑谈利剑指苍穹。与无人机结伴的 17 年，吴航天处处冲锋在一线，攻克了无人机精度评估等一系列技术难关，使靶场具备了系统完备、国内领先的无人机试验技术。

江山易改，本性难移。同样，在抓部队建设上，吴航天也处处高标准、严要求。2004 年，吴航天走上技术室主任岗位。第二年，所在室就被上级评为基层建设先进单位，此后连续 4 年被部队评为基层建设标兵单位……成绩里折射出汗水，也诠释着吴航天激情奋斗的军旅人生。

短评：成长就要学会担当（海风）

学会担当，肩上才能有使命。某部副总工程师吴航天，从芸芸学子到靶场青年专家，在成长进步的道路上，遇到落差敢于直面，遇到挑战敢于担当，遇到危险敢于冲锋，使践行核心价值观有了宽广的实践平台和不竭的动力之源。

学会担当，登高才能有路径。军人生来为报国。吴航天成长道路告诉我们，唯有保持一颗平常心、爱国心、事业心，才能滴水穿石、厚积薄发、梦想成真，守住那份孤独和寂寞，才能在关键时刻冲在前、顶得住，保持政治本色，才能事事认真、处处严格，为国家严把武器装备建设的质量关口，核心价值观才能真正根植于心、内化于行。

学会担当，超然才能有静气。吴航天的成功源于珍惜和努力、踏实和好学。入伍 22 年，他始终保持着心无旁骛的专注劲、永不服输的进取劲、充满激情的昂扬劲，使原本枯燥的工作因注入激情而变得生动有趣，使原本艰巨的任务因充满自信而变得简单容易，找到核心价值观与使命任务、本职工作的结合点。

（刊于 2010 年 7 月 27 日《中国军工报》一版头条）

先锋团旗别样红

——某连加强共青团建设纪实

都说某连抓共青团建设用真功、使长劲，此言不虚。该连团支部先后 3 次被表彰为先进团组织，2009 年被总装备部表彰为十大红旗团支部标兵，今年 5 月，又被共青团中央表彰为全国五四红旗团支部。

用心抓团建，带动了连队全面建设。该连连续 5 年被表彰为基层建设标兵单位，5 次被表彰为军事训练一级单位，荣立二等功一次、三等功两次……

7 月 11 日，记者慕名走进这个获得众多荣誉的过硬连队，亲身感受他们科学抓建设的典型经验。

既要学好党的创新理论，更要坚守理想信念高地——

铸魂励志固根基

有人说："学理论就像关禁闭，既枯燥又乏味。"而该连的官兵告诉记者："学理论就如喝中药，过程虽苦，但疗效好，收益大。"

团员曹兴涛在连队团支部组织的"成长在党旗下，奉献在岗位中"主题演讲会上这样说："人的思想像块地，不长庄稼就长草，自觉加强理论学习，坚定理想信念，才能始终听从党的召唤。"

一个连队从后进到先进再到标兵，一个团支部从难有作为到大有作为，一名青年官兵从"要我学"到"我要学"，这一明显变化源自何处？该连团支部得出结论：要实现连队科学发展和青年团员全面进步，最根本的就是坚持用党的创新理论建连育人。

清醒的认识，让他们固牢一个"根"字，走活了共青团建设的"全盘棋"。针对青年官兵下厂实习多、外出单独执行任务多、与科研院所打交道多等特点，该连团支部始终把深学理论固根基、酒绿灯红不迷途作为铸魂励志的基础工程常抓不懈，坚持以"科学发展观在军营、在阵地、在点位"为主题，常年持续开展"学理论、学传统、学典型，争当青年标兵"的"三学一争"活动，使每名青年官兵都成为"靠得住、不变色"的先锋战士。

成长路上一个也不能少。为让每一名团员青年紧跟党旗走，他们针对意识形态领域斗争尖锐复杂、热点敏感问题增多的实际，坚持以政工网、军营广播和板报橱窗等为主阵地，以现实生活为主课堂，组织青年官兵广泛开展"看巨变、话成就、强信念、跟党走""当代革命军人核心价值观引领我成长"等系列主题教育活动，举办"在党旗下成长"主题演讲和"靶场里的火热青春"征文活动，不断夯实青年官兵扎根靶场献身国防的思想根基，增强听党话、跟党走的自觉性坚定性。去年考上军校的河南籍上等兵刘双亮离队时感言："在连队的两年，让我们收获了许多东西，连队不但给了我成长成才的舞台，而且教会了我如何做人！"

据不完全统计，近几年来，该连团员青年先后在报纸杂志上发表文学作品、新闻稿件100多篇。去年8月，该连团支部围绕科学发展观和核心价值观，组织团员青年自编自演的《高歌奋进的火炮人》文艺晚会，受到部队官兵好评。

走进该连营区，"爱党忠诚、爱国奉献、爱军习武、爱岗敬业"字眼便映入眼帘。他们在把党的创新理论观点、先进典型事迹编成歌舞、小品、相声、快板等小节目的同时，融军队特点、时代元素设置"思想火花阵地"等展板，使大家在寓教于乐中受到教育和启迪。

既要聚焦中心保成功，更要立足本职岗位强能力——

精武强能保中心

5、4、3、2、1……发射！随着一声震空长啸，某新型导弹如利剑出鞘直冲云霄，精确命中目标，操作手全是团员青年。在火炮工房准备间，团员青年也是主力军；在某训练场，记者看到团员青年争先恐后，不甘落后……该连团支部书记王亮告诉记者："紧紧围绕中心任务抓团建，才能使青年动起来，工作活起来，团支部的作用发挥出来。"

青春以使命而崇高，人生因奋斗而精彩。针对新进场装备型号新、信息化程度高等特点，该连深入开展使命教育，以"火热青春献给党、履行使命保成功"为主题，组织团员青年在新进场的武器装备前重温入团誓词，围绕"军队职能是什么""参军入伍干什么"展开讨论，强化团员青年忠诚使命、献身使命、不辱使命的政治责任感。

该连团支部充分利用装备科研试验实践平台，在青年官兵中广泛开展"争创放心岗位、争当精武标兵、争做技术能手"活动，设立青年官兵突击队、团员示范班组，引导青年官兵比着党员练、瞄准一流干，让团徽在试验场、训练场灿灿生辉。前不久，十天十夜的某型高温试验中，党员先锋队刚撤下来，团员突击队就顶了上去。5月1日节日会餐刚刚结束，连队接收到一项试验任务，团员下士吴奔奔和上等兵杨铭立即找到了连长，要求参与任务。在一线记者看到，"送弹、装填、瞄准、击发……"每一个动作都精准干练，让试验厂家和兄弟单位赞不绝口。

他们还开办"优秀团员讲坛"，让先进人物讲精武故事、谈创争体会，把先进典型风采制成DV短片适时在全连播出，激励每一名团员青年建功主阵地，激发自觉参训、争创佳绩的热情。同时，注重发挥团员青年在试验训练中的创造性，团员攻关组总结归纳出"目标牵引、岗位融合、阶段递进、分类强化、反馈提升"的"五步训练法"，有效缩短了训练周期、提高了训练质量。

既要为战士的今天负责，更要为战士的明天着想——

培植沃土助成才

目光有多远，行动就能走多远。思路的洞开，使该连团支部抓人才、助成才的路子越走越宽。

上等兵、团员刘双亮入伍前一度迷恋上网，险些出了问题。在团支部的耐心帮带下，如今，他不但成为硬邦邦的训练尖子、新闻报道骨干，而且在去年考入了装甲兵工程学院。大学生士兵、团员刘超，在前不久的主题教育会上，主动走上讲台，以《青春无悔献靶场》为题做了一个精彩的发言，招来台下一片掌声。这个曾自称"一株铁树"而一度消沉的战士，在连队开展的"1+1+2"挂钩帮带活动中，被团员青年的真情催开了"花"。谈起成才话题，该连团支部有着很深的体会：现在的战士，早就不满足于"吃了没""想家吗"这种"浅层关爱"了，他们更关心的是自己当兵几年，能不能学到真本事，成为部队和社会的有用之才。

基层出人才，部队才有动力。为让更多更好的人才脱颖而出，他们以"勤奋学习，岗位成才"读书活动为抓手，依托文化活动室、图书室、学习室、微机室等现有资源，深入开展"学习在军营、成才在军营、建功在军营、快乐在军营、满意在军营"活动，坚持每月向团员青年推荐一本好书，每季度组织一次读书交流，每半年进行一次读书笔记展评，每年评选 3 名"读书之星"，通过购书荐书、读书竞赛、读书演讲，让官兵养成良好的学习习惯。为让"青字号"活动年年有新意，他们不断丰富文化补习班、网络培训班、周末育才等活动形式，成立书画、电脑、写作、演艺等兴趣小组，发挥青年官兵优势、促进其全面发展。

（刊于 2011 年 7 月 19 日《中国军工报》一版报眼）

田红英：销毁线上"火凤凰"

"凤凰涅槃，浴火重生"。在某部就有这么一只临危不惧的"火凤凰"。她，就是该部工程师田红英。

2010 年 10 月，该部接到有史以来规模最大、数量最多、难度最大、跨时最长的一次弹药销毁任务。"大战"在即，官兵们有些兴奋，也有些危惧。作为女同志的田红英却第一个主动请缨，要求担负弹药销毁中的点火具制作任务，理由是自己参加过多次销毁任务，比新同志有经验。

大家清楚，拆卸、分解报废引信是弹药销毁中最危险的岗位，稍有不慎都会发生爆炸，加之一个女同志，野外作业条件有差，连上厕所都是"困难"。可田红英却不顾及这些，她说这点困难自己能克服。

就这样，她轻松地"揽"下了这桩"美差事"。野外销毁任务中，上厕所很不方便，她硬是将饭量减到平时的四分之一，不到口干舌燥绝不进一滴水。任务结束时，她的体重整整掉了十一斤，嘴唇蜕了两次皮。她竟风趣地说："原来减肥仅如此简单……"同事们感慨："销毁线她是最美的风景……"

任务危险没有让她退缩，环境艰苦没有让她放弃。田红英经常出入在销毁一线，成为唯一的女性。入伍以来，她多次参加弹药销毁任务，夏日酷暑、冬日严寒，每次都认真将导火索和雷管用管钳接好，累计制作点火具上千根，没出一次差错。有人问：作为一名女同志负责引信改装这么危险的工作，你不害怕吗？对此，她却笑着说，只要你对它"有底"，它就不会对你"没数"，只要一切按规程操作，再危险咱也不怕！

一次，某型引信改装检查复秤时，田红英发现有几发引信内部有晃动，跟引信打了十年交道的她一下就看出了症结：一定是装填充物时用力偏大，导致空间没有填满，产生晃动。田红英要求参试人员重新装填。大家对此很不理解，都劝她说："仅仅几发有点'小问题'，是符合试验要求的，再说这次试验对引信改装要求就很低。要重新改装，只改那几发有晃动的就是了，没必要全部返工，况且明天就要交付试验……"

"就是今晚不睡觉，也决不允许有一发带缺陷的参试品送到试验场。"随后，她亲自动手，一枚一枚重新拆除改装。同事们晓得她的认真劲，只能服从。夜里两点，改装任务完成。看着重新改装的新引信，她严肃地说："靶场如同战场，试验如同作战。干我们这一行必须有严谨的态度，如果今天你放松一次，明天就可能酿成大祸。"

（刊于2011年9月22日《中国军工报》综合新闻版，获得季度优质稿件和年度军事训练好新闻三等奖）

平凡人生亦传奇

——记"雷锋式战士"张承用

走进渭河岸边的某部舟桥班，小小的营院，五六个兵，"兵头"就是53岁、有着33年兵龄的"雷锋式战士"张承用。33载，他每天的职责就是守桥。然而，他爱洒三秦大地，情暖第二故乡，感人的故事一串串。

时间回到2005年春，渭河码头，锣鼓喧天，鞭炮齐鸣，人头攒动。驻地百余名群众手捧锦旗鲜花前来慰问英勇救人的恩人——舟桥班班长张承用。

2005年大年初一，当人们还沉浸在新年的快乐和甜美的梦乡之中，一场跳水救人的英勇壮举在渭水岸边上演，不仅感动了火热军营，更感动了渭水周边的普通群众。

这天，张承用像往常一样按时起床，走向桥头。已是寒冬，湍急的河水带着冰块向下游奔去，除了远处村庄的鞭炮声，桥面静得出奇。张承用仔细地检查着每块舟桥、每个铆钉……半个小时后，看到一切正常，他收好工具，准备返回舟桥班。

"救命啊……"就在这时，一阵阵呼救声从不远处传来，打破了旷野的宁静。

循声望去，只见对面码头一辆摩托车躺在桥面，旁边湍急的河水里两个人在拼命挣扎。"不好！有人掉进了河里。"张承用急忙放下手中的工具，一边脱掉上衣，一边向出事的地方飞奔。

落水的是一对老夫妻，汹涌的河水随时都有把他们吞没的危险。面对险情，张承用二话没说，一下跳进了冰冷的河水里，奋力向落水者游去。

河水针一样刺骨，由于流速大，每游动一步都很吃力。此时夫妻俩落水时间过长，体力严重透支。张承用艰难地向他们靠近。

5米、3米、1米……一点点向他们靠近。可就在张承用靠近他们的那一刻，意想不到的一幕发生了，夫妻俩同时抓住张承用的两只胳膊，让张承用动弹不得。怎么办？张承用只好用腿和脚在水中拼命地摸索，寻找能支撑的东西，可毕竟他力量有限，危险再次发生。恰在这时，前来喊张承用吃饭的战士宋岭看到这一幕，也迅速跳下水，帮班长腾出一只手，协助班长将落水的老夫妻救起。

舍身救群众，美名传四方。英勇的壮举成为人们新春热议的话题。事后，驻地群众纷纷前来慰问、看望见义勇为的好战士张承用。

张承用早已把真善美融进了平凡的工作中。

舟桥远离市区和乡镇，过往的车辆一旦爆胎，就要跑到十几公里外的地方去修补，不仅延误行程，也费时费力，张承用就常年备好气筒、胶水和修补工具。附近群众有难事，他都会带领战士义不容辞地帮助，把群众的事当成自己的事，为他们分忧解难。驻地百姓动情地说："舟桥班也是我们的家，张班长也是我们的家人。"舟桥班守的桥，因此被驻地群众亲切地称为"便民桥"。

"便民桥"上故事多。2004年初夏一个傍晚，一位表情木讷的女孩静静地站在渭河边，两眼呆呆地望着河水，整个下午都在河边徘徊。女孩的反常举动引起了张承用的注意，他走上前去询问，可女孩一言不发。他返回舟桥班请来临时来队的妻子，一起耐心做起女孩的工作。原来女孩因婚姻问题和父母发生了矛盾，一气之下跑到河边欲寻短见。为让女孩打消轻生的念头，从下午到晚上，他与妻子都陪伴女孩身边，聊家常，问家情，还为姑娘做了可口的饭菜。细心热情的举动，终于感化了女孩。第二天，寻找了两天的家人得知事情真相，激动得语无伦次。

这些年来，张承用与战友们先后抢救落水群众10余人，帮助打捞落水的机动车辆20余台，为群众修理各种车辆2300余次，资助失学儿童5名，舟桥班多次被表彰为拥政爱民先进集体。张承用多次被上级表彰为拥政爱民先进个人，1997年被原国防科工委授予"雷锋式战士"荣誉称号，2006年获全军优秀士官人才奖，先后荣立二等功1次、三等功5次。

守桥事小，但责任重大。部队地处渭河下游洪涝区，每年夏秋之交，是汛情频发的季节，张承用吃住在舟桥，昼夜不离舟桥。30多年来，成功抵御了6次特大洪水的侵袭。今年9月，张承用带领舟桥班战士，成功抵御了50年不遇的特大洪峰。

（刊于2011年12月17日《中国军工报》一版）

李洪波：钻出来的精湛技术

李洪波，某部一名汽车修理工，三级军士长，入伍21年来，检修车辆2000余台次，解决新装备车辆维修保障难题50余项，总结的车辆维修保养程序化运行方案等新技术得到了广泛运用，培养车辆维修技术骨干80余名，满足了部队科研试验车辆维修需求。

哪里有故障车辆，哪里就有他的身影。这些年，一辆辆故障车辆在这个只有初中学历的小伙子手中频频"起死回生"，让官兵们为之钦佩。一次，试验任务马上开始，参试装备需要立即加油，可一台外单位参试加油车却出现了故障。接到求救电话后，李洪波带上工具和配件火速赶到故障现场，简单听了车辆故障后，断定为节温器出了问题，他只用了5分钟就排除了故障，为试验赢得了时间，受到上级和参试单位的一致好评。

精湛的技术背后是勤奋学习、刻苦钻研的结果。从小向往军营的李洪波，入伍后就暗下决心：要在部队干出一番事业，对得起这身军装。为了这个目标，李洪波可算是付出了太多的艰辛，仅攻读车辆维修书籍就多达30余种。起初，为能准确判断故障，他还买来一台小型录音机，把各种故障声录下来进行辨听，逐渐摸索出一套"听、看、摸、试"的故障排除方法。如今，自主研发制作的发动机吊架等多项维修设备得到广泛运用。

同事们都说，李洪波的精湛技术是钻出来的。钻研的劲头源于一次"尴尬"局面：李洪波记得，第一次驾车执行任务，车辆就在路上抛了锚，最后在一位老班长的帮助下车辆才"起死回生"，这件事对他触动很大，当兵尽义务不能光凭热情，必须有真才实学才行。为尽快掌握维修技能，练就过硬本领，他利用微薄的津贴购买了汽车维修方面的书籍，从车辆构造等一些枯燥难记的数据到汽车的工作原理一点一点钻起来。他把数据编成口诀，把汽车工作原理制成了活页小本，把一些常见的故障和维修知识编成小册子随身携带，一有空闲就拿出来学习。有时为了弄清一个技术难题，他常常扎进修理间一蹲就是几个小时，一板一眼的琢磨，满脑子都是技术参数、构造原理、修理技巧。

辛勤的汗水终于有了回报。入伍21年来，李洪波先后被表彰为装备管理先进个人、装备"三化"管理工作先进个人、优秀班长、总装备部红旗车驾驶员标兵、总装备部直属部队装备维修先进个人，两次荣获三等功，获全军优秀士官人才奖，

多次被表彰为优秀共产党员、优秀士兵……面对荣誉，他把每一次取得的成绩都当作小小的"加油站"，对自己的要求反而更严了，钻研的劲头也更足了。他说："作为一名车辆修理工，为科研试验任务'服好务、保好驾、护好航'，才是本职所在。"

技术练不精，不算合格兵。如今，车辆更新换代快、高技术应用广，凭经验分析、判断故障和修理车辆的做法已经不能适应新的形势。对此，李洪波把目光和注意力转移到学习掌握高技术知识上，他要用信息化维修技能为新装备"保驾护航"。

（刊于2012年1月19日《中国军工报》综合新闻版）

"巾帼奇葩"竞绽放

——某部医院女军人矢志靶场服务保障风采录

这是一支70%以上为女同志的特殊集体，她们以雷锋精神为指引，常年与靶场为伴，奋战在保障一线，让玫瑰花般的梦想在靶场绽放。

"三八"妇女节即将来临之际，记者慕名走进这个光荣集体，探索她们学习雷锋精神，崇德、精医、博爱、奉献的价值追求和内心世界。

小舞台也能有大作为

2010年10月，部队礼堂里鲜花簇拥，掌声雷动，靶场奉献之星颁奖晚会在这里隆重举行，医院口腔科医生祝睿是该部唯一一名获得殊荣的女军人。

在常人看来，小医院、小科室难出成绩。然而，这里的女医护人员个个业绩不凡。祝睿从医32年，克服医院技术薄弱、没有业务团队等困难，瞄准口腔颌面外科学科前沿，刻苦钻研口腔科知识，成为口腔医学高端人才。她率先在驻地开展烤瓷、正畸及颌面部美容等业务，以规范、高超的专业技能享誉部队及驻地，累计为3万余名口腔患者解除了病痛。

内科主任医师赵蕾，现是国家级临床心理学专家，面对军内外多家知名科研院校的诚挚邀请，她不为所动，毅然留在部队工作。如今，新兵新训教育的课堂上、新学员入场教育的讲台上、基层部队的学习室里……处处回响着她清脆响亮的声音。汶川大地震发生后，作为全军心理救援专家组成员，赵蕾冒着余震危险，参加了数月的地震灾后心理救援工作，把心灵的阳光播撒于灾区人们的心里。近年来，她先后为全军部队开展心理授课200余次，听课人员达3万人，开展的《多种药物联合治疗慢性充血性心力衰竭临床研究》获军队科技进步三等奖，《森田疗法治疗新兵适应障碍》《特殊任务官兵心理健康状况的组织因素分析》等研究，拓宽了森田疗法的范围，填补了军队组织管理心理空白。巾帼不让须眉。这些年来，该医院由女干部领衔完成的技术革新20余项，在军内外学术期刊发表专业论文160余篇，获军队科技进步奖 16 项。

小天地也能有大发展

靶场不是战场，却整日硝烟弥漫；靶场没有战争，却日日炮声隆隆。她们说："靶场的天空里有男人的一半，也有女人的一半。"在试验场，女医护人员虽不是科研试验的"主力军"，却是服务保障的"冲锋者"。每次任务，她们与男同志一同进场，一同撤点，冬天寒风刺骨、夏季热浪袭人……忍受着各种煎熬。

2007 年年底，工作不满两年的外科医生李晓娇戴上了光荣的大红花，她荣立了三等功。年轻姑娘如何立的功，有人不解。荣誉的背后有汗水的付出。2007 年部队试验任务异常繁重，医院人手少，每次任务前，李小娇总是主动请缨，有时一连十多天奔波于试验阵地。

门诊部护士长张丽娜，从事住院部护理工作，待患如亲，遇到急难险重任务时，总是冲在前。一名退休干部因高位截瘫，大小便不能自理。她数年如一日，利用个人休息时间，承担起家庭护理工作。6 年来，义务为老干部导尿、置换导尿管上百次，翻身拍背、防褥疮护理无数次。

外科医生詹瑛，是第四军医大学的高才生，在同学都纷纷向大城市"结集"之时，自己却执意来到交通不便、信息闭塞的兵器城。在科室人员少的情况下，她接诊外科病人同时，兼顾门诊、急诊、巡诊、下部队讲卫生课、试验卫勤保障等多项工作，很快成为科室骨干力量。

门诊部护士李琴，是一名特招入伍的士官。入伍后，她一门心思投入临床护理工作，刻苦钻研、技艺精湛，静脉扎针总是快速准确。几年前，她被确诊为隐匿性肾炎。可是每次急重患者抢救、重大医疗保障任务她都抢在前，不把自己当病人，还经常坚持值夜班，累计参与试验保障 300 余次。

平凡中孕育着伟大。该医院的女医护人员就这样用青春和汗水谱写着壮丽人生。这些年来，该医院先后被总装备部表彰为抗击非典先进单位、巾帼建功先进单位，被总后勤部表彰为装备管理先进单位。

小举动也能有大奇迹

寻常之中有高度，平凡之中见奇迹。2010 年 7 月 23 日，医院大门口响起了震耳的鞭炮声，驻地亭子村村民张卫强携家人专程送来锦旗和感谢信，感谢医护人员无私营救母亲的义举，一家人激动的神情难以言表。

两天前，患有高血压的张老太在回家的路上，因高温天气出汗过多导致脱水、中暑晕倒在地，被好心人送进医院。门诊部主任仵晓燕带领医护人员立即投入抢救之中，测血压、量体温、采血化验、心电检查……护士李琴实施静脉注射、输液、吸氧、降温……经过 10 多个小时营救，老人逐渐清醒，后又与家人取得联系。当家人得知经过后，激动得说不出话来。

类似这样的感人事例，在她们身上已多不胜举。医院领导高喜权指着会议室里

悬挂的一面面锦旗兴奋地说："这些都是医院服务驻地群众后的回报。"

内科主任韩华一心扑在医疗工作一线，团结和带领科室人员狠抓医疗质量。面对科室人员少、诊疗任务重的现实，她常常是忙完门诊又忙病房。很多时候，上完夜班再上白班，顾不上休息。2010 年冬，流感患者较多，她不到 3 岁的儿子也患严重感冒，数日高热不退。可是，为全身心投入工作，她却把儿子交给远离部队的母亲，让母亲带到当地医院诊治。

一腔热血，真情服务。仅去年，该部医院就收到感谢信、锦旗 10 余面（封），救治驻地重危病人近千人。

（刊于 2012 年 2 月 25 日《中国军工报》专题报道版头条）

吴颖霞：一双柔肩担使命

未知科研领域犹如座座高山，有人在其面前望而却步，有人却从中找到乐趣，吴颖霞就属于后者。

吴颖霞，某部总工程师。21 年前，揣着硕士学位与科技强军的梦想，毅然决然走进九曲黄河之滨、天险华山之下的这片靶场。

1996 年年初，组织把国家某重点武器试验鉴定技术研究交给吴颖霞，面对这难啃的硬骨头，她带领课题组南下北上，20 天时间行程 5000 多公里，几乎跑遍全国相关科研院所与工厂。

21 年来，吴颖霞带领攻关小组攻克国家重点型号任务中的关键技术难题 90 余项，编写国家军用标准 3 部，发表学术论文 20 余篇，获军队科技进步奖 14 项，多项首创性技术研究成功解决了国家重点型号试验中系列关键技术难题，填补了我国武器装备试验技术空白，使靶场鉴定试验总体技术达到国内领先水平。

作为质量考核官，试验鉴定中的每个数据都关系着被试武器能否定型，甚至影响到未来战争，吴颖霞始终秉承严慎细实的作风。一些单位为了能使产品尽快定型，想尽一切办法"做工作"，甚至登门说情，都被她婉言谢绝。

常规兵器试验一年四季大多都在野外进行，冬天冰天雪地里寒风像刀子一样刺骨钻心，夏季 50 多度的地面高温晒得皮肤脱了一层又一层，可任务再艰巨，吴颖霞严把质量关口不放松。

某型装甲侦察车设计定型试验，赶上几十年不遇大热天，车内像个大火炉，待上一会儿就像从水里捞出来一样。颠簸试验时，眼睛还得盯着仪表读数，一会儿从座位上颠起来，一会儿又重重地落下去，头上撞了一个又一个包，晕得她十分难受。野外试验，女同志上厕所不方便，她干脆就少喝水，每次任务结束，喉咙干裂，人都快要虚脱了，即便在这样的条件下，她也不放过任何细小环节。

一次，某导弹定型中一个技术问题成为挡路虎。一发武器 30 多万元，一次要消耗上千万元，厂家找不出原因，试验被迫两次中断。吴颖霞主动带领试验组深入车间 10 余天与技术专家一起分析工艺流程、查阅设计结构，最后帮助解决了问题，工厂感激不尽。21 年来，她主持、参与试验任务百余项，审查技术报告 200 余份。

吴颖霞先后荣获首届总装备部优秀人才奖、首届中国百名优秀母亲、全军优秀共产党员、全军优秀指挥军官……她把每个荣誉都视为新起点。

2003 年年底，吴颖霞被任命为某部主任。面对一个新组建单位，她倾注全部精力抓建设，单位组建当年就获得科研成果 15 项，被表彰为全军军事训练一级单位。

2008 年，走上部队总工程师岗位的吴颖霞站高谋远，带领技术骨干完成的《新型试验鉴定体系规划》，为靶场转型发展奠定了坚实基础。

（刊于 2012 年 3 月 22 日《中国军工报》专题报道版）

张三喜：科研路上喜丰收

敏捷的思维、儒雅的谈吐，初见某部高级工程师张三喜顿觉有一番学者风范。然而，他却是一位致力于光学测试领域攻坚破难的冲锋者。入伍 25 年，主持完成科研试验任务近百项，攻克武器靶场光学测试系统技术难题 20 多个，获军队科技进步奖 13 项。

1987 年 7 月，毕业于西北电讯工程学院的张三喜，"阴差阳错"地被分配到高速摄影岗位，按照他的说法，一是当时岗位缺人，二是领导认为他是个"可塑之才"。然而，时光证实，张三喜比大家想的还要优秀。

1989 年冬，国家某重点型号任务进场，任务落到了这个年轻小伙子身上，面对落后的测试设备和测量手段，张三喜没有退缩，10 余天时间泡在办公室研究方案、设计流程，使任务一次性通过验收，他成了高速摄影组一名响当当的技术骨干。同时，他还大胆提出了"立足现有设备探索新的测试方法、跟踪国内外高新技术为我所用、盘活外部资源获取新信息"等诸多创新理念。很快，在他的倡导下，一批高速摄像系统、高速录像系统研制改造相继展开。

为攻克一道道技术难关，几年间，张三喜常常泡在阵地上解析设备参数、研究比对试验数据、推导论证新的测试方法、经常深入科研院所学习取经。为熟知基本原理，他找来废旧的电路板反复研究，找老同志反复请教……功夫不负有心人，一项项老旧设备焕发"新颜"，成了主测设备。

进入新世纪，武器呈现出信息化、体系化、智能化等特点，精确制导武器、直升机机载武器、无人机等武器试验鉴定中的一系列测量难题接踵而来。如何满足新型武器系统的测试需求，解决靶场试验中测试技术难题？张三喜主动进行相关理论学习，研读、翻译有关资料书籍。为开阔视野，掌握领先技术，他经常奔走于西安、武汉、天津、北京等各大名校和国内各光机所单位。

他领衔完成的《双光路狭缝摄影机集群系统设计总体工程》《激光超高速摄影系统设计与研制》均获军队科技进步二等奖，使靶场测试技术始终紧跟世界发展前沿。

为解决测量系统同步和判读处理难题，张三喜带领研究小组又发起冲锋。历经四年时间，飞行体姿态光学测量与处理技术研究终于完成，3D/6D 图像分析处理系统研发成功，这两项技术成功解决了非圆柱体目标的姿态判读处理问题和海量图像的自动判读和处理问题，形成了靶场目标特征量视觉测量体系和基于图像的目标位姿参数判读处理体系，达到了国际先进水平，受到国内有关专家高度称赞。

这些年，张三喜平均每两年就有一项重大成果问世。面对成绩、鲜花和掌声，张三喜却说："机会和荣誉是组织给的，自己只是干了分内的事……"

（刊于 2012 年 6 月 14 日《中国军工报》专题报道版）

王　俊：砺剑路上不寻常

在某部，一提及高级工程师王俊，官兵们无不钦佩：参加工作 4 年取得 3 项军队科技进步奖，30 岁便晋升为高级工程师，成为当时该部最年轻的高工。

成功的背后是超出常人的付出与努力。1997 年，从国防科技大学毕业后，王俊被分配到某室工作。为尽快熟悉设备，他一有时间就往工房里跑，夜以继日地学习相关资料，熟悉设备工作原理。很快，他能在组里各个岗位游刃有余地开展工作。

辛苦付出终有收获。短短一年，他从一名毕业学员成长为组里的技术骨干。第二年，被任命为专业组长。第三年，领衔完成的《火炮动态参数测试系统》《火炮动态参数仿真训练系统》两项成果均获军队科技进步奖三等奖。第四年完成的《利用虚拟仪器开发某型测速雷达终端》研究成果再获军队科技进步奖三等奖，成为引领专业发展的领头人。

2005 年，该部引进了多台新型坐标雷达，如何把这些"新家伙"联合起来提高使用效率？王俊主动请缨，扛起了这副重担。他带领业务骨干一头扎进设备工房，通宵达旦地开展研究工作。白天试验任务多，他就利用休息时间一遍遍翻阅资料、分析数据、调试程序，在枯燥的数据间寻找最快速、最有效的运算方案。无数个日夜后，雷达交汇测量和雷达实时引导测试方案最终成功问世，突破了以往的外弹道测试方法和手段，大大提高了雷达测量的准确性和可靠性，为提高常规兵器测试能力开拓了一条行之有效的联合组网测试新路子。

2006 年，王俊奉命承担某新型进口雷达引进，接手任务后却发现，由于该设备引进型号新，所配带的相关技术资料严重短缺，没有相关资料可供借鉴，更没有任何技术服务指导。不服输的王俊凭着仅有的几本英文参考资料，与室里的同志边开展验收，边加班加点研究学习，最终顺利完成该设备的靶场验收。

2008年，为满足高新武器任务测试需求，该部从国外陆续引进了一批新设备，可问题接踵而来：新装备刚刚引进未能被熟练操作，旧装备又不能满足试验任务需要，怎么办？正在大家为之犯愁的时候，王俊大胆提出了进行"旧装新改"的设想，在积极更新新装备的同时，对旧装备进行改造升级，使其"枯木逢春"发挥潜力。很快，旧设备通过改造升级，既可以满足试验需求，又能与新设备实现兼容互补、同台竞技，"小成本"赢得了"大效益"。

使命只给肩负他的人以神圣，奉献只给理解他的人以幸福。这些年，王俊主持完成了《雷达实时组网关键技术研究》等10多项重点课题的研究，承担了许多重点型号任务中系统雷达外弹道测试的技术把关和项目论证工作，成功解决了制约测试技术发展的难题。对此，他说："在挑战中享受快乐才能找到快乐，也才能提高测试数据精度和深挖设备潜能。"

（刊于2012年8月14日《中国军工报》专题报道版）

李亚东：矢志建功驭"战神"

7年时间，从学士到硕士、从硕士到博士；读博期间，3篇论文被EI收录……他就是某部工程师李亚东。

2005年4月，李亚东硕士毕业分配到该部火炮测量专业。工作不到一年，他又报考了火炮、自动武器与弹药工程专业博士研究生并被录取。寒窗苦读，终有所成。很快，李亚东成为驾驭新知识的领头人。

火炮寿命的预测一直是道难题，令许多专家束手无策。刚刚摘掉学员肩牌的李亚东，积极跟踪国际科研前沿动向，以火炮身管外表面缺陷对身管寿命影响为题开展研究，实现了多种形状参数的无量纲化，并拟合计算公式得出了身管外表面缺陷对身管寿命的影响规律，修正了现行的火炮使用技术规范，该课题2006年获军队科技进步二等奖。

尝到甜头后，李亚东的劲头更足了。2006年，他对自行火炮行走系统的随机疲劳可靠性展开研究。为拿到第一手数据，他开展了大量实车试验和仿真分析，一举解决了自行火炮构件疲劳强度分析、设计，维修周期的确定，自行火炮在作战、训练中可靠性预测等难题，对提高我军装备的作战能力，加速形成武器装备的战斗力和保障力产生了重要的军事经济效益。

只有不畏艰难险阻，执着迈出创新进取的脚步，才能走出壮美人生。2007年，读博期间的李亚东，利用部队的实践经验和院校的信息技术优势，积极开展底盘行走系统可靠性研究。振动过程的各类数据获取难度大，李亚东连续半年时间上阵地、进工厂、跑院所，采集准确数据，克服野外试验条件异常艰苦等条件，最终完成课

题研究。

功夫不负有心人。7年里，李亚东全面系统地掌握了火炮总装测量试验专业的相关理论和技能、国军标有关火炮总装测量标准和规范，多次承担大型科研试验任务，解决了试验中出现的重大技术难题20多个，成为能准确把握国内外火炮试验技术理论发展动向的学术技术带头人。2010年10月，他顺利通过博士论文答辩，成为该部火炮测量专业第一位博士研究生，他撰写的《基于有限元仿真的火炮身管外表面缺陷分析》等3篇论文陆续被EI收录，被推荐进入了总装备部"1153"人才库。

面对广阔蓝天，翔者会骞翻远骞。如今的李亚东大胆将新技术、新产品应用于科研和设备改造，坚持在发现问题、解决问题的实践中掌握新知识、积累新经验、增长新本领，形成用以促学、学用相长的良性循环。

（刊于2012年9月1日《中国军工报》专题报道版）

做照亮战士心灵的一缕阳光

"基层党代表就是要用心传播党的创新理论，做照亮战士心灵的一缕阳光。"这是全军优秀党务工作者、某连指导员李鹏的带兵之道。

2008年年底，李鹏走上了指导员工作岗位，面对部队常年与武器打交道，官兵长期处于严冬酷暑、高温强噪的艰苦条件，李鹏感到了前所未有的压力。

保证官兵思想不迷航，最根本的是用党的创新理论筑基塑魂。为锻造对党忠诚的"合格砖"，李鹏在全连广泛开展"学理论、学传统、学典型，争当钢铁战士"的"三学一争"活动中，让先进理论、先进典型成为战士成长道路上的"指路明灯"。他按照滴灌、感悟、实践"三步走"方法，抓教育、抓渗透、抓融入；在连队醒目位置竖起"理论学不精、难当钢铁兵"的牌子；提炼编写"连歌""连魂"，制作党的创新理论"口袋书"，将创新理论学习由远拉近，由虚变实，战士学理论的热情不断提高，连队学理论的氛围逐渐浓厚。

在阵地、工房、点位搞教育，常常面临着许多困难。没有大块时间，李鹏就把人员"化整为零"，把内容"化繁就简"，让学习时间"积少成多"。他还开辟了"三小"阵地：小黑板每天刊出理论要点，小快报每周刊发官兵感言，小讲坛每月畅谈学习体会，使"小阵地"变成"大课堂"，让创新理论入心入脑。

帮助战士把好人生航向才是大爱。李鹏发现，战士休息时间多忙于上网或打游戏，部队生活短短几年，如果战士走岔了道，自己就是失职。每年新兵下连，他都会逐个了解他们的兴趣爱好，指导他们制定学习成才计划。4年来，他们连队14人获全军、总装备部优秀士官人才奖，连队2009年被总装备部表彰为基层建设先进单位和"十大红旗团支部标兵"，2010年被总装备部表彰为先进基层党组织、荣立集体二等功，2011 年被共青团中央表彰为"全国五四红旗团支部"。

"只有形象好才能当代表，只有自身正才有资格证。"李鹏言必出、行必果。在战士入党考学等热点敏感问题上，严格按程序办事，赢得了广泛好评，他先后被上级表彰为优秀政治干部、优秀基层主官、优秀党务工作者，荣立三等功一次，2011 年被全军表彰为优秀党务工作者。

（刊于 2013 年 1 月 29 日《中国军工报》党的建设专版）

靶场红霞

深夜，疲惫的时针迈向凌晨一时，渭水岸边的兵器城被黑幕笼罩，一片寂静，吴颖霞办公室的灯依然亮着，键盘被敲击的声音清晰入耳。

这几天，某重点课题正式立项，这一对靶场信息化建设具有重大意义的任务成为吴颖霞心头最重的一块石头。

吴颖霞日思夜想、魂牵梦绕的，都是靶场技术发展问题。二十二年，黄河女儿的坚韧与自强，知识女性的智慧与才华，矢志国防、扎根靶场、以苦为乐的炽热情怀，在她身上展现得淋漓尽致。

理想在军营里放飞

1991 年 1 月，巴格达上空战云密布。时隔不久，代号为"沙漠风暴"的海湾战争爆发，紧接着，四十天时间，战斧式巡航导弹、F117 隐形战斗机、激光制导炸弹……高技术武器成功主导了战争。这场战争在深刻改变传统战争形态的同时，深深影响着万里之外的一位中国女大学生的人生道路。

那年春天，在陕西师范大学攻读研究生的吴颖霞即将完成学业，准备人生道路的第一次选择。作为当时就读国内最热门专业——激光全息与光信息处理高科技领域的高才生，未来对于吴颖霞，可谓"条条大路通长安"：留校读博、出国深造，成为激光领域顶尖人才；到北京、上海，当大公司高级白领……

这些触手可及的机会，吴颖霞一一放过。从军报国，她有自己的梦想。

听说吴颖霞要到部队去，整个校园"沸腾"了。

很多人不解，同学们跑来劝她："部队是男人的天下，你要是去了，一定会后悔的。"导师苦口婆心地说："两个导师培养你一个研究生，在师大历史上是少有的，部队科研条件差，你要慎重啊！"

精确制导武器将成为决定未来战争胜负的"杀手锏"，我军在这方面还十分落后，若不奋起直追，就会远远落在军事强国之后。之后的半个月时间，吴颖霞一直在深思。"激光在军事领域应用前景广阔，部队正急需你这样的人才！"脑海中部队招生人员的话语始终在她耳旁挥之不去。

小时候因为家里穷，吴颖霞在乡政府、村委会的资助下，念完高中并考上大学。父亲去世前拉着她的手说："爹没有能力供你读书，是党和政府培养了你，将来一定要好好报恩啊！"

激光束一旦射出，就不会转弯而永远笔直向前。"是党和政府把我从一个农村娃培养成一名研究生，不把学到的知识回报国家，我会愧疚一辈子。"

去部队那天，古城西安，人声鼎沸、车水马龙，吴颖霞收拾完行囊，看了看往日熟悉的校舍，毅然决然地向九曲黄河之滨、天险华山之下的这片靶场进发。

在吴颖霞想象中，华山雄伟峻秀，八百里秦川一望无际，渭河、洛河像两条飘带流过。然而，一下火车，一辆吉普车七弯八拐地把她接到一座古庙里。司机告诉她，这就是部队的生活区时，她一下子愣了。

眼前，一座座低矮的旧瓦房上面长满了青苔，七零八落地散布在苍松翠柏之间，一颗颗枯树就像一座座雕塑，不知经历了多少沧桑……曾经的憧憬像落在滚烫锅里的一滴水，瞬间消失无痕。

那夜，看着窗外清冷的月光，她久久不能入睡。

没几天，吴颖霞的心就凉到了极点，住的是危房，喝的是沙子水，位置偏僻，交通不便，信息闭塞，还经常缺水断电……科研条件同样艰苦，专业资料匮乏，仪器设备简陋，整个试验室只有一台 386 计算机，撰写技术报告得用手写，改多少遍就得抄多少遍，最后还得一个字一个字地刻上蜡纸，一张一张小心翼翼地用手推印出来，一份报告比在学校至少多用半月时间。一天，为冲洗一张激光全息照片，吴颖霞跑遍了整个县城，也未能如愿。每次加班，从工房到住所需要步行两公里多的路程……

失落、彷徨、犹豫、不安，一时间向吴颖霞袭来。那段日子里，每当夜深人静的时候，躺在床上的吴颖霞一遍一遍地问自己：这条路选得对吗？我能在部队真正扎下根吗？

正在这时，一天部队组织参观历史馆，徜徉在一间又一间荣誉室，吴颖霞被老一辈"靶场人"无畏无私的创业奉献精神深深震撼了。

——1969 年 10 月，一大批优秀儿女积极响应党的号召，奔赴华山脚下，挖窑洞、睡地窖、饮苦水、吃干菜，在黄河滩上风餐露宿，在沼泽地里白手起家，短短数月，克服困难，建起了一座座试验工房、一幢幢试验室……

——"生前半世靶场搞试验，身后愿将骨灰埋天险。"部队第一任政委华光为靶场建设倾注了毕生精力，至死不渝；推翻原苏联射表编拟技术上的"三个不评定标准"、我国外弹道和射表专业领域专家闫章更，几十年如一日，仍在这片土地上默默耕耘……

"爱国防、爱靶场、爱本职"——面对几代靶场官兵始终践行并为之骄傲的"靶场魂"，吴颖霞浮躁的心渐渐平息了。

回到办公室，她给自己定下这样的目标：两年内胜任本职，三年内精通专业，五年内成为技术带头人。她主动请缨干起了被一些人视为"初中生都会"的检校工作。有人不解，一个研究生干这种工作多可惜呀！不管别人怎么说，吴颖霞不为所动，干得津津有味。她说："求知不怕起点低。"几个月后，她熟悉了六类十五种常用光学设备的结构原理，还能从检测数据中，快速准确判断出设备故障位置。

两年后，吴颖霞脱颖而出。

1994年3月的一天，渭水之畔的试验场春风徐徐，暖阳普照，一个"爆炸性"新闻迅速传开。第一天走上试验主持岗位的吴颖霞敏锐地发现某测试装备战术指标明显偏低，不符合实战要求，要求改进传统试验方法，引起了争论，遭到了厂家反对，并对她这个初出茅庐的主持人表示怀疑。

为让厂家信服，吴颖霞找来沙子进行配重跌落冲击试验。检验结果面前，厂家折服了。当吴颖霞把解决方案交到工厂技术人员手中时，感动得两鬓苍白的工厂师傅说不出话来。

拼搏在特殊的战场

这是一个激动人心的时刻！

2009年10月1日上午，万众屏息，亿万颗心在静静等待共和国又一个庄严时刻——新中国六十华诞庆典。

上午10时，当电视荧屏上新型反坦克导弹、轮式迫击炮、无人侦察机等武器方队在雄浑激昂的乐曲声中，缓缓驶过天安门广场接受祖国和人民检阅的那一刻，华山脚下兵器城里，激动地泪水蒙住了吴颖霞思绪万千的双眼，这些经她们亲手定型的武器装备，此刻是那样的亲切威武。

对兵器人来说，火炮是无言的战友。试验场并非真正的战场，却平日里硝烟弥漫，炮火连天。无论是烈日炎炎、酷暑难耐的胜夏，还是天寒地冻、寒风凛冽的严冬，每一天都有着刻骨铭心的记忆。

1997年7月，华山脚下，气温39摄氏度，炎阳下的试验场热浪翻滚，某型装甲车在渭水岸边的颠簸路上迂回急驶，热浪一次次扑过来，夹杂着浸入肌肤，刺入骨髓，车内温度超过60摄氏度，身着迷彩的试验主持人吴颖霞坐在副驾驶位置，整个人就像从水里捞出来一样，眼睛仍注视着各种仪器仪表。

副驾驶室位置狭小，只能容纳一个人，没有任何东西可扶，从上午10时到下午1时，文弱纤瘦的吴颖霞一会儿从座位上颠起来，一会儿又重重地落下去，头上撞了一个又一个包，感觉五脏六腑都要"奔"出来了。空旷的试验场一般无法搭建厕所，为了减少上厕所的麻烦，试验之前吴颖霞从来不喝水。试验结束，吴颖霞头晕恶心，嘴唇起泡，喉咙干裂，几乎虚脱。

那年侦察车试验，由于系统复杂，试验内容多，连续四个多月，被试装备经历了湿热、扬尘、淋雨、霉菌，高温、低温等各状态下的测试。天天都是在这种免费的"桑拿车"里度过。任务结束，吴颖霞患上了神经性皮炎，一出汗就奇痒难忍。

天天与火工品打交道，考验不至于这些。

2000年9月的一天清晨，朝霞初露，翘首挺立的某新型导弹泛着迷人的光芒，

随着一声巨响，导弹拖着长长的尾焰，冲向云霄，霞光、火光，映红了试验主持人吴颖霞清瘦的脸庞。

突然，一道亮光闪过——导弹提前爆炸！

问题出在哪？厂家找不出问题，一发导弹30多万，一次要打40多发，消耗1000多万元，急得五十多岁的武器设计师团团转，几天几夜睡不着觉。

怎么办？靶场就是战场，为厂家服务就是为打赢负责，不帮厂家找出问题决不罢休。说完，吴颖霞带着试验组成员深入车间，与工人师傅、技术专家一起分析工艺流程，一个环节一个环节检查试验数据，一张图纸一张图纸查看设计结构。

半个月后，终于找到并帮助厂家解决了绝缘不好的问题。"你们救活了我们厂子，是我们的大恩人哪！"厂领导眼含着泪花，握着吴颖霞的手说。

试验虽然成功了，吴颖霞却陷入了沉思……如果能运用仿真技术进行模拟试验，不就可以减少损失、提高效益吗？吴颖霞提出了一个大胆的想法。

然而，课题刚一提出，很多人表示质疑：一是没有成熟的技术，二是国内没有先例。有人甚至说，这是"妄想"。可吴颖霞认准一个理：实践出真知，别人没做的并不代表我们不能做！吴颖霞决定向这一课题发起冲锋！

科学的道路上没有坦途。课题立项后，吴颖霞星夜兼程，赶飞机、挤火车、坐汽车，南下北上，辗转各大城市，搜集技术资料，深入沙漠、高原、山脉地带采集数据，争分夺秒、奋力攻关，有时紧张得一天只能吃上一顿饭。

晕，晕，晕，2001年春节刚过，吴颖霞与课题组成员乘坐的火车在大西南的崇山峻岭间穿梭，尽管事先已服用过晕车药，可小时候连坐毛驴车都晕车的吴颖霞此时已是天旋地转，呕吐不止。

40多个小时后，火车终于到达了目的地。看着她几乎虚脱的表情，同事们劝她："还是先休息一下吧！""不能因为我一个人影响进程！"说完吴颖霞托着虚弱的身体，一头扎进了工厂。

由于保密原因，厂家对查看资料规定很严，许多资料不让复印。怎么办？吴颖霞就带着大家一点一点地抄。夜里停电了，就点上蜡烛。眼睛熏红了，手指头抄僵了，就创造各种符号，拣重要的速记……从早晨到深夜，从深夜到黎明，一天一夜，吴颖霞与课题组成员硬是把上百万字的资料抄了下来。

此后几天，吴颖霞白天查看设计图纸、了解生产流程，晚上与专家商讨问题、整理技术资料，没睡过一个安稳觉。

功夫不负有心人。一个月后，吴颖霞与她的课题组成员终于掌握了该项武器各个系统的结构原理、战技指标和工艺流程，提出了一套完整的试验方案与测试设备建设体系。

一分耕耘一分收获。经过一千多个日日夜夜的奋力攻关，首次提出了激光驾束制导系统测试技术，实现了模拟实战状态下对制导系统的测试，突破了国外静态测试方法，填补了国内空白。经权威部门鉴定，这项技术为我国进行半实物仿真试验开辟了一条崭新的路径,使我国兵器光电仿真试验技术与国外同行站在了同一起跑线上。

动力有时来自外界条件的激励,有时源于心灵深处的执着与向往。吴颖霞就属于后者。这些年,她先后攻克科研试验中重大技术难题90余项,获得军队科技进步奖14项,编写国家军用标准3部,发表学术论文30余篇,被特邀为中国光学学会光学测试专业委员会委员,陕西省仿真学会理事。

责任占据心头高地

机遇,又一次钟情于吴颖霞。

2004年2月5日,阳光明媚,一大早家家挂上了大红灯笼,准备迎接元宵佳节的来到,部队礼堂里氛围庄重,某部组建大会隆重召开,吴颖霞从部队司令员手中接领了这面沉甸甸的旗帜。

部队的诞生就像一张白纸,缺这少那,班子成员彼此不熟悉,近百项试验任务、数十项科研课题接踵而来,工作千头万绪,任务异常繁重,39岁的吴颖霞,感到了前所未有的压力,她从统一班子成员思想入手,逐个与大家进行面对面、心贴心地沟通思想。坦诚换来了真心、拉近了距离、赢得了理解。"一班人"很快达成共识:作为首届班子,就是要为单位打下一个好基础、带出一支好队伍、培养一种好作风。

在随后的日子,吴颖霞和班子成员一道,一边紧锣密鼓地组织开展科研试验任务,一边深入基层搞调研、摸实情、听意见,多次登门向老专家请教,深入科技干部中间与他们促膝长谈,亲自带队到兄弟单位"取经"。很快,在深思熟虑、集思广益的基础上,一套完整的建设思路在吴颖霞脑海中形成:以优化专业结构、整合技术力量为突破口,抓思想统认识、抓规范促经常、抓关键求突破,把部队打造成为靶场发展的规划中心、技术研究的引领中心、科研试验的指挥中心。这一建设目标提出很快得到上下普遍认同。

"天道酬勤,长绳系日"是时间的法则,而"物竞天择,优胜劣汰"是自然的法则,二者皆是为人们提供的人生考题。那段时间,吴颖霞恨不得一天当两天用,经常通宵达旦地工作,在她的示范引领下,方案论证、计划拟定、专业重组、力量调配,各项工作有条不紊地推进,加快战斗力生成发展。

那年年底,部队圆满完成科研试验任务近百项,并跻身于全军军事训练一级单位的行列,官兵们心里乐开了花,吴颖霞的脸上也露出了灿烂的笑容。

利剑腾飞,捷报频传。良好的开局并没有使吴颖霞陶醉,站在办公室窗台前,吴颖霞陷入了深深的沉思:作为技术总体单位,推动建设究竟靠什么?

"实力不强必吃亏,能力不行没发展。"在一次单位领导干部大会上,吴颖霞提出了打造高素质人才队伍建设的构想。在她的主持和推动下,2005年春,部队高层次人才建设计划、学科拔尖人才培养办法等规划措施陆续出台,结合重大任务锻炼、推进军地融合培养、创建创新团队等培养机制相继建立,人才培养驶入了"快

车道"。当年年底，两人获军队杰出专业技术人才奖，30 余人入选总装备部"1153"人才库，一批高层次拔尖人才涌现，一支技术能把关、课题能攻关、难题能闯关的创新人才队伍形成了规模，吴颖霞一直担心的问题解决了。

一个人要成就一番事业，需要克服前进道路上各种困难，更需要经得住名利的诱惑，经得住得与失的考验。随着职务升高了，权力增大，吴颖霞事事告诫自己：是党把我放在了这个岗位上，自己的一言一行都要对得起党。

2006 年年初，某型武器系统立项时，项目盘子大，多家单位前来竞标，为争得项目研制权，有的到处托关系、找路子，甚至"登门拜访"，希望能得到"照顾"，却都被吴颖霞一一拒之门外。有时为了使产品能尽快定型，一些单位想尽一切办法做工作，请吃饭、送礼品，希望能放宽试验条件，简化试验程序，每次吴颖霞对他们讲的一句话是："靶场试验中的每一个数据都将决定着导弹、火箭能否命中目标，都牵系着无数官兵的生命安全哪！我们要为战场上的官兵生命负责，要为部队打得赢负责！"

在吴颖霞的记忆里，小时候家里穷，哥哥、姐姐相继辍学，父亲、母亲和弟弟因看不起病相继离开人世。父亲临终前想吃块桃酥，因为家里穷未能如愿。作为某部主任，每年经手经费上百万元，吴颖霞严格把关，合理开支，管好用好每一项经费，不该花的钱一分也不能花，在单位形成了勤俭办事的好风气。从担任某部主任第一天起，就给自己立下规矩：在与地方单位的交往中，不照顾情面、不参加宴请、不接受馈赠。

淡淡青山远，何处不关情。这些年，吴颖霞同学中有很多办起了高科技公司，有的资产上千万元，都动员她早点转业致富，喜欢军装的吴颖霞始终不为所动。由于工作太忙，吴颖霞失去了许多与家人共享天伦之乐的时光。作为妻子、母亲，对于家人，她抱有深深的歉疚。但她并不后悔，她说："身上肩负着责任，党的事业永远是第一位的！"

生命为使命而绽放，精彩纷呈，军魂支撑的躯体，承载打赢的使命，铿锵无比。2005 年 3 月 21 日，总装备部机关黄寺礼堂里，掌声雷动，总装备部优秀共产党员事迹报告会上吴颖霞讲述着自己投身军营、扎根军营、建功立业，为共和国锻造战胜利剑的动人故事，感染了在场的听众……

2006 年 12 月 22 日，北京人民大会堂，鲜花簇拥，中国首届百名优秀母亲命名大会上，吴颖霞受到了中共中央政治局委员、全国人大常委会副委员长、中华全国总工会主席王兆国，全国人大常委会副委员长、全国妇联主席顾秀莲等领导接见……

使命燃起铸剑烈焰

2008 年 7 月，命运之神再次眷顾有准备的人，吴颖霞被任命为部队总工程师，分管科研试验，主抓人才培养和质量管理。

走上新岗位第一天，吴颖霞在思考：部队近四十年发展，圆满完成三千余项试验任务，取得四百余项科研成果，形成了七大技术优势，随着信息技术广泛应用于武器装备领域，部队综合试验鉴定能力如何实现"水涨船高"。

工欲善其事，必先利其器。她带上机关业务部门深入技术室、试验阵地工房，促膝交谈，了解实情，利用两个月时间，系统梳理过去五年部队人才队伍知识结构、能力现状和学科专业布局，结合部队新型试验鉴定体系对人才队伍能力素质需求，科学制定人才建设发展规划，完善人才选拔、培养、使用、激励措施，指导业务机关逐人制定完善部队"515"人才培养对象和总装备部"双百计划"对象培养方案，人人有了成长路线图。

内心深处设想的希冀，如紧绷了整个冬天的叶芽正悄然地打开。

2009年9月，关中平原在瓜果飘香的甜腻中展露着迷人的秋爽景象，部队礼堂里首届科技创新奖和突出贡献奖表彰大会上，百余名优秀科技人才身披绶带、手捧鲜花，受到表彰。这一天，部队首批三个创新人才团队正式组建，吴颖霞被推荐为成像制导仿真团队的团队带头人。

那一刻，一种无法言说的甜美，就像小时候，嘴里那块奶奶亲手做的麦芽糖。

对于自己，吴颖霞认为，技术总师首先应成为靶场领域涉及专业的全方位技术专家，这一点自己做不到，还怎样带领别人。她的办公桌上经常能看到弹药、火炮、导弹等各方面的专业理论书籍。她说："知识时代，武器装备信息化程度越来越高、技术越来越密集、鉴定难度越来越大，不当一名学者，怎能赶上时代气息。"2011年3月，吴颖霞取得西安电子科技大学光学工程专业博士学位。

事非经过不知难。2008年，部队承担总部质量管理体系首批试点工作，重任落在了吴颖霞的肩上。面对这一全新领域，吴颖霞拿出搞科研的那股钻劲，带领质管人员，深入学习标准，反复讨论研讨，正确识别过程。

艰辛的付出创造了惊人的速度。

半个月内，吴颖霞提出了总体思路，确立了基本架构。

半年后，编制出既符合部队实际，有满足军标要求的质量管理体系有关文件。有同事回忆，仅形成的副稿文件足足有一麻袋。

宣贯，执行，修改，再宣贯，再执行，再修改……吴颖霞事必亲为。她亲自开展专项培训，围绕质量工作计划和质量目标完成开展质管体系专项检查，督促各级各类人员掌握体系文件要求。亲自开展试验任务风险评估、质量计划编制工作，加强对大纲拟制、方案编写、现场实施、试验外包及试后总结等各个环节的监视测量。

辛苦的汗水没有白流。2009年，来自国家权威专家首次审核认证一次通过，这个出乎意料的结果连吴颖霞自己都没有想到。

之后一年，吴颖霞十余次深入部站组织开展内部审核和管理评审，明确存在问题和改进措施。深入基层、试验一线，征求意见，抓好国家标准与常规武器特色质量文化、组织管理模式的高度融合，形成了全系统、全过程、全方位的质量管控机制和责权利相统一的质量责任体系。

事后，吴颖霞回忆说，这比搞一项科研还要艰难。

成功者的脚步永不停息。吴颖霞忙起来没人能比得了，为适应信息化靶场建设需求，她站高谋远，带领项目组充分调研论证，两个月时间，编制完成了部队质量信息综合管理平台建设总体方案，为试验质量电子化管理提供了基本遵循。

有人说，吴颖霞就像那华山之巅的宝莲山永远绽放，不知疲惫。2009年，随着国家高新武器装备的发展，传统的试验鉴定体系不能满足试验任务需求，吴颖霞带领技术骨干利用半年时间，编制完成了部队新型试验鉴定体系规划，为部队学科与专业岗位、理论、技术与标准、设备设施建设、人才培养和试验指挥与质量管控等的建设与发展提供了指导，为国家重点型号任务圆满完成提供了有力保障。

站在方兴未艾的军事变革大幕前，望着军事变革的风起云涌，吴颖霞同样能运筹帷幄。2010年，部队试验任务成倍增强，装备技术新、考核鉴定难、强度密度大、进度要求紧。她组织专题研讨会、试验协调会，确定重点难点，细化责任分工，抓统筹谋划，质量管控。她发挥总师系统功能，逐级扎实抓好试前准备环节，精准把握被试装备技术性能，对每份试验大纲、试验方案都逐字审阅严格把关。她经常深入一线，掌握第一手资料和信息，对产品出现的质量问题，指导试验人员分析定位。她说："天地转，光阴迫。一万年太久，只争朝夕。"

斗转星移，岁月如梭。如今，已成为科研领域领军人物的吴颖霞，依然保持着最初的姿态，如饥似渴地读书学习、缜密谨慎地计算分析、亲力亲为严把关口……她说："为党和祖国铸造利器，使命光荣，责任重大，容不得半点懈怠。"

（刊于2013年5月18日《中国军工报》军营人物纪实版）

"养猪大王"的幸福事

快乐贺新春，军营美食多。大年初六中午，记者走进渭水岸边的某部农场，一盘盘热气腾腾的清蒸排骨、回锅肉端上了连队餐桌。教导员房彦绪告诉记者："他们吃的肉都是自给自足的放心绿色猪肉。"

谈及放心肉，不得不提及该部赫赫有名的"养猪大王"、四级军士长王波。在别人眼里这是一份又脏又累的苦差事，然而王波干得乐此不疲，每天对猪的长势、食欲等各项数据详细记录，并利用周末到驻地几家养猪场"取经"。

10年间，王波不仅掌握了养殖专业基础知识，还将原来的纯饲料喂养改为利用剩菜剩饭添加部分糠料喂养，使每头猪的饲养成本降低了100多元。为引进"自然养猪法"，提高猪肉品质和养殖效益，王波投入了所有心思和精力，就这几天，王波还忙得不已乐乎。

在教导员的"导游"下，记者走进养殖场，广播里一曲曲轻音乐环绕四周，6排养殖大棚呈东西走向，坐北朝南，北墙上有上下两排通风窗，南侧是可卷起的棚模，棚上有天窗，可自动换气。猪舍空间开阔，阳光可照射猪舍地面的每个角落，既可消毒杀菌，又可使猪舍内部的微生物适当地栖息和繁殖。

正在猪舍照料母猪生产的王波说，过年了，猪也抢着生仔，这三五天时间就添了近百头小猪。王波向记者进一步介绍，自然养猪法是利用发酵床中的有益菌群，将猪的排泄物转化为菌体蛋白，变废为宝，实现舍内无臭味、不生蛆、无苍蝇。

养猪的学问还真不少，王波接着向记者详细介绍了营养液配制，饲料加工、给母猪人工授精等许多"秘诀"，令记者耳目一新。记者了解到，近 4 年来，总装备部先后在该部举办了自然养猪法骨干培训班 4 次，王波手把手、面对面的帮带出技术骨干 200 余人。谈及成绩，王波谦虚地说："咱是养猪的，猪养肥了，送到连队餐桌上了，咱就快乐幸福了！"

幸福是幸福，可为此王波付出了不少努力。

2009 年夏，正在农副业基地扩大养殖规模之时，所有的猪出现了气喘、呼吸困难症状。紧急之下，王波依据管理规程仔细梳理，对照猪场日志认真分析，并向西北农业大学教授请教，通过仔细化验分析，得出诱发病因的罪魁祸首是发酵床受气候变化，湿温度不适应，引起猪的支原体感染。

2010 年年初，驻地发生大规模"口蹄疫"疫情，驻地感染率达到了 70% 左右。为防止疫情危害猪场，王波带领养殖班连续 10 多天工作在猪圈，紧急接种疫苗，将原来每隔三天一次的消毒工作改为每天一次，并与地方畜牧部门联系，及时了解疫情动态，使得猪场安全度过疫情。

王波也因此总结出冬天如何给发酵床增加营养，及时调整饲养密度；夏季如何降温，调整水分保持发酵床的活性，达到舍内无臭味，粪便能够很快分解等养殖技巧。

王波还有件最幸福的事，就是帮母猪实施人工授精，看着一窝窝小猪仔出生，他最有成就感。

据他介绍，由于公猪性情暴躁具有一定攻击性，一般希望自然交配，调教公猪的时候若防范不当，极易受到伤害，而且精液非常脆弱，进行配种前还要稀释保存。刚开始，他屡屡不成功；后来，通过摸索，王波知道原来公猪"怕生"。于是，他几乎每天与公猪形影不离，经过一段时间接触，公猪慢慢地变得温顺了，他也顺利采到了第一管猪的精液。现在，王波又总结出了一套采精新方法，大大提高了公猪利用率，提高了猪仔的产值。

如今，部队每年出栏生猪 500 余头，产生直接经济效益一百多万元，实现了养殖规模化、品种优良化、饲料绿色化、环境生态化。提及这些，王波总会流露出一脸的幸福。

（刊于 2014 年 2 月 11 日《中国军工报》专题报道版头条）

炮火硝烟中的"铿锵玫瑰"

——记某部女试验指挥群体

在华山脚下、渭水之畔，有这样一群女干部，她们常年奋战在炮声隆隆、硝烟弥漫的试验场，战酷暑、斗严寒，用柔肩扛起装备质量"考官"的神圣使命；她们进荒漠、上高原，用纤手锻造着能打胜仗的常规利器，让玫瑰花般的梦想在炮火硝烟中绽放出艳丽的光彩。

她们，就是某部女试验指挥。火热七月，记者来到她们中间，探询她们为国砺剑背后的感人故事。

战酷暑、斗严寒，准战场上用柔肩扛起装备"考官"的大使命

夏天，试验场就像个大蒸笼，置身其上，几分钟内便大汗淋漓，她们把这称为"免费的桑拿"。记者采访工程师文艳时，她正在火炮旁顶着烈日，用树枝勾勒着炮弹的设计姿态。这位"80后"、个头不高的女指挥，入伍12年来先后主持完成过多项重点试验任务，撰写的论文有几十篇。她说，组里5年间完成90余项任务，在她们这支队伍里，女同志上阵地不比男同志少，就拿这次的某远程榴弹子母弹设计定型试验来说，每一发母弹有30多发子弹，一次要打近200发母弹，任务指挥、测试保障的难度前所未有。其他的还好说，最艰苦的是许多试验都在临时炮位，没有厕所，我们女同志上阵地前不敢喝水，遇到炎热的夏天，常常喉咙干得冒火。

试验任务重，她们个个都保持着弯弓满弦、带甲而眠的战斗姿态。记者见到工程师单斌时，她正在组织指挥某靶标测试任务，骄阳下，身形瘦弱的她汗水不停地从脸颊流下也顾不上擦拭。试验任务繁重，上试验场的频率就高。年初以来，她几乎每天一大早进场，很晚才能回到家，遇到试验故障，整夜不能休息。就在采访前两天夜里10点多，她将参试设备送进工房做保温试验，可凌晨两点多，某低温设备出现故障，接到电话后，她急忙赶赴现场，一切处理妥当，已是凌晨4时整。早晨6时，她还是按时来到试验场。她说，侦察装备试验对温差要求较高，大多要在后半夜进行，这让我们更辛苦。

对她们来说，无论是烈日炎炎的盛夏，还是寒风凛冽的严冬，考核武器性能的同时，也考核着从事考核工作的人。采访高级工程师闫雪梅时，她正顶着40多摄氏度的高温指挥某火炮密集度射击考核试验。厚厚的迷彩早已湿透，紧紧贴在身上，她用干渴而沙哑的嗓音发出指挥口令。随着炮弹出膛，大地颤抖，她整个人被火炮后坐力激起的尘土笼罩。尘埃落定，迷彩上留下一层泥沙。

天天与火炮、导弹打交道，危险不言而喻。指挥若定，不仅需要勇敢，更不能

缺少经验。去年，闫雪梅主持某任务，指挥口令下达后，炮弹却没有打出去，重新击发两次，仍无反应。10分钟后，闫雪梅让大家先不要动，自己走出掩体，小心地来到炮筒前，查找未能成功起爆的原因……入伍23年来，闫雪梅先后主持和参与完成试验任务近百项，排除留膛、近炸等危险20余次。

上高山、进荒漠，"男人帮"里用坚强演绎巾帼建功的别样美

"男人能干的，我们女人也能干"。白冬梅是组里唯一一名女同志，作为一名身处"男人帮"的女指挥，"80后"的她巾帼不让须眉：翻开组里的试验记录，她荣登榜首；打开组里的课题成果汇总表，她名列前茅。去年年底，她深入太行山主持某型穿甲弹试验，零下十几摄氏度的山洞里，穿着两层军大衣依然寒风刺骨，带上来的饭菜很快成了"冰疙瘩"，每天还要在掩体与炮位间来回奔跑四五十趟。试验中，炮弹打一发，车辆送一发，每天任务结束，人也成了灰人。就是在这样的条件下，她和参试队伍中的男同志们一起坚持了12天。

为国奉献是一种幸福，靶场女指挥们把幸福藏在心底，即便遇到再大的困难也自己扛着。今年4月，白冬梅赶赴内蒙古阿拉善主持某型制导火箭弹试验，此时孩子却因肺炎住进了医院。她二话没说，把孩子托付给丈夫，拎着行李从医院直接踏上去阿拉善的火车。她走后第三天，孩子就匆匆出了院，可因病情复发，第五天又住进医院。可白冬梅始终没有分心走神，一心扑在试验指挥上。起初，厂家人员对部队派来一个女同志担任试验指挥颇有微词，可不久后他们发现，试验计划、试验方案，白冬梅都处理得井井有条、周密细致；分析现象、排除故障，她条分缕析、思路清晰，令人折服。最终，原计划15天的试验任务，只用6天就顺利完成。返回单位后，她来不及休息，又投入到某型简易制导火箭重点试验任务的准备之中。

这几年部队任务重，作为试验指挥，她们每次执行任务常常是第一个进场，最后一个撤点，白天奋战在试验场，晚上还要加班加点处理数据、撰写报告。遇上出差调研等，几乎天天不着家，有的执行外场任务少则十天半个月，多则一两个月。去年5月，工程师张艳奉命赴内蒙古参加某型光电声探测试验，试验5个点位同时开战，在茫茫沙漠上一待就是一整天，一去就是半个月。她们说，作为妻子和母亲，自己可能不合格，但作为武器装备质量的"考官"，自己考核的武器装备一定要合格。

2011年初夏的一天，闫雪梅请假陪女儿在西安参加培训班，却接到某任务进场的通知。她当即带着女儿返回单位，一连40多天，白天与试验场为伴，晚上在办公室加班加点拟定流程、处理数据，保证了任务一天不耽误。

解难题、攻难关，谋打赢中用知识绘就靶场女性的兴装梦

兴装强军，科技创新永无止境。对女指挥们来说，谋打赢的战场不仅在试验场，也在科研攻关一线。为提高光谱系统分辨率，在没有相关资料可供参考的情况下，"工程师高鲜妮在两年多时间里搜集资料、调研论证，几乎天天泡在资料室、办公室，最终攻克了多光谱成像系统评估难题。为完成《激光测距机消光比测试系统》

电教教材的撰写，她每天加班加点到凌晨两三点，天天早出晚归，毫无怨言。

2011 年博士毕业的张俊萍被分配到室里，一次试验任务中，某型火炮火控系统软件出现故障，一连几天，火炮操作手及系统负责人找不到原因，试验被迫停滞。"要是有一个能定位故障的软件多好！"战士的一句话，让她这个学软件出身的高材生心头一震。她暗下决心，一定要搞出自己的软件测试系统。

为梦想付出再多，也无怨无悔。张俊萍多次赴西安、北京、南京、长沙等地的高校和科研院所调研，白天不厌其烦地跑工房查看武器系统线路，晚上趴在桌子上一丝不苟地构思设计、绘图编程。一年后，她牵头完成的"火指控系统故障诊断技术研究""信息化系统作战网络环境下的试验技术研究"，突破了作战网络环境构建、作战想定生成、数据链指标测试、系统作战效能评估等关键技术。短短两年多，在国家核心期刊发表相关论文多篇。她还针对武器装备火控设备一旦试验中出现问题，软件测试任务都要转交给研究院所来完成，既费时费力、又延误进程的实际，主动请缨承担相关软件开发。今年 4 月，部队软件组成立，张俊萍担任组长。她说，只有瞄准亟待解决的问题去攻关，才能把知识和技能更好地奉献给部队，发挥其应有作用。

"我们是女人，我们也是军人，不能因为称呼里多了一个'女'字，就把肩头的责任看轻了。"秀外慧中的赵玉慧，2012 年博士毕业后被分配到仿真组，走上工作岗位后，她选择比自己小两岁的硕士陈俊为老师，辅助陈俊进行试验中的数据记录和设备操作等工作。她遇到问题常常打破砂锅问到底，被同事们笑称"十万个为什么"。可就是凭着这种精神，她在不到两年的时间里成长为组里的"设备通"。每次试验中仪器设备闹点"小情绪"，她总能手到病除，令工厂人员佩服得五体投地。如今，赵玉慧怀孕已经 7 个月，还全身心扑在工作上，体现出一名女军人对强军兴装事业的挚爱与担当。

（刊于 2014 年 7 月 15 日《中国军工报》专题报道头版）

兴装强军马前卒

2014 年 2 月 1 日，大年初二。

窗外的天空，洁白的雪花带着新春的喜悦尽情飞舞，不时炸响的鞭炮声划破了清晨的宁静，忙碌了一年的人们沉浸于新年的喜庆中，渭水岸边的某部办公大楼里，高级工程师侯日升正全神贯注于课题研究。

办公桌上，厚厚的试验数据和课题资料，将陪伴他度过新春七天长假。春节过后，他承担着的两项总部重点课题要递交结题报告。这段时间，他日思夜想、魂牵梦萦的都是科研课题。

毕业 28 年来，冬夏寒暑，与武器弹药等火供品朝夕相处，历经无数次险情，无数次身处危境，侯日升英勇无惧，果断设置，凭借自身的勇气和技术化险为夷。春华秋实，全身心扑在常规试验靶场技术研究上的侯日升，从风华正茂到天命之年，探索未知，挑战自我，成果丰硕骄人，成为兴装砺装、科技强军路上的马前卒。

初露锋芒

有人说，西部的旷远苍茫，值得去追寻，却不值得用青春去绚染；西部的浑厚深沉，值得去品味，却不应当牵绊年轻人的脚步。对此，侯日升不以为然，时年22岁的他，已心有所属，正准备奔赴祖国的西部，奉献自己的知识和青春。

1986年7月的石家庄火车站，热浪涌动，人流如织，面容清秀、身穿军装的侯日升穿行于人流中。半小时后，随着火车一声鸣笛，他告别了求学四年的母校，踏上了西去的征程。

回眸这座城市，四年前，他不顾家人和老师极力劝阻，填报了当时最为冷门的弹药专业。四年后，侯日升再次出人意料地选择了九曲黄河之滨、天险华山脚下的一片热土——他，要去那里追寻自己的梦想。

飞奔的火车滚滚向前，宛如一双掀开长卷的巨手，将窗外的风景无限铺展，延伸到那美丽的校园，延伸到孩时的记忆。

小时候，影片《甲午风云》给侯日升留下了难以忘却的记忆：清军对日作战的关键时刻，买来的炮弹打不出去，海军将领邓世昌命令舰船上的士兵将这些从国外买来的"洋玩意"一一打开，竟然发现里面全都是沙子……上百的清军将士就这样倒在了日军猛烈的炮火中……

"军事上没有先进的技术必然受制于人，国力不强，必受欺负。"四年的军校生涯，酷爱军事知识的侯日升把大部分时间都用在刻苦钻研弹药专业知识上，一心想着将来能学有所成，报效国家。

火车一路向西，车轮发出有节奏的律动，曾经熟悉的教室，美丽的校园，渐行渐远，成为美好而亲切的回忆。

次日清晨，冉冉升起的红日，散发出夺目的光辉，行驶了一夜的火车在一座偏僻的小站缓缓停下。走出小站，一辆吉普车七拐八拐地把他接进了一个四面峰峦环绕的小山沟，在一个破旧的土窑洞里安了"家"。还没等坐稳，小山沟里的蚊蝇已经围了过来，"热情"地"亲"了他好几口；一夜的劳顿，本想盛盆水洗把脸，谁知盛回来一看，盆底竟是一层厚厚的沙粒。负责接他的同志说："这里条件就这样，时间长了就习惯了。"

那一刻，都市的车水马龙、热闹喧嚣的城市，仿佛幻影般消逝在记忆中，外界曾经的繁华像撒落在滚烫地面上的一片片雪花，瞬间消失得无影无踪。

这条路是自己选的，后悔也没用。那天夜里，尽管很疲惫，望着窗外清冷的月光，侯日升久久不能入眠，他想了很多很多：六年前，就在他16岁生日前一天，父亲在一次下矿中因公去世，此后，坚强的母亲独自一人，艰难地支撑起贫困的家，把他们兄妹三人拉扯成人……

动力，有时源于心灵深处的梦想，有时来自外界的激励，领导的关怀、同事的帮助，根植于内心深处的希冀又一次点燃，像那蜷曲的叶芽悄然间伸展……慢慢地，他接受了条件的艰苦，接受了物质的匮乏，也接受了没有喧嚣的生活，时常挂在嘴边的是那首《寂寞让我如此美丽》。

接下来的日子里，小山沟成了他的"战场"。热爱学习的侯日升，紧跟老同志学业务，找来书籍学理论。几个月时间，《野战炮兵统计学》《现代枪炮内弹道学》以及《爆炸物理》等十多门学科方面的十本专业书籍被他翻了好几遍，收集的资料足足能装满一个大箱子。

时间过得真快，转眼就到了年底，严冬的一个早晨，刚刚走进工房的侯日升被领导"紧急召见"。

"子母弹弹药设计定型试验任务准备由你来承担，你有信心吗？这可是部队首次承担此类任务，意义就不多说了。"领导很快宣布了任务。

施展拳脚的机会来临，侯日升兴奋不已。子母弹武器任务当时在世界上只有少数几个发达国家有相关的研制经验，这个任务可不轻啊，一时的兴奋之后，侯日升感到了一种从未有过的压力。

"领导把这么大的任务交给我，是对我的信任。不能让领导失望，再难啃的骨头咱也得把它拿下。"侯日升决心拼一次。第二天，他就把被褥从宿舍搬到了办公室，准备大干一场。

实战比想象的要艰难得多，接下来的日子里，侯日升真是拼了。白天奋战在试验现场，一项项任务仔细进行试验。空旷的试验场，寒风凛冽，像锥子一般穿透大衣，冰冷刺骨；晚上回来后，还潜心查资料找数据，夜里常常停水停电，没有暖气，侯日升只能点起小油灯在灯光昏暗、冰窖般的小屋子里继续伏案劳作。

每天连轴转，手脚、耳朵冻得生疮了，但疲惫和寒冷丝毫没有影响侯日升钻研的热情。两个多月时间，历经数百次数据测试，他终于顺利完成了任务，提出了子弹散布椭圆概念，创立的计算方法，为我国第一个子母弹弹药的设计定型提供了坚实的理论依据。

首战告捷，并没有使侯日升沾沾自喜，止步不前。相反，他的工作热情更高了，钻研探索更加刻苦了。

科学研究，单凭热情和刻苦还远远不够，还需要思考和决断，对此，侯日升心知肚明。1988年仲夏的一天，试验中，某型预制破片弹试验在设计定型中出现了结论与传统分析不相符的现象：按照传统理论分析，弹药在强度上存在安全性隐患，但采用新的设计理念试验检测，弹药设计是安全的。

两种思路，两种结果，如何抉择？是设计存在缺陷，还是样本量受限试验过程中没有发现，抑或还有其他问题尚未查出或发现？一时间，技术人员、研制厂家等各方意见不一，互相争执，多次讨论无果。

领导找到侯日升，只问了一句话："能搞定吗？"

"试试吧！"

受领任务后，侯日升顶着高达四十多摄氏度的高温，天天置身于烤炉般的试验场，一遍又一遍地测试、演算，一次又一次地比较、分析、思考、判断……最终，在博采众长、汇纳各家意见的基础上，提出了自己的决断和方案。

第二天，一份详细完整的分析报告呈到了领导面前。

舍弃温室的舒适安逸，才有生命的刚性，舍弃生活的安闲享受，才有收获的喜悦。初露锋芒，更加坚定了侯日升当初的抉择和求索奋进的信心。

一倔到底

与弹药打交道，时常身处危镜，稍有疏忽不慎，后果可想而知。因此，从事这一事业的人，必须具备特殊过硬的素质和品格：淡定而执着。淡定，要求在关键时刻和重大问题上的把持和坚守；执着，则须在工作过程、各数据环节上的较真求实和精益求精。

侯日升恰巧就是这样一位真正的淡定执着者，有人评价他，说他不但倔，而且一倔到底。

1988年深秋，侯日升受命到西北某厂家主持弹药威力测试任务。在审查试验环境时，一贯认真的侯日升发现了问题：按照考核大纲要求采用的中硬度土质炮位，厂家却采用水泥炮位。

"这不符合要求，需要重新修建炮位。"侯日升立即要求暂缓试验。

"我们几十年一直都是这么做试验的，土炮位太麻烦了，再说重修炮位我们心里也没底呀！"工厂领导急了，希望能网开一面。

"试验如同作战，试验中的每一环节、每一个数据都事关武器的性能，关系到将来战争的胜负，怎能当儿戏？"

工厂的同志实在说不过这个初出茅庐的小伙子，只好重新架设炮位。

事后，有人提及此事，侯日升说："我也想图省事，可我是武器装备的把关者，责任在肩，容不得半点马虎。如果我降低了标准，在实战中发生问题，这跟犯罪有何区别？"

之后，每项任务中，只要是大纲要求的，侯日升总会较真到底，决不妥协；他也从不在乎别人怎么说他，从实战出发，只要有可以更全面考核武器的新思路、新方法、新要求，他都会主动尝试，精益求精。

那年隆冬，天出奇的冷，可在空旷的试验场上，一场激烈的争论在侯日升和某研制方之间爆发了：在某型小口径高炮弹药进行弹道一致性设计定型试验时，细心的侯日升察觉，用传统立靶坐标去评定高炮弹药弹道一致性方法存在很大缺陷，而从实际作战需要出发，应把飞行时间纳入进来一并考量。几经斟酌，侯日升提出了自己的看法：必须把飞行时间纳入评估参数。此议一出，像捅了马蜂窝，遭到研制单位极力反对："这不是没事找事吗？弄不好研制了好几年的产品废了不说，还面临着项目推倒重来的风险。"

面对研制方的不满和抱怨，侯日升是理解的，提出自己的看法前他也有此思想

准备，但是他更清楚，也只有把飞行时间纳入评估参数之中，才能更加全面的考核武器性能，这样的定型试验才能真正有效。

争论多时，侯日升硬是一步不退。最终，在他的坚持下，研制方只好"妥协"，把飞行时间纳入评估参数。

虽与研制方取得了共识，但新的麻烦又产生了：当时测试设备还比较落后简单，如何进行飞行时间测试是个难题，侯日升等于自己把自己"逼"上了绝路。从不服输的侯日升再一次"拼"了，滴水成冰的气温，四个多月的时间，一百多个白天黑夜，每天往返于试验场和办公室，无数次的测试，最终攻克了用天幕靶测试飞行时间的技术难题。

这一次，侯日升觉得自己很幸运，试验获得了成功，他创建的新的评估方法后来还被编入国家和军队通用标准。事后，谈及此事，一位工厂技术专家说："从一偏到底的侯日升身上，我们看到的是兵器人的忠诚品格和奉献情怀，国家有他们，军队有他们，'兴装强军'就不只是一句口号，而是实实在在的行动。"

与武器弹药打交道的日子里，每一次参试都如同一场激战。

2002 年年初，某型弹药定型试验中，回收的弹丸出现破碎现象，让大家百思不得其解。难题极为棘手，一时解决不了，急得研制方的技术专家像热锅上的蚂蚁团团乱转。

"为厂家服务，就是为打赢负责。"看着厂家着急的样子，侯日升没有多想，带领科技干部几天几夜没合眼，对回收的实物进行反复比较分析，直到找到弹丸破碎的"元凶"。

看到关于弹丸破碎的分析报告，研制方吃惊非小，一连说了两个没想到：没想到部队有如此强大的技术攻关实力，没想到部队的科技人员有如此无私的奉献精神！这种在科研领域需要花上几十万元才能买到的研究成果，侯日升他们竟无偿地提供给了我们。一位老专家感慨地说："跟侯日升一起战斗，是我们的幸福啊！"

此后，在担任某部总工程师的五年时间里，侯日升严格把关，累计审查技术报告几千份，五百余项试验任务顺利通过定型，一批高精尖武器顺利投放部队，因实战性能良好而备受称赞。

"拿生命开玩笑"

身为军人，侯日升总是在想，军人生来为战胜，作为武器装备的质量"考官""把关人"，练精兵，打胜仗，就应该使亲手鉴定的武器打得准、打得稳、打得狠。

神圣的使命的认同、兵器人的勇决与担当，转化为更高更严的准则和要求。

1989 年深秋，渭水泛着迷人的光芒，试验场上，利剑刺破苍穹的一刹那，炮声骤起，一组反导舰炮弹呼啸而出。然而，令人不解的是，炮弹砸在土地上，却不见了踪影。

炮弹打出去，为何找不到落地位置？重重疑惑的侯日升带领大家仔细查看地形后才明白，炮弹口径太小，散布大，加之秋季的试验场杂草丛生，炮弹落地后隐藏于其中，难以用肉眼发现痕迹。

不能准确判断炮弹落地位置，就无法测得试验数据，这可怎么办？爱琢磨的侯日升一番权衡后，提出一个大胆想法：事先计算好炮弹的落地距离，让人站在落弹区用肉眼观察炮弹落地点。

一次要打近百发炮弹，人站在炮弹落地点周边抵近观察，这不是拿活人作靶子吗？万一有个闪失……方案一提出，除了侯日升，没有人不表示担忧和反对的。

不入虎穴，焉得虎子，侯日升思考再三，还是决定冒险一试。

就这样，侯日升站在了落弹区。

试验开始了，弹丸在侯日升的头顶飞行，从他的身旁左右划过，那情景，令在场的一些人不由得闭上了眼睛，手捂胸口，不敢再看。而纷飞弹雨中的侯日升，每次竟能在淡定和镇静中，快速、准确地标定好弹丸落点位置……

有了落点位置，便能搜寻到炮弹，获取准确试验数据，从而保证任务顺利完成。

可对于侯日升而言，挺立于弹雨的呼啸与纷飞中，有了这第一次，竟然还会有第二、第三次……

1998年初夏，试验场气氛再一次凝固，某型迫击炮弹药进行最小射程试验时，一发炮弹打出去，落在前方没能爆炸，成了瞎火弹，一半就裸露于地面，一半斜插于地下。

怎么办？此时，弹药的引信很可能已经解除保险，随时有爆炸的危险，如果这时不尽快进行坐标测量，刚才打出去的一组弹药就等于全部白打了。

关键时刻，侯日升再次挺身而出。他拿起标识旗，弓着腰，眼睛死死盯着瞎火了的炮弹，一点一点地慢慢靠近。一步、两步……在众人的紧张、担忧和惊骇中，侯日升最终靠近了那枚瞎火了的炮弹，之后，他蹲下身，又站起来，一边观察，一边快速而准确地记录下珍贵数据。几分钟后，取得完整数据的侯日升安然返回。

当侯日升把完整的分析结果提交给厂方时，工厂师傅握着他的手，半天愣是没说出话来——侯日升的挺身而出，不但保证了试验的成功，还为工厂挽回几十万元的损失。

与弹药打交道，有很大的危险性，试验大多是未定型新产品，在安全性上都是未知数；填装弹药、拆除引信等环节更是危险的工序，稍有不慎，就会有生命危险。

1999年盛夏的一天，夜幕降临，忙碌了一天的人们大多已收工回家，而在侯日升所处的试验场，一场惊心动魄的"战斗"刚刚拉开帷幕：某型弹药定型试验任务中，一枚炮弹发射出去，在空中没有正常开舱就侵入了地下。

是母弹开舱机构设置不当，还是引信"瞎火"？

原因不明。

面对如此"意外"，大家一时慌了神，不知下一步该怎么办。

"将炮弹挖出来不就一切都清楚了！"深思有顷，试验主持侯日升站了出来。

挖弹？这不是拿生命开玩笑吗？试验用的是实弹真引信，不能瞎干蛮干。众人议论纷纷。

俗话说，敢字当头泰山移。侯日升说干就干，他招呼大家撤到安全区后，自己从地上捡起一把铁锹，走向落弹区域，一锹一锹地挖起来……

胜夏的夜，虽然白天的高温已散，可空气似乎更加沉闷、压抑，汗水湿透了全身，挖掘工作一刻没有停下。

夜幕渐重，偌大的试验场愈加昏暗，给挖寻工作带来了更大难度，在场的人心揪到了一起。一分钟过去了，两分钟过去了，十分钟过去了……两个小时后，借着手电筒的微弱之光，侯日升最终将这枚带有几十枚子弹的母弹引信、零部件及所有子弹一一挖了出来……

众人这才缓了一口气，纷纷递过来毛巾和凉开水。

人们离开后，侯日升并没有休息，而是拿着东西回到办公室，连夜琢磨分析，直至找到问题和症结所在。

类似这样"拿生命开玩笑"的事情，侯日升每年要经历好几起。事后有人问他，这样做是不是太冒险了？侯日升说："科学需要精细和理智，军人要有忠诚和勇气，挑战生命的极限，才能完成最艰巨的任务！"

求索不息

在侯日升办公桌的一个小小抽屉里，有一大捆小红本，那是他 28 年间取得的各种荣誉，其中包括 13 项获军队科技进步奖。

数字是枯燥的，但在数字的背后，昭示的是侯日升在科研探索、兴装强军路上留下的一串串坚实而有力的脚印：

（略）

时光，有时可以淡去许多辉煌和荣誉，但兴军强装、技术攻关的脚步对侯日升来说永远不会停歇。

……

有人说，未知科研领域犹如座座高山，有人在其面前望而却步，有人从中找到了无穷的乐趣，侯日升就属于后者。

风险相伴平常事，笑谈利剑指苍穹。28 年，侯日升把肩上这份责任看得比生命还重要，这也促使他多次不畏艰险，勇闯"禁区"，以一名军队科研工作者的忠诚和胆识，完成一项又一项艰巨而重大的任务。

28 年来，侯日升紧紧跟踪世界弹药发展前沿，着眼实战需要积极开展技术研究，努力缩小我国与世界先进国家在弹药试验技术上的差距，完成的多项试验技术研究实现了历史性突破，填补了我国常规兵器弹药试验技术领域内的诸多空白。侯日升先后参与、主持、完成科研试验任务 300 余项，攻克国家重点型号武器任务在靶场鉴定试验中的关键技术难题 50 余项，编著军用标准四部，13 项创新成果获军队科技进步奖……荣获中国人民解放军专业技术重大贡献奖，享受国务院政府特殊津贴，首届军队优秀专业技术人才岗位津贴，总装备部兴装强军先进个人……

同事们说，从侯日升身上，人们看到的是一种淡定和执着，一名兵器人的勇决与担当，一名军队科技工作者紧贴实战需要、痴迷于科技创新中表现出的"衣带渐宽终不悔，为伊消得人憔悴"的事业追求和人生辉煌。

是的，历尽天华成此景，人间正道是沧桑。站在方兴未艾的新军事变革中，兵器人侯日升永攀科技高峰的脚步不会停歇，也没有停歇，他的人生华章也将更加绚丽多彩。

（刊于 2014 年第 5 期《解放军文艺》人物纪实栏目、2014 年 5 月 15 日《中国军工报》军营人物纪实版以《靶场尖兵侯日升》整版刊发、2014 年第 4 期《神剑》杂志以《兴装先锋侯日升》为题刊发）

知识强军的巾帼标兵

——记某部测试站高级工程师唐自力

[**唐自力**] 湖南永州人，1975 年 9 月出生，1997 年 7 月入伍，专业技术上校军衔，现为某部高级工程师。潜心钻研外弹道测试技术，填补靶场测试领域多项技术空白，荣获军队科技进步成果奖 6 项，出版专著 1 部。2012 年荣获第十三届总装备部学习成才标兵，2014 年获第十五届全军学习成才标兵，荣立三等功 1 次。

从 22 岁大学毕业入伍至今，唐自力获得优秀共产党员、优秀科技干部等荣誉无数，一枚沉甸甸的全军学习成才标兵奖章，浓缩了这位军旅英才的成功秘诀：学无止境，乐在其中。18 年间，唐自力瞄准专业需求两次实现学历升级，主持完成了 20 余项科研项目，其中 6 项获军队科技进步奖，成为强军路上的巾帼标兵。

好学者不知疲倦

穿上军装报效祖国是唐自力儿时的梦想。1997 年夏，唐自力毅然放弃湘潭大学留校任教的机会，来到某部，扎根靶场甘心砺剑，一干就是 18 年。

走上工作岗位的唐自力很快认识到，只有不断学习业务知识才能胜任本职。她抓紧一切时间学习光学测量基础理论，每逢出差调研、进厂实习，她不是泡在图书馆查资料，就是奔波于技术单位搞分析，各种设备的工作原理、技术指标很快被她吃透摸清。

半年后的一天，一台仪器突然罢工，采用各种办法都无计于是，只好请专家来帮忙，大家最后商定通过对控制板上的电位器逐个试调寻找病症。因为设备的主机系统在三楼楼顶，电控系统在一楼，需要有人跑楼梯监测通报调试情况。唐自力主动承担起这个任务，一次调试要楼上楼下跑几十次，大家劝她休息一会儿或者另换他人，可她硬要咬牙坚持，默默记录着不同的调试数据。

电位器调试效果不理想，唐自力根据自己的思考向专家提议检查某电阻，经测量调试最终证实了唐自力的判断。参加工作仅几个月就对复杂的控制系统有如此深入的了解，唐自力的表现令专家很是敬佩。任务结束后，这位专家对唐自力发出邀请："欢迎随时报考我的研究生！"

"求教靠虚心，探求靠专心，进步靠恒心。"唐自力决心在工作中边学边用，两年后她成为当时部队最年轻的专业组长，主持完成了多项重大试验任务，测试成功率和数据录取率均达到 100%。

好学者不知疲倦，当机遇降临时能量就会喷涌。2000 年，某型经纬仪因设备老化严重影响试验数据的采集。因为新型经纬仪价格昂贵，唐自力提出在老设备上加装红外探测器件的改造办法。此后，她自学数字图像处理、数字视频处理和机动目标自动跟踪技术，带领项目组成员加班加点攻关，改造后的设备实现从手动跟踪到快速自动跟踪的转变，并首次把探测波段由可见光拓展到红外波段，形成了靶场全天候试验模式。至今，该设备仍以良好的性能运用于试验任务中。

登攀者永不满足

梦想的高度决定攀登的高度，想要人生精彩就要把学习作为终身追求，做一个永不满足的登攀者。2002 年，工作上一直顺风顺水的唐自力突然选择"回炉"加钢淬火，并以优秀成绩考取西安光学精密机械研究所硕士研究生。

2004 年，唐自力提出了一种新的单站定位测姿方法，可遭到许多人反对。为验证新方法的应用价值，咬定青山不放松的唐自力自学数学建模和弹道仿真技术，独立研究制作单站定位测姿数据处理平台、图像管理数据库、测量精度仿真估算等软件。

恰时这时，一台经纬仪突然出现故障，无法获取空间姿态数据，试验被迫中断。就在大家一筹莫展之际，有人提议可以试用唐自力的单站定位测姿算法。结果试验获得圆满成功，不仅压减了试验中测试设备的数量，而且大大提高了测试系统的可靠性。试验结果充分验证了该算法的正确性、可行性，并具有很大的推广价值和应用前景。

2005 年，唐自力担任某型光电经纬仪视频跟踪分系统设计师。她马不停蹄地开展分系统软件设计、编写、调试、检测，并远赴新疆等地进行外场试验。通过一年多的努力，顺利完成母弹跟踪、解爆判断等测试，不仅数据录取率 100%，而且各项战术技术指标均超过预定标准。

理想的种子一旦根植沃土，终能成长为参天大树。好学的唐自力从初中到大学，各方面都名列前茅。攻读研究生期间，多次荣获奖学金、当选"三好学生"，毕业时又被推荐免试攻读博士学位。她不仅系统掌握了外弹道测试方法、图像处理、目标运动检测、数据处理等专业知识，还很快成为光电特性目标跟踪专业的学术带头人。

2007年，她开始致力于复杂背景条件下弱、小、快目标的捕获跟踪、大角度机动目标跟踪、多目标跟踪以及多种模型、多种特征跟踪算法和复合跟踪智能决策系统、仿真跟踪平台等研究，建立的以信息共享、分布处理、协同作战、易于扩展为特征的测控系统公共研究平台，受到学术界好评。

闯关者攻坚克难

有人说，创新是在人迹罕至的原野中开辟新道路，是在布满暗礁险滩的江海里探索新航道。唐自力决心要做科研创新路上攻坚克难的闯关者。

2007年，唐自力博士一毕业，她一头扎进设备革新和技术创新中。为使试验指挥控制系统能实时提供实况，她主动承担起某型实况景象记录仪设备研制任务，该项成果荣获军队科技进步奖。

创新永无止境。2009年某电影经纬仪研改任务中，唐自力为破解串口协议这个设备密码，带领课题同志挑灯夜战。经过两年多持续攻关，某型经纬仪终于研制成功，不仅解决了靶场在复杂背景下对弱、小、快目标跟踪的难题，还荣获军队科技进步二等奖。

超越自我是唐自力孜孜不倦的追求，更是她执着进取的动力。2010年，唐自力荣获上级首届高层次人才论文交流会一等奖，标志着她正逐步成长为外弹道测试、图像处理、目标运动检测、数据处理等领域的复合型技术人才。随后，唐自力被列入总装备部重点人才培养对象，许多研究成果为新型测试体系建设和某重点工程规划的依据。

荣誉是褒奖更是鞭策，荣誉背后其实蕴含着太多的艰辛。2009年3月，身怀六甲、已经34岁的唐自力离预产期不到两周，依然忙碌在计算机前编程验算。当救护车将她送到医院时，医生告诉她："再晚来一会儿，后来不堪设想。"多年来，唐自力没有休过一个完整的假期，她把大部分时间和精力都投入了技术攻关。

梦想融入使命，凝聚的是听党指挥的忠诚；知识点燃梦想，燃烧的是能打胜仗的热情。18年来，唐自力追求梦想的那叶扁舟始终帆满劲足。正如她在笔记本上所写："荣誉是块试金石，它能激励人勇往直前，也能禁锢你止步不前，只有每天及时清零，学习与创新的脚步才能永不停息。"

（刊于2015年第3期《装备》杂志、2014年12月27日《中国军工报》一版头条以《靶场巾帼的成才梦》刊发）

他风里来雨里去，一年走烂6双胶鞋，踏遍百里兵器试验场的角角落落，趟出2.1万多组数据；他1100多次担负兵器试验保障任务，排除未爆炮弹80多发，确保了试验任务的绝对安全。某部一级军士长程桥梁，20多年干好试验保障一件事，诠释了无私奉献的精神风貌。有人说，他付出的是汗水，奉献的是青春，坚守的是信念，创造的是精彩。

兵器试验场上的"活地图"

华山脚下、渭水河畔有个偌大的兵器试验场，试验场上有这么一个人，自1995年10月来到这百里之遥的场区担负试验观测任务，一干就是20多年。20多年的坚守，他寻常之中有高度，平凡之中见奇迹，用青春的足迹描绘出靶场人奋发进取、求实创新、无私奉献的精神风貌。他就是某部测量班班长、一级军士长程桥梁。

走烂6双军用胶鞋，绘制出场区地图

"场区地图的精度，直接影响着兵器试验的效果和安全。"20多年前，程桥梁刚来测量班报到时听到的这句话，一直深深印在心里。其实还不仅于此，他从那时起还养成了看地图的习惯，一有空儿就捧着1972年绘制的场区地图看，嘴里经常念念有词。

在一次次的进点、布点、清场、撤点过程中，程桥梁发现很多地图上标注的地形与实地不符，往往一项简单的试验任务，由于地图误差的原因就要重复进行多次。这让他心里急得火烧火燎，于是生出一个大胆的想法：重新绘制一张场区全貌地图！

绘制地图标准高、难度大，是个系统工程，有人笑他异想天开，但程桥梁没有低头。万丈高楼平地起，他找来了标注地理坐标、判定地形地貌、测量绘图方面的资料从头学起，多次找到测绘大队的专家取经求助。不到一个月，他基本掌握了绘制地图的专业知识，1995年11月，程桥梁背上经纬仪，挂着木棍子，冒着寒风，顶着狂沙，开始了实地测绘。

在场区的羊肠小道上，一天又一天风雨无阻的一路前行，一遍又一遍地勘察标绘地理坐标。晴天一身土，雨天一身泥，是他的真实写照。一年360多天走下来，他走烂了6双军用胶鞋，但走出了2.1万多组数据和26张场区分图，获得了准确翔实的数据信息，并开始夜以继日地整理汇总。

1996年11月，新的兵器试验区全貌地形图终于绘制完成。经专家鉴定，他这张地图相比过去使用的老地图，精度提高了近20倍，可以广泛运用于图上作业、落点测量、弹丸回收等试验领域，大大提高了试验效率，程桥梁也因此荣获军队科技进步三等奖、全军士官优秀人才奖二等奖。

排除未爆炮弹 80 余发，圈画出安全地图

落区的指挥、卡点、测量位置均设在落弹区边缘，加之试验弹丸具有不稳定性和不确定性，险情时有发生。有时，炮弹就在身边 100 米内爆炸，溅起来的石子四处乱飞，爆炸的巨响与硝烟的味道时刻伴随左右，这就是程桥梁的工作环境。

在许多人心目中，程桥梁就像激流险滩中最让人放心的一座桥，有他在，应对兵器试验观测中的任何险情就有了主心骨。

其实不然，程桥梁悄悄告诉笔者："每次接到试验任务，晚上都睡不好觉，明天打什么弹、哪里不放心、派谁去卡点……这些问题都要在脑海里过好几遍才踏实。"

试验中，他总是尽可能地靠近落弹区，把最危险的点位留给自己，跟死神斗争，与风险抗衡。之所以觉得心里有底，是因为他长年累月在场区里摸索，梳理出了一张安全地图，每一发可能偏离轨道的炮弹，每一处容易失管失守的路口，每一块试耕矛盾突出的田地，心里都非常清楚。

每一次射击试验，程桥梁肩上的担子都不轻。除了清场卡点、观测数据之外，还有一项危险系数极高的工作，也由他负责，那就是清排"瞎火弹"。这些年，程桥梁累计排除试验未爆炮弹 80 余发，一次次险象环生、一次次有惊无险，捍卫着"靶场前哨"的使命，更使 1100 多次弹药试验任务得以圆满完成。

有一次射击试验，一颗没爆炸的大威力弹丸偏离射界，落到了民宅附近。这颗 20 多斤重的弹丸，危险系数极高，威力巨大，一旦发生爆炸，后果不堪设想。然而，把这个重型弹丸转移到无人区引爆，不仅需要扎实的专业技能，更需要过硬的心理素质。

就在大家琢磨排爆人选的时候，程桥梁直接站了出来，只说了一句话："我去吧，听惯了炮声，不害怕，抱得稳！"于是撸起袖子走上前去，将炮弹稳稳地抱在怀里，单薄的身影向引爆区慢慢移动，弯腰、放好、引爆……一系列娴熟沉着的操作，让在场的所有人叹服。有领导感慨地说："只要桥梁在，场区就是最让人放心的！"

寂寞坚守 20 余载，勾勒出精神地图

单位的任务性质和地理位置，决定了程桥梁要在这个岗位上一直默默奉献。他常年坚守在试验第一线，风里来、沙里去，顶酷暑、战严寒，一年下来，野外作业至少 200 多天，徒步清场要走 2000 公里以上，每天凌晨 4 点之前进点，晚上 10 点以后撤点甚至通宵达旦都是家常便饭。

"你快一把年纪了，怎么还天天和兵娃子们一起出来受这般苦？"就连种地的老乡都不理解他这种事必躬亲的执着，而程桥梁总会哈哈笑着，用他浓厚的四川口

音回一句："有啥子辛苦呦，我们当兵的搞试验跟你们种地一个样，低着头干就对喽！"

程桥梁常常忆苦思甜，回想刚到连队时的情景：喝着带沙的水，住着透风的房，每次一刮风，床铺上都是厚厚的一层土，还时不时地停水停电。面对这么艰苦的条件，他和连队干部一起带着大家干，从试验观测到耕田种地，从刷墙铺地到垒砖上瓦，从电器修理到自制家具，用汗水渐渐改变着连队的面貌。

今年 3 月，笔者来到程桥梁所在的落区下连当兵。生活在这荒凉的偏远之地，与马扎水壶相伴，穿梭在田间小路，与舟桥流水相守，笔者能深切感受到，这些地方有一个共同的特点，那就是寂寞。令人敬佩的是，程桥梁没有被世俗搅扰，更没有被寂寞侵袭，他始终保持着一种自娱、自乐、自赏、自强的精神状态，享受着这种寂寞环境下的平静与坚守。

如今，他的同年兵，有的已经走上了领导岗位，有的回地方成就了一番事业，还有的与家人一起享受着天伦之乐，而他依旧是个"兵"，依旧天天早出晚归，依旧与家人聚少离多。这是他一个人的风采，也是全连官兵的缩影，更是整个试验场区的精神地图。

20 多年里，他用一张张场区地图、安全地图、精神地图拼凑起了人生的全部。有人说，程桥梁付出的是汗水，奉献的是青春，坚守的是信念。也有人从程桥梁的经历中受到启示，发出这样的感慨：只要肯坚守，甘奉献，再平凡的岗位也能创造出人生的精彩。

（刊于 2016 年 7 月 14 日《人民陆军报》第四版、2015 年 3 月 7 日《中国军工报》专题报道版头条以《军旅追梦，书写青春精彩》为题刊发、2017 年第 1 期《装备》杂志以《常规兵器试验"活地图"》为题刊发）

靶场深处的"士兵突击"

——某部一级军士长程桥梁立足本职精武强能小记

在某部，有这样一个老兵，自从电视剧《士兵突击》播出后，就常常被大家称作"许三多"。说起其中缘由，不仅因为他也是一副慈厚的长相，更是因为他身上那种"不抛弃、不放弃"的精神。

他的名字叫程桥梁。20 多年前，他刚刚调到试验场负责落点观测工作。在一次次的进点、布点、清场、撤点过程中，程桥梁发现了一个问题，旧地图上标注的地形与实地情况悬殊，一项简单的试验任务，往往由于地图误差的原因就要重复进行多次，这让他看在眼里急在心里，暗暗下定决心：重新绘制一张场区全貌地图！

于是，他背着经纬仪，挂着木棍子，在一眼望不到尽头的场区里，开始了实地测绘。一年下来，走烂了 6 双迷彩胶鞋，走出了 21 000 多组数据和 26 张场区分图，绘出一张场区全貌地图。

"这个兵不简单，硬是把一项本不属于自己的工作干出了名堂。不仅把地图精度提高了 20 倍，还拿了个军队科技进步三等奖。"一位领导由衷地为他点赞。

从那时起，程桥梁把靶场的每一道沟坎梁墼都"刻"进了脑海，成为这座兵器试验靶场上的"活地图"。20 多年里，他圆满完成场区保障任务和测试任务千余次，担当起场区勤务保障的职责，捍卫着"靶场前哨"的使命。

落区的指挥、卡点、测量位置均处于落弹区边缘，加之试验弹丸不稳定，险情时有发生。有时，炮弹就在身边不远处爆炸，溅起来的石子到处乱飞，硝烟四起。程桥梁告诉笔者："每次接到试验任务，晚上都睡不好觉，明天打什么弹、哪里不放心、派谁去卡点……这些问题都要在脑海里过几遍才踏实。"试验中，他总是尽可能地靠近落弹区，把最危险的点位留给自己。

除了清场卡点外，还有一项十分危险的工作，那就是清排未爆弹。2008 年的一天，场区里发现了一颗未引爆的大威力炮弹，要把这个 10 多公斤的炮弹转移到无人区引爆，不仅要有过硬的心理素质，更要有扎实的专业技能，大家心里都紧绷着一根弦。

就在这个时候，程桥梁站了出来，"我经验更丰富些，让我来吧。"于是他撸起袖子走上前去，把炮弹稳稳地抱在怀里，向引爆区慢慢移动，弯腰、放好、引爆……

一系列娴熟沉着的操作让在场的所有人叹服。"只要有程桥梁在，官兵们心里就有底了！"该部领导深有感触地说。

肩扛一级军士长的军衔，程桥梁用自己 26 年如一日的"士兵突击"演绎着一个道理：只要肯付出，哪怕是在平凡岗位，同样能创造出人生的精彩。

（刊于 2016 年 7 月 19 日《解放军报》五版）

从饲养员到"神炮手"

8 月初，某部火炮实弹射击大比武如火如荼，某连"尖刀班"一举包揽前三。"尖刀班"班长刘晓龙推出的"第一功臣"却不是"尖刀班"的人，而是四级军士长蔡利华。

入伍刚到新兵营时，急切要求进步的蔡利华，从班长口中得知，"要想有出息就得去战斗班当炮手。"从此，当炮手成了他梦寐以求的愿望。但事与愿违，下连他被分配当了"饲养员"。

整天跟一群猪"腻"在一起，蔡利华心中不爽。谁知，一场流感袭来，将近一半的猪突发败血症，接连倒下。"连猪都养不好，还想当炮手？"在冷嘲热讽中，

蔡利华含着泪花暗暗发誓：剩下的猪一个都不能少！

在治疗的日子里，蔡利华几乎没有离开过猪圈，也没有再损兵折将。那年下来，不仅猪的数量有增无减，而且"个顶个"滚瓜溜圆，得到大家的认可，成为"养猪能手"。

在蔡利华的再三请求下，他终于实现华丽"转身"，到战斗班当了一名炮手。但连里有话在先，打不好炮，回去继续喂猪。连炮都没摸过的蔡利华，迎难而上，别人睡觉他琢磨原理，别人娱乐他钻研构造，别人闲聊他操作火炮。一年下来，他熟悉掌握了六大类20余种不同口径火炮的技术指标和操作技能，当上了班长，还入了党。

蔡利华训练起来"不要命"，身单力薄的他，操枪弄炮实在没有优势，全靠那股不服输的犟劲，一次不行就两次、两次不行就3次……有时不顾尿血，仍咬紧牙根坚持，练就了迫弹60秒射13发、榴弹35秒射7发的过硬本事。

一次实弹试验中，蔡利华5发炮弹射向1000米外的立靶，对讲机里传来结果是："一发命中，4发脱靶。"在场的人都瞪大眼睛瞧着蔡利华，有的小声嘀咕。领导满腹疑惑，检弹员气喘吁吁地跑了过来，"没有脱靶，是5弹同孔！"瞬间，阵地上沸腾了，大家把这个"神炮手"抬起来抛向空中。该部参谋长郭亚龙由衷感慨，"深学才能求得真经，苦练才能修得真功，蔡利华给出了有力回答。"

不久，上级让蔡利华改行，做火炮技师，又一次华丽"转身"的老蔡心里明白，带徒弟的担子更重。于是，他"钻"到书堆里寻方法，"铆"在阵地上摸门道，总结出了一套通俗易懂实用的"蔡式瞄准法"成为"独家秘籍"，在实战中得到检验。徒弟们用他传授的方法打炮，发发炮弹如同长了眼睛，无论是高原缺氧、地形复杂，尽数摧毁目标，屡试不爽。

（刊于2016年8月24日《人民陆军报》党团生活版、2016年9月23日《解放军报》军媒视界版进行了转载）

唐自力：试验场就是我们的战场

渭水河畔，某靶场。只听一声巨响，导弹呼啸而出，带着长长的尾焰，犹如一支利箭直刺苍穹。片刻之后，导弹命中靶标，现场官兵击掌欢呼。

闷热的测试车内，唐自力正忙碌地测算弹道弧线的曲率。如同行车需要按照导航路线才能少走弯路，导弹也需要按照规定弹道飞行才能精准击中目标。

1997年，大学毕业的唐自力，怀揣强军报国的热情，来到某部。工作半年后，在一次武器试验中，她遇到测量仪器突然"罢工"的难题。部队请来专家反复检查，依旧未能查明问题原因。初出茅庐的唐自力根据自己的判断向专家提出检查某部位电阻的建议。结果，她的判断是对的。参加工作仅半年就对复杂的测试系统有如此深的了解，唐自力的表现令专家赞叹不已。很快，这位刚走出校门不久的姑娘成为当时部队最年轻的专业组长，并主持完成了多项重大测试任务。

敢于挑战才能突破自我。有一次，唐自力在调研中发现，导弹姿态测量的方法仍然沿袭"老套路"，不仅费时费力，且容易产生误差。

研讨会上，唐自力建议："能不能采用新方法进行姿态测量？这样不仅大幅缩减试验中测试设备的数量，还可以有效减少测量时间。"没想到此言一出，就遭到众人质疑。

恰逢此时，试验中某测试设备突发故障，无法获取导弹的空间姿态数据，试验被迫中断。在大家一筹莫展之时，有人提出采用唐自力提出的新测量法。大家抱着试试看的态度采用了唐自力的建议，没想到试验取得成功。

精确、精准、精细，是对测试人的基本要求。武器试验测试容不得半点马虎，任何细小误差都可能造成事故发生。在一次试验测试任务中，导弹刚刚发射，测量数据曲线就出现异常，现场气氛骤然紧张起来。

关键时刻，唐自力沉稳地作出判断："导弹飞行没问题，是跟踪测量设备数据不准，继续观察。"果然，6 秒钟后，测量数据曲线恢复了正常，导弹飞行各项指标良好，任务取得圆满成功。

能啃"硬骨头"，敢当排头兵。这是同事们对唐自力的评价。前不久，唐自力完成的"外测方案一体化设计和精度优化技术及应用研究"，荣获军队科技进步二等奖。她说，为国铸剑，是一种荣耀，能把人生最宝贵的青春挥洒在天地经纬之间，是一种幸福。

水流居高而蓄势，方能收获腾跃浪尖的精彩。在不断拓展新领域的同时，唐自力把目光投向了世界前沿技术。针对弹道测试高密度、常态化的特点，她多次对数据判读处理系统进行升级换代，使系统数据处理时间进一步缩短。

20 年坚守本职岗位，唐自力始终保持冲锋的姿态。"试验场就是我们的战场，虽然我是一名女性，但我同样也是一名军人。"唐自力如是说。

（刊于 2017 年 7 月 14 日《解放军报》国防军工版）

某部高级工程师唐自力——

创新就是敢于做不可能的事

3 月初，某试验场，随着一声令下，某型导弹呼啸而出，如离弦利箭直刺苍穹。

某地面测控站点，唐自力运用自主研发的某型技术捕捉弹道姿态参数，精细测算飞行曲率，为该型导弹试验鉴定提供数据支撑。

"这项自主研发技术，起初并没有多少人看好。"唐自力清晰记得，5年前当她提出这一课题时，曾遭到许多专家质疑。

"难度大，并不等于做不到。"在潜心攻关的上千个日夜里，她带领创新团队奔波于大漠、高原、深山，与孤灯寂寞为伴，与海量数据博弈。

"创新就是敢于做不可能的事，砥砺的是血性胆气，锤炼的是能力本事。"最终，他们取得重大突破。如今，这项科技成果在多个领域推广应用。

攻关过程虽艰辛，但奋斗者最幸福。2000年，单位受领一项重要任务，任务落在了刚参与课题研究的唐自力身上。

"把关键核心技术掌握在自己手中，才能保障国防安全。"说干就干，唐自力查阅大量资料，赶赴多家科研院所、生产厂家调研论证，完成了任务。

靶场连战场，使命重如山。在某型设备靶场验收检测报告中，唐自力指出一项关键指标存在问题。"试验鉴定的武器装备是用来打仗的，容不得半点马虎。"唐自力态度坚决。

会后，专家对这项指标重新验证，果然发现问题。他们迅速解决问题，确保了武器装备的质量。

无数个日夜，有时为了一个异常数据，唐自力反复进行仿真验证，模型推倒重建。

面对光环和荣誉，唐自力笑得坦然："把青春奉献给国防科技事业，是一种幸福。"

（刊于2021年3月8日《解放军报》十一版、3月11日《人民陆军报》一版以《24年如一日，经纬天地间》为题刊载）

后记

渭水岸，一个美丽的地方

收集整理书稿中，"渭水岸"三个字一直充斥着眼球，频繁出现，也唤起了诸多回忆。

佛说万象不离因果，也许因为兵器人生活在这里，成长在这里，太多的情结、足迹与身影在这里，便成了许多人记忆中永远抹不去的名字和记忆。

渭水岸，是一个美丽的地方。它的美，不仅是说它有一马平川的地理优势，有渭河横亘于此的天然之势，而是这里孕育着神圣，充满着诗意，铭刻着厚重，彰显着力量，是常规兵器人放飞梦想，打捞岁月，播种希望，收获成长的地方。

渭水岸，是利剑腾飞的地方。从承载国家使命的那一刻起，这里便播下了砺剑人非凡的梦想，开启了赶超的步伐，留下了创新的汗水……半个世纪来，一代代兵器人志坚如磐，自力更生，捧着国家和民族的使命启程远航，求索奋进，从裂胆披肝的漫长求索到走向世界的奋力崛起，渭水岸成为最熟悉的字眼，最情深凝重的地方。

渭水岸，是闻令出征的地方。平日无战事，却天天上战场。渭水岸，作为打赢的准战场，几十年来兵器人在潜心砺剑的道路上艰辛探索，砥砺前行，一路汗洒渭水、情结渭水，看似微不足道，实则神圣伟大。特别是一代代兵器人为了同一个目标相约渭水岸，奋战渭水岸，日复一日，年复一年，从这里零距离角逐战场，实打实服务战场，始终保持忠诚无言，内心如初，强弓满弦。

渭水岸，是收获成长的地方。常规兵器试验是一项神圣而伟大的事业，从白手起家到硕果累累，与它息息相关的每一个人都是光荣而自豪的。自己有幸能成为其中一分子，15载灯下走笔，倾心笔耕，记录变化，见证发展，将兵器人最美的样子定格其中，将那些感天动地的传奇故事，那些精彩纷呈的壮举之美，那些苦干实干的厚重履痕，那些至真至美的身边典型珍藏于史。

天蓝草碧，云淡风清，渭水情长，道不尽的太多……这里不再一一赘述。

因时间仓促，图片类报道未能呈现，书中许多都是一些蠡测与刍荛之见，难中肯綮，不妥之处，敬请各位专家同仁批评指正。

是为后记。

作者

2020 年 7 月